desencantada

CARINA RISSI

desencantada

Entregando-se aos segredos do amor

UM LIVRO DA SÉRIE
perdida

1ª edição

Rio de Janeiro-RJ / Campinas-SP, 2018

VERUS
EDITORA

Editora executiva: Raïssa Castro
Coordenação editorial: Ana Paula Gomes
Copidesque: Lígia Alves
Revisão: Maria Lúcia A. Maier
Capa e projeto gráfico: André S. Tavares da Silva
Diagramação: Daiane Avelino
Foto da capa: © Victoria Davies / Trevillion Images

ISBN: 978-85-7686-461-5

Copyright © Verus Editora, 2018
Direitos reservados em língua portuguesa, no Brasil, por Verus Editora. Nenhuma parte desta obra pode ser reproduzida ou transmitida por qualquer forma e/ou quaisquer meios (eletrônico ou mecânico, incluindo fotocópia e gravação) ou arquivada em qualquer sistema ou banco de dados sem permissão escrita da editora.

Verus Editora Ltda.
Rua Benedicto Aristides Ribeiro, 41, Jd. Santa Genebra II, Campinas/SP, 13084-753
Fone/Fax: (19) 3249-0001 | www.veruseditora.com.br

CIP-BRASIL. CATALOGAÇÃO NA FONTE
SINDICATO NACIONAL DOS EDITORES DE LIVROS, RJ

R483d

Rissi, Carina
  Desencantada: entregando-se aos segredos do amor / Carina Rissi. - 1. ed. - Campinas, SP: Verus, 2018.
  476 p. ; 23 cm.   (Perdida; 5)

ISBN 978-85-7686-461-5

1. Romance brasileiro. I. Título. II. Série.

17-46788
CDD: 869.3
CDU: 821.134.3(81)-3

Revisado conforme o novo acordo ortográfico

Para Adri e Lalá

O amor é invisível; entra e sai por onde quer, sem que ninguém lhe peça conta das suas ações.
— MIGUEL DE CERVANTES, *Dom Quixote*

1

Setembro, 1835

O *que eu não daria para ter um desses*, pensei, parada na calçada diante da vitrine da *maison* do sr. Giovanni, admirando um belo casaco de veludo verde. Não era exatamente a beleza da peça que atraía minha atenção. Ele parecia *quente*.

O vento frio balançou meus cabelos, soprando um cacho dourado direto em minha boca. Eu o afastei, estremecendo de leve e passando os braços ao redor do corpo. A vidraça refletiu minha imagem sobreposta ao casaco. Examinei minha figura, do vestido desbotado e fresco demais para aquela época do ano, alguns cerzidos na barra, à luva de crochê com pontos e linhas frouxos, meus olhos azuis desanimados. Ao menos o chapéu e a bolsinha pendurada no pulso continuavam apresentáveis, tentei me animar.

Como minha vida podia ter mudado tanto?

O cachorro amarelo ao meu lado latiu uma vez, me fitando com seus olhos escuros.

— Tem razão, Manteiga. A primavera já vai começar. Não vou precisar dele. Vamos.

Ele foi trotando na frente, liderando o caminho para a rua principal da cidade. Acabei rindo quando Manteiga se distraiu com uma trilha de formigas no meio da calçada.

Ele não era exatamente o mais atento dos cachorros, mas era um bom amigo. Aparecera em minha vida três meses antes. Poucos dias após a mudança para a casa nova, eu tinha resolvido dar um passeio para conhecer a propriedade, depois a cidade, e acabei perto da praia. O cachorro estava lá, todo sujo de areia e com um sorriso engraçado. Incapaz de resistir, brinquei com ele por um tempinho. Claro que ele me seguiu até em casa. Então todas as manhãs o animalzinho retornava, me convidando para um passeio, até que um dia decidiu não ir mais embora, para minha alegria — e imenso desespero da minha madrasta. Miranda não gostava de cachorros.

Nem de seres humanos.

Nem de coisa alguma além dela mesma, melhor dizendo.

A decisão de nos mudarmos para o sul do país tinha sido dela. Meu pai ficara mais do que feliz em satisfazer o desejo da nova esposa sem nem ao menos me consultar — o que não era nenhuma novidade. Papai e eu não estávamos nos melhores termos fazia algum tempo.

— Srta. Valentina Albuquerque? — chamou uma voz masculina.

Estranhei um pouco.

A cidade litorânea tinha uma infinidade de estabelecimentos comerciais, um grande teatro, um porto movimentado, restaurantes, hotéis, um fluxo de carruagens incessante — assim como de pedestres. Era muito maior que o vilarejo onde passei minha vida toda, e sua sociedade era bem mais complexa. Ainda assim, apesar de ter sido apresentada a algumas dezenas de pessoas, eram apenas estranhos cujos nomes muitas vezes eu precisava me esforçar para lembrar. Por isso fiquei tão surpresa ao ouvir meu nome ecoar pela rua principal naquela manhã.

Procurando por entre os rostos dos cavalheiros e damas que perambulavam pela calçada em frente às construções de fachadas coloridas, avistei do outro lado da rua a última pessoa em quem teria pensado.

— Sr. Romanov! — exclamei, estarrecida, mas incrivelmente contente por encontrar um rosto amigo.

Bem, não exatamente amigo. Minha família e os Romanov nunca foram muito íntimos. Apesar de termos sido quase vizinhos a vida toda, minha mãe não tolerava a presença de lady Catarina Romanov, de modo que Dimitri e eu nunca passamos de meros conhecidos.

Eu não sabia que ele estava na cidade. Ficava tão distante da vila, e, segundo os boatos, Dimitri andava bastante encrencado com dívidas de jogos para poder custear uma viagem como aquela. Alguns sussurravam que o problema era ainda pior: ele tinha sucumbido às garras do ópio, e, por esse motivo, lady Romanov ameaçara deserdá-lo. Corria à boca pequena que ele estava em busca de uma herdeira para conservar o estilo de vida que tanto parecia lhe agradar.

Ainda assim, fui acometida por uma alegria quase juvenil ao avistar o ruivo atravessando a rua a passos apressados, se detendo apenas para dar passagem a uma carruagem.

— Por Deus, é mesmo a senhorita! — foi dizendo tão logo me alcançou, sorrindo largamente e tocando o chapéu.

Ao vê-lo chegar tão perto, meu cachorro deduziu que eu estava em perigo e eriçou os pelos, rosnando baixo. Dimitri recuou de imediato, um tanto pálido.

— Está tudo bem, Manteiga. — Eu me inclinei para o lado, afagando o pescoço peludo do animalzinho. — O sr. Romanov é meu amigo.

Meu guardião não pareceu muito convencido, mas se aquietou, ainda que os dentes estivessem arreganhados.

Mantendo uma distância segura, Dimitri se recompôs e fez um cumprimento galante.

— Não esperava encontrá-la. Fui informado de que se mudou da vila, mas nunca soube para onde. Como tem passado, senhorita?

— Estou muito bem, sr. Romanov. É uma alegria revê-lo. O que o trouxe para o sul?

— Negócios — disse simplesmente, me examinando de cima a baixo. Então os cantos de sua boca se ergueram. — O ar do litoral lhe fez muito bem, srta. Valentina. Parece ter florescido desde a última vez que nos vimos. Permita-me dizer que nunca a vi mais bela!

Bem, aquilo não era exatamente verdade. Além do traje desgastado, das luvas quase se desmanchando, eu tinha perdido algum peso, a ponto de as extremidades do meu espartilho quase se unirem na parte de trás. Dimitri era conhecido pela galanteria, muitas vezes exagerada, como era o caso agora.

— Obrigada. O senhor também me parece muito bem.

Dimitri sempre se vestia na última moda. Naquela manhã, escolhera calças e colete branco e os combinara com um paletó de brocado vermelho de ótimo corte, que lhe assentava nos ombros generosos à perfeição. Achei um tanto brilhante demais para uma manhã ensolarada como aquela, mas quem era eu para julgar o guarda-roupa de alguém?

— Como está lady Romanov? — perguntei.

Por um breve instante, o desagrado endureceu suas feições, mas ele deu uma resposta educada. Não pude me conter e comecei a indagar sobre Elisa e Teodora, a sra. Clarke e suas adoráveis meninas, o querido dr. Almeida, padre Antônio e todos os amigos de quem consegui me lembrar.

— Parece que saiu da vila, mas a vila ainda não saiu da senhorita. — Ele abriu um sorriso torto. Dimitri não poderia estar mais certo. — Espero ter notícias suficientes para sossegar esse seu coração ansioso. Por que não me acompanha em um chá enquanto lhe atualizo?

— Eu adoraria, senhor, mas preciso ir ao armazém. — E já havia me demorado demais.

Ele observou a rua, um vinco se aprofundando entre as sobrancelhas.

— Não conheço a cidade ainda, cheguei ontem, mas, se me mostrar o caminho, será um prazer acompanhá-la.

Manteiga latiu, como se dissesse: "Mas eu já estou fazendo isso". No entanto, seria muito indelicado recusar a gentileza, não é? Além do mais, era bom conversar com um conhecido, de modo que acabei aceitando seu braço. Caminhamos pela rua central, mantendo o ritmo, enquanto Dimitri me contava o que sabia. Infelizmente, as notícias não eram as que eu esperava. A casa onde nasci e cresci, e onde agora morava minha querida amiga Elisa e seu marido, o dr. Lucas Guimarães, passava por uma imensa reforma depois de ter sido atingida por um grave incêndio.

— Incêndio?! — Meu coração perdeu a cadência. — A casa pegou fogo? Elisa... o dr. Lucas... os empregados...

— Acalme-se. — Ele pousou a mão sobre a minha, que descansava de leve na dobra do seu cotovelo. Um gesto tranquilizador, que de alguma forma me deixou um pouco desconfortável. — A sra. Guimarães está bem. Eu a vi passeando com o marido pela vila não tem muito tempo. Creio que ninguém tenha se ferido gravemente.

Ao que parecia, uma vela tinha começado o incidente, mas Dimitri estava convicto de que todos passavam bem. O alívio foi tão grande que se não fosse pela crinolina rija eu teria tombado de encontro ao chão.

Ah, como eu queria que o serviço dos correios fosse mais eficiente. Eu só tinha recebido uma carta da minha amiga desde a mudança, com a data de uma semana após a minha partida. Estava muito preocupada com Elisa. Quando deixei a vila, ela estava prestes a se casar. No entanto, as coisas entre ela e o dr. Lucas não pareciam nada bem. E não eram apenas as correspondências da minha amiga que atrasavam: até mesmo as de tia Doroteia se demoravam, e ela nem morava tão longe dali.

A conversa me distraiu tanto que quando dei por mim já estávamos em frente ao prédio de tijolinhos à vista. Dimitri se desculpou por não poder me acompanhar na volta — tinha alguns pormenores a resolver — e lamentou que não conversássemos mais.

— Por que não vai até minha casa esta noite? — sugeri, diante da porta do armazém, ansiosa para ouvir mais sobre os últimos acontecimentos na vila. — Daremos um jantar para comemorar o aniversário do meu pai.

— Ora, mas é claro que irei! Eu não perderia por nada a oportunidade de estar em sua adorável companhia, bela srta. Valentina! — Sem aviso, ele agarrou minha mão, levando-a aos lábios.

Meu rosto ardeu e eu pisquei algumas vezes, um pouco incomodada. Nunca fora muito boa naquele assunto. Flerte. Quer dizer, tinha sido um flerte ou apenas um cumprimento exagerado? Eu não era capaz de diferenciar uma coisa da outra. Eu era boa em algumas coisas: sabia bordar, pintar, executava uma peça ao piano razoavelmente bem. Meu francês era bom o suficiente para lecionar, se assim eu desejasse. Fazia cálculos de cabeça que a maior parte das pessoas não conseguia. Porém, a menos que o sujeito fosse bastante explícito em suas intenções, eu não era capaz de decidir se ele estava sendo educado ou me fazendo a corte. Eu nunca sabia o que dizer; apenas piscava um bocado — o que sempre acontecia quando eu ficava nervosa —, e meu rosto adquiria um tom escarlate nada atraente. Em se tratando de reconhecer o interesse masculino, eu era mais inútil que um candelabro com meia dúzia de velas acesas em uma tarde ensolarada.

Dimitri, por outro lado, era conhecido por lançar charme para qualquer coisa que usasse saias. Seria meio engraçado se ele desperdiçasse aquele talento comigo. Além de nunca ter havido interesse de qualquer das partes, o rapaz procurava uma noiva rica. Teria de estar muito desesperado se cogitasse a mim para o posto. Eu não tinha no guarda-roupa um único vestido com menos de quatro anos de uso. De fato, meu dote fora razoável um dia, mas havia muito que eu não podia ser considerada uma jovem abastada. Meu pai tinha gastado quase tudo com os caprichos da nova esposa.

De toda forma, puxei a mão, me libertando do toque de Dimitri. Se ele percebeu meu desconforto, não deixou transparecer e se despediu com animação.

Sem perder tempo, entrei no prédio de telhado alto, com meia dúzia de janelas no vasto salão repleto de prateleiras. Era o comércio que eu mais frequentava — depois de fazer uma pesquisa pela cidade, tinha percebido que os preços ali eram mais justos, e, além disso, sempre conseguia negociar um desconto.

Parei entre duas estantes pouco mais baixas que eu, analisando todas as possibilidades reluzentes, tentando adivinhar qual delas enterneceria o coração de

Walter de Albuquerque. Como não encontrei nada que parecesse ter sido feito por anjos e que contivesse poderes mágicos para operar tal milagre, me contentei em admirar uma bonita estátua de leopardo feita em pedra vulcânica. Seus detalhes eram tão perfeitos que o felino parecia prestes a saltar e ganhar vida. Seria um belo adorno para o escritório tão sóbrio do meu pai.

E também seria necessário que acontecesse em meu bolso o milagre da multiplicação das moedas para pagar apenas um dos olhos de cristal fumê daquela estátua.

A razão pela qual eu tinha ido até aquele estabelecimento era a esperança de que um presente pudesse fazer papai sorrir outra vez. Os primeiros trinta dias após a mudança tinham sido um tormento. O clima úmido e a casa fria fizeram meu pai adoecer. Foram necessárias várias semanas para que se recuperasse do ataque de asma. Mesmo agora, com a saúde restabelecida, ele não parecia o mesmo. Para ser franca, fazia algum tempo que eu não o reconhecia.

— Srta. Valentina — saudou o comerciante, surgindo bem atrás de mim como se eu o tivesse conjurado.

Dessa vez não me assustei ao ver a figura toda vestida de negro e seu semblante encovado, mas muito perspicaz. Eu já estava me habituando à sua maneira fantasmagórica de se mover.

— Bom dia, sr. Martinelli.
— A que devo o prazer de sua visita? Talcos novamente?
— Na verdade, hoje eu procuro um presente especial.

O homem de pouco mais de sessenta anos e uma larga careca gemeu, e eu não podia culpá-lo. Pechinchar se tornara palavra frequente em meu vocabulário nos últimos anos, e eu também não estava esfuziante com a situação.

— O que tem em mente? — ele quis saber.
— Eu não sei. É aniversário do meu pai. O senhor tem alguma sugestão?
— Bem, vamos ver...

O homem começou a vasculhar entre as peças. Sorri de leve ao vislumbrar os frascos de creme para cabelos da sra. Clarke dispostos em uma fileira organizada na tábua de baixo. Sofia estava dominando o país com seus cosméticos.

— O que acha desta, senhorita? — perguntou, me mostrando uma ponteira de aço para penas, uma árvore frondosa esculpida na base.

Decerto o dinheiro que eu havia juntado com muito custo graças à economia que andava fazendo no orçamento da casa — sem que Miranda soubesse, claro — seria suficiente para comprá-la. O problema é que papai tinha dezenas iguais àquela.

Todas de prata.

— Muito bonita — falei, devagar. — Mas acho que meu pai já tem ponteiras o suficiente. Ele nem gosta de escrever tanto assim.

Não muito entusiasmado, o homem voltou a investigar, se curvando para a parte mais baixa da estante. Eu me afastei um pouco para lhe dar espaço e esbarrei em um objeto às minhas costas: uma bela caixa de charutos marchetada. Corri os dedos sobre a tampa lisa; uma linha solta em minha luva se enroscou na fechadura dourada trabalhada. Depois de desprender o fiapo, eu a abri, examinando seu interior revestido de veludo cor de creme, as três pequenas prateleiras onde se aninhavam os charutos.

— Quanto quer por ela, sr. Martinelli?

— Hã? — Ele aprumou a coluna, então percebeu meu interesse pela caixa. Com um suspiro pouco entusiasmado, me disse o valor.

Ora, bolas! Eu tinha só sessenta e sete por cento daquela quantia. A menos que...

— Parece razoável, senhor. — Tentei manter a expressão neutra, unindo as mãos na frente das saias. — E ela valeria cada moeda, não fosse pelo defeitinho.

— Que defeitinho? — Puxando o óculo de dentro do bolso do colete, pendurou-o no olho esquerdo, aproximando o rosto para analisar o ínfimo lascado que eu indicava na lateral da peça.

— E acho que tem outro aqui. — Mostrei a ele uma parte mais escura na base da caixa. — Temo que isso reduza o valor. Não pode vender um produto defeituoso pelo preço de um em perfeito estado.

O sr. Martinelli se endireitou tão depressa que o óculo se desprendeu da cara enrugada e se balançou em frente à sua barriga, como o pêndulo de um relógio.

— É o nó da madeira, não um defeito, senhorita.

— Isso é o que um vendedor experiente diria para justificar uma peça defeituosa — arrisquei, sem muita convicção.

— Srta. Valentina, lamento, mas o preço é o que eu lhe disse. — Ele fechou a caixa, em um gesto pouco animador, e começou a se afastar.

— Não! Espere, sr. Martinelli! Tenho uma proposta para o senhor. Irrecusável! — Desenroscando a bolsinha do pulso, eu a abri, puxando com cuidado a tiara de pérolas.

Eu tinha imaginado que poderia precisar dela. Eu a ganhara de vovó Augustine ao completar quinze anos. "Para quando se casar", avisara ela, com um beliscão em minha bochecha. Isso estava tão próximo de acontecer quanto de asas coloridas nascerem em minhas costas. E eu não desejava nenhuma das duas coisas.

O brilho das pérolas capturou o interesse do vendedor, que não hesitou em estender a mão.

Com um suspiro, eu a entreguei a ele.

Ficam as cabeças, vão-se as tiaras.

Ah, bem, coisas muito piores tinham me acontecido. Era apenas uma tiara bonita que jamais seria usada, de todo jeito.

— Isso é alguma brincadeira, minha jovem? — Ele avaliou a peça de diversos ângulos. — Essas pérolas são verdadeiras?

— Minha avó teria preferido enfrentar a guilhotina a comprar uma pérola falsa. É um trabalho único. Veio da França com a vovó Augustine. Creio que o senhor saiba reconhecer um bom negócio quando se depara com um. Essa caixa de charutos está empoeirando no seu armazém. Pode levar anos até que a venda, sr. Martinelli. Já a minha tiara francesa não ficará em sua prateleira nem por uma semana. Ainda mais com a proximidade do baile dos Torres.

Najla pretendia dar um baile na quinzena seguinte. A sobrinha do joalheiro da vila havia se casado com Pedro Torres, um rapaz de boa família, coração grande e memória curta, e morava na cidade desde o ano anterior. Consegui visitá-la algumas semanas depois da mudança, um atraso devido à saúde frágil de papai. Desde então nos víamos quase todos os dias. Na verdade, eu passava mais tempo na casa deles que na minha. Alguns poderiam dizer que eu estava fugindo.

Minha consciência, por exemplo.

— A senhorita realmente deseja trocar esta joia pela caixa de charutos? — O sr. Martinelli me lançou um olhar especulativo.

— Sei que ela vale mais. Então, talvez o senhor pudesse abrir um crédito para futuras compras?

A expressão do comerciante se iluminou, e tive certeza de que chegaríamos a um acordo...

... se o som de botas pesadas não tivesse repercutido pelo ambiente com a mesma sutileza de uma carroça carregada de vidros tombando na estrada.

— Capitão Navas! — exclamou o comerciante.

Esquecendo-se de que estávamos no meio de uma negociação, ele me entregou a tiara sem parecer se dar conta do que fazia e se adiantou para recepcionar o recém-chegado. Devia ser um rei ou algo do gênero, pensei, um pouco aborrecida. O sr. Martinelli parecia prestes a se ajoelhar diante do sujeito e lhe beijar as botas.

— Finalmente tenho a honra de recebê-lo em meu humilde estabelecimento — adicionou, a fisionomia normalmente moribunda cintilando euforia.

— E pretendo fazer bom uso dele, sr. Martinelli. Boa tarde, senhorita.
— Boa tarde — respondi de má vontade ao sr. Importante. Não pretendia lhe dedicar muita atenção (o sr. Martinelli estava mais do que disposto a desempenhar esse papel), por isso fiz um rápido aceno, mal lhe dirigindo um olhar.

No entanto, algo me fez mudar de ideia. Ele também já ia virando o rosto para o dono do armazém, mas voltou atrás e mirou aquelas duas íris cinzentas em mim. Tive um sobressalto. A tiara escorregou das minhas mãos inesperadamente frouxas ao passo que meus batimentos cardíacos se tornaram instáveis. Comprimi os dedos contra o estômago, onde um milhão de borboletas pareciam bater suas asas, uma palavra atravessando meus pensamentos. Um sussurro, um zumbido que não fazia nenhum sentido. Foi totalmente desconcertante.

E inquietante. Eu nunca vira aquele homem antes, estava certa disso. Ele tinha um ar diferente; nobre, mas um pouco insolente. Elegante e ao mesmo tempo perigoso, como um grande felino. Talvez fosse o rosto oval e anguloso, o maxilar rígido recoberto pela barba escura ou os cabelos negros e indômitos que davam essa impressão. Podia ser também a pele bronzeada, que ressaltava ainda mais a cor das íris, no mesmo tom cinzento do cristal na estátua de leopardo. Mais provável que fosse a cicatriz no lábio superior. A marca em meia-lua era quase imperceptível, mas estava ali, me alertando de que ele não era o tipo de cavalheiro com o qual eu estava acostumada a lidar.

Então a palavra que sussurrava em minha mente com muita insistência não tinha fundamento ou razão. Mas lá estava ela, cada vez mais alta e clara.

Você.

Eu precisei de um instante para me recuperar. E teria facilitado muito se o rapaz não continuasse me encarando com toda aquela intensidade. Era como se ele pudesse me ver por dentro, vislumbrar tudo o que acontecia ali. E realmente não era uma boa ideia naquele instante, já que eu mesma não sabia o que estava acontecendo comigo.

Minhas bochechas corresponderam ao seu exame com uma explosão carmim, a pulsação apitando em meus ouvidos. A temperatura do ambiente pareceu mudar de repente, como se o verão estivesse nascendo bem no centro daquele armazém.

— Olá! — ele disse, retirando o chapéu preto, mas seu sotaque fez a palavra soar como *ôla!* Argentino ou espanhol, talvez?

— Olá — murmurei.

— Já conhece a srta. Valentina, capitão? — Ouvi a voz do comerciante, embora ainda estivesse presa ao encantamento lançado pelos olhos cinzentos daquele estranho.

Um capitão. Um homem do mar. Isso explicava algumas coisas. Por exemplo, o porte esbelto, de ombros largos, cintura estreita e pernas que pareciam ainda mais longas por causa das botas pretas de couro. E também a forma como ele se movia: ágil, preciso, maciço. Foi dessa maneira que ele se dobrou para apanhar alguma coisa do chão. O rapaz um pouco mais velho que eu se vestia com elegância, reparei, apesar de a gravata estar um pouquinho desalinhada. Não devia ser um militar, no entanto, já que não trazia dragonas nos ombros do paletó azul-marinho. Ao se endireitar, a elegância de seus movimentos pareceu fora de contexto devido à sua altura — algo em torno de um metro e oitenta.

Sua boca se esticou em um sorriso crescente, a cicatriz gradativamente esvanecendo. Meu coração pareceu tropeçar no peito.

— Ainda não tive esse prazer. Creio que isso seja seu. — Estendeu-me alguma coisa.

Com algum custo, consegui me libertar daquele olhar e contemplei o que ele me oferecia.

Minha tiara!

Vergonhosamente, demorei um instante para entender que deveria pegá-la.

— Ah. Obrigada — falei, ruborizando.

— Não por isso. Leon Navas, a seus serviços, senhorita. — Ele se curvou em uma mesura galante, *ainda* me admirando como se fosse incapaz de não fazê-lo.

Daquela distância, suas íris cinzentas eram ainda mais hipnóticas. Dois tons se sobrepunham para formar aquela coloração tão única: o denso fundo azul era praticamente encoberto por veios e ranhuras brancas, como a explosão de fogos de artifício, congelada para sempre dentro daquele olhar em seu momento mais exuberante.

Minha nossa! Será que alguém teria acendido a lareira do armazém?

Não que eu me recordasse de já ter visto uma no estabelecimento, mas era melhor apagá-la antes que o prédio se incendiasse. Eu mesma estava a um passo disso.

Um pequeno V se formou entre as grossas sobrancelhas negras do capitão. Ah, sim! Ele aguardava que eu me apresentasse.

— Valentina Albuquerque. É um praz...

— Eu estava ansioso para que o senhor me fizesse uma visita — atalhou o sr. Martinelli, como se, depois de cumpridas as formalidades, não pudesse esperar para agradar ao capitão Leon Navas.

Após uma breve hesitação, o jovem se voltou para o comerciante, me liberando do feitiço daquelas íris metálicas. Toquei a bochecha para confirmar que elas não estavam pegando fogo e estudei o ambiente em busca da fonte de calor. Todas as janelas estavam abertas, e não encontrei nada que explicasse a súbita mudança climática. De onde vinha toda aquela quentura, afinal?

— Sinto que pode ser o início de uma bela parceria — refletiu o sr. Martinelli. — Apenas me deixe pegar os papéis de que lhe falei. Aguarde só um instantinho.

— Não é necessário se apressar. Eu posso... — Mas as palavras do capitão Navas se perderam, já que o comerciante desapareceu por uma portinha nos fundos da loja.

Reprimi um suspiro, fitando a tiara em minhas mãos. Ao que parecia, minha negociação ficaria em suspenso até que o sr. Martinelli resolvesse seu assunto com Leon Navas.

— Sinto muito. — O capitão riu sem jeito, correndo os dedos pela negra cabeleira revolta. — Não tive a intenção de interromper. Imagino que o sr. Martinelli tenha medo de que eu saia correndo e retorne à Espanha antes que possamos entrar em um acordo.

Era espanhol, então.

— Não tem importância. Eu posso esperar.

— Mas não devia. — Acomodando o chapéu negro debaixo do braço, fez uma breve, porém criteriosa avaliação do armazém. Não pareceu muito impressionado, de modo que voltou sua atenção para mim. — A senhorita disse que seu nome é Albuquerque?

— Sim. Valentina Dominique Emanuelle Martin de Albuquerque.

Um brilho divertido iluminou sua expressão.

— A senhorita tem...

— Um bocado de nomes. Eu sei. — Suspirei, brincando com a alça da bolsinha em meu pulso. — Mamãe não conseguia se decidir entre Valentina, Dominique e Emanuelle, então resolveu me dar os três nomes. Isso foi motivo de diversos pesadelos logo que comecei a tomar aulas e chegou o momento de aprender a escrever o meu nome. Eu era sempre a última das meninas a terminar.

O motivo de eu ter contado aquela história para um estranho me escapou totalmente.

Leon tentou impedir que os lábios se esticassem, mordendo o inferior. Mas acabou perdendo a batalha, e um lindo sorriso estampou seu rosto. E era uma bela boca. Ele fazia bem em usá-la...

— Eu ia dizer que você tem o nome de alguém da realeza — explicou, bem-humorado.

Puxei uma linha solta da luva, rindo.

— Não poderia estar mais distante da verdade, senhor.

— Tem certeza? Você até tem uma coroa. — Ergueu as sobrancelhas, indicando a tiara que pendia da minha mão esquerda.

— Se sou, é segredo até para mim. — Dei de ombros. — Mas por que perguntou sobre minha família? Conhece algum Albuquerque?

— Talvez.

Recostando-se à estante, apoiou o cotovelo na prateleira e esbarrou acidentalmente na caixa de charutos. O artefato despertou seu interesse. Esquecendo o chapéu sobre umas das tábuas, se pôs a avaliar o item que eu pretendia comprar, girando-o entre as mãos.

— ¡Perfecto! — Sem mais nem menos, colocou minha caixa debaixo do braço.

— Perdoe-me, capitão. Infelizmente, não pode comprar esta caixa. — Estendi os braços e a tomei dele, colocando-a de volta na prateleira, sob seu olhar confuso. — Eu estava negociando justamente esta peça pouco antes de o senhor entrar.

Ele inclinou a cabeça para o lado, ainda sem entender.

— É mesmo? E por que ainda não concluiu o negócio?

— Porque o senhor chegou. — Não era óbvio?

Não. Não para ele, percebi, vendo a confusão dominar seu rosto. Ele voltou a me admirar, mas dessa vez seu escrutínio era diferente, menos encantado e mais perspicaz, capturando todos os detalhes que eu gostaria de ocultar: o vestido verde-claro, cuja estampa de minúsculas flores desbotara quase totalmente; os sapatos, que um dia foram brancos, de tão usados apresentavam uma coloração opaca; a luva se desfazendo. Então a tiara de pérolas se balançando entre meus dedos.

— Ah. Compreendo. — Assentiu uma vez, apanhando seu chapéu. — Estava propondo uma troca. Sua tiara pela caixa. Sabe, eu não recomendaria. Sua tiara vale muito mais.

Eu me empertiguei, um pouco irritada com sua expressão presunçosa.

— Sei muito bem quanto vale minha tiara, capitão. E agradeço por sua preocupação, mas prefiro fazer meus negócios sozinha, se não se importa.

— Mesmo que perca dinheiro? — questionou, em um tom que insinuava que ele sabia das coisas e eu não.

Ora, mas que audácia!

— Neste caso, não se trata de dinheiro. — Bem... mais ou menos. — Mas de conseguir aquilo de que preciso.

— Sempre se trata de dinheiro, senhorita. — Mudou o chapéu de uma mão para a outra, parecendo tenso. — E receio que tenhamos um problema. Eu também preciso dos charutos.

— É mesmo?

Ele anuiu uma vez, encolhendo os ombros em um claro pedido de desculpa.

— Mas... mas eu a vi primeiro. — Ah, está bem. Eu sabia que tinha soado tão madura quanto meu irmãozinho, Felix. Mas o que eu podia fazer? Eu realmente precisava daquela caixa.

Obviamente, meu comentário o divertiu.

— Em uma negociação... — começou, tentando muito manter controle sobre seus lábios. E falhando. — Se leva em conta quem tem o dinheiro, não quem chegou primeiro.

A insinuação em suas palavras me fez estreitar os olhos.

— O senhor não ousaria...

— Eu realmente preciso dos charutos. — Sua boca se apertou em uma pálida linha fina, e ele abriu um dos braços.

— E eu também! Ela já seria minha a esta altura, se o senhor não tivesse feito tanto estardalhaço ao entrar no armazém.

Minha explicação provocou uma reação nele. Uma reação que não me era muito favorável. Endireitando a postura, o rapaz observou o interior da lojinha antes de me encarar com ar sarcástico.

— A menos que eu esteja louco, pensei que isto fosse um estabelecimento comercial. Não preciso ser anunciado. Ou será que as regras mudaram e eu não fui informado?

— Não havia motivo para entrar aqui parecendo um urso com dor de dente — resmunguei baixinho.

— Um urso? — Riu.

Porcaria. O homem devia ter um ouvido e tanto.

E estava adorando se divertir a minha custa, não?

Empertiguei os ombros, erguendo o rosto a fim de encará-lo.

— Acho que mudei de ideia, capitão. Pode se desculpar novamente. Desta vez vou aceitar.

Minha movimentação atraiu seus olhos para a curva do meu pescoço, a clavícula exposta pelo meu decote...

Sacudindo a cabeça como que para recobrar o foco, tornou a me encarar, as bochechas decoradas por um suave rosado.

— Lamento desapontá-la, senhorita, mas não tenho o hábito de me justificar por coisas pelas quais desculpas são desnecessárias.

— Não me admira. — Toquei discretamente o ponto na garganta onde seus olhos estiveram, a pele subitamente ardente. — O senhor não parece ser o típico cavalheiro cortês.

Em uma fração de segundos ele estava a menos de um palmo de mim.

— E a senhorita não parece ser muito justa. É sempre tão ávida em julgar o caráter das pessoas, ou eu sou apenas um homem de sorte?

— Minha avidez talvez esteja relacionada à sua obstinação em alardear sua falta de cavalheirismo, senhor.

Ele pressionou os lábios — o inferior era um pouco mais cheio que o superior; não estou certa de por que isso me pareceu importante naquele momento — antes de liberar toda a intensidade daquele olhar metálico sobre mim.

— Temo, senhorita, que não possa negar minha falta de refinamento, tanto quanto seria hipocrisia de sua parte negar sua incapacidade de refrear a língua.

— Muitas vezes, a boca é a única arma de uma dama — desafiei, elevando o queixo.

— Isso é um convite?

— Um convite a quê?

Mas então aquele arquear de sobrancelha, aliado ao esgar travesso que lhe repuxou um dos cantos da boca, esclareceu o que se passava em sua mente, e até eu, que sempre fui um zero à esquerda nesses assuntos, compreendi o que ele sugeria.

Oh, aquele atrevido!

— Capitão Navas, por favor! — censurei, enrubescendo.

O homem não era apenas petulante, mas seu intelecto também deixava a desejar, já que minha repreensão se perdeu nele.

— *Ainda* soa como um convite. — O que antes era apenas um arremedo se concretizou em um sorriso largo que provocou coisas inusitadas e muito inoportunas pelo meu corpo todo.

— Minha mãe estava certa, afinal — pensei alto. — Não se pode confiar em um homem do mar.

"Não deve confiar em um homem que já tem um amor, Valentina", ela dissera certa vez. "Um marinheiro sempre vai voltar para o mar e deixá-la em casa cuidando dos filhos. Isso não é ser uma esposa, mas apenas uma governanta com benefícios."

Agora que eu havia crescido e compreendia melhor o casamento, não era sempre assim?

Minhas ilusões quanto ao amor haviam morrido fazia muito tempo. Agora eu entendia que um matrimônio era exatamente como comprar um novo sapato de festa. Parece uma boa ideia no início, mas logo descobrimos que nos enganamos e acabamos bastante feridas.

De toda maneira, mesmo que eu pensasse de outra forma e ignorasse os conselhos da minha mãe, jamais teria cogitado Leon Navas para o posto de marido de ninguém, muito menos o meu. Eu acabaria por esganá-lo antes de sair da igreja.

Aliás, por que esse assunto me veio à mente mesmo?

— Devia dar ouvidos ao que sua mãe diz — alertou o capitão, um tanto ríspido. — Marinheiros como eu costumam devorar mocinhas inocentes como a senhorita antes do café da manhã.

— Não sou nenhuma mocinha inocente. — Ao menos no que se referia à minha idade. — E sei o que está tentando fazer, mas adianto que não vai funcionar.

Duas largas sobrancelhas se ergueram de um jeito debochado, como se perguntassem: "Sabe mesmo?"

— Está tentando me convencer de que é assustador, senhor, para que eu saia correndo deste armazém, e então possa ficar com a caixa de charutos. Isso não vai acontecer, capitão. Eu não tenho medo de você.

— Mas deveria ter. — O paletó ficou mais justo nos ombros conforme Leon cruzou os braços. — Não sou o tipo de homem que você está acostumada a ter rastejando aos seus pés.

— Não tenho o hábito de me relacionar com répteis. Na verdade, tenho horror a eles. Não suporto nada rastejando perto de mim.

Assim tão perto, pude ver a barba despontando na pele dourada. Sabe Deus por que, me perguntei como seria senti-la na ponta dos dedos. Ou contra minha bochecha. Meu queixo... Um pensamento bastante inquietante, e me perguntei se talvez eu não devesse lhe dar ouvidos e temê-lo. Estava me perdendo com muita facilidade dentro daqueles olhos cor de prata. Apesar disso, por mais que suas palavras contivessem um alerta, a maneira como ele me observava destoava — e muito! — da frieza e rigidez do metal.

— Mas percebo que acredita mesmo no que diz — murmurei, um pouco mexida com o súbito calor que aqueceu seu semblante. — E está apenas enganando a si mesmo. Tenho a impressão de que o senhor gosta de latir bem alto. Mas é tudo o que faz: barulho.

Ele relaxou os braços, me admirando como se eu fosse uma coisinha bastante peculiar. Se a maneira como o sr. Martinelli o recebera era um indicativo de como as pessoas o tratavam, então desconfiei de que eu fosse mesmo.

Inesperadamente, algo nele mudou. Não sei exatamente o que, mas senti na pele o exato instante em que a atmosfera que nos cercava ficou mais quente, densa. Aqueles dois cristais cinzentos adquiriam profundidade, intensidade e um brilho quase ofuscante que fez meu pulso perder a cadência, e meus joelhos, o equilíbrio.

Por sorte o sr. Martinelli escolheu voltar ao recinto, me dando a desculpa perfeita para recuar. Escorei-me discretamente na prateleira enquanto o mundo parecia girar mais depressa.

— Aqui está, capitão Navas — o sujeito foi dizendo, um pedaço de papel na mão. — A lista de tudo o que eu gostaria de lhe oferecer, e de algumas coisas que o senhor comercializa e são do meu interesse. Creio que será um acordo bom para nós dois.

Pela visão periférica, vi Leon dar um passo para trás, esfregando a boca ao mesmo tempo em que soprava o ar com força.

Ah, sim! Era uma excelente ideia respirar, sobretudo porque eu não tinha ideia de havia quanto tempo prendera o fôlego. Logo que enchi e esvaziei os pulmões algumas vezes, a tontura começou a passar, embora a quentura na pele persistisse.

Leon apanhou o papel da mão do comerciante e o examinou por não mais de um segundo antes de dobrá-lo, fazendo-o desaparecer no bolso do paletó.

— Imagino que possamos tratar deste assunto depois, com calma, sr. Martinelli. A *doce* — enfatizou a palavra — srta. Valentina já esperou tempo demais.

O proprietário do armazém pareceu confuso, me contemplando como se não compreendesse o motivo de eu estar ali.

— Ah, mas é claro — exclamou, após um embaraçoso momento. — Claro que sim. A senhorita queria... o que mesmo?

— A caixa marchetada de charutos, sr. Martinelli.

— Está brincando? — Leon fingiu surpresa e eu desejei ter dinheiro o bastante para poder pagar pela estátua de leopardo, apenas pelo prazer de arremessá-la em sua cabeça. — Pois foi justamente atrás dela que eu vim!

— É mesmo? — perguntou o proprietário, caindo naquela atuação patética.

O sr. Cínico expirou com exagero, em uma pouco convincente tentativa de aparentar desapontamento.

— Temo que sim. — Então me lançou o mais inocente dos olhares. — Se eu não precisasse dela, se fosse apenas um capricho, teria muito prazer em me retirar dessa disputa, senhorita. — E, dirigindo-se ao comerciante: — Temo que o senhor terá que decidir, sr. Martinelli, já que dificilmente conseguiremos chegar a algum lugar.

Empalidecendo, o sr. Martinelli me estudou, depois a Leon, e de novo a mim. Gotículas de suor lhe brotaram na testa.

— Bem, bem... — Puxou um lenço do bolso do colete e deu leves batidas nas têmporas. — Que situação desagradável.

— O senhor tirou as palavras da minha boca. — Fulminei o capitão Navas.

Como o desaforado que era, sua resposta foi sorrir e estalar os dedos, como se subitamente uma ideia lhe tivesse ocorrido.

— Poderíamos fazer do jeito antigo — sugeriu. — Quem der o maior lance fica com a caixa. Parece justo, srta. Valentina?

— De fato acredita que eu lhe daria uma resposta afirmativa?

— Ótima ideia — falou o sr. Martinelli, não parecendo me ouvir. — Quem quer começar?

— Damas primeiro, é claro. — Leon fez uma mesura galante, e, francamente, cogitei a possibilidade de negociar com o sr. Martinelli toda a mobília do meu quarto em troca daquela estátua. Eu não precisava de uma cama tanto assim. E faria qualquer coisa para apagar o sorriso atrevido daquele espanhol irritante.

Eu havia sido enredada em uma armadilha, e o capitão Navas estava ciente de que eu sabia disso. Mas que escolha eu tinha?

— Muito bem. — Eu me aprumei, dirigindo-me ao comerciante. — O senhor já sabe qual é a minha oferta.

— Estou disposto a pagar o dobro — o capitão anunciou. Então voltou a cara deslavada para mim. — Lamento tanto, senhorita, mas realmente preciso dos charutos.

— Não, não lamenta — sibilei, entredentes.

O pobre sr. Martinelli secou a testa outra vez.

— Bem... Quem paga mais fica com o produto. Sinto muitíssimo, srta. Valentina — adicionou, para meu desespero.

Sem hesitação, o capitão Navas colocou o chapéu debaixo do braço e envolveu os dedos bronzeados na caixa sobre a prateleira, começando a seguir o dono do estabelecimento até o balcão. No entanto, Leon parou na metade do caminho e refez os passos até estar tão perto que, ao se inclinar, sua boca ficou a centímetros de minha orelha.

— Acredito, senhorita... — murmurou ali — ... que eu tenha acabado de mordê-la.

Um rosnado baixo se esgueirou pela minha garganta, ao mesmo tempo em que cerrei os dedos ao lado das saias para evitar que, acidentalmente, meu punho encontrasse aquele sorriso prepotente.

Eu lhe dei as costas — minha saia esbarrou na prateleira mais baixa; alguns vidros sacolejaram — e marchei para fora do armazém sem olhar para trás. Assim que passei pela porta, Manteiga se ergueu sobre as patas, correndo para acompanhar meus passos ligeiros como um perfeito cavalheiro. Um *verdadeiro* cavalheiro, aliás, ao contrário de certos homens que apenas ostentavam o título.

Eu não responderia pelos meus atos caso alguma vez na vida tivesse que me ver novamente sob o mesmo teto que aquele sujeito. Era mesmo muito bom ele ser um marinheiro, assim logo deixaria a cidade e eu nunca mais precisaria me preocupar com aquele...

Precisei caminhar por algumas quadras antes de conseguir me acalmar e apagar aquele marinheiro dos pensamentos. Pela primeira vez fiquei grata por não conhecer as pessoas com quem cruzava pela rua e não ter que socializar quando tudo o que eu queria era... era...

— *Argh!* Espanhol irritante!

No entanto, meu encontro infeliz com o capitão Navas ficou em segundo plano logo que passei diante de uma porta azul, a janela baixa combinando, uma plaquinha de madeira pendurada sob ela com os dizeres "ALFAIATE". Fiquei tentada a entrar e comprar uma gravata nova para meu pai. Era tudo o que meu dinheiro poderia pagar, já que nem todo mercante era admirador do meu antigo objeto de barganha. O problema é que, sem companhia, eu não poderia pisar naquele reduto masculino. Uma dama jamais se atreveria. Seria muito escandaloso! Já não era visto com bons olhos que eu perambulasse pela cidade sozinha.

Eu ainda ponderava se seria atrevida o bastante para arriscar entrar, por isso não percebi que alguém na rua saltou da carruagem até que o vulto estivesse bem ao meu lado.

— Ah! Sr. Nogueira. — Toquei meu pescoço, tentando acalmar a pulsação enquanto Manteiga pulava em sua perna, abanando o rabo. — Que susto o senhor me deu.

O rapaz de pouco mais de vinte anos corou, tirando o chapéu e o retorcendo na altura da barriga plana.

— Perdoe-me. Pensei que tivesse visto quando me aproximei. Acenei algumas vezes antes de descer da carruagem. Sou um homem difícil de não ser notado, sabe?

De fato, o jovem Inácio Nogueira, vizinho de nossa propriedade, com seus quase dois metros de altura, não passava despercebido, fosse pelo tamanho, o rosto pálido que parecia ter sido esculpido por algum anjo de muito bom humor ou os cabelos castanho-claros encorpados, sempre perfeitamente penteados. Eu não conhecia muitas pessoas ainda, mas já havia percebido que, por onde passava, ele deixava um rastro de suspiros e bochechas afogueadas. Às vezes eu desejava ser uma daquelas moças. Seria uma boa mudança ocupar meus pensamentos com um belo rapaz e fantasias de um final feliz, em vez do tradicional: *O que vou fazer do restante da minha vida?*

— Creio que eu estava distraída — respondi, sem jeito. — Perdoe-me.

— Não, eu é que peço desculpa por tê-la assustado. Foi imperdoável. Posso compensar meu erro acompanhando-a até em casa? Deduzo que tenha vindo sozinha. De novo.

— Sr. Nogueira, será que, em vez disso, poderia me acompanhar até ali dentro? — Indiquei a porta azul, optando por ignorar sua censura. — Gostaria de comprar uma gravata para papai.

— Pensei que pediria algo mais desafiador — brincou, já me oferecendo o braço. — E depois a levarei para casa.

— O senhor não precisa se dar o trabalho de voltar todo o caminho apenas para me escoltar.

— Não será trabalho algum. Gosto de conversar com a senhorita.

Talvez porque apenas um de nós falasse. Em geral, minha timidez me impedia de sustentar uma conversa, sobretudo com alguém que eu não conhecia muito bem. Mas com o sr. Nogueira eu não precisava me preocupar. O rapaz preenchia os hiatos antes mesmo que eles existissem.

Diferentemente daquele marinheiro bruto, o sr. Nogueira foi a perfeita encarnação da cortesia e das boas maneiras ao me conduzir para dentro do prédio. E também mais tarde, me ajudando a subir em sua carruagem. Inácio aproveitou o curto trajeto para me inteirar sobre os lucros que tivera no último ano com as sacas de milho. Manteiga se deitou sobre meus pés enquanto eu assentia e sorria vez ou outra para meu vizinho, apertando entre os dedos a caixinha com a gravata, até que em algum momento parei de ouvir e meus pensamentos vagaram em outra direção.

Papai completava cinquenta e oito anos naquele dia. Pela terceira vez mamãe não estaria presente para comemorar sua nova idade. Ainda doía muito. Sua morte me devastara. Não apenas por sua ausência, mas minha vida — minha antiga vida — fora destruída no processo. Minha casa, família, posição social, amigos, o local onde passei toda a vida... Não restara nada além de lembranças. Todo o meu mundo ruíra de uma só vez. E a pessoa que deveria estar ali para me estender a mão, me ajudar a sair de debaixo dos destroços, me deixou soterrada em um canto enquanto reconstruía a vida com outra mulher.

Muitas pessoas se dizem sozinhas mesmo estando em meio a uma multidão, presas em um tormento pessoal cuja saída parece não existir. Eu as compreendia, pois era neste ponto em que eu estava: perdida em um labirinto de desespero e solidão, tentando recomeçar. Mas como eu faria isso se, a cada vez que tentava fincar um alicerce, em vez de terra firme encontrava apenas areia?

Esse era o motivo pelo qual eu tinha brigado tanto por aquela caixa de charutos. Mamãe comprava uma daquelas para o meu pai em todos os Natais desde que eu me entendia por gente. Se eu a tivesse conseguido, sei que ele teria se recordado disso. E, quem sabe se lembrasse da minha existência também.

3

Ao chegar em casa, desamarrei o laço do chapéu em meu queixo ainda no hall, suspirando. Toda aquela andança pela cidade tinha me deixado exausta.

Na sala, vi um borrão avermelhado em meio ao amarelo sufocante da decoração. Aquela era a marca de Miranda: ouro. Nas cortinas, na mobília, no papel de parede, nos lustres, no tapete e até nas velas. Era como se o rei Midas tivesse passado mal naquele ambiente.

Suelen, que folheava uma revista de moda no sofá de veludo dourado, as mechas ruivas presas no alto da cabeça em um gracioso e não tão bem comportado coque, me ouviu chegar e sorriu.

— Que bom que voltou, Tina. Preciso de ajuda — foi dizendo, erguendo a revista. — Acha que este modelito ficaria bem em mim? Estou pensando em mandar fazer para o baile de Najla.

Contornei a poltrona e me sentei, estudando o desenho de um belo traje de gala na página que ela mantinha aberta.

— É muito bonito, Suelen. Tenho certeza de que ficará encantadora nele. Tudo fica lindo em você.

— Exceto laranja. — Enrugou o delicado nariz salpicado de sardas. — Me deixa parecida com alguma coisa que alguém esqueceu na chuva e enferrujou.

Dei risada daquele absurdo. Minha prima tinha aquele ar de mistério que sempre cerca as ruivas, com um toque de alegria nos olhos escuros tão ligeiros. Ela viera nos visitar pouco depois da mudança, quando a saúde de papai ainda exigia cuidados. Pretendia ficar apenas uma quinzena, mas, para minha alegria, decidiu que permaneceria conosco até o início do verão.

— Como foi o passeio com o sr. Flores? — perguntei, desabotoando as luvas.

Jogando o periódico no sofá, esticou as pernas, que se esconderam sob a mesinha de centro, e bufou.

Acabei rindo.

— Tão interessante assim? — Fingi compadecimento.

— Lamentavelmente. Tudo o que ele sabe é falar sobre suas preciosas cabras! Cabras, Tina! — Largou-se contra o encosto. Então me observou por entre os babados do vestido cor-de-rosa. — E você, conseguiu o que queria?

Não, graças àquele espanhol!

— Comprei uma gravata. — Terminei com as luvas e as guardei no bolso do vestido, mostrando a caixinha, sem muito entusiasmo. — E... bem... é branca.

— Como todas as outras dezoito que meu pai tinha no armário.

— Estou certa de que tio Walter vai adorar — ela se apressou em dizer, percebendo meu desânimo. — E para você? O que comprou?

— Não preciso de nada.

Um ligeiro franzido lhe surgiu na testa.

— Valentina, não pode continuar desse jeito por muito mais tempo. Quer dizer, olhe só para você! — E foi o que ela fez. — Ainda é a moça mais bonita que eu conheço, mas estes seus vestidos já não deviam mais ver a luz do sol. Fazem você parecer tão... hã... sem recursos — completou, com delicadeza. — Você nasceu para ser uma princesa encantada!

— Acredito que a palavra correta seja desencantada... — brinquei.

— Você entendeu o que eu quis dizer!

Claro que sim. Não muito distante, meu guarda-roupa faria inveja a qualquer moça. Mamãe sempre fizera questão de que eu me vestisse com perfeição, mesmo que para isso tivesse que enfrentar papai. Ele sempre preferira empregar o dinheiro em algo mais lucrativo que a aparência da única filha. Mas então Miranda aconteceu. Papai e ela se envolveram quando minha mãe ainda estava viva. Enquanto dava à amante tudo do bom e do melhor, nossa casa ficava à míngua. Mais de uma vez passamos uma semana inteira nos alimentando apenas de batatas.

Percebendo meu abatimento, Suelen estalou a língua e pulou do sofá para o braço da poltrona, me abraçando tão apertado que meu espartilho se deslocou.

— Odeio que esteja passando por isso — murmurou em meus cabelos. — Odeio não poder fazer nada. Me deixe falar com o tio Walter. Os homens não percebem esses detalhes.

— Eu já tentei. Ele me disse que "tempos difíceis exigem sacrifícios de todos". É o que eu tenho feito. Cuidando das contas da casa sem que Miranda saiba que ando trocando seu caro talco francês por um mais barato. O mesmo vale para as bebidas e outras regalias.

Ela me soltou, me encarando com as sobrancelhas abaixadas.

— Ah, sim. Eu vi sua madrasta se *sacrificando* ainda agora. Na modista!

— Ah. — Eu teria rido se não fosse trágico. — Tanto melhor. Prefiro dar meu presente ao papai sem que ela esteja por perto.

Deixando minha prima com sua revista, fui procurar meu pai. Eu o encontrei em seu escritório, atrás da larga mesa de ipê-rosa, um documento na frente do rosto. Ele havia se recuperado da crise de asma, mas o ataque ainda era visível no suave côncavo em suas bochechas e na maneira um tanto solta com que o paletó dançava em seus ombros.

Bati na porta escancarada.

— Posso entrar? — perguntei.

— Claro, Valentina. Algum problema? — Ele me avaliou por sobre a armação dos óculos, abaixando o papel, mas o manteve na altura do peito, pronto para retomar a leitura.

Eu não tinha muito tempo.

— Não devia estar trabalhando. Especialmente hoje. — Contornei a mesa e coloquei a pequena caixa branca à sua frente. — Feliz aniversário, papai.

Seu rosto se iluminou, surpreso. Esquecendo o documento, retirou os óculos de leitura, o farto bigode, mais cinza a cada dia, se abrindo sobre seu sorriso. E, assim, toda a humilhação que passei no armazém foi esquecida.

— Uma gravata! — exclamou ao remover a tampa. — Ora, vou usá-la hoje à noite mesmo! — Então coçou uma sobrancelha volumosa. — Se Miranda ainda não tiver separado um traje para mim. Sabe como ela é...

Sim, eu sabia como ela era...

— Mas obrigado, Valentina. Eu gostei muito! — Deu duas palmadinhas em minha mão, e em um mesmo movimento apanhou seu documento. — Agora, se me der licença, minha querida, tenho alguns papéis para analisar antes do almoço.

— Precisa de ajuda? Sabe que sou boa com números.

Ele sorriu brevemente, já voltando a atenção para a papelada.

— Por sorte, eu também sou.

Não, ele não era. Meu pai se enquadrava no tipo "gastar antes e se preocupar depois". Ainda assim, tratei de deixá-lo em paz, fazendo um aceno, que ele não chegou a ver.

Ao menos o sorriso durou uns bons dez segundos, me consolei, já no corredor, evitando olhar para o quadro em tons vermelhos de quase dois metros que me causava muita angústia.

Retornei à sala no instante exato em que a srta. Damires chegava da rua com o menino. Bastante robusto, somente a maneira angelical como se movia e o vocabulário denunciavam seus dois anos e meio.

— Ah, minha nossa, Felix! — Mordi a bochecha para não rir.

Os cachos escuros do meu irmãozinho se grudavam na testa, a pele dourada brilhando nos pontos onde estava limpa. Uns poucos centímetros, devo ressaltar.

— Tina! Tina! Tinaaaaa! Eu *encontei* um *tesoio*! — Disparou em minha direção.

— Sr. Felix, não! — A babá tentou segurá-lo. — Vai sujar a sua irmã!

Mas já era tarde, e ele tinha as mãozinhas encardidas de terra agarradas a minhas saias. Afastei os fios de sua testa suada, o coração se contraindo ao vislumbrar o sorriso repleto de dentinhos de leite. Eu amava Felix, não podia evitar, mesmo que às vezes sentisse que traía a memória de minha mãe. Ele fora gerado no período em que nosso pai ainda deveria guardar luto. Mas que culpa tinha o menino do erro de seus pais?

— Que tesouro encontrou hoje? — eu quis saber.

— Um *bilante*. Eu achei sozinho!

— E teve que escavar beeem fundo, e por muuuito tempo, para achar esse tesouro brilhante, pelo que vejo.

— Muito, muito, muito! — Ele soltou um suspiro. — Eu tô muito cansativo.

— É cansado, sr. Felix. Estou muito cansado — ensinou a babá.

— Eu sei, *Damiles*. — Ele me observou com seus imensos olhos negros. — Ela fica muito cansado todo dia.

Suelen deixou escapar uma risadinha, ao passo que a babá apenas abriu os braços, concordando com a cabeça. Felix se pendurou em minhas saias, pulando.

— Você *qué vê* o que eu *encontei*, Tina?

Fiz que sim, lhe estendendo a mão, um tanto ressabiada. O tesouro de Felix podia ser uma lagartixa, um pedaço de cipó, um caco de vidro ou uma minhoca. Antes que eu pudesse piscar, ele colou algo frio e um tanto áspero em minha palma.

Por favor, que o molusco não esteja aí dentro, rezei, virando a concha marrom e azul com cuidado entre os dedos.

Vazia, constatei com um suspiro de alívio.

— É realmente muito bonita, Felix. — Eu a devolvi. — Onde vai colocá-la?

— No meu baú de *tesoios*. Eu vou ser um *pilata*.

Inconveniente e inesperadamente, um rosto bronzeado com os olhos mais claros que eu já tinha visto me veio à mente.

— Tem certeza? — perguntei, balançando a cabeça para me livrar da imagem indesejada. — Sabe, eu conheci um pirata esta manhã. Não quero que você seja como aquele homem.

— Conheceu? — perguntou, desconfiado. — Ele tinha *peina* de pau?

— Do que está falando, Felix? — perguntou Miranda, as plumas pretas no chapéu vermelho saltitando conforme adentrava a sala.

— Do *pilata*! — Meu irmão correu para ela. — A Tina viu um hoje, *mamá*!

— Felix, pare! — Ergueu uma das mãos. O menino, assustado, parou, tapando a boca. — Você está imundo, querido. E eu já disse que o nome de sua meia-irmã é Valentina. Não seja desagradável inventando apelidos.

Ela se virou para a babá, que parecia ainda menor no traje cinzento exigido pela patroa. Apenas para as criadas cuja beleza pudesse rivalizar com a dela, como era o caso de Damires, com suas generosas curvas, cabelos em tom de mel e olhos de topázio.

— O que faz aí? — perguntou, arqueando uma das finas sobrancelhas. — Leve o sr. Felix para o banho. Garanta que ele esteja apresentável. Vamos! Vamos!

— S-sim, senhora. Venha, sr. Felix — a moça se apressou, pegando meu irmãozinho pela mão e desaparecendo escada acima.

Miranda desfez o laço do chapéu, me lançando um sorriso mordaz.

— Então encontrou um pirata, Valentina? Parece que sua manhã foi bastante proveitosa.

Preferi ignorar o comentário e apontei a escada para Suelen. Em um átimo de segundo, minha prima apertou a revista de encontro ao peito e ficou de pé, atraindo o olhar aguçado de Miranda, que a avaliou de cima a baixo.

— Ah, você ainda está aqui. — Soltou um mortificante suspiro pesaroso, que fez Suelen enrubescer. Eu também senti o rosto queimar.

— Vamos — sibilei para ela.

Minha prima tratou de correr enquanto eu seguia para os degraus recobertos por uma passadeira vermelho-sangue.

Um dia, pensei, sonhadora. *Um dia eu vou acordar e não terei de lidar com Miranda.*

— Aonde pensa que vai sem nem ao menos me dirigir uma palavra, Valentina? — Miranda guinchou. — Quanta falta de modos! *Su madre* não foi tão atenciosa como deveria com a sua educação.

Atingindo o limite da paciência, me detive no segundo degrau da escada e me virei para encará-la.

— Ao contrário, senhora. Minha mãe me dedicou uma educação exemplar. Sei tudo sobre boas maneiras e posso ser gentil com uma visita, por exemplo.

Abrindo um sorriso que era puro veneno, minha madrasta espalmou a mão no centro do colo farto quase todo exposto pelo decote.

— E quando foi que deixei de ser gentil, Valentina? Uma visita minha jamais deixou esta casa sem ter sido muito bem tratada.

Achei melhor ignorá-la e continuei em frente. Estava quase alcançando o patamar quando vi o mordomo entrar um pouco esbaforido na sala, a correspondência disposta metodicamente sobre a bandeja.

— Tem alguma coisa para mim, sr. Romeu? — Eu me debrucei no corrimão.

O homem de cabelos espetados começou a abrir a boca. Miranda se adiantou e, antes que ele produzisse uma sílaba sequer, apanhou os envelopes.

— Coloque mais um lugar à mesa esta noite. Encontrei um amigo ainda há pouco — Miranda disse a ele, os olhos nos envelopes. — Isso é tudo. Ande, traste! Vá terminar suas tarefas!

O pobre sr. Romeu quase tropeçou nos próprios pés ao se apressar para o corredor. Tão logo ele sumiu de vista, Miranda caminhou lentamente pela sala, passando de um envelope a outro. Então olhou para cima e fez biquinho.

— Pobre Valentina. Nenhuma carta outra vez. Devia parar de esperá-las. Todos já se esqueceram de você.

Correndo o risco de pular da escada e envolver os dedos ao redor daquele pescoço de cisne, achei melhor deixá-la falando com a mobília. Era aniversário do meu pai. Eu tinha quase certeza de que ele não apreciaria ficar viúvo naquele dia.

— Demônio! — Suelen cuspiu assim que entramos em meu quarto.

Diferentemente do restante da casa, a decoração ali não tinha franja dourada. Era simples, com a cama e a cômoda em laca branca, as cortinas diáfanas azul-claras, o mesmo tom do estofado da poltrona em frente à janela e das listras do papel de parede. Papai me deixara escolher ao menos isso.

— Não ligue para o que ela disse, Suelen. — Eu me sentei aos pés da cama, desenroscando a bolsinha do pulso. — Você é e sempre será muito bem-vinda nesta casa.

— Não foi o que ela disse sobre mim que me deixou preocupada. — Juntando as saias na mão, ela se acomodou ao meu lado. — Valentina, você não pode viver para sempre com aquela... aquela megera!

Um pesado suspiro me escapou.

— Às vezes sinto que, se não sair desta casa, vou acabar enlouquecendo — admiti. — Mas não posso abandonar meu pai. Miranda o depenaria em um ano. Na semana passada ela pediu que o sr. Romeu providenciasse argolas para guardanapos em prata de lei!

Miranda não conhecia limites. Em poucos anos como a sra. Albuquerque, havia diminuído o patrimônio de papai pela metade. Se eu não tivesse interferido em mais de uma ocasião, estaríamos à beira da penúria àquela altura. Não devia ser minha responsabilidade me preocupar com os bens da família, mas, se eu não cuidasse, quem cuidaria? Sim, papai era adulto, poderia lidar com suas próprias escolhas. Mas e quanto a Felix? O que seria do menino se nosso pai perdesse tudo?

— Concordo com você. — Ela brincou com um dos meus cachos, arrumando-o sobre o ombro. — Mas isso não significa que tenha que continuar vivendo nesta casa.

— E uma mulher solteira conseguiria isso de que jeito?

— Não sendo mais solteira, é claro!

Lutei para não revirar os olhos. Eu não queria um marido. Lembrava-me muito bem de como era a vida da minha mãe e tinha jurado jamais me colocar naquela posição: aos pés de um homem frio e mesquinho, que só pensa em si mesmo.

Decerto, havia algumas raras exceções. E o destino, aquela coisinha temperamental, quis que o primeiro casamento regido por sentimentos que eu testemunhasse fosse o do homem por quem um dia meu coração adolescente se alvoroçou. O sr. Clarke não era apenas um marido devotado, mas irrevogavelmente apaixonado por sua Sofia. Assistir ao amor entre os dois nascer me ferira. Aos dezessete anos, foi difícil compreender que o homem perfeito para mim era perfeito para outra pessoa. Onde estava o meu felizes para sempre?

Por um tempo me senti como alguém indigno, como se o fato de amá-lo me tornasse desprezível, abominável. Mas, como uma planta que carece de cuidados, o sentimento nunca correspondido murchou e secou. Então conheci melhor Sofia e, de certa forma, fiquei grata por Ian tê-la escolhido. Ela era extraordinária: inteligente e opiniosa, de coração grande e sorriso largo. Em vez de rancor, o sentimento que passei a nutrir por ela foi de afeição. Fazia muito tempo que eu tinha a incrível sorte de poder chamá-la de amiga.

No entanto, minha falta de entusiasmo com o casamento não estava exatamente relacionada a isso, mas à constatação de que aquele tipo de relacionamento era muito raro. Provavelmente não havia um príncipe encantado me esperando em algum lugar, como um dia eu fantasiara, apenas um homem que veria o casamento como um negócio, e a mim como sua propriedade.

Além do mais, eu tinha vinte e dois anos, estava a poucos meses de completar vinte e três, e a maioria dos pretendentes buscava jovens da idade de Suelen, com menos de vinte. Já estava passando da idade de me casar. Em mais um par de anos eu seria oficialmente considerada uma solteirona, o que não era uma perspectiva ruim. Não, de verdade. Sobretudo se houvesse uma maneira de meu pai criar juízo e de eu ter uma vida digna e confortável, com sorte alguns quilômetros distante de minha madrasta.

— Não pode ser tão ruim se as pessoas continuam se casando — a voz de Suelen penetrou meus pensamentos, me arrancando do devaneio.

— Talvez esteja certa, mas, como você mesma apontou ainda há pouco, que atrativos uma moça com vestido velho e luva gasta pode ter?

— Não foi isso que eu disse! — ela reclamou, emburrada. — Você é muito mais que um guarda-roupa!

— Para você, sim. Para a sociedade e para qualquer homem aceitável, duvido muito. — Inclinei-me para trás até me deitar, mirando as vigas brancas no teto. — Tenho que pensar em alguma alternativa.

A quietude preencheu o quarto, mas senti os olhos de minha prima em mim o tempo todo. Ela conseguiu segurar a curiosidade por três inacreditáveis minutos.

— Não vai me contar o que aconteceu com o pirata? — perguntou, por fim. — Ele era bonito?

Acabei rindo. Eu podia ter perdido a fé no amor, mas Suelen ainda enxergava tudo através de lentes cor-de-rosa.

— Era, sim — cedi, de má vontade.

— Bonito *bonito* ou bonito *sr. Clarke*?

O rosto emoldurado pela cabeleira negra indômita surgiu atrás de minhas pálpebras outra vez. Cruzei as mãos sobre o estômago, que se agitou de leve.

— Receio nunca ter conhecido um homem tão lindo quanto aquele espanhol, Suelen. — Um suspiro ameaçou escapar. Então me lembrei do leilão que ele havia tramado e tratei de engoli-lo. — Mas é tão arrogante quanto bonito. Primeiro eu pensei que ele fosse um cavalheiro, mas logo ficou claro que não é.

— Ele tentou alguma coisa? Ele pegou sua mão? — Engatinhou sobre o colchão até seu rosto ansioso pairar acima do meu, os olhos muito abertos. — Ele tentou beijá-la?!

Revirei os olhos.

— Meu Deus, Suelen! Dentro do armazém do sr. Martinelli?

— Eu não sei como um pirata se comportaria! — objetou, saindo de cima de mim e caindo de costas na cama.

— Ele não é um pirata. É apenas um sujeito que me deixou muito irritada. — Bufei outra vez. — E ainda vou ter que aturar Miranda no jantar esta noite. A menos que eu padeça de uma súbita...

Em um pulo, Suelen se sentou sobre os joelhos.

— Ah, não, Tina. Nem pense nisso! De jeito nenhum você vai faltar ao jantar de aniversário do seu próprio pai.

— Ele provavelmente não notaria minha ausência.

— Mas outras pessoas sim. E talvez alguém interessante apareça. Alguém que seja solteiro e que more aqui perto. Só precisamos fazê-lo ficar interessado em você! — Beliscou minha cintura, piscando. Mas logo seu rosto murchou. — Além disso, o sr. Flores disse que viria. Não pode me deixar sozinha com ele! Se eu ouvir mais uma palavra sobre cabras, temo me transformar em uma. *Bééééé*. — Apertou a mão contra a boca. — Já está acontecendo. *Bééééé*. Tina, você precisa... *Bééééé*...

Acabei rindo.

— Está bem, está bem, eu vou. Mas tem que me prometer que não vai tentar me empurrar para nenhum dos cavalheiros solteiros presentes.

— Prometo! — Deu dois beijos nos dedos em cruz. — Agora precisamos decidir o que você vai vestir. Tem que ser algo resplandecente! Digno de uma princesa! — Pulou da cama, animada, correndo para o baú perto da cômoda.

Sorri de novo.

— Acho que vai ser mais fácil tentar me arranjar um príncipe encantado...

* * *

Eu ajudava Suelen a finalizar seu penteado quando ouvi um arranhar na porta do meu quarto. Deixei as forquilhas sobre o toucador e fui atendê-la. Então me deparei com uma bola de pelos amarela.

— Estava me perguntando onde você estaria — falei a Manteiga.

Ele latiu, sentando-se sobre as patas traseiras, a cabeça inclinada para o lado como em um sorriso engraçado. Bem à sua frente, sobre o piso de madeira encerado, havia um pernil assado quase do seu tamanho.

Arquejei.

— Meu Deus do céu, Manteiga! Você roubou o...

— Onde está aquele demônio? — A voz esganiçada de Miranda subiu as escadas e me alcançou. — Olhe o que ele fez com a mesa! Os convidados estão prestes a chegar e aquela besta comeu o assado e metade do arranjo! Assim que eu o encontrar vou fazer um cozido dele e comê-lo no café da manhã. Com *mucho* gosto!

Voltei correndo para dentro do quarto, abrindo a cômoda e revirando a gaveta até encontrar um xale.

— Suelen, eu preciso me ausentar por alguns instantes. Consegue terminar sozinha? — perguntei, já a caminho da porta.

— Claro. O que está acontecendo? — Ela girou na banqueta em frente ao toucador, tentando prender um dos cachos vermelhos.

Apenas acenei para ela, ao mesmo tempo em que tentava impedir meu cachorro de entrar no quarto. Pegando-o pela coleira, eu o fiz dar meia-volta, me abaixando na entrada para embrulhar o assado com o xale. Tomei cuidado para não sujar meu vestido mais apresentável — um cor-de-rosa pálido, com aplicações de renda nas mangas e no decote de ombro a ombro, que eu usara alguns anos antes, no casamento de Thomas e Teodora. Assobiei para meu cachorro e disparei para a escada dos fundos. Pensando se tratar de uma brincadeira, ele me ultrapassou, saltando os degraus de dois em dois.

Passei voando pela cozinha, driblando os empregados atarefados, que se desdobravam para agradar à senhora daquela casa pouco desejosa de ser agradada. Do lado de fora, escolhi o caminho da estrebaria, já que era o local mais improvável onde Miranda arriscaria colocar os caros sapatos. Não me permiti parar para respirar até nos esconder atrás da pequena construção de madeira, feita para abrigar meia dúzia de cavalos. Manteiga começou a pular em minha saia, ansioso para que prosseguíssemos.

— Eu sei que deve ser... muito divertido... roubar o jantar. — Tentei recuperar o fôlego. — Mas não pode... fazer isso, Manteiga. Agora nós dois... estamos encrencados! Sabe que Miranda está procurando... qualquer desculpa para colocá-lo... na rua. Você se comportou muito mal!

Sentando-se sobre as patas, ele entortou a cabeça para me admirar como se eu fosse a coisa mais incrível do mundo.

— Eu não posso simplesmente ignorar que... Pare de me olhar assim. Você realmente se portou feito um... Ah, está bem! — Eu me inclinei, equilibrando o assado na cintura, e corri uma das mãos entre suas orelhas. — Mas vai ter que ficar escondido até ela se acalmar.

Tratei de abrir a portinhola do estábulo e esperei que ele entrasse. Seu instinto protetor o levou para dentro do cercado, um cavalo em uma das baias relinchando com a movimentação. Encostei o portão e cerrei o trinco, então comecei a refletir sobre outro problema. Onde eu poderia deixar a porcaria do assado?

Talvez na adega ou dentro da carruagem, ponderei. Mas logo um pensamento terrível me paralisou. E se a carne atraísse ratos? Pior ainda: e se atraísse lobos? Eu não tinha visto nenhum pelas redondezas, nem sabia se eles viviam no litoral. Mas, minha nossa, e se vivessem e eu os levasse diretamente para nossa casa? Felix, aventureiro e curioso como era, poderia confundi-los com cachorros e...

Um graveto estalou atrás de mim, e uma sombra começou a se espichar no gramado. Gritei, atirando longe o assado.

Ouvi um *urf!* abafado e bastante humano pouco depois de me dar conta de que a sombra que eu via tinha o formato de um homem e não de um lobo. Girei sobre os calcanhares, a saia abraçando minhas pernas, e investiguei as sombras. Não consegui distinguir nada além do contorno escuro alto demais — e muito másculo. O assado, constatei tristemente, aterrissara a seus pés, o xale aberto feito uma toalha de piquenique.

— Quando disse que eu me parecia com um urso — começou ele —, pensei que fosse uma metáfora. Não imaginei que pretendesse me alimentar feito um, atirando comida em mim. Será que devo começar a rugir agora?

Atordoada, pisquei algumas vezes. Suas palavras ou o sotaque deviam ter me alertado, mas, transtornada como estava, não consegui raciocinar direito. O vulto deu um passo adiante, transpondo o assado com aquelas botas lustrosas, enfim saindo das sombras. Mesmo sob a luz pálida do luar, o rosto ainda era bronzeado, os cabelos indomados resplandeciam em tons de preto e azul, as íris cinzentas cintilavam como estrelas. O queixo não tinha mais pelos, mas lá estava o lábio com a cicatriz, se distendendo em um sorriso insolente.

Ofeguei.

— Capitão Navas!

Oh, por quê? Por que, de todas as pessoas no mundo, tinha que ser aquele sujeito a me flagrar em uma situação tão embaraçosa? Por quê?!

— O que faz no estábulo a esta hora da noite? — perguntou Leon Navas, analisando minha silhueta de cima a baixo. — E trajando um vestido de festa. Veio convidar um dos cavalos para o jantar?

— Decerto seria uma companhia mais agradável que a que eu tenho agora. E estou na minha casa, logo não lhe devo satisfações. O que o *senhor* faz aqui?

A surpresa lhe vergou as sobrancelhas, e cheguei a pensar que minha pergunta impertinente ficaria sem resposta. Mas, depois de um instante de hesitação, ele abriu a boca.

— Não invadi. Fui convidado para o jantar. — A voz se suavizou.

Ah. Devia ser o tal conhecido que Miranda mencionara mais cedo. Esplêndido.

— Eu a vi da entrada da casa. — Apontou com o polegar para a construção a muitos metros de distância. — Pensei que pudesse estar com problemas. Você deve ser a enteada de Miranda.

Então ele e minha madrasta eram íntimos a ponto de ele se referir a ela pelo nome de batismo?

Eu sabia que não deveria gostar daquele sujeito. Na melhor das hipóteses, ele era amigo daquela argentina insuportável. Qualquer amigo dela não podia ser boa coisa.

— Pois o jantar será servido na sala, não no estábulo — informei, alisando as saias com toda a dignidade que consegui reunir. — O senhor não deveria estar aqui.

— Nem a senhorita. Mas não tenho certeza quanto ao local do jantar. Parece que já foi servido. — Relanceou o pernil às suas costas. Então os olhos claros retornaram ao meu rosto. — O que faz no estábulo a esta hora?

— Como o senhor disse, vim pedir a um dos cavalos que me acompanhe no jantar.

Um sorriso torto brotou em seus lábios, as mãos desaparecendo dentro dos bolsos da calça. Um belo traje de noite completo, reparei. Tinha se barbeado e, ainda que seus cabelos se rebelassem nas pontas e a gravata permanecesse um pouco desalinhada, parecia um cavalheiro. Se conseguisse manter a boca fechada, o que, visivelmente, era uma façanha além dos seus limites.

— Pelo seu humor — começou, uma centelha de diversão lhe cruzando o semblante —, suspeito que nenhum dos cavalos esteja disponível. — Ajeitou as lapelas do paletó negro. — Se a senhorita me pedir com muita delicadeza, talvez eu fique tentado a aceitar.

— Que generoso de sua parte. — Contemplei o céu apinhado de estrelas, implorando paciência. — Mas eu não gosto de ursos. Muito barulhentos e fedem demais.

Aproximando-se até estar tão perto que se eu estendesse o braço o tocaria, suas narinas se dilataram enquanto fungava ao meu redor. Enrijeci no mesmo instante.

— Ao contrário da senhorita, que exala um delicioso aroma de pernil. É de dar água na boca.

Inesperadamente, sua mão se moveu em direção ao meu ombro. Foi tão rápido que não tive tempo de esboçar uma reação, enquanto ele puxava alguma coisa da renda em meu decote, sem de fato me tocar. Mortificada, eu o vi examinar um naco do assado. E então o enfiar na boca.

— Humm... Muito bom. Realmente delicioso. — Lambeu os dedos, apanhando os últimos resquícios do assado. — A apresentação do prato é inusitada, mas me agradou bastante. Servir o jantar no corpo de uma bela jovem, ainda que ela seja *extremamente* irritante, foi uma ideia magnífica. Agora estou ansioso pela sobremesa. Espero que sejam morangos com creme. — E me deu um sorriso que não podia ser interpretado de outra maneira além de malicioso. — Nada combina tanto com a pele de uma mulher.

Engasgada de espanto e quente de indignação, me perguntei como ele ousava. Como se atrevia a sugerir que eu seria usada como bandeja? E como sabia quais sabores combinavam com a pele de uma dama? Ele não podia... não podia ter experimentado tal sobremesa tão... tão... ah, eu nem conhecia uma palavra para aquela situação!

É isso o que acontece quando se fica na presença de um sujeito de cujo dicionário as palavras "cavalheirismo" e "gentileza" foram riscadas. Se é que um dia elas chegaram a existir em seu vocabulário.

O latido de Manteiga me despertou, lembrando-me de que eu tinha um problema mais urgente que as provocações do capitão Navas.

O caso é que Leon também ouviu, finalmente avistando Manteiga dentro do cercado.

— Ah. Seu cachorro roubou o jantar. — Ele riu de leve e recuou, se curvando para apanhar o pernil do gramado. Ergueu o assado pelo osso, testando seu peso. — E você estava tentando se livrar da prova.

Um gemido que era pura frustração me escapou. Por que ele tinha que ser tão esperto? Por que tinha que ver tanto em mim, em minhas ações?

— Manteiga passou tempo demais nas ruas, e alguns hábitos custam a morrer — esclareci, preocupada, deixando de lado a animosidade. — Por favor, capitão Navas, não conte a Miranda que nos viu aqui. Ela já odeia o cachorro. Vai me obrigar a abandoná-lo. Eu não posso fazer isso. Ele é meu amigo. Minha família.

Seu rosto parcialmente perdido nas sombras não externou reação alguma. Ele era muito bom nisso: ocultar o que estava sentindo ou pensando. Por isso não tive certeza se deveria começar a suplicar em defesa do meu cachorro quando ele começou a se mover. No entanto, em vez de tomar o rumo da casa, o capitão seguiu para o cercado às minhas costas. Pisquei algumas vezes ao vê-lo se debruçar na cerca e puxar alguns nacos de pernil. Do lado de dentro, Manteiga se ergueu nas patas traseiras, fazendo uma pequena dança eufórica. Leon riu baixinho. Um som grave, profundo, que ecoou pela noite e fez cócegas dentro do meu peito.

Ele deve ter notado meu assombramento, pois se virou para me olhar por sobre o ombro.

— Ele não teve todo esse trabalho para ficar sem nenhum pedaço do prêmio — explicou.

Agora, com o semblante iluminado pela luz da lua e sem aquele véu de escárnio, ele parecia outra vez o homem que eu vira entrar no armazém.

Você. A palavra tornou a ressoar pelos meus pensamentos.

— Entre, srta. Valentina. Eu me livro do pernil. Mas acho que vai ter que trocar de vestido. Tem uma enorme mancha de gordura na cintura.

Examinei o corpete. Uma imensa bola amarela decorava a musselina cor-de--rosa.

— Era o meu melhor vestido — resmunguei para mim mesma, desanimada. Mas ele me ouviu.

— Uma mulher com sua beleza jamais deveria se preocupar com o que está vestindo — disse simplesmente, e eu corei. — Vá antes que alguém a veja e pense que foi você quem roubou o jantar.

Então ele sorriu. Dessa vez sem malícia ou atrevimento. Foi só... um sorriso franco e lindo, que fez sumir sua cicatriz.

Meu estômago começou a executar uma dança muito parecida com a de Manteiga.

— Bem... Eu... — Pisquei algumas vezes. — Sim, é melhor eu entrar. E... humm... obrigada, capitão Navas. Por... — Indiquei o pernil com o braço.

Ele refutou com a cabeça em um claro "Não por isso".

Um pouco atabalhoada, me abaixei para pegar o xale sujo de gordura e grama antes de começar a voltar para casa. Tinha atravessado apenas três metros do gramado quando sua voz espiralou atrás de mim.

— Queria a caixa de charutos para dá-la ao seu pai. — Não era uma pergunta.

Ainda assim, eu me detive, relançando-o meio de lado, e anuí.

— Eu não sabia. — Ele desviou os olhos para o cercado, parecendo mortificado. — Por que não me disse?

— Teria feito alguma diferença?

Leon me encarou, os lábios travessos se curvando para cima.

— Não. Eu jamais teria permitido que trocasse aquela linda tiara por uma reles caixa de charutos. Poderia conseguir pelo menos três delas.

— Ah! — Pisquei, admirada. Então... então ele tinha insistido em ficar com a caixa porque supusera que eu faria um mau negócio? — Eu não sabia. Por que não me disse?

— Teria feito alguma diferença? — devolveu, impertinente.

— Não. Eu não teria ouvido. Suas patas pesadas faziam muito barulho. — Mas sorri timidamente.

Ele retribuiu, nem um pouco tímido, com mais um daqueles sorrisos cheios de ruguinhas ao redor dos olhos, provocando uma agitação violenta dentro de mim. A temperatura começou a se elevar, e eu comecei a desconfiar de que, de alguma maneira, Leon tivesse relação com o fenômeno climático, por isso achei melhor entrar. Retomei o passo, só não tão firme quanto desejava, pois senti seus olhos me acompanhando durante todo o trajeto.

• • •

No topo da escada, parei para alisar a frente do meu segundo melhor vestido e puxar um fiapo solto na saia volumosa branca, onde o bordado azul-marinho começava, se fechando mais à medida que alcançava a barra. Ajustei o corpete, me livrando de uma ruga na alça que me caía no ombro. Era fresco demais para aquela noite, mas ao menos eu estava apresentável e cheirava a jasmim, não a pernil. Conferi se meus cachos estavam todos no lugar, se os brincos de brilhantes que ganhara de mamãe estavam bem atarraxados, e subi as luvas pelos cotovelos antes de descer para o térreo.

Uma dezena de convidados se perdia entre arranjos de rosas vermelhas e o dourado da mobília e das paredes, mas logo avistei minha prima falando com Najla perto de uma das janelas. Eu tinha a intenção de me juntar a elas, no entanto meu pai me chamou da entrada. Estava de braço dado com a esposa, ela reluzente naquele vestido cor de rubi, o decote profundo prometendo o vislumbre de um mamilo. O cavalheiro que falava com ela parecia esperançoso, mas, se ela percebeu, preferiu ignorá-lo, dedicando sua atenção a mim. Minha madrasta me examinou de cima a baixo e não pareceu gostar do que viu. Ou do que Manteiga aprontara, disso eu estava certa. Fiz o melhor que pude para esconder a tensão e sorrir para meu pai e o sujeito cujo olhar se perdia na fartura da argentina.

— Querida — meu pai foi dizendo —, quero que conheça o sr. Müller, um dos criadores de cavalos da região.

— Prazer em conhecê-lo, senhor — cumprimentei o homem de meia-idade, farto bigode e barriga pontuda.

A contragosto, ele desgrudou os olhos do decote de Miranda.

— Encantado, senhorita.

Logo a conversa foi retomada — qualquer coisa sobre uma égua que andava lhe dando trabalho —, mas eu deixei de ouvir, pois uma rebelde cabeleira negra adentrou a sala. Leon examinou o salão, me dando a chance de observá-lo mais atentamente. Seu semblante ovalado tinha alguns ângulos duros, mas os fios caindo em ondas ao redor dos malares altos os suavizava. O nome Leon lhe caía muito bem, de fato.

Eu não o compreendia. Em um segundo ele me dizia gracejos sobre morangos e pele de mulheres e, no seguinte, me ajudava a tirar Manteiga de uma enrascada, enquanto me contava que havia proposto aquele leilão ridículo a fim de me livrar de um mau negócio, já que não conhecia os termos da minha proposta de obter crédito extra.

Quem era aquele homem, afinal?

Como se sentisse que eu o observava, Leon virou o rosto, me flagrando. Depressa, voltei a atenção ao sr. Müller, que tinha uma gota de vinho tinto pendurada nos fios do bigode castanho-claro.

— ... jantar tão magnífico! — dizia o homem.

— Não sem alguns inconvenientes. — Miranda exibiu os dentes, e eu a conhecia bem demais para confundir aquilo com um sorriso. Era mais um arreganhar de presas diante da caça prestes a ser abatida.

Fui poupada de mais comentários quando alguém se aproximou. O atrevido (mas aparentemente bem-intencionado, eu não havia decidido ainda) capitão Navas.

— Sr. Albuquerque. Sra. Albuquerque — cumprimentou.

Reprimi um suspiro tristonho. Ainda era estranho ouvir aquele nome. Em meu coração só havia uma sra. Albuquerque: minha mãe.

— Senhorita. — Leon me deu um curto aceno.

— Capitão Navas, que alegria revê-lo! — arrulhou Miranda, pousando a mão no braço do meu pai. — *Mi querido*, este é o capitão Leon Navas, o amigo de quem eu lhe falei mais cedo.

Os dois homens trocaram um cumprimento formal. De muita má vontade, Miranda me apresentou ao capitão. Prendi o fôlego, já preparando a explicação sobre o encontro no armazém que meu pai certamente exigiria. Mas Navas parecia resolvido a me surpreender naquela noite e simplesmente fez uma elegante mesura.

— Encantado, senhorita — disse, poupando-nos de especulações. Então se voltou a meu pai. — É um prazer enfim conhecê-lo, senhor. Sobretudo em uma data tão festiva. Meus cumprimentos. — Então tirou de debaixo do braço um pacote cuja existência eu havia ignorado e o estendeu ao meu pai.

— Quanta gentileza! — suspirou Miranda.

— Sim, de fato — concordou papai, rasgando o embrulho e revelando... a bela caixa marchetada. — Ah! Charutos! Adelaide sempre... — Mordeu o lábio, como que para impedir as palavras, mas não pôde fazer muito quanto a seus pensamentos. Sei disso porque a melancolia enevoou seus olhos escuros, e eu me flagrei engolindo com dificuldade.

Pela primeira vez em anos, tive um vislumbre do pai que um dia tivera. Eu sentia muita falta dele. Tanta que quase me atirei em seus braços, como fazia Felix, desejando enterrar o rosto em seu peito farto, que sempre tinha cheiro de tabaco e cavalo. Mas, tão rápido quanto surgiu, ele desapareceu.

— Obrigado, capitão Navas. Muito atencioso de sua parte. — Pigarreou uma vez, regressando à fachada indiferente. — Miranda me contou sobre seus negócios. Uma frota mercante, não é?

A maneira como meu pai deixou mamãe de lado me magoou, mas não me surpreendeu. Era dessa forma que ele agia desde muito antes de ela partir.

Suspeitei que Leon percebeu alguma coisa, já que me lançou um olhar furtivo enquanto respondia ao aniversariante.

— Na verdade, a frota é da minha família. Eu comando apenas o *La Galatea*. A Navas Mercantil sempre atuou em El Puerto de Santa María, na província de Cádis. Mais tarde no restante da Europa. Vim para as Américas com o objetivo de expandir os negócios, sobretudo aqui, na América do Sul. Parece muito promissor.

Incapaz de esconder meus sentimentos, achei prudente me afastar. Fiz uma mesura rápida, me desculpando, e fui encontrar minhas amigas perto da vidraça.

— Quem é ele? — sussurrou Suelen, ficando na ponta dos pés para observar Leon, do outro lado da sala.

— É amigo de Miranda, comandante de um navio mercante. O nome dele é Leon Navas.

— Aquele é o seu pirata? — Minha prima guinchou, meio rindo, meio arfando.

Revirei os olhos.

— Ele não é meu, muito menos pirata, Suelen.

— Pedro é amigo dele — contou Najla, girando a taça de vinho entre os dedos. — Fazem negócios desde a primeira vez que o capitão Navas aportou na cidade, alguns anos atrás. Ele vende o tabaco dos Torres e fica com uma porcentagem dos lucros. Ele é tão direto que às vezes me dá arrepios.

— A mim também... — Suelen suspirou, tocando a bochecha no mesmo tom escarlate das rosas atrás dela. Então se virou para mim. — E você, Tina, o que sente quando olha para ele?

— Irritação. — E um estranho revolver no estômago, mas julguei que não era necessário mencionar.

Meus olhos vagaram na direção dele por vontade própria. Como antes, Leon me flagrou, cravando as íris diáfanas em mim, como se soubesse que eu o observava. Como se estivesse atento a cada movimento meu. Uma centelha indisfarçável de diversão lhe retorceu as sobrancelhas, e eu me perguntei se não tinha apertado um pouco demais o espartilho, pois respirar se tornou difícil.

Um ombro bloqueou minha visão. Pisquei, erguendo o rosto.

— Srta. Valentina — cumprimentou o jovem sr. Nogueira. — Perdoe-me a insolência, mas a senhorita está radiante esta noite.

— Sr. Nogueira! Não o tinha visto ainda.

— Eu não perderia este jantar por nada — disse, risonho. — Srta. Suelen. Sra. Torres.

Najla apenas lhe devolveu a mesura. Já Suelen...

— Que bom que veio, sr. Nogueira. Valentina estava agora mesmo lamentando a sua ausência.

— É mesmo? — perguntou, parecendo satisfeito, ao mesmo tempo em que eu a fuzilava.

— Ah, sim — ela respondeu, me ignorando. — Estava agorinha me dizendo que o jantar não seria o mesmo sem o senhor. Ela adora conversar com o senhor. Que dama não teria prazer em sua companhia?

Pare com isso!, fiz com os lábios. Minha prima apenas sorriu ainda mais.

— Bem... — O sr. Nogueira tocou a gravata, as bochechas levemente ruborizadas. — Fico feliz em saber que sou bem-vindo e que poderei lhe proporcionar algum prazer, srta. Valentina. Apenas preciso falar com Pedro antes. Seu marido está aqui, sra. Torres?

— Está conversando com o seu pai. — Najla indicou com a taça meio vazia o canto próximo à entrada, onde estava o rapaz de cabelos claros presos à nuca por uma fita negra, que lhe roubara o coração na primavera anterior.

— Preciso lhe agradecer o favor que me fez na semana passada. — Ele se virou para mim. — Pedro indicou um excelente advogado para lidar com uma questão bastante penosa a respeito de algumas terras. Não levará mais que cinco minutos, srta. Valentina.

Depois de uma curta reverência, ele se afastou, parecendo bastante consciente de que metade dos olhares femininos o acompanhava, inclusive o da minha prima.

— Você prometeu que não faria isso, Suelen — resmunguei, irritada.

— Eu não fiz nada! — Ela alisou a frente do vestido, os olhos muito abertos. Como tudo o que eu fiz foi continuar olhando para ela, acabou deixando escapar um suspiro. — Está bem. Posso ter interferido um pouquinho. Mas, Tina, não posso deixar que você lide com sua vida amorosa sozinha. Você é um desastre! E ele parece estar encantado por você.

— Ele é apenas um vizinho muito amável. — Quando ela ia entender?

— Talvez seja o que você gostaria que fosse verdade — disse Najla, observando Inácio abordar seu marido e a troca amistosa que se seguiu. — Sinto muito,

Valentina, mas concordo com Suelen. O rapaz parece interessado. E você realmente é um desastre no que diz respeito ao flerte.

— Ele seria um excelente marido — completou minha prima, pegando meu braço. — Além do arranjo perfeito para você. O sr. Nogueira é seu vizinho. Poderia continuar perto do seu pai sem ter que conviver com Miranda!

Soltei um suspiro exasperado.

— Eu garanto que o sr. Nogueira não pensa em mim desse jeito, Suelen.

— E quando foi que você achou que algum rapaz, qualquer um, tivesse pensado em você desse jeito? — rebateu. — Às vezes você é tão inocente, Tina.

— Isso vindo de você é bastante irônico, Suelen — Najla acabou rindo. — Aquele sr. Flores só está atrás do seu dote, que não é nem um pouco modesto.

— Eu já compreendi isso. Graças aos céus, parece que ele não virá esta noite. — Inspirou, aliviada. — Só que não estou vivendo com um pesadelo chamado Miranda, Najla. — Então enrugou o nariz delicado. — Bem, teoricamente estou. Mas posso partir quando quiser. Valentina não tem essa chance a menos que se case. E o sr. Nogueira tem uma boa fortuna e mora a uma distância conveniente.

Najla, aquela traidora, assentiu. Abri a boca para dizer que aquilo era um absurdo, mas tornei a fechá-la quando alguém saiu de trás do arranjo de rosas vermelhas.

— Sr. Romanov! — exclamei.

Dimitri também pareceu genuinamente contente ao me ver. Depois da troca de cumprimentos, admirou minhas amigas e a mim com um sorriso torto.

— Quanta sorte encontrar tão belas damas reunidas. Não sei qual floresceu mais desde a última vez que as vi. Talvez você, srta. Suelen. — Pegou a mão dela e resvalou os lábios no dorso. — Não é mais a menina de quem eu me lembrava.

Ela piscou as pestanas para ele.

— Espero que isso não seja motivo para desapontamento, senhor.

— Ao contrário. É um prazer admirar a bela mulher que a senhorita se tornou.

Minha prima deixou escapar uma risadinha, ao passo que eu gemi. Dimitri não tinha jeito.

Após minhas amigas fazerem as perguntas de praxe — sobre sua saúde, sua visita à região e seus planos de estadia —, dei início às minhas próprias dúvidas. No entanto, o sr. Romanov não era um bom informante, e, no fim das contas, pouco falou sobre os amigos de quem eu sentia tanta falta.

O jantar logo foi anunciado. Dimitri fez menção de me estender o braço ao mesmo tempo em que o sr. Nogueira começou a atravessar a sala, vindo em minha direção. Perto do sofá, recostado à parede, o capitão Navas me observava com um esgar de canto de boca. Depressa, enrosquei o braço no de minha prima e segui Miranda e meu pai até a sala de jantar.

Minha madrasta fazia questão de que a mesa fosse posta à inglesa (provavelmente porque sabia que mamãe gostava de cultivar sua origem, preferindo a disposição à francesa), de modo que me coube a cadeira ao centro. Enquanto Suelen e eu contornávamos a mesa, minha prima sussurrou em meu ouvido:

— Talvez o segredo para atrair um pretendente seja não desejar um. Você é o interesse de dois belos cavalheiros. — Apontou o queixo para Dimitri e depois para Inácio, que se acotovelavam pelo assento ao lado do meu, já que o sr. Müller se acomodou à direita. — Escolha um. Eu ficarei com o outro.

— Suelen — censurei, fazendo-a rir.

Sem poder escapar da situação, me aproximei do meu lugar, implorando em silêncio que os dois parassem de se comportar feito meninos de sete anos. Sobretudo porque as pessoas começaram a notar a comoção. Em especial Leon, quase na ponta da mesa, que parecia se divertir muito com a cena. Meu rosto ficou um pouco mais quente quando nossos olhares se encontraram, uma interrogação lhe enrugando o cenho. Mirei o arranjo de rosas vermelhas no centro da mesa, com alguns talos dilacerados, como se as rosas nas pontas tivessem sido comidas.

Graças aos céus a discussão ao meu lado finalmente se encerrou, e um par de mãos espalmou o encosto da minha cadeira, arrastando-a. Virei-me para saber qual dos cavalheiros havia cedido e encontrei...

— Capitão Navas? — perguntei, confusa.

— Parece que o destino nos reuniu novamente. — Fez um meneio educado.

Confusa, vislumbrei Dimitri de braço dado com Suelen, contornando a mesa, parecendo satisfeito com o novo arranjo. O sr. Nogueira, visivelmente chateado, se acomodou ao lado da mãe e de Miranda, à cabeceira.

— Bem... — comecei, um tanto irritada com sua interferência, mas acabei me sentando. — Se por destino o senhor se referir a impor sua vontade...

Ele inclinou a cabeça de leve enquanto se abaixava na cadeira, me olhando outra vez como se eu fosse algo realmente singular.

— Parece-me, senhorita, que há um mal-entendido. Quando olhou para mim ainda agora, os dois cavalheiros e eu compreendemos que se tratava de um convite.

— Eu nunca lhe fiz convite algum, capitão.

— Não *ainda*! — enfatizou, com um subir e descer de sobrancelhas, enquanto abria o guardanapo e o enfiava no colarinho da camisa.

Fitei o lustre dourado com suas dúzias de velas e soltei um suspiro agastado. Eu realmente deveria ter ficado no quarto.

5

Aparentemente, aquele jantar nunca teria fim. Tentei ignorar os olhares pouco amistosos de Miranda ao chegar o momento de o prato principal ser servido e a ausência da carne ficar bastante evidente. Assim como tentei evitar o homem ao meu lado. Ah, como tentei. Mas, da mesma maneira que eu estava resolvida a fingir que Leon não existia, ele parecia determinado a chamar minha atenção.

— A senhorita vai me contar o que pretendia fazer com aquele assado? — perguntou ele, cortando um pedaço do faisão em seu prato.

— Eu não tinha me decidido ainda.

A luz das velas fazia suas mechas negras ganharem movimentos ondulantes. As chamas também lançavam luz sobre o papel de parede dourado, que acendia feito um sol, dando à sala reflexos acobreados, sobretudo nas duas cabeças ruivas do outro lado da mesa. Dimitri trocava algumas palavras com Suelen. Minha prima corava, abaixando o rosto, mas os cantos de sua boca rosada se voltavam para cima. Humm...

— Acho bastante surpreendente que tenha adotado um cachorro como aquele — comentou Leon.

Eu me virei para ele de imediato.

— O que quer dizer com isso, capitão?

Calmamente, meu interlocutor ergueu sua taça e sorveu metade do vinho. O anel em seu anular reluziu sob o flamejar das velas.

— Um sujeito fanfarrão — explicou, um pequeno sorriso nos lábios. — Particularmente, acho uma excelente escolha. Mas fiquei preocupado com o camarada. Também gosta de dar sermões sobre regras sociais para ele?

Espiando minha madrasta na ponta da mesa, que ria de alguma coisa que o sr. Nogueira havia dito, baixei a voz, me inclinando um pouquinho em sua direção.

— Pois saiba que Manteiga tem muita classe. É um bom amigo. Bastante leal. Ele pegou o assado, e foi muito errado, admito, mas Manteiga só queria cuidar de mim. Sua primeira atitude foi me procurar para entregar sua "caça". E eu não dou sermões! Apenas *explico* a ele que algumas coisas são aceitáveis, outras não. — Endireitei a coluna. — O interessante é que ele compreende isso melhor que muitas pessoas.

— E por muitas pessoas a senhorita se refere a mim, é claro. — Os cantinhos de seus olhos claros se enrugaram, divertidos. Sob aquela luz, as íris pálidas adquiriram um brilho quase incandescente.

Desviando o olhar, brinquei com a comida em meu prato.

— Se os sapatos lhe cabem...

Pela visão periférica, eu o vi bufar.

— Não me espanta que tenha um cachorro como amigo — resmungou. — Acho admirável que consiga passar cinco minutos ao lado de um ser humano sem que ele queira decorar os próprios miolos com uma bala.

Descansei o talher para apanhar a taça de água.

— Eu não me oporia se o senhor quisesse tentar. Apenas sugiro que faça isso do lado de fora da casa. Minha madrasta não tolera sujeira. — Beberiquei um gole. Então me voltei para ele. — E, já que o senhor me acha intolerável, e eu tenho a mesma opinião a seu respeito, podemos fingir que não notamos a presença um do outro e passar o restante do jantar em um silêncio educado e seguro para ambos, não?

Abruptamente sério, Leon se recostou na cadeira, escrutinando meu rosto. Cada traço dele.

— Ignorar sua presença estaria além dos meus limites — disse, em uma voz baixa e rouca.

Minha respiração perdeu a cadência, e notei que a temperatura da sala se elevou. Suspeitei que ele tenha sentido a mudança também, pois girou no assento, subitamente interessado no pedaço de carne em seu prato.

Soltei o ar em um trêmulo e longo suspiro, parte alívio, parte... bem, eu não tinha certeza. Sorvi mais um gole de água para aplacar a repentina secura na língua.

— Por que o senhor está fazendo isso? — me ouvi perguntar, pousando a taça na toalha de linho branca, que, graças à iluminação, adquiria um tom de creme. O corpete do meu vestido sofria a mesma alteração.

— Isso o quê? — Rodopiou a faca entre os dedos.

— Por que se sentar ao meu lado e insistir em um diálogo, se eu o desagrado tanto?

— Como eu disse antes, pensei que a senhorita tivesse feito um convite. — Abriu aquele sorriso insolente, mas havia algo mais sob a expressão sarcástica. Uma emoção que ele parecia tentar ocultar a todo custo.

E, porcaria, conseguiu.

— Já expliquei que não fiz convite algum, capitão. Mesmo que tivesse feito, não seria mais inteligente ter fingido não compreender do que passar o restante da noite em minha detestável companhia?

De súbito, ele se virou, o movimento resultando em uma suave brisa carregada com seu perfume. Uma mistura inebriante de mar, madeira e alecrim, que me deixou ligeiramente tonta.

— Não a acho detestável, srta. Valentina.

Raios. O homem pareceu sincero.

Apenas para ter onde olhar, estendi o braço a fim de alcançar minha taça. O problema foi que Leon teve a mesma ideia, e, como nossos cálices estavam lado a lado, o dorso de sua mão esbarrou na minha. Durou um átimo de segundo, mas, mesmo com as luvas, provocou um frisson violento que me sacudiu por dentro. Ele puxou a mão tão depressa que me perguntei se tinha sentido aquilo também e se estava tão assustado quanto eu acabara de ficar.

— Não acho sua companhia detestável — repetiu, um fogo lento derretendo o metal em seu olhar.

— Não é o que as suas palavras sempre sugerem.

— Porque tenho pouco poder sobre elas se você está por perto. — Mal a frase deixou seus lábios, o capitão Navas apertou as pálpebras, como se não pretendesse dizer tanto.

Tornei a encarar o arranjo parcialmente devorado, torcendo para que Leon não percebesse como minhas faces estavam vermelhas, ou, se notasse, que pensasse que era efeito do vinho (que eu não tinha provado ainda, mas mesmo assim...) e não de suas palavras. Ou de sua intensidade ao pronunciá-las. Ou daquele olhar agora consumido pelas chamas, que fez tudo em mim ganhar vida.

Sem compreender o que estava acontecendo comigo, decidi evitar até mesmo respirar na direção de Leon. E, é claro, não foi tão simples quanto imaginei. Era como se tudo nele me atraísse: sua voz, seus movimentos e até seu cheiro.

Tentei me distrair observando Suelen, que a cada instante parecia mais envolvida na conversa de Dimitri. Não havia nada errado em um flerte inocente durante o jantar. Minha prima era linda, agradável e sorridente. Era natural que atraísse o interesse do sexo oposto. O que me incomodava era o cavalheiro que a fazia esconder o sorriso atrás do guardanapo. Um homem à procura de uma herdeira rica. E Suelen se enquadrava perfeitamente na categoria.

— Morango com creme, senhorita? — alguém perguntou.

Girei o corpo depressa, e meu nariz ficou a poucos centímetros das taças de base curta equilibradas sobre a bandeja. Uma exuberância de vermelho e branco me encarou de volta. Como estava com o corpo todo de lado, pareceu natural que meu olhar encontrasse o de Leon. Ele sorriu.

— Não sei quanto à senhorita, mas eu vou querer, com toda a certeza. É a minha sobremesa favorita. Mencionei ainda há pouco, recorda-se?

— Vagamente. — Meu rosto e pescoço esquentaram tanto que cogitei a ideia de mergulhar o guardanapo na taça de água e pressioná-lo nas bochechas enquanto éramos servidos.

— Fico feliz que a sobremesa o agrade, capitão — falou Miranda da ponta da mesa, se inclinando para a frente a fim de vê-lo melhor. O decote do vestido se movimentou um pouco, de modo que um dos seios quase saltou para dentro da taça de doce.

Meu companheiro de jantar não percebeu nada disso, ocupado demais em provar os morangos envoltos em creme e gemendo de satisfação. Eu pensei que estava a salvo.

Mas aquele era Leon Navas.

— Me agrada muito, sra. Albuquerque — respondeu, erguendo a ponta do guardanapo enroscado em seu colarinho para limpar a boca. — É a minha favorita. Mas confesso que estou um pouco desapontado com a apresentação. Não achou um pouco frustrante, srta. Valentina? — E me fitou por entre aqueles cílios negros, um ligeiro esgar no canto da boca.

Tive oitenta e seis por cento de certeza de que fiquei da cor da porcaria da fruta. E isso pareceu divertir Leon. Muito!

— Oh! — Miranda tocou a base da garganta, onde uma gargantilha de rubis se aninhava. — Não consigo pensar em muitas maneiras de apresentar essa sobremesa.

— Eu consigo pensar em algumas — contrapôs ele.

— Não, não consegue! — atalhei. *Por favor, cale a boca*, quase adicionei, temendo que ele mencionasse algo sobre pele nua de mulheres na presença da sra. Nogueira, uma das mais fervorosas beatas que eu já tinha conhecido na vida.

— Ora, Valentina, você conhece pouca coisa do mundo. — Meu pai riu da outra ponta, subitamente interessado na conversa. — Que outras maneiras conhece, capitão?

— Certa vez, em Marselha, provei esta mesma sobremesa... — começou, e eu prendi o fôlego — ... com a adição de fogo.

— Fogo? — o sr. Nogueira repetiu, descrente, três cadeiras distante.

— Sim. As chamas subiam das taças — explicou Leon. — O conhaque deu um sabor especial ao doce. É delicioso aos olhos e ao paladar. Eles chamam o processo de *flamber*.

Soltei o ar com força. Ele ouviu e me deu uma piscadela. Eu me perguntei se alguém daria pela falta do que restava do arranjo de mesa se eu o enfiasse acidentalmente na garganta do capitão.

— *¡Dios mio!* Imagine só! Uma sobremesa em chamas! — Miranda bateu palmas, animada. — Deve ter sido muito excitante. Que outras iguarias o senhor encontrou em suas viagens? Tem que nos contar!

Enquanto o capitão Navas narrava suas experiências gastronômicas, me surpreendi ao ouvi-lo pronunciar os nomes dos pratos franceses. Sua dicção era quase tão perfeita quanto a da sra. Justine Deville, minha antiga tutora, nascida em Nice. Não devia ter me espantado tanto, afinal Leon era espanhol. Seu país fazia fronteira com a França. E com Portugal. Devia ser a razão pela qual ele parecia dominar tão bem ambas as línguas, já que mencionara mais cedo que negociava com toda a Europa.

Foi com alívio que vi o jantar ser encerrado; os homens começaram a se retirar para a biblioteca a fim de fumar seus charutos, as damas foram à sala de visitas para um licor.

O capitão Navas, no entanto, se demorou um pouco mais, de modo que só restamos nós dois à mesa.

— Bem, até que foi divertido. — Ficou de pé, estendendo-me a mão.

— E ambos sobrevivemos — comentei, admirada, aceitando sua ajuda.

— Sabe, eu estava pensando a mesma coisa. Inacreditável, não é?

Ficamos de frente um para o outro, e não estou certa se ele se deu conta de que seus dedos ainda envolviam os meus, da mesma maneira que não tinha ideia do motivo pelo qual eu não os puxava daquele casulo quente.

— Pensei que fosse arremessar o arranjo em minha cabeça quando mencionei os morangos — confessou, com uma careta engraçada. — Fui poupado porque... rosas são as suas flores favoritas? — arriscou.

— Na verdade, eu prefiro frésias. E confesso que uma ideia semelhante me ocorreu. Mas Manteiga já tinha destruído metade do arranjo. — Suspirei. — Não quis irritar minha madrasta ainda mais.

Um sorriso esplêndido iluminou seu rosto.

— Diga a Manteiga que eu agradeço pela ajuda indireta, então. Até mais tarde, srta. Valentina. — Lentamente, mantendo os olhos atrelados aos meus, Leon se curvou e resvalou os lábios no dorso de minha mão. O cetim fino que me cobria a pele não foi capaz de conter o calor do toque. Aquele frisson retornou, brotando no ponto onde sua boca me tocava, e viajou pelo meu corpo à velocidade de uma estrela cadente. Tentei respirar, mas as costelas comprimidas contra o espartilho não permitiram.

Com uma curta mesura, ele deixou a sala, apressado, desaparecendo pela porta a fim de se juntar aos demais.

Um pouco atabalhoada, demorei para perceber que eu deveria fazer o mesmo e fui cambaleando para o lado oposto. Minha mão pousou na maçaneta, mas, antes que eu tivesse chance de forçá-la para baixo, a porta se abriu. Dimitri passou por mim sem parecer me ver. Devia ter acompanhado Suelen até a sala de visitas. E isso me lembrou...

— Sr. Romanov, que bom encontrá-lo sozinho — fui dizendo.

Ele se sobressaltou, procurando a origem da voz. Não pareceu muito satisfeito ao me encontrar, a julgar pelo franzir de cenho. Fechei a porta antes de me aproximar dele.

— Espero que não se ofenda com minha franqueza, senhor, mas sabe que todos estão a par da sua situação.

Aprumando a coluna, ele trincou o maxilar.

— E está preocupada com sua prima — completou, entendendo meu receio corretamente.

— Suelen é uma sonhadora. Procura um relacionamento baseado em afeto, não em conveniência.

— E o que a leva a crer que eu não tenho sentimentos por ela?

O fato de nunca ter sequer reparado nela antes?

— Ouça, srta. Valentina — ele prosseguiu, inquieto. — Lamento que minha fama me preceda. Eu estive envolvido com... humm... alguns assuntos dos quais não me orgulho, mas garanto que isso é parte do passado. Aprendi minha lição.

— Pressionou a mão na lateral da barriga, me deixando confusa. — Se quer mesmo saber, eu me envergonho do que fiz e da situação na qual coloquei minha família. Mas um homem tem o direito de se arrepender de um mau passo, não tem? De tentar recomeçar a vida de maneira digna e honrada, talvez ao lado de uma boa moça, que o mantenha no rumo certo?

Era mais fácil acreditar que dinheiro brotaria no jardim em meio às rosas. Porém a franqueza com que me contava tudo aquilo me desconcertou. O rapaz se aproveitou da minha hesitação para acrescentar:

— Sei que não nos vimos nestes últimos meses, mas espero, agora que retomamos a amizade, poder mostrar à senhorita que sou um homem mudado. E, se me der algum tempo, vou provar ser merecedor da afeição de uma dama como a srta. Suelen.

Ele parecia bastante resoluto com relação a minha prima. Mas um homem pode se livrar de vícios tão graves de uma hora para outra? E, o mais importante: eu poderia confiar minha prima inocente e idealista a ele?

Ah, como eu gostaria que o correio fosse mais eficiente e eu pudesse obter todas essas respostas em poucos dias. Ainda não tinha recebido de Teodora a resposta à primeira carta que lhe enviara. Nem de Elisa. Se escrevesse a elas agora, provavelmente teria notícias a respeito da situação de Dimitri depois que ele e Suelen estivessem casados. Se é que as intenções dele eram mesmo honrosas.

— Não posso dizer que acredito no senhor — retruquei, encarando-o. — Mas também não vou ofendê-lo dizendo que duvido do que diz. Espero realmente que se revele um homem merecedor de Suelen. E não será nada fácil, sr. Romanov. Suelen é muito especial.

— Sua incerteza é mais do que posso pedir no momento. — Abriu os braços.

Como se tivéssemos encerrado um acordo, assentimos ao mesmo tempo e ele foi para a biblioteca. Eu queria ir até a sala e falar com Suelen, sondar seus sentimentos e expectativas. Talvez ela não estivesse levando aquele flerte a sério, e eu estivesse entendendo tudo errado. Não seria a primeira vez. Mas haveria gente demais por perto. Eu teria que esperar até que fôssemos para a cama. Incapaz de esconder minha inquietação, achei melhor me refugiar no jardim até me acalmar.

Escapuli pela porta lateral, cruzando os braços assim que a brisa fria da noite arrepiou minha pele. Contornei as roseiras já em botão que papai mandara plantar logo que nos mudamos. Miranda não reclamara, o que me surpreendeu. Em nossa antiga casa ela cuidava pessoalmente de sua vasta — e um tanto assustadora — coleção de flores exóticas. Aparentemente ela já se cansara da jardinagem.

Nem bem me sentei no banco de madeira em frente às flores, o som de passos pesados me fez virar o pescoço. O sr. Nogueira adentrou o jardim, os ombros eretos, o queixo trincado, como se algo o incomodasse. Parou a dois metros de distância, as mãos unidas atrás das costas, o olhar fixo em mim.

— Sr. Nogueira? — Eu me levantei devagar. — Está procurando alguém?

— Estava, mas acabo de encontrá-la.

— Ah. — Ele ficou mudo feito as plantas que nos cercavam, então resolvi perguntar: — Posso fazer alguma coisa pelo senhor?

— Pode, srta. Valentina. Pode, sim. — Soltou uma pesada expiração. — Pode aceitar minha mão e se casar comigo.

Tudo o que consegui fazer por um minuto inteiro foi piscar. Eu não devia ter entendido direito. Só podia ser um engano.

— Perdoe-me, sr. Nogueira. Como disse?

— Pode aceitar minha mão e se casar comigo — repetiu, firme.

— Foi o que pensei ter ouvido...

Ah, porcaria. Suelen tinha razão, afinal, sobre minha incapacidade de detectar um pretendente. Em minha defesa, eu nunca tinha constatado nenhum indício de que Inácio desejasse se casar comigo. Quer dizer, ele falara mais de uma vez sobre suas terras, sua fortuna, os lucros daquele ano... Aquilo tinha sido um flerte?

Parecendo mais ansioso que o usual, o sr. Nogueira chegou mais perto, ficando a um braço de distância.

— A senhorita é inteligente demais para que eu tente enganá-la com falsas promessas de amor. Por isso serei direto. Eu não a amo. Mas prezo sua amizade e gosto da sua companhia. É de boa família, não fala muito. Será uma boa esposa, estou certo. Não desperdiçará meu patrimônio com frivolidades, nem me atormentará com conversas incessantes. E, com sua beleza, sei que me dará filhos bonitos. — Ele desviou o olhar, parecendo desconfortável. Eu estava. — Acho que é o suficiente para que tenhamos um casamento bem-sucedido.

Não feliz. Um casamento bem-sucedido.

Sacudi a cabeça, tentando apagar aquele pensamento. Fazia muito tempo que eu tinha aceitado o fato de que casamentos raramente trazem alguma alegria.

— Sei que pode ver que é um acordo bom para a senhorita — continuou, apressado. — Terá uma vida bastante confortável e um marido muito mais fácil de lidar do que imagina. Se for razoável... e eu sei que é... — ergueu as sobrancelhas castanho-claras — ... vai chegar à conclusão de que é a melhor oferta que receberá.

Suas palavras pareceram ecoar pelo jardim muito tempo depois de ele ter concluído.

"A melhor oferta que receberá."

Deprimente, mas a afirmação era verdadeira. Quão desolador é constatar que não se vale muito aos olhos do homem que lhe propõe casamento.

Eu estava certa de que ele não disse aquilo com o intuito de me ferir, apenas constatava um fato. Eu mal conseguia preservar os antigos vestidos em bom estado para fazer uma boa figura nos eventos sociais. Meu dote agora era risível. Que chances de obter outra proposta — mesmo que ruim — eu tinha?

Demorei a compreender que o sr. Nogueira esperava, aflito, por uma resposta.

— O senhor não estava brincando quanto a ser direto — consegui proferir.

— Eu nunca brinco em uma negociação.

Apenas continuei contemplando aquele rapaz bonito como uma estátua de Michelangelo, sem que nenhum sentimento brotasse, exceto uma vontade louca de cair na risada. Ou no choro.

O que ele me propunha não era um mau acordo. Não ter que conviver com Miranda todos os dias já era motivo mais que bastante para que a proposta se tornasse aceitável. Inácio deixara claro que não me amava, o que era bom, pois eu não gostaria de magoá-lo dizendo que não correspondia a seus sentimentos. Eu havia jurado que não cometeria o mesmo erro da minha mãe, que se deixara governar pelos sentimentos por um homem que, no fim, se provou pouco merecedor deles. Portanto eu poderia aceitar Inácio, que me proveria uma vida confortável — eu garantiria isso em contrato —, sem que nos magoássemos. Eu deixaria de ser a empobrecida srta. Valentina para me tornar a rica sra. Nogueira, da respeitada família Nogueira, que comandava o comércio de milho naquela parte do país. Talvez sair de casa beneficiasse até mesmo meu relacionamento com papai. Em minha ausência, ele poderia sentir minha falta. Se eu me casasse com Inácio, poderia aparecer de vez em quando e, com a ajuda de um dos empregados, continuar a cuidar da administração dos gastos da casa.

Podia funcionar.

Só que... algo em sua proposta me incomodava. E eu, abalada como estava, não consegui detectar o que era.

— Diga alguma coisa — pediu ele.

— Eu... — Minha voz falhou. Clareei a garganta. — Sr. Nogueira, usarei da mesma franqueza que o senhor. Eu não esperava pela sua proposta.

— Posso ver isso em seu rosto. — Franziu a testa. — Pensei que tivesse sido mais claro em minhas intenções.

— Provavelmente foi. — Ri, tensa. — Mas eu tenho dificuldade de... hum... notar esse tipo de... situação. Assim sendo, gostaria de poder pensar no assunto antes de lhe dar uma resposta.

Ele me mostrou uma fileira de dentes brancos perfeitamente alinhados. Se ao menos o meu coração se animasse um pouquinho... Mas não. Nada de pulos, tropeços ou corridas desvairadas.

— Eu não teria feito a proposta se não soubesse que me pediria tempo para pensar — revelou. — Isso apenas reforça o meu argumento sobre a senhorita ser uma dama com a cabeça no lugar. Sei como a senhorita costuma agir.

— O senhor é muito confiante. — Porque, naquele momento, eu mesma não sabia como costumava agir. Como qualquer pessoa costumava agir.

— Tenho que ser. — Deu de ombros. — Eu preciso que seja minha esposa, srta. Valentina. Pense no que eu lhe propus. Estou certo de que chegará à conclusão óbvia de que este casamento será tão vantajoso para a senhorita quanto será para mim.

E assim, com uma profunda reverência, Inácio desapareceu pela porta envidraçada, sem um beijo nas costas de minha mão. Sem esboçar vontade alguma de me tocar. Sem deixar transparecer nenhum indício de que desejasse me beijar.

Bem, reuniões de negócios não terminam com beijos acalorados, certo?

Apertei os braços ao redor do corpo quando a brisa gélida arrepiou minha pele e observei o céu. A lua cheia parecia ainda mais próxima da Terra, como se estivesse em rota de colisão. Ou talvez fossem apenas os pensamentos inquietos distorcendo minha visão.

Eu teria rido se não estivesse prestes a chorar. Ansiara tanto por uma chance de mudar o curso da minha vida, e agora, quando estava diante de uma possibilidade real, não sabia o que fazer.

Ou melhor, sabia sim. Mas estava com muito medo. Tanto havia mudado nos últimos tempos que eu sentia como se estivesse me perdendo pouco a pouco diante de tantas transformações.

Casar com o sr. Nogueira me ajudaria a me reencontrar ou faria eu me perder para sempre, me transformando em um corpo vazio, sem vontades, sonhos, espírito?

O ecoar de botas contra o piso me fez girar sobre os calcanhares a tempo de ver o capitão Navas, seus ombros generosos e quadris estreitos, passando pela porta, a cortina dourada se agitando de leve na brisa noturna.

O músculo que se abrigava dentro do meu peito deu uma pirueta muito inconveniente.

— Ah, o senhor. — Era tudo de que eu precisava agora...

— Eu concordo. Preciso dizer que essa situação é bastante irritante — zombou, caminhando calmamente pelo gramado até parar a pouco mais de um metro de mim. — Eu me viro e aí está a senhorita, surgindo do nada feito uma aparição.

— Mas eu já estava no jardim!

Aqueles lábios atrevidos se abriram enquanto esfregava a nuca.

— De fato, tem razão. Desta vez eu a segui. — Então sua expressão mudou, a diversão esquecida. — Está tudo bem? Aquele sujeito estava incomodando você?

— Quem?

— O sr. Oliveira.

— Quer dizer o sr. Nogueira?

Ele estalou a língua.

— Sabia que era o nome de uma árvore. — Brincou com o anel que trazia no dedo anular. Parecia uma joia de família, um brasão. — Você está bem?

— E posso perguntar por que quer saber?

— Eu os vi de relance enquanto seguia para a sala. — Ele encolheu os ombros, um gesto bastante indiferente, mas a preocupação no V entre as sobrancelhas o traiu. — Você parecia assustada.

— Se está procurando uma desculpa para exercitar seus punhos, terá de encontrá-la sozinho. Boa noite, capitão. — Fiz uma rápida saudação e comecei a me afastar.

Ele resmungou alguma coisa em um espanhol muito mais sonoro e rápido que o de Miranda, e tudo o que captei foi "chica compleja". Eu deveria ignorá-lo, seguir em frente, entrar em casa e refletir sobre a proposta de Inácio. Em vez disso, dei meia-volta.

— Como disse? — perguntei, parando bem diante dele.

Ele sustentou meu olhar, seus olhos faiscando frustração.

— Por que sempre tem que pensar o pior de mim? Por que não consegue dizer duas frases sem me atacar?

— Isso não é verdade! — Mas minhas bochechas esquentaram. — Grande parte do tempo eu nem mesmo sei o que devo responder às pessoas.

Enfiando as mãos nos bolsos, ele encarou a ponta das botas recém-polidas.

— Então eu sou o único a quem dedica toda essa delicadeza?

— É, se quer mesmo saber. O senhor parece ter o dom de despertar o que há de pior em mim... Por que está rindo? — exigi ao ver seus ombros se sacudirem.

Seus olhos dispararam para os meus, divertidos.

— Acha que meia dúzia de palavras nem tão ríspidas assim são o pior que uma pessoa pode fazer?

— Aí está! — Eu me aproximei ainda mais e tive que arquear o pescoço para trás a fim de conseguir olhar no fundo dos seus olhos. — Aí está o motivo pelo qual as palavras saem da minha boca sem que eu possa controlá-las. O senhor as incita com esses seus comentários... pouco cavalheirescos! E não é muito educado.

— Essa é a pior ofensa em que consegue pensar? — Entortou uma sobrancelha.

Ah, como ele era...

— Irritante!

Rindo de novo, Leon balançou a cabeça, as mechas negras se agitando de leve.

— Ah, sim, *essa* certamente é uma ofensa. O que virá depois? Bobalhão?

— Que tal arrogante?

— É melhor. — Anuiu uma vez. — Mas desconfio de que possa aprimorar. Vamos lá, tente de novo. Deixe vir do fundo da alma!

— Isso jamais funcionaria. Nem todo mundo tem o mesmo cinismo, é tão rude ou cretino como você! — falei, em um fôlego só. Então me dei conta do que tinha acabado de dizer e tapei a boca. — Me perdoe!

Sua risada ecoou pelo jardim, rica, grave e nem um pouco ofendida.

— Ah, não. A senhorita chegou tão perto de conseguir. Mas estragou tudo no final. Tente não se desculpar da próxima vez que quiser ofender alguém.

E foram suas palavras que levaram meu descontrole para longe.

"Ofender alguém."

Eu não queria isso.

— Me perdoe. — Deixei a mão cair, envergonhada. — Eu não tinha a intenção de ofendê-lo. Não de verdade. Mas por que se diverte tanto me provocando desse jeito? Não compreendo. Não sei com que espécie de damas o senhor está acostumado a se relacionar e se toda essa provocação as agrada. Mas posso lhe assegurar que eu não sou como elas.

Seu olhar cinzento escrutinou meu rosto. Era intenso, fascinante, meio hipnótico.

— Não — sussurrou, em uma voz profunda e aveludada. — Você não é como nenhuma outra.

Eu não tinha certeza se aquilo era uma ofensa ou um elogio.

— Então poderia controlar sua boca, capitão?

— Depende. Acha que consegue controlar a sua? — Trouxe o rosto provocador para perto do meu, sorrindo.

Mas a diversão congelou conforme ele se dava conta, assim como eu, de como estávamos próximos. Pareceu confuso a princípio. Maravilhado instantes depois, o olhar acompanhando meus traços lentamente, como se os decorasse. Meu corpo reagiu de imediato: a respiração perdeu a cadência, os batimentos cardíacos se tornaram erráticos, um formigamento inesperado nos lábios. Eu os separei, inspirando fundo, na tentativa de deter tudo aquilo, mas isso só serviu para atrair os olhos de Leon. Assisti, fascinada, a suas pupilas se expandirem, engolindo as íris cinzentas, até que mal passassem de um fino anel prateado.

Ah, minha nossa!

— Eu... — balbuciei, ciente de que deveria responder alguma coisa, mas meu cérebro parou de funcionar quando aquela voz dentro de mim voltou a sussurrar. Dessa vez, em meu coração.

Você.

— Eu...

— Você...? — incitou Leon, chegando ainda mais perto.

— Eu... esqueci — admiti, incapaz de... bem... de fazer qualquer coisa além de me perder nas profundezas prateadas de seus olhos.

Ele riu de leve, um som rico, quente, que atravessou a curta distância entre nós, vibrando em meu peito. O ar pareceu se movimentar mais devagar, se tornar mais quente, como se uma redoma nos envolvesse, impedindo que o restante do mundo nos tocasse.

Leon ergueu o braço, a ponta dos dedos resvalando em minha bochecha, e tudo o que pude fazer foi estremecer e continuar respirando. Eu sabia que deveria afastá-lo. Em vez disso, incapaz de resistir ao seu calor, inclinei o rosto em direção ao seu toque.

— *Sirena...* — murmurou baixinho, encaixando a palma quente e levemente áspera na lateral do meu rosto.

Não compreendi aquela palavra, mas um fogo lento e abrasador se inflamou dentro do meu peito. Instável, espalmei as mãos em seu abdome firme. Minha intenção era empurrá-lo, mas meus dedos tinham outra ideia e se enroscaram em sua camisa.

As chamas nos olhos de Leon saíram de controle, a prata se transformando em metal líquido, e, sem hesitação, ele deslizou os dedos pelo meu rosto, meu pescoço, até afundá-los nos cabelos em minha nuca, antes de aniquilar a distância entre nós.

E então ele me beijou.

7

Quanta audácia! Aquele atrevido estava me beijando!

Leon estava mesmo me beijando, e não apenas nossas bocas, mas outras partes de minha anatomia se grudavam às dele, sobretudo depois que seu braço circulou minha cintura, me atraindo para seu peito. Absolutamente tudo acima de minhas coxas se uniu àquele homem.

Eu deveria empurrá-lo e lhe passar uma boa descompostura pela ousadia. Talvez até lhe desse um tapa! Sim, era exatamente o que eu faria.

Em um minuto.

Ou talvez dois.

O problema é que minha indignação era infinitamente menor que minha curiosidade e... humm... outra coisa que eu não soube como interpretar. Todo aquele calor que andava fervilhando dentro de mim explodiu com violência quando sua boca macia e, ah, tão quente se abriu para sugar meu lábio inferior, os dedos em meus cabelos se contraindo de leve, a mão espalmada em minhas costas me impelindo de encontro a si, como se não estivéssemos perto o bastante. Eu estava de acordo, por isso fiquei na ponta dos pés, me agarrando àquela juba negra, mesmo sabendo que aquilo não era certo. Mas a questão era que não parecia errado também. Parecia... mágico.

Ele se curvou ainda mais sobre mim, minhas costas se arqueando para acompanhá-lo a ponto de o espartilho se deslocar. Fiquei sem fôlego e entreabri os lábios para poder respirar. Então Leon fez algo realmente escandaloso, enfiando a língua em minha boca, me convidando a uma espécie de dança profana enlouquecedora. O toque vibrou por todo o meu corpo, arrepiando minha pele sensível. Tentei corresponder e não resisti a correr a ponta da língua por seu lábio superior, bem ali, sobre a fina linha protuberante que era sua cicatriz, um pouco mais áspera que o restante da pele macia. Um gemido profundo ecoou pela garganta de Leon, que soltou meus cabelos para me abraçar com ainda mais urgência, até que meus pés saíram do chão. O cheiro dele misturado ao sabor da boca (conhaque e morangos) e seu coração retumbando com violência de encontro ao meu embotaram meus sentidos, e tudo em que consegui pensar foi que ele não podia parar o que estava fazendo. Simplesmente não era aceitável.

E Leon não parou. Me beijou até minha respiração ficar curta demais e eu pensar que desmaiaria. Até meu coração bater tão forte contra as costelas que temi que pudesse estourar. Até eu me dissolver em seus braços fortes, me perdendo por completo naquele homem.

Aos poucos, as águas turbulentas nas quais mergulhávamos se tornaram pacíficas, suaves como a onda de uma piscina natural, e, se era possível, ainda mais inebriantes. Cada nervo do meu corpo parecia mais vivo, exposto, sensível até mesmo ao suave resvalar do tecido de minhas roupas, da aspereza de seu queixo contra meu rosto.

Algum tempo depois, Leon interrompeu o beijo, me colocando de volta no chão, mas me manteve no delicioso cativeiro de seus braços, a testa colada à minha, como se não suportasse a ideia de se afastar. Soergui as pálpebras, me deparando com suas faces abrasadas pelo fogo que vislumbrei em suas íris, me admirando. Parecendo arrebatado, ele deslizou os dedos pela minha bochecha, a linha do maxilar, o queixo.

— *¿Qué has hecho conmigo, sirena?* — Um riso suave, parte confusão, parte deslumbramento, ressoou pelo seu peito.

Eu não conseguia respirar ou pensar direito, totalmente embriagada por ele. Desprendi as mãos de seus fios grossos, espalmando-as em seu peito para ter algum equilíbrio. A confusão que ele expressou naquele franzir de sobrancelhas competia com a pergunta insistente em seus lábios semiabertos. Mas o que mais me tirou o fôlego, a ponto de me sentir caindo em um abismo infinito, foi o reconhecimento que encontrei naqueles olhos translúcidos.

Você, tornou a sussurrar meu coração.

Como se tivesse ouvido e se assustado tanto quanto eu, Leon se afastou abruptamente, impondo alguns metros entre nós. Correu uma das mãos pelo cabelo escuro, como se com isso pudesse desanuviar os pensamentos.

— Eu não devia ter feito isso. — Sua voz saiu rouca, áspera, provocando pequenos abalos em cada uma das minhas terminações nervosas.

Não pensei que seria assim. Não pensei que um beijo pudesse despertar tantas emoções, provocar tantas sensações. Longe do calor de sua boca, do seu abraço, dele todo, não pude concordar, ansiando que ele me beijasse uma segunda vez.

Meus olhos se arregalaram de súbito conforme um pensamento conseguiu emergir em meio à confusão que se instaurara em minha mente.

Uma vez minha mãe dissera que mulheres direitas não devem gostar das investidas masculinas. Apenas as damas cuja decência foi corrompida apreciam beijos e... e o que mais possa acontecer entre elas e um homem. Damas que, em geral, se tornam suas amantes, nunca esposas. Não que eu estivesse pensando em me casar com o capitão Navas. Apenas queria beijá-lo. Muitas e muitas vezes.

Cobri a boca, que ainda formigava, em completo horror. Ah, minha nossa! Eu pensava que era uma moça bem-educada, que a moral sempre guiaria meus passos, mas bastou um beijo para que a verdade viesse à tona: eu era uma devassa!

Parecendo partilhar do meu horror, Leon andou de um lado para o outro, cuspindo uma infinidade de palavras em sua língua nativa. Pelo seu tom, desconfiei de que não iria querer conhecer a tradução. Então ele soltou o ar com força, parando a meio metro de onde eu estava, transtornado.

— Valentina, eu... eu sinto muito. Não a procurei para isso. Eu não devia...
— Ele grunhiu, como se engasgasse com as palavras. Tentou dizer mais alguma coisa...

... mas eu tratei de correr.

— Não! Valentina, espere!

Ergui um dos lados da saia para ser mais rápida e entrei em casa. Incapaz de controlar minhas emoções e de encarar outro ser humano, me escondi na biblioteca, agora vazia, o ar saturado com o aroma do conhaque e a fumaça dos charutos. Contornei o conjunto de sofás de couro negro e me recostei a uma das estantes altas, tentando normalizar a respiração, mas as sensações não iam embora. Minha boca ainda formigava, o coração ainda mantinha o ritmo doentio, a pele em meu queixo ligeiramente abrasada pelo contato com sua barba recém-aparada.

Fechei os olhos e toquei os lábios, agora carentes de calor. Eu não sabia muito sobre beijos — nada até cinco minutos antes —, mas estava convicta de que me recordaria daquele para sempre. Foi tão... tão certo. E Leon dissera o contrário. Que não devia ter me beijado. Então por que o fizera? Por que ele...

A porta da biblioteca se abriu sem aviso, me sobressaltando.

— Papai!

— Valentina, minha querida! — Ele foi entrando, fechando a porta atrás de si. — Eu estou procurando você faz algum tempo. Precisamos discutir o seu noivado.

— N-Noivado? — gaguejei, alarmada.

Ah, meu bom Deus! Será que alguém tinha testemunhado o que acabara de acontecer no jardim e contado ao meu pai? É claro que sua única alternativa seria forçar um noivado. Um simples toque de mãos — como aquele logo após o jantar, quando Leon segurara meus dedos por quase um minuto inteiro, me dei conta com bastante atraso — é mais que o suficiente para aniquilar a virtude de uma moça, que dirá um beijo!

Quem teria nos visto? Ou será que o próprio Leon tinha procurado meu pai?

— Papai, eu... eu não... não sei como... Eu...

— Eu já tinha perdido as esperanças de que você fizesse um bom casamento — ele me interrompeu, caminhando pela biblioteca, o tapete persa em tons rubros abafando seus passos. — Tinha aceitado que a entregaria a qualquer um que tivesse todos os dentes e alguma renda, mas me enganei. Parabéns, querida! O sr. Nogueira será um ótimo marido.

— O sr. Nogueira? — Pisquei, sem entender.

Parando diante de mim, deu dois tapinhas em meu ombro.

— Muito ajuizado, dono de uma bela fortuna. Ele me procurou logo que deixamos a mesa e me pediu a sua mão. Eu não poderia entregá-la para alguém melhor.

— Aaaaaah... — O sr. Nogueira! Com tudo o que acontecera no jardim, acabei me esquecendo do pedido tão ardoroso quanto uma manhã de inverno.

Oh! Que desastre! Eu tinha recebido uma proposta de casamento de um homem e beijado outro. Como aquela noite poderia se desenrolar de forma ainda mais errada?

— Suspeito que não receberá proposta melhor — meu pai comentou, baixinho, e eu o fuzilei. Até ele? — Além disso, será bastante vantajoso para nós. A família Nogueira é uma das mais importantes da região. Essa união beneficiará muito os meus negócios. Já dei a ele o meu consentimento, é claro.

— Mas eu não — sussurrei, enquanto papai dava a volta no sofá e começava a se abaixar sobre ele.

— Amanhã mesmo deve providenciar o vestido de... — Ele se deteve a meio caminho do assento, finalmente me escutando. — O que disse?

Engoli em seco.

— Eu ainda não aceitei a proposta do sr. Nogueira.

— Mas vai. — Meu pai se endireitou, ficando mais alto, mais imponente, os olhos duas fendas estreitas.

— Não... não estou certa ainda.

Como eu poderia pensar em Inácio e em sua proposta quando meu corpo todo ainda vibrava com as sensações provocadas por Leon? Com o perfume dele grudado em minhas roupas? Com seu gosto ainda em minha língua?

— Não há o que pensar, Valentina — ele refutou, o semblante duro. — Nogueira fez o pedido.

— E isso é motivo para que eu o aceite? — contrapus, rindo, um tanto descontrolada.

— Claro que sim.

Eu deveria ter esperado tal reação. Meu pai não era exatamente amoroso, sobretudo nos últimos tempos. Ainda assim, eu não estava pronta para constatar que ele não se interessava pelos meus sentimentos, que não expressava a mínima preocupação em relação a eles.

— Lamento, papai. Antes de dar uma resposta ao sr. Nogueira, preciso refletir se essa união me fará minimamente feliz.

— Felicidade não é o mais importante em um matrimônio.

— O senhor já provou isso. — Abri os braços, exausta.

— O que quer dizer? Miranda andou se queixando? — Em duas passadas largas, seu rosto estava diante do meu. — Vamos, Valentina, abra a boca e me responda!

Eu quis rir. E então, quase que de imediato, cair em prantos.

— Eu me referia à minha mãe! — falei, cerrando os dentes. — O senhor pode tê-la esquecido. Mas eu não. Nunca esquecerei! Assim como jamais esqueci a infelicidade que o senhor trouxe para a vida dela.

Um vermelho furioso tingiu seu semblante, mas ao menos ele teve a decência de parecer um pouco constrangido.

— Você perdeu o juízo? Como ousa falar assim comigo, minha jovem? Eu sou seu pai!

— Talvez devesse se lembrar disso com mais frequência e se comportar como tal!

A raiva lhe desfigurou as feições, e papai começou a andar de um lado para o outro, bufando.

— Miranda sempre diz que lhe faltaram umas boas palmadas na infância! Não pense que eu não posso corrigir esse erro agora. Está sendo dissimulada de propósito. Este assunto não tem nenhuma relação com a sua mãe. Você recebeu uma proposta de casamento. E vai aceitá-la!

Em geral, eu sempre acatava o que me era ordenado. Não briguei quando meu pai me informou sobre a gravidez de Miranda ou sobre o casamento, apenas me tranquei no quarto e chorei. Não discuti nem mesmo quando ela decidiu se mudar e minha vida toda virou do avesso. Era isso o que esperavam de mim, o que era esperado de uma boa filha: obediência. Mas eu estava cansada. Estava farta de decidirem minha vida por mim, de meu futuro ser destruído à minha revelia, de me perder em uma submissão oprimida que me levava cada vez mais para o fundo, de onde eu parecia incapaz de escapar.

Até aquele instante.

Empertiguei os ombros e encarei meu pai.

— A menos que eu acredite que esse acordo pode me fazer feliz de alguma maneira, não aceitarei o sr. Nogueira.

Detendo-se, ele pressionou a ponte do nariz, inspirando fundo.

— Valentina, não teste a minha paciência. Vá agora mesmo procurar o sr. Nogueira e diga que aceita a maldita proposta!

— Não! Vou tomar minha decisão por mim mesma desta vez, assim como o senhor fez ao se casar com Miranda sem me consultar. Isso só diz respeito a mim.

— É mesmo? — ironizou. — E o que pretende fazer se não aceitar o Nogueira? Prefere passar a vida como uma solteirona, aquela que todos menosprezam? Ir aos bailes e ser relegada ao canto das enjeitadas? Condenar nossa família à desgraça de ser apontada por toda a sociedade?

Apesar de suas palavras me doerem, não me permiti sequer piscar, sustentando a postura. Não foi tão difícil. Eu tinha feito aquilo muitas vezes nos últimos anos.

— Depois que eu morrer — ele continuou, o olhar furioso no meu —, para onde você irá? Vai viver com o seu irmão quando ele crescer, como uma hóspede permanente e indesejada? Ou pretende jogar nosso bom nome na lama de uma vez por todas e se tornar governanta na casa de alguma família, a troco de um salário risível? É isso que quer? É com isso que sonha?

A raiva que eu conservava sob controle durante todos aqueles anos começou a fervilhar, até que não aguentei a pressão e explodi.

— Nenhuma dessas coisas me amedronta, papai. — Empinei o queixo. — Não seria diferente do que já é agora. Mas está enganado. Eu não sonho com o amor, tampouco com a felicidade conjugal. O que procuro é uma vida na qual eu não tenha vontade de chorar a cada manhã ao sair da cama. Eu sonho não ter uma vida como a que o senhor deu à minha mãe!

Sua palma atingiu minha bochecha com tanta rapidez que não tive tempo de sequer me afastar. Levei a mão ao rosto, agora abrasado, encarando-o, bestificada. Era a primeira vez que ele me batia. A bofetada doía, mas muito mais no coração e na alma que na face.

Parecendo recobrar o controle, papai me encarou, assustado, recuando até bater as costas na poltrona. Buscou apoio no encosto.

— Não posso permitir que estrague o seu futuro — murmurou, arrependido. Então, como sempre, se recompôs e retornou à fachada áspera. — Você vai se casar com o sr. Nogueira de uma maneira ou de outra. Eu o convidei para a caçada de amanhã. Deve falar com ele. Você terminará o dia noiva, Valentina.

A porta se abriu de supetão. Suelen se ateve sob o batente, avaliando a cena. Pareceu sem graça pela intromissão, mas não conseguiu disfarçar a preocupação por mim.

— Tio Walter, me perdoe. Eu... — começou, mas os olhos estavam em minha bochecha em brasa — ... pensei ter ouvido Valentina me chamar.

— Não se preocupe. Nós já terminamos.

Conservando a vista longe de mim, meu pai deixou a biblioteca, passando por Suelen tão apressado que as saias dela farfalharam.

Minha prima encostou a porta enquanto eu me virava, trêmula, buscando apoio na estante.

— Você está bem? — perguntou, tocando meu ombro. Tudo o que pude fazer foi sacudir a cabeça, o que só aumentou sua preocupação. — Valentina, o que aconteceu?

Abri a boca para contar a ela, mas um soluço dolorido me escapou. Meu último fiapo de controle se esvaiu, e outros soluços se seguiram. Girei sobre os calcanhares e me lancei contra ela.

— Valentina! — exclamou, angustiada. — O que aconteceu com você?

As lágrimas desciam pela minha bochecha e empapavam a manga de seu vestido verde-claro, mas ela não pareceu se importar. Eu não estava certa de por que chorava. Se pela constatação de que era uma visita inconveniente em minha própria casa, se pelas palavras duras e frias do meu pai, pelo tapa ou pela descoberta de que mamãe tinha sido apagada completamente de sua memória.

Ao contrário do que meu pai pensava, o futuro não me intimidava. Nem um pouco. Era o presente que me aterrorizava. E minha única saída parecia ser me casar com um homem de quem eu não sabia quase nada, exceto que ele adorava ouvir a própria voz.

Eu precisava de tempo para pensar no que faria, mas, no fundo, sabia que estava apenas me enganando. Não me restava alternativa. Não realmente. Até mesmo a dignidade de fazer uma escolha me tinha sido tirada.

Não tinha me restado nada.

8

Abracei os joelhos, me aconchegando mais na poltrona diante da janela de meu quarto. Estava ali fazia algum tempo. Tinha acompanhado a lua correr pelo céu até desaparecer de vista, o horizonte começar a se iluminar em tons de lilás, cor-de-rosa e laranja. Não tinha dormido um só instante, a mente e o coração em um pandemônio desenfreado. Algo em mim mudara na noite passada. Eu não sabia exatamente como, mas acontecera em algum momento entre aquele beijo no jardim e a discussão com meu pai. Eu sentia como se tivesse me libertado de grilhões, mas me machucara no processo.

Ouvi o farfalhar do vestido de Suelen e me virei. Ela esticava um de meus trajes sobre o colchão, deixando meus sapatos gastos aos pés da cama. Então me observou, as mãos retorcidas na altura da cintura, preocupada.

Reprimi um suspiro. Eu não devia ter contado tudo a ela — ou quase tudo. Não tinha mencionado uma palavra sobre meu encontro com Leon. Não por falta de confiança. Eu só não sabia explicar o que tinha acontecido, nem para mim mesma.

— Está certa de que não quer mesmo a minha ajuda para se vestir? — perguntou.

— Sim. Já estou acostumada a fazer isso sozinha. Mas obrigada.

Franzindo a testa, ela me observou por um momento, então apanhou a escova sobre o tocador e se colocou atrás da poltrona, se pondo a escovar meus cachos.

— Não consigo parar de pensar que isso tudo é culpa minha, Tina. Se eu não tivesse feito o sr. Nogueira acreditar que você estava interessada nele...

— Não — atalhei, girando para olhar para ela. — Não foi assim. Ele já tinha se resolvido a pedir minha mão. Não foi um ato impulsivo. Você não teve nada a ver com isso.

Ela me avaliou por um instante, parecendo em dúvida, mas acabou suspirando e voltou a correr as cerdas macias pelos meus fios.

— Ainda estou perplexa que o sr. Nogueira tenha sido tão pouco romântico — resmungou. — Foi quase ofensivo! Se eu soubesse que ele era esse tipo de cavalheiro, jamais o teria encorajado a lhe fazer a corte.

— Não foi ofensivo, Suelen. Apenas honesto.

— Ou seja, nada romântico!

Sim, eu suspeitava que sim. Mas eu ainda podia sonhar com romance?

Sem aviso, um par de olhos prateados encobriu minha visão. Tive que sacudir a cabeça para fazê-los desaparecer. Funcionou por cerca de trinta segundos.

— Talvez seja melhor descer e tomar o café da manhã — sugeriu. — Ninguém consegue tomar uma decisão importante de barriga vazia. Além disso, os convidados da caçada já começaram a chegar.

— Farei isso daqui a pouco. Só preciso... ficar um pouco sozinha.

Ela respirou fundo, contornando a poltrona e me entregando a escova.

— Se precisar de mim, basta mandar me chamar. Prometi ao sr. Romanov que lhe desejaria boa sorte antes da caçada.

Isso me fez lembrar de outro problema.

— Suelen — comecei, cautelosa, apertando o cabo da escova —, sei que Dimitri pode ser muito galanteador. Mas não confie em tudo o que ele diz.

— Não confio. Mas gosto de flertar de vez em quando. Quebrar a monotonia. — Deu de ombros. — Não se preocupe comigo. Meu coração está totalmente a salvo dele. Trate de cuidar do seu, está bem?

Depois de beijar o topo da minha cabeça, minha prima me deixou a sós com meus pensamentos.

Abracei os joelhos e recostei o queixo neles. Eu passara a madrugada inteira refletindo e descobri que não tinha nenhum desejo de me casar com Inácio. Não particularmente. Ele tinha um intelecto... humm... mediano, o que parecia ser a promessa de anos de tédio. Sua beleza não causava o mesmo efeito em mim que nas outras damas. Então como eu poderia me casar com ele?

Ainda assim, porque era minha única alternativa, tentei imaginar como seria vê-lo todos os dias. Como seria se ele me tocasse, se me beijasse como Leon tinha feito. Eu me esforcei para idealizar a cena da noite passada, substituindo um homem pelo outro. Ter o corpo do sr. Nogueira pressionado ao meu. Os olhos cinzentos me engolindo com...

Não, espere. Os olhos de Inácio eram castanhos.

... os olhos castanhos me engolindo com uma fome que eu não entendia completamente. O sorriso com a cicatriz...

Não, não, não. Sem cicatriz. Inácio não tinha cicatriz.

... o sorriso sem cicatriz se abrindo e a sensação daqueles fios rebeldes... Lisos. Fios lisos!

Mas que porcaria! Leon era atrevido até em minhas fantasias.

Abanei a cabeça para me livrar dele. Inácio jamais agiria da mesma forma que o capitão Navas. Eu estive naquele jardim com os dois, mas apenas um teve o atrevimento de me beijar.

Humm... Por alguma razão, pensar nisso não melhorou minha opinião a respeito do sr. Nogueira.

De qualquer modo, eu não estava certa de que Inácio poderia me fazer feliz. Até o instante em que ele me propôs casamento, eu não poderia encontrar nenhum indício de que ele não pudesse. Mas agora, por culpa daquele espanhol irritante...

Será que todos os beijos eram iguais? Eu sentiria nos braços de Inácio as mesmas sensações que tinha experimentado nos de Leon?

Em um ponto meu pai tinha razão: não havia nada no meu horizonte. Inácio podia ser a última chance de eu construir uma família só minha. Por outro lado, ele seria parte dessa família...

Se eu não o aceitasse, depois da discussão com meu pai na noite anterior, a única alternativa que me restaria seria dizer "sim" ao convite de tia Doroteia e viver com ela. A irmã de mamãe era viúva e vivia com o filho não muito distante dali. Mas eu poderia impor ao primo George mais uma despesa, dando-me comida e um teto? Isso apenas reforçaria o argumento de ser uma visita indesejada, não?

A menos que eu conseguisse uma boa casa de família para governar. Ou quem sabe duas ou três meninas que precisassem de ajuda com o francês. Será que eu conseguiria? Será que alguém me empregaria, mesmo sem experiência ou uma carta de recomendação?

A porta se abriu bruscamente e Miranda foi entrando, sem esperar um convite.

— Pensei que a encontraria aqui — disse, com um sorriso cínico.

Soltei um suspiro.

— O que quer, Miranda?

— Seu pai me contou sobre a proposta. — Começou a perambular pelo quarto, torcendo o nariz para a decoração discreta. — Foi tola em recusá-lo. Não que eu pudesse esperar outra coisa de você.

— Eu não poderia me importar menos com o que você pensa a meu respeito. Se puder fechar a porta ao sair...

Em vez disso, ela parou diante da cômoda para admirar a caixinha de prata com as joias que um dia pertenceram a minha mãe. Restavam poucas. Mamãe vendera a maior parte para saldar a dívida no açougue e podermos voltar a comprar carne.

— Apenas se lembre de que seu pai não a sustentará para sempre — declarou minha madrasta. — Pare de agir como uma menininha mimada e aceite o pedido do sr. Nogueira. Ele é rico.

— Imagino que isso seja argumento suficiente para você.

— É o suficiente para todas as mulheres. — Então ela foi para a porta e a abriu. Mas vacilou antes de sair, me olhando por sobre o ombro. — Você não é mais especial que o restante de nós.

Com uma batida forte, Miranda me deixou em paz, mas seu perfume enjoativo pareceu dominar cada centímetro do quarto. Sentindo-me sufocada, como se algo bloqueasse minha garganta, decidi sair dali. Uma caminhada talvez ajudasse a clarear as ideias. E eu precisava pensar muito bem. Tinha só até antes do anoitecer para decidir todo o restante da minha vida.

• • •

Meus saltos afundavam na areia pálida e fofa enquanto eu admirava o oceano, emoldurado ao fundo entre um paredão rochoso e um pico cinzento cuja base havia sido quase engolida por flores amarelas. No horizonte era difícil delimitar onde o céu acabava e o mar começava, ambos em uma tonalidade azul tão bela que mais parecia uma pintura. A brisa úmida acariciou minhas faces, preenchendo minhas narinas com o delicioso perfume marinho. Pulei uma pedra ao mesmo tempo em que Manteiga corria até a beira da água, latindo para as ondas.

Cheguei à parte mais firme do terreno, a faixa úmida que margeava a água. O vento ali era mais forte, sacudindo minhas saias. As mangas curtas do vestido não ofereciam muita proteção, então passei os braços ao redor do corpo para mantê-lo aquecido, meus cabelos se balançando nas costas.

Meu cachorro veio correndo e pulou em minhas pernas, deixando marcas amarelas no tecido azul-claro. Compreendendo o que ele desejava, me abaixei para pegar um graveto, como fazíamos quase todas as manhãs. Ao me endireitar, afastei com uma das mãos um cacho que chicoteou minha boca enquanto balançava o galhinho com a outra. Manteiga pareceu hipnotizado pelo movimento, se posicionando sobre as quatro patas, pronto para disparar. Na última vez que brincamos, em vez do galho meu cachorro aparecera com um peixe morto havia vários dias, que com muito custo consegui tomar dele. E mais custoso ainda foi fazê-lo parar dentro da tina mais tarde, para banhá-lo com um pouco de água e vinagre a fim de eliminar a carniça.

— Muito bem, Manteiga. Tente se concentrar desta vez. Traga apenas gravetos, está bem?

Seu latido pareceu uma anuência, e eu arremessei o pequeno galho o mais longe que pude. Manteiga se lançou atrás dele, as patas formando pequenos buracos no solo. Ele alcançou o alvo caído entre algumas pedras instantes depois, tomando-o entre os dentes.

— Muito bem, Manteiga! — Bati palmas, orgulhosa. Era a primeira vez que ele...

Uma borboleta que secava as asas em uma das rochas deve ter se assustado com a movimentação e voou. E é claro que Manteiga imediatamente abandonou o galho, saltando atrás dela e tentando pegá-la.

— Tudo bem. — Acabei rindo. — Quem sabe da próxima vez.

— Então a senhorita sabe rir. Isso é inesperado — alguém disse atrás de mim.

Virei-me ao som da voz apenas por mera formalidade. Eu a teria reconhecido pelas nuances macias ou pelo sotaque, mas foi o arrepio subindo pela nuca que me disse o nome do visitante.

— Capitão Navas.

— Srta. Valentina. — Meneou a cabeça, um sorriso travesso nos lábios.

Uni as mãos em frente à saia, relanceando o cavalo castanho um pouco mais atrás dele, pastando por entre o tapete de flores selvagens que recobria a entrada da praia.

— O senhor não devia estar com os outros, caçando algum animal inocente?

Ele exibiu os dentes brancos perfeitos.

— Agora está mais parecida com a dama que eu conheço. — Chegou um pouco mais perto, mas fixou a vista no horizonte. — Eu acho que me perdi dos outros. Minha orientação em terra não é tão boa quanto no mar. Como vai, senhorita?

— Eu estava bastante bem antes de o senhor chegar, para ser franca.

Meu comentário atrevido o divertiu, atraindo seus olhos para mim.

— Não foi a impressão que tive ao avistá-la aqui — murmurou, escrutinando meu rosto. — Parecia atormentada.

— E mesmo assim resolveu se aproximar...

— Parece que gosto de brincar com fogo. — Ele ergueu os ombros. — Ou então devo ter batido a cabeça com bastante força quando era bebê.

Mordi a bochecha para não rir. Infelizmente não consegui, e ele acabou rindo junto comigo. O vento mudou de direção, carregando seu delicioso perfume. Imediatamente, lampejos da noite passada preencheram minha mente.

Como se eu pudesse me afastar da recordação.

Ou de Leon, ao que parecia.

Um pouco aborrecida, recomecei a andar. Obviamente, tanto Leon quanto a lembrança vieram atrás.

— Por que está zangada comigo? — indagou, sem dificuldade para me acompanhar com aquelas pernas compridas.

— Como pode me perguntar uma coisa dessas? Sabe muito bem por que estou irritada. E que não deveria estar aqui comigo agora.

Seu peito se expandiu à medida que tomava fôlego.

— Tem razão, eu não deveria. Mas quando a vi entrando na praia pensei que tivesse sido agraciado com a intervenção divina. Queria falar a sós com voc... Cuidado! — Leon me segurou pelos cotovelos, impedindo que eu caísse de cara no chão quando tropecei em alguma coisa. Minha própria surpresa, quem sabe.

— Obrigada. — Eu me desprendi de suas mãos cálidas e levemente ásperas e o encarei, frustrada. — O que ainda pode querer falar comigo, depois de me tratar daquela maneira abominável?

Um profundo V se formou entre suas sobrancelhas.

— Se refere ao que aconteceu... no armazém? — arriscou, confuso, e cogitei a hipótese de atirar um daqueles galhos em sua cabeça.

— Falo daquele beijo ultrajante, capitão!

— Ah. — Enfiou as mãos nos bolsos da calça, a expressão se suavizando. — Eu me pergunto se a senhorita o achou tão ultrajante pelo fato de ter gostado.

— Exatamente! Quer dizer... não! — rebati, piscando rápido. Isso sempre acontecia quando eu ficava nervosa. Ou mentia. E eu padecia das duas aflições naquele momento. — Achei o beijo bastante repulsivo, se quer mesmo saber! — Empinei o queixo, desafiando-o a me contradizer.

E, claro, foi exatamente o que Leon Navas fez.

— Não foi o que o seu corpo me disse, *sirena*. Ainda assim, eu queria me desculpar. Eu não devia ter beijado você. Não a procurei com essa finalidade. Queria que soubesse disso — concluiu, um tanto sem jeito.

— Você já disse que não queria me beijar. Não precisava ter se dado o trabalho de vir me dizer isso outra vez. E meu nome é Valentina, não Sirena.

Retomei o passo, um tanto irritada.

Está bem, *muito* irritada.

Em duas passadas largas, ele estava bem ao meu lado.

— Eu nunca disse que não queria. Apenas que não *devia* — enfatizou. Então envolveu a mão em meu pulso, me impedindo de continuar. Esperou que eu o encarasse para voltar a falar, dessa vez tomado pela urgência. — Mas tem razão: eu não devia ter ido atrás de você ontem...

— Ou hoje...

— ... porque eu sabia que havia uma chance de acabar do jeito que acabou — confessou, parecendo não ter me ouvido. — Mas fiquei preocupado. Aquele sr. Castanheira a encurralou no jardim...

— Ele não me encurralou. Ele me propôs casamento! — atalhei, atordoada, pois sua mão continuava em meu pulso. Eu não consegui encontrar força de vontade para puxá-la de volta. Ou para pedir a ele que me soltasse.

Leon arqueou as sobrancelhas, ofensivamente perplexo.

Bufando, me livrei de sua mão, enfim, e retomei o passo.

— Não, espere! — Ele correu para me alcançar. — Qual foi sua resposta?

— Não que seja da sua conta. — Eu o olhei de revés. — Mas ainda não dei uma resposta. E não precisa se dar o trabalho de zombar, capitão — emendei, ao ver seus lábios se separarem para formar uma sílaba. — Meu pai já deixou claro que eu estou sendo tola.

— Eu não ia...

— Minha madrasta também. Aparentemente eu já devia ter aceitado o sr. Nogueira. Na verdade, parece que eu devia ter caído de joelhos diante dele e beijado suas botas assim que ele fez o pedido.

— Eu não acho que...

Girei para encará-lo, minhas saias produzindo uma pequena tempestade de areia.

— Sabe o que é pior, capitão?

— Não. — Leon tossiu, abanando a mão em frente ao rosto.

— O pior é que eles têm razão. E eu estou tão cansada disso! Não suporto mais ser jogada de um lado para o outro como se fosse uma mesa que ninguém mais quer. Estou farta de não saber como será o meu futuro, da boa vontade de quem vou depender. Se quiser mudar isso, tenho que sair de casa e ir morar com a minha tia, e rezar para que alguém me contrate como governanta, mesmo sem uma carta de recomendação. Ou então devo aceitar o sr. Nogueira porque, ao que parece, ele é o único que me quer. Portanto, no fim das contas, não se trata de uma escolha de verdade, não é?

Ele piscou, boquiaberto.

— Do que diabos você está falando?

Eu quis gritar. E então me atirar em seus braços e pedir que me beijasse e fizesse o mundo todo desaparecer, como tinha feito na noite anterior. E isso me fez lembrar de algo que me atormentara quase a madrugada toda.

— Por que me beijou, capitão?

— Como? — Ele não conseguiu esconder o espanto. Nem a confusão.

— Quero saber por que o senhor me beijou ontem. E, por favor, seja honesto!

Mesmo sem parecer entender, ele assentiu, me encarando com tanta seriedade que achei difícil respirar.

— Muito bem. Eu a beijei porque não sou capaz de resistir a você. Eu a beijei porque é impossível estar perto de você e não desejar tê-la em meus braços. Eu quis beijá-la desde a primeira vez em que a vi, no armazém do sr. Martinelli. É o que desejei fazer em todos os momentos em que estivemos juntos. É o que quero fazer neste exato instante. — Ele chegou mais perto, sua voz diminuindo algumas oitavas, os olhos intensos. — O sr. Nogueira não é o único que deseja a mesa.

Não sei ao certo o que eu esperava ouvir, mas definitivamente não era aquela declaração tão... tão desprovida de artifícios. Encarei minhas mãos, enrubescendo com violência. Antes que eu pudesse pensar em alguma coisa, sua sombra me encobriu. Ergui o rosto a tempo de vê-lo a meio metro de mim, um dos braços estendido, pronto para me tocar.

— O que pensa que está fazendo? — Recuei de imediato.

Ele deixou escapar um suspiro agastado.

— Minha intenção é a melhor, acredite.

— Temo que não exista um único centímetro em você que seja bem-intencionado, capitão Navas.

— Pode ser que tenha razão. Mas desta vez acho que deveria me dar o benefício da dúvida e me escutar. Tem um...

— E o senhor ainda admite! Que espécie de homem é? — atalhei, nervosa. Havia menos de um minuto ele dissera com todas as letras que queria me beijar. E eu... eu...

— Uma espécie não muito inteligente, ao que parece. — Ele fechou a cara.

— Agora, sugiro que dê alguns passos para a esq... — Tentou agarrar meu braço outra vez.

Empurrei suas mãos para longe.

— Pode, por favor, demonstrar um pouco de boas maneiras?

Leon arqueou as sobrancelhas, descrente, mas cruzou os braços atrás das costas.

— Srta. Valentina Albuquerque, eu e minha falta de boas maneiras estamos tentando lhe dizer...

— Nada que eu esteja interessada em ouvir.

— ... que um caranguejo acaba de se esconder debaixo das suas saias.

Precisei de um instante para compreender o que ele tinha dito. Ele queria me pregar uma peça. Apenas isso. E estava enormemente enganado se achava que eu iria cair em seu blefe infantil. Sustentei minha posição.

Ao menos até algo frio e úmido beliscar meu tornozelo, a dor rivalizando com as pancadas em meu peito. O sangue pareceu deixar meu corpo, e eu estava gritando antes que conseguisse pensar.

Muito bem. Não gosto de ratos. Nem de baratas, aranhas, lagartixas e qualquer coisa que rasteje ou suba em paredes. Creio que não seja justo com os pobres animais depreciá-los assim por sua feiura, mas o que eu posso fazer? Sou humana. O que eu não sabia até aquele instante era que caranguejos também entravam em minha lista de bichos a serem evitados.

Desesperada para colocar a maior distância entre mim e o bicho, pulei sobre Leon. Ele não esperava o ataque, percebi, a perplexidade o deixando mais lento enquanto tentava nos equilibrar. Mas o terreno arenoso e instável não contribuiu muito, de modo que começamos a tombar.

Um *urf!* reverberou em sua garganta antes que eu sentisse o impacto das costelas de Leon contra as minhas, a areia esfolando meus joelhos. Ardeu um bocado, mas eu não tinha tempo para choramingar. Ainda sem fôlego, me sentei sobre ele, sacudindo as saias para que o animal saísse dali.

— Pare de se debater, Valentina.

— Não posso! Ele está em mim? Está vendo o bicho? Ainda está em mim? — repeti, espiando o avesso das anáguas, os dedos trêmulos enquanto rezava para não encontrar o crustáceo pendurado nas minhas roupas de baixo.

— Não. Não vejo caranguejo algum, apenas suas meias e as ligas. Belas peças, a propósito.

— Graças aos céus! — Soltei um pesado suspiro.

O alívio foi tão grande que um minuto inteiro se passou antes que suas palavras fizessem algum sentido. Então olhei para baixo, para minhas coxas expostas, a barra rendada do culote totalmente visível, os joelhos recobertos pela meia de seda fincados na areia ao lado de seus quadris. Se minhas bochechas esquentassem mais, eu correria o risco de ser confundida com um ferro de cachear cabelos.

Mortificada, empurrei o vestido para baixo e comecei a sair de cima dele.

No entanto, Leon enroscou a mão em minha cintura e se sentou. A nova posição me fez escorregar um pouco mais para a frente, de modo que me encaixei nele como... como... como se tivéssemos sido esculpidos daquela maneira no momento da criação. Seu nariz ficou a um suspiro do meu, a respiração acariciando minha pele. Senti uma fisgada no baixo-ventre, a boca subitamente entorpecida, a pulsação martelando na base da garganta.

Ele ia me beijar. Oh, meu Deus, ele ia me beijar! Uma parte de mim se apavorou com essa constatação. A outra... bem, me fez envolver os dedos de uma das mãos em seu pescoço.

Mas então ele murmurou:

— É um tanto tarde para isso. — E começou a desenrolar o tecido das minhas saias, cobrindo meus joelhos.

Abri a boca para... bem... não sei ao certo. Antes que conseguisse descobrir, o cano de uma espingarda passou rente ao meu nariz, se colando no espaço entre os olhos incrivelmente calmos de Leon. Acompanhei com o olhar o comprimento da arma até chegar à mão roliça, a manga do paletó cor de vinho e, por fim, o rosto enfurecido do meu pai. Atrás dele, seu cavalo pastava, as rédeas se arrastando na areia. E só então meus ouvidos resolveram funcionar e ouvi o trote apressado do grupo de caçada. Olhei naquela direção, vendo as patas levantarem poeira, diversos rostos abismados. O do sr. Nogueira era o mais chocado deles.

Saí de cima de Leon, caindo meio de lado, e imediatamente me pus a arrumar as roupas para que nenhum pedacinho de mim ficasse exposto.

O capitão Navas soltou um suspiro exasperado, mas sua voz era toda empolgação ao dizer:

— Bom dia, sr. Albuquerque. Parece que encontrou um alvo, afinal.

Ouvi uma risadinha vinda do grupo, parado a poucos metros, e desejei morrer.

— Não tenho certeza se lhe respondo ou se lhe meto uma bala na testa — rosnou meu pai.

— Entendo perfeitamente, sr. Albuquerque. — Leon assentiu, o cano da espingarda acompanhando o movimento. — Mas gostaria de lhe apresentar uma terceira alternativa, se me permite.

— Fale! — meu pai ordenou, entredentes.

— O que acha de abaixar a arma e nós dois discutirmos o meu casamento com a sua filha? Na agradável companhia de uma boa garrafa de gim, quem sabe?

— O q-quê? — engasguei, horrorizada.

O descontentamento era evidente no semblante de Leon, e quase tão grande quanto a resignação, mas tudo o que ele fez foi me lançar um olhar que dizia: "O que esperava que eu fizesse?"

Eu quis chorar. Sabia muito bem que um casamento seria inevitável. Muitas testemunhas haviam me flagrado naquela situação comprometedora. Ou eu me casava com o capitão Navas, ou estaria completamente arruinada.

Meu pai também estava ciente disso, e imaginei que tenha sido esse o motivo que o levou a abaixar a arma e dar um firme aceno para o homem caído na areia.

Manteiga passou correndo por entre as pernas dos cavalos, parando a meu lado todo orgulhoso com... o caranguejo preso entre os dentes. *Argh!*

Dei um pulo, caindo com o traseiro na areia.

— Bom garoto. — Leon se esticou, dando um tapinha em seu lombo, já que eu não consegui pronunciar palavra alguma. Estranhamente, Manteiga não rosnou para ele. Na verdade, pareceu contente com o novo amigo. Aquele pequeno traidor.

Não demorou muito para que o grupo começasse a dispersar. Inácio se demorou um pouco mais, permanecendo sobre o cavalo, parecendo tão ofendido e perplexo que um nó se apertou em minha garganta. E, então, veio o desprezo. Eu não estava certa se queria aceitar sua mão, mas de maneira alguma desejava ferir seus sentimentos. Gostaria de ter encontrado voz para lhe dizer isso, mas minha boca não funcionava. Com um último olhar que me fez desejar escavar um buraco e me enterrar, cutucou os flancos da montaria e deu meia-volta, uma pequena nuvem amarelada o seguindo.

Limpando a areia das roupas, Leon se levantou e me estendeu a mão, a expressão congelada em uma máscara inflexível.

— Não precisa fazer isso, capitão — falei baixinho. — Eu posso explicar que o que eles viram foi um terrível mal-entendido.

— Ninguém jamais acreditaria nisso.

— Não posso me casar com você. — O desespero revolveu meu estômago. — Eu mal o conheço.

— Não temos escolha. — Sua voz não continha emoção alguma, a mão ainda pairando diante do meu rosto, à espera. Um gesto que era muito mais que uma simples cortesia. Era a definição do meu futuro. E do dele também.

Mas como eu poderia decidir assim, sem refletir? As mesmas dúvidas que me atormentaram durante a madrugada com relação ao pedido do sr. Nogueira pairavam agora, e muitas outras, porque Leon me despertava coisas estranhas sempre que olhava para mim. E, por Deus, eu tinha gostado daquele beijo. Como poderia me casar com aquele homem sabendo que perto dele eu me sentia fraca, que minha força de vontade simplesmente me abandonava? Eu correria um grande risco!

Mas, se eu o recusasse, então Leon teria que enfrentar papai em um duelo, disso eu não tinha dúvida. E meu pai, mais velho e lento, já mal enxergava sem os óculos...

A decisão se formou antes que eu tivesse consciência disso. Trêmula e aterrorizada com o que estava prestes a fazer, inspirei fundo e então travei os dedos nos de Leon, selando nosso destino.

Tão logo fiquei de pé, ele começou a me arrastar da praia, e Manteiga alegremente nos seguiu. Ao parar diante de sua montaria, Leon envolveu as mãos em minha cintura, me colocando sobre a sela como se eu não pesasse mais que um par de luvas. Encaixou o pé no estribo, mas se deteve por um momento. Curvou-se para tomar o caranguejo da boca de Manteiga e voltou à areia para libertar o animal.

Passei os braços ao redor do corpo enquanto o observava parar diante das ondas, apoiar as mãos nos quadris estreitos, a cabeça pendendo entre os ombros.

Meu Deus, o que eu tinha feito a nós dois?

As lágrimas embaçaram minha visão, fazendo a figura de Leon tremular. Então um pensamento deveras inquietante me fez dar uma gargalhada frouxa.

Ao menos eu tinha feito a vontade do meu pai, não? Terminaria aquele dia noiva.

9

Eu seguia apressada pela rua principal, segurando as fitas do chapéu, que teimavam em açoitar meu queixo. Era estranho caminhar pela cidade sem reconhecer os passantes. No entanto, a maioria daquelas pessoas agora sabia quem eu era. Os olhares reprovadores me diziam que tinham ouvido a história do sr. Nogueira, que fizera questão de espalhar entre seus conhecidos — e não eram poucos — a "grande sorte que teve em conhecer o verdadeiro caráter da srta. Valentina Albuquerque antes que a família pudesse obrigá-lo a se casar com uma dama tão facilmente seduzível".

Mas não importava. Não mesmo. Era o compromisso que eu assumira um dia antes que me perturbara a noite toda.

Após o flagrante na manhã anterior, papai e Leon se trancaram no escritório até a hora do almoço. Quando a porta se abrira, fui comunicada de que tudo já estava acertado. Foi com uma expressão impassível que Leon tirou o anel de brasão do seu anular e o colocou no indicador da minha mão esquerda — o único dedo em que a joia de aro largo se encaixou. Depois disso ele foi embora, sem que eu tivesse chance de lhe dizer qualquer coisa.

Com meu pai, entretanto, houve tempo para muita conversa. Talvez "monólogo" seja o termo mais apropriado, já que apenas a voz dele foi ouvida por quase duas horas ininterruptas. Eu nem me dei o trabalho de me defender. Não havia mais motivos. Não para papai, pelo menos. Mas o capitão Navas era uma história totalmente diferente, e era esse o motivo pelo qual eu andava tão apressada pelas ruas naquela manhã nublada.

Contudo, ao parar diante do sobrado número 7 da rua principal e admirar os tijolos avermelhados da fachada em um belo contraste com as cortinas verdes sobre as janelas brancas, vacilei. Inspirei fundo algumas vezes, aprumando os ombros antes de abrir o portão e subir os três degraus. Bati na porta, ajeitei o chapéu, as luvas, as dobras em minhas saias enquanto esperava. Pareceu que um século havia se passado até o mordomo finalmente surgir sob o batente.

— Bom dia. Eu gostaria de falar com o capitão Navas — fui dizendo ao homem de rosto comprido e uma rala cabeleira marrom.

— E quem devo anunciar?

— A noiva dele, senhor.

Os olhos ligeiros do homem de cinquenta e poucos anos passearam pela minha silhueta, um tanto atônitos. Tudo bem, o traje salmão estava um tanto desbotado, mas ainda era um bom vestido. E aquele nem tinha remendos.

— A senhorita tem um cartão?

Abri a bolsinha que trazia pendurada no pulso e retirei um dos meus antigos cartões de visita. Um canto estava amassado, e eu o alisei antes de entregar ao mordomo.

— Srta. Valentina Dominique Emanuelle Martin de Albuquerque — leu ele, com a testa franzida. — A senhorita precisa de tantos nomes?

— Minha mãe acreditou que sim. O senhor poderia fazer a gentileza de anunciar algum deles ao meu noivo?

Abanando a cabeça em resignação, ele chegou para o lado, me dando passagem. O hall não era muito grande, assim como a sala de visitas, mas era aconchegante com seus tons claros, quebrados apenas pelo verde das cortinas e do estofado do sofá. Havia estatuetas de mármore próximas às janelas, esculturas em bronze — uma delas a graciosa representação de um casal perdido em sua música — e pinturas penduradas nas paredes cor de marfim. Eu me aproximei de uma delas, o retrato de um sujeito com uma larga careca. Tentei reconhecer nele algum traço de Leon, mas não encontrei nada. Deduzi que aquelas peças estavam ali quando ele alugara a casa e o capitão não se deu o trabalho de removê-las. Por que se importaria? Ele deveria partir em breve, em vez de desposar uma moça com pavor de animais rastejantes.

Os sons dos passos pesados me chegaram aos ouvidos e eu me virei a tempo de ver o capitão Leon Navas surgir atrás da escada, sua presença instantaneamente dominando o ambiente. Ele estava muito bem naquelas calças claras, botas marrons e paletó azul-marinho, cujo corte acentuava seus ombros. A gravata, eu estava aprendendo, se mantinha desalinhada e uma mecha negra teimosa lhe caía na testa. Seu modo meio desleixado deveria me desagradar. Em vez disso... bem... meu estômago deu uma censurável pirueta.

— Srta. Valentina — cumprimentou rapidamente. — Não sei se me sinto lisonjeado com sua visita ou se devo me preocupar.

— Bom dia, capitão Navas. Suspeito que minha visita não seja uma surpresa. Afinal, nós mal conversamos depois do incidente de ontem.

A curiosidade arqueou uma de suas sobrancelhas, mas ele indicou com o braço o sofá esmeralda à minha esquerda, se acomodando no menor, o que achei bastante sensato. Impor alguma distância parecia ser crucial para aquela conversa.

— Posso lhe oferecer um chá? — perguntou, todo educado.

— Não, obrigada. Eu vim aqui por outro motivo. — Afundei a bolsinha nas saias para que ele não percebesse como meus dedos tremiam. — Você... está muito furioso, não é?

— Sim, estou. — E nem ao menos piscou.

Soltei um suspiro trêmulo, admirando o anel em meu indicador. Não era qualquer joia. Parecia algo que se passa de pai para filho, como os pequenos brincos de brilhantes pendurados em minhas orelhas.

— Imaginei que estivesse. Por isso vim. — Tomei fôlego. — Gostaria de lhe dizer que compreendo a posição em que o coloquei e não me importo se romper o noivado. Pode fugir antes que meu pai perceba, assim evitará um duelo.

O sofá estalou quando ele se moveu, atraindo meu olhar. Com certo atraso, percebi que eu o ofendera. Gravemente.

— Não sei que espécie de homem pensa que sou, mas é bom que saiba que eu nunca volto atrás ou fujo de qualquer coisa que seja.

— Perdoe-me. Não pretendia ofendê-lo, capitão Navas. Apenas... pensei que pudesse existir um jeito de...

— De escapar desse compromisso — completou, lendo corretamente nas entrelinhas e não gostando nem um pouco disso. — Não, não há. Eu jamais poderia voltar a botar os pés neste porto. E, lamento informar, tenho excelentes contratos por aqui.

— Poderia encontrar outro lugar — sugeri, um tanto sem esperança. — A costa é extensa.

Ele me deu um sorriso educado.

— É o que pretendo fazer, srta. Valentina. Continuar expandindo os meus negócios. Não estou disposto a abrir mão de nenhum porto.

— Imaginei que não — gemi, desanimada. — E não posso ser aquela que porá fim a esta história. Meu pai me trancaria em um convento. E não tenho a menor vocação.

— Não. — Os cantos de sua boca se curvaram enquanto ele encarava meus lábios. — Eu diria que não tem mesmo.

Minha pulsação ameaçou se agitar, e fiz um esforço hercúleo para controlá-la. Se Leon não fosse tão bonito...

Ou tão atrevido...

E se parasse de me olhar daquele jeito...

— Eu realmente sinto muito, capitão Navas. — Sacudi a cabeça para me livrar da confusão. — Não tive a intenção de nos colocar nessa posição. Mas eu lhe disse a verdade no armazém. Não gosto de nada que rasteje, sobretudo perto do meu tornozelo... que ainda está dolorido pelo beliscão, a propósito.

— Eu compreendi isso ontem. — Ele engoliu o riso com um firme apertar de lábios.

— Enfim... não posso forçá-lo a se casar comigo.

A diversão deixou seu rosto, e ele me encarou tão fixamente que um nó se apertou em minha garganta.

— Ninguém está me forçando a nada, Valentina.

— Mas tem de concordar que não nos damos muito bem. Esse casamento não fará feliz a nenhum de nós. Eu gostaria muito que o senhor reconsiderasse.

Uma sombra escura o dominou, como se eu tivesse tocado em um ponto particularmente doloroso. Levou um minuto inteiro para que Leon voltasse a falar.

— Por mais que seja tentador, acredite ou não, eu não tenho o hábito de deixar minha dama em apuros.

— Não sou sua dama.

— Desde a manhã de ontem, é, sim. — Ele sorriu de um jeito que era pura presunção, e eu desejei jogar alguma coisa nele. Aquela bela escultura de bronze dos músicos dançarinos sobre a mesa lateral, por exemplo.

Ele não ia voltar atrás, ia? Eu tinha pensado nessa possibilidade. Está certo, eu creditara à sua teimosia, não ao seu recém-descoberto bom caráter. Era uma mudança bem-vinda, já que ele seria meu marido em um futuro nada distante.

— Não acredito que vamos nos casar por causa de um caranguejo! — Soltei um pesado suspiro.

— Também não tenho aquele crustáceo em alta conta. Espero que a esta altura ele já tenha virado jantar de alguma enguia. — As sobrancelhas de Leon se arquearam tanto que parte delas se escondeu sob as mechas negras que lhe caíam na testa. — Ainda não acredito que fui derrubado por um caranguejo. Que embaraçoso...

— Na verdade, fui eu que o derrubei — apontei.

— Ainda mais ultrajante! Ser vencido por uma senhorita petulante com pouco mais de cinquenta quilos. — Abanou a cabeça, mas havia diversão naquele esgar de canto de boca, e eu me peguei sorrindo também.

Isso pareceu agradá-lo. Na verdade, Leon se mostrava quase fascinado, me admirando como se me despisse de minha casca, passasse por minhas defesas e chegasse ao cerne do meu verdadeiro eu. Eu me remexi na poltrona, inquieta, a atmosfera na sala ficando mais abafada, densa.

Ele pareceu afetado também e aprumou a postura, ficando mais alto no assento.

— Logo que chegou — começou, ansioso —, você me perguntou se eu estava zangado. Eu não menti, Valentina. Estou zangado. Mas não com você. Eu não devia ter ido atrás de você. Nem no jardim, nem na praia. Se estamos agora atados a um compromisso que nenhum de nós deseja, a culpa é toda minha.

— Ah! — exclamei, abismada. Eu não esperava que ele fosse tão... razoável.

— Mas — sua voz baixou algumas oitavas —, para o seu desespero, e acredite, para o meu também, a atração que pulsa entre nós é tão irresistível quanto inapropriada. A diferença é que eu já compreendi isso, *sirena*. Você ainda não.

Pisquei algumas vezes, apertando a bolsinha com força de encontro às coxas.

— Meu nome é Valentina. E... eu... eu não sei a que o senhor se refere.

Sua boca se curvou em um sorriso tristonho.

— Eu sei disso, o que torna minha conduta ainda mais imperdoável. E é por essa razão que não posso deixá-la enfrentar sozinha um problema que eu criei. Sinto muito. Sobretudo por ter estragado seus planos com o sr. Abacateiro.

— É sr. Nogueira — corrigi automaticamente, atordoada. Aquela era a primeira vez que nós conseguíamos conversar sem provocações. Ou beijos. Eu meio que... que estava gostando. — E não se atormente. Eu não o teria aceitado.

Ele assentiu, parecendo aliviado. Eu, no entanto, estava longe de sentir algum consolo. Ainda tínhamos um problema.

— Mas, capitão Navas, como podemos seguir adiante com esse compromisso se mal nos conhecemos?

— E esse não é o princípio básico de um casamento? — gracejou, entortando uma sobrancelha.

— O que eu quero realmente dizer é: o que pretende fazer comigo depois do casamento? — expliquei.

Ele relaxou a postura, esticando as pernas e cruzando os tornozelos, ainda que suas feições demonstrassem alguma apreensão.

— Imagino que eu vá cumprir meu plano inicial de retornar à Espanha. Você irá comigo, é claro. Tenho uma boa casa em El Puerto de Santa María. Acredito que a achará bastante confortável. É lá que você vai viver.

Não *nós*. *Você*.

— Entendo. — E realmente compreendia. Ele iria se casar comigo em nome da honra. Depois de desempenhar seu papel, pretendia me abandonar em algum lugar onde eu não pudesse atormentá-lo. Leon me deixaria sozinha na Espanha para continuar vivendo de porto em porto.

Não pude deixar de sentir uma profunda melancolia. Ser abandonada outra vez — ainda que por um homem a cujo respeito eu sabia tão pouco — feria o meu orgulho.

Apesar disso, comecei a ver possibilidades no futuro que ele descrevia. Viver na Europa, longe de Miranda, do passado e da dor que o acompanhava. Sim. Isso era ainda melhor do que eu havia sonhado em meus momentos mais otimistas. Não me sentiria uma visita indesejada em minha própria casa, embora desconfiasse de que me sentiria uma esposa indesejada.

Oh, bem. Era uma sorte eu não estar apaixonada pelo meu noivo.

Havia meu pai, é claro. Mas o que eu poderia fazer, se ele parecia tão ansioso para se livrar de mim?

— Muito bem — cedi. — Eu estou de acordo. Mas tenho uma exigência a fazer. Duas, na verdade.

— Que são...?

Respirei fundo e soltei tudo em um fôlego só.

— A primeira é um documento assinado pelo senhor, garantindo que terei uma renda mensal particular.

Aquelas íris de aço reluziram com algo semelhante a ofensa.

— Isso não será necessário. Eu jamais deixaria minha esposa sem recursos.

— Foi o que meu pai disse a minha mãe antes de se envolver com Miranda e nos deixar a pão e água enquanto comprava uma carruagem nova para a amante. — Dei de ombros.

Apesar de ter tentado, Leon não conseguiu esconder o espanto. E a compaixão. Ora, bolas! Eu preferia que ele me insultasse a ter de lidar com sua indulgência.

Antes que eu pudesse lhe dizer isso, porém, ele abriu a boca.

— Se é de um documento que precisa, então você o terá — garantiu. — Qual a segunda imposição?

— Quero que me prometa, caso alguma coisa aconteça no futuro, que poderei levar Felix para viver comigo e que cuidará de sua educação.

— Miranda e seu pai jamais permitiriam isso. — Inclinou a cabeça para o lado, um tanto confuso.

Não enquanto o dinheiro ainda existisse. Mas, comigo longe, as coisas podiam degringolar rapidamente.

— Estou falando do futuro do meu irmão — esclareci. — Se algo der errado nas finanças do meu pai, quero sua palavra de que o acolherá e cuidará dele até que Felix possa se sustentar sozinho. — Meu irmãozinho jamais seria uma visita indesejada para ninguém. Eu não iria permitir.

Mesmo parecendo não entender muito bem o que eu pedia, Leon aquiesceu.

— Está bem, tem a minha palavra — prometeu, e eu soltei um suspiro de alívio. — Mais alguma exigência?

— Não. Mais nenhuma. — Sorri de leve. — Mas tenho um pedido. Gostaria que me ensinasse espanhol.

Eu não o teria espantado mais se dissesse que queria aprender a comandar um navio.

— Se vou viver na Espanha — me apressei —, tanto o francês quanto o português terão pouco uso para mim. Tenho de aprender o idioma local, e o senhor e Miranda são os únicos que conheço que dominam a língua.

— E prefere pedir minha ajuda? Você odeia Miranda tanto assim? — Ele me estudou com atenção.

— Tudo o que ela trouxe para a minha vida foi dor e infelicidade. Então bem pode imaginar que eu não morro de amores por ela.

A atmosfera da sala ficou mais pesada, obscura como meus sentimentos pela minha madrasta. Acredito que Leon tenha percebido, pois disse:

— Ao contrário do que sente por aquele cachorro...

Se sua intenção era fazer aquela nuvem escura que pairava sobre mim desaparecer, foi bem-sucedido.

— Sim. A propósito, não é necessário avisá-lo de que Manteiga me acompanhará à Espanha, certo?

O maxilar levemente pontudo de Leon quase se desprendeu do crânio.

— ¡Madre de Dios! ¡Un perro en el barco va a causar toda clase de complicaciones! — E continuou naquele espanhol ligeiro e macio.

Quase sorri. Aquele homem não se assustara nem mesmo com a mira de uma espingarda entre os olhos, mas a perspectiva de um cachorro em seu precioso navio...

— Aí está mais um motivo para eu aprender espanhol — falei assim que ele se calou, emburrado. — Para entender o que diz sempre que fica furioso comigo. Desconfio de que isso vá acontecer com alguma frequência, se levarmos em conta o histórico do nosso relacionamento.

Bufando, ele esfregou a testa com força.

— E o que eu ganho com todos esses pedidos e exigências?

— Apenas duas exigências e um único pedido — esclareci. — E tem a minha palavra de que me esforçarei ao máximo para que o senhor não deseje colocar uma corda ao redor do pescoço quando estiver em Porto de Santa Maria.

Seus olhos cinzentos se estreitaram, como os de um leão diante da caça.

— Do seu pescoço ou do meu? — ele quis saber.

— De nenhum dos dois?

Minha petulância teve efeito, e eu me flagrei muito satisfeita ao ouvir sua risada reverberando pelo aposento.

— Mais alguma coisa? — perguntou, menos acabrunhado.

— Não. — Mas logo me lembrei. — Bem, há mais uma coisa. Também não é uma exigência. Quero sua palavra de que permitirá que eu embarque em um dos seus navios para visitar meu pai de tempos em tempos.

Diversos vincos se formaram em sua testa.

— Pensei que quisesse ficar longe do seu pai.

— Eu também pensei. — Mas agora já não estava tão certa, mesmo que aquele tapa ainda ardesse em meu coração.

Leon me encarou por um longo tempo, como se tentasse me decifrar ou algo semelhante. Enfrentei seu olhar, por mais que minhas entranhas se retorcessem. Por fim, ele concordou com um firme aceno.

— *Muy bien*, estou de acordo com tudo. Pedirei ao meu advogado que redija o documento e assinaremos o mais breve possível.

— Obrigada, capitão Navas. — E eu me sentia mesmo grata. Estava preparada para uma luta ferrenha e, em vez disso, encontrara um homem sensato e compreensivo. A maneira como eu via meu noivo começou a mudar. — Oh, espere. Não tem nenhum requisito a fazer?

— Tudo o que espero ganhar com esse arranjo são herdeiros. — Encolheu os ombros. — Em breve completarei trinta anos. Não tinha pensado em casamento ainda, mas sempre desejei ter filhos.

— Filhos? — sussurrei. Tudo o que eu sabia sobre esse assunto era... coisa nenhuma.

Ah, meu Deus!

Uma vez eu tentara falar com minha mãe a respeito do que acontecia no quarto de um casal. Ela ficara tão indignada que me deixou de castigo por uma semana. Contudo, alertara que era horrível, que eu não deveria pensar mais nisso e que falaria comigo quando chegasse a hora. Tudo o que eu precisava saber era que a coisa era tão bárbara que a mulher sangrava, muitas fechavam os olhos em desespero e rezavam, mas era o sacrifício que tinham de fazer para conseguir filhos, então se dispunham a tal humilhação. Confesso que não compreendi muito bem. Faltavam-me elementos para compor a cena sangrenta. E agora mamãe se fora e eu tinha que falar com alguém sobre isso, porque Leon queria ter filhos!

Uma parte de mim desconfiava de que não devia ser tão monstruoso assim, se as mulheres continuavam se casando. Além disso, eu queria uma família. Ainda mais agora, quando conhecia os planos de Leon. Eu não me sentiria sozinha em uma casa repleta de crianças. Se para isso eu tivesse que sofrer, então... então que fosse. Precisava descobrir como se gera um bebê.

Najla!, pensei de repente. Ela era casada, devia saber como funcionava. Quem sabe, se eu perguntasse com jeitinho, ela me contaria tudo e não me mandaria subir para o quarto, me ajoelhar ao lado da cama e suplicar pela indulgência divina por perguntar algo tão impróprio, como fizera minha mãe.

— Estamos de acordo, capitão Navas — falei, com firmeza.

— Excelente. — Ele me mostrou um sorriso estonteante, que fez meu coração se atrapalhar e errar uma batida.

— Quando poderemos começar as aulas de espanhol? — perguntei, para me distrair.

— Talvez amanhã. A menos que queira ir comigo até as docas agora. Preciso estar lá em meia hora.

— Ao cais? Ah, eu não poderia.

Mesmo acompanhada, não ficaria bem. O cais era uma região não muito bem frequentada, e, a menos que fosse para embarcar ou dizer adeus a alguém, uma dama não passeava pelo porto. Jamais!

— Imaginei que recusaria. — Um dos cantos de sua boca se ergueu. — Mulheres como você pertencem a salas bem decoradas, não a docas sujas.

Fiquei de pé, um pouco irritada com sua colocação.

— Em outras palavras, mulheres como eu têm uma vida entediante. Mas está enganado. Minha vida é bastante interessante. — De vez em quando, pelo menos.

Leon também se levantou.

— Seguindo a cartilha dos bons modos e dos bons costumes. E eu tentei fazer um elogio, caso não tenha percebido — resmungou, ofendido.

— O que há de errado em seguir as regras?

Abrindo os braços, ele soprou um pesado suspiro.

— Uma imensa contradição, Valentina. Sua vida não pode ser interessante se é guiada por regras criadas por terceiros.

Em dois passos, eu estava cara a cara com ele. Figurativamente falando, é claro. Minha cabeça mal chegava à altura do seu queixo. Tive que arquear o pescoço para poder alcançar seus olhos.

— E o que o senhor entende sobre regras, além de que deve quebrar todas elas? Além disso, foi por quebrar uma das normas que agora estamos presos um ao outro.

— De fato, foi. — Sua boca se esticou no mais absoluto atrevimento, como eu sabia que aconteceria, e foi o bastante para que meu coração perdesse o compasso.

Era melhor sair dali, se ele ia começar a se comportar daquela maneira. Meu coração, quero dizer.

— Bem, creio que já tenha tomado muito do seu tempo. Até mais ver, capitão Navas.

— Até, srta. Valentina. — Fez uma discreta saudação.

Eu me apressei em ir até a porta. Leon se moveu ao mesmo tempo, chegando para o lado para me dar passagem, e, em um infeliz acaso, escolhi a mesma direção que ele, de modo que acabamos colidindo.

— Perdoe-me — murmurou, um tanto sem jeito, segurando meu cotovelo para me ajudar com o equilíbrio.

Elevei o rosto para lhe agradecer, mas nossos olhares se chocaram e as palavras se perderam dentro de mim. Assim tão perto, seu perfume me envolveu, trazendo as lembranças de quando estive em seus braços, também cercada por aquele delicioso aroma que, mesmo depois que nos separamos, permanecera em minhas roupas, em minha pele e em meus pensamentos.

Suspeitei que seus pensamentos também seguissem naquela direção, pois uma emoção incendiou aqueles olhos de estrelas. Maravilhada, assisti às íris se encolherem pouco a pouco à medida que as pupilas se expandiam.

Eu sabia o que aconteceria a seguir se não fizesse nada a respeito. Ele tinha me olhado daquela mesma maneira pouco antes de me beijar. Eu devia sair correndo naquele exato instante.

Em vez disso, me vi arqueando as costas, os dedos buscando a frente do seu paletó. Uma de suas mãos encontrou o caminho da minha cintura, a outra se encaixou em meu rosto, roçando de leve em minha pele.

— Tem razão em tudo o que disse ainda agora. — Sua voz estava baixa, rouca, os olhos em chamas. — Sobre quebrar as regras. E devo alertá-la de que vou quebrá-las novamente a menos que me diga o contrário, *sirena*.

— Por que insiste em trocar meu nome? — murmurei. — Não sou Sirena.

Ele abriu um sorriso tão lindo que meu coração parou de bater por um breve instante.

— Mas é sim. *Mi sirena*. — Seu polegar deslizou pela minha bochecha, contornando meu maxilar, descendo para meu pescoço. — Eu estou completamente perdido.

Foi como uma onda que chegou sorrateira e silenciosa, parecendo calma até estar perto o bastante para que eu percebesse sua dimensão e pudesse fugir antes que ela arrebentasse sobre mim. Seu toque despertou meu corpo e meus sentidos, embotando meus pensamentos, acelerando minha respiração. A dele não estava diferente, percebi, seu coração batendo com força de encontro a minha palma. Meu corpo gostou daquilo e correspondeu da maneira mais absurda, se arrepiando, pinicando e se acendendo como uma lareira.

Você, o sussurro ecoou em meu peito.

Como se também tivesse ouvido, a tormenta em seu olhar ganhou força. Leon abaixou a cabeça, a pontinha do nariz resvalando em minha bochecha, e então...

— Capitão, sua carruagem... Aaaaaah, eu voltarei mais tarde.

Subitamente, Leon me soltou, se afastando. Confusa e um tanto instável, observei o mordomo cabisbaixo começar a deixar o hall.

Céus! O que eu estava fazendo? Eu tinha que sair dali imediatamente!

— Já me demorei demais, capitão Navas. Devo ir agora — falei, sem ar. — Muito obrigada pelo seu tempo. Até mais ver.

Apertando a bolsinha contra o peito, corri para a porta, o corpo todo estremecendo, e não precisei me virar para saber que os olhos de Leon me acompanhavam. Eu simplesmente sabia. E começava a desconfiar de que ele... tivesse dito a verdade mais cedo. Sobre a atração irresistível. Porque, mesmo depois que cheguei à rua, eu ainda nadava naquelas emoções novas e desconcertantes.

Que tremendo inconveniente. Realmente inapropriado, pois nosso casamento seria regido por um contrato, não pelos beijos e todas aquelas coisas que ele despertava em mim. Mas meu coração tolo parecia não compreender isso e continuou a sussurrar um lamento à medida que eu deixava a casa número 7 para trás.

Era melhor eu descobrir uma maneira de parar de sentir aquelas coisas quando estava perto dele, ponderei, antes que fizesse algo ainda mais estúpido que me casar com Leon Navas. Como lhe entregar o meu coração.

10

— Ele a beijou duas vezes? — Os olhos de Suelen quase pularam para dentro da xícara de chá depois que lhe contei tudo o que havia acontecido entre mim e Leon.

— Fale baixo — sibilei, relanceando a porta aberta.

Estávamos a sós na sala de jantar. Um dos empregados me informara que o café da manhã tinha sido servido mais cedo, pois papai estava com pressa para encontrar o advogado e acertar os detalhes do contrato de noivado. Pela janela, avistei Felix no jardim, tentando convencer Manteiga a se passar por um cavalo.

Eu não fazia ideia de onde minha madrasta estava e queria permanecer assim.

— Ele me beijou apenas uma vez — expliquei baixinho. — Ontem quase aconteceu de novo, mas o mordomo chegou bem a tempo.

— E como foi? — Ela apoiou os cotovelos na toalha de linho branca, se inclinando para a frente, os olhos muito abertos e ansiosos.

— Foi... foi... — Soltei um suspiro. — Perturbador, Suelen. Eu me senti...

— Flutuando?

Fiz que sim.

Aprumando a coluna, ela deu uma garfada em seus ovos mexidos, mas o garfo não lhe chegou à boca.

— Então vai mesmo seguir adiante com o casamento e ir embora para a Espanha? — perguntou, tristonha.

— É minha única alternativa. Não tem relação alguma com o beijo — me adiantei, adicionando duas colheres de açúcar ao chá. — Se eu desistir do noivado, papai vai me mandar embora de casa, e dessa vez eu nem posso condená-lo. A cidade toda está falando sobre o que aconteceu na praia. Além disso, estou cansada de não saber o que vai acontecer comigo no dia seguinte. De não ter perspectiva. Já basta.

Foi a vez de ela suspirar.

— Eu vou morrer de saudade, Tina.

— Eu também. — Tentei sorrir. Como eu iria dizer adeus a Suelen? A Felix? A todos? — Espero que possa ir me visitar de vez em quando.

Isso trouxe um pouco de animação ao seu rosto.

— Oh, imagine só. Nós duas passeando pelas ruas de alguma cidade charmosa da Espanha, visitando museus, bibliotecas... talvez até assistindo a uma das famosas touradas. — Saltitou na cadeira. — Vai ser excitante!

Acabei rindo. Suelen e seu otimismo sempre faziam o cenário parecer mais bonito e atraente. Eu realmente ia sentir falta dela.

Fomos interrompidas instantes depois. O sr. Romeu entrou na sala, anunciando uma visita.

— Oh! — Suelen limpou a boca no guardanapo e ficou de pé. — Pensei que o sr. Romanov viria um pouco mais tarde. Preciso pegar o chapéu.

— Aonde vocês vão?

— Cavalgar no parque. — Examinou o traje verde-escuro à procura de migalhas. — O sr. Romanov partilha comigo o amor pela cavalgada e se ofereceu para me acompanhar esta manhã.

— Humm... — Então Dimitri estava mesmo decidido a ganhar a afeição da minha prima.

Ela percebeu minha inquietação e revirou os olhos.

— Não precisa se preocupar, Tina. Ele me ofereceu companhia, não um anel de noivado. Só estou me divertindo um pouco. É bom ouvir um cavalheiro enaltecer as minhas qualidades, não as das cabras.

Antes que eu pudesse dizer alguma coisa, ela me soprou um beijo e saiu em disparada para a sala de visitas, quase trombando em Miranda. O sr. Romeu escapuliu pela porta que levava aos fundos da casa antes que ela pudesse vê-lo. Eu teria feito o mesmo, se pudesse.

— Parece que a estadia da sua prima na verdade é uma caça ao marido — ela ironizou.

Preferi fingir não ter ouvido e soprei a bebida quente antes de provar um gole. Minha madrasta ocupou a cabeceira da mesa e apertou os olhos enquanto se servia, como se a luz que vinha da janela a incomodasse. Ou talvez fosse todo aquele dourado dos arabescos do papel de parede, que cintilava como se o sol estivesse no centro da sala. Eu a ignorei tanto quanto pude. E se havia uma coisa que Miranda detestava era não ser notada.

— Então... — começou, se servindo de ovos mexidos. — Todo aquele teatro sobre não se interessar por dinheiro e rejeitar o sr. Nogueira era, na verdade, um plano para pescar um peixe maior. Quase me enganou, Valentina.

— Nem todo mundo vive para tramar planos e estratégias, Miranda. — Beberiquei mais um gole.

— Foi por isso que exigiu que o capitão Navas colocasse no contrato uma soma mensal para você?

Imaginei que seria exigir muito do meu pai manter meus assuntos longe dos ouvidos dela.

— Só pedi que adicionasse uma cláusula que garanta o meu bem-estar — expliquei, de má vontade.

Apanhando uma fatia de bolo de laranja, ela a cobriu com uma generosa camada de manteiga antes de exibir os dentes.

— Ou seja, que lhe garanta uma vida boa. Foi inteligente de sua parte. E eu que pensei que você fosse uma tola sem ambição. Estava enganada a seu respeito. Você tem fibra, como eu.

Pousei a xícara no pires com certo estardalhaço e a encarei.

— Eu prefiro ser comparada a uma minhoca a ter qualquer semelhança com você, Miranda.

Sua boca se abriu, pronta para retrucar, mas o mordomo retornou, avisando sobre a chegada de uma nova visita. Miranda revirou os olhos.

— ¡Por Dios! A esta hora? Não são nem dez da manhã! Quem é a criatura inconveniente?

— Um cavalheiro chamado Alberto Almeida — disse o sr. Romeu, discretamente realinhando a gravata.

Eu me levantei tão depressa que a cadeira correu pelo piso de madeira encerado e colidiu contra a parede.

— O dr. Almeida está aqui? — perguntei, o coração aos pulos.

O bom doutor era um antigo amigo da família. Não me recordava de nenhuma data importante em que o médico não estivesse presente, inclusive na mais devastadora delas. Ele e o dr. Lucas cuidaram de minha mãe em suas últimas horas de aflição em decorrência do tifo, mas fora o velho amigo quem me dera a terrível notícia de que mamãe perdera a batalha. Jamais me esquecerei da dor que vi em seu semblante, pela morte da velha amiga, pela impotência diante da doença e também por partir meu coração. Não sei o que teria sido de mim sem seus cuidados depois disso, pois meu pai se fechou em uma espécie de bolha e me deixou do lado de fora. Elisa, o dr. Lucas e o dr. Almeida cuidaram de mim naquele período. Eu jamais seria capaz de agradecer-lhes por tudo o que fizeram, nem que vivesse cem vidas.

Antes que pudesse perceber o que fazia, já estava correndo até a sala. Um grito de alegria me escapou ao vislumbrar a figura esguia que examinava o ambiente com a testa franzida. Então ele me viu, e as marcas do tempo em seu semblante se aprofundaram conforme sorria.

Sei que deveria ter feito uma mesura educada e o convidado para se sentar. Mas não me contive e abracei o homem com fervor.

— Se soubesse que seria recebido com tanta animação — ele riu, um pouco constrangido, um pouco satisfeito, me segurando pelos cotovelos —, eu teria saído a sua procura antes, querida.

— Pois devia saber que sentiríamos sua falta, doutor. Eu lhe escrevi algumas vezes, mas minhas cartas demoram muito a chegar à vila.

— Sim, eu soube. Não recebi nenhuma delas até a data da minha partida. Eu estava preocupado com a falta de notícias e decidi fazer uma visita. — Seu rosto magro adquiriu um suave rosado. — Espero que não me ache muito abelhudo.

— De maneira alguma! Tenho certeza de que papai vai ficar muito contente assim que souber que está aqui.

Ele me estudou brevemente, dessa vez não como um velho amigo, mas como o extraordinário profissional que era.

— Está tão magrinha, srta. Valentina. Anda se alimentando direito?

— Sim. — *Quando Miranda não me faz perder o apetite*, quase deixei escapar. Mas não pude deixar de me comover com sua preocupação. Após a morte da minha mãe, houve um período em que a comida e eu não éramos muito amigas. E o sono também. Na verdade, nada em mim parecia funcionar direito: eu sentia náuseas, dores no peito, falta de ar, e isso o preocupou muito. Depois de um tempo, as coisas voltaram ao normal.

Ou quase. A sensação de que alguma coisa comprimia meu peito ainda não tinha desaparecido, mesmo após tantos anos.

Ele não pareceu convencido, percebi, e tinha a intenção de perguntar mais alguma coisa, mas foi impedido pela entrada de Miranda.

— Walter vai gostar muito de vê-lo, doutor — ela foi dizendo, naquele seu ar de enfado. — Como vai?

— Muito bem. Espero que esteja gozando de boa saúde, sra. Albuquerque.

Um observador menos atento não teria notado a aflição que lhe embotou o olhar ao se referir a Miranda pelo nome que um dia, e por tanto tempo, pertenceu à minha mãe. Mas eu notei.

Mais algumas perguntas de cortesia foram trocadas enquanto eu o levava até o sofá.

— Pretende ficar para o casamento de Valentina? — Miranda questionou, se sentando também.

O médico me lançou um olhar espantado.

— Não sabia que estava noiva, minha querida, mas fico muito feliz em ouvir a novidade. Quem é o rapaz de sorte? Quando serão as bodas?

— O senhor não o conhece — falei, sem graça. — Mas espero que possa ficar até a cerimônia. Eu adoraria que estivesse presente, dr. Almeida. Acontecerá em... bem... não sei ainda.

— Não deve demorar. — Miranda abriu seu leque. — Algumas semanas, no máximo.

As sobrancelhas levemente grisalhas se arquearam em um "Assim tão cedo?", e eu enrubesci. Mas a voz do médico estava animada ao dizer:

— Então eu ficarei. Não perderia seu casamento por nada!

— Obrigada, doutor.

Miranda não ficou muito entusiasmada com a conversa e fez questão de enfatizar isso com suspiros aborrecidos enquanto eu ouvia, embevecida, o dr. Almeida contar com mais detalhes sobre meus amigos.

O bom doutor discorria a respeito de Samuel, o menino que Elisa e Lucas adotaram, quando meu pai retornou e se deparou com o velho amigo. O reencontro dos dois foi repleto de abraços, exclamações exultantes e tapas nas costas. Até um champanhe foi aberto. Por um momento, senti que voltara no tempo, para a época em que eu era feliz.

— Valentina, peça ao sr. Romeu para providenciar mais um ingresso — papai disse, sacudindo o amigo pelo ombro, o rosto corado de alegria. — Alberto vai nos acompanhar à ópera esta noite.

— Vamos à ópera? — perguntei, entusiasmada.

— Seu noivo insistiu. Para celebrar a assinatura do contrato de noivado.

Não sei ao certo como me senti com a novidade. Leon provavelmente apenas desempenhava seu papel de noivo, mas...

— Soube ainda agora desta feliz notícia — comentou o dr. Almeida, deixando sua taça vazia sobre a mesa de centro. — Quem é este rapaz de sorte, Walter? Valentina não quis me contar.

— Um espanhol muito rico, Alberto. Valentina, ainda que com algum atraso, tirou a sorte grande! Depois de quase me causar um ataque cardíaco. — Ele alisou o bigode, me fitando de esguelha. — Eu os flagrei...

— É melhor eu procurar o sr. Romeu. — Fiquei de pé e fiz uma apressada reverência antes de praticamente sair correndo atrás do mordomo.

E de Edite, já que eu iria precisar de um vestido para a ópera, e, exceto se roupas novas tivessem brotado magicamente no meu guarda-roupa, não tinha mais nenhum vestido em bom estado.

A menos por aquele azul-turquesa, pensei, atravessando a casa, o que usei no baile de noivado de Ian e Sofia e que não me servia mais. A camareira de Miranda e eu poderíamos conseguir apertá-lo a tempo...

É só isso que está me deixando ansiosa, tentei me convencer. Não ter o traje adequado para aquela noite. Não tinha relação alguma com reencontrar meu noivo e passar algumas horas com ele. Nenhuma mesmo.

Será que Leon gostava de azul?

∗ ∗ ∗

A sinfonia de risos e conversas altas ecoava nas paredes do salão nobre, onde as pessoas se refugiavam do calor abafado do teatro, aproveitando o intervalo para se refrescar com taças de vinho, champanhe e ponche. Estava tão lotado naquela noite que mal pude admirar a beleza neoclássica da construção, os arabescos nas paredes, o desenho do piso de mármore. A larga sacada também estava ocupada. Por uma das dezenas de portas laterais, avistei Leon acompanhado de Pedro e de um sujeito que eu não conhecia.

Eu me virei para a mesa de bebidas e apanhei duas taças de vinho branco, entregando uma delas a minha amiga, só então percebendo que ela me encarava boquiaberta.

— Ele viu suas roupas de baixo?! — sussurrou Najla, ao terminar de ouvir o relato do que tinha acontecido nos últimos dois dias. — E depois a beijou?

Uma dama acompanhada de um cavalheiro de barba longa bebericava seu champanhe, logo ao lado, e nos estudou com curiosidade. Sorri sem graça para ela, enroscando o braço no da minha amiga em estado de choque, e a levei para perto de uma das portas.

— Não foi bem assim — me apressei a explicar em voz baixa. — Ele me beijou e só depois viu minha lingerie. E fica ainda pior, Najla. Eu... eu gostei do beijo. É uma tragédia!

— Eu sabia que tinha alguma coisa errada nesse noivado repentino. — Tomou um gole de sua bebida. — Mas um beijo não pode ser considerado uma tragédia.

— Nesse caso é. — Soltei um suspiro desolado. — Ele disse que existe uma atração irresistível entre nós.

Uma de suas sobrancelhas se arqueou, fazendo-a repuxar o cantinho da boca.

— E existe, Valentina?

— Eu... — Espiando pelos vidros da porta, contemplei o espanhol perto da balaustrada, parecendo muito sofisticado em seu traje de gala negro, mesmo que os cabelos estivessem indomados e a gravata desalinhada, como sempre. Meu estômago deu uma daquelas cambalhotas.

Bufei, irritada, voltando-me para minha amiga.

— Não tenho muita experiência neste assunto, mas acho que ele pode ter razão.

— Você *acha*? — Ela riu.

— Como posso ter certeza, se não tenho ideia do que deveria sentir? — Abri os braços, ansiosa, e quase derramei o vinho na saia.

— O que acontece com você quando está perto dele? — Ela subiu a manga do meu vestido, que teimava em escorregar pelo ombro. Não houve tempo para apertá-la. O corpete me tomara a tarde toda.

— Bem... meu coração perde o compasso e minhas mãos ficam muito suadas. E quando ele me olha... é um arrepio que não cessa, minha boca fica seca e meu estômago se contorce todo, como se estivesse tentando virar do avesso. Eu sou uma *daquelas* mulheres, não sou? — perguntei, quase aos prantos.

Rindo de leve, ela colocou a mão enluvada em meu braço.

— Creio que ficará assombrada ao saber que eu também gosto muito dos beijos de Pedro. Também foi um choque para mim quando descobri que uma esposa podia apreciar coisas que supostamente só deveriam interessar às amantes. Nossas mães não foram muito honestas conosco.

— Verdade? — perguntei, ansiosa.

— Sim. Sinto todas essas coisas que você descreveu. Você não está um pouco atraída pelo seu noivo. Está *perdidamente* atraída, Valentina.

— Não! — Levei a mão à garganta, o toque gelado da luva de cetim abrandando a quentura em minha pele. — Não pode ser verdade!

Se eu me sentia atraída por Leon, então havia uma chance de que em pouco tempo pudesse vir a gostar dele, como aconteceu com Najla e Pedro. A diferença era que Pedro amava Najla, ao passo que Leon se casaria comigo por culpa de um crustáceo.

Oh, céus! Eu já me flagrava rindo daquele seu jeito espontâneo. Começava a desconfiar de que sua falta de modos na verdade era excesso de franqueza. Se eu passasse a gostar de verdade dele, o que seria de mim depois do casamento, sozinha e esquecida em algum canto da Espanha?

— Como posso impedir que isso continue? — eu quis saber, aflita.

— Não pode. Essa é a graça.

Mas eu não achava nem um pouco engraçado. Eu não podia ser tão tola a ponto de entregar meu coração a Leon. Ou a qualquer outro. Esvaziei minha taça, tensa, e capturei um vislumbre de Suelen do outro lado do salão, ouvindo Dimitri com muita atenção.

Najla pareceu vê-los no mesmo instante.

— O sr. Romanov procurou Pedro esta tarde e fez uma proposta — contou. — Parece que está interessado em entrar no ramo do tabaco. Pedro não decidiu nada ainda. Queria ouvir o capitão Navas. Deve ser o que tanto discutem agora.

— Estou preocupada, Najla. Quando deixei a vila, a situação do sr. Romanov não era das mais favoráveis. Talvez alguma coisa tenha acontecido nestes últimos meses, se ele tem dinheiro suficiente para investir em um novo negócio. — Estudei minha prima, as bochechas coradas e o minúsculo sorriso satisfeito que não deixava seu rosto. — Suelen garante que está apenas se divertindo, mas...

— O que fazem aqui, escondidas?

Sobressaltada, dei um pulo para trás, trombando em alguém. Leon, percebi antes mesmo de me virar. O arrepio que eriçou minha pele não deixava dúvidas.

— Me deixe adivinhar — falou, perto do meu ouvido, sua mão se encaixando na curva da minha coluna como se fosse a coisa mais natural do mundo. — Viu uma terrível e absolutamente assustadora lagartixa?

— Na verdade um animal um pouco maior. — Arqueei uma sobrancelha e ele riu.

— Até que enfim, Pedro — Najla disse ao marido. — Pensei que fosse passar a noite toda discutindo negócios.

— Minha reunião com Navas já terminou — Pedro respondeu, as chamas da lanterna deixando seu cabelo claro com um suave reflexo avermelhado. — E fico feliz em anunciar que, além de conselhos profissionais, finalmente consegui convencer Navas a colocar o *La Galatea* em ação. Ele prometeu nos levar a um passeio pela costa na semana que vem.

Minha amiga franziu a testa.

— Pensei que fôssemos visitar sua mãe na semana que vem.

— Ah! É verdade! — Ele deu um tapinha na testa. — Esqueci desse detalhe quando sugeri o passeio... Bom, vou escrever a ela e avisar que vamos nos atrasar. Faz semanas que quero experimentar do que aquela belezinha é capaz. O *La Galatea* é um dos melhores barcos já construídos. Ao menos o Navas se gaba disso.

Meu noivo revirou os olhos.

— Eu não me gabo. Apenas digo a verdade. — E, dirigindo-se a mim: — Já esteve em um barco?

— Não.

— Excelente. — Seus lábios se estiraram em um sorriso tão perfeito que até sua cicatriz pareceu se envergonhar da interferência e desapareceu momentaneamente. — Assim conhecerá logo o que existe de melhor.

Ah, quanta sorte. Passar a tarde presa em um barco com Leon. Como raios eu ia fazer a atração entre nós diminuir desse jeito?

Lendo erroneamente minha expressão, ele se apressou:

— Claro que seu pai também será convidado.

— Ah. — Não que mudasse muita coisa. A menos que eu não saísse de perto do meu pai, o que era improvável, pois Miranda raramente se afastava dele.

Minha amiga, por outro lado, entendeu o que se passava em minha cabeça e escondeu o sorriso levando a taça à boca... então percebeu que estava vazia.

— Ainda estou com sede — disse ao marido. — Poderíamos pegar um pouco de ponche antes de o segundo ato começar?

— Mas é claro, meu amor. Com licença, Navas. Srta. Valentina. — Fez um cumprimento galante.

Leon e eu observamos os dois se afastarem, as cabeças quase unidas enquanto sussurravam um para o outro. Então fiquei muito consciente do homem que ainda mantinha a mão em minhas costas, sensível até ao deslocamento do ar ao nosso redor.

— Gostaria de mais uma bebida? — ele ofereceu, educado.

— Não. — Eu já tinha tomado algumas taças de ponche antes do espetáculo. Se bebesse mais alguma coisa, teria que visitar a sala das senhoras e não estava disposta a isso. — Creio que o intervalo já vai terminar.

— Vou acompanhá-la até a cabine, então — me ofereceu o braço.

Não pude deixar de notar que dezenas de rostos femininos se voltaram para meu acompanhante enquanto atravessávamos o salão nobre. Devia ser assim por onde ele passava, não? Em cada porto, em cada cidade. O encanto de Leon não tinha efeito apenas sobre mim.

Soltei um suspiro.

Ele interpretou meu desânimo de outra maneira.

— O espetáculo a deixou entediada? — ele quis saber, me guiando pelo corredor em direção ao balcão dos Torres. Com a adição de Dimitri e do dr. Almeida, o nosso camarote ficou muito cheio.

— Não, estou gostando muito. E, se não soubesse que esta ópera está em cartaz há certo tempo, suspeitaria de que você tem alguma coisa a ver com ela.

Na peça, a dama apaixonada pelo pirata se viu forçada a casar com o inimigo do amado, já que pensava que o corsário houvesse morrido em um naufrágio. Mas ele retornou, se escondendo no castelo. A pobre Imogene, agora casada, mãe de um menino, só pôde lamentar seu próprio destino. Com muitas diferenças, claro, o fato de ela ser incapaz de resistir ao pirata me fez lembrar de Leon.

Sua expressão ofendida quase me fez rir.

— Sinto desapontá-la, mas não conheço Vincenzo Bellini e posso afirmar que *Il pirata* não foi inspirada em mim. Eu nunca seria um bom saqueador. Me disseram que sou barulhento demais. — Revirou os olhos, e dessa vez acabei rindo.

Chegamos ao balcão antes de nossos amigos. Leon indicou a cadeira da ponta, o melhor lugar para assistir à apresentação, e esperou que eu me acomodasse para ocupar o assento ao meu lado.

— Seu pai e eu acertamos tudo esta tarde — contou ele, me oferecendo o binóculo. — Depois fui até a igreja e consegui agendar nosso casamento para 9 de outubro. Espero que não se importe de não ter consultado você. Eu mesmo não escolhi. Era a única data disponível.

— Dia 9? Mas é daqui a três semanas, capitão Navas! — ofeguei.

— Meu nome é Leon. Acho que passou da hora de acabarmos com as formalidades. E três semanas é o tempo que teremos para nos conhecer um pouco melhor. Sei algumas coisas sobre você até agora. Tem medo de animais rastejantes, adora os de quatro patas, frésias e vinho. Não come muito. Tem uma inteligência acima da média. Sua cor favorita é azul. — Ele contemplou meu vestido. Então olhou no fundo dos meus olhos. — Recentemente, se tornou a minha também.

Minhas bochechas começaram a esquentar.

— Ah. — Riu baixinho. — Também enrubesce com a mesma facilidade com que fica irritada comigo. Agora me conte o que eu ainda não sei.

— Como o quê?

Ele encolheu os ombros.

— Tudo. Seu livro favorito, a comida de que mais gosta, sua estação preferida, suas opiniões políticas, se acredita em lendas marinhas... um ponto muito importante para mim — brincou, com uma piscadela.

Não tive tempo de responder a nenhuma de suas perguntas, pois Najla e Pedro retornaram e a cortina no palco subiu. O camarote não era muito espaçoso, de modo que Leon teve que chegar um pouco mais perto para que nossos amigos se acomodassem ao seu lado. Seu joelho se escondeu por entre as dobras da minha saia, pressionando minha coxa. Foi impossível conseguir me concentrar por um longo tempo. Ele, no entanto, não parecia ter o mesmo problema, atento ao palco. Tentei copiá-lo e, depois de algumas tentativas, acabei conseguindo dar ao espetáculo a atenção que ele merecia.

— Oh, não! — arfei, vendo o pirata apaixonado duelar com o marido enciumado. O corsário venceu. Ao menos o duelo, pois foi preso, levado a julgamento e condenado à morte.

Uma mão larga e quente descansou sobre a minha. Ergui o rosto para Leon.

— Não chore — fez com os lábios.

— Não vou.

Rindo baixinho, ele puxou um lenço do bolso do paletó e delicadamente o pressionou contra minha bochecha úmida. A abotoadura dourada em seu punho refletiu as chamas das lanternas penduradas às nossas costas, dando a impressão de que a flor-de-lis em relevo fulgurava. O gesto foi tão natural que não pareceu impróprio. Tampouco errado.

— Não se preocupe — sussurrou, muito concentrado no que fazia. — Eles ficarão bem. Precisam encenar o espetáculo novamente amanhã.

Foi a minha vez de rir.

— Não estrague a magia, capitão.

Dando risada, Leon terminou de secar minhas lágrimas e examinou cada traço do meu rosto com atenção.

— Vai ficar bem?

Por um instante, tive a impressão de que ele não perguntava sobre o espetáculo. A preocupação que vi nublar sua expressão me tocou profundamente, e não fui capaz de lhe dar uma resposta atrevida, apenas a verdade.

— Acho que vou, se você continuar por perto.

Uma centelha de emoção atravessou seu semblante, mas não fui rápida o bastante para decifrá-la, já que ele subitamente pareceu interessado no que acontecia no palco. Entretanto, o canto de sua boca apontava para cima, a mão permanecendo sobre a minha.

— Isso é bom — disse, olhando para a frente. — Porque eu não tenho intenção de ir para qualquer lugar longe de você, *sirena*.

De novo, parecia que não falávamos sobre a peça. Uma quentura gostosa começou a se espalhar pelo meu peito, aliviando aquela pressão que me acompanhava fazia anos.

Eu me inclinei um pouquinho mais para perto dele.

— Essa palavra por acaso significa "moça irritante" em espanhol, não é? — sussurrei.

— Ah, sim — assentiu com firmeza, lutando contra um sorriso. — É exatamente isso, *mi sirena*.

Leon continuou atento ao espetáculo, mas seu joelho permaneceu comprimindo minha perna, a mão ainda cobrindo a minha. Mesmo com nossas luvas, eu sentia o calor de seu toque. Eu gostaria de pedir que ele recuasse. Era mais seguro para mim. Em vez disso, entrelacei os dedos aos dele quando o pirata assumiu seu lugar sobre o cadafalso. Leon não disse nada, apenas seguiu prestando atenção à peça, mas seu polegar começou a traçar pequenos círculos no dorso da minha mão, uma promessa silenciosa de que passaríamos por aquela experiência juntos. Como se desejasse fazer eu me sentir melhor.

E ele fez.

Naquele precioso instante, senti que talvez minha vida pudesse sofrer uma guinada e que o futuro poderia ser muito mais ensolarado do que eu imaginava.

Eu nunca estivera mais enganada.

11

Eu não fazia ideia de que um casamento às pressas exigisse tanto e me perguntava muitas vezes para onde o tempo teria ido.

Papai finalmente resolveu abrir os bolsos, e de repente me vi perdida entre visitas à modista para a confecção do meu vestido, escolhendo a decoração da igreja, o enxoval, elaborando o cardápio do almoço que seria oferecido aos convidados, os detalhes das mesas...

Assim, uma semana se passou sem que eu me desse conta. Nesse período, o dr. Almeida e eu mal conseguimos trocar meia dúzia de palavras. Mas algo me dizia que ele desejava falar comigo. Ele parecia um pouco angustiado, meio incerto, sempre que ficávamos a sós. Com medo de que ele fosse me repreender pelas circunstâncias do meu noivado, não foi de todo mau que eu estivesse continuamente ocupada ou na companhia das minhas amigas.

Ou na de Leon. Ele andava se portando como um perfeito cavalheiro, aparecendo toda tarde com um ramalhete de frésias nas mãos e um sorriso largo no rosto. Suas visitas nunca se estendiam por mais de uma hora, como demandava a etiqueta, e papai jamais permitia que ficássemos a sós, de modo que coube à pobre Suelen fazer as vezes de dama de companhia. Minha prima, mortificada, sempre tinha uma revista nas mãos, fazendo o possível para passar despercebida.

Ainda que ela não fosse bem-sucedida, eu estava descobrindo a cada dia que a fachada desleixada do meu noivo escondia uma mente brilhante e complexa, capaz de discutir os mais variados tópicos: artes, livros, música, política — um assunto que jamais ouvi homem algum debater com uma dama. O mais impressionante é que ele me ouvia com um interesse que beirava o fascínio. A cada encontro eu me via mais encantada, mais curiosa, mais ansiosa por sua companhia. E não era diferente naquela tarde, quando finalmente conheceríamos o famoso *La Galatea*. Com sorte eu conseguiria um pouco mais daquela interação que passara a ser tão preciosa para mim.

— Não acredito que vamos ter que ir em uma caleche de aluguel — bufou Suelen enquanto descíamos a escada, ajeitando as luvas de renda. — Seu pai podia ter nos esperado.

— Com o dr. Almeida, acredito que ficaria meio apertad...

— Tinaaaaa! *Espela*!

Girei para atender ao chamado de Felix, que estava com sua babá no patamar. Ele se apressou a descer os degraus aos pulinhos, as mãos em concha segurando seu mais novo tesouro.

— O que temos aqui? — Eu me ajoelhei no degrau, analisando a pedra rosada translúcida, do tamanho de um botão, enroscada a um cordão preto. — Nossa! É lindo, Felix.

— Eu *encontei* a *pedinha* na *paia*. Aí a *Damiles* me ajudou a *fazê* o colar *pá* você.

— Verdade? Esse colar lindo é todo meu?

Ele fez que sim. Eu o abracei apertado, dando um beijo estalado em sua bochecha quentinha. Imediatamente tratei de puxar os cabelos para o lado, amarrando o cordão no pescoço. A pedra fria se balançou em meu colo.

— E então, fiquei bonita?

— Que nem uma *pincesa*! — Ele pulou. Mas parou instantes depois, o rosto levemente abaixado, os olhos imensos nos meus. — Eu não posso mesmo mesmo meeeeesmo *passeá* de *baico*?

— Sua mãe achou melhor assim. — Afastei alguns fios do cabelo negro que se enrolavam na gola de sua camisa. — Mas não faça essa carinha. Vou falar com o capitão Navas. Talvez ele permita que você faça uma visita ao *La Galatea* um dia desses.

Espalmando as mãos em minhas bochechas, ele as espremeu e sapecou um beijo molhado em meu nariz.

— *Pomete* que vai *voltá* logo?

— Prometo.

— Oh, ouça! A caleche chegou! — exclamou Suelen, disparando escada abaixo.

— Até mais tarde, Felix. — Beijei sua testa e esperei que ele subisse as escadas e desse a mão para Damires antes de ir para a rua.

Saí tão apressada que quase trombei em alguém parado diante da entrada.
— Oh, perdoe-me, senhor — falei ao jovem mensageiro.
— Não há motivos, senhorita. Bom dia — cumprimentou, tocando o chapéu para logo em seguida retirar alguns envelopes da sacola. — Eu é que peço desculpa. Tive problemas com uma entrega, por isso me atrasei.
— Vamos logo, Valentina! — gritou Suelen, já dentro do veículo. — Ou o navio vai zarpar sem nós.
Apanhando o montinho de cartas, agradeci ao garoto e corri para a carruagem de aluguel, guardando a correspondência no bolso ao mesmo tempo em que fechava a porta.
Aproveitei que estávamos sozinhas e tentei falar com Suelen sobre Dimitri, mas, como das outras vezes, ela se esquivou e começou a tagarelar sobre o que esperava do passeio. Sua empolgação lembrava um pouco a de Felix.
Um quarto de hora depois, a caleche parou diante da rampa do *La Galatea*. Eu saltei, admirando os diversos estabelecimentos que cercavam o porto, e não me pareceu tão mal assim. Entreguei duas moedas ao condutor e ajeitei o laço do chapéu, inspirando fundo o delicioso aroma marinho, contemplando o navio. Era muito maior do que eu havia antecipado, com dois mastros altos e uma porção de velas hasteadas. Apesar de imponente, parecia ágil graças ao desenho do casco e à proa alongada. Não pude deixar de pensar que se parecia um pouco com o seu comandante: atrevido, mas com algumas sutilezas ocultas.
— Srta. Suelen! Srta. Valentina! — chamou Dimitri, descendo da carruagem que estacionava atrás da nossa e se adiantando para nos cumprimentar. — Que tarde perfeita para um passeio de barco.
Observei o rosto dele se iluminar enquanto sorria para minha prima. Humm... Talvez meus temores fossem infundados, afinal, e Dimitri visse em Suelen mais que uma herdeira rica. Isso me trouxe um pouco de alento.
— A maresia é muito revigorante. — Suelen inspirou fundo.
— Não tanto quanto a sua companhia, srta. Suelen. — Ofereceu o braço a ela, que o aceitou de bom grado. — Espero que seu noivo não se importe que eu tenha me convidado, srta. Valentina, mas, quando sua prima mencionou o passeio, não consegui pensar em outra coisa. Adoro velejar.
— Tenho certeza de que ele ficará contente em vê-lo, sr. Romanov.
Com um meneio de cabeça, ele começou a conduzir Suelen pela rampa de acesso, parecendo ansioso por um instante de privacidade com ela, por isso diminuí o ritmo, permitindo que fossem na frente. E parei de andar por completo ao

divisar o homem debruçado na lateral do navio, o chapéu preto que conferia o comando da embarcação entre as mãos. Seu olhar encontrou o meu e tudo se resumiu a prata e explosões de estrelas e palpitações. Fiz um rápido aceno. Leon retribuiu com um sorriso inteiro — lábios estirados, dentes brancos alinhados, ruguinhas ao redor dos olhos.

Endireitando a coluna, ele ajustou o chapéu na cabeça e se encaminhou para a entrada da embarcação. Retomei o passo, observando-o caminhar pelo convés e percebendo quão bem ele se encaixava naquele ambiente. Também reparei que o paletó azul-marinho lhe assentava nos ombros à perfeição, destacando a brancura da camisa e o dourado de sua pele. A calça reta fazia suas pernas parecerem mais longas, e o colete lhe dava um ar mais requintado — o oposto do nó da gravata, que aparentava ter sido feito às pressas. Eu sorri. Uma sofisticação desleixada que nele caía muito, muito bem. Definitivamente, Leon combinava com o navio.

Cumprimentando Suelen e Dimitri ao passar, desceu a rampa e me encontrou na metade do caminho.

— Se tivesse me informado que viria em uma caleche — foi dizendo —, eu teria ido buscá-la.

— Ah. Que bom que eu não disse nada, ou jamais teria chegado, já que me contou que seu senso de direção em terra é sofrível.

Os cantos de seus lábios tremeram enquanto me oferecia o braço.

— Como tem passado, querida noiva petulante?

— Estava bem até encontrá-lo, caro espanhol irritante.

O sorriso cresceu. O dele e o meu. Havia algo de muito divertido em provocá-lo e em receber suas provocações.

Leon dobrou um dos braços atrás das costas, acompanhando meu ritmo até chegarmos ao barco. Então ofereceu a mão para me ajudar a subir a bordo. Eu a aceitei, mas me arrependi quase que instantaneamente. Leon não usava luvas, e o calor de sua palma perpassou o crochê que envolvia meus dedos, provocando arrepios por todo o meu corpo, como de costume. Eu precisava encontrar uma maneira de fazer aquilo parar. Talvez soltar sua mão resolvesse, ponderei ao chegarmos ao deque.

Muito bem. Eu vou puxá-la. Em três segundos.

Talvez em sete.

— Isso é novo. — Leon examinou o colar em meu pescoço, ainda segurando minha mão.

— Acabei de ganhar do cavalheiro mais gentil e adorável do mundo.

Imediatamente ele fechou a cara, libertando meus dedos. Aquela veia pulsando em sua testa era... Ele estava com ciúme?

— Felix fez para mim com a ajuda da srta. Damires.

— Ah. — A expressão severa desapareceu e eu assisti a um lindo rosado decorar suas bochechas, ao mesmo tempo em que ele esfregava a nuca.

Meu Deus, sim! Parecia mesmo que Leon estava enciumado!

Eu tentei — realmente tentei — ter algum controle sobre minha boca, mas não fui enérgica o bastante e ela se curvou contra minha vontade.

— Como ele está? — Leon perguntou.

— Um pouco frustrado por não participar do passeio. Miranda temeu que ele pudesse enjoar. Pensei, se não for incomodar muito, em trazê-lo para conhecer o navio quando estiver ancorado. Apenas uma visita rápida.

— Não tão rápida. Prometi a ele que o ensinaria a ser um marinheiro.

— Prometeu? — perguntei, espantada.

— Sim. Ontem à tarde enquanto a esperava. — Ele enfiou as mãos nos bolsos da calça, observando rapidamente a movimentação dos marinheiros atrás de nós. — Bem, você e sua prima eram as únicas que faltavam. E o Romanov, mas acho que ele não conta, já que eu não o convidei. — Fez uma careta. — O mesmo vale para o sr. Amoreira. Depois eu é que sou o mal-educado — resmungou, e tive que morder a bochecha para não rir.

Inclinando-se para alcançar uma corda, Leon fez a portinhola se fechar com um puxão antes de indicar com o braço o grupo entusiasmado na parte da frente do navio. Najla me viu e acenou. Sua expressão era estranha, quase tensa. O que será que tinha acontecido?

— Então... — comecei, enquanto Leon e eu seguíamos naquela direção sem muita pressa. — Você sabe mesmo como fazer esse barco navegar sem afundar?

— Eu faço alguma ideia — respondeu, rindo. — Mas não se preocupe, *sirena*. Não nos afastaremos tanto da costa. Se minhas habilidades me abandonarem, poderá nadar até o continente.

Ele estava brincando, certo? Era bom estar, porque eu não sabia nadar.

— Capitão! — chamou um sujeito corpulento e grande, com o pescoço da grossura da minha coxa. — Preciso falar com você. Tem um minuto?

— O assunto não pode esperar até zarparmos, Gaspar? — perguntou Leon, um pouco frustrado.

O marinheiro me analisou com atenção. E não gostou do que viu, se aquela carranca servisse como indício. Mas logo se afastou, sibilando alguma coisa a respeito de circo e bobo da corte.

Se Leon ouviu, preferiu ignorá-lo e assobiou para outro marinheiro, um garoto da minha idade de cabelos espetados, fazendo um sinal. O sujeito correu até uma imensa roldana e começou a girar a alavanca. No mesmo instante, o navio chacoalhou com violência, a ponto de eu ter que me segurar à coisa mais próxima — Leon — para não cair de cara no chão.

— O que é isso? — Enrosquei os dedos na frente de seu paletó, empalidecendo. — Estamos afundando? O navio está afundando?

— Ei, calma. — Suas mãos se enrolaram em meus cotovelos. — Estamos apenas levantando âncora.

— Ah.

O problema foi que, quando o marinheiro parou de girar a manivela, o *Galatea* continuou a sacolejar. Meu estômago não gostou do movimento. Nem um pouco.

Por Deus, se aquele sacudir todo não parasse...

— Está tudo bem? — Leon perguntou, um pouco inquieto.

— Ãrrã. — Mordi o lábio e me concentrei muito nos botões do seu paletó. *Oh, por favor, faça isso parar!*

— Você está ficando verde. — Abaixando o rosto, preocupado, buscou meus olhos. — Está enjoada, não é?

Fiz que não. E foi uma péssima ideia, muito ruim mesmo, porque meu corpo, bastante confuso com todo aquele balanço, não soube direito o que fazer e, em um ato de rebeldia desesperada...

— Valentina, está...

Mas Leon não continuou. Não foi preciso, já que meu café da manhã aterrissou em suas botas.

* * *

Eu queria morrer. Morrer provavelmente não me deixaria tão enjoada. Era como se eu estivesse em uma rolha gigante flutuando no oceano, completamente à deriva. Meu estômago acompanhava cada oscilação, cada sacudidela.

Leon colocou um pano úmido sobre minha testa e puxou uma das cadeiras da mesinha no canto. A cabine para onde ele me levara era espaçosa, decorada com simplicidade e bom gosto, desde o papel de parede claro ao carpete verde, o dossel da cama, a colcha de veludo esmeralda. Era bem iluminada, com uma janela que mostrava o céu.

Não, não foi boa ideia olhar para fora e constatar o sobe e desce do horizonte.

O suor começou a brotar em minha testa, entre meus seios, em minhas mãos, me deixando fria. Pressionei o pano úmido contra a bochecha, voltando a me concentrar no homem que limpava as botas — ironicamente lustrosas naquela tarde.

Eu realmente queria morrer.

— Você está zangado comigo? — perguntei, engolindo a saliva grossa. Um pouco de água seria bom, mas eu desconfiava de que ela sairia com a mesma rapidez com que entraria.

— Não. — Leon jogou o pano dentro de um balde vazio e o empurrou com o pé para mais perto de mim. Então pescou alguma coisa no bolso do paletó. — Mastigue um pouco.

Estudei o pedaço de raiz cinzenta que ele ofertava e quase fiz bom uso daquele balde.

— Melhor não.

— É gengibre — esclareceu. — Vai ajudar. Acredite em mim.

Desconfiada e com sessenta e três por cento de certeza de que aquilo não era boa ideia, eu a agarrei. Já tinha sujado suas botas e seu navio. Não queria irritá-lo além do necessário. E, apesar do que tinha dito, ele parecia chateado.

— Sinto muito. Pelas suas botas. — Eu me encolhi no colchão. — Não foi intencional, mas não deu tempo de correr. Talvez você queira romper o noivado agora. Ninguém o culparia, sabe?

Ele me mostrou um daqueles sorrisos que me reviravam as entranhas. *Oh, por favor, não faça isso agora!*, supliquei em silêncio.

— Um pouco de vômito em um navio é tão comum quanto cordas — disse, e eu pisquei, perplexa. Em primeiro lugar, ninguém jamais tinha falado sobre vômito comigo. Leon era direto demais e nunca lançaria mão de algo mais sutil, como "indisposição estomacal" ou mesmo "náusea". Além do mais, tive a impressão de que ele não estava dizendo aquilo apenas para que eu me sentisse melhor.

— Eu realmente lamento, Leon.

As íris cinzentas chisparam com uma emoção nova ao ouvir o próprio nome. Minhas bochechas também se acenderam. Era a primeira vez que eu me referia a ele com tanta intimidade. A verdade era que perto de Leon eu me sentia diferente, mais forte e mais ciente do meu corpo, dos meus pensamentos, do que eu desejava. Havia nele, e somente nele, alguma coisa que mexia demais comigo.

Não fazia ideia de como ele se sentia — ele era muito bom em ocultar seus sentimentos —, mas a atmosfera dentro daquela cabine pareceu ficar mais densa, mais abafada, acentuando o silêncio.

Leon decidiu quebrá-lo:

— Preciso subir e assumir o leme, Valentina. Assim que o navio ganhar velocidade, seu estômago vai dar uma trégua. — Ele se levantou da cadeira. — Tente não fixar o olhar em nada por muito tempo. Voltarei assim que puder.

— Obrigada.

Ele assentiu, mas hesitou por um instante.

Soltei um suspiro.

— Prometo que não vou sujar a cabine. Vou ficar amiga deste belo balde.

— Não é isso que me incomoda, *sirena*. — Sua expressão era difícil de decifrar, como sempre.

— O que é, então?

Sua única resposta foi abanar a cabeça. Como se com isso recobrasse a linha de raciocínio, fez um cumprimento e deixou a cabine abafadiça.

Tentei seguir seu conselho, deixar a visão vagar sem destino, mas o enjoo pareceu piorar. Ignorando as recomendações de Leon, me sentei na cama, inspirando fundo ao me recostar à cabeceira. Eu tinha que pensar em outra coisa. Tinha que empregar a atenção em algo que não fosse o movimento irregular do navio.

Retirando as luvas, esfreguei as mãos suadas nas saias do vestido, e o farfalhar do papel me fez lembrar da correspondência. Puxei o maço do bolso, verificando os destinatários sem grandes expectativas.

No entanto, parei logo no segundo envelope. Era de Elisa! E o terceiro era de tia Doroteia!

Esquecendo os outros envelopes sobre o lençol branco, abri a carta da minha tia, ávida por notícias.

> Querida sobrinha,
> Estou ficando preocupada. Você não responde às minhas cartas nem às das suas amigas. Temo que algo possa ter lhe acontecido. Diógenes Matias continua preso e alega ter matado sua mãe sozinho. A guarda acredita nele, mas eu não. Algo me diz que aquela argentina odiosa está metida nisso...

Interrompi a leitura, balançando a cabeça. Eu devia estar terrivelmente mal, pois aquelas palavras não fizeram o menor sentido. Ergui o papel e retomei a leitura do início... apenas para reler as mesmas palavras incoerentes. Precisei de duas tentativas para abranger seu significado.

— Tia Doroteia perdeu o juízo? — murmurei na metade da leitura, em que ela dizia que o sr. Matias ficaria preso até o julgamento e que, se ela não recebesse alguma notícia minha nas próximas semanas, viria até a cidade à minha procura.

Pobrezinha, pensei, baixando o papel. A morte de mamãe a afetara mais do que eu havia me dado conta. Assim que terminasse de ler a carta de Elisa, escreveria para ela. E talvez para o primo George, alertando-o sobre a saúde mental da mãe.

Rompi o lacre do segundo envelope, sorrindo para a caligrafia que eu conhecia desde os seis anos de idade.

> Querida Valentina, seu silêncio me deixa angustiada. Talvez não queira falar comigo. Talvez esteja ocupada demais se adaptando à nova vida, mas estou, de fato, muito preocupada, minha amiga. Temo que as terríveis notícias tenham chegado aos seus ouvidos antes que eu pudesse descobrir uma maneira de ir até você. Ninguém sabe ao certo seu endereço, já que nenhuma carta sua ou do seu pai chegou à vila. Mas o dr. Almeida pretende procurá-los. Entreguei a ele uma carta na qual conto tudo com detalhes e espero que ela chegue às suas mãos a tempo. Não consigo suportar a ideia de que possa estar sozinha quando souber de tudo. Estou de partida para a França, mas Sofia se encarregará de encaminhar qualquer notícia sua para mim. Por favor, me escreva assim que possível...

A carta escorregou de minhas mãos, caindo sobre o lençol conforme meu coração saltava mais rápido que um coelho. Terríveis notícias? Meu Deus, o que tinha acontecido com a minha amiga?

A porta da cabine se abriu.

— Minha cara, seu noivo me pediu... — O dr. Almeida parou sob a moldura da porta depois de uma breve avaliação. — Meu bom Deus, minha querida, o que houve com você?

— Dr. Almeida! O senhor por acaso me trouxe uma carta de Elisa? — perguntei, nervosa.

Uma sombra obscura espiralou pelo rosto do médico, e imediatamente eu soube que não iria gostar do que quer que minha amiga tivesse escrito. Entrando, ele fechou a porta sem fazer barulho, deixou a maleta sobre a cadeira que Leon ocupara instantes antes e veio se sentar na beirada do colchão. Buscou no colete um pequeno envelope, apertando o papel com tanta força que as juntas dos dedos esbranquiçaram. Um minuto inteiro se passou antes que ele abrisse a boca de novo.

— Eu gostaria de não ser o portador desta carta. — Com um suspiro dolorido, ele a estendeu para mim.

Precisei de quatro tentativas para conseguir romper o lacre e desdobrar as folhas. Elisa começava a missiva com "Eu gostaria tanto de poder estar ao seu lado neste momento. Meu coração está partido, Valentina..." e prosseguia narrando o que acontecera depois de minha partida. A cada palavra meu coração se despedaçava, retumbando cada vez mais forte, mais rápido, até que pensei que não poderia mais aguentar. No entanto, as notícias terríveis não tinham relação com ela.

Diziam respeito a mim.

Ergui os olhos encobertos por uma cortina espessa de desespero e lágrimas, um nó se fechando em minha garganta, dificultando a passagem do ar.

— Isso tudo é verdade? — perguntei, em uma voz tão baixa que não sei como o médico ouviu.

— Eu sinto muitíssimo, Valentina. — Ele pousou a mão fria sobre a minha, também gelada. — Mas é a infeliz verdade.

Eu quis gritar que aquilo era um absurdo, que ele tinha perdido o juízo, como minha tia e Elisa. Em vez de gritos, foram soluços que reverberaram pela cabine, as palavras espiralando em minha mente.

Elisa tinha corrido grande perigo. Minha amiga descobrira um crime por acaso e quase pagara com a própria vida por isso — um incêndio premeditado, não um acidente, como eu supunha. O sr. Diógenes Matias, o jovem gentil que um dia trabalhara na confeitaria e depois ganhara uma fortuna e mudara de vida... O mesmo homem que um dia flertara com mamãe... O mesmo cavalheiro que a acudira naquela tarde na confeitaria, onde ela começou a passar mal, fora preso sob a acusação de envenenamento. Ele chegara a tal extremo para que sua amante, Miranda, minha madrasta, pudesse se casar com um sujeito rico e desfrutar a vida como uma senhora respeitável de novo. O sr. Matias era um assassino.

O assassino da minha mãe.

12

Eu encarava o homem magro sentado na beirada do colchão, esperando que ele dissesse que tudo aquilo era uma brincadeira de mau gosto. Tinha que ser.

Mas as cartas de Elisa e tia Doroteia caídas em meu colo gritavam que isso não ia acontecer, porque mamãe não morrera em decorrência do tifo. Nunca existira tifo! Ela nunca estivera doente. Tinha sido envenenada.

Meus soluços altos demais espiralavam pela cabine, ecoando em meu coração, em minha alma. Eu queria me encolher naquela cama e chorar até me dissolver em lágrimas. Perder mamãe fora insuportável. Mas perdê-la daquela maneira? Porque alguém decidira que seria assim? Não, isso eu não conseguia aceitar.

— Foi por isso que vim, minha querida. — O dr. Almeida apertou minha mão fria. — Todos estávamos preocupados com você, mas sou o único que tinha intimidade suficiente para lhe fazer uma visita sem convite. Vim para contar ao seu pai sobre a prisão do sr. Matias. Ele usou contra Adelaide uma daquelas flores exóticas que encontrou no jardim da sua antiga casa.

E ficava ainda pior. Elisa afirmara que quase se tornara mais uma vítima de Matias, porque acidentalmente descobrira que Felix era filho daquele monstro. Ela ocultara esse fato da guarda, com medo do que poderia acontecer a nossa família, já devastada. Desconfiava de que Matias houvesse feito o mesmo para que o menino não perdesse a herança.

Puxei o balde para mais perto, liberando o pouco que tinha no estômago.

Imaginei que a dor me tiraria a consciência. Meu coração estava sendo dilacerado naquele instante. Mas não: eu permaneci lúcida, ainda que mal conseguisse respirar. O dr. Almeida fez o que pôde, tentando me acalmar de todas as maneiras possíveis. Mas em algum momento a dor tomou outra direção. De início não reconheci a nova emoção. Perdida em meio à agonia e ao desespero, não compreendi o que significava aquele pulsar violento em meus músculos, o tremor dentro dos ossos, o maxilar trincado. Meus dedos se cerraram tão apertados que os nós latejavam, minha visão se tingindo de vermelho. O que eu sentia era tão intenso e violento que eu pensei que poderia explodir.

— Não falei com seu pai ainda. — A voz trêmula do médico me chegou aos ouvidos. — Pensei que seria melhor abordar um assunto tão doloroso após o seu casamento, minha querida. Não queria estragar esse momento tão feliz.

— Miranda teve alguma coisa...

— Matias afirmou que não — atalhou. — Garantiu que encontrou o oleandro por acaso. Como um amigo de infância dele morreu após comer uma daquelas flores, ele conhecia o poder dela e a usou para matar Adelaide. Afirmou que Miranda só soube de tudo após o nascimento de Felix. E então passou a extorqui-la. Miranda foi mais uma vítima daquele canalha.

Eu convivia com Miranda por tempo suficiente para afirmar que nada naquela mulher dissimulada era inocente. O dr. Almeida deve ter lido nas entrelinhas — ou na minha expressão —, pois adicionou:

— Sei que está revoltada. Eu me senti do mesmo jeito. Eu também amava sua mãe. — Apertou meus dedos. — Ela foi uma de minhas amigas mais queridas. Mas não pode ser injusta. Miranda não teve envolvimento na morte de Adelaide.

Ouvir aquelas palavras fez tudo dentro de mim arrebatar. Era como se eu tivesse voltado no tempo. Ali estava, aquele mesmo homem, me contando da morte de mamãe.

Mas eu não ficaria impassível. Não afundaria na agonia, permitindo que ela me levasse.

Não dessa vez.

Naquele estado de descontrole, foi difícil esconder meus sentimentos, e creio que o dr. Almeida tenha percebido minhas intenções antes mesmo que eu pudesse defini-las, pois soltou um pesado suspiro, ficou de pé e atravessou a cabine para apanhar sua maleta.

— Tenho algo que ajudará a apaziguar esse seu coração dolorido — disse ao retornar para a cama. Antes que eu pudesse convencê-lo do contrário, uma colher generosa de láudano adentrou minha boca.

Soltei um suspiro e me recostei à cabeceira da cama.

— Ficarei aqui com você até que recupere o controle.

Oh-oh. Isso era um problema. Como eu poderia me livrar do...

Como se alguém lá em cima tivesse se apiedado de mim, papai bateu na porta.

— Valentina? Acabei de deixar Miranda em nossa cabine e vim ver se está tudo bem com você, querida. Seu noivo me disse que passou mal. Posso entrar?

Meus olhos se arregalaram e encontraram os do médico, também alarmados. Ele soltou o ar com força, fechando sua inseparável maleta, e se levantou.

— Odeio ter que mentir — murmurou. — Mas creio que este não seja o momento para contar ao meu amigo que sua atual esposa foi infiel e que a primeira foi assassinada pelo amante da atual. Vou mantê-lo longe desta cabine. Se quiser conversar mais tarde, estarei pronto para responder a qualquer pergunta.

Assenti freneticamente.

No instante seguinte, ele estava do lado de fora da cabine.

— Foi um mal-estar passageiro, Walter — a voz do médico passou por baixo da porta fechada. — Já cuidei dela. Vamos deixá-la repousar um pouco.

De ouvidos em pé, esperei que os dois estivessem longe o suficiente, então apoiei as mãos na beirada da cama, me curvando, e cuspi no balde o líquido negro viscoso. Precisei pegar um copo de água e bochechar para eliminar o amargor. Mais um pouco e eu acabaria sucumbindo ao remédio. Minha língua já estava um pouco dormente.

Andei pela cabine às cegas, a fúria se avolumando, me sentindo como um bicho enjaulado. Relanceei as cartas sobre a cama e pensei que fosse passar mal outra vez.

Não fora o tifo. Não fora o tifo que tirara mamãe de mim. Fora o amante de Miranda.

Sem saber direito como aconteceu, eu me vi avançando pelo corredor. O dr. Almeida estava errado. Miranda *era* culpada. Fora ela quem atraíra aquele sujeito para a nossa família.

Meus passos ecoavam pelas tábuas, nas paredes de madeira branca, marcando meu pulso acelerado. Eu não sabia qual cabine havia sido designada a eles, mas estava disposta a bater em cada porta até encontrá-la.

Não passei da terceira. Quando o painel de madeira recuou e o rosto de Miranda surgiu na fenda, tudo o que fervilhava sob a chama da dor explodiu. Empurrei a porta e entrei.

— Valentina! — começou Miranda, de cara amarrada. — Isso não são modos de...

— Sua rameira dissimulada! — Minha palma encontrou sua bochecha macia. O tapa a pegou desprevenida, e minha madrasta tropeçou nos próprios pés, caindo no chão. Rodeada pelas saias rubras, pareceu mais pálida que um fantasma. — Você matou a minha mãe!

Não sei o que ela viu em meu rosto, mas o que quer que fosse a fez desistir de fingir espanto. Em vez disso, sacudiu a cabeça freneticamente, os cachos negros balançando de um lado para o outro.

— Não. Não fui eu. Eu não fiz nada! Eu não sabia! Eu juro que não sabia o que ele pretendia. Não conhecia quem ele realmente é! Ele me enganou!

— Você trouxe aquele homem para perto da minha mãe. Você é a responsável!

— Eu não tive envolvimento algum na morte da sua *mamá*. — Ela começou a rastejar de costas, como a cobra peçonhenta que era. — Só soube o que Matias tinha aprontado depois de me casar com Walter. Eu nunca teria feito nada contra a sua mãe, Valentina. Nunca!

Eu a fitei com desprezo.

— Verdade? Foi isso o que disse a si mesma quando se tornou amante do meu pai e começou a sugar todo o nosso dinheiro, deixando minha mãe viver das malditas batatas?

Ela empinou o queixo, buscando apoio na cama para ficar de pé.

— Eu não obriguei Walter a nada — disse, naquele tom altivo.

Desejei ser alguém diferente, capaz de esganar aquela víbora com minhas próprias mãos. Mas não era.

— Eu a aconselho a pensar em uma desculpa mais convincente — falei, entredentes. — Sobretudo no que se refere à origem de Felix. A notícia vai destruir meu pai. Foi por isso que quis se mudar com tanta pressa, não foi? Estava tentando afastá-lo da vila antes que descobrisse tudo o que você aprontou. E foi por isso que papai e eu não recebemos cartas — subitamente compreendi. — Porque você as interceptava!

Sua pele naturalmente morena adquiriu a mesma palidez dos lençóis às suas costas.

— Eu só estava tentando proteger Felix! Foi necessário! — ela choramingou. — Eu temia que houvesse um mal-entendido como o que está acontecendo agora! Valentina, Matias tramou tudo sozinho. Eu engravidei e menti para Diógenes, dizendo que Walter era o pai. Mas Diógenes fez as contas depois que o *niño* nasceu e foi impossível enganá-lo. Ele passou a me chantagear. Foi por isso que nos mudamos! Ele ameaçava me matar se eu não lhe desse uma montanha de dinheiro todo mês.

Eu já tinha ouvido o suficiente. Era melhor sair de perto daquela mulher antes que eu perdesse o juízo de vez. Comecei a dar meia-volta.

Ela agarrou minha mão, as unhas longas cravadas em minha pele.

— Não! Não pode contar nada disso a Walter, Valentina! Se ele descobrir sobre Felix, estou perdida. Por favor, eu imploro. Como mãe, eu imploro. Não conte a ele. Não pode fazer isso.

— Eu posso, Miranda. — Com um safanão, me livrei de suas garras. — Você e seu amante vão pagar pela morte da minha mãe, isso eu garanto.

— Se fizer isso, estará condenando Felix também!

Ouvir aquilo me fez vacilar. Felix era tão inocente quanto mamãe naquela história. Ele não podia ser punido pelos erros dos pais. Mas, inevitavelmente, seria. Assim que a história viesse à tona, ele deixaria de ser um Albuquerque para se tornar o filho bastardo de um assassino.

Engoli em seco.

— ¡Por Dios, Valentina! — gemeu Miranda. — Se não por mim, ao menos pense em seu irmão.

— Esse é o problema, Miranda. Felix não é meu irmão. — Como doeu dizer aquilo em voz alta. Como doeu pensar daquela maneira. Enredei os dedos no colar em volta do pescoço. — Você me tirou até isso — sussurrei, e ainda assim minha voz tremeu.

— Ele é apenas uma criança! — Uniu as mãos em súplica. — Por favor, não conte ao seu pai. Eu imploro! Por Felix. Pelo *niño*.

Nada no mundo me faria desviar de meu caminho. Mamãe fora assassinada, e os responsáveis tinham que pagar por isso. Coisa alguma faria minha raiva ceder.

Exceto Felix.

Eu sabia como era difícil não ter a mãe por perto. Mas, quando minha mãe me deixou, eu já era adulta. Felix ainda era praticamente um bebê.

Meu coração estilhaçado pulsou dolorosamente contra as costelas. A lealdade à minha mãe e o amor pelo menino duelando. Se eu levasse o caso a papai, que destino ele daria a Felix? Papai lhe viraria as costas? Se eu fosse até a guarda e contasse sobre a origem do menino e o envolvimento de Miranda com Matias, meu irmão seria levado para adoção? Alguém da família Matias o reclamaria? Ele ficaria sozinho no mundo antes mesmo de completar três anos?

Por Deus, não!

— Muito bem. Eu não vou falar com meu pai — garanti, engolindo o bolo em minha garganta. Miranda soltou um longo suspiro, e eu me apressei: — Mas não faço isso por você. É pelo menino inocente que você e seu amante jogaram no meio dessa sujeira.

— Você faz mal juízo de mim. Está sendo injusta — ela sussurrou e quase pareceu inocente.

Cheguei mais perto, deixando o rosto na altura do dela.

— Se existisse alguma justiça neste mundo, Miranda, minha mãe ainda estaria viva. Se existisse alguma justiça, Felix não teria um destino tão cruel quanto ter nascido de você. Se existisse *mesmo* justiça, minha mãe não teria sofrido o diabo! E é apenas para que mais uma injustiça não seja feita que eu não vou falar uma única palavra a respeito de Felix para o meu pai. Mas você vai contar todo o restante a ele.

— O quê? — Ela mudou de cor, levando as mãos ao pescoço. — Não! Eu não posso! Walter vai me abandonar! Se não fizer coisa pior!

— Ele acabará sabendo de uma maneira ou de outra. Tia Doroteia ameaçou vir nos procurar. Estou lhe dando a chance de se explicar antes de mostrar ao meu pai a carta dela. — Comecei a me afastar.

— Seu pai vai me mandar embora — gritou às minhas costas. — É o que você sempre quis, não é?

Eu me detive sob o batente, contemplando-a por sobre o ombro.

— Nada disso chega perto do que um dia eu quis, Miranda. Acredite. Você tem esta noite para contar tudo ao meu pai, ou, eu juro, nada vai me impedir de procurá-lo amanhã. Nem mesmo Felix.

Seus punhos se apertaram ao lado dos quadris, as feições retorcidas pelo ódio, os olhos fulgurando em vermelho. Ali estava: sua verdadeira face. E não era nem um pouco bela.

— Você não é a menina sonsa que aparenta ser — rugiu, furiosa.

— Suspeito que eu deva lhe agradecer por isso. Conviver com você me ensinou alguma coisa, no fim das contas.

Consegui conter o tremor até voltar à minha cabine e fechar a porta. Apoiei-me ali, encostando a testa na madeira fria, e apertei os olhos com força. Era a primeira vez que eu realmente confrontava Miranda. Pensei que aquilo faria eu me sentir melhor de alguma forma, mas a única coisa que esmagava meu peito, até eu não conseguir respirar, era agonia. Mamãe estava morta, e nada, nem mesmo a justiça se cumprindo, a traria de volta.

Uma camada considerável de culpa se juntou ao sofrimento. Eu me lembrava daquele dia fatídico como se tivesse acontecido cinco minutos antes. A amargura pela traição pública e a ausência de uma alimentação minimamente nutritiva tinham deixado mamãe muito abatida. Louca para que ela se alegrasse, mesmo que por poucas horas, eu juntara todas as minhas economias e sugerira um passeio à confeitaria, um de seus lugares favoritos. O sr. Matias, ainda um garçom na época, nos serviria. Eu só queria que minha mãe voltasse a sorrir. E, em vez disso, eu a levara para os braços da morte.

O rangido no estrado da cama me fez virar. Leon se levantava devagar. Uma das cartas escorregou de sua mão, espiralando no ar até cair sobre uma de suas botas. Mas ele não percebeu, pois seus olhos preocupados escrutinavam meu rosto. Não faço ideia do que ele viu. Fosse o que fosse, o fez engolir com dificuldade.

— Vim saber como você estava. Encontrei a cabine vazia. — Ele levou as mãos à cabeça e afastou os cabelos para trás, parecendo incerto de como continuar. — Valentina, eu...

— Você leu a carta? — sussurrei.

Ele fez que sim, mortificado.

— Fiquei preocupado. Não tinha intenção de invadir sua privacidade. Eu... Eu sinto muito. Por ter lido. Pelas... ¡Madre de Dios! — Esfregou a boca com força. — Pelas notícias que recebeu.

Passei os braços ao redor do corpo, anuindo. Ele se aproximou, mas parou a dois passos de distância, hesitante, parecendo inseguro quanto a se aproximar, como se temesse que eu não desejasse aquilo.

— Tem alguma coisa que eu possa fazer por você? — perguntou, atormentado pela angústia. — Qualquer coisa?

— Poderia... — Minha voz soou quebrada até para mim. Clareei a garganta e tentei outra vez. Mas não adiantou. — Poderia... p-poderia... m-me...

Sem hesitação, ele dizimou o espaço entre nós e me deu aquilo que eu não conseguira verbalizar. Leon me tomou em seus braços, me apertando com força de encontro ao peito.

— Eu sinto muito — sussurrou em meus cabelos, penalizado. — Lamento tanto que tenha sido assim! Sinto muito, Valentina.

Escondi o rosto nas dobras de sua camisa, desejando que seu perfume fizesse sua mágica e entorpecesse meus pensamentos. Tentei me desligar de tudo o que nos cercava, me concentrando apenas em seu calor, nas batidas urgentes de seu coração, em sua respiração estável, desejando combiná-la com a minha. Mas nem mesmo Leon foi capaz de me fazer esquecer o mundo, e minhas defesas fragilizadas ruíram todas de uma vez. As lágrimas vieram, violentas e gordas, descendo pelas bochechas na mesma velocidade das batidas doloridas em meu peito. Era como se eu estivesse sendo rasgada ao meio repetidas vezes. Meus pulmões se atrapalharam, como se não fossem mais capazes de executar sua função, meu estômago vazio se contraiu, tentando se livrar do pouco que ainda abrigava, o esmagar em meu peito piorou, como se o próprio *Galatea* estivesse sobre ele. Eu já conhecia tudo aquilo. Aquelas sensações me acompanharam por muito tempo após a morte de minha mãe.

Ela estava morrendo de novo, e, como da outra vez, uma parte minha estava morrendo junto.

13

— Você está melhor? — Najla perguntou, os lábios congelados em um sorriso, sentada ao meu lado na sala de jantar do *La Galatea*. O espaço era razoavelmente grande, com uma mesa de dez cadeiras, das quais apenas uma estava vaga.

Não, nem um pouco, eu quis responder. *Meu mundo acabou de ruir outra vez.*

Eu queria contar a ela que estava vivendo um pesadelo. Que tentava de verdade conservar tudo à margem e me distrair com coisas triviais, como o dr. Almeida havia me ensinado tantos anos antes, no período do luto. Mas não pude. Não apenas porque estávamos no meio de um jantar, mas porque dizer aquilo em voz alta faria tudo se tornar mais real.

A dor não tinha diminuído. Era como se metade do meu corpo tivesse sido mutilado. Eu só queria enfiar o rosto entre as mãos e gritar em agonia, não estar ali, rodeada de pessoas, fingindo uma serenidade que não sentia.

Pela maneira como meu pai ria e Miranda remexia a comida no prato, distraída, ainda não tinham conversado. Como ele reagiria? Ela realmente contaria tudo a ele?

Por precaução, eu escondera as cartas entre a cabeceira da cama e a parede de madeira antes de me juntar aos demais naquela sala, quando o dr. Almeida foi me procurar. Apenas para o caso de Miranda tentar encontrá-las e destruí-las.

A descoberta sobre a verdadeira causa da morte de minha mãe não era a única coisa que me perturbava, mas também suas consequências. E se papai abandonasse Miranda depois que conhecesse a verdade? Ele e Felix ficariam sozinhos. Como eu poderia ir para a Espanha e deixá-los à própria sorte? Mas Leon aceitaria que eu permanecesse no Brasil ou exerceria seu direito de marido e exigiria que eu o acompanhasse? Ou será que romperia o noivado? Um escândalo como aquele era motivo mais que suficiente para que ninguém o condenasse por desistir do compromisso. Nem meu pai o julgaria. Nem mesmo eu.

— Valentina? — Minha amiga colocou a mão enluvada sobre a minha, me lembrando de que esperava uma resposta.

— Oh, é apenas uma indisposição. Meu estômago e o mar não são melhores amigos. — O que não era exatamente mentira.

Um arrepio me subiu pela nuca, e eu não precisava olhar para a cabeceira da mesa para saber que Leon me encarava. Quando nossos olhares se encontraram, meu parco controle quase se esvaiu.

"Você está bem?", pareceu perguntar.

Movimentei a cabeça de leve, em um aceno ambivalente, que não era nem sim, nem não.

Mais cedo ele tinha sido... bem, incrível, na verdade. Leon me deixara chorar em seus braços até meu corpo não aguentar e meus joelhos cederem. Então me pegara no colo e me levara para a cama, me aninhando em seu abraço, me embalando como se eu fosse uma criança enquanto sussurrava palavras carinhosas. Ele não mentiu dizendo que tudo ficaria bem nem pediu que eu me acalmasse, e eu lhe seria eternamente grata por isso. Ficara comigo pelo tempo que eu precisara dele, até conseguir recuperar o controle de minhas emoções e meu corpo e voltar a respirar. Isso demorou. Mesmo depois, pareceu avesso à ideia de me abandonar, mas teve de fazê-lo, pois ouvimos passos se aproximando e ele temeu que pudessem tirar conclusões erradas.

Desviei o olhar do dele e encontrei o rosto do dr. Almeida, também bastante inquieto. E preocupado.

— Srta. Valentina — chamou o sr. Nogueira, à minha esquerda —, eu gostaria de me desculpar pela maneira como a venho tratando.

Agradecida por poder me libertar da avaliação do médico, eu me virei para o homem ao meu lado.

— De que maneira, sr. Nogueira?

— Não seja tão condescendente — murmurou, mortificado. — Eu não mereço. Fui injusto e severo com a senhorita. E não tenho nenhuma desculpa a apresentar além de orgulho ferido.

Um pouco envergonhada, apanhei a taça de água e experimentei um gole bem pequeno. Meu estômago tentou dar início a um motim, mas eu o forcei a aguentar um pouco mais.

— Eu... eu sinto muito, sr. Nogueira. Nunca tive a intenção de ferir ninguém.

— É uma pena que as coisas tenham saído de outro modo. Ainda acho que teríamos feito um belo par. Mas... — Ele ergueu o copo. — Amigos outra vez?

— Amigos. — Imitei seu gesto e provei mais um golinho.

— Não olhe agora. — Najla se inclinou do outro lado. — Mas o capitão não parece nem um pouco feliz com sua interação com o cavalheiro que pediu sua mão há menos de uma quinzena.

Voltando a atenção para a ponta da mesa, parecia mesmo que Leon estava com ciúme, o que era um absurdo.

— É impressão sua, Najla. Nosso relacionamento não é embasado em sentimentos, você sabe disso. — Ao menos eu tentava me convencer do que dissera.

— Oh, Valentina. Fico contente em ouvir isso, porque escutei uma história, pouco antes de ir para o porto hoje, a respeito do seu capitão. Me causou calafrios!

— Que história?

Ela espiou cada semblante à mesa antes de se curvar para mim e ficar com a boca a centímetros do meu ouvido.

— A mulher de um dos clientes de Pedro me disse que ele não é recebido em todos os lugares por onde passa porque, alguns anos atrás, foi acusado de um crime!

— Crime? — perguntei, achando graça.

Está bem. Leon era um tanto direto, quase beirando a grosseria em alguns momentos. E muito atrevido. Mas criminoso? Não, nisso eu não poderia acreditar.

— Aconteceu há dois anos, na Espanha — ela cochichou, um tanto alarmada. — Ele estava noivo de uma moça cuja família era amiga dos Navas, mas ela descobriu um grave segredo de Leon e, para impedir que a noiva o revelasse, ele a matou! — Najla se endireitou, seus olhos tão abertos que pude divisar a parte branca ao redor das íris castanhas. — Dizem que ele não tem coração, que o perdeu no mar.

— O quê?! — exclamei, rindo de leve, lembrando-me com muita nitidez de ter sentido seu coração bater com veemência e urgência contra o meu havia poucas horas, das palavras de consolo que proferira em meus cabelos enquanto me deixava empapar sua camisa. Era àquele homem que ela se referia?

— Estou falando sério! — ela sussurrou, com urgência. — É o que dizem por aí. Todo mundo teme o capitão Navas. Se foi capaz de assassinar a noiva, o que faria com um inimigo?

Aquilo tudo era um absurdo.

— Najla, não pode acreditar em uma história dessas. Por acaso o Pedro não negocia com Leon?

— Sim, mas...

— E seu marido não saberia se o capitão Navas estivesse escondendo algo tão obscuro? Ao menos não suspeitaria de alguma coisa? Acha que Pedro não averiguou antes de se associar a ele?

Ela relanceou o marido, a três cadeiras de distância, e franziu a testa.

— Bem... Acho que tem razão. Pedro o tem em alta conta.

Meus olhos vagaram outra vez para meu noivo, que respondia a uma pergunta do dr. Almeida. Não pude deixar de sentir empatia por Leon. E um pouco de pena. Boatos são tão fáceis de se espalhar e podem acabar com a vida de alguém com base em nada além de "é o que dizem por aí". Eu vira de perto algo semelhante acontecer com Elisa Clarke, que quase terminou com a reputação na lama, mesmo sendo inocente. Eu mesma estava a um passo desse risco, por isso o casamento apressado.

— Desculpe se a aborreci com esse assunto — murmurou Najla, mirando o suflê em seu prato. — Apenas fiquei preocupada com você.

Tomei sua mão entre as minhas e a apertei.

— Oh, Najla, jamais se desculpe por se preocupar com meu bem-estar. Eu agradeço de verdade, mas não há motivo para que se aflija. Posso não conhecer Leon tão bem, mas sei o bastante para afirmar que ele não é nenhum criminoso. Ele tem sido... muito amável. — Como o clima continuou pesado, e eu já não conseguia lidar com mais nada, tratei de fingir animação e colocar um sorriso no rosto. — Como estão os preparativos para o baile de amanhã?

Funcionou. Ela voltou ao bom humor costumeiro e começou a tagarelar, entre uma garfada e outra, sobre todos os detalhes que ainda faltavam. Um pouco depois, graças aos céus, o jantar finalmente acabou. O *La Galatea* já havia feito todo o percurso, e deveríamos aportar em pouco mais de uma hora, de modo que todos começaram a se retirar para uma caminhada no deque, ansiosos para avistar as luzes da cidade no horizonte.

Como estava ao meu lado, o sr. Nogueira gentilmente me ofereceu o braço.

— Lamento, Nogueira — a voz de Leon surgiu atrás dele. — Mas eu mesmo levo minha noiva para o convés.

Um pouco sem graça, Inácio recuou com um curto cumprimento e se adiantou para a porta. Não pude ficar brava com meu noivo. Sua presença me perturbava em diversos sentidos, e, naquela noite, algo que me fizesse esquecer o mundo era exatamente o que eu precisava. Por isso coloquei os dedos na dobra do seu cotovelo, seguindo os outros. Leon mantinha um ritmo mais lento, como se tentasse nos afastar do grupo.

— Como você está? — perguntou, à meia-voz.

— Um pouco melhor. Obrigada, Leon. Pelo que fez esta tarde.

Ele refutou meu agradecimento com um balançar firme de cabeça.

— Não sei o que fazer para apagar a tristeza que vejo em seu olhar agora. — Finas linhas despontaram em seu cenho.

— Não se sinta mal. Acho que ninguém conseguiria.

Uma das grossas sobrancelhas arqueou.

— Poderia segurar para mim? Cuide bem dele. Não tenho o respeito da minha tripulação sem isso. — E me estendeu o chapéu. Assim que o peguei, ele empertigou as costas, e vi um brilho divertido brotar na fachada falsamente ofendida. — E parece que você acabou de me desafiar, *sirena*. É melhor estar pronta para a retaliação, pois não terei clemência.

— Já disse que não tenho medo de você. — Mas dessa vez eu tinha, sim. Havia uma fome em seu olhar que não fora saciada no jantar, nem poderia. Era mais específica, imperativa e crua, deixando suas pupilas mais abertas, ávidas.

— Navas — alguém chamou, me sobressaltando.

Leon fechou os olhos, respirando fundo antes de se virar para o mal-humorado marinheiro de pescoço largo.

— Sim, Gaspar. Apenas me dê um minuto.

Pegando-me pelo cotovelo, Leon me levou até o deque, parando assim que avistamos o grupo perto da balaustrada.

— Sinto muito — começou. — Preciso assumir o posto de capitão e resolver algum assunto enfadonho. Volto assim que possível. — Levou minha mão aos lábios, e então retornou para o interior do navio.

Perambulei pelo convés, incapaz de apagar o sorriso. Leon não sabia, mas tinha vencido o desafio. Ao menos um pouco.

Pela visão periférica, captei uma movimentação. Miranda escapulia para dentro do *Galatea*, provavelmente se retirando para sua cabine. Ótimo. Eu também não teria forças para lidar com ela naquela noite. Comecei a me aproximar do dr. Almeida, que observava o horizonte com os braços cruzados atrás das costas, e levei a mão ao estômago. A ponta rígida se comprimiu de encontro à minha barriga, me lembrando de que ainda estava com o chapéu de Leon.

Não tinha certeza se ele falara a sério quanto ao chapéu, mas achei melhor devolvê-lo. Fiz a volta, descendo as escadas depressa, insegura quanto à direção. Por sorte, avistei aquele marinheiro com a fisionomia perpetuamente furiosa, mas Leon não estava com ele.

— Sr. Gaspar, sabe onde posso encontrar o capitão Navas?
— Na sala de jantar — disse ao passar, sem se deter ou olhar para mim.

Eu conhecia o caminho da sala e corri para lá sem perder tempo. Como a porta estava aberta, fui entrando e ali estava ele, falando com...

O mundo pareceu desacelerar conforme vi Leon, em pé no canto da sala, e Miranda bem à sua frente, os dedos espalmados em seu peito, a boca a centímetros do seu ouvido. A mão dele — a mesma que se abraçara a minha cintura, a mesma que correra com tanta delicadeza por meu rosto, a mesma que usara para secar minhas lágrimas — envolvia o pulso da minha madrasta.

O chapéu escorregou de meus dedos, caindo com um baque surdo, mas foi o suficiente para atrair os olhos do meu noivo. Sobressaltado, ele imediatamente empurrou Miranda. Mas era um pouco tarde, não?

Suspendendo a barra da saia, girei sobre os calcanhares e corri, o salto dos sapatos batendo contra o assoalho no mesmo ritmo em que meu coração martelava. A imagem da mão delicada de Miranda tocando Leon, da intimidade que os cercava, se repetia em minha mente, me deixando enjoada, ao mesmo tempo em que uma lança atravessava meu peito.

Como eu pude? Como pude confiar nele? Eu pensava que estava sendo cuidadosa, que tinha tudo sob controle. Mas a verdade é que eu havia me envolvido, me deixara cegar e passara a confiar em Leon, sem me dar conta do que fazia. E, como eu sabia que aconteceria, ali estava eu, fazendo o papel da tola traída, exatamente como minha mãe. Na posição em que eu havia jurado jamais me colocar. E nem tínhamos nos casado ainda.

Como eu era tola...

— Valentina!

Eu já estava na escada, mas me detive no segundo degrau ao ouvi-lo proferir meu nome.

— Não ouse se referir a mim com tamanha intimidade, senhor. — Fuzilei Leon por sobre o ombro. — Nunca mais.

— Eu temia que pudesse tirar conclusões precipitadas. — Parou a dois metros de distância, correndo uma das mãos pelos cabelos negros. — Escute, sei que o que viu pode ter dado uma impressão pouco favorável, mas...

— Não me insulte! — atalhei, girando no degrau. — Não ouse! Você já fez mais que o bastante por uma vida inteira ao se envolver com a minha madrasta. Não tente me convencer de que eu entendi errado o que vi.

Seu rosto desmoronou, como se tivesse levado um soco.

— Não seja ridícula. Miranda e eu mal podemos dizer que somos amigos.

— E eu sou uma sereia de cauda cintilante.

Aproximando-se do pé da escada, Leon deixou o semblante endurecido na mesma altura do meu. E parecia ferido. Ele estava ferido?! Ele?!

— Não posso culpá-la por distorcer o que viu. Não diante de tudo o que passou hoje.

— Sim, claro. A culpa é do meu estado emocional. — Desci para a tábua de baixo para poder olhar no fundo dos seus olhos. — Sabe, você quase me enganou. Se esforçou bastante com todo aquele teatro de atração e bancando meu amigo e... Fazia parte do plano? Ganhar minha confiança para que você e sua amante pudessem me manipular depois?

Sua postura mudou. Ele pareceu ficar mais alto, mais largo. E frio.

— Você está fora de si. É melhor discutirmos esse assunto mais tarde, quando voltar a raciocinar direito. — Ele fez a volta e começou a se afastar.

— Nunca estive mais lúcida, capitão Navas! — gritei para suas costas. — Você não conhece honra. Tampouco sabe o significado da palavra escrúpulo. E eu lamento muito aquele maldito dia em que o meu caminho cruzou com o seu.

Isso o deteve, os ombros se enrijecendo, e ele precisou de um minuto inteiro para se virar. Como sempre, tinha total controle de sua expressão, não devolvendo nada, não fosse pelas chamas que ardiam em seus olhos.

— Acredite em mim quando digo que não me sinto muito diferente neste momento — proferiu, exasperado.

— Finalmente concordamos em alguma coisa. Prefiro a ruína a me casar com o amante daquela mulher dissimulada! Considere este noivado encerrado!

Tarde demais, me dei conta do que tinha acabado de dizer. Em outro momento, eu teria refletido um pouco mais. Mas naquela noite não era capaz. Não quando minha mãe tinha sido assassinada. Não quando papai criava o filho do amante de Miranda. Não quando minha vida ruía parte por parte por causa daquela mulher. Não quando o homem que havia poucas horas me consolara, como se se importasse comigo, que fazia meu coração se perder, na verdade era amante da mulher que aniquilara tudo o que eu tinha de mais precioso.

Não quando Leon destruía meu coração já partido.

— Sei que teve um dia difícil — falou devagar, em tom baixo e sério —, por isso vou lhe dar o benefício de um coração ferido. Se ainda pensar da mesma maneira depois que botar os pensamentos em ordem, me procure.

— Não preciso de tempo. Estou colocando um fim nesta história ridícula antes que ela vá longe demais. — Puxei o anel do indicador. Mas que porcaria, estava preso! Tentei mais algumas vezes, sem sucesso. Ora, essa! — Eu lhe devolvo o anel assim que conseguir desentalá-lo.

Ele riu, sem nenhum vestígio de humor, apoiando as mãos nos quadris enquanto fitava o teto baixo. Pensei tê-lo ouvido resmungar "Não acredito que isso esteja acontecendo de novo", mas podia estar equivocada. A raiva zumbia muito alto em meus ouvidos.

Depois do que me pareceu um século inteiro, Leon dizimou a distância que nos separava, me avaliando por tanto tempo que tive que mudar o peso de uma perna para a outra, instável. No entanto, por um breve instante, a máscara que ele usava escorregou e o que vi em seu semblante foi... agonia?

Não. Claro que não. Era só mais uma encenação, certamente.

— Algum homem já conseguiu ser visto por você com bons olhos? — Seu tom pareceu devastado.

Não me deixei enganar.

— Alguns, mas você nunca entraria nessa lista. Não consigo admirar um canalha.

O ar ao nosso redor ficou mais frio à medida que ele retomava a fachada indiferente. Se eu não estivesse tão fora de mim, talvez tivesse reconhecido a emoção que vi reluzir naquelas íris cor de metal.

— Terminou? — Ele trincou o maxilar, me encarando.

— Total e completamente!

Juntando toda a dignidade de que ainda dispunha, consegui lhe dar as costas e subir os degraus sem pressa. Ao chegar ao convés, a brisa sacudiu meu vestido e meus cabelos. Cruzei os braços, avistando o grupo animado no deque.

— Ei, Valentina! — chamou Pedro, acenando. Incapaz de fingir qualquer coisa para alguém, dei a volta e fui me esconder na parte de trás do navio.

A lua oculta atrás de uma nuvem deixou a noite muito escura, como se espelhasse meus sentimentos. A espuma em V produzida pelo avançar do navio desaparecia após três ou quatro metros. No horizonte, o continente mostrava em pontinhos brilhantes o que parecia ser um pequeno vilarejo.

Apoiei as mãos na balaustrada, lutando por controle. Não queria chorar. Já havia chorado o suficiente naquela tarde. Mas o que Leon insinuara doía muito, porque era verdade. Um homem tinha me ferido profundamente, só que não no contexto romântico que ele imaginou. Meu pai me magoara. Não uma, mas tantas vezes que eu tinha perdido as contas, até que sua indiferença começou a se tornar natural para mim. Eu perdera minha mãe fazia três anos, mas tinha perdido meu pai muito antes disso. Felix, minha única alegria nos últimos tempos, não era meu irmão. Não de sangue.

E Leon... não era quem eu pensava que fosse. Por um momento, cheguei a pensar que o destino finalmente havia sorrido para mim e ele fosse aquele que...

E, agora, tudo o que me restava na vida era minha honra, e ela também estava comprometida. Tão logo a notícia do rompimento do noivado se espalhasse, eu estaria perdida para sempre, e nem mesmo tia Doroteia se atreveria a enfrentar toda a sociedade — sobretudo porque eu tinha a impressão de que a dama austera seria uma das pessoas a me recriminar.

Nunca me senti mais sozinha ou indefesa.

Com a vista embaçada pelas lágrimas, observei o céu negro, apertando mais os braços ao redor do peito para deter o tremor que nada tinha a ver com a brisa noturna que agitava minhas roupas.

— O que eu faço agora, mamãe?

Ouvi um suave estalo atrás de mim. Aprumei as costas, secando o rosto com a ponta dos dedos.

Que não seja Leon, supliquei em silêncio. Ele já tinha me visto chorar a tarde toda. Não precisava adicionar a humilhação de ser vista chorando por *ele*.

Os passos começaram a avançar, mas me mantive imóvel. Um par de mãos pesadas se encaixou em meus ombros.

Então tudo aconteceu em uma batida de coração.

Tentei me virar, mas fui empurrada para a frente. Desarmada, não fui rápida o bastante para manter o equilíbrio e tombei contra a amurada, que mal chegava a minha cintura. Metade do meu corpo transpôs a guarda e se pendurou para fora. Uma mão grande se enrolou à minha nuca, me forçando para baixo, e eu engasguei conforme o colar que tinha ganhado de Felix se esticava em meu pescoço. Desesperada, me contorci, tentando me livrar do aperto, me agarrando ao seu punho. No entanto, o couro em meu pescoço não suportou meu peso e se partiu.

Então eu caí. Gritei enquanto o vento passava ligeiro pelo meu corpo, erguendo minhas saias até a cabeça. Tentando me agarrar a alguma parte do casco do navio, tive um vislumbre da figura masculina obscurecida pelas sombras que se afastava da amurada.

Meu corpo bateu com tanta força contra a água enregelada que eu perdi o fôlego. Afundei, paralisada de horror e dor. Aflita, movi os braços e as pernas na tentativa de chegar à superfície, mas meu traje agora pesado restringia meus movimentos, a baixa temperatura enrijecendo meus membros, me empurrando para o fundo. Um dos sapatos se desencaixou do meu pé, e não sei ao certo como consegui emergir.

— Socorro! — gritei. — Socorro! Estou aq... — Uma onda gélida arrebentou sobre mim. E outra. E mais uma, me jogando em todas as direções. Engoli um bocado de água enquanto me debatia.

No entanto, o vento se intensificou, e com ele a agitação na água. Voltei a afundar, e, por mais que tenha me esforçado, que tenha lutado até sentir os músculos queimarem, os pulmões arderem pela privação de ar, não consegui encontrar a superfície outra vez.

14

— Não faz isso comigo. Respira! Vamos lá, vamos lá, vamos lá! — A voz masculina parecia estar a quilômetros de distância, como se eu estivesse dentro de uma imensa garrafa, fria e escura.

Bem, se considerasse a pressão que eu sentia no centro do peito, talvez a garrafa não fosse tão grande assim.

— Ela não pode morrer! — outra voz choramingou. A voz de uma mulher.
— Nós chegamos tarde demais! Tarde demais!
— Será que pode ter um ataque depois? Ela ainda tem pulsação. — Pressão. Muita pressão no meu plexo solar. — Vamos, menina, lute!

Minhas bochechas se inflaram. E de novo. E de novo e de novo e de novo. Não sabia o que havia de errado com elas, mas a compressão na junção das costelas retornou. Parecia que mãos pressionavam meu tórax com insistência. Eu queria pedir que parassem com aquilo, mas não consegui emitir som algum.

— Nós vamos perdê-la! Tudo o que fizemos foi à toa!
— E a culpa é de quem? — O homem pareceu revoltado. — Cacete! Por que você tem que ser toda certinha? Sempre acaba em merda. Puta que pariu!

Ah. Aquela pessoa devia conhecer Leon, a julgar pelo vocabulário.

— Vamos — insistiu ele. — Respira, garota!

Então a pressão se tornou mais frenética, minhas bochechas voltaram a encher, e de súbito senti algo me queimar por dentro. Meus pulmões, depois meu esôfago. Meu corpo convulsionou sem controle, uma quantidade alarmante de água passando pela garganta, boca e nariz. Alguém disse alguma coisa, mas não fui capaz de ouvir.

Quando os espasmos cessaram, meu corpo exausto e ofegante desabou na tábua dura do... de... de onde quer que eu estivesse. Pelas contrações, meu estômago afirmou que estávamos em um barco.

Com algum custo consegui soerguer as pálpebras e avistei o jovem cavalheiro esfregando o rosto molhado na manga do paletó branco também ensopado, o semblante banhado de alívio. Acima dele, uma mulher de cabelos cinzentos tinha uma expressão muito parecida. Ela também devia ter entrado na água, já que seu traje cinza se colava ao corpo esbelto. Era um modelo diferente, parecido com uma camisola elaborada de mangas longas ou algo assim.

— Ela está viva. Graças aos céus — a mulher suspirou.

— Quer dizer graças a mim, não? — O rapaz a fitou de viés.

A face delicada da mulher de cabelos prateados se fechou em uma máscara austera.

— Por favor, não comece com isso agora.

— Não estou começando com nada. Só acho engraçado que...

Os dois continuaram a discutir, mas deixei de ouvir assim que a brisa gélida perpassou meu corpo encharcado, me fazendo estremecer. Minhas pálpebras pesaram, e achei que não teria problema se eu as fechasse por apenas um instante.

— Ah, cacete, ela vai apagar de novo!

O que vai apagar?, eu quis perguntar. Mas uma estranha luz morna me envolveu, tudo diante de mim se transformando em um borrão confuso, misturando-se às luzes cintilantes. Eu me entreguei a ela, abençoadamente me perdendo na inconsciência.

■ ■ ■

Despertei com a claridade incidindo em minhas pálpebras. Pisquei algumas vezes, a têmpora latejando como se uma faca a atravessasse, e precisei de um instante para ajustar a visão. Assim que meus olhos se estabilizaram, observei o quarto onde estava. Não reconheci as paredes ásperas pintadas de branco, com marcas de carvão aqui e ali, tampouco a cama um tanto dura na qual repousava, nem os lençóis — limpos, mas com alguns remendos —, o toucador com itens de toalete masculinos ou a cadeira perto da porta, cujo encosto de palha torcida se soltava na beirada.

Ouvi alguém se aproximando e puxei o lençol até o pescoço, dando uma espiada em meu próprio corpo. Eu vestia uma camisola de mangas compridas, grande demais para mim.

Uma mulher alta atravessou o vão da porta, uma cesta apoiada nos quadris. A touca que cobria seus cabelos permitia entrever algumas mechas cinzentas, quase no mesmo tom dos olhos. Apesar das roupas modestas e com cerzidos por quase toda a saia, sua postura era elegante como a de uma rainha.

Eu me lembrava dela, de tê-la visto com aquele rapaz de vocabulário de marinheiro.

— Que bom que acordou. — Acomodou a cesta sobre a cadeira e parou ao pé da cama. — Eu estava começando a ficar preocupada. Como se sente, meu bem?

— B... — Minha voz falhou. Clareei a garganta, um pouco dolorida, e tentei uma segunda vez. — Eu estou bem, obrigada.

Não era exatamente verdade. Meu corpo parecia ter sido pisoteado por uma dezena de garanhões. E depois atropelado por uma diligência ou algo assim.

A senhora de pouco mais de quarenta anos deve ter percebido, pois se pôs a escrutinar minhas feições, chegando mais perto da cama.

— Tem certeza? — indagou. — Você me parece um pouco pálida.

— Estou bem. Juro.

Não devo tê-la convencido, pois ela continuou me avaliando com o cenho encrespado.

— Acho melhor preparar um caldinho para você. — Fez a volta e começou a se retirar.

— Não! Espere, por favor!

Detendo-se, ela me contemplou com expectativa, as mãos cruzadas na altura dos quadris.

— Onde eu estou? — perguntei, me sentando. Todas as minhas juntas doíam.

— Na minha casa. — Ela me deu um sorriso, mas por alguma razão ele não lhe chegou aos olhos. — Estamos a alguns quilômetros da cidade. Se seguir pela praia, chegará lá em pouco mais de uma hora.

Então eu estava perto de casa.

— Perdoe-me, senhora, mas acho que não a conheço ainda.

Mantendo o sorriso, ela se sentou na beirada do colchão.

— Pode me chamar de Abigail. Sou uma velha costureira que vive de um trabalho aqui e outro ali. Acabei de conseguir uma cliente. — Indicou a cesta repleta de tecido branco. — E como é o seu nome, meu bem?

— Valentina. Valentina Dominique Emanuelle Martin de Albuquerque.

Tocando a base do pescoço, ela riu de leve.

— Minha nossa, querida. Sua mãe deve gostar de nomes longos.

— Ela gostava. — Voltei a examinar o quarto, tentando entender, mas minha cabeça parecia repleta de água. Acabei desistindo. — Como eu vim parar aqui, sra. Abigail?

— Eu a trouxe para cá. Na verdade, foi o meu irmão. Você é pequena, mas eu não sou forte o bastante para carregá-la sozinha. — Riu de leve. — Havíamos ido recolher as armadilhas de camarões no fim do dia quando a vimos boiando no mar. Assim que conseguimos fazer você cuspir toda a água que engoliu, nós a trouxemos para casa. Meu irmão queria ter ficado para conhecê-la, mas precisou partir. Ficará fora por algumas semanas. Talvez meses.

— Oh. — Pisquei, ainda confusa. — Gostaria de ter conhecido o seu irmão. De ter lhe agradecido.

— Não se preocupe. Ele sabe disso. — Bateu de leve em meu pé oculto pelo lençol.

Então, com algum custo, o que ela disse penetrou meus pensamentos embotados.

Eles me encontraram boiando no *mar*?!

— O que aconteceu com você? — ela perguntou, como se lesse meus pensamentos.

De fato, o quê? Tentei acessar minha última memória. Alguma coisa relacionada a papai. E Miranda. E talvez...

Sem convite ou aviso, a confusão descortinou minha mente e lampejos apunhalaram meus olhos.

As cartas de Elisa. O confronto com Miranda. O abraço de Leon. Miranda e ele quase aos beijos depois do jantar. Nossa discussão. O fim do noivado. Alguém me empurrando...

Toquei o pescoço, o ponto dolorido onde o couro do colar havia me ferido. Meu coração bateu sobressaltado. Alguém me empurrara do *La Galatea*. E não tinha sido um acidente, não é? Eu me lembrava de lutar para voltar ao convés e de ser forçada em sentido contrário.

Alguém tinha... Meu Deus! Alguém tinha... tentado me matar?! Mas por quê? Quem poderia ter desejado se livrar de mim, por qualquer motivo que fosse?

Eu havia irritado minha madrasta, não restava dúvida. E ela tinha motivos para desejar que eu desaparecesse. Mas ela seria capaz disso?

Ademais, a pessoa que me empurrara era um homem. Não cheguei a ver seu rosto — estava muito escuro, e eu no ângulo errado. Mas tive um vislumbre de sua silhueta enquanto caía. Estremeci, me recordando da sensação da mão em minha nuca. Estava certa de que era um homem. Mas quem? Não fazia sentido.

Então me lembrei da carta de Elisa. Do amante de Miranda agindo para que ela pudesse conseguir o que queria. E se...

E se esse fosse o padrão dela? Em vez de sujar as mãos, pedir a seus amantes que executassem as tarefas sujas?

Meus olhos se arregalaram de súbito enquanto eu revivia a cena na sala de jantar no *La Galatea*, pouco antes de tudo acontecer. Leon e Miranda juntos. Ele sabia das cartas — de fato as lera! — e decerto imaginou que eu as apresentaria ao meu pai. Eu havia rompido o noivado. Certamente papai exigiria saber o motivo, e, se eu lhe contasse, os planos dos dois iriam por água abaixo, não é?

"Mas ela descobriu um grave segredo de Leon e, para impedir que a noiva o revelasse, ele a matou!", a voz de Najla se infiltrou em minha mente sem convite.

Não seja ridícula, meu cérebro gritou. Eu o conhecia o suficiente para saber que Leon jamais faria algo semelhante. O que ele lucraria com isso? Eu não me deixaria influenciar por boataria, mesmo que estivesse furiosa com ele. Não podia ter sido Leon.

Mas tinha sido alguém. Quem naquele navio queria me ver longe? Quem do pequeno grupo que eu pensava ser meu amigo teria agido com tamanha crueldade? Ou havia sido um dos marinheiros? Aquele sujeito de pescoço atarracado e com cara de mau parecia capaz de algo semelhante. Mas que motivos ele teria, se eu nem o conhecia?

As perguntas espiralavam em minha mente, me deixando tonta. Nada fazia sentido. Eu tinha que sair daquela cama e voltar. Tinha que descobrir quem havia feito aquilo comigo. E por quê.

— Sra. Abigail — comecei. — Eu fico muito grata por tudo o que fez por mim. Mas devo ir agora, se me disser onde estão minhas coisas.

— Suas roupas de baixo estão lavadas e engomadas. Mas o seu vestido se rasgou — contou, tristonha. — Deve ter se enroscado em alguma coisa. Vou consertá-lo. Também tinha apenas um dos sapatos. Mas encontrei isso enroscado em sua luva. — Enfiando a mão no bolso do vestido marrom, tirou de lá algo pequeno e o estendeu para mim.

Um raio de sol incidiu sobre a abotoadura de ouro, fazendo-a cintilar como uma pequena estrela. Eu me estiquei no colchão para pegá-la. Devo ter arrancado do punho da camisa do meu agressor enquanto lutava para me libertar. Eu a virei entre os dedos, analisando o desenho em relevo e...

Acho que meu coração parou.

— Meu bem, você está tremendo. — Ouvi o farfalhar de suas roupas conforme ela se levantou, contornando a cama. Sua mão delicada tocou minha testa. — Oh, Valentina, você está com febre. É melhor se deitar um pouco enquanto eu preparo um chá.

A mulher disse mais alguma coisa, mas não fui capaz de ouvir. Enquanto eu admirava o desenho da pequena abotoadura em minha palma, o mundo pareceu desacelerar, ruindo pouco a pouco, até os escombros me soterrarem e eu não conseguir respirar.

Uma flor-de-lis.

Eu já tinha visto aquela abotoadura antes. No punho da camisa de Leon.

15

Meus olhos acompanhavam os padrões que os raios de sol criavam na parede do casebre, os pensamentos tão abstratos quanto as figuras. Por mais que tentasse deixar meus problemas à margem, eu sentia que estavam à espreita, apenas aguardando o momento de me lançar outra vez naquele vórtice de agonia.

A cadeira ao lado da cama estalou conforme a sra. Abigail se levantou, deixando as costuras dentro da cesta a seus pés.

— Parece que a febre finalmente cedeu — ela disse, tocando minha testa. — Graças aos céus.

— E aos seus cuidados. Jamais poderei lhe agradecer por tudo o que fez, sra. Abigail.

Ela sorriu.

— Que bom, porque não quero que me agradeça.

Abigail era um anjo misericordioso enviado dos céus em meio a todo aquele inferno. O período que eu passara no mar enregelante fora suficiente para ser atacada por um violento resfriado, mas eu não estava certa de que ele era o responsável pela apatia que me debilitara a ponto de não conseguir sair da cama por vários dias. Eu mal conseguia comer, respirar, dormir, perdida naquele limbo entre o desespero e a agonia. Tentei escrever umas poucas linhas para meu pai, explicando o que tinha acontecido e onde poderia me encontrar, mas simplesmente não consegui forças para empunhar a pena. A sra. Abigail queria ir pessoalmente avisá-lo, já que não sabia escrever, mas temeu me deixar sozinha naquele estado delirante.

Foram nove dias, longos e exaustivos. Então, graças aos cuidados incansáveis da mulher de cabelos cinzentos e olhar gentil, o resfriado se fora.

Entretanto, eu ainda sentia como se uma caleche estivesse estacionada sobre meu tórax.

Como eu tinha sido ingênua, pensei, encarando o anel de brasão em meu indicador. Quase cheguei a acreditar que Leon tivesse algum sentimento por mim. Não amor — não era tão tola assim —, mas algo que fizesse o peito dele esquentar quando me visse, como acontecia com o meu sempre que ele me olhava. Mas tudo não passou de uma fantasia, um sonho. A realidade era dura, cruel, e revirava meu estômago.

Por mais que eu tivesse me recusado a acreditar que Leon pudesse ter me atirado para fora do seu navio, que o que meu coração sabia sobre ele confrontasse aquela conclusão, a abotoadura sobre o criado-mudo aniquilava qualquer dúvida.

Leon tinha me empurrado do *Galatea*. Suas motivações ainda eram um mistério para mim. Seria orgulho ferido ou ele realmente conspirara ao lado da minha madrasta? Parecia possível. Quer dizer, se os dois estavam envolvidos, eu estragara seus planos. Descobrira o caso deles antes de o casamento acontecer, e isso os obrigara a agir de imediato para que eu não os delatasse. Leon podia ser o novo sr. Matias para Miranda.

Dela eu podia esperar qualquer coisa, mas do homem que me abraçara com tanta ternura, que me beijara tão apaixonadamente, que...

Minha visão ficou turva outra vez, mas tratei de obrigar as lágrimas a retrocederem. Eu não ia mais chorar. Não por ele.

Assaltada pela raiva, tentei outra vez arrancar aquele anel odioso do dedo, usando tanta força que minha pele ameaçou não aguentar. Eu já tinha tentado no banho, com um pouco de espuma, mas não obtivera sucesso. E a mesma coisa acontecia agora.

Bufei, frustrada. Em algum momento aquela coisa ia ter que sair do meu dedo. Uma mão fina tocou meu queixo.

— O que foi, meu bem? — perguntou a sra. Abigail. — Ainda se sente mal?

Arrastando-me pelo colchão, me sentei e arqueei o pescoço para encarar seu rosto preocupado.

— Ao contrário. Sinto que, se ficar nesta cama por mais uma hora, vou me tornar parte do colchão. Acho que estou bem para voltar para casa.

Ela sorriu de leve, mas não conseguiu esconder a apreensão. Juntando as saias do vestido marrom, se acomodou na beirada da cama.

— Valentina, não estou certa se deve ter tanta urgência em voltar para casa. — Suas sobrancelhas quase se uniram. — O que me contou é muito grave.

Nos momentos em que conseguia respirar, acabei dividindo com a sra. Abigail tudo o que havia descoberto. A pobre mulher ficara chocada. E então penalizada.

— Por isso mesmo devo voltar o mais rápido possível — falei. — O capitão Navas tem que pagar pelo que fez.

Ela relanceou meu dedo, quase em carne viva, e apertou meu ombro.

— Meu bem, será mesmo que foi o seu capitão? As coisas nem sempre são preto no branco. Às vezes existe algo entre as duas cores.

Sim, o cinza. Agora eu sabia. Cinzento e nublado como aquele olhar. Eu teria rido se não estivesse tão assustada. Enquanto eu pensava que nosso relacionamento se estreitava, que poderíamos ter algum futuro juntos, Leon arquitetava uma maneira de me tirar do seu caminho. Podia ser isso também. Toda aquela história sobre não deixar uma dama em apuros e sua obstinação em manter o compromisso. Sim, ele não fugia de um problema, simplesmente o atirava ao mar. Como eu havia sido tola!

Uma vozinha irritante começou a sussurrar em minha mente, concordando com Abigail e me recordando de como Leon havia sido carinhoso na ópera, como seus olhos pareciam se iluminar quando me viam, que nada daquilo podia ser fingimento. Eu a forcei a se calar, lembrando-a de que era péssima em compreender os homens, que provavelmente imaginara muita coisa e que ele me jogara de um barco. O canalha ao menos se sentia culpado?

Eu estava furiosa com ele, mas também comigo mesma, por ter permitido que se aproximasse tanto, por quase ter me casado com ele, por ter consentido que me beijasse.

— Não pode provar o que está dizendo. — Abigail se levantou e começou a andar pelo quarto. — A Justiça não vai incriminar alguém baseada apenas na palavra de uma jovem dama.

— Eu tenho a abotoadura.

— Creio que não seja suficiente. — Ela fez um gesto com a mão. — O capitão pode dizer que a perdeu e você a encontrou em algum lugar, ou até que a roubou.

Eu não tinha pensado nisso, mas ela podia ter razão. Se Leon e Miranda estivessem metidos naquela trama, então as cartas de tia Doroteia e Elisa seriam uma boa prova. A origem de Felix devia ser motivo mais que suficiente para Miranda dar explicações à Justiça, e com o que eu vira e a abotoadura... Podia ser um começo. Mas seria o bastante?

— Creio que vou ter de arriscar — acabei dizendo. — Tenho certeza de que o meu pai vai pensar em uma maneira de me ajudar a colocá-lo na cadeia.

A mulher parou de andar, se ajoelhando ao lado da cama, agarrando minha mão.

— Minha querida, desconfio de que você esteja lidando com alguém muito perigoso — falou, com urgência. — Quem quer que tenha feito essa crueldade com você pode tentar terminar o que começou. Por que não envia um bilhete ao seu pai e espera que ele venha buscá-la aqui, onde está segura?

— Não. Miranda poderia interceptar a carta. Preciso falar com papai pessoalmente. Longe daquela víbora. Além do mais, meu pai deve estar preocupado com meu sumiço.

Abigail soltou um pesado suspiro.

— Não posso impedi-la, apenas torcer para que tudo acabe bem. De todo modo, você terá mais algum tempo para decidir o que vai fazer. Com sua doença, acabei não terminando de restaurar o seu vestido. — Indicou a cesta atrás de si. — Mas vou trabalhar nele agora. Deve ficar pronto em um ou dois dias. Eu lhe emprestaria um vestido se tivesse algum extra, mas tudo o que tenho é o que eu estou usando e algumas roupas do meu irmão.

Enquanto ela se sentava na cadeira, aproveitei para examinar o traje de linho marrom que ela vestia, e franzi a testa. Talvez a roupa que eu vira no barco enquanto ela e seu irmão me resgatavam fosse um traje de banho antigo.

— Sabe, fico contente que não tenha o que vestir — continuou, puxando meu traje rasgado da cesta e recomeçando o trabalho. — Assim ficará na cama até que sua saúde se restabeleça totalmente.

Eu estava prestes a argumentar. No entanto, algo no que ela disse antes atraiu meu interesse, uma ideia muito maluca serpenteando pelo meu cérebro.

Abigail tinha razão. Eu estava lidando com gente perigosa. Eles ainda estariam procurando por mim ou acreditavam que tinham sido bem-sucedidos? De toda forma, Leon e sua comparsa estariam atrás da srta. Valentina Albuquerque, uma moça bem-educada que usava vestidos de boa qualidade, ainda que velhos e remendados.

Ergui o rosto para a mulher que enfiava a agulha no tecido até transpassá-lo, esticando a linha como a corda de uma harpa.

— Acho que acabo de ter uma ideia — comuniquei.

Ela revirou os olhos, gemendo.

— Da última vez que alguém me disse isso, a história terminou com um braço quebrado.

— A senhora se acidentou? — perguntei, preocupada.

— Desculpe, meu bem. Estava apenas divagando. — Cravou a agulha no vestido antes de devolvê-lo à cesta. Foi com certo desalento que me observou, mas seus lábios se curvavam nos cantos, como se estivesse esperando por aquele momento. — Agora me conte como eu poderei ajudá-la...

* * *

O sol quente ameaçava tostar minha pele. Foi com alívio que divisei as primeiras ruas da cidade, suas árvores — e as preciosas sombras.

Isso é patético, pensei, andando pela periferia, afundando ainda mais o chapéu do irmão de Abigail na cabeça, pois meu cabelo volumoso, ainda úmido do banho e embolado sob a copa, ameaçava arrancá-lo. Eu estava fazendo um papel ridículo, mas que alternativa me restava?

Tive que lutar contra a urgência de passar os braços ao redor do corpo ao cruzar com algumas pessoas. As roupas que Abigail me emprestara ficaram imensas, a ponto de eu ter que enrolar a barra da calça para não pisar nela. Meus pés também eram muito menores que a bota masculina e dançavam a cada passo que eu dava. Mesmo trajando camisa e paletó que caberiam em um homem do tamanho de Leon ou de Inácio, eu me sentia nua, exposta.

E muito tola. De início, me parecera uma boa ideia ir até a cidade usando um disfarce. Se Leon ou Miranda estivessem procurando por mim — e era um grande *se* —, não prestariam muita atenção a um rapaz. Mas, depois de me vestir e me admirar no espelho por algum tempo, tive minhas dúvidas.

— As pessoas veem aquilo que queremos que elas vejam — Abigail me dissera em meio a um ataque de riso. — Você se reconhece porque sabe que está embaixo dessas roupas. Mas eu jamais a reconheceria. Ainda mais com esse chapéu. Metade do seu rosto desapareceu.

Sim, eu estava fazendo um papel ridículo, mas que outra opção tinha? Fazia mais de uma semana que eu desaparecera. Meu pai devia estar aflito, então não havia tempo para me preocupar com o vestuário.

Depois de um quarto de hora, cheguei ao centro, passando com o rosto abaixado em frente à igreja e suas duas torres.

Tudo bem, pensei, ao atravessar o jardim atrás da capela e avistar diversas pessoas por ali. *Nenhum olhar assombrado até agora. Ninguém caiu na gargalhada. Nenhum grito escandalizado por ver uma dama em trajes masculinos*. Era quase como se ninguém me visse.

— Oua! Oua! — a voz familiar espiralou no ar e me chegou aos ouvidos.

Eu me virei em direção a ela, o pulso acelerado ao avistar o homem tentando controlar sua montaria na entrada do parque. Como se a providência divina tivesse se apiedado de mim, bem diante dos portões cercados pelos altos ciprestes, meu pai desceu do cavalo, o semblante rígido.

Desviando-me das roseiras, comecei a correr em sua direção antes que me desse conta. Mas logo percebi que havia um propósito para que ele desmontasse do animal. Meus pés derraparam nas pedras do pavimento, se equilibrando nos limites do meio-fio.

— Lady Romanov? — sussurrei, reconhecendo a mulher elegante e esbelta se aproximar dele. Não sabia que ela também estava na cidade. Dimitri nunca chegara a mencionar.

Observei a interação dos dois com a testa franzida, estranhando a maneira como meu pai ficou bem perto dela e pousou a mão em seu ombro, como se fossem velhos amigos. Minha família e os Romanov nunca haviam sido muito chegados. Mamãe, sempre que possível, evitava a presença daquela dama.

Mas, de fato, papai e ela pareciam íntimos, envolvidos em uma conversa sussurrada, e àquela distância não consegui captar nem mesmo o tom. Depois de mais algumas palavras, ela se despediu com uma curta mesura e atravessou a rua, vindo diretamente para onde eu estava. Obrigando meu corpo a se mover, corri para a outra calçada, impondo a maior distância entre mim e lady Catarina, e comecei a me aproximar do meu pai, atenta a sua expressão. Pobrezinho. Parecia esgotado. Devia estar louco de preocupação com meu sumiço.

Como ele me receberia?, eu me perguntei, endireitando a coluna conforme chegava mais perto, vendo-o remanejar as rédeas de sua montaria. Ficaria alegre ou me repreenderia por estar vestida como um rapaz? Ou por ter demorado tanto tempo para mandar notícias? Ele acreditaria em tudo o que eu tinha para contar sobre sua esposa?

Inesperadamente, meu pai ergueu a cabeça e então olhou para mim.

Mais ou menos. Seu olhar chegou a pousar em meu rosto por dois segundos antes de seguir para a capela.

— *Mi querido*, o que houve? Algum problema com o cavalo?

Ouvi a voz de Miranda antes de sua figura surgir entre os dois pinheiros.

Mas que praga! O que eu devia fazer agora? Se fizesse a volta, poderia atrair a atenção dela. Se continuasse em frente, correria o risco de ser flagrada antes mesmo de dizer "olá". Desconfiava de que Miranda jamais me deixaria concluir a história sem antes pular em meu pescoço.

Tremendo de alto a baixo, optei por ir em frente, lutando para que meus joelhos não fraquejassem. Sobre o cavalo branco, a mulher em um traje de montaria totalmente negro mais parecia um demônio vingador. O dr. Almeida apareceu instantes depois, o semblante marcado por olheiras profundas, ainda mais magro do que eu me lembrava.

Passei tão perto de meu pai que pude sentir o perfume do tônico que usava para deter a queda de cabelos.

— Pensei que uma das ferraduras tivesse se soltado — ele disse à esposa —, mas foi apenas impressão.

— Então suba. Sabe que precisa se exercitar.

— Não estou com cabeça para isso, Miranda. Vou voltar para casa.

Eu a ouvi bufar.

— *Por Dios*, de que vai adiantar?

— Eu o acompanho, Walter — ofereceu o dr. Almeida.

— E quem vai *me* acompanhar no passeio? — Miranda grasnou, sem conseguir esconder a impaciência. — Ora, está bem. Vamos voltar para o mausoléu!

Meu pulso martelava tão alto nos ouvidos que abafou o restante da conversa. Eu já estava alguns metros à frente quando o trio passou por mim sobre suas montarias. Parei de andar, apoiando-me na grade alta que cercava todo o parque, inspirando fundo.

E então ri. Ficara tão preocupada que alguém me reconhecesse que esqueci com quem estava lidando. Papai e Miranda dirigindo a atenção a um rapaz maltrapilho... O que eu estava pensando?

Não que as roupas do irmão de Abigail fossem ruins. Mas em meu corpo pequeno mais pareciam um saco de batatas muito, mas muito desajeitado.

O que eu devia fazer agora?

Ponderei se deveria me arriscar a ir até minha casa ou encontrar um jeito de atrair meu pai para algum outro lugar, mas duas senhoras que andavam pela mesma calçada pararam para observar o grupo, bem atrás de mim.

— Aquele pobre pai! — a mais baixa disse. — Ter que lidar com a loucura da filha. Eu me pergunto se ele algum dia desconfiou das intenções da moça...

— Dizem que a morte da mãe afetou o juízo da finada srta. Valentina — a mulher com um vestido repleto de babados roxos comentou. — Pobrezinha. Foi por isso que pulou daquele navio.

O quê?!!!

— Também ouvi essa história. Mas há algo que não me cheira bem. — A outra apoiou a sombrinha no ombro. — Ela ia se casar com aquele espanhol que nunca amarra a gravata como se deve. E dizem que não é a primeira noiva que ele pranteia.

— Não diga isso, querida Marta. Encontrei a sra. Goulart ontem de manhã. Ela me contou que o marido comandou as investigações sobre o sumiço da moça, e o pobre capitão estava devastado. A menina tinha alguma doença da cabeça. Outro dia mesmo eu a vi passar com aquele cachorro. Se ainda fosse um animal de porte... — Suspirou. — Enfim, eu a vi com aquele animal. Falava com ele como se fosse gente! A sra. Goulart disse que o marido está convencido de que a srta. Valentina tinha mesmo algum parafuso solto...

A guarda não estava procurando o culpado pelo meu desaparecimento? Pensavam que eu havia sumido de propósito — e que tinha um parafuso solto?! Que eu havia pulado do *La Galatea*? E que estava morta?

Será que meu pai também acreditava que eu havia dado um fim à minha própria vida? Ele não me conhecia nem um pouquinho?

Então, sabe-se lá como, em meio ao choque daquela descoberta, entendi o tamanho do meu problema. Papai não pensava que eu havia sumido. Mas que eu tinha morrido.

Olhei para a rua a tempo de ver as três figuras vestidas de negro dos pés à cabeça desaparecerem no fim da quadra.

Estava tão estarrecida com a notícia que prestei pouca atenção ao que estava fazendo. Não percebi que voltara a andar, seguindo as duas senhoras de perto para continuar ouvindo. Por isso, ao chegar ao fim da quadra e parar, não tive tempo de me desviar de alguém que vinha na direção oposta até ser tarde demais e eu colidir com violência contra ele.

O choque foi tão intenso que comecei a tombar para trás. Ele estendeu o braço e me segurou pela manga do paletó largo, impedindo que eu caísse. O chapéu quase teve o mesmo destino, mas consegui afundá-lo na cabeça antes que escapasse. O dele não teve a mesma sorte e foi para o chão.

Elevei o rosto para me desculpar. A primeira coisa que vi foi o queixo levemente pontudo, obscurecido pela barba por fazer, ocultando parte da pele bronzeada. A cicatriz no lábio superior empalideceu conforme ele os comprimiu, irritado. Os olhos cinzentos como uma tormenta, frios como nunca.

Ofeguei.

Leon!

16

Acompanhei o rosto do capitão Leon Navas se contorcer em irritação ao se abaixar para apanhar seu chapéu do chão, me lembrando por que aquele disfarce ridículo tinha sido uma excelente ideia, afinal.

Por Deus, e se ele me reconhecesse, me arrastasse para uma rua qualquer e desse fim à minha vida? Pensei em sair correndo, mas e se ele viesse atrás de mim?

Meu corpo todo começou a tremer enquanto eu o via endireitar a coluna e bater o chapéu contra a perna a fim de limpá-lo. Então ergueu o rosto.

Depressa, fixei a vista na calçada de paralelepípedos, a aba do chapéu me permitindo ver Leon do meio do peito para baixo.

— Não pode andar na rua assim, *chico*. — Ele ergueu as mãos e, quando voltou a abaixá-las, seu chapéu havia sumido. — Podia ter machucado alguém. O que fazia aí parado feito uma estátua?

Apenas balancei a cabeça. E tive um vislumbre de minha própria mão e do grande anel entalado em meu indicador. Imediatamente, eu a escondi no bolso da calça.

— O gato comeu sua língua? — insistiu.

— Eu estava... — Tentei deixar meu tom o mais grave possível. — ... apenas andando sem rumo, senhor.

— Trabalha para alguém?

Fiz que não outra vez, erguendo o rosto só um pouquinho para ter certeza de que aquilo não era uma armadilha, e me surpreendi ao notar que apesar de seus olhos estarem em minha direção, estavam desfocados, como se não me enxergasse. Ele parecia distante, os traços ainda mais duros, não lembrando em nada o homem de olhar arguto que eu conhecia. E estava exausto também, já que havia meias-luas escuras sob seus olhos.

— Quer ganhar uma moeda? — indagou, cumprimentando com um aceno vago alguém que o saudou ao passar. — Poderia entregar esta carta para mim? Sabe onde fica a casa dos Albuquerque?

Enfiando a mão no bolso interno do paletó, tirou de lá um envelope um tanto amassado e o estendeu para mim.

Ele não me reconheceu. Aquele homem tinha me beijado. E me abraçara por quase uma tarde inteira. Está bem, ele parecia não notar muita coisa naquele momento, mas ainda assim. Enquanto Leon estaria marcado em minha memória pelo resto da vida, ele nem ao menos se dera o trabalho de prestar atenção em mim. Não de verdade.

Não tenho certeza se me senti aliviada ou ofendida.

Abaixei as vistas para a carta que ele me oferecia e li um nome nas costas do envelope.

Sra. Albuquerque.

Ah. Então ele e a amante se correspondiam.

Eu estava pronta para dizer a ele que deveria enfiar aquela carta na orelha e acendê-la feito um charuto, mas um pensamento atravessou minha cabeça. E se aquele bilhete contivesse alguma confissão? Alguma pista que me ajudasse a incriminá-lo?

Com dedos bastante instáveis, sem jamais aproximá-los dos dele, aceitei o pequeno retângulo e o fiz desaparecer no bolso da calça.

— Sabe onde fica? — tornou a perguntar, espalmando o paletó.

Apenas assenti para que soubesse que eu o ouvia. Não tinha intenção alguma de um dia voltar a pôr os pés naquela casa. E de me aproximar de Leon novamente, se conseguisse escapar daquele encontro.

— Qual o seu nome, *chico*?

Um nome... Qualquer nome... Ora, pelo amor de Deus, qual a dificuldade em pensar em um nome masculino?

— É... hã... Dominique — respondi, estupidamente, desejando bater a cabeça no muro ao meu lado. Com tantos nomes no mundo, escolhi lhe dizer um dos meus?

Muito bem, Valentina!

No entanto, devia ser seguro, pois desconfiei de que ele não chegou realmente a me ouvir, já que uma sombra cruzou seu rosto e ele começou a rir. Um som vazio e triste, que por alguma razão fez minha garganta se apertar.

— É claro... — Abanou a cabeça, jogando uma moeda para mim.

Um tanto atrapalhada, apavorada que ele tivesse me reconhecido, consegui pegá-la antes que caísse no chão.

— Se estiver interessado em ganhar outra desta, vá até minha casa mais tarde. Tenho mais trabalho para você. — Ele ditou o próprio endereço e, antes que eu pudesse entender o que tinha acabado de acontecer, Leon tomou o caminho do parque.

Precisei de um momento para me recuperar, observando suas costas enquanto se afastava. Inesperadamente, um lampejo encobriu minha visão. O vulto que eu vira no barco se sobrepondo ao homem que caminhava a passos rápidos e decididos.

Não combina, pensei. Os ombros de Leon eram mais torneados e um pouco mais largos...

Esfreguei a têmpora para me livrar da pontada que apunhalou meu cérebro. É claro que não combinava. Eu estava em queda livre naquela noite. Tudo parecera diferente daquela perspectiva.

Empurrando aqueles pensamentos confusos para o fundo da mente, tratei de me apressar, percorrendo algumas quadras até encontrar uma rua pouco movimentada e me esconder atrás de uma carruagem estacionada. Minhas mãos tremiam um pouco ao romper o lacre e desdobrar a carta endereçada a minha madrasta. Corri os olhos pela caligrafia de Leon — admiravelmente bonita — para descobrir que... ele escrevera em sua língua nativa.

— Raios! — gemi, endireitando o papel e o trazendo para mais perto do rosto, como se isso me tornasse fluente em espanhol.

Li e reli as breves linhas, tentando apreender tudo o que podia, usando o pouco que eu conhecia do idioma graças a Miranda.

Pelo que entendi, minha madrasta o convidara para um jantar em família na noite seguinte, mas Leon declinava, alegando já ter um compromisso. Só isso. Nenhuma palavra sobre o que aqueles dois haviam tramado juntos, nem um "Mi amor" ou "Mi querida" que pudesse comprometê-lo. Nada que me ajudasse a colocar aqueles dois na cadeia.

Frustrada, guardei o papel no bolso e voltei a andar, embora sem destino definido. Acabei na praia, tendo alguma dificuldade para manter o ritmo por causa das botas frouxas, enquanto minha mente trabalhava, me alertando de que o bilhete aparentemente inocente de Leon não era o problema mais urgente. A julgar pelo que eu tinha ouvido ainda há pouco daquelas duas senhoras, o chefe da guarda pensava que eu tinha perdido o juízo. E, se era assim, eu não poderia procurá-lo e simplesmente despejar um monte de suposições e uma abotoadura. O dr. Almeida poderia confirmar tudo a respeito do sr. Matias. Mas ele também devia ter afirmado que a morte de minha mãe me modificara para sempre.

Como Abigail tinha dito, eu precisaria de algo concreto se não quisesse acabar trancafiada em uma daquelas casas de saúde.

Então eu não poderia procurar as autoridades. E nem meu pai, até conseguir uma prova. Eu precisava de um plano antes de fazer qualquer coisa. Um plano danado de bom!

Mas, porcaria, eu não sabia nem por onde começar.

* * *

O sol começava a se pôr quando botei os pés na pequena cabana à beira-mar da sra. Abigail. Minha apatia refletia em meus movimentos, em minha respiração, em meu espírito. Aquele tinha sido o único lugar seguro em que consegui pensar para me esconder e passar a noite. Contar com a ajuda de alguém que mal tinha como se sustentar e que eu mal conhecia dizia muito sobre minha vida, não?

A porta do chalé se abriu ao mesmo tempo em que eu erguia o braço para bater.

— Meu bem, você voltou! — Abigail pareceu confusa. — Pensei que ficaria com o seu pai.

— Não consegui falar com ele. Eu... não tenho para onde ir, senhora. Pensei que... se não tiver problema... eu estava pensando se...

Ela me interrompeu, tocando meu ombro, a outra mão espalmada em minhas costas, gentilmente me empurrando para dentro da casa.

— Claro que tem onde ficar, Valentina. Será um prazer recebê-la, meu bem.

Assenti, tão grata que minha visão embaçou.

A única fonte de luz da sala era um castiçal de ferro apoiado sobre a mesinha de centro, lançando sombras dançantes nas paredes nuas. A sra. Abigail me fez sentar no sofá maior antes de se acomodar na poltrona escura. A seus pés a cesta de costura, com o vestido branco e uma pequena tigela repleta de rendas, linhas e pérolas. Era para eu estar me ocupando com isso também, pensei, desanimada. Se minha vida não fosse um triste conto desencantado, eu deveria estar ocupada com meu vestido de noiva e os arranjos de mesa, não em colocar meu noivo e sua amante na cadeia.

— Não tenho muito tempo — contou ela, ao perceber meu interesse. — É uma noiva muito especial. Preciso terminar antes do fim do mês.

— Posso ajudá-la. Sou muito boa com as agulhas.

— Sim, vamos ver isso depois. — Ela analisou meu semblante. — Você parece exausta. O que aconteceu?

Com outro suspiro desanimado, descrevi tudo o que tinha acontecido, começando com o quase encontro com meu pai e terminando na colisão com Leon. Até lhe mostrei o bilhete, mesmo ciente de que era analfabeta.

— Eu não sei o que fazer — concluí, fitando a carta que abrira. A moça educada dentro de mim se encolheu. A outra, a assustada, também. — Desconfio de que ninguém vá acreditar em mim. Estão dizendo que eu não andava em meu juízo perfeito desde a morte da minha mãe e por isso tirei minha própria vida. Ninguém vai acreditar que eu fui empurrada daquele navio.

Ela ponderou por um instante.

— Então você precisa encontrar um jeito de fazer com que acreditem.

— Mas como posso fazer isso, sra. Abigail? Acho que não convenceria nem mesmo meu próprio pai. Sobretudo porque eu andava meio deprimida antes de o L... antes de aquele homem entrar na minha vida.

Ficando em pé, ela tomou a carta da minha mão, se ajoelhando diante da mesinha. Aproximou o lacre rompido do calor produzido pela vela.

— Você não tem provas, Valentina. Mas tem isso. — Abaixou o lacre um pouco mais sobre a pequena chama. — O seu capitão mostrou o caminho ao lhe oferecer um emprego. Pense um pouquinho nas possibilidades. Perto dele, pode conseguir a prova de que precisa.

— O quê?! Não! — Saltei do sofá, inquieta. — Nunca! Não quero ver aquele homem outra vez! Que dirá me aproximar dele. Além disso, ele acabaria descobrindo. Não sou boa atriz. Consegui enganá-lo durante três minutos, mas foi tudo. Não vou brincar com a sorte.

Com a pontinha do anelar, pressionou suavemente a cera vermelha, soprando-a logo em seguida.

— Compreendo — disse, com suavidade. — E não a condeno. Seria muito arriscado, de fato. Foi uma ideia terrível, meu bem. Me perdoe.

Para ser franca, eu também tinha pensado naquela possibilidade enquanto perambulava pela praia a caminho dali. Não porque tivesse alguma esperança de descobrir que Leon era inocente. Mas, se eu pudesse entrar em sua casa, talvez conseguisse algo que o incriminasse, ou ao menos poderia recuperar minhas cartas.

Eu até tinha um disfarce.

Seria perigoso demais. Se Leon descobrisse minha identidade, eu não escaparia, e ninguém jamais saberia, já que eu estava morta para o restante do mundo. Tinha que existir outro jeito.

— Preparei um ensopado de mariscos. Por que não jantamos? — sugeriu Abigail, me devolvendo a carta perfeitamente lacrada. — Você teve um dia repleto de emoções. Garanto que depois de uma boa noite de sono vai encontrar uma solução para o seu problema.

Mas não encontrei.

Na manhã seguinte, sentada na cama estreita de pescador, eu me vi diante de uma escolha. Ir atrás de Leon como Dominique ou esquecer tudo sobre Valentina e recomeçar em outro lugar. No fim das contas, aquilo também não parecia uma escolha.

Abracei os joelhos, acompanhando os primeiros raios de sol entrarem pela janela e dançarem pelo quarto do irmão de Abigail. O pequeno espelho sobre o toucador, corroído pela maresia em uma das pontas, mostrou meu reflexo: profundas olheiras, a boca parecendo farta demais para o rosto magro em decorrência do resfriado, os cachos dourados cobrindo os ombros, as pontas balançando logo abaixo dos seios. Enrolei um cacho macio no indicador, correndo os olhos pelo pequeno aposento, avistando, sobre o modesto toucador, um sabonete, um pincel, uma navalha e uma tesoura. Desci da cama e fui até o móvel, os dedos deslizando pelo cabo de metal frio.

Se eu ia ficar perto de Leon, mesmo que por pouco tempo, o chapéu não seria suficiente. Diferentemente do encontro acidental na rua, trabalhar em sua casa implicaria ficar perto dele diversas vezes ao dia. Se um daqueles cachos dourados ficasse à vista, eu estaria perdida.

Céus! Eu estava mesmo pensando em aceitar o emprego e me meter na toca da raposa?

Ah, sim, eu estava. Não apenas por mim, mas por minha mãe. Bastava de injustiça. Se a guarda não pretendia punir o culpado, eu faria isso sozinha.

Sem convite, imagens de Leon arremessando nacos de carne na boca ansiosa de Manteiga, daquele sorriso repleto de ruguinhas que parecia nascer em sua alma, me vieram à mente.

Fora naquele instante. Ali, naquele estábulo, eu permitira que minhas defesas baixassem. Naquele instante, eu o olhara sem o manto da irritação que acompanhara nosso primeiro encontro e comecei a enxergá-lo como um homem que talvez eu...

Balancei a cabeça para recobrar o foco e apanhei a tesoura, separando uma das mechas aneladas. Então hesitei.

— É apenas cabelo — tentei me convencer.

Mas era o meu cabelo! E era brilhante e comprido e macio e eu o adorava. Nunca tinha aparado mais que as pontinhas. Uma dama jamais cortaria mais que míseros centímetros. Algumas nem mesmo isso.

A questão é que eu não sou mais uma dama, não é?, pensei, mirando o paletó marrom que usara no dia anterior, pendurado no encosto da cadeira próxima à porta. Eu tinha me tornado um fantasma. E, se não quisesse me transformar em um de verdade, era melhor me livrar daquela cabeleira.

— É apenas cabelo. Só cabelo. Vai crescer de novo. É apenas cabelo. — Com um suspiro bastante sofrido, apertei a tesoura contra os fios dourados e comecei a cortar.

17

Eu tentava manter a calma enquanto andava pela cidade, mas não conseguia evitar estremecer vez ou outra. Apesar do chapéu, eu me sentia fria sem meus cachos. O vento parecia penetrar em meu crânio. As roupas masculinas também me deixavam com a sensação de estar nua. Em vez do espartilho, eu tinha agora uma faixa apertando meus seios. Apesar de pequenos, eu não podia permitir que a camisa revelasse a menor insinuação de curvas. A ausência de anáguas fazia meus quadris se colarem às calças, as botas grandes tornavam meu caminhar mais desajeitado. Que figura patética eu fazia.

Como era possível que eu tivesse chegado a tal extremo? Quer dizer, cinco anos antes eu tinha uma vida, uma família e um futuro com o qual sonhar. Agora? Não me restava nada, nem mesmo minha aparência. Meus cabelos estavam tão curtos quanto os do meu pai na parte de trás. Na frente, onde eu tinha melhor visão e por isso mesmo mais controle, deixara a franja mais longa, cobrindo os olhos, mas meus cachos, tristemente, haviam desaparecido. Eu não me reconhecera ao me admirar no espelho. Isso significava que o mesmo ocorreria com outras pessoas? Elas se deixariam enganar pelas roupas e pelo novo corte de cabelo?

Abigail me garantira que sim ao nos despedirmos. Fiquei um pouco triste ao dizer adeus à mulher que tinha sido um anjo em meio àquele pesadelo. Tentei lhe dar a moeda que recebera de Leon, mas ela a recusara firmemente, alegando que eu poderia precisar do dinheiro. Por isso a escondi dentro do bule. Esperava que um dia ela a encontrasse.

Então parti para minha própria casa. E me permiti ter esperança quando o sr. Romeu, o mordomo que me vira todo santo dia nos últimos três meses, não esboçou nenhum sinal de reconhecimento ao me ver diante da porta com o bilhete nas mãos.

Mas será que eu podia esperar ter a mesma sorte com Leon?, me perguntei, dobrando a esquina e avistando a casa de três andares do meu ex-noivo, no meio do quarteirão. Se eu passara despercebida pelo sr. Romeu, conseguiria o mesmo com o capitão Navas, que eu tinha visto meia dúzia de vezes?

Tudo bem, fora um pouco mais que isso, mas, comparativamente, era como se ele tivesse me visto por dois minutos.

Claro que minha interação com Leon fora mais... humm... próxima que com o mordomo, mas mesmo assim eu me agarrei à esperança, porque, àquela altura, o que mais poderia fazer?

Parei na calçada, observando a construção de tijolos laranja. As janelas estavam abertas, mas as grossas cortinas verdes cerradas não permitiram que eu visse o que acontecia lá dentro.

Inspirei fundo. Não acreditava no que estava prestes a fazer. Não acreditava que me colocaria por vontade própria perto daquele homem outra vez, munida apenas de um parco disfarce. Talvez eu devesse arranjar uma arma, ponderei. Não devia ser tão difícil manuseá-la. Leon era um alvo bem grande.

Sacudindo as mãos para deter o tremor, tomei fôlego e empurrei o portão, subindo os dois degraus com as costas eretas. Diante da porta branca, ajeitei o chapéu e espalmei os dedos contra o estômago mais agitado que as ondas do mar, sobretudo ao ouvir passos lá dentro. Conferi se a luva de lã que um dia fora preta, mas que agora tinha uma coloração entre o cinza e o marrom, cumpria a função de ocultar o anel, ainda entalado. Ela deixava as unhas expostas, mas nada mais ficava visível. Enchi os pulmões duas vezes antes de me obrigar a erguer a mão e bater.

A cara do sr. Abelardo surgiu sob o batente quarenta segundos depois. O mordomo com seus poucos fios marrons e o longo nariz me lembrava um pouco Duquesa, a poodle mal-humorada que mamãe adotara pouco antes de eu nascer.

— O que quer, moleque? — rosnou ele.

— O capitão me pediu para vir aqui. Tem trabalho para mim.

— Fazendo o quê? Você mal parece aguentar o peso do próprio corpo. Pelo amor de Deus! — Revirou os olhos. — Esse homem precisa parar de contratar qualquer mendigo que encontra na rua. Isso ofende minha reputação.

Bem, então o mordomo não era ranzinza apenas com as damas, me consolei enquanto ele dava meia-volta e entrava. Mas parou três passos depois, me olhando de viés.

— O que ainda está fazendo aí? — cuspiu.

Sentindo os ossos se sacudirem dentro da carne, tratei de correr atrás dele. O cheiro da casa me trouxe a recordação da manhã em que estive ali, da maneira sensata e franca — ao menos assim eu pensava — como Leon me recebera. Ele era realmente bom em esconder os sentimentos, não? Quase tinha me convencido de que se importava comigo.

O sr. Abelardo reclamava alguma coisa sobre nunca mais conseguir uma boa colocação em uma casa de família depois de servir Leon, me guiando para uma parte da casa que eu não conhecia — se bem que tudo o que eu conhecia era a sala de visitas —, passando pelas escadas e dobrando no largo corredor. Então parou diante de uma porta envidraçada, cuja cortina diáfana impedia que eu enxergasse direito o que acontecia lá dentro.

— Um moleque maltrapilho está aqui e diz que o senhor o contratou — anunciou, batendo na porta.

— Mande-o entrar.

Esperei que o mordomo abrisse a porta. Como tudo o que ele fez foi me observar de cara amarrada, lembrei que eu não era mais uma dama e ele não tinha obrigação de dispensar qualquer cortesia a um criado.

Engolindo em seco, pousei a mão trêmula na maçaneta e a forcei para baixo. O clique pareceu alto demais em meus ouvidos.

— Tire essa porcaria imunda quando estiver na presença do patrão! — ralhou Abelardo, arrancando meu chapéu e o arremessando sobre o aparador atrás de mim.

— Não! — gritei, apavorada. Eu precisava dele! Era minha armadura contra Leon.

Antes que eu pudesse recuperá-lo, porém, o mordomo me empurrou. Aos tropeções, acabei dentro do escritório de Leon, imediatamente traçando uma rota de fuga ou buscando possíveis armas, caso aquilo fosse um artifício e Leon tentasse me pegar. Estávamos no térreo, de modo que eu podia pular a janela com facilidade, por sorte aberta. E, caso ele tentasse me impedir, aquele denso peso de papel de mármore sobre sua mesa poderia ser a minha salvação. Contudo, diferentemente do que eu tinha imaginado, o escritório dele não era escuro nem fedia a enxofre. Na verdade, era bem iluminado e arejado, com um suave aroma de livros, couro e Leon.

Por entre os fios dourados que me caíam nos olhos, avistei Leon debruçado sobre a mesa de carvalho, parecendo muito absorto. E, porcaria, lindo como eu me lembrava, embora o cansaço estivesse presente naquele vinco entre as sobrancelhas e nas meias-luas sob os olhos. E havia outras mudanças. Sua aura tinha uma espécie de névoa sombria que deixava tudo ao redor mais frio, sem vida, como se o fogo dentro dele tivesse se extinguido. Talvez fosse assim desde sempre. Eu é que me deixara cegar pelo brilho em seu olhar e por seus sorrisos.

Ele ergueu o rosto brevemente. Eu me flagrei prendendo o fôlego, o coração prestes a saltar pela boca. E...

Nada. Não houve nenhum traço de fúria ou reconhecimento, mudança alguma em sua fisionomia vazia. Como no dia anterior, era como se ele não tivesse me visto de fato.

— Ah, ótimo. — Leon fez sinal com a mão para que eu me aproximasse, os olhos no papel.

— Eu... tive problemas para encontrar o seu endereço, senhor... capitão — corrigi. — Por isso não vim antes. Mas seu bilhete foi entregue.

— Muito bem — respondeu, puxando um caderno para tomar notas. — Espero que este tenha sido o seu primeiro e último atraso... hã... como é mesmo seu nome?

— Dominique.

— Isso. — E continuou rabiscando com o pedaço de grafite.

Outra vez, nenhuma reação. Leon apenas continuou debruçado sobre... cheguei um pouco mais perto e dei uma espiada no que ele tanto analisava. Parecia... o mapa da região?

De toda forma, meu disfarce estava funcionando. Eu quase não podia acreditar! Está bem, ele não parecia ter me visto de verdade, mal olhara para mim, mas ainda assim, havia uma chance de que eu não tivesse que quebrar seu nariz com aquele peso de papel.

Com os olhos fixos nas notas, estendeu o braço, tateando os objetos sobre a mesa. Deteve-se ao encontrar um equipamento cor de bronze de bom tamanho, uma espécie de triângulo com furos e uma haste ao centro. Um equipamento náutico, talvez, já que o colocou sobre o mapa e fez alguma coisa com ele.

— Suba até meu quarto e prepare uma maleta — ordenou, atento ao que fazia. — Devo zarpar em algumas horas. O sr. Abelardo vai lhe ensinar o serviço.

— Eu... Fazer sua m-mala? — gaguejei. — Pensei que seria seu mensageiro!

— Eu nunca disse isso. Apenas que tinha mais trabalho. Não especifiquei qual.

Bem, aquilo era um problema. Uma dama solteira jamais entraria no quarto de um homem. No entanto... podia ser minha grande chance, não é? Que lugar mais apropriado para esconder algum segredo que o próprio quarto?

Os cantos dos meus lábios teimaram em se curvar em direção ao teto. Eu iria pegá-lo!

Mas então ele disse:

— Prepare uma maleta para você também. Vai me acompanhar ao *Galatea*. Preciso de um faz-tudo, no fim das contas.

— O G-*Galatea*? — Ouvir aquele nome me deixou enjoada.

Eu jamais poria os pés naquela embarcação outra vez. E nunca, em hipótese alguma, voltaria a entrar naquele barco com o capitão Navas por perto. Pensasse ele que eu era outra pessoa ou não.

A menos que minhas cartas ainda estivessem onde eu as tinha deixado...

Inesperadamente, Leon endireitou a coluna e olhou para mim.

— Algum problema, *chico*?

Estúpida. Que grande tola atrapalhada! Por que eu tinha que despertar a curiosidade dele? Por quê?

— N-Não tenho bagagem. Só essas roupas — acabei respondendo, esfregando o nariz na tentativa de me esconder um pouco. No entanto, aquelas íris metálicas, apesar de apontadas em minha direção, pareciam encobertas por uma densa névoa.

— Não se preocupe com isso. Abelardo vai lhe arrumar um uniforme. De todo jeito, retornaremos em um ou dois dias. Suba e arrume tudo. Sairemos em uma hora.

O que havia de errado com ele? O Leon que eu conhecia era atento, perspicaz, irônico, nunca apático.

Como ele havia me dispensado, comecei a fazer uma mesura um tanto atrapalhada, mas congelei no meio do movimento, me dando conta de que nenhum cavalheiro jamais colocaria um pé graciosamente atrás do outro e flexionaria os joelhos apenas o suficiente para que a barra do vestido não roçasse o chão.

Depressa, me abaixei até o joelho quase encostar no tapete e afundei os dedos nos pelos curtos. Então endireitei a coluna, enfiando a mão no bolso.

— Caiu um botão do meu paletó — improvisei, mantendo a cabeça baixa. — Com sua licença, capitão.

Dessa vez, fiz um cumprimento rápido e muito masculino e tratei de sair dali o mais rápido que pude. Por culpa da franja longa, trombei com a porta, batendo a testa na estrutura de madeira. Os vidros chacoalharam de leve.

— Ai! — Esfreguei o local dolorido enquanto me afastava do escritório às pressas, me amaldiçoando silenciosamente. Eu quase tinha estragado tudo! Quase entreguei meu disfarce.

Eu precisava ser mais cautelosa. Precisava esquecer tudo o que tinha aprendido sobre etiqueta e bons modos e me transformar em... bom... em alguém parecido com Leon, se quisesse sair inteira daquela história.

* * *

O mordomo com cara de poodle mal-humorado me levou para o quarto do patrão, no segundo andar, e fez questão de expressar o quanto minha presença o incomodava com olhares enviesados e estalares de língua. Não me importei muito. Só queria terminar aquilo de uma vez e desaparecer dali.

Um pouco menos tensa do que quando chegara, pude admirar com mais atenção a residência que Leon alugara. Era muito bonita, de um jeito um tanto impessoal. Pinturas e retratos de pessoas que ele provavelmente não conhecia se espalhavam por mesas, aparadores, em toda a parede emparelhada com a escada. O dono devia gostar muito de verde, deduzi, já que a cor era avistada nas mandalas do papel de parede, nos detalhes do tapete, no assento das cadeiras. Tudo muito arrumado e limpo, quase como se não fosse habitada.

O quarto de Leon, porém...

— Minha nossa! — murmurei, acompanhando o mordomo para dentro do cômodo.

Precisei de um instante para identificar tudo o que via. Era como se um furacão tivesse entrado, dado três ou quatro rodopios dentro das gavetas e então partido pela janela.

— O capitão não é o homem mais organizado do mundo — comentou o sr. Abelardo, apanhando a camisa pendurada no puxador da cômoda, depois uma bota sobre o assento da poltrona de couro negro. — De fato, será útil ter um criado de quarto.

— Não sou um criado de quarto. Só um faz-tudo, desconfio.

— No momento é um camareiro.

Ele continuou falando mais alguma coisa, mas eu deixei de ouvir. Gostaria de poder dizer que isso aconteceu porque eu me senti intimidada ou outra coisa do gênero. E eu me sentia, claro. O perfume de Leon estava impregnado em cada canto daquele aposento, assim como em minha memória. Mas o que me desligou do falatório do mordomo foi a curiosidade. Era a primeira vez que eu adentrava os aposentos de um cavalheiro (mesmo que o cavalheiro em questão fosse Leon), e tudo ali era... hum... masculino. Nada de verde. Apenas tons terrosos e muita madeira escura, e uma mesinha repleta de garrafas de bebida se espremia ao lado da cortina ocre — o outro pé da bota parcialmente à vista sob a barra. Os lençóis de cetim negros estavam revirados, misturando-se a algumas peças de roupa.

Entretanto, o que havia em mais abundância naquele cômodo, mais até que a bagunça de sapatos e roupas, eram livros. Exemplares se espalhavam por todos os lugares: entre os lençóis, sobre o criado-mudo, um volume aberto com a face virada para baixo se equilibrando no braço da poltrona. Sem mais lugares para acomodar seu pequeno acervo, ele o empilhara no chão, os tomos ultrapassando a altura do colchão. Eu me aproximei deles, estudando as lombadas. *La duchesse de Langeais*, de Honoré de Balzac. Logo abaixo, *Jacques*, de George Sand, seguido de *Cloudesley: A Tale*, de William Godwin. *El ingenioso hidalgo don Quijote de la Mancha* e *La Galatea*, ambos de Miguel de Cervantes e os favoritos dele, suspeitei, já que os volumes aparentavam vários graus de desgaste devido ao manuseio.

Será que ele tinha escolhido o nome do navio por causa daquele título?

— Moleque...

Curvei-me para afastar da frente da pilha um montinho de tecido branco a fim de ler a última lombada e... aquilo era uma ceroula?

Minha face adquiriu a incandescência de uma brasa e ardeu tanto quanto uma enquanto eu soltava a roupa de baixo de Leon e me endireitava.

— Você não está aqui para bisbilhotar, mas para trabalhar. — Abelardo me puxou pelo braço com certa rispidez, me obrigando a encará-lo. Eu teria preferido enfrentar aquela ceroula. — Eu não confio em você e vou observar bem de perto tudo o que fizer. Se o vir pegar um alfinete que não lhe pertença, vai implorar misericórdia enquanto eu arrasto seu traseiro até a Argentina!

— Meu senhor! Como ousa mencionar tal parte de uma... — Mordi a língua antes que a palavra "dama" escapasse. — ... uma criatura como eu?

— Ah, sinto muito. Feri sua sensibilidade? — Revirou os olhos, me soltando. — As roupas do capitão ficam lá. — Apontou para o guarda-roupa, que fazia par com a cômoda. — Na primeira gaveta daquele criado-mudo estão os apetrechos de afeitar e no baú a roupa de cama. Ele gosta de vestir azul para comandar a tripulação. O chapéu deve estar sempre...

O sr. Abelardo continuou designando as tarefas e foi uma sorte, pois eu não fazia ideia do que deveria colocar dentro da valise de um homem. Fui empilhando tudo sobre o colchão, separando todos os itens mencionados pelo mordomo. Abri a gaveta do criado-mudo para pegar o estojo de navalhas e vislumbrei um caderno de capa azul-marinho sobre o tampo. Parecia um diário.

Espiei o mordomo de braços cruzados a três passos de distância. Ah, o que eu não daria para colocar as mãos naquele diário...

Ou fazer o sr. Abelardo desaparecer por alguns instantes...

— Você se esqueceu das meias! — berrou, indo abrir a primeira gaveta da cômoda. — Que diabo de camareiro imprestável é você?

... ou indefinidamente, acrescentei, sonhadora.

Encontrei uma valise negra de alça rígida sobre o guarda-roupa. Tive que arrastar a poltrona e subir nela para apanhá-la, mesmo que Abelardo fosse alto o bastante para fazer isso apenas esticando o braço. Algumas pessoas simplesmente se recusam a ser gentis. Nunca vou entender por quê.

— O que está esperando? — ele rosnou, assim que coloquei a última camisa dentro da bagagem e fechei as presilhas. — Essa valise não vai descer as escadas sozinha!

A maleta não ficou muito pesada, e consegui erguê-la e descer os degraus até a sala principal. Leon já aguardava ali, examinando o relógio de bolso com impaciência. Devia ter ouvido meus passos atrapalhados, pois guardou a peça no bolso da calça e me observou brevemente, depois a sua maleta, e, por fim, seu mordomo.

— Sr. Abelardo, providencie um libré para o garoto. Devemos retornar em dois dias, o mais tardar. A carruagem já está à espera.

Abelardo não se moveu. Pela maneira como as sobrancelhas do mordomo quase caíram sobre o nariz, tamanha a força com que as franzia, entendi que aquela última sentença fora dirigida a mim.

Meu corpo todo se rebelou, os pés se enraizando no chão. Eu não queria entrar no *La Galatea* outra vez. Estremecia só de pensar. Mas minhas cartas podiam ainda estar onde eu as deixara. Elas eram minha única esperança.

Fingindo uma coragem que não sentia, aprumei as costas e comecei a ir para a porta. Mas a voz dos dois me chegou aos ouvidos enquanto eu atravessava o pórtico.

— Tem certeza de que quer gastar seu dinheiro com o garoto? — perguntou Abelardo. — Tenho a impressão de que ele não vai durar muito neste serviço. Por acaso eu escolhi algum criado de quem o senhor não gostou, para que tenha contratado aquela coisinha morta de fome? Eu teria conseguido alguém mais qualificado.

— Eu precisava de um mensageiro. Ele estava lá. Deve ter sido o destino, sr. Abelardo.

Sim, concordei, saindo para a calçada. E que senso de humor negro o tal destino tinha.

18

Sentada pela primeira vez do lado de fora de uma carruagem, eu mantinha uma das mãos na copa do chapéu para que o vento não o arrancasse, observando o cais apinhado de gente. Homens vestindo o mínimo de roupa — e por "o mínimo de roupa" quero dizer que vários deles tinham o dorso desnudo — perambulavam de um lado para o outro em meio à bagunça de carroças, barris, crianças, cachorros, gatos, aves marinhas. Havia mulheres também, mas em menor número, e seus trajes eram... humm... um pouco reveladores demais. Meu estômago se retorceu assim que o cheiro de peixe estragado foi trazido pela brisa.

O veículo se espremeu na rua congestionada, até parar poucos metros adiante, bem na entrada do majestoso e atemorizante *La Galatea*, a bandeira espanhola tremulando orgulhosa no topo de um dos mastros. Somente naquele instante percebi que Leon tinha sido cuidadoso naquele dia fatídico, levando o navio para a parte mais nobre do cais. Não sabia ao certo como interpretar aquilo. Talvez fosse praxe. Eu não estava familiarizada com a etiqueta naval. Se levasse em consideração o que sabia sobre Leon, diria que não existia nenhuma.

Esperei que o cocheiro saltasse do carro e me ajudasse a descer, mas o sr. Moreira estava mais preocupado em auxiliar o capitão Navas, o que achei bastante ultrajante. Até me lembrar de que eu supostamente era um rapaz e que aquela deferência era apropriada apenas para damas e patrões.

No entanto, o sr. Moreira não foi rápido o bastante. Antes que o homem pudesse alcançar a maçaneta, Leon abriu a porta e saltou do veículo, seguindo apressado para sua embarcação. Eu me demorei um pouco mais, arrastando sua mala pela rampa de madeira, a pulsação ecoando em meus ouvidos conforme subia no maldito navio. Parecia que uma vida inteira tinha se passado desde que eu estive ali pela última vez. Uma vida como Valentina.

Meus pés tocaram o convés, e evitei a todo custo olhar para o local onde tudo acontecera, passando um dos braços ao redor do corpo, lutando para controlar o tremor. Por sorte, Leon parecia distraído com alguma coisa e me mandou levar a valise para sua cabine sem me dedicar atenção.

Não perdi tempo e desci as escadas, minhas botas produzindo um *tumb-tumb-tumb* abafado que combinava com minha pulsação. Mas, em vez de seguir as ordens de Leon, fui para a cabine que ocupara dias antes. Tudo estava arrumado, à espera de um novo hóspede. Deixando a maleta no chão, afastei um pouco a cabeceira da cama, serpenteando os dedos no vão entre ela e a parede. Tudo o que toquei foi o papel de parede claro.

— Mas que praga.

Bem, se Leon ainda estivesse com elas, eu as encontraria de uma maneira ou de outra.

Temendo ser flagrada e despertar suspeitas, saí dali, abrindo portas e mais portas até encontrar a espaçosa cabine destinada ao comandante da embarcação. Acomodei a bagagem sobre a mesa redonda na antessala, a luz do sol entrando em abundância pela porta lateral, que dava para um balcão. No quarto, a cama imensa dominava o cômodo, a lanterna sobre o criado-mudo apagada, todas as gavetas da cômoda fechadas. Alguns papéis se amontoavam sobre uma pequena escrivaninha.

Minhas cartas podiam estar a...

— Quem diabos é você?

Dei um pulo, levando uma das mãos à cabeça para que meu chapéu não caísse.

O sujeito grandalhão que me olhara como se eu fosse um inseto na primeira vez que o vi apareceu no vão da porta, me observando com atenção. Gaspar, se eu não estivesse enganada. Os pelos em minha nuca se eriçaram, e eu recuei um passo.

— Humm... Dominique — consegui responder.

— E... — Coçou o largo pescoço encardido, me observando como... ora, que surpresa, como se eu fosse um inseto.

— Sou a... o novo criado do capitão.

Uma careta enojada lhe enrugou o rosto, que, assim como o pescoço, precisava muito de um pouco de sabão.

— Mas que caralho ele está pensando?

Aprumei os ombros, elevando o queixo, mas não pude fazer muito com relação ao rubor que me subiu pelas bochechas.

— Não é educado e tampouco eficiente usar esse tipo de linguagem, senhor.

— Você parece uma mocinha falando desse jeito. — Ele trouxe o rosto raivoso para perto do meu. Não me atrevi a piscar, embora meus olhos lacrimejassem com seu bafo ardido de álcool. — E mocinhas não são permitidas em navios. Trazem azar. Sobretudo para as próprias mocinhas.

Ele estava me ameaçando? Ou será que fazia alusão ao que acontecera com a noiva do capitão Navas?

Com as duas noivas, corrigi. Será que aquele sujeito que me causava calafrios sabia alguma coisa sobre o que tinha acontecido comigo? Santo Deus, ele poderia ser a chave para que eu fizesse justiça!

Só havia um problema: ele parecia disposto a me odiar.

— O... o senhor tem razão. — Deixei a voz mais suave. — Eu me excedi. Peço desculpa.

Gaspar revirou os olhos.

— Continua se comportando como uma mocinha! Trate de fazer algo útil. Já me cansei de olhar para você! — Ele me empurrou para fora da cabine com pouca cortesia. — Suma da minha frente, ou que Deus me ajude!

Bem, já que ele pedia com tanta educação...

E estava tudo bem. Eu encontraria outro marinheiro — um bem-educado e menos fedorento — que pudesse me dar alguma informação sobre aquela noite ou o paradeiro das minhas cartas.

Mal cheguei ao convés e o *La Galatea* deu uma sacudidela inesperada, obrigando-me a laçar o braço em um dos mastros. Demorei para compreender o que estava acontecendo, mas meu estômago registrou o fato quase de imediato: estávamos levantando âncora.

Assim como aconteceu da outra vez, meu café da manhã resolveu me abandonar. Tudo o que tive tempo de fazer foi correr até a balaustrada e colocar a cabeça para fora.

* * *

Eu ia morrer. Dessa vez eu não ia sobreviver!

Não sei quanto tempo fiquei debruçada sobre a grade de proteção do navio — podiam ter sido minutos, horas ou séculos —, e o enjoo não diminuiu. Ao contrário, pareceu se intensificar a cada instante. Sem mais nada para botar para fora, deixei o corpo escorregar pela balaustrada, me sentando no convés. Cerrei os olhos, lutando para que aquela sensação passasse.

Um *tuc* suave me fez erguer as pálpebras. Por entre a franja e a aba do chapéu, divisei um balde de madeira e as botas caras do meu ex-noivo. Logo em seguida, uma garrafinha pairou a centímetros do meu nariz.

— O que é isso? — perguntei, desconfiada.

— Algo que vai tirá-lo desse inferno. — Ele a sacudiu de leve, incitando que eu a pegasse.

Bem, como naquele instante eu preferiria beber veneno a continuar naquela agonia, aceitei, tomando cuidado para que meus dedos não tocassem os dele.

Alguém o chamou. Enquanto Leon ia falar com o rapaz de cabelos espetados, destapei o frasco e cheirei.

— *Argh!* — Afastei a garrafinha, piscando para me livrar das lágrimas. A bebida tinha cheiro de perfume! Eu não ia beber aquilo de jeito nenhum!

Estava resolvida a não chegar perto daquela garrafa... até uma nova rodada de enjoo me levar ao parapeito outra vez. Assim que a náusea deu uma trégua, inspirei fundo e experimentei o líquido. O primeiro gole desceu queimando, ameaçando fazer o caminho contrário. Entretanto, entorpeceu minha língua em segundos, por isso arrisquei uma segunda rodada, e uma terceira, e então várias até o torpor chegar ao estômago. Minha percepção sensorial também foi afetada: o mundo parecia menos barulhento, meus membros mais pesados e moles, a pele dormente. Mas era um preço pequeno a pagar para me livrar da náusea, não?

Deixando-me cair no convés, apoiei a nuca na balaustrada, me distraindo com a movimentação no deque, a figura alta e de ombros largos atrás do leme, suas ondas escuras sopradas pelo vento, os olhos cinzentos levemente estreitos mirando o horizonte. Como alguém podia ser tão bonito?

Sorrateiro. Eu quis dizer sorrateiro. Eram duas palavras fáceis de confundir. Por causa da... do... da letra T! Ambas continham um T. E dois Os. Sim, duas palavras muito semelhantes, de fato.

Sorvi mais um gole da bebida-perfume — precisando de duas tentativas para acertar a boca —, ainda admirando Leon. Devia ser a luz que o deixava tão belo. O sol refletia em tons dourados na pele morena, os cabelos ganhando reflexos azulados, as íris cinzentas mais pálidas do que nunca. E a boca... ah, a boca. Ainda me lembrava do seu gosto. Do seu calor. Da maneira como...

Pisquei uma dezena de vezes, fitando a garrafa quase vazia em completo horror. Que raios era aquilo? Porque só podia ser a bebida que me fazia pensar naquelas coisas. Por mais que o exterior de Leon fosse muito agradável aos olhos, por dentro ele era feio. Aquele homem tinha me empurrado daquele mesmo navio, logo depois de eu ter colocado um fim no nosso noivado e o libertado de mim para todo o sempre.

Humm... colocando tudo dessa maneira, Leon seria a última pessoa a ter algum motivo para se livrar de mim, pois *já tinha* se livrado de mim. Parecia redundante...

Isso, é claro, se ele não estivesse de caso com minha madrasta, e meu cérebro entorpecido se apressou em me mostrar a cena do encontro dos dois como argumento. Miranda quase colando o corpo no dele, seus olhos sedutores e brilhantes. Leon a contendo pelo pulso, o olhar enojado e endurecido...

Espere. O quê?

Pela primeira vez desde aquela noite horrenda, permiti que a lembrança se desenrolasse por completo, sem o véu da raiva e da dor que eu sentira quando tudo acontecera. Deixei que ela se repetisse vezes sem conta, atenta a cada novo detalhe que surgia. Por exemplo, que Leon tinha o corpo levemente virado para o lado oposto ao de Miranda. Não havia dúvida quanto às intenções dela. Mesmo eu, com minha precária habilidade em reconhecer o jogo da sedução, entendi isso. Tudo em Miranda ansiava por Leon. Mas ele parecia prestes a correr dela, não para ela. Comigo, todo o seu corpo procurava o meu, como se fosse incapaz de se manter longe. Refletindo agora, exceto por aquele primeiro encontro no armazém, notei que Leon sempre arrumava uma desculpa para me tocar, fosse um roçar de dedos, uma mão oferecendo apoio nas costas, o braço sempre pronto para me conduzir...

Será que eu tinha entendido tudo errado?

Não. De jeito nenhum. Eu o tinha visto se afastar da amurada depois de me empurrar para fora do barco. Quer dizer, tinha visto uma sombra se esgueirando. E, sobrepondo o fantasma da minha lembrança ao homem atrás do leme agora, os cabelos pareciam não combinar. Os de Leon eram um pouco mais longos e fartos. É claro, estava escuro e o meu ângulo não era dos melhores. Podia ser ele.

Mas podia não ser.

"As coisas nem sempre são o que parecem", a voz de Abigail ecoou em meus pensamentos embaralhados.

Meu coração até então entorpecido lutou para sair da apatia e começou a pulsar com mais vigor.

Será que eu... tinha cometido um erro?, pensei, sorvendo um gole do perfume. Eu tinha me precipitado em meu julgamento e o condenado sem chance de defesa?

Minha mão caiu frouxa sobre a perna, a abotoadura em meu bolso esquerdo se apressando em se enterrar em minha coxa, como se respondesse à minha questão. É claro que tinha sido ele.

Suspendi a garrafa, encarando-a com a testa franzida.

— *Maix* que *raiox* é *vozê*? — Porque só podia ser a bebida demoníaca que me fizera pensar naquela hipótese maluca.

Deitei a garrafinha vazia ao lado do quadril, rolando-a para a frente e para trás. Fiquei um pouco assustada ao avistar Leon se aproximando da balaustrada e teria corrido se meu corpo não estivesse mais interessado em fingir ser uma boneca de pano. Parou a três metros de mim, espichando um... uma... como era mesmo o nome daquele cilindro comprido?

— Como está, *chico*? — ele quis saber.

— Não tenho *zerteza*... O mundo *extá* confuso.

— Aposto que sim. Você secou a garrafa.

Ele ergueu a... a coisa de olhar ao longe e a encaixou em um dos olhos, escrutinando o horizonte. Ficou observando por um bom tempo. Então, com um suspiro abatido, abaixou o... a... luneta!

Aquilo era uma luneta! Leon abaixou a luneta, mas travou a vista em um ponto à frente.

Aquele marinheiro grosseiro que implicara comigo mais cedo passava ali perto, viu o patrão mais imóvel que um daqueles mastros e parou.

— Sabia que seria assim — disse, emburrado. — Você está perdendo tempo. Não entendo por que ainda insiste.

— De fato, não entende. — Leon riu, um som infeliz e dolorido.

— Já está escurecendo — observou o homem, que cheirava a coentro estragado. — Seguimos em frente?

— Até que eu não possa enxergar mais, Gaspar.

— Diabos, Navas. — O sujeito esfregou o pescoço encardido. — Você tem a visão de uma coruja. Isso vai levar a vida toda!

Leon não disse nada, apenas continuou a contemplar o mar enquanto o marinheiro se afastava. Mas não sem antes parar e me lançar um olhar de desprezo, é claro.

— O que faz aí, refestelado feito um rei?

— Deixe o garoto em paz. — Havia um alerta no tom de Leon. Não fui a única a ouvir.

Bufando, Gaspar me deu as costas e saiu pisando duro.

— Não lhe dê atenção — me disse o capitão Navas, ainda examinando o horizonte. — Ele gosta de amedrontar os novatos. Apenas fique fora da vista dele por um tempo.

Achei melhor seguir seu conselho e ir para a segurança da cabine. Uma cama era tudo de que meu corpo confuso precisava. Apoiei-me na grade de proteção para ficar de pé. Meus braços não estavam tão firmes quanto pareciam, e eu acabei batendo o traseiro com força no chão.

— O que tinha naquela garrafa? — perguntei a mim mesma.

Mas Leon me ouviu e respondeu:

— Gim. O melhor de Londres.

— *Ze* aquilo é o melhor que *Londrex* tem a *oferezer*, não quero *conhezer* o que tem de pior.

Experimentei me levantar outra vez. Tive o mesmo êxito que na primeira tentativa.

Bem, o convés não parecia tão desconfortável assim. Eu podia ficar por ali mais um pouquinho.

Suspirando com impaciência, o capitão Navas se abaixou, apoiando meu braço em seus ombros largos. Antes que eu pudesse fazer minha boca dormente funcionar e ordenar que não me tocasse, ele me colocou de pé com um movimento rápido, me soltando assim que me endireitei.

Não sei se por culpa do enjoo, do gim, do navio que não parava de balançar ou do breve contato com Leon, mas o eixo da terra pareceu mudar de lugar. Instável, me precipitei para a borda.

— Não, não, não! — Aquilo não podia acontecer de novo! E dessa vez eu não poderia culpar ninguém, apenas meus pés desordenados.

Antes que meu corpo se precipitasse sobre a amurada, a gola da camisa se fechou ao redor do meu pescoço e eu fui arrastada para trás.

— *¡Me cago en la mierda! Estoy hasta los cojones de problemas. No necesito que tu...* — Leon continuou falando tão depressa, um som emendando no outro, que não consegui captar o restante, apenas algumas palavras soltas. Contudo, não era preciso ser fluente em espanhol para entender seu humor. — *¡Respóndeme!* — Ainda me segurando pelo colarinho, me sacudiu de leve.

— Mas não *zei* qual é a pergunta!

Minha resposta pareceu enfurecê-lo ainda mais, e Leon começou a andar. Como sua mão ainda agarrava a gola da minha camisa, não tive alternativa a não ser segurar o chapéu no lugar e acompanhá-lo navio adentro.

Leon passou direto pela minha cabine, depois pela sua, indo para o final do corredor. Abriu a porta com certo estardalhaço, me empurrando para dentro. O quarto era pequeno, mal acomodava a cama e um toucador do tamanho de um criado-mudo, de modo que eu tropecei, caindo sentada no colchão.

— Regra número um na vida de um homem, *chico* — cuspiu, as mãos apoiadas nos quadris, me olhando de cima. — Aprenda onde estão os seus limites. Nunca beba o bastante para ficar vulnerável. É um erro.

Motivada pela confusão — ou pelo gim —, a pergunta que fazia algum tempo eu tentava refrear me escapou.

— O que *eztamos* fazendo no mar, afinal? O que *vozê eztá* procurando?

— Meu coração. — Uma sombra obscureceu sua expressão.

Enfiando a mão no bolso, Leon pegou alguma coisa e a arremessou para mim. Com os reflexos entorpecidos, não entendi que deveria pegá-la e acabou atingindo a aba do meu chapéu.

— Mastigue se voltar a enjoar. — Bateu a porta com força, me deixando sozinha.

Tateando os lençóis, encontrei o pedaço de gengibre que ele tinha arremessado e o aproximei do nariz, inspirando fundo aquele aroma picante, me perguntando o que ele quis dizer. Talvez fosse verdade o que diziam sobre ele ter perdido o coração no mar, afinal.

Deixei-me tombar de encontro ao travesseiro e não pude deixar de pensar que, mesmo furioso, Leon tinha sido gentil comigo, conservando aquele Gaspar longe, me ajudando a chegar à cabine e jogando a raiz em mim. Eu teria seguido aquela linha de raciocínio, mas o torpor fez meus pensamentos ficarem mais baixos, como se alguém tivesse diminuído o volume deles.

Pareceu que apenas cinco minutos haviam se passado quando voltei a abrir os olhos. A água entrava pelo meu nariz, minha boca, fazendo meu peito arder.

Eu me sentei na cama, afundando as mãos nos lençóis encharcados. Precisei de um instante para me situar e entender onde estava. Ainda no *La Galatea*. Assustada, olhei para baixo, para minhas roupas molhadas, como se uma onda tivesse invadido a cabine. Afastei a franja colada à testa, o pulso acelerado.

— Por Deus! O barco está afundando! — berrei.

— Não. Só é hora de levantar — disse uma voz grossa.

Esfreguei o rosto para secá-lo. Parei logo que uma pontada descomunal atingiu minha têmpora. Maldito gim.

Maldito Leon!

Assim que a dor atrás dos olhos aliviou, fitei a janela e o sol estava... nascendo? Eu tinha dormido o restante da tarde e a noite toda?

Confusa, observei ao redor da cabine, e... Gaspar estava a um metro da cama, um balde agora vazio em uma das mãos, me encarando como se eu fosse algo realmente asqueroso.

— Como se atreve a entrar nos meus aposentos? — cuspi, indignada, puxando o travesseiro para a frente do corpo.

— Você é pago para servir, não para dormir. Saia já da cama, ou o próximo balde vai ser de água fervendo.

— Saia! — ordenei. — Saia da minha cabine, ou...

— Ou o quê? Vai começar a gritar?

Bem, era exatamente o que eu tinha em mente.

— Foi o que pensei. — Ele abriu um sorriso maldoso. — Tire o rabo desta maldita cama e vá cumprir suas tarefas. — Então me deu as costas e saiu antes que eu pudesse pensar em uma resposta.

Corri para trancar a porta, recostando-me a ela enquanto analisava minhas roupas.

Porcaria. Eu só tinha aquele traje e agora estava ensopado, a parte da frente da camisa se colando em meu corpo, revelando a faixa que prendia meus seios.

Maldito Gaspar, praguejei, começando a me despir.

* * *

Minhas roupas ainda estavam úmidas quando deixei a cabine, mas já não aderiam ao corpo, depois de passar quase um quarto de hora torcendo-as. Abotoei o paletó por precaução, escondi os olhos com a franja e o chapéu e fui para a cabine do capitão, mastigando um pedacinho de gengibre, pois a náusea tinha retornado com força.

Bati de leve na porta, nutrindo a esperança de que ele já tivesse se arrumado e saído e eu não precisasse atuar como camareiro. Eu não tinha certeza de quais eram as tarefas de um criado de quarto de um homem, mas desconfiava de que não podia ser muito diferente do trabalho de uma camareira. Esse pensamento me apavorava.

Infelizmente, eu não estava com sorte, e a voz grave de Leon passou por debaixo da porta.

— Entre.

Inspirando fundo, guardei o gengibre no bolso do paletó e adentrei a cabine do capitão Navas.

Quatro passos depois, estaquei debaixo do batente da antessala, como se meus pés estivessem enraizados no carpete verde. Meus olhos se arregalaram à medida que eu contemplava a banheira repleta de água exalando vapores por toda a cabine. E, dentro dela, estava Leon.

Completamente nu.

19

Leon estava totalmente nu!

Bem, deduzi que estivesse, já que ninguém toma banho vestido. Eu só podia ver seus ombros dourados, os braços recobertos de pelos escuros apoiados ao longo da borda da banheira de madeira, e parte da penugem que cobria seu peito, onde as gotas de água se prendiam de um jeito glorioso, cintilando como minúsculas estrelas conforme ele respirava.

— Ótimo — disse, ao me ver parada sob o umbral que separava o quarto da antessala, alheio ao meu estado semicatatônico. — Separe um traje, *chico*. Tenho pressa em subir. — Sem aviso, ele ficou de pé.

O grito escapou antes que eu pudesse engoli-lo.

A primeira coisa que me ocorreu foi "Sim, totalmente nu". A segunda foi um bocado de incoerências, todas terminadas em "Santa Mãe de Deus!".

O corpo longilíneo se moveu com graça, a água escorrendo pelos músculos atléticos em uma cachoeira, o verde do carpete se tornando quase negro sob seus pés enormes. Os pelos que recobriam seu dorso criavam padrões quase hipnóticos, descendo pela barriga até o...

Santa Mãe de Deus!

Enterrei o rosto entre as mãos.

— O quê? — murmurou, um tanto irritado. — Até parece que nunca viu um homem sem roupa.

Mas é claro que não. Certamente que não!

Obviamente que não!

Quer dizer, eu tinha visto Felix. Ajudara a trocar fraldas e a dar banho no menino muitas vezes, mas existiam *grandes* diferenças entre a criança e Leon. Enormes, imensas diferenças! E eu também já tinha visto algumas esculturas enaltecendo a beleza da anatomia masculina — de um adulto, quero dizer —, e em nenhuma delas aquela parte que o definia como homem parecia tão... era tão...

Será que Leon padecia de alguma doença?

De repente, tudo fez sentido. E já não me espantou que ele fosse tão cínico, já que precisava conviver com aquela terrível deformidade.

Com as faces em brasa, me forcei a recobrar a compostura e abaixar as mãos, mas mantive o olhar no carpete. Eu estava ali em uma missão. Tinha que desempenhar meu papel e não ser demitida. Ou morta. E, ao que parecia, minha função era dar a Leon o mesmo tratamento que um dia recebera da querida sra. Veiga, nossa antiga governanta.

Oh, céus!

Um tanto trêmula, os joelhos batendo de leve, consegui me aproximar da banheira, a vista na ponta das minhas botas surradas, e apanhei a toalha na mesinha de apoio. Inspirei fundo uma vez. E mais outra. E então parei de respirar totalmente enquanto estendia o braço para suas costas nuas.

Leon se afastou do toque, puxando a toalha sem que nossos dedos se encontrassem.

— Eu faço isso. Apenas separe um traje.

Soltei uma pesada expiração, quase afundando no chão de alívio. Mais que depressa, corri até a valise sobre a poltrona marrom, separando as peças sem prestar muita atenção ao depositá-las sobre o colchão. Mas quem poderia me culpar? Um homem de um metro e oitenta esfregava a toalha pelo corpo úmido totalmente desnudo a uma ínfima distância.

Inesperadamente, ele se aproximou da cama. Recuei vários passos e tentei conservar a vista longe dele. Mas Leon jogou a toalha no chão para apanhar as calças e... bem, meus olhos foram atraídos para ele. Apenas curiosidade feminina, tentei me convencer. Ele era tão diferente de tudo o que eu conhecia, das costas repletas de relevos, o vale da coluna e aquele traseiro estreito, com côncavos marcados, como se moldado para que minha palma se encaixasse...

Pare de olhar!, comandei a mim mesma. *Pare de olhar agora mesmo!*

E foi o que eu fiz... depois de uns quarenta segundos.

Girei para o outro lado, aguardando que toda aquela pele fosse coberta, me perguntando por que minhas mãos estavam suando tanto.

— Trouxe minha lâmina? — perguntou Leon.

— Humm... sim.

Mantendo o rosto alinhado com o carpete, voltei para a poltrona e tornei a remexer na mala até encontrar o estojo. Pela visão periférica, percebi que ele tinha terminado de abotoar a camisa. Deixou os primeiros botões abertos, entretanto, e se sentou aos pés do colchão para calçar as botas. Uma parte minha soltou um suspiro de alívio ao vê-lo mais composto. A outra... bem... estava um pouco confusa. Minha cabeça já havia entendido que Leon era perigoso, mas meu corpo, mais primitivo, ainda se atrapalhava perto dele. Meu coração não contribuía muito, e eu andava tendo problemas em convencê-lo do verdadeiro caráter do meu ex-noivo.

De qualquer modo, abri a caixa com os aparatos de afeitar e dispus todos os itens sobre o modesto toucador, na tentativa de ganhar algum tempo enquanto contemplava um novo problema. Como criado de quarto, eu deveria ajudá-lo em sua toalete, mas de que maneira poderia barbear Leon se jamais vira um homem fazer isso?

Os sons de seus pés pesados se aproximando me disseram que meu tempo tinha se esgotado. Estudei as navalhas e me inclinei para pegar uma delas — a mais larga. Mas Leon me impediu, pousando a mão em meu ombro. Dei um pulo, o que resultou em um franzir de sobrancelhas.

— Eu faço isso, *chico* — falou, confuso. — Pode subir agora.

— Não quer que eu o barbeie? — Ah, graças aos céus!

Ele pegou o sabonete e o colocou dentro da caneca com um pouco de água.

— Se vou ter uma navalha no pescoço, a mão firme que vai segurá-la será a minha.

— Ah... Parece... humm... desconfiado.

— Prefiro sensato — rebateu de imediato.

Afundando o pincel na caneca, girou-o algumas vezes. Quando as cerdas foram envolvidas por uma rica espuma branca, Leon se admirou no espelho. Na verdade, parecia ver através dele, meio perdido.

— Algo que não tenho sido nos últimos tempos — acrescentou em voz baixa.

Ah! Sim! Era para isso que eu estava ali. Para descobrir seu verdadeiro caráter e, com sorte, alguma prova de que ele tinha tentado me matar, não que era dono de um lindo traseiro e de um par de coxas belamente torneadas.

— Alguma coisa o atormenta, capitão? — arrisquei como quem não quer nada, indo recolher a toalha do chão.

— Por onde começar? — Ele riu de leve, mas era um som tão sem vida que abandonei a fachada indiferente e olhei para ele. Leon parecia naufragar em um tipo de desespero silencioso, como se sua alma gritasse sem produzir som algum, refém de sua própria angústia.

Ele sacudiu a cabeça, recobrando o controle.

— Os outros devem estar comendo agora. Suba e se junte a eles, *chico*.

Entendendo a dispensa, deixei a toalha sobre a mesa de apoio, fiz um rápido cumprimento e saí dali aos tropeções, tentando entender o que tinha acabado de acontecer. Por que Leon estava tão... parecia tão... triste. Algo em minha mente se agitou e tentou emergir, mas não foi capaz de se libertar do canto em que eu o trancara.

Recebi a brisa fresca com alívio ao chegar ao convés, a náusea ameaçando me dominar, e não estava certa de que a culpa era apenas da maré. No entanto, antes que eu pudesse continuar a investigar os sentimentos de Leon — ou os meus —, avistei Gaspar um pouco mais à frente, gritando com um pobre coitado, por isso achei melhor dar meia-volta. Ao passar por um dos marinheiros, notei que ele se atrapalhava com duas cordas.

— Deixe-me ajudá-lo — me adiantei.

— Obrigado. — O rapaz de cabelos espetados sorriu, amigável, me entregando um dos cabos. — Um par de mãos a mais é sempre bem-vindo.

Com um sinal dele, começamos a trabalhar. *Argh!* Era como tentar arrastar todo o firmamento com as próprias mãos. Se eu hesitasse, tinha certeza de que acabaria sendo içada para o topo do mastro. Finquei os pés no assoalho e os mantive o mais firme que pude, trazendo parte por parte da corda. Mesmo com as luvas, o movimento e o fio áspero arranhavam minha palma. Meu parceiro terminou antes que eu chegasse à metade e veio me socorrer.

Quando as velas do *La Galatea* estavam parcialmente recolhidas, ele amarrou as cordas enquanto eu tentava sem sucesso fazer minhas mãos pararem de latejar. Não iriam me incomodar por muito mais tempo, desconfiei, já que meus braços pareciam a ponto de se desprender do corpo a qualquer instante.

— Obrigado pela ajuda, hã... — O rapaz coçou a cabeça enquanto eu ainda tomava fôlego. Ele nem ao menos suava.

— Meu nome é Dominique. Creio que eu seja o novo faz-tudo do capitão Navas.

— Sou Javier Pontes. — Fez um meneio de cabeça educado. — É a sua primeira vez em um barco?

Reparei que o português de Javier era menos fluente que o de Leon, mais carregado nos erres e esses, mas a rapidez com que pronunciava as palavras era semelhante.

— É, sim — respondi. — E você?

— Eu nasci no mar. Fiz isso a vida inteira. Mas é a minha primeira viagem a bordo do *La Galatea*.

Engoli um gemido.

— Então conhece o capitão Navas faz pouco tempo — conjeturei, desanimada.

No entanto, o sorriso enorme de Javier me trouxe alguma expectativa.

— Eu nasci em El Puerto de Santa María — contou. — Não existe uma só alma em toda Cádis que não tenha ouvido falar do capitão Navas ou dos seus negócios.

— É mesmo? E esses negócios são regulamentados?

— O que acha? — Ele riu com gosto.

Encolhi os ombros.

— Não sei. Ouvi algumas histórias. Acho que o capitão Navas pode tanto ser um honrado mercador quanto um pirata depravado.

Como se eu o tivesse conjurado, Leon surgiu no convés, distribuindo ordens daquele seu jeito firme e direto conforme seguia para o leme.

— No fundo, ele é um pouco das duas coisas — confessou Javier, também observando seu comandante. — Navas é o melhor capitão a quem já tive a honra de servir. Se preocupa com sua tripulação tanto quanto com a embarcação. Isso é raro. Mas ele também é implacável, se necessário. Eu não gostaria de tê-lo como inimigo.

Aquilo capturou minha atenção de imediato.

— Por que diz isso? — Tentei controlar a ansiedade. — Ele fez alguma coisa que o assustou? Você o viu fazer alguma coisa suspeita?

O rapaz jogou a cabeça para trás, gargalhando.

— Foram dois meses da Espanha até nossa primeira parada, nas Antilhas. Acredite, ele não precisa fazer nada para que eu deseje não estar em seu caminho.

— Humm... — Isso não me ajudava muito.

Curvando-se para mais perto, cutucou meu braço.

— Mas se o que ouviu por aí foi aquela história sobre Navas ter matado a noiva...

— A srta. Valentina? — Meu coração deu um salto.

— Perdeu o juízo, Dominique? — cochichou, impaciente. — Essa foi a que pulou do barco. Eu falo da outra! Deve ter ouvido alguma coisa sobre isso.

— Ah... sim, é claro. — Mordi a língua para que "E eu não pulei, fui empurrada" continuasse dentro da boca.

Javier se recostou no mastro, cruzando os braços.

— Eu imaginei. As pessoas sempre comentam. Mas fique tranquilo. Navas foi inocentado pela Justiça.

Meu coração errou uma batida.

— Ho-houve um julgamento, então? — Aquela história era verdadeira? Meu Deus, como eu pudera me enganar tanto!

— Não, nunca houve julgamento. Apenas uma investigação que concluiu que ele era inocente. E ele é mesmo.

— Como pode afirmar isso? — eu quis saber, a pulsação ameaçando sair de controle.

— Porque, quando a noiva dele sumiu da cidade, Navas estava em Marselha.

— Ah! — Bem, isso era bastante contundente.

A informação se misturou a tantas outras, que atravessaram meu cérebro como lanças afiadas. Massageei um ponto na testa particularmente dolorido. Quanto mais eu tentava lançar luz sobre o caráter de Leon, mais e mais confusa ficava.

— O que faziam nas Antilhas? — perguntei, tentando me distrair da pontada insistente na têmpora. — Negócios?

— Sim. Ficamos mais tempo em Santa Lúcia. Leon foi visitar uma amiga, se é que me entende. — Piscou para mim antes de ir até um barril encostado perto da entrada das cabines.

Fui atrás dele.

— E isso acontece com frequência? — me ouvi perguntar. — As visitas às amigas?

Sem notar minha indignação, Javier desprendeu a concha da lateral do barril, afundando-a na água balançante. Em seguida sorveu todo o conteúdo que tinha apanhado antes de me dizer:

— Ele tem muitas amigas, o bastardo. Acho que é por causa dos olhos. As mulheres ficam fascinadas. Se eu tivesse dado essa sorte... — suspirou, sonhador.

— Parece que a sorte anda lado a lado com o capitão — bufei. — Com tantas damas atrás dele, foi mesmo conveniente a noiva ter pulado do barco e o livrado do casamento, não é?

Javier enroscou a concha de volta ao gancho com certo estardalhaço, e eu entendi que eu tinha dito alguma coisa errada, o clima de camaradagem evaporando.

— Devia se envergonhar, Dominique. — Suas sobrancelhas castanhas quase se uniram. — Existem assuntos com os quais jamais se deve brincar. Demonstre um pouco mais de respeito pela dor alheia.

Antes que eu pudesse abrir a boca e perguntar o que ele quis dizer com aquilo, o rapaz saiu andando, se misturando aos outros marinheiros.

Afastando os fios que me caíam nos olhos, me virei para observar Leon atrás do leme, procurando... não sei ao certo o quê. Então, pela primeira vez desde que o reencontrara, prestei atenção em algo que eu ignorara até aquele momento. Mesmo quando separara suas roupas ainda há pouco, estava tão atordoada por estar no mesmo ambiente que ele que mal registrei todos os detalhes. Mas agora eu estava atenta. A calça por dentro das botas, o paletó, o colete, até sua gravata: tudo no mais profundo negro.

Leon gritou alguma coisa em espanhol. Um comando, desconfiei, já que um corre-corre desenfreado teve início. Javier tornou a trabalhar nas cordas, agora as soltando para que as velas se inflassem. Todos assumiram seus postos, exercendo tarefas.

Exceto eu, ainda paralisada ao lado do barril, assistindo à figura toda de preto firmar as mãos e girar o timão para esquerda. O *La Galatea*, obediente, se inclinou levemente para o mesmo lado. O movimento me fez tropeçar, e tive que me segurar ao barril, que verteu um pouco de água em minhas botas, me ensopando as meias de seda, mas não pude me importar menos.

Aquilo que se manifestara pouco antes de eu deixar sua cabine finalmente conseguiu se libertar, explodindo em meu cérebro como sílex. Eu finalmente compreendi as sutis diferenças que via neste Leon, que a princípio me deixaram confusa: o olhar perdido e vazio, a fisionomia abatida, aquela aura obscura que o cercava. Não só entendi as mudanças como as reconheci. Eu vira aquela mesma expressão desesperada e infeliz, três anos antes, toda vez que encarava meu reflexo no espelho.

Como eu não tinha percebido isso antes? Leon estava de luto. Por mim.

20

A madrugada já avançava e eu continuava a revirar na cama. Afofei o travesseiro mais uma vez, tentando pegar no sono. Aparentemente, quanto mais eu me esforçava, mais distante da inconsciência ficava.

O *La Galatea* ancorara no porto muito depois do anoitecer. Leon alugara uma caleche e nós viemos direto para sua casa, encontrando-a silenciosa e adormecida. Ele me levou até o terceiro andar, me apresentando à ala dos empregados naquele jeito distraído, antes de descer as escadas e ir para seu quarto. O aposento que me fora designado, reservado ao camareiro do patrão, não era muito grande nem dispunha de muita mobília, apenas uma cama de solteiro, um criado-mudo e uma cômoda. Mas era limpo, tinha uma coberta fofa e quentinha e não sacolejava. Era mais que o bastante para mim.

No entanto, mesmo exausta física e emocionalmente, não consegui encontrar alívio. Sentia falta de Manteiga se embolando em mim. Além disso, minha mente não me dava trégua. Meu coração voltara a sussurrar que alguma coisa naquela história não se encaixava.

Eu me virei outra vez, colocando uma das pernas para fora da coberta, agarrada à ponta do travesseiro. A luz pálida do luar que entrava pela janela caprichosamente incidiu no anel em meu indicador. Movimentei o dedo, distraída pelos reflexos dourados e meus próprios pensamentos.

Leon estava de luto. Isso podia não significar nada. Eu estava aprendendo agora que a crueldade não era coisa de livro de contos de fadas. Que pessoas más realmente existiam! Era esperado que meu noivo seguisse as normas sociais e desempenhasse o papel de noivo viúvo... ou qualquer que fosse o termo. Podia ser apenas um teatro.

Mas a dor que reconheci tão intimamente em seu rosto... Não me admirava que ele não tivesse me reconhecido ainda. Seria um milagre se conseguisse apenas lembrar o nome do seu próprio navio.

Rolei no colchão, encarando as vigas no teto. Leon era uma complicação ambulante. Eu não conseguia decifrá-lo. Às vezes era cínico e arrogante, outras, não exatamente um perfeito cavalheiro, mas um homem direto e gentil, o que era ainda melhor... se eu deixasse de lado o fato de ter saído nu daquela banheira. Certamente, se ele soubesse minha verdadeira identidade, teria tido mais pudor. Ou talvez não. Era realmente difícil prever suas ações.

Mas ele tinha o respeito e a admiração de sua tripulação. De seu sócio, adicionei, me recordando daquela noite no teatro em que Pedro lhe pedira conselhos. E ele também era temido.

Eu estava confusa, começando a questionar as suposições que me levaram a incriminá-lo tão apressadamente. E se eu estivesse equivocada?

Muitos homens estiveram presentes no *Galatea* naquela noite fatídica. Do ângulo em que eu estava (caindo nas águas escuras), a maneira como fui dominada, meu agressor parecia ter bastante altura, como Leon. Ou como Inácio. E Dimitri. Pedro. Até mesmo o dr. Almeida, o carrancudo Gaspar ou o simpático Javier. Quase todo mundo era mais alto que eu. Eu não podia afirmar que a sombra que eu vislumbrara era de fato Leon.

Mas havia a abotoadura, suspirei. Ela pertencia a Leon, disso eu não tinha dúvida. Eu já tinha analisado a joia tantas vezes que decorara cada linha do desenho.

Ainda assim, parecia que algo elementar faltava naquela trama. Mas o quê?

Inquieta, saltei da cama e me enfiei dentro das calças. Se não podia dormir, podia muito bem aproveitar o tempo para procurar alguma coisa que me ajudasse a colocar um ponto-final naquela história.

Encontrei o andar de baixo completamente às escuras, não enfrentando dificuldade para chegar ao escritório de Leon. Afastei as cortinas das janelas para que a luz da rua ajudasse a iluminar a mesa. Fiz uma rápida análise na papelada que ele deixara sobre ela, mas não havia nada relevante. Nem sinal das minhas cartas; apenas uma porção de notas e contratos espalhados por toda a superfície como uma toalha.

— Ao menos podia ser um pouco mais organizado — me queixei, ao enfiar o dedo dentro do pote de tinta que ele deixara aberto sob um dos papéis.

Sem alternativa, limpei a sujeira na parte interna do paletó e voltei a investigar com um pouco mais de cuidado. Abri a primeira gaveta e... mais papéis. A maioria contratos aparentemente legais redigidos em línguas variadas. Segui para a segunda, deparando com uma bolsa de veludo bem gorducha, repleta de moedas. Ao afastá-la, um pequeno objeto rolou de dentro dela e tilintou no fundo da gaveta. Tateei até que o metal frio se enroscou na ponta do meu indicador.

Um anel.

Fui para perto da janela, examinando o aro dourado, que parecia ter o mesmo diâmetro do anel entalado em meu dedo. Ao centro, onde deveria existir uma pedra, fios de cabelos castanhos compunham uma delicada trança, cintilando ainda mais graças ao visor de cristal lapidado. Virei a joia com cuidado, espremendo a vista para ler a minúscula gravação na base.

— Emilia Ballon Ortiz.

Não era um anel qualquer. Dar um cacho de cabelo a um homem significava comprometimento máximo. E esse homem mandar incrustá-lo em uma joia era o epítome do amor. Aqueles fios pertenciam à noiva de Leon. A primeira, quero dizer. E aquele anel me dizia que ele a amara profundamente.

Meu estômago vazio revirou, me deixando enjoada.

Confusa, envergonhada, e algo mais que eu não soube nomear, me afastei da janela. Bati a parte de trás dos joelhos na cadeira e caí sentada. Com as mãos trêmulas, os olhos pinicando, tornei a guardar o anel na bolsa e fechar a gaveta antes de sair correndo do escritório.

Eu estava errada, pensei ao chegar ao terceiro andar e entrar em meu quarto, me recostando à porta. Leon não tinha perdido o coração no mar. Ele o dera de bom grado a Emilia Ballon Ortiz.

— Por favor. — Fechei os olhos bem apertado, as lágrimas descendo pelo meu rosto. — Por favor!

Eu não sabia ao certo por que chorava, pelo que implorava.

Não, isso não é verdade. Eu sabia, sim. Mas estava com medo demais de me permitir ter esperança.

* * *

— Ah. Olá! Você deve ser o novo criado do patrão. Dominique, não? — perguntou a jovem com uma intensa cabeleira castanha e sorriso aberto, tirando os olhos da panela que mexia com vigor, tão logo pisei na cozinha.

Ou me arrastei pelo piso, seria outra maneira de dizer. Tudo em mim doía graças à noite insone.

— Sim, senhorita. — Fiz um cumprimento de cabeça.

— Sou Lúcia. Creio que você e o capitão tenham chegado muito tarde ontem. Não encontrei pratos para lavar, por isso desconfio de que esteja com fome.

E estava mesmo. Não tinha comido nada no dia anterior, além de alguns pedaços de gengibre.

A moça um pouquinho mais alta que eu — mas com muito mais curvas — se apressou em encher uma caneca de café.

— O capitão já acordou? — Ela me entregou a bebida quente e um prato com uma generosa fatia de pão doce.

Minha boca salivou.

— Não. — E me deixei cair na cadeira. — Bati na porta, mas não obtive resposta. Parece que ele ainda está dormindo. — Mordisquei um pedacinho de pão. Minha nossa! Era delicioso!

— É melhor eu preparar a mesa. O capitão não deve demorar para se levantar. Ele nunca fica muito na cama. — E começou a se movimentar pela cozinha, organizando pratos e um belo conjunto de fina porcelana branca sobre uma bandeja. — Ainda mais nas últimas semanas. O pobrezinho não tem dormido quase nada.

Ali estava minha chance de saber um pouco mais sobre Leon. Beberiquei o café, a atenção na caneca de ferro.

— Eu soube que a noiva do capitão sumiu — mencionei, como quem não quer nada.

— Pois é. — Fez um muxoxo, despejando o café fumegante dentro do bule. O vapor espiralou em frente ao seu rosto, preenchendo a cozinha com o delicioso aroma. — Uma moça tão jovem. Eu a vi de relance uma vez, quando visitou o capitão. Era realmente linda.

— Você é muito gen... — Mordi a língua para impedir que as palavras saíssem. Ela estava falando de Valentina, não de Dominique. — Como foi que o capitão reagiu ao saber que a noiva desapareceu?

— Ah, ele...

— Aí está você! — O sr. Abelardo entrou na cozinha, uma pilha de roupas nos braços.

No instante seguinte, fui soterrada por uma montanha de tecido escuro. Bem, ao menos não era um balde de água, me consolei, questionando se Abelardo e Gaspar não teriam algum parentesco.

— Escove estes paletós — ele ordenou, de cara amarrada. — E depois cuide das botas do capitão.

— Sr. Abelardo! — interveio a srta. Lúcia, ao mesmo tempo em que eu afastava o tecido para poder respirar e enxergar alguma coisa. — O pobre rapaz nem terminou de comer.

— Se ele quer mais tempo à mesa, que saia mais cedo da cama.

Um tanto atrapalhada, consegui ficar de pé, equilibrando os paletós, pronta para perguntar onde eu poderia encontrar uma escova, mas o ruído de pés pesados batendo contra o piso fez todos nós nos virarmos.

Tenho certeza de que o coração da srta. Lúcia não deu um pinote, como o meu, e as bochechas do sr. Abelardo não enrubesceram, como as minhas, ao ver Leon adentrar a cozinha. Era a vergonha por ter xeretado em seu escritório que me deixava tão agitada. Apenas isso, tentei me convencer, ignorando o rebuliço em minha barriga.

— Bom dia, capitão. Seu café da manhã já será servido — anunciou a cozinheira, apressando-se para apanhar a bandeja.

Ele a impediu de correr para a sala de jantar, bloqueando seu caminho com o próprio corpo.

— Não se incomode, srta. Lúcia. Quero apenas um pouco de café. — Então aquelas íris cinzentas pousaram em mim. Bom, parcialmente, já que quase me escondia atrás de toda aquela roupa suja. — *Chico*, cuide da lavanderia depois. Vou precisar de você.

Atarantada, a srta. Lúcia apoiou a bandeja na mesa para lhe servir o café, a porcelana repicando de leve enquanto eu amontoava os paletós na cadeira, sob o olhar afiado do mordomo.

Leon engoliu a bebida quente de uma só vez — sem açúcar ou leite.

— Depois que terminar de comer, vá ao meu escritório — me disse ele, um tanto seco, antes de sair da mesma maneira inesperada que entrou.

Lúcia e eu nos entreolhamos.

— Ele parece zangado, não é? — murmurei.

— Sim, mais que o habitual. — Ela secou as mãos no avental abraçado a sua cintura estreita. — O que será que aconteceu?

Meu Deus. Será que ele tinha descoberto alguma coisa sobre minha visita noturna? Será que pretendia me demitir? Pior ainda, pretendia me punir?

— Suas orelhas são apenas decorativas? — o sr. Abelardo rugiu, me empurrando para a porta. — Não ouviu o capitão? Vá atrás dele, moleque!

Era fácil para ele dizer. Não teria que ficar cara a cara com aquele homem zangado em um ambiente com pouco mais de dezoito metros quadrados. Ainda assim, reuni alguma coragem e fui atrás do meu patrão.

Encontrei Leon sentado na cadeira atrás da mesa, em seu escritório, o olhar perdido na janela. A aura obscura parecia ainda mais sombria naquela manhã, como se sugasse toda a luz de sua alma.

Nervosa, fiz menção de me sentar na cadeira em frente à mesa, mas dessa vez me controlei bem a tempo. Eu era um criado, e a criadagem não se senta a menos que o patrão ofereça.

E foi o que ele fez, com um rápido gesto de mão, a atenção na vidraça.

Oh, céus, ele ia mesmo me demitir, não é? Eu tinha conseguido enganá-lo com aquele disfarce ridículo, mas colocara tudo a perder invadindo o escritório. Será que ele chamaria a guarda? Ou apenas me colocaria na rua e me...

— O que tanto olha, *chico*?

Não tão desatento como deixava transparecer, não? Isso não era nada bom para mim.

Abri a boca para perguntar o motivo de ele ter solicitado minha presença e acabar logo com aquela aflição, mas ele falou primeiro.

— Sei o que está pensando. — Seus lábios se curvaram em um arremedo de sorriso de partir o coração. — "Não gostaria de estar na pele deste sujeito hoje."

— Eu... não... eu não estava...

— Já sentiu como se estivesse morto? — Ele deixou a cabeça pender no encosto da cadeira de espaldar alto, o olhar perdido lá fora. — Jogado ao inferno, e, pior, que poderia ter feito alguma coisa para impedir que isso acontecesse, mas não fez? Já sentiu tanta culpa que parece que existem vermes o devorando por dentro?

Pensando em mamãe e naquela tarde fatídica em que insisti que fôssemos à confeitaria, sussurrei:

— Sim.

— Então tem uma ideia de como eu me sinto neste maldito dia.

Humm... não sei se o compreendi. Aquela sexta-feira não parecia particularmente especial. Não para mim. Tentei recordar o dia do mês, mas havia perdido as contas nas últimas semanas.

Será que tem alguma coisa a ver com a primeira noiva?

— Ah. — Ele riu aquele som oco, sem vida. — Então ouviu a história sobre eu ter matado Emilia.

Eu tinha dito aquilo em voz alta?! Mas que raios!

— F-f-foi o que me disseram, m-mas... — gaguejei.

— Se é o que dizem... — atalhou, exaurido, ainda observando o jardim — ... então deve ser verdade, não é?

Franzi a testa. Mamãe pensava daquela maneira. Que o que era dito aos sussurros nos salões de baile e nos jantares eram verdades absolutas. Mas tinha algum tempo que eu aprendera que não era bem assim. A sociedade era precipitada em fazer julgamentos. E, uma vez que algo era dito, se alastrava como uma certeza inquestionável. No entanto, eles estiveram equivocados quanto a Elisa. Estiveram errados quanto a Sofia também, que fora acusada de coisas tão absurdas que nem sequer me dei o trabalho de acreditar. Estavam errados sobre o sr. Matias, e eu me incluía nesse grupo. Eu me enganei quanto ao caráter dele, acreditando que fosse um bom homem quando na verdade não passava de um monstro.

Eu podia estar fazendo exatamente a mesma coisa com Leon... Se a porcaria da abotoadura não estivesse naquele exato instante no fundo do bolso do meu paletó.

Está bem. Eu já não podia mais mentir para mim mesma. Torcia fervorosamente para que Leon fosse inocente. Queria isso com tanto desespero que tinha medo de me deixar cegar pela esperança. Eu sentia falta dele como jamais pensei que fosse possível. Desejava poder lhe contar tudo o que tinha acontecido e ouvir seus conselhos. Afundar a cabeça em seu peito e permitir que o ritmo do seu coração apaziguasse o meu. Eu queria o meu amigo de volta. E também o homem que despertava em mim sentimentos e sensações nem um pouco platônicos.

Subitamente, Leon abanou a cabeça, como que para clarear as ideias, e se aprumou. Ao voltar a falar, parecia mais composto. E frio.

— Eu o chamei aqui porque preciso que vá até o alfaiate...

— Alfaiate? — guinchei, petrificada. Ele queria que eu fosse ao alfaiate? Sozinha?

Oh, espere. Dessa vez eu poderia!

Abrindo a gaveta, apanhou o saquinho de dinheiro. Como não me lançou um olhar acusatório — nem nenhum objeto sobre aquela mesa — quando o anel caiu dentro da gaveta, entendi que eu tinha sido tola: ele não sabia nada a respeito da minha excursão noturna e não ia me demitir. Uma parte minha quase se desmanchou de alívio. A outra apenas corou, mortificada.

— O traje do casamento está pronto há alguns dias — explicou, separando algumas moedas. — Pague o que eu devo e depois se livre daquelas roupas.

Franzi a testa.

— Quer que eu jogue fora seu traje de casamento?

— É precisamente o que eu quero que faça. Ou fique com ele, se quiser. Pouco importa. Apenas o mantenha longe da minha vista. — E me estendeu o dinheiro.

Eu me levantei para pegar, a mão já em concha, mas um raio de sol incidiu diretamente sobre a abotoadura presa ao punho de sua camisa branca.

Uma flor-de-lis.

Meu pulso começou a martelar nos ouvidos, meu olhar fixo no pequeno círculo dourado em seu punho esquerdo. Não percebi que tinha me aproximado tanto da mesa até meu quadril bater em uma pilha de papéis, empurrando-a para o chão.

— Ah. Me perdoe, capitão.

Contornando o móvel, me abaixei para apanhar a bagunça. O problema foi que Leon fez o mesmo, e minha cabeça bateu com força na dele.

— Ai! — Caí sentada, esfregando o local dolorido em minha testa.

— *Mierda*. Lamento, *chico*. Não percebi que estava tão perto. Eu o machuquei? — E estendeu a mão, me dando a chance de analisar seu punho direito.

E ali estava. Um círculo perfeito com a flor-de-lis em relevo, exatamente igual à que eu tinha no bolso. E também a que unia o outro punho da camisa de Leon.

A porta se abriu inesperadamente. O sr. Abelardo disse alguma coisa, mas não cheguei a ouvir. O coração martelava tão alto em meus ouvidos que temi que eles pudessem perceber.

Ele usava o par... Leon usava o par de abotoaduras...

Duas mãos se encaixaram sob meus braços e me suspenderam. Olhei para cima, para o rosto bronzeado de Leon, que respondia alguma coisa ao mordomo. Ele saiu de foco à medida que meus olhos embaçaram.

Incapaz de lidar com minhas emoções, saí correndo do escritório, ouvindo-o chamar meu nome, mas segui em frente. Só parei quando já estava do lado de fora da casa, recostando-me aos tijolos à vista, espalmando a mão no centro do peito, onde uma emoção violenta despertou e ameaçou me sufocar.

Ele ainda tinha o par. Leon ainda tinha o par de abotoaduras!

— Não foi ele! — falei, rindo, ao mesmo tempo em que lágrimas gordas desciam pelo meu rosto. — Não foi Leon!

Leon não tinha me empurrado do *La Galatea*.

Ainda que essa constatação fizesse meu coração se inflar tanto que eu temi que pudesse estourar, não foi nenhuma surpresa. De alguma forma, eu sabia. Sabia o tempo todo, mesmo quando tudo parecia me dizer o contrário. Algo em seu olhar — um vislumbre de sua alma — nunca permitiu que eu realmente acreditasse que ele era o culpado. Meu coração tentou me dizer isso mais de uma vez. Mas eu estava apavorada demais para lhe dar ouvidos.

Sempre tive tanto medo de um dia me colocar na mesma posição à qual meu pai forçara minha mãe que tinha me deixado cegar pelo medo. Quanto mais eu pensava no que vira entre Miranda e Leon, mais improvável parecia que aquilo fosse o prelúdio de um beijo ou sua conclusão.

Não fora Leon. Eu tinha tanta certeza disso quanto de que o sol se poria no oeste no fim daquele dia.

Eu queria correr e me jogar em seus braços, tamanha a alegria que me assaltava. Aprumei a coluna e voltei para a porta, ansiosa para ver Leon.

Mas, antes que eu pudesse avançar, a voz do sr. Abelardo ecoou no interior da casa e me chegou aos ouvidos.

— Onde está aquele moleque maltrapilho?

Meu coração bateu com força, e quase pude ouvir o estalo da rachadura que o partiu em dois. Eu estava na rua antes de perceber o que fazia, os braços ao redor do corpo, andando o mais rápido que podia. Não era o medo do mordomo carrancudo que movia meus pés para longe da casa. Era o desespero. E a vergonha.

Moleque maltrapilho.

Meu Deus, o que foi que eu fiz?

21

Eu perambulava pelo centro, mantendo o rosto abaixado, tentando pensar o que faria a seguir, mas a pontada em minha têmpora me impedia de concluir qualquer pensamento. Como, em nome de Deus, eu poderia encarar Leon outra vez? Como contaria a ele que estava viva, vivendo em sua casa, fingindo ser um criado? Enquanto eu desconfiava dele, Leon confiava em mim o suficiente para me dar um emprego, um teto. Como eu poderia olhar em seus olhos e dizer que menti?

Minha cabeça ameaçou explodir e eu parei de andar, inspirando fundo, tentando controlar a dor, e, surpresa, percebi que estava a poucos metros do alfaiate. Já que não podia apagar meus erros, ao menos atenderia ao pedido de Leon.

A única vantagem naquela farsa ridícula de Dominique era a liberdade que vestir calças me trazia. Eu não precisava de um acompanhante para ir a lugar algum. Não era impedida de entrar em um estabelecimento apenas porque tinha seios. Mas confesso que meus joelhos tremiam um pouco ao passar pela porta do pequeno ateliê de alfaiataria. Fazia poucas semanas que eu estivera naquele mesmo local na companhia de Dimitri, e mesmo na época o lugar me pareceu opressor, com rolos e mais rolos de tecidos em tons sóbrios e o aroma de charuto no ar. Não era diferente agora, sobretudo porque eu sentia que estava fazendo algo muito, muito errado.

— Bom dia — saudou o sr. Migliorini, me estudando com surpresa. E um pouco de desconfiança. — Como posso ajudá-lo, meu rapaz?

— Meu patrão me pediu para buscar uma encomenda. Trabalho para o capitão Navas.

Ao ouvir o nome, seu semblante se iluminou.

— Ah, sim! Cheguei a pensar que ele tivesse desistido. Não poderia culpar o pobre coitado. Que homem se recuperaria depois de saber que a noiva preferiu a morte a se casar com ele?

— Ninguém sabe o que aconteceu com a noiva do capitão, senhor — falei, irritada. *Nem eu mesma,* quase acrescentei. Sobretudo agora que sabia que Leon não tinha relação alguma com o que me acontecera.

Isso significava que...

— Não é o que estão dizendo. — O homem de barriga proeminente balançou o indicador. — A moça não parecia bem das ideias. Eu a vi pouco tempo antes de ela pular em direção à morte. E a achei bastante inquieta na ocasião. Tinha quase um ar de delírio.

— É mesmo?

Se ele notou meu sarcasmo, preferiu ignorar.

— É o que estou lhe dizendo. Uma moça perturbada. No devido tempo, o capitão Navas vai perceber a sorte que teve. — Foi para trás do balcão, se abaixando para apanhar o embrulho. — Eu não sabia o que fazer com isso. Até cogitei ajustá-lo para o sr. Romanov. Os dois têm quase o mesmo porte, e o casamento deve acontecer em breve. Terei de me apressar para terminar o traje de Dimitri a tempo — suspirou, desolado.

— O sr. Romanov está noivo? De quem?

Não diga Suelen. Não diga Suelen. Não diga Suelen!

— Da jovem Albuquerque. Parece que o escândalo está no sangue! — Ele riu com gosto. — Sempre desconfiei de que houvesse alguma coisa errada com esses Albuquerque. — Apoiando um braço no balcão, se inclinou para a frente, sua voz diminuindo várias oitavas. — A moça foi flagrada nos jardins de casa aos beijos com o sr. Romanov. Por isso não devem esperar, ou... — Fez um gesto abrangente, que acompanhava o contorno de sua pança, e eu quis enfiar aquela bonita tesoura sobre o balcão em sua orelha.

E depois eram as mulheres que tinham uma queda por fofocas...

Mas eu tinha um assunto mais urgente que a língua comprida do sr. Migliorini. Em vez de lhe dar uma resposta atravessada, paguei o que Leon lhe devia, coloquei o pacote debaixo do braço e deixei o estabelecimento.

Eu tinha que falar com a minha prima. Precisava fazer alguma coisa por ela... ou... eu não sei... ao menos oferecer meu ombro para que chorasse. Havia apenas um problema. Dois, na verdade. Suelen pensava que eu estava morta, e ela estava hospedada em minha casa. Como raios eu conseguiria me aproximar dela sem ser vista?

Mudei de calçada, ponderando se um bilhete anônimo funcionaria, mas empaquei nas pedras de cimento, quase caindo para trás, surpresa. A própria Suelen descia a rua principal da cidade em um vestido preto que a deixava ainda mais pálida, a sombrinha alojada no ombro, a mão enluvada no braço de seu acompanhante.

Dimitri.

Raios! Eu não podia abordá-la com o sr. Romanov ali. Suelen era confiável, mas quanto a Dimitri, por mais gentil que tivesse se mostrado nos últimos tempos, eu não tinha certeza. Não podia arriscar.

Afundando o chapéu até quase encobrir os olhos, dei meia-volta, acelerando o passo. Como tinha apenas parte da visão, não tive tempo de desviar de alguém parado diante da *maison* do sr. Giovanni.

— Ei, cuidado! — ela resmungou, ao mesmo tempo em que eu gemia um *urf*, o pacote que eu segurava indo para o chão.

— Perdoe-me — murmurei, me abaixando para apanhar a encomenda. Ao me levantar, o vento soprou o chapéu e meus cabelos para trás e...

— MINHA NOSSA SENHORA! — Os grandes olhos castanhos se arregalaram, tomando metade do rosto em formato de coração, a boca cheia tão escancarada que era possível ver os molares. O assombro, entretanto, logo foi substituído pela euforia.

Oh, por favor, não diga meu...

— VALENTINAA! — gritou Najla, em alto e bom som.

— Shhhhh! Fale baixo! — Encaixei o chapéu no lugar, olhando para trás. Dimitri e Suelen, distraídos um com o outro, não pareceram ter ouvido nada.

— Como eu posso falar baixo? — Najla perguntou no volume máximo, a sombrinha aberta pendendo ao lado da saia. — Você está viva!

As pessoas que passeavam pelo centro nos estudaram com curiosidade. Em mais alguns segundos minha prima e seu noivo estariam perto o suficiente para ouvir nossa conversa, e, graças ao assombro eufórico de Najla, meu disfarce seria revelado.

— E não vou permanecer assim por muito tempo se você continuar gritando! — sussurrei.

Ela piscou, perturbada. Aproveitei sua hesitação para pegá-la pelo braço e comecei a arrastá-la rua abaixo.

— O que está fazendo? — perguntou, aos tropeções. — Para onde estamos indo?

— Para longe de olhares e ouvidos.

— Por quê? O que está acontecendo, Valentina? E por que está vestida como um cavalheiro? Por que não procurou ninguém para dizer que está viva? Como *pode* estar viva? Como...

— Najla, prometo que explicarei tudo — atalhei, tensa, guiando-a para a outra calçada —, mas agora temos que sair daqui.

Não sei ao certo se ela ouviu a urgência em minha voz ou se o choque começou a ceder. O que quer que fosse a fez recuperar um pouco da disposição, e então ela acompanhou meu ritmo acelerado.

Não fomos muito longe. Apenas até o parque. Passamos pelos portões, seguindo pela via de cascalho até a parte onde o bosque se tornava mais denso.

— Acredito que ninguém vai nos ver aqui. — Soltei um suspiro de alívio, retirando o chapéu, tão logo me senti segura entre algumas árvores.

Ela arfou, cobrindo a boca com a mão.

— Valentina, o que houve com o seu lindo cabelo?!

— Foi necessário. Vai crescer de novo — falei, na defensiva.

Sua resposta foi um soluço alto. A próxima coisa que vi foram seus braços me envolvendo, me apertando com tanta força que o cabo da sombrinha que ela ainda segurava se afundou em minhas costas, e a faixa que cobria meus seios ameaçou se soltar. O pacote e meu chapéu caíram no chão. Meus olhos marejaram enquanto eu afundava o nariz na manga do seu vestido.

— Nunca acreditei que você tivesse nos abandonado de propósito. Em nenhum momento me deixei convencer de que você tinha tirado a própria vida. — Ela beijou minha bochecha, me abraçando com mais ímpeto. — Mas, minha querida amiga, o que houve com você?

— Ainda estou tentando descobrir, Najla.

Ela se afastou para poder me examinar, mas manteve as mãos em meus braços, a pergunta cintilando naquele profundo V entre as sobrancelhas.

— Alguém me empurrou do *La Galatea*... — comecei.

Tive que voltar a história do início para que ela entendesse, explicando sobre a carta de tia Doroteia. Najla ficou tão chocada com a triste notícia acerca da morte da minha mãe que tive que fitar a grama para impedir as lágrimas. Aquele não era o momento para me entregar ao desespero. Não ainda.

Conforme avancei com a narrativa, contando sobre o ataque, meu quase afogamento antes de Abigail e seu irmão me encontrarem, seu rosto foi perdendo a cor. Eu me interrompi, preocupada, mas minha amiga balançou a cabeça e murmurou um "Estou bem", insistindo que eu prosseguisse. Eu disse tudo. Ou quase tudo. Não pude me obrigar a mencionar a origem de Felix. Mas fui totalmente franca quanto ao meu ex-noivo.

— O capitão Navas? — guinchou. — Você suspeitou dele?

— Eu não quis acreditar. — Abri os braços, exaurida. — Mas encontrei a abotoadura e tudo pareceu apontar para ele. Só que eu acabei de vê-lo usando o seu par. — Apanhei a joia no bolso e mostrei a ela. — Esta aqui não pertence ao Leon. Ele é inocente, Najla! Acho que fiquei tão cega pela mágoa de vê-lo com outra mulher que isso prejudicou meu julgamento.

— Acho que a culpa é minha. — Ela corou, recuando. — Não devia ter dito nada sobre aquela fofoca a respeito da primeira noiva dele. Deixe-me ver isto. — Pegou a pecinha dourada para analisá-la. — Humm... não. Nunca vi uma dessas antes.

Soltei um suspiro frustrado enquanto ela devolvia a abotoadura.

— Mas, minha amiga — continuou —, se tivesse visto como o capitão Navas se comportou com o seu desaparecimento, jamais teria desconfiado dele. Ele ficou devastado... Não. A palavra não é essa. — Balançou os cachos castanhos. — Enlouquecido. O capitão Navas ficou enlouquecido com o seu sumiço.

Então ela me disse tudo o que acontecera naquela noite a bordo do *Galatea*. Pedro tinha me visto sair para o convés. Depois que eu lhe dera as costas, ele percebeu que havia algo errado e foi procurar Leon. Meu amigo o encontrou em sua cabine, transtornado. Meu noivo contou sobre o fim do compromisso, a minha falta de confiança nele, enquanto sorvia uma garrafa inteira de gim. Pedro e ele estavam discutindo quando Najla os encontrou, preocupada, já que não conseguia me localizar em parte alguma. De início Leon pensou que eu estivesse escondida em algum lugar, mas, conforme a hora foi passando, começou a desconfiar de que havia algo errado. Colocou toda a tripulação em alerta, vasculhou cada cabine, cada canto do navio. Como não achou nada, o desespero o levou a dar a volta, na intenção de procurar por mim nas águas escuras. Ficaram no mar por cinco dias.

— Ele se recusava a voltar. — Najla espetou a grama com a ponta da sombrinha. — Acreditava que iria encontrá-la. Não comeu, não dormiu... Ameaçou esmurrar o dr. Almeida quando o médico sugeriu que ele saísse um pouco do sol.

— Meu Deus, Najla! — Engasguei com a culpa, que me deixou um gosto amargo na boca.

— Então não pode ter sido ele, mesmo porque Pedro esteve com Leon o tempo todo.

Mortificada, baixei a vista para sua saia florida. Eu julgara mal Leon. Tão mal! Creditara a ele um caráter duvidoso e com isso cometera um grave erro. Tinha deixado o medo me subjugar e o condenara injustamente.

Será que um dia ele compreenderia que eu estava tão assustada e sozinha que não pensara direito ao fazer mal juízo dele? Será que entenderia que vê-lo com outra mulher me devastou a ponto de eu perder a razão? Será que ele poderia me perdoar pela confusão que aquela maldita abotoadura plantou em minha cabeça?

Será que eu poderia?

— Você parece tão pálida, tão magrinha. — Najla apertou a manga frouxa do meu paletó. — Onde está se escondendo?

— Na casa de Leon.

Se seus olhos se alargassem um pouco mais, correriam o risco de pular das órbitas e rolar pela grama.

— Não se preocupe! — eu me adiantei. — Ele não me reconheceu. Eu vou ficar bem. Mas estou nervosa. Acabei de saber que Suelen e Dimitri estão noivos. O que aconteceu?

— Ah. — Revirou os olhos. — Se você soubesse o que a sua prima cabeça-oca fez...

Suelen andava sofrendo com meu desaparecimento. Por conta disso, o dr. Almeida a aconselhou a ocupar a mente com outra coisa antes que acabasse doente, exatamente como tinha feito comigo anos antes. Mas, em vez de caminhadas e jogos de matemática, minha prima decidira que planejar um casamento poderia ser uma boa distração. Atraíra Dimitri até o jardim e ficara de orelhas em pé. Quando escutara que alguém se aproximava, o agarrou e assim conseguiu a peça que faltava para seu projeto: o noivo.

— Minha nossa! — exclamei, rindo. Então Suelen era quem tinha dado o golpe? Ora, veja só. — E o sr. Romanov, como reagiu?

— Bem, diante das circunstâncias, pareceu até contente. No fim das contas, acho que se apaixonou por ela de verdade.

Ninguém jamais poderia condenar Suelen por não correr atrás do que desejava. E, se aquela era sua escolha, eu só podia me alegrar por ela. Além disso, se Dimitri realmente a amasse, eu não veria impedimento algum naquela união. É claro, me preocupava muito seu problema com as cartas e o ópio, mas todo mundo merece uma segunda chance. Todos temos o direito de errar, assim como de recomeçar sem os fantasmas do passado a assombrar a nova vida.

Será que Leon também pensaria assim?

— E quanto ao meu pai, Najla? — eu quis saber. — E Felix? Você os viu? Ela fez que sim.

— Seu pai parece arrependido. Você não o reconheceria. Acompanhou de perto as buscas, mas não aceitou bem o anúncio da guarda costeira de que não havia mais nada a ser feito, que você jamais seria encontrada. Quanto ao seu irmão, ele está bem, mas não acredita que você tenha morrido. Insiste que foi capturada por um pirata e está disposto a ir resgatá-la.

— Oh, Felix. — Meus olhos marejaram conforme a saudade apertava minha garganta.

Minha amiga leu o tormento em meus olhos e abraçou minha cintura.

— Não fique assim. — Encostou a lateral da cabeça na minha. — Tenho certeza de que todos vão entender por que não os procurou depois que souberem a verdadeira história. Mas, Valentina, o que me preocupa é como esse seu disfarce pode acabar. Assumir outra identidade é crime. Punível com forca!

— Forca? — Céus!

— Você precisa ser cuidadosa. Não se lembra da história daquele fazendeiro que se passou por um conde? Ele acabou sendo enforcado em praça pública no ano passado. Não pode deixar ninguém saber quem você é de verdade!

Não, ela estava errada. O que eu tinha de fazer era pôr um fim àquela farsa de uma vez por todas.

Foi com esse pensamento que me despedi dela e escolhi o trajeto mais curto para a casa de Leon. Eu precisava vê-lo. Como se meu coração só fosse se aquietar depois que eu o encontrasse.

Não sabia ainda como contaria a verdade, mas tinha que me desculpar. Pouco importava se ele se enfureceria e me expulsaria de sua casa, de sua vida. Era a *única* coisa certa a fazer.

Minhas divagações desapareceram feito fumaça, porém, no momento em que me vi diante da imensa construção de três andares e um rosnado furioso ecoou lá dentro.

Passei tão rápido pela porta que ela se chocou contra a parede. Mas empaquei logo que cheguei à sala de visitas, examinando a cena com o coração aos pulos. O mordomo tinha os braços erguidos, uma coleira pendendo de uma das mãos, o rosto descorado pelo medo. Ele encarava, com profundo horror, o animal do outro lado do ambiente, as presas à mostra, os pelos eriçados, rosnando.

O sr. Abelardo movimentou a coleira sobre a cabeça como se fosse um açoite.

— Pare! — gritei.

Animal e homem olharam para mim. O cão latiu uma vez e, então, subitamente pareceu confuso. Uma fungada no ar foi o que bastou para que suas orelhas se erguessem, a cauda começasse a balançar freneticamente antes de trotar em minha direção. Seu corpo pesado colidiu contra o meu, me derrubando no piso de madeira encerado. Eu gemi, mas ele deu pouca importância, se sentando sobre minha barriga, muito ocupado em lamber meu rosto. Fazia cócegas.

— Manteiga — sussurrei. Ah, como senti falta dele!

— Por mil demônios, ele está atacando o garoto! Capitão! Capitão! — esbravejou o sr. Abelardo.

— Ele não está me atacando — garanti ao mordomo, ao mesmo tempo em que acariciava aquele ponto atrás da orelha que meu cachorro tanto gostava. — Também senti saudade — falei baixinho para que apenas Manteiga ouvisse.

Com algum custo, consegui fazê-lo sair de cima de mim. Acalmá-lo, porém, foi outra história. Às vezes eu gostaria que as pessoas fossem mais parecidas com os cachorros. Não importava quantas vezes eu ficasse brava com ele, que ralhasse por ter roubado comida da mesa, subido na cama com as patas enlameadas ou ter desaparecido com um dos meus sapatos. Bastava um olhar e aquela bolota de pelos amarelos se esquecia de tudo, amor e lealdade reluzindo em seus olhos. Cachorros não guardam ressentimentos. Criaturas tão puras desconhecem tal emoção.

— O que ele faz aqui? — perguntei ao sr. Abelardo, me ajoelhando ao lado de Manteiga, que havia deitado de costas para me oferecer a barriga branca.

— O capitão foi buscá-lo. Era da noiva dele. Parece que a madrasta pretendia colocá-lo na panela por ter estragado um chapéu.

— Leon fez isso? — Ofeguei.

— O *capitão Navas* fez — enfatizou o mordomo, contraindo as sobrancelhas. — Infelizmente. Teria sido melhor seguir o plano da sra. Albuquerque. Essa criatura demoníaca pretendia me atacar!

— Ele não pretendia atacá-lo. Apenas se assustou com a coleira. Ele não gosta.

— E como sabe disso? — Mas foi Leon quem fez a pergunta.

Meu noivo... ex-noivo... atual patrão... Ah, eu já não sabia como me referir a Leon. Ele entrou na sala daquele seu jeito de felino, gingando, e o ambiente pareceu se tornar mais iluminado, mais quente, o ar mais límpido. Meu coração se atrapalhou quanto ao que fazer, como na manhã em que nos conhecemos:

primeiro ameaçou parar, errou uma batida, e logo em seguida desatou a galopar no peito. Meus olhos buscaram os dele, aquelas duas estrelas prateadas, agora encobertas pela tristeza.

E mesmo então ele pensara em Manteiga, resgatando-o de Miranda, porque se importava. Porque Leon era bom, a ponto de sair em socorro de um cachorro.

Era bom a ponto de sofrer por mim, sua noiva, que em um momento de total descontrole lhe dissera coisas horríveis.

Era bom a ponto de forçar toda uma tripulação e seus convidados a permanecer no *La Galatea* durante cinco dias, sem nada além das roupas do corpo, porque tentava me encontrar.

Era bom a ponto de oferecer emprego a mim, um suposto garoto em possível estado de necessidade.

Era bom em seu coração. Em sua essência.

Como pude pensar mal dele? Com abotoadura ou não, como pude ser tão injusta? Como?!

O remorso se misturou à alegria de vê-lo, e comecei a me levantar, pronta para correr para ele e... beijá-lo. Por Deus, como eu queria beijá-lo naquele instante e dar vazão aos sentimentos que faziam minha cabeça rodar.

Mas então ele perguntou:

— Como sabe que Manteiga não gosta de coleira, *chico*?

Chico. Não *sirena*. E isso me lembrou de que eu não podia me lançar em seus braços sem que ele me desse um bom empurrão até que tivéssemos uma longa e dolorosa conversa.

— Como sabe que ele não gosta de coleira? — repetiu, inclinando a cabeça para o lado, observando meus dedos afundados nos pelos sedosos do meu amigo de quatro patas.

— Nenhum cachorro que eu conheça gosta — improvisei.

Ele ponderou por um instante e deu de ombros. Então avistou o pacote que eu tinha deixado cair durante o ataque de Manteiga e uma nuvem escura atravessou seu semblante.

— Eu mandei se livrar disso — grunhiu, o maxilar trincado.

— É o que farei, capitão. Mas antes será que eu...

— Deseja que o almoço seja servido agora, capitão Navas? — atalhou o sr. Abelardo.

Leon cuspiu uma porção de coisas em espanhol, esfregando o rosto. Eu era capaz de apostar minha mão direita que a maioria eram impropérios.

— Perdão, como disse? — indagou um também ruborizado sr. Abelardo.

— Eu disse que tenho muita coisa para resolver hoje. Avise a cozinheira que almoçarei depois, e que não se dê o trabalho de preparar meu jantar. — Seu olhar se voltou para mim. — Separe um traje. Vou sair mais tarde.

— Vai? — perguntei, surpresa.

— Algum problema? — questionou, arqueando uma sobrancelha negra.

— Não. — Nenhum. Apenas que um homem aparentemente de luto não deveria se lançar em eventos sociais antes de seis meses...

Soltei um suspiro.

Sua saída não era o problema. A minha mentira era. Eu tinha que contar tudo a ele.

— Você e Manteiga parecem se dar bem. — Leon admirou o animalzinho por algum tempo. — Pode tomar conta dele quando eu não estiver em casa?

— Claro que sim. — Tomando fôlego, obriguei-me a ficar de pé e encará-lo. — Capitão, eu gostaria...

— Se assegure de que não falte nada a ele — continuou, parecendo não me ouvir. — E que seja bem tratado. — Essa parte foi dirigida ao sr. Abelardo.

O mordomo ergueu as mãos, a coleira se balançando como o pêndulo de um sino.

— Ele pretendia me atacar! — balbuciou. — Eu só ia amarrá-lo no quintal.

— Eu não esperaria nada menos do cachorro de Valentina. Nenhum dos dois nasceu para ficar preso. — Leon uniu as mãos, brincando com o anular antes de se dar conta de que o anel não estava mais ali, ao mesmo tempo em que eu franzia a testa. — E é melhor tratá-lo com deferência.

— Deferência? — O sr. Abelardo empalideceu.

— Pense nele como um duque e tudo ficará bem. — Leon cruzou a sala, parando a meio metro do homem. — Se alguém ousar fazer alguma coisa contra esse cachorro, vai acordar sem uma das pernas. Fui claro?

— C-Como cristal, c-capitão. — Abelardo se apressou em esconder a coleira atrás das costas.

Leon girou sobre os calcanhares e começou a voltar para o escritório.

— Capitão, espere! — Corri atrás dele. — Eu poderia falar com o senhor?

Suas botas derraparam no piso conforme vacilava. Massageando as têmporas como se a cabeça o matasse, soltou um impaciente e exaurido suspiro.

— É urgente, *chico*? — Ele me olhou por sobre o ombro. — Não pode esperar até amanhã?

Bem, era urgente. Mas ele parecia estar sofrendo com uma crise de enxaqueca e já estava irritado o suficiente. Lembrei-me de ele ter respondido algo semelhante para aquele tal Gaspar quando conheci seu barco. Até o sujeito, que dava ares de querer arranjar confusão com o mundo, recuara. E Javier confidenciara que não queria ficar no caminho do capitão Navas. Era inteligente ouvir seu conselho.

— Sim, é claro que pode — acabei respondendo.

Seria bem melhor se, antes de revelar minha verdadeira identidade, ele estivesse mais bem-humorado. Além disso, um dia a mais não faria diferença alguma, faria?

22

— Pronto, Manteiga. — Coloquei a velha tigela diante do meu cachorro, no quintal da casa de Leon. Ele atacou o jantar com ímpeto. Tinha sido assim no almoço também. Esfreguei os pelos macios em seu lombo, meus dedos saltando nos desenhos de suas costelas, agora proeminentes, em estado semelhante àquele em que eu o encontrara. A megera não o estava alimentando direito. Como se eu precisasse de mais motivos para repudiar Miranda. — Não se preocupe — falei ao meu amigo. — Vou cuidar de você. E você ouviu o Leon, não? Deve ser tratado como um duque, sua Graça!

A resposta dele foi abocanhar um pedaço de carne, mastigar duas vezes e engolir.

Eu ainda estava surpresa com o gesto de Leon. Quem teria antecipado que ele resgataria o meu cachorro? Eu certamente não, e, por causa disso, meu pulso ficava instável a cada vez que eu pensava no homem que saíra fazia pouco mais de uma hora, em um belo traje de noite.

Fui me sentar nos degraus na escada, observando Manteiga devorar seu banquete. Pela primeira vez desde que chegara àquela casa, eu não sabia o que fazer. Não havia mais o que procurar.

Até aquele instante, eu tinha mantido o assunto à margem, mas já não podia me esquivar. Leon não havia me empurrado do *La Galatea*. Mas alguém tinha feito isso, e eu não fazia ideia de quem era ou de suas motivações.

Miranda era minha aposta, mas não poderia ter agido sozinha. Quem teria se associado a ela, pelo motivo que fosse? Ou eu estava enganada ao creditar a culpa à minha madrasta e a pessoa agira por seus próprios motivos?

Seria Inácio?, me perguntei. Seu pedido de desculpa tinha sido apenas uma encenação cínica? Ele se ressentira por ter sido rejeitado, espalhando fofocas pela cidade. Mas ficara magoado a ponto de se vingar de maneira tão vil?

Ou poderia ser Dimitri? Não. Era improvável. Apesar de não ter gostado da ideia de vê-lo cortejar Suelen, e de ter deixado isso bem claro, minha opinião tinha pouca importância para ele. Além disso, naquela noite Dimitri não estava prestando atenção em nada, exceto na minha prima. Ainda que não fosse assim, eu tinha a impressão de que ele jamais faria algo que pudesse desalinhar seus trajes bem cortados.

Pedro jamais faria qualquer coisa que machucasse alguém, além de ter estado com Leon durante a noite toda. Meu amigo simplesmente seria incapaz daquela violência. O mesmo valia para o dr. Almeida.

Restavam os marinheiros. Gaspar certamente faria tal coisa, mas por que me atacaria se mal nos conhecíamos? Javier era tão amigável, fora tão gentil com Dominique... e não se aproximara de mim quando eu estava em minha própria pele, como Valentina. Por que tentaria matar uma garota que nunca lhe dirigira a palavra? O mesmo se aplicava ao restante da tripulação. A não ser que Miranda tivesse contratado um deles...

Minha cabeça ameaçou explodir ao mesmo tempo em que meu estômago rosnou um protesto. Eu poderia pensar em tudo aquilo mais tarde, de barriga cheia.

Deixei Manteiga com seu jantar e fui para a cozinha, onde os outros empregados da casa se amontoavam ao redor da mesa. Três rostos se viraram para mim. Fiquei sem graça, incerta de onde colocar as mãos.

— Pegue um prato se quiser comer — o sr. Abelardo bufou. — Ninguém aqui vai servi-lo, se é o que está esperando.

Se estivesse no *La Galatea* naquela terrível noite, o sr. Abelardo ocuparia o topo da minha lista de suspeitos.

Depois de lavar as mãos na tina e preparar meu prato, me acomodei na cadeira ao lado da srta. Lúcia, que sorriu, simpática. Procurei por guardanapos, mas não havia nenhum, de modo que comecei a comer. Não consegui suprimir o gemido.

— Srta. Lúcia, preciso dizer que esse é o melhor ensopado de carne que já provei — falei, saboreando mais um pedacinho.

— Ora, obrigada. Fico feliz que aprecie, Dominique. — Ela corou de leve. — O capitão Navas não é dado a cerimônia. Gosta de comida simples. Na verdade, de uma vida descomplicada, de maneira geral.

— Sim, de fato. — O sr. Abelardo cortou a carne em seu prato com mais força que o necessário. — Demitiu o chefe francês que eu contratei após a primeira refeição. Minha carreira está acabada.

O condutor da carruagem que Leon alugara por tempo indeterminado deu risada.

— Não diga bobagem — comentou o sr. Moreira. — Todos sabem que o capitão não gosta de rodeios. Ninguém espera que ele se comporte como um duque.

— O título de capitão denota certa classe — insistiu o mordomo. — O capitão Navas deveria se comportar como tal. Mas ele age como um reles marinheiro!

— Não é verdade — defendeu a srta. Lúcia. — Ele é muito refinado quando quer.

— E esse é o problema. Ele nunca quer. — A cara do sr. Abelardo se enrugou em desaprovação, estudando cada um dos rostos. — Não se enganem. Todos teremos dificuldade para arranjar outro emprego depois que ele for embora. Viemos para esta casa com a promessa de servir uma dama refinada. Mas a menina não era tão tola quanto parecia e pulou do barco.

Lancei a ele um olhar enviesado e provavelmente teria dito algo que me poria em problemas se o cocheiro de cabelos encaracolados e escuros não tivesse intervindo.

— Tenha um pouco mais de respeito, sr. Abelardo — censurou.

— Ninguém liga para a reputação de criados, de toda forma. — Lúcia espetou uma batata.

— Você só pode ter meio cérebro, srta. Lúcia — o mordomo resmungou.

Descansei os talheres no prato. Assim já era demais.

— Pois acredito que o senhor é quem tem a cabeça leve demais — opinei, sem pensar. — Não devia falar nesses termos com uma dama. Desconfio de que, se enfrentar alguma dificuldade em encontrar outra casa para trabalhar depois da partida do capitão Navas, será apenas pela sua falta de refinamento.

Três pares de olhos se fixaram em mim. O sr. Moreira parecia surpreso, ao passo que tudo o que li no semblante do sr. Abelardo foi desagrado. Lúcia... bem, apenas ruborizou de novo e me lançou um discreto sorriso agradecido.

O silêncio preencheu a cozinha, sendo interrompido apenas pela sinfonia produzida pela porcelana, talheres e copos.

— Você tem muito bons modos, Dominique — elogiou o sr. Moreira, observando-me cortar a comida. — Parece que teve aulas de etiqueta.

Os olhos irritados do sr. Abelardo se puseram a analisar meus movimentos, a testa encrespada.

Deixei o garfo cair; um pouco de comida se amontoou sobre minha coxa. Naquele momento, não foi de todo ruim.

— Ah... eu... tive uma patroa muito exigente — improvisei, limpando com os dedos a bagunça no traje. — Então esta é a primeira vez que vocês trabalham para o capitão Navas?

— É a primeira vez que ele fixa residência na cidade. — O sr. Moreira encheu a boca com uma imensa cenoura. — Parece que pretendia estender sua estadia por algum tempo, depois veio a história do casamento. Mas, como não aconteceu, suspeito que logo vá partir.

Uma sensação fria e dilacerante apunhalou meu peito. Leon partiria em algum momento. É claro que eu sabia disso. Eu apenas pensei que... bem, que ele não fosse.

— Eu não entendo por que ainda não foi embora. — O mordomo fez um muxoxo.

— Ora, sr. Abelardo. — O cocheiro apanhou um pedaço de carne ainda com osso e começou a roê-lo. — O homem acabou de perder a noiva. Ele ainda está de luto.

— Ao menos é o que as roupas dele dizem. Mas um homem de luto sairia tanto quanto ele?

— O capitão deve ter um bom motivo para se ausentar tanto. Creio que não esteja desrespeitando a memória da srta. Valentina. Que Deus lhe dê o eterno descanso. — Moreira fez o sinal da cruz.

Lúcia o imitou, fechando os olhos.

Eu pisquei, um pouco desconfortável. E muito envergonhada. Leon tinha que voltar para casa logo para que eu pudesse pôr fim àquela história.

— Um bom motivo... — riu o mordomo. — Sim, ele tem um excelente motivo. Se perder entre as saias de uma dama.

— Sr. Abelardo! — ralhei, impaciente. — Não devia fazer fofoca sobre o homem que paga o seu salário.

— Não é fofoca. É a verdade.

— Não é, não — interferiu a srta. Lúcia. — O capitão às vezes fica muito tempo fora, de fato. Mas porque está no mar atrás da noiva.

Engasguei. Lúcia se apressou em dar tapinhas em minhas costas. E a garota tinha uma mão e tanto.

— Ele está atrás da noiva? — perguntei assim que consegui recobrar o fôlego. — Ele... ainda está... procurando por ela?

Meu coração errou uma batida e então disparou, ensandecido. Pressionei a mão de encontro ao peito para que ele se acalmasse. Não sei como a srta. Lúcia me ouviu. Eu mal tinha força para pronunciar as sílabas. Mas ela escutou e anuiu uma vez.

— Sim. E desconfio de que seja isso que ainda o prende à cidade. O pobrezinho está esperando que a srta. Valentina retorne. Não é de partir o coração?

Então era isso que ele fazia no mar! Ele não havia me esquecido. Não tinha desistido, mesmo depois de todas as palavras horríveis que eu lhe dissera. Mesmo depois de eu ter rompido o noivado. Ainda estava atrás de mim!

"O que está procurando, afinal", eu lhe perguntara, entorpecida pelo gim.

"Meu coração", respondera, sem hesitar.

Seu coração.

Um cálido anseio preencheu meu peito, e tive que lutar para engolir as lágrimas que subitamente brotaram em meus olhos. Mas não consegui refrear a esperança. Se ele ainda procurava por mim, se ainda se importava, então talvez existisse uma chance de que pudesse me perdoar quando eu lhe contasse toda a verdade. Um chance ínfima, admito. Algo em torno de 0,25 por cento. Mas uma chance, ainda que insignificante, era melhor que nenhuma, não era?

— Pois sim! — bufou o sr. Abelardo. — Deveria estar se casando hoje, e onde ele está agora?

Espalmei as mãos na mesa.

— C-Como disse?

— O capitão e a srta. Valentina deveriam ter se casado hoje — esclareceu Lúcia, tristonha. — É 9 de outubro. Acho que ele se lembrou e por isso ficou tão irrequieto o dia todo.

O rosto atormentado do meu noivo fitando o vazio naquela manhã surgiu atrás de minhas pálpebras.

Oh, Leon...

Eu tinha que falar com ele. Imediatamente! Pouco importava seu humor, se estaria zangado e se se recusaria a me ouvir. Eu não podia permitir que ele continuasse sofrendo nem mais um segundo. Por que Leon não voltava logo para casa?

— Acredita mesmo que ele já não esqueceu a garota, se está neste momento na casa de jogos? — questionou o mordomo. — Todos sabemos que ele não foi até lá atrás das roletas. — Arqueou as sobrancelhas de um jeito significativo.

Não que eu tenha entendido.

— Sr. Abelardo! — A testa do sr. Moreira se transformou em um emaranhado de vincos profundos.

O homem com cara de poodle emburrado ergueu as mãos espalmadas à frente do corpo.

— Estou apenas dizendo...

— O que há na casa de jogos além das roletas? — eu quis saber, relanceando um homem, depois o outro.

Remexendo-se na cadeira, parecendo um pouco desconfortável e muito relutante, o cocheiro acabou dizendo:

— Dizem que a casa de jogos é apenas uma fachada para o que acontece nos quartos no andar de cima.

— E o que acontece no andar de cima? — insisti.

— Pelo amor de Deus, moleque! — O sr. Abelardo revirou os olhos. — De que buraco você saiu?

— Não implique com ele — defendeu a srta. Lúcia, se esticando para se servir de uma fatia de pão.

— O que acontece no andar de cima? — tornei a perguntar, me dirigindo a ela dessa vez.

— Bem... — Ela começou a picar o pão com dedos nervosos, as bochechas acesas como duas brasas. — Dizem que acontecem... damas.

— Damas? Em uma casa de jogos? — Dei risada. — Não é possível. Não as deixariam entrar. — Havia regras entre os cavalheiros. Damas não eram aceitas em redutos masculinos. Seria mais aceitável uma dama usar calças do que ser admitida naquele antro de jogatina.

Usar calças com a aprovação da sociedade, quero dizer, não como um disfarce. Isso seria ainda mais impensável.

— Não deixariam se essas mulheres fossem realmente damas. — A maneira como a malícia distorceu a voz do sr. Abelardo me alertou sobre o tipo de mulher que frequentava aquele estabelecimento, e eu finalmente entendi.

O jantar ameaçou fazer o caminho contrário, meu estômago revirando como se eu estivesse de volta ao mar. Meu noivo tinha se vestido com capricho, usara até água de colônia e se barbeara antes de sair para se encontrar com prostitutas na noite do nosso casamento.

* * *

Tudo o que eu queria era subir para o quarto e resmungar até adormecer. No entanto, assim que o jantar terminou, o sr. Abelardo me lembrou com pouca cortesia de que eu não tinha concluído o trabalho naquela tarde e me mandou para os fundos da casa, onde fui soterrada pela pilha de roupas sujas. Então ali estava eu, sentada em um banquinho bastante desconfortável, escovando os paletós do meu noivo traidor com muito mais força que o necessário.

— Prostitutas — murmurei entredentes. — Meu noivo escolheu passar nossa noite de núpcias na companhia de prostitutas!

Quer dizer, teria sido nossa noite de núpcias se minha vida não fosse uma baderna. O fato de eu ter rompido o noivado na última vez que discutimos não era relevante.

Manteiga se empertigou ao meu lado, tão indignado quanto eu.

— Duas semanas! Estou desaparecida há menos de duas semanas! E ele já se encontra nos braços de outra mulher. Toda aquela encenação do luto quase me convenceu. Mas era tudo fingimento.

Terminei a primeira peça e comecei a escovar outra, antes procurando por algo perdido nos bolsos. Já havia encontrado três pedaços de gengibre, duas moedas e um recibo. Ao que parecia, Leon não se dava o trabalho de esvaziar o paletó antes de tirá-lo. Ou de sofrer apropriadamente por mim.

Eu não era seu coração porcaria nenhuma.

Manteiga ganiu baixinho.

— Eu sei! Aquele cafajeste! Também quase acreditei nele. Sou uma tola!

Era bom ter alguma coisa para ocupar minhas mãos. Do contrário, elas podiam muito bem se agarrar aos vasos ou louças daquela residência e atirá-los na parede. Ou na cabeça de Leon, se eu estivesse com sorte e ele a uma distância conveniente. Mas ele nem ao menos estava em casa para que eu pudesse atingi-lo, pois preferira se encontrar com prostitutas, já que só se importava em saciar seus desejos devassos.

Devia ser fácil para ele, com aquele corpo esguio e forte todo bronzeado (como eu bem sabia) e os olhos extraordinários. A cicatriz na boca devia despertar todo tipo de especulação de como ele a conseguira. Ou se seria áspera contra os lábios. Ou o pescoço. Ele devia estar ciente disso, já que usara aquela colônia indecente antes de sair: para potencializar seu poder de sedução. Funcionava como uma poção mágica, enfeitiçando as pobres damas desavisadas.

Mas não a mim. Eu jamais permitiria que o perfume ou qualquer outra coisa relacionada a Leon tivesse algum efeito sobre meus sentidos.

— Está cheirando o paletó do capitão, Dominique?

Eu me virei de imediato. Lúcia, imóvel sob o umbral da porta, um par de botas enlameadas nas mãos, um prato na outra, me estudava com a testa encrespada. Tarde demais, percebi que eu tinha o nariz enfiado no colarinho do paletó de Leon.

Soltei imediatamente a peça, que se amontoou sobre minhas pernas.

— Eu... humm... Mas é claro que estou. De que outra maneira eu saberia se precisa ser lavado ou apenas escovado? — improvisei, ruborizando ao mesmo tempo em que lançava a Manteiga um olhar ultrajado.

Ele respondeu com um encolher de orelhas, escondendo o focinho entre as patas dianteiras.

— Imagino que esteja certo... — Lúcia abandonou as botas ao lado da banqueta que eu ocupava e então me ofereceu o prato. — Eu trouxe para você.

A deliciosa fatia de bolo coberta com glacê brilhou sob a luz da lanterna pendurada ao lado da porta. Manteiga se colocou sobre as patas no mesmo instante, abanando o rabo, hipnotizado pela comida.

Deixei a escova no chão, esfregando as mãos para eliminar os fiapos.

— Ah, quanta gentileza, srta. Lúcia. Mas não devia ter se incomodado.

— Não foi incômodo nenhum. O sr. Abelardo não vai sentir falta de um pedaço de bolo. Mas coma antes que ele apareça — sussurrou, com urgência. — Ele não permite que os empregados provem a sobremesa.

— Por que não? — perguntei, enfiando um pedaço na boca.

— Diz que é para aprendermos que a vida não é nem um pouco doce. — Ergueu os ombros.

— Pois eu suspeito que falte sobremesa a Abelardo. Não me recordo de ter conhecido alguém mais azedo. — Exceto, talvez, a sra. Cassandra Clarke, tia de Elisa. Mas até a velha senhora tinha melhorado nos últimos tempos, graças à chegada do neto.

Provei mais um pedaço do bolo e suspirei. Antes que pudesse elogiar o talento culinário de Lúcia ou lançar um naco na boca ansiosa de Manteiga, meu cachorro esqueceu a comida, avançando para o portão, o que me alertou de que algo não estava certo. Vinte segundos depois, o rapaz magro de cabelos escuros adentrou o quintal.

— Sr. Pontes... — Fiquei de pé.

— Dominique. Graças aos céus! Senhorita. — Javier fez um cumprimento apressado.

Lúcia e eu retribuímos.

O rapaz inclinou a cabeça para o lado, confuso. Então percebi que eu tinha feito uma mesura exatamente igual à de Lúcia. Ah, porcaria.

— Aconteceu alguma coisa? — indaguei, sem graça.

Sacudindo a cabeça, o rapaz deixou a curiosidade de lado e retornou ao estado atormentado.

— Preciso falar com o capitão imediatamente, Dominique.

— Ele não está em casa. O que houve? — insisti.

— Por Deus! — Levou as mãos aos fios, puxando-os para cima, o que explicava o motivo de sempre apontarem para o alto. — Estamos perdidos! Gaspar arranjou encrenca outra vez. Um bando de franceses que acabam de aportar e estão ameaçando tomar o *La Galatea*.

— Minha nossa! — Lúcia e eu exclamamos, em uníssono.

— Devemos avisar a guarda — falei, aflita. — Eles saberão como proceder.

— Não há tempo! — rebateu Javier, friccionando a testa. — Nossos homens estão fazendo o que podem para bloqueá-los. Mas não sei por quanto tempo resistirão. E o segundo no comando, Gaspar, está bêbado demais para nos dar alguma ordem. Navas precisa intervir ou vai perder o navio!

— Meu Deus! Deve avisar o patrão. — Lúcia perdeu a cor. — Sem demora! Vai encontrá-lo na casa de jogos.

— Diabos, é do outro lado da cidade! — Javier bufou. — Eu preciso voltar e tentar acalmar os ânimos até que ele chegue. — Então pousou as mãos grandes em meus ombros e me sacudiu com tanta força que meus dentes bateram. — Vá até ele, Dominique. E diga que seja rápido!

Meus olhos quase saltaram das órbitas.

— Eu? Mas eu não posso ir até a casa de jogos. Jamais me deixariam entrar. Eu sou uma... — *mulher*, quase adicionei.

— Eu sei que é pouco mais que uma criança — retrucou, entendendo errado. — Mas duvido que barrem sua entrada assim que disser o nome de Navas. O destino do *La Galatea* depende do quão rápido você pode correr.

Eu estava prestes a lhe dizer que aquilo era uma tremenda loucura, que eu jamais seria admitida naquele estabelecimento. Não era como ir ao alfaiate, onde qualquer mulher acompanhada seria bem recebida. A casa de jogos era apenas para homens. Em outras palavras: proibida para mim. Se alguém me flagrasse lá, disfarçada de rapaz, eu teria uma corda para enfeitar meu pescoço antes que pudesse piscar. Além disso, eu não queria em minha cabeça a imagem de Leon com outra mulher. A primeira já havia causado confusão demais.

No entanto, se eu não fizesse nada, Leon corria o risco de perder o *Galatea*.

Olhei para o ansioso Javier e respirei fundo.

— Está bem. — Dei um firme aceno. — Volte para o cais e tente impedir a invasão. Eu vou atrás do capitão.

23

Os cavalheiros são livres para voar na direção que quiserem, ao passo que as damas parecem belas aves raras, aprisionadas em suas gaiolas, como se não sentissem o mesmo desejo de experimentar o sabor da liberdade. Esse pensamento me ocorreu tão logo meus pés tocaram o mármore branco no interior da casa de jogos, depois que passei sem problema algum pelo rapaz corpulento, em um belo uniforme azul e dourado, que recepcionava — ou barrava, eu desconfiava — os clientes. O lugar era requintado, com cortinas de brocado vermelho caindo sobre as vidraças abobadadas, um belo e imenso lustre de cristal e centenas de velas pendendo do teto. Mesas redondas se espalhavam por todos os lados. O tilintar de copos e taças se incorporava ao falatório, o girar da roleta e a peça do sr. Vivaldi belamente executada por um cavalheiro em um piano de cauda. Mas o ar saturado fedia a fumaça, suor e álcool.

Depois de um breve exame, meu coração deu um salto ao constatar que não havia nenhuma mulher à vista, fosse uma dama ou não. Eu teria uma séria conversa com o sr. Abelardo...

Parada logo na entrada, estiquei o pescoço e vasculhei com os olhos o enorme salão branco e dourado. Avistei Leon em uma extremidade, próximo à roleta. Ele não estava sozinho.

Ah, por quê? Por que tinha que ser logo o sr. Romanov? Por que não podia ser alguém que eu não conhecia?

Ao que parecia, as jovens Albuquerque não tinham dado muita sorte na escolha do noivo, pensei, irritada. O meu, ainda de luto, se refestelava com um copo de conhaque; o de Suelen nem bem tinha assumido o compromisso e já aparentava ser o homem de quem eu me lembrava, abraçado a uma garrafa, consumido pela própria fraqueza.

Ajeitei os fios da franja para que me caíssem sobre o nariz e fui me aproximando deles, tomando alguns esbarrões de cavalheiros que pareciam não me enxergar — que dirá se desculpar pelo encontrão.

Uma parte minha estava alarmada, temendo ser descoberta, mas a outra se sentia animada, ansiosa para descobrir o que os homens faziam quando não havia damas por perto. E o que eles faziam era... meio decepcionante, na verdade. Fumavam charutos, bebiam sem ressalvas, jogavam cartas ou dominó, gritando palavras pouco educadas. Outros liam o periódico da semana. Não era tão interessante quanto eu tinha imaginado.

Ainda assim, eu não conseguia imaginar que mulheres um dia tivessem direito a um lugar como aquele, com liberdade para se divertir sem uma enfadonha xícara de chá ou um bastidor com um belo bordado descansando sobre as saias.

Eu ainda estava a alguns metros da mesa quando os olhos argutos de Leon me encontraram.

— *Chico?* — Sua testa franziu. — O que faz aqui?

Dimitri se virou e eu enrijeci de imediato. Mas não devia ter me dado o trabalho. O ruivo me dedicou o mesmo interesse que demonstraria à mobília.

— Perdoe-me, capitão. — Parei atrás da cadeira do sr. Romanov. — Há uma emergência no *La Galatea*. O sr. Pontes me pediu para avisá-lo que deve ir para o porto o mais depressa possível. Gaspar... — comecei, mas não cheguei a concluir.

Ao ouvir o nome do marinheiro, Leon praguejou, se levantando tão depressa que a cadeira se arrastou pelo mármore com um grito agudo. Ele deu pouca importância a isso ou aos diversos arqueios de sobrancelhas e separou algumas moedas, jogando-as sobre a mesa.

— Preciso ir, Romanov. Voltaremos a nos encontrar. — Seu rosto não exprimiu nenhuma emoção, mas captei um ligeiro estreitar de olhos que, a um observador menos atento (ou bêbado, como era o caso de Dimitri), passaria despercebido.

Dimitri elevou o copo como que em um brinde.

— *Zertamente*. Foi um prazer beber com *vozê*, capitão *Navax*.

Tive a impressão de que Leon tinha uma opinião um pouquinho diferente quanto àquele encontro, mas ele não disse nada. Fez um sinal para que eu o acompanhasse e começou a driblar as mesas. Ao passarmos pelas portas duplas altas, olhou ao redor, procurando, até que avistou sua carruagem na esquina. O sr. Moreira fumava na calçada, mas, tão logo viu Leon — e sua expressão furiosa —, jogou o cigarro no chão, pisando-o com o calcanhar da bota, e tratou de subir no banco do condutor.

— Para o cais — Leon disse ao passar por ele. No instante seguinte, me empurrava para dentro da carruagem. — Conte-me o que sabe, *chico* — pediu, batendo a porta.

Apoiei as mãos no assento para me estabilizar conforme o veículo entrou em movimento, me pondo a narrar o pouco que Javier havia dito. Leon rosnou uma imprecação em seu idioma que me fez corar e ao mesmo tempo me dar conta de que ele a teria proferido mesmo se soubesse estar na presença de uma dama. Era meio irônico. Eu o acusara de falta de modos uma vez. Isso porque eu não sabia que os homens tendiam a se comportar daquela mesma maneira longe das damas. Ao menos Leon não se camuflava atrás de máscaras bem-educadas. Ele era como era e não escondia isso de ninguém.

— Se aqueles franceses não matarem Gaspar, eu mesmo mato! — Cerrou um dos punhos sobre o joelho. — Se acontecer qualquer coisa com a minha tripulação ou o meu navio...

— O sr. Javier foi tentar retardá-los.

— Se Gaspar encheu as fuças de gim, nada vai detê-lo, exceto um bom gancho de esquerda. Maldito encrenqueiro!

Franzi a testa.

— Se sabe que ele tem tendência a causar confusão, por que o mantém em sua tripulação?

— Porque eu sou um idiota! — Olhou para fora da janela, o maxilar travado. — E também porque devo minha vida àquele bastardo.

— É mesmo?

Leon ficou calado, apenas observando as construções passarem apressadas sem parecer vê-las. Eu já havia me convencido de que ele não ia dizer nem mais uma palavra sobre o assunto, mas aquele era Leon. Adorava me contrariar.

— Se não fosse por Gaspar, eu teria sido preso dois anos atrás — contou em voz baixa. — Tenho uma dívida com ele.

Por causa de Emilia.

— Sim. — Deixou a cabeça pender para trás até colidir contra o estofado de veludo negro. — Emilia foi o problema.

Por Deus! Eu dissera aquilo em voz alta?

Imediatamente, cobri a boca com a mão para que mais nada me escapasse, o que fez Leon rir. Mas era um som amargo, solitário.

— Sabe? De certa forma, o que dizem sobre esse caso é verdade.

A maneira como ele proferiu aquela sentença, quase como uma metáfora, insinuava que não tinha nada a ver com a morte da moça e, ao mesmo tempo, que era o único culpado.

Minha mão caiu sobre meu colo.

— O que quer dizer com isso?

— Não sou um assassino. Mas sou culpado — explicou, em um tom pacífico que destoava da tormenta em seu semblante. — E agora a justiça divina resolveu me punir. — Riu outra vez. — Doentiamente irônico, não acha?

Afastei com impaciência os cabelos que encobriam minha visão.

— Não posso opinar, capitão, já que não compreendi o que acabou de dizer. E às vezes penso que se diverte agindo assim, dizendo coisas que não fazem sentido. É bastante irritante.

Franzindo a testa, ele endireitou o pescoço e seus olhos cinzentos encontraram os meus. Não, não foi um encontro; foi uma colisão violenta. Ao contrário das outras vezes, quando parecia olhar através de mim, Leon agora me encarava, tão intensa e longamente como se me visse pela primeira vez.

Um solavanco me fez pender para a frente, lançando Leon contra a parede lateral. O movimento brusco quebrou o encanto, me libertando do poder das íris metálicas, ao mesmo tempo em que a gritaria espiralava para dentro da cabine. Inclinando-me para a janela, vi um amontoado de gente impedindo a passagem para o *La Galatea*, um empurra-empurra generalizado em vários idiomas, como uma torre de babel. Uma tocha surgiu no meio da algazarra.

— Meu Deus! Você precisa impedi-los! — Eu me virei para Leon. Com certo atraso, percebi que ele ainda me observava fixamente, o semblante inexpressivo.

— Capitão... — comecei, insegura quanto a como continuar. Ele tinha visto alguma coisa?

Mas então uma voz distinta me chegou aos ouvidos. Leon também a ouviu.

— Vou atear fogo neste ninho de ratos! — Seguiu-se um palavrão, tudo em um francês perfeito.

Aquilo despertou Leon, que sacudiu a cabeça, a raiva endurecendo seu maxilar. Com um rosnado baixo muito assustador, ele abriu a porta da carruagem.

— ¡No, no vas, cobarde de mierda! — rugiu, já se levantando.

Mas, por alguma razão, hesitou, voltando a olhar para mim, parecendo resistir a me deixar sozinha.

— Vá logo, Leon!

Sacudindo a cabeça, praguejando outra vez, ele saltou do veículo e correu em direção ao que parecia ser o prelúdio de uma tremenda confusão.

Soltei um suspiro. Ele não tinha me reconhecido coisa nenhuma. Claro que não. A parca iluminação dentro da cabine mal me permitia ver seu rosto. Se tivesse me visto ali, sob as roupas de Dominique, na certa estaria gritando comigo àquela altura e não se lançando em meio a uma briga de proporções épicas.

Observei Leon ser engolido pela multidão exaltada, ponderando que devia esperar por ele na carruagem. Era seguro — ou mais seguro que uma horda irrequieta e desejosa de um pouco de sangue. Mas Leon não era conhecido pelo bom temperamento, de modo que a próxima coisa que eu soube era que eu estava do lado de fora, me espremendo entre os corpos grandes e suados que clamavam por violência. Consegui alcançar a borda do círculo, em cujo centro Gaspar trocava socos com um sujeito duas vezes maior que ele.

A dois passos da briga, Leon ostentava uma expressão serena enquanto tirava o paletó, e juro que pensei tê-lo ouvido suspirar ao entregar a roupa a um pálido Javier. No instante seguinte, meu noivo se meteu entre os dois desordeiros, a princípio tentando apartá-los. Como ficou claro que aquilo não seria possível, mudou a estratégia: Leon empurrou seu imediato, desferindo um soco em seu queixo. O francês, sem compreender o que estava acontecendo, atacou-o pelas costas, golpeando abaixo de suas costelas. Meu ex-noivo gemeu enquanto se virava, o cotovelo acertando o nariz do sujeito. Ele era ágil, leve como um gato, letal como um urso. Teria derrubado o francês se outro não tivesse o imobilizado por trás. Mais homens se lançaram na briga, inclusive Javier, que abandonou o paletó à própria sorte. O empurra-empurra da multidão me jogou para o lado, e tive que me apoiar em um poste para não cair e ser pisoteada. Por ser pequena demais, tive que subir na base de ferro para poder enxergar o que estava acontecendo. Leon lutava com dois homens ao mesmo tempo. O francês que começara a briga tinha voltado a se atracar com Gaspar e resmungava em seu idioma. E Gaspar, por sua vez, disparou:

— ¡Hijo de puta! Tu robaste el tute. Te voy a arrancar la cabeza.

Eu estava bastante ciente do que o francês tinha dito. Estava furioso porque Gaspar o acusara de roubar no vinte e um. Quanto ao que o marinheiro espanhol proferira, eu me perdi um pouco.

— O que é *tute*? — perguntei ao sujeito ao meu lado, lembrando de tê-lo visto no *La Galatea*.

— Um jogo de cartas — cuspiu, furioso, sem desgrudar os olhos da confusão. — Era o que estavam jogando. Aquele francês de *mierda* passou a mão no dinheiro antes de chegarem ao fim.

— Ah! — Não me admirava que tivessem chegado a tanto.

Homens e sua incrível incapacidade de comunicação...

Sem aviso, mais homens se meteram na contenda, até que o número de brigões era maior que o de espectadores.

Bem, minha mãe não tinha me obrigado a ter aulas com a sra. Deville durante seis anos para que eu não utilizasse o que aprendi.

— *Messieurs!* — chamei. — *S'il vous plaît, messieurs! C'est une grande erreur!*

Nenhum deles me deu atenção. Não os que estavam brigando, pelo menos, já que senti vários pares de olhos se grudarem em minha nuca.

— Poderiam parar de se comportar como selvagens e me escutar? — tentei outra vez em francês.

Consegui a atenção de um deles, o que iniciara a briga, e que agora me estudava com interesse.

— Tudo não passa de um mal-entendido, senhor — gritei para ele em seu idioma. — Vocês apostavam em jogos diferentes. Gaspar pensou que estivessem jogando tute.

— *Tute?* — repetiu, perplexo, pousando a mão no ombro de um dos seus companheiros para impedir que esmurrasse Javier.

Leon, que segurava outro francês pela gola, também parou para me observar. Fui incapaz de compreender a emoção que vi fulgurar em seu olhar. Era como se quisesse me tirar dali imediatamente. E depois gritar comigo por alguns bons minutos. Ou algo semelhante.

— O idiota jogava tute? — me perguntou o marinheiro francês.

— Receio que sim.

Virando-se para seus companheiros, ele repetiu em alto e bom som tudo o que eu tinha dito. Alguns xingamentos foram ouvidos, assim como algumas gargalhadas, o que irritou os espanhóis, já aborrecidos. Mas ao menos os socos cessaram.

— Tudo não passa de um terrível equívoco — tornei a dizer. Um pouco sem graça e abraçada ao poste, me dirigi aos homens do *La Galatea*. — Não há razão para essa desavença. O francês não roubou Gaspar. Pensou que estivessem jogando vinte e um.

— Pois era tute! — Gaspar empurrou o sujeito que lhe segurava pelas costas da camisa.

— Ele não sabia disso — esclareci, paciente. — Não fala francês, Gaspar?

— Não é preciso saber francês para jogar cartas.

Lutei para não revirar os olhos.

Convencido por meus argumentos — ou talvez pelo comportamento irrefletido de Gaspar —, o francês se aproximou e me entregou uma parte do dinheiro da aposta.

— Avise o seu amigo que não deve se meter em jogos cujas regras não conhece. Meu humor pode não estar tão bom da próxima vez. Excelente francês, garoto. — Deu dois tapinhas em meu ombro e saiu mancando.

Sorri, descendo para o pavimento. A sra. Justine Deville teria ficado orgulhosa.

Sem a perspectiva de derramamento de sangue, pouco a pouco os curiosos começaram a se dispersar, o ar salgado e úmido voltando a circular pelas docas. Os marinheiros do *Galatea* foram os últimos a arredar pé, criando uma barreira diante da rampa para impedir que alguém subisse, mas logo ficou claro que os franceses não tomariam o barco, então um a um começaram a retornar à embarcação. Exceto por Gaspar, é claro.

Fui até ele para lhe devolver o dinheiro.

— O que disse para aquele maldito? — Ele empinou o queixo, o nariz duas vezes maior que o normal, devido aos socos.

— A verdade. Que você estava jogando tute.

— E ele acreditou em você? — bufou, descrente.

Abri um sorriso.

— Surpreendente, não é? Meus modos de "mocinha" acabaram com a selvageria que você criou. Talvez devesse experimentar exercitar mais a sua inteligência do que seus punhos — completei, com certa satisfação.

Emburrado, ele proferiu alguma coisa ininteligível, enfiando as moedas no bolso antes de dar meia-volta e subir a bordo.

Então ficamos apenas Leon e eu. Ele respirava com dificuldade, os braços largados ao longo do corpo, um fio vermelho brilhante escorrendo do lábio inferior partido. Mas os olhos tinham escapado ilesos, e ele fazia bom uso deles, fixando-os em mim.

Chegando mais perto, me abaixei para pegar seu paletó, caído sobre as pedras. Fiz uma careta ao ver o estado da peça. Eu levaria uma semana para desencardi-lo. Com um suspiro desanimado, eu o entreguei a seu dono.

— Onde aprendeu a falar francês? — Leon segurou o paletó ao lado do quadril, ainda me encarando.

— Aaaaaah... Foi... humm... — Fixei o olhar nas velas hasteadas do navio, piscando rápido, inquieta. Ele estava zangado com minha interferência? — Foi com... uma velha camareira com quem trabalhei — improvisei. — Ela era de Nice.

Não havia a menor possibilidade de termos a conversa definitiva ali, na beira do cais, cercados de homens feridos e com meu ex-noivo/atual patrão tão transtornado, sua boca ainda sangrando.

— Parece que ela foi uma excelente professora — comentou, tão imóvel que mal parecia respirar. — Talvez aprenda espanhol também.

Aquilo que ouvi em sua voz era sarcasmo ou desprezo?

— Infelizmente, não tenho intimidade com a sua língua, capitão.

Sacudindo a cabeça, Leon riu.

— Eu não diria isso. — Correu os dedos pelos cabelos, bagunçando-os ainda mais.

— Capitão, você parece... — *alucinado* — ... um pouco nervoso. Está ferido. Não é melhor ir para casa agora? — Onde eu poderia lhe entregar uma bebida e então, de alguma maneira, lhe dizer a verdade.

Ele não me deu resposta alguma, mas começou a andar. Com atenção deliberada, lutando para que meus quadris não se sacudissem tanto dentro das calças, eu também me apressei em direção à carruagem, espiando-o pela visão periférica. Havia alguns esfolados em seu rosto, mas eram os olhos que me assustavam. Límpidos, sem a névoa que os turvava nos últimos tempos, totalmente atentos. E *ainda* cravados em meu rosto.

Eu ainda o analisava ao chegarmos ao veículo. Leon estendeu a mão e eu a aceitei, usando-a como apoio para entrar. Estava no segundo degrau quando me dei conta da sensação trêmula em minha barriga, do arrepio na nuca e da sutil mudança de cadência de minha pulsação, tudo provocado pelo contato com sua pele. E só então percebi o que tinha feito.

Engolindo uma palavra que teria feito minha mãe esquentar minhas orelhas, puxei a mão tão depressa que me desequilibrei e acabei voltando para as pedras da calçada.

— Eu... — Traguei saliva. — M-Me desculpe, senhor. Capitão. Toda essa agitação me deixou... instável. N-Não vi sua mão. Pensei que fosse a... maçaneta da porta.

Não ousei sequer piscar, mas não pude fazer muito quanto ao rubor que me subiu pelas bochechas e pelo pescoço. Isso não era nada bom, pois Leon ainda escrutinava cada centímetro do meu rosto. E, pela maneira como as chamas se inflamaram em seu olhar, ele parecia prestes a gritar.

Céus! Eu tinha estragado tudo, não tinha? Entregara meu disfarce com um gesto tão corriqueiro para mim, mas impensável para o jovem criado Dominique. Nunca imaginei que as boas maneiras um dia me causariam problemas.

Fechei os olhos, sentindo o coração afundar no peito. Não devia ser assim. Eu queria contar a ele. Queria que ouvisse tudo de mim, compreendendo meus motivos. Não queria que ele descobrisse minha mentira. Eu só tinha uma chance de ser absolvida — se é que tinha mesmo. Ele não devia saber daquele jeito. Iria pensar todo tipo de coisa!

— Me perdoe — murmurei, mortificada. — Eu não pretendia...

— Não se preocupe — atalhou, seco. — Acontece com frequência.

Rapidamente olhei para ele, que esfregava as costas da mão no lábio ferido. Antes que eu pudesse fazer qualquer conjectura, Leon me segurou pelo braço, me empurrando para dentro da carruagem sem me dar tempo para protestar. Com os joelhos ainda instáveis, acabei caindo sentada no assento.

— Agradeço a preocupação — falou naquele tom frio, parecendo fazer um grande esforço para se controlar. — Mas preciso acertar as contas com Gaspar.

Ergui o rosto para ele imediatamente.

— Gaspar? É por isso que ainda está tão furioso?

— O que mais seria? — Arqueou uma das grossas sobrancelhas negras, interrompendo o vórtice alucinante de desespero que me deixava enjoada.

Oh, graças aos céus! Por um momento cheguei a pensar que toda aquela fúria fosse dirigida a mim. Mas não. Leon não estava furioso comigo, nem por ter desvendado meu disfarce ou pelo fato de eu ter intervindo na discussão mais cedo: o alvo de sua ira era o marinheiro que dera início àquela confusão. Não pude evitar sentir um pouco de pena de Gaspar. Leon parecia a ponto de triturar madeira com os dentes.

De todo modo, se ele não estava indo para casa, eu, um criado, não poderia usar a carruagem do patrão. Fiz menção de me levantar. De imediato, Leon se afastou e fechou a porta com tanta força que o veículo balançou. Deu um soco na lateral, indicando que o cocheiro se apressasse.

O solavanco me jogou para trás e eu deixei o corpo afundar no estofado de veludo negro. Espalmei a mão sobre o coração, ainda errático por culpa das emoções da última hora, dando suaves batidinhas para que se aquietasse.

Entretanto, ele não se permitiu acalmar, pois sabia o que viria pela frente. A confusão criada por Gaspar pareceria brincadeira de criança comparada ao que eu tinha aprontado. Eu não fazia ideia de como iria contar a Leon que ainda estava viva e... bom... continuar viva. Mas não havia outra escolha. Eu esperaria por ele a noite toda se fosse preciso, mas colocaria um ponto-final naquela história antes de o dia clarear.

24

Leon não voltou para casa. Passei a madrugada toda na janela esperando, mas ele não retornou. A noite insone era a razão de eu me sentir como um pano de chão usado naquela manhã. Eu ainda não tinha ideia de como contaria a verdade a ele. Tinha ensaiado algumas frases, mas, quando eu as dizia em voz alta para Manteiga, meu cachorro gania, o que achei péssimo sinal.

Talvez o ideal fosse agir de improviso. Esperar pelo momento certo e então deixar tudo fluir de uma só vez. E rezar para que Leon não me dedicasse a mesma fúria que eu vira em seus olhos na noite anterior.

Então ali estava eu, no quarto dele, cercada por seus pertences e seu cheiro, me ocupando com a tarefa automática de dobrar e guardar roupas, o que não ajudava muito, já que meus pensamentos começaram a divagar, a ansiedade de acabar com aquele teatro de uma vez por todas ameaçando sair de controle.

Enquanto ajeitava a gola de um paletó antes de colocá-lo no cabide, meu cotovelo esbarrou na prateleira do guarda-roupa. Uma pilha de coletes escorregou para o chão. Soltei um suspiro, pendurando o paletó e me abaixando para recolher a bagunça antes que o sr. Abelardo aparecesse. No entanto, um pedaço de papel escorregou do bolso de um dos coletes — uma veste cinza, de tecido encorpado.

Pensei que seria mais um recibo. Era um milagre que aquele homem conseguisse obter algum sucesso com o *La Galatea*, já que mantinha tudo tão mal organizado. Desdobrei a folha, correndo os olhos pela caligrafia arredondada, e logo na primeira linha, mesmo estando em espanhol, entendi que aquilo não tinha relação com o trabalho. Meus olhos iam saltando de uma frase a outra, absorvendo umas poucas palavras.

Mi querido Leon, lo siento tanto que todo haya terminado de esta manera...
... si pudiera comandar mi corazón, él sería tuyo...
... te amo, Leon. Pero no como una mujer debe amar un hombre...
... no me quieras mal...
... mereces alguien mejor que yo, que lo ame de verdad, como yo amo a mi Carlos...
... jamás encontraré una manera de agradecerle...
... me gustaría verte, mi querido amigo...

— "Siempre tua, Emilia" — concluí em voz alta.

Ler em espanhol era um pouco mais fácil que ouvir, sobretudo porque Leon costumava falar rápido demais, mas pensei ter entendido grande parte. Emilia se apaixonara por outro homem e abandonara Leon. E terminava com um agradecimento meio sem sentido (para mim, pelo menos) e um pedido para vê-lo.

Leon teria atendido? Teria sido dessa maneira que acabara sendo acusado de sua morte? O que acontecera com aquela moça?

Contemplei a carta novamente. Então, pela primeira vez, dei atenção a algo que em minha urgência eu menosprezara. O cabeçalho tinha um local e uma data.

Santa Lucía, julio de 1835.

— Meu Deus! — arquejei. Leon tinha dito que quase acabara na prisão dois anos antes por causa da noiva. Mas ela escrevera para ele havia apenas três meses, pedindo que fosse visitá-la. Então Emilia... — Está viva!

Baixei a carta, fitando o vazio.

O que ele estava fazendo? Por que não anunciava que a jovem estava viva? Por que não explicava que era inocente, já que nunca sequer existiu um crime? Por que deixava que as pessoas continuassem a acreditar naquela história?

Por que a moça permitia isso?

Fitei a carta em minhas mãos, e o café da manhã deu voltas no meu estômago.

O que *eu* estava fazendo?

O que eu estava fazendo, invadindo a privacidade dele daquela maneira? Aquilo era particular. Eu não devia ter lido. Já estava claro que Leon não tinha nada a ver com o que tinha acontecido comigo no *La Galatea*. Ele era o único que ainda procurava por mim, na verdade. E como eu retribuía a sua preocupação? Enganando-o, me metendo em seus assuntos, lendo a carta da mulher que aparentemente o abandonara.

Constatei, com um terrível aperto no peito, que, de todos os erros que eu tinha cometido com Leon, aquele era o mais indesculpável. Emilia era um assunto dele, do seu coração.

Não tive intenção de ler a carta. Realmente pensei que fosse apenas um papel sem importância, como os outros que eu havia encontrado enquanto escovava seus paletós. Mas isso realmente me absolvia?

O ar pareceu se condensar, pesando sobre meu peito. Com os dedos trêmulos, encontrei alguma dificuldade para enfiar a carta de volta no pequeno bolso do colete. Depois amontoei as peças de qualquer jeito e as meti no guarda-roupa antes de deixar o quarto, metade dos paletós limpos ainda sobre a cama.

* * *

Manteiga e eu perambulávamos pela praia sem rumo. Mesmo ali, o ar parecia não chegar ao fundo dos meus pulmões, a respiração superficial me deixando tonta. Era como se eu estivesse me afogando de novo, dessa vez em meus próprios erros.

Eu não podia mais. Não conseguia mais permanecer na casa de Leon, fingindo ser alguém que não era, enganando-o. Não havia mais razão. Não havia mais motivos para que Dominique continuasse a existir. Não para Leon.

Mas, para que aquilo tivesse fim, eu precisava que Leon voltasse. Estava preocupada com ele. As coisas entre ele e Gaspar tinham terminado bem? Ele havia passado a noite no navio? Estava seguro?

Mais de uma vez flagrei meus pés me levando em direção ao cais, mas os obriguei a seguir por outro caminho. Ir até o *Galatea* era o mesmo que continuar em sua casa, apenas uma questão de geografia. Uma mentira a cada respiração.

Eu me sentia em um vórtice contínuo, perdida em erros, saltando de um para o outro em um círculo infinito. Desejei que a sra. Abigail nunca tivesse encontrado aquela abotoadura. Ela só servira para me confundir, enquanto a identidade do meu agressor continuava um mistério.

Também desejei, pela milionésima vez, que minha mãe ainda estivesse por perto. Eu queria abraçá-la, chorar em seus braços e ouvir seus conselhos. Apenas ouvir as batidas de seu coração já me seria suficiente. Mas eu estava sozinha. Totalmente sozinha, aprendendo da maneira mais difícil o significado da palavra "consequência".

Manteiga saltou, abanando o rabo. Alcancei o primeiro galho que encontrei e o lancei alguns metros à frente. O cãozinho disparou naquela direção, e então a movimentação em minha visão periférica me fez olhar para o lado. A figura opulenta envolta em um vestido verde-escuro se recostava em uma das pedras gigantescas da praia. A mulher alta e magra, de traços fortes e expressão inflexível, mas que naquele momento parecia mais frágil que cristal, não notou que eu me aproximava. Claro que não. Ela chorava tanto que seus ombros convulsionavam.

— Lady Catarina?

Ela ergueu o rosto, secando as lágrimas com a ponta dos dedos. Franziu a testa ao me ver.

— Eu... servi a senhora em um jantar na casa do dr. Almeida. Vim para estas bandas faz pouco tempo — improvisei, respondendo à pergunta silenciosa que vi em seus olhos, da mesma tonalidade do mar diante de nós.

Não houve reconhecimento em seu semblante. Ao que parecia, as roupas de criado não apenas eram um disfarce convincente, mas também me tornavam invisível. Exceto por Leon e Najla, ninguém me dedicava atenção. Era um pouco engraçado.

E muito triste. Como se os menos abastados só existissem pelo período em que as ladies e os lordes careciam de seus serviços e depois desaparecessem no ar, como fumaça.

Pela maneira como aquela mulher soluçava, ela precisava de mim.

— A senhora está bem? — perguntei.

— Não. Eu não estou, meu rapaz. — Encarou a areia presa na barra do seu vestido elegante como se ela a tivesse ofendido. — Já desejou poder voltar no tempo e fazer escolhas diferentes?

Pensando na carta de Emilia e na maneira como eu vinha enganando Leon, respondi um fraco sim.

— Seria maravilhoso, não? — ela prosseguiu. — Ter uma segunda oportunidade. Eu daria tudo o que tenho em troca de uma chance de voltar ao início e fazer novas escolhas.

— Eu também.

Nunca ter visto aquela abotoadura. Não permitir que mamãe tomasse aquele maldito chá. Não ter insistido que saísse um pouco de casa, mantendo-a em segurança. Ela estaria comigo agora.

— O que... — comecei, insegura. — O que a senhora fez ao perceber o erro?

— O mesmo que estou fazendo agora. — Ela riu por entre as lágrimas, admirando o mar. — Então um dia consegui não chorar. E depois foram dois dias. Até que um mês se passou. Depois um ano... Mas não se engane. Um erro nunca fica realmente para trás. É disso que todos somos feitos. É o que nos torna humanos. É o que torna a vida tão preciosa. Errar e seguir em frente para errar outra vez.

Eu não sabia se tinha entendido direito. O aspecto de lady Catarina começava a me deixar preocupada. Ela não parecia estar em seu estado normal (falar comigo, um criado, era prova disso), e não gostei da maneira como sua expressão parecia vazia.

— O sol está um pouco forte — falei, suavemente —, e a senhora não trouxe um chapéu nem a sombrinha. Onde está hospedada, senhora? Posso acompanhá-la de volta ao seu hotel. Ou encontrar seu filho...

— Como se ele se importasse. Ou qualquer homem. Eles têm pavor a lágrimas. Esse tipo de atenção seria esperado apenas de uma filha. — Ela soluçou, um som horrivelmente abandonado. — Eu dei à luz uma menina. Mas não tive chance de criá-la.

Precisei obrigar minha boca a se fechar ou acabaria engolindo areia. Nunca soube que lady Catarina tivera mais filhos. Pensei que Dimitri fosse filho único. Pobrezinha, devia ter perdido a menina ainda bebê.

— Eu sinto muito — murmurei.

— Eu também. — Ela contemplou as safiras em seus dedos. — A morte da jovem Albuquerque trouxe recordações da filha que perdi tantos anos atrás. É tão triste. Tudo tão horrivelmente triste.

Eu não tive certeza se ela se referia a mim ou à própria filha. E não importava. Sua angústia me atingiu bem no centro do peito. Ela, uma mãe sem filha, e eu, uma filha sem mãe, partilhávamos de um sentimento comum, de uma mesma angústia: a dor da perda.

Sem pensar muito no que fazia, cheguei mais perto e deitei a mão sobre a dela. Em vez de recuar e gritar comigo pela insolência, seus longos dedos frios agarraram os meus, como se ela precisasse daquele toque mais que de ar. Ficamos assim por alguns minutos, até que lady Catarina se empertigou, afastando-se, dando-se conta de quem era. E de quem achava que eu era.

— Minha nossa! — Deu algumas batidinhas nas bochechas, secando-as. — Onde estou com a cabeça?

— Lady Catarina...

— Espero que nenhuma palavra sobre o que foi dito nesta praia seja proferida novamente, meu jovem. — Sua frieza tão característica retornou, os ombros esguios e rígidos, o queixo apontando para o céu. — A ninguém.

— Não se preocupe. Não direi nada. Mas tem certeza de que não quer que eu a acompanhe?

— Sou capaz de encontrar meu caminho sozinha. — Com isso, segurou uma das pontas do belo vestido verde-musgo e começou a retornar para a cidade, atravessando a areia como se fosse o suntuoso mármore de um palácio.

Acabei sorrindo. Quem dera eu tivesse tanta elegância para lidar com meus problemas como aquela mulher, pensei enquanto Manteiga pulava em minha coxa, as patas molhadas umedecendo minha calça. Entre seus dentes, uma concha em espiral, em diversos tons de ocre.

— Olhe para isso! Está vazia? — Eu a tomei dele, examinando com cuidado o interior, graças aos céus desabitado. — Muito bem, Manteiga! Vou guardá-la para Felix. Ele vai adorar acrescentá-la a sua caixa de tesouros.

Ele latiu, a língua pendendo de um dos lados da boca. Afaguei sua cabeça e então voltamos a andar.

Não me lembro de ter decidido ir à cabana da sra. Abigail. Não me recordo nem mesmo de ter tomado aquele rumo. Creio que Manteiga o tenha escolhido por mim. O fato é que estava tão absorta em meus próprios pensamentos que quando dei por mim estava diante do chalé à beira-mar. Sentada em uma cadeira da pequena varanda, a sra. Abigail trabalhava no vestido branco com afinco. Manteiga disparou para ela antes que eu pudesse impedi-lo.

Por sorte, Abigail ouviu o trote do cachorro e enfiou o vestido dentro da cesta de costura antes que o animal o sujasse por completo.

— Que adorável criatura. Pronto, pronto, garoto. — Coçou uma de suas orelhas.

Ele retribuiu lambendo seu pulso, esfregando o focinho em sua palma e, por fim, se sentando sobre as patas traseiras diante dela. Então ela me sorriu.

— Algo me disse que eu a veria hoje, Valentina. — Mas seus lábios congelaram enquanto me analisava. — Minha nossa! Meu bem, perdoe-me a franqueza, mas você tem a aparência de um trapo velho empoeirado.

— Eu me sinto um trapo velho empoeirado. — Tentei sorrir, mas era um esforço titânico, muito além das minhas energias.

— Talvez eu possa ajudá-la. Sou especialista em transformar trapos em belos vestidos reluzentes. — E me deu uma piscadela.

— Temo que nem o seu dom com as agulhas possa me salvar agora, senhora.

— Não me subestime! — retrucou, animada, ficando em pé, indicando que eu entrasse.

Eu me abaixei e peguei sua cesta antes de segui-la chalé adentro, deixando a costura sobre o sofá. Ao chegar à cozinha, parecia mesmo que Abigail pressentira que eu a visitaria, pois encontrei a mesa posta, uma fornada de pãezinhos de coco ainda quentes preenchendo o ambiente com seu delicioso aroma. Ela me fez sentar enquanto colocava uma chaleira sobre a chama do fogão de lenha, se desviando de Manteiga, que trotava ao seu redor.

Perguntei sobre seu irmão e sua saúde, me animando um pouco ao saber que tudo estava bem com os dois. Enquanto tomávamos nosso chá, fingi deliberadamente que aquela era uma visita de cortesia e que havia, em algum lugar do mundo, um canto livre de fingimentos e seguro me aguardando. E continuei fingindo mais tarde, quando perguntei se poderia ajudá-la com o vestido e ela me disse que precisava de alguém para prová-lo.

— Sua visita caiu do céu, meu bem! — contou. — Eu teria que ir até a cidade para marcar a barra, mas você parece ter a mesma estrutura da noiva. Poderia fazer isso por mim?

— É claro! Será um prazer ajudar.

Guiando-me ao quarto onde me abrigara e cuidara de mim por tantos dias, Abigail me ajudou a entrar no vestido, ainda com muitas agulhas. Tive cuidado ao desenrolá-lo pelo corpo, pois estava alinhavado em alguns pontos e eu não queria estragar o trabalho.

A sensação da seda delicada em minha pele me fez suspirar.

Colocando um banquinho diante do espelho envelhecido, Abigail me ajudou a subir nele. Ajustei o decote alto nos ombros, então abotoei as pequenas pérolas nas mangas de renda, a saia rodada se agitando suavemente feito as ondas do mar conforme eu me movimentava. O traje era simples e encantador. Lembraria o meu próprio vestido de noiva, se não fosse branco. O meu era azul.

A imagem refletida no espelho parecia, enfim, comigo mesma. E ao mesmo tempo nunca esteve tão distante de quem eu era. Corri os dedos pelas dobras da saia, experimentando a suavidade e a delicadeza do tecido, já que em pouco tempo eu teria que voltar ao paletó de linho duro. Acabei rindo. Era como se meu vestuário combinasse com minha vida. Um dia fora suave e linda, como aquele traje. Agora era áspera, desajeitada e repleta de espaços vazios, como as roupas masculinas que eu andava usando.

Manteiga uivou.

— Parece que ele aprovou — brincou Abigail, um brilho de admiração deixando suas íris cinzentas tão claras que chegavam perto de ser brancas.

— Quase me sinto uma dama de novo.

— Nunca deixou de ser. Nunca deixará. — Ajoelhou-se diante da saia. — Agora fique quietinha. Não quero espetar meu dedo nem o seu tornozelo. — Enfiou alguns alfinetes entre os dentes, já trabalhando na barra.

Encarei meu reflexo, deslizando a mão pelo corpete, acompanhando os desenhos de galhos e flores da renda. Eu sentia falta. Sentia muita falta de vestidos, bordados e até do espartilho. Sentia falta de sapatos que coubessem em meus pés. Sentia falta — muita, muita mesmo — dos meus cachos, do que eles representavam.

Engraçado. Semanas antes eu me via como uma jovem sem absolutamente nada, mas, agora que tudo me fora tirado — minha família, meu nome, meus cabelos, minha personalidade, meu noivo —, eu me dava conta de que nunca estivera mais errada.

A raiva me fez cerrar os punhos e trincar o maxilar. Eu odiava a pessoa que tinha feito aquilo comigo. Que destruíra tudo, que me tirara tudo com um único empurrão. Nunca pensei que pudesse sentir algo tão sombrio, tão... violento.

— Por que não me conta o que anda a atormentando tanto? — Abigail espetou o tecido dobrado na barra. — Eu estava preocupada com você. Conseguiu descobrir alguma coisa?

— Sim. Que fiz papel de tola. — As palavras foram saindo sem controle. Tudo o que tinha conseguido juntar, as conclusões a que chegara, a inocência de Leon, sua lealdade comigo (sua noiva), minhas mentiras. Não escondi nada. — Não existe mais razão para eu continuar com esta farsa ridícula.

A preocupação a dominou. Abigail se levantou, apanhando os alfinetes dos lábios, até que ficamos quase da mesma altura.

— Não se precipite, Valentina. — Tocou meu pulso. — O verdadeiro assassino está à solta por aí. Você precisa encontrar o dono daquela abotoadura antes de poder recuperar sua vida.

— Eu sei! Mas não posso mais viver desse jeito, sra. Abigail. Eu não consigo mais mentir para Leon. Dói! Eu já devia ter dito tudo a ele, logo que percebi que havia cometido um grave erro ao acusá-lo de tentar me matar. Quanto mais o tempo passa, mais vou magoá-lo.

— Você não tinha como saber... — tentou, complacente.

Eu a encarei, aflita.

— E acha que isso fará doer menos? Nós nos conhecemos há poucas semanas, e em metade desse tempo eu menti para ele. Como ele poderá me perdoar? Eu mesma não consigo. Fiz tudo errado!

A gentil senhora me encarou por um instante, a expressão entristecida.

— Gostaria que tivesse sido diferente. Tudo o que você enfrentou, tão sozinha... — Ela afastou minha franja dos olhos com a pontinha de um dedo fino. — Eu lamento muito, Valentina. Mas não se martirize tanto. Se ele é mesmo o rapaz sensato que você diz, vai entender.

— Acha mesmo? — murmurei, e ainda assim minha voz tremeu.

Segurando-me pelo ombro, Abigail me fez virar até ficar de frente para o espelho.

— Eu acredito nisso. Ele parece ter um grande coração. — Suas mãos apertaram meus braços enquanto ela contemplava o nosso reflexo. — E dentro de um coração assim há sempre perdão.

Eu esperava que ela estivesse certa. Rezava por isso, pois já havia perdido tudo. Não sabia se suportaria perder Leon também.

25

— Dominique! — exclamou Lúcia, vindo ao meu encontro assim que Manteiga e eu passamos pela porta da cozinha naquela tarde. Parou a alguns passos, secando as mãos no avental. — Graças ao bom Deus! Eu estava preocupada! Onde se meteu?

— Me perdoe. Não quis preocupar ninguém. Eu fui... visitar uma amiga e perdi a noção da hora.

— Uma amiga? — Franziu a testa.

— Sim. O capitão Navas voltou para casa?

— Ele chegou pouco depois do almoço. E está furioso com a sua ausência. Vamos, se apresse! — Ela me empurrou para as escadas. — Ele está no quarto.

Manteiga, parecendo cansado, foi se deitar perto do fogão. Inspirei fundo, aprumando os ombros, e subi as escadas dos fundos sem pressa nenhuma, na esperança de que algo mágico acontecesse e eu acordasse daquele pesadelo. Como isso não aconteceu, me plantei diante da porta do quarto de Leon, alisando o paletó grande demais, depois a camisa sob ele, e afastei os fios do rosto antes de bater à porta.

Sua voz grave atravessou o painel, pedindo que eu entrasse. Meu coração se agitou, pulsando com violência na base da garganta, parte medo, parte desespero, me perguntando se estaria tudo bem se eu simplesmente me jogasse sobre Leon e desse vazão às lágrimas que teimavam em se empoçar em meus olhos, em vez de lhe dizer alguma palavra.

Provavelmente não. Mamãe dizia que lágrimas nunca resolviam um problema, apenas criavam um novo: olhos inchados. Não havia razão para que eu não acreditasse nela agora.

Com uma inspiração profunda, forcei a maçaneta e fui entrando.

— Perdoe-me pelo atraso, capitão Navas. Eu poderia falar com o senhor... — comecei, mas logo parei de falar. E de andar. E acho que de respirar também.

Leon tinha acabado de sair do banho. Embora vestisse calças, estava nu da cintura para cima, uma onda teimosa e úmida caindo na testa, os pelos escuros encaracolados em seu torso criando sombras em pontos estratégicos, ao redor do umbigo, desaparecendo no cós da calça...

Subitamente me senti como se mergulhasse em lava fumegante, sobretudo algumas partes minhas que sempre foram bem comportadas, e eu mal me dava conta de que as tinha, mas que na presença de Leon faziam questão de agir inadequadamente.

Ele levantou o rosto, a camisa em uma das mãos, seu olhar encontrando o meu. Foi um choque, como se algo físico tivesse me acertado. Nunca em toda a minha vida tive tanta consciência de outro ser humano como naquele instante. Tudo se resumia a Leon. A luz, o cheiro, o calor, o mundo.

A névoa melancólica já não encobria seus olhos, agora ardentes e graves, fixos nos meus, como se examinasse minha alma, tudo o que acontecia dentro de mim. Eram tão intensos que pontinhos brilhantes dançaram em minha visão.

Oh, espere. Isso estava acontecendo porque eu tinha esquecido de que deveria respirar.

Ainda enfrentando seu olhar, puxei uma grande quantidade de ar, fazendo um tremendo esforço para manter algum equilíbrio. Seu peito se inflou também, ganhando intrigantes relevos, então se contraiu conforme ele expirava com força.

Eu não tinha ideia do que minha expressão revelava, mas a dele refletia tudo o que existia dentro de si: fogo. Uma chama lenta, constante e implacável. Claro que podia ser apenas efeito do banho quente, mas em meu estado de... de... bem, não sei ao certo como me sentia naquele momento. Aqueles olhos queimaram meu juízo e minha percepção das coisas.

Então Leon resolveu mitigar a distância entre nós. Pensei em recuar, mas como, em nome de Deus, faria isso se meus joelhos tinham a mesma consistência de um merengue?

— Pensei que tivesse fugido — disse ele, um tanto hostil, se plantando diante de mim. Seu aroma fresco e quente me envolveu, me atordoando.

— Sinto muito pelo atraso, capitão — consegui proferir. — Eu tive uma... emergência. Eu gostaria de falar...

— Que emergência? — atalhou, encrespando o cenho.

— Uma... humm... urgente.

Ah, brilhante, Valentina! Realmente uma brilhante explicação.

Não era necessário ser especialista em emoções humanas para compreender o estado de espírito de Leon. Ele estava furioso, obviamente. Pudera! Ele precisara de mim e eu havia me dado folga.

Porcaria. Ele já estava irritado e eu nem tinha contado nada ainda.

— Precisa de mim? — perguntei.

Ele inclinou a cabeça para o lado, perscrutando meus traços.

— Sabe, estou me fazendo essa mesma pergunta...

Todo o meu sangue se refugiou nas bochechas. Eu preferia que ele gritasse comigo. Era muito melhor que enfrentar aquela expressão fria e dura.

Depois do que me pareceu um século inteiro, Leon suspirou, esfregando a boca — o corte no lábio inferior já cicatrizando —, e recuou um passo.

— Diga-me. Qual deles devo usar? — Apontou para a cama e a meia dúzia de paletós que eu não terminara de guardar naquela manhã.

Com uma desculpa plausível para me afastar, fui até a pilha de roupas, escolhendo uma peça qualquer. Uma preta mais longa, com três botões. Ao me virar, percebi que Leon tinha se aproximado sem fazer barulho, ficando tão perto que meus dedos esbarraram de leve no suave véu escuro que recobria seu estômago plano.

— Aaaaaah...

— Este? Tem certeza? — perguntou, desconfiado, jogando a camisa sobre o ombro para apanhar o paletó e estudá-lo com atenção.

Tudo o que pude fazer foi assentir, e isso já foi um grande acontecimento.

— É apropriado para esta hora do dia? — insistiu.

— Apropriado. Muito... aveludado... — Aqueles pelos escuros eram ainda mais macios que a melhor seda que eu já tocara. Como seria deitar a cabeça neles? Senti-los contra meu rosto, envolvida por seu delicioso perfume e todo aquele fogo que...

— Um bom tecido, de fato — comentou, atirando o paletó sobre a cama.

Eu me obriguei a prestar atenção ao que ele dizia e ignorar tudo a respeito daqueles ombros vigorosos e de musculatura definida, que eu adoraria acompanhar com a pontinha dos dedos. Apenas para descobrir se a pele era tão quente quanto aparentava. Eu tinha a impressão de que seria como tocar um vulcão.

— Bem, se acha que é adequado... — Ele sacudiu a camisa antes de passar um braço pela manga. — ...vou confiar em você.

Ajustando a camisa nos ombros e nos punhos, ele começou a abotoá-la. Eu me vi fascinada com a precisão dos seus dedos bronzeados e rudes, e ainda assim capazes de executar a tarefa com tamanha delicadeza. Eu esperava que os botões saíssem voando ou algo assim.

Leon continuou a inseri-los em suas casas, escondendo-se parte por parte, mas a imagem permanecia em minha mente, como se tivesse sido desenhada à tinta. Eu sabia que ela me perseguiria em sonhos.

— Sabe, Dominique — começou, o rosto impassível —, fui ensinado que esta é uma das coisas mais importantes da vida: a confiança. Ela é a base de tudo. Meu pai sempre diz que há três coisas que uma pessoa jamais deve quebrar: a confiança de alguém, uma promessa e um coração.

Toda a confusão lançada por sua nudez desapareceu à medida que suas palavras explodiam dentro de mim. Eu tinha falhado em todos os itens daquela lista. Prometera a Felix que voltaria para lhe contar sobre o navio... magoara — e ainda magoaria — tantas pessoas ao insistir naquela farsa... e estava naquele exato instante quebrando a confiança que Leon depositava em mim.

Engolindo com dificuldade, fitei o chão e inspirei fundo, reunindo coragem.

— Capitão Navas, eu...

— Sim? — Ele enfiou a camisa para dentro das calças. — Poderia separar uma gravata?

— Hã... é claro.

Abracei os paletós sobre a cama e fui para o outro lado do quarto, tentando ordenar as palavras antes de me lançar naquele caminho sem volta. Deixei as roupas sobre a poltrona e abri a gaveta da cômoda, escolhendo aleatoriamente uma gravata antes de voltar para perto dele, ainda incerta quanto a como começar. Teria que ser no improviso, decidi.

— Eu estou há vários dias procurando o momento certo, mas parece que ele não existe.

— O momento certo para quê? Cinza, Dominique? — Examinou a gravata que pendia entre meus dedos.

Relanceei a longa tira de tecido estreita, quase do mesmo tom de seus olhos, e ruborizei outra vez.

— Ah, me perdoe. Eu não prestei atenção.

— Não se incomode. — Ele a puxou pela ponta, e o atrito do tecido contra minha pele produziu um suave *suishh*. — Já estou me cansando do preto mesmo.

É claro que está.

Até o momento eu não tinha parado para pensar no assunto. Andara muito ocupada culpando Leon e tudo o mais. Mas agora me perguntava o que ele pensava sobre meu sumiço. Também acreditava que eu havia perdido o juízo e pulado do barco? Era por isso que sua voz se distorcia toda vez que falara meu nome? De todas as pessoas naquele navio, naquela noite terrível, ele era o único que realmente sabia o tamanho da devastação que as cartas que eu recebera tinham provocado. Então veio a cena com Miranda e a horrenda discussão em que eu terminei o noivado e lhe disse coisas das quais me envergonhava, o que apenas reforçava o argumento do meu descontrole emocional. Ele acreditava na história do suicídio?

— Aliás, estou cansado de muitas coisas. — Ergueu o colarinho, transpassando a gravata por ali. — Pretendo ficar em terra firme por algum tempo.

— É mesmo? Eu tinha entendido que... — Cravei os dentes no lábio inferior.

Ele manteve o rosto abaixado enquanto ajustava as pontas da gravata, mas ergueu os olhos metálicos para mim.

— Que o quê?

— Bem... — comecei, bastante sem graça. — Que estava procurando a sua noiva.

— Estava. Mas não estou mais. Já fiz a minha parte. — Deixando a tira cinza caída sobre o peito, começou a cuidar dos punhos. — Ajude-me com o nó.

Pisquei algumas vezes. Fizera a sua parte? Ele apenas estava fazendo a sua parte ao passar cinco dias no mar à minha procura, privando sua tripulação e seus amigos de conforto?

— O nó da gravata — repetiu, despreocupado, entendendo meu estarrecimento de maneira equivocada. — Ajude-me com isso.

— Mas... — Engoli em seco. — Eu acho que não sei fazer um nó decente.

— Não pode ficar pior que os meus. Não tenho a paciência necessária. Viu minhas abotoaduras?

Aquilo não era um pedido, pensei, apanhando sobre a cômoda as peças douradas idênticas à que eu tinha no bolso e as devolvendo a ele. Seus dedos resvalaram de leve em minha palma ao pegá-las, despertando um suave zumbido em meu corpo.

Um meio sorriso despontou em seus lábios ao notar minha hesitação.

— Eu não mordo, Dominique.

Ah, mordia sim. A lembrança do primeiro encontro no armazém ainda estava muito vívida em minha mente.

Vamos, não seja covarde.

Depois de vacilar por mais um instante, prendi o fôlego e segurei as pontas da gravata, conservando os dedos longe do seu corpo, embora não pudesse fazer muito quanto ao calor que vinha dele e me envolvia como um abraço. Tentei me concentrar no que estava fazendo e copiar os movimentos que tinha observado meu pai fazer algumas vezes. Leon elevou o queixou e se curvou um pouco para a frente enquanto eu enrolava o tecido pelo seu pescoço. O problema é que ele manteve as duas estrelas cinzentas em mim.

— Então — comecei, para distraí-lo —, você estava procurando sua noiva apenas por obrigação?

— E por que outra razão seria? — Encolheu os ombros largos. — O mar não devolve aquilo que toma. Não vale a pena continuar procurando.

— Não vale a pena — ecoei, desapontada, o coração murchando dentro do peito. — Que conveniente que sua noiva não esteja aqui para ouvi-lo dizer isso, ou acabaria falhando em um dos itens da lista de ensinamentos do seu pai.

— Dificilmente. Valentina não tem um coração para que possa ser partido.

Você o está partindo agora.

Além da angústia, havia outro sentimento espiralando pelo meu corpo. Um sentimento mais selvagem e irracional, que me fez ver tudo borrado.

— Você a conhece tão bem... — Enfiei uma ponta por dentro da tira cinza e puxei para baixo com pouca sutileza.

— Conheço o suficiente. Uma bela mulher, não posso negar. Mas o gênio... ¡*Vaya*! É tão agradável quanto jogar sopa quente dentro das calças. Muito apertado, Dominique.

Ah, mas eu ainda nem tinha começado a apertar aquele nó como gostaria.

— E o seu certamente é tão dócil quanto o de um filhotinho de cachorro — resmunguei.

— E como poderia ser? Como ser agradável com alguém tão azedo que causa arrepios até em um limão? — Ele folgou o laço ao redor do pescoço.

Uma ruga se formou na parte superior da gravata. Com a ponta dos dedos, eu a movimentei até que ficasse perfeitamente lisa, ajustando a laçada.

— Se tivesse usado as palavras certas — contrapus, os olhos no que fazia —, tenho certeza de que teria tido mais sucesso.

— Não. Estou convencido de que não teria. Nada em mim a agrada. Bem, exceto meus beijos, embora ela jamais fosse admitir que se derrete em meus braços, nem para si mesma. Mas ela gosta. Ah, gosta mui... to. Não... consigo... respirar...

Se não conseguia respirar, tampouco seria capaz de falar, não é mesmo?

Enfiando o indicador no centro do nó apertado, Leon o afrouxou com um puxão.

— Assim está melhor. — Soprou uma longa expiração. — Pode continuar.

Eu me limitei a olhar para aquela expressão insolente, que parecia estar se divertindo muito.

— Se ela o desagrada tanto assim, então por que ia se casar?

— Muito complicado. — Abanou a cabeça, as mechas escuras ainda úmidas balançando de leve. Então elevou um pouquinho o queixo. — O nó, Dominique.

— Mas é claro — ironizei, voltando a trabalhar na gravata. — Essa resposta justifica tudo. Muito complicado. Tudo é *muito* complicado! Como se as pessoas fossem burras demais para entender.

Terminei com a gravata. E bem a tempo, pois, se continuasse com os dedos próximos ao pescoço dele, corria o risco de estrangulá-lo.

— Por que tenho a sensação de que ofendi você? — Leon sorriu meio torto. — Por acaso conhecia a minha noiva?

— Não preciso conhecê-la para saber que está sendo desleal com ela.

— Desleal?! — Ele riu, um som vazio e amargo. — Eu estou sendo desleal?

— Como chamaria a sua indiscrição ao fazer comentários sobre beijos?

— A constatação de um fato. — Assentiu uma vez, sério.

Eu lhe dei as costas, indo para a poltrona terminar meus afazeres com aqueles paletós. Era melhor assim. Eu já tinha problemas demais. Não precisava adicionar tentativa de homicídio à minha longa lista.

Enquanto meu ex-noivo terminava de se arrumar, obriguei meus olhos a se fixarem no trabalho, evitando qualquer distração enquanto tentava recuperar o controle. Mas eu sentia seu olhar em mim, o que me deixou um pouco desajeitada.

Antes que eu fosse bem-sucedida — tanto na tarefa de guardar os paletós quanto em domar minhas emoções —, Leon atravessou o quarto, totalmente vestido, se enfiando entre mim e o armário, e começou a vasculhar por entre seus pertences. Seu corpanzil ocupou quase todo o espaço, de modo que me encolhi até bater a parte de trás dos joelhos na poltrona escura, quase caindo sentada. Depois de revirar algumas pilhas, ele jogou algumas peças para mim.

— Você precisa de roupas melhores. Isso deve servir.

Estudei brevemente a camisa, em cima da pilha.

— É muito, muito improvável. — Leon era uns trinta centímetros mais alto, e seus ombros, quase duas vezes mais largos que os meus.

Meu comentário o divertiu.

— Não me referia ao ajuste, mas à ocasião. Não quero que ande por aí parecendo estar à beira da desnutrição. — Seu olhar perscrutou minhas faces, uma ruga lhe vincando a testa. Sua voz estava mais suave quando perguntou: — Anda se alimentando?

— Claro que sim. — Sempre que me lembrava ou meu estômago permitia.

— Seu rosto me diz outra coisa. — Juro que ele soou preocupado.

Dei de ombros.

— Acredito que ainda não tenha me recuperado dos dias no mar.

Ele comprimiu os lábios, a meia-lua no superior ficando ainda mais pálida, parecendo prestes a dizer alguma coisa. Mas algo o fez mudar de ideia, balançar a cabeça e me dar as costas.

— Vá mudar de roupa, Dominique. Depois me espere na sala. Vamos sair em dez minutos.

Saí do quarto às pressas, tentando entender por que ele parecia mais duro e irritadiço. Entretanto, como a contradição ambulante que era, estava mais suave e um pouco mais bem-humorado também. Algum dia eu seria capaz de entender aquele homem?

Ou de compreender o que acontecia comigo quando estava perto dele?, me perguntei, abraçando a trouxa de roupas. Estava na metade da escada que levava ao terceiro andar quando parei, observando a camisa branca, o paletó negro, o par de calças de bom corte.

E então, longe dele, minha cabeça voltou a funcionar e percebi que havia deixado aquele quarto sem lhe dizer nada. Raios! Leon mexia comigo de tal maneira que eu me perdia de minhas próprias resoluções.

Muito bem. Eu ia abordá-lo a caminho de... de... humm... Também tinha esquecido de perguntar para onde iríamos.

Enfim, eu iria abordá-lo no caminho e desta vez não permitiria que ele me distraísse. Não devia ser tão difícil assim: tudo o que eu tinha de fazer era não ouvir sua voz, não respirar aquele perfume que fazia minha cabeça rodar nem olhar para o meu noivo.

Ex-noivo. Eu precisava me acostumar logo com aquilo. Afinal, tinha colocado um ponto-final em nosso noivado. Era o que eu queria, não era?

Meu coração gritou uma resposta. Tão alta e clara que não poderia ser confundida. Sobressaltada, deixei a pilha de roupas cair no chão.

Não! Isso não podia ter acontecido.

Mas ali estava eu, com as bochechas quentes, a boca seca e as mãos úmidas, o coração a ponto de saltar do peito, onde se instalava uma miríade de contradições: uma inquietude silenciosa, um rebuliço sereno, uma coerência insensata, um desejo inominável.

Não. Isso não era verdade. Eu sentia desejo *dele*: de tê-lo por perto, de tocá-lo, sentir seu cheiro em minhas roupas, escutar sua voz, conhecer seus pensamentos. E também ansiava que ele sentisse todas aquelas coisas por mim.

O que eu sentia por Leon era... era...

Céus! Era aquilo que eu havia jurado jamais sentir por homem nenhum!

Recostado no estofado de veludo negro, iluminado pela parca luz da lanterna no interior da carruagem, Leon me admirava com os dentes cravados no lábio inferior, tentando não rir.

Não me ofendi. Eu realmente fazia uma triste figura naquele momento. Leon era imenso e suas roupas, obviamente, também. Minhas mãos desapareciam dentro das mangas do seu paletó, as calças ficaram tão folgadas e longas que precisei improvisar um cinto e dobrar a barra tantas vezes que o tecido quase não coube dentro das botas puídas, o que deixou a peça com o aspecto de uma abóbora negra. A gola da camisa, mesmo abotoada, ficou larga ao redor do meu pescoço, permitindo entrever um pedacinho do colo.

Inesperadamente, o divertimento em sua expressão foi substituído por uma emoção nova, incompreensível, mas que me fez corar. Engoli em seco, em parte por receio de ser descoberta, em parte porque eu sempre me sentia estranha quando ele me olhava daquela maneira.

Porque eu tinha sentimentos por ele.

Ah, está bem. Era melhor dar nome aos bois de uma vez. Estava muito cansada de fingir para mim mesma. Eu o amava.

Essa era a verdade. Eu amava Leon! Amava quando ele sorria daquele jeito que fazia sua cicatriz quase desaparecer e lindas ruguinhas surgirem ao redor de seus olhos de metal, a forma como se aqueciam. Amava quando se exaltava e misturava os idiomas, praguejando em sua língua e na minha sem se dar conta disso. Amava acompanhar o tom rouco de sua voz pela manhã ir se dissolvendo em puro veludo. Amava seu cheiro, seu toque, seu humor, sua franqueza.

Como isso pôde acontecer? Como pude me permitir tamanha fraqueza? Não era apenas inconveniente, era terrivelmente desastroso amar Leon, sobretudo agora, quando as coisas haviam mudado entre nós.

Eu o analisei atentamente, como se o que eu procurasse fosse uma nova pinta ou uma cicatriz que antes não estava ali. Era inoportuno que os sentimentos não tivessem reações físicas. Seria tão mais fácil para pessoas como eu, com pouca habilidade nesse assunto. Por que eu não era capaz de ler a linguagem corporal masculina? Ou assimilar o que um homem dizia? Qual era o meu problema?

Sem conseguir encontrar nada, só me restou seguir o caminho da divagação. Seria possível que Leon ainda nutrisse algum sentimento por mim? Além de culpa, quero dizer. E desejo, acrescentei depressa, me recordando pela milionésima vez daquele beijo. Mesmo depois de todas as coisas horríveis que eu dissera ao terminar nosso noivado, seria possível que ele... que ele sentisse por mim alguma das coisas inquietantes que eu andava experimentando?

— Como foi a conversa com Gaspar ontem? — perguntei, tentando me distrair da ansiedade que ameaçava me dominar. — Dormiu no *La Galatea*?

— Por que quer saber?

— Temi que as coisas entre vocês acabassem aos socos. — Encolhi os ombros.

Suas sobrancelhas subiram tanto que quase alcançaram o couro cabeludo.

— Lamento ter lhe causado aflição, mas não havia razão para isso. Gaspar não seria louco de me desafiar em meu próprio navio.

Não tenho certeza se ele ocultou de propósito a parte que se referia ao local onde tinha passado a noite ou se simplesmente não achou relevante que eu soubesse.

— Para onde estamos indo? — eu quis saber.

— A paciência é uma arte, Dominique. Acho que vai ter que exercitar um pouco a sua.

Lancei a ele um olhar enviesado.

— Falou o sujeito que mal tem paciência para amarrar a própria gravata.

Seus lábios se separaram em um daqueles sorrisos travessos que me iluminavam por dentro e derretiam meu cérebro. Desviei os olhos para a janela, antes que me perdesse no encantamento provocado pelo meu noivo.

Ex-noivo.

— *Damiles! Damiles!* — A voz do garotinho foi carregada pela brisa.

Eu me virei na direção do som, procurando. Na calçada pouco movimentada naquele fim de tarde, ele saltitava com uma pipa colorida debaixo do braço, de mãos dadas com a babá.

Felix!

Uma quentura gostosa brotou em meu peito enquanto eu me aproximava da janela para vê-lo melhor. Meu Deus, parecia que ele havia crescido um pouco mais nas últimas semanas. Eu sentia tanta falta dele. Da sua alegria, das brincadeiras, das mãozinhas sempre sujas e quentinhas, da sua gargalhada ecoando pela casa toda e pelo meu coração. Foi depois de seu nascimento que finalmente compreendi a ligação especial que une os irmãos.

Embora não sejamos irmãos de verdade, pensei, um nó se fechando em minha garganta. Pelo menos não biologicamente, e a dor que isso me causava era intolerável. Eu tinha perdido tudo, absolutamente mais nada me restava, nem mesmo minha identidade. E tentava sobreviver e lidar com isso da melhor forma possível. Mas perder Felix... Eu não conseguia suportar.

— Por que tanta tristeza? — A voz grave soou muito perto do meu ouvido.

Dei um pulo para trás.

— Ai! — resmunguei, ao bater o topo da cabeça no queixo de Leon. Estrelinhas dançaram em meus olhos enquanto eu caía de volta no assento. Quando fui capaz de recuperar a visão, vi Leon massageando o maxilar com uma careta dolorida.

— Perdoe-me. Não quis te assustar — murmurou. — Você se feriu?

— Não. — Tirei o chapéu e friccionei de leve o ponto dolorido. — Eu... me desculpe. Não percebi que você estava logo atrás.

O grito de Felix se repetiu, atraindo o olhar de Leon. Ele se inclinou para mais perto da janela, observando o garotinho e a babá. E, claro, sendo Leon, entendeu tudo errado.

— Ah. Agora entendo — comentou Leon, com um sorriso curto. — Aquela bela moça roubou seu coração.

Ah, por Deus...

— Tem bom gosto, Dominique — continuou, estudando Damires conforme a carruagem se afastava. — Ela é muito atraente.

— Capitão! — Minhas bochechas pegaram fogo.

Ele desdenhou de minha censura com um encolher de ombros, e eu quase podia jurar que o que havia em sua expressão era troça.

— Já experimentou os sabores da jovem babá?

Meu rosto adquiriu a mesma cor dos retângulos da pipa de Felix. Desejei poder me esconder sob o estofado no qual me sentava. Ou enfiar Leon ali dentro. Beeeeem lá no fundo. Qualquer uma das alternativas me satisfaria.

— Sabe, aquele é o irmão da minha noiva. — Ele se endireitou no banco. — Um *chico* e tanto. Pensa que eu sou um pirata. Ainda ontem me perguntou se poderia trabalhar comigo quando crescer.

— Ontem? — Pisquei, espantada. — Você o visitou *ontem*?

— Visito todos os dias. — Encolheu os ombros. — Ao menos sempre que estou em terra. Ele sente muita falta de Valentina.

Meu coração errou uma batida, e eu mordi o lábio inferior com força, ou acabaria caindo em prantos.

— Algum problema, Dominique? — Leon perscrutou meu rosto. — Parece verde outra vez.

Era provável. Eu me sentia tão enojada de mim mesma que estava a ponto de colocar para fora tudo o que tinha no estômago.

Céus, eu era uma pessoa horrível! Como podia continuar mentindo para todo mundo? Eu estava magoando aqueles que mais amava por uma coisa tão insignificante como o fato de alguém ter tentado me matar. O que era um assassino à minha espera comparado ao que eu andava fazendo?

Leon soltou uma pesada exalação.

— Acho que nós dois precisamos de uma bebida. — Estalou a língua. — Eu, pelo menos, preciso.

Não, o que eu precisava era parar de fugir e ser honesta com ele. Tomei fôlego e soltei tudo aos trancos.

— Leon, eu... eu não sei como posso... como vou... A questão é que eu não sei como devo começar, mas... eu... eu...

— Você o quê? — perguntou quando me atrapalhei com as palavras, subitamente alerta. Apoiando os cotovelos nos joelhos, ele se inclinou mais para perto, uma ansiedade quase semelhante à minha incendiando seus olhos.

A carruagem então parou, me lançando levemente para a frente. Olhei ao redor, confusa, me deparando com a fachada branca, as vidraças altas, o balcão largo no piso superior, as janelas fechadas no último andar. Reconheci a imensa porta branca abobadada com vidros coloridos, o homem em um traje azul e dourado dando as boas-vindas.

Eu me virei para Leon, que esfregava o rosto com as duas mãos, soltando o ar com força.

— A casa de jogos? — sussurrei, alarmada.

— É.

Ele não esperou que o sr. Moreira descesse e abrisse a porta, saindo da carruagem com um movimento rápido que sacudiu toda a cabine. Pensei tê-lo ouvido resmungar "Vamos fazer isso do jeito mais difícil" ao pisar na calçada, mas posso estar equivocada.

Sem alternativa, fui atrás dele. Imaginei que Leon fosse me levar para uma das mesas redondas vagas e pedir algumas bebidas, como eu o vira fazer com Dimitri na noite anterior — embora fosse totalmente inapropriado que um criado se misturasse aos cavalheiros; mas, até então, Leon nunca se importara com as convenções. Ainda me intrigava o motivo pelo qual ele resolvera me arrastar até ali. No entanto, Leon passou direto pelo vasto salão bem iluminado, indo para os degraus acarpetados vermelhos.

Minha intuição gritava que eu não ia gostar muito do que estava prestes a acontecer enquanto o acompanhava escada acima. Bastou um rápido exame ao chegarmos ao segundo andar para que meus olhos se arregalassem e eu constatasse que, sim, meus instintos estavam certos dessa vez.

— Santa Mãe de Deus... — balbuciei, me desviando de uma jovem que fugia às gargalhadas de um cavalheiro que eu vira algumas semanas antes, durante a missa, ao lado da esposa. E, definitivamente, a jovem coberta apenas pela chemise branca e pelas meias de seda preta não era sua mulher.

Céus! Os boatos eram verdadeiros. Acontecia muita coisa no andar superior da casa de jogos.

— Acho que vai gostar daqui, Dominique.

Eu me virei ao som da voz do meu noivo, encarando-o, estupefata.

Leon tinha me levado ao bordel!

27

Se eu ficasse mais espantada, correria o risco de que meus olhos saltassem das órbitas, rolassem escada abaixo e alguém os confundisse com as bolinhas da roleta da casa de jogos.

Leon tinha me levado a um bordel! Um *bordel*, pelo amor de Deus!, onde as jovens vestiam menos roupa do que eu usava para dormir, dançavam, riam, fumavam charutos, bebiam uísque e beijavam os cavalheiros que eu via em salões de baile e jantares, sempre se comportando como... como...

Minha nossa, aquele homem acariciando a coxa de uma moça perto de um corredor que eu não fazia ideia de onde iria dar — embora tivesse uma leve desconfiança — era o sr. Martinelli?

Depressa, me virei para o outro lado, ficando cara a cara com Leon. Ele não parecia nem um pouco impressionado. É claro que não. Devia estar habituado a frequentar ambientes como aquele. Ou talvez não parecesse tão atônito com o que acontecia naquele bordel porque sua atenção estava em outro lugar. Em mim.

— A julgar pela sua expressão — comentou, um sorriso malicioso esticando os cantos da boca —, parece que consegui causar uma impressão e tanto.

— Eu não esperava que um bordel fosse tão... tão... sem roupas — confidenciei, em um sussurro.

Sua gargalhada reverberou pelo salão pouco iluminado, atraindo alguns olhares.

— E como imaginou que seria? Homens e mulheres discutindo política enquanto tomam chá?

Que pensamento absurdo. Exceto por ele, eu não conhecia mais nenhum homem que discutiria política com uma dama. A maioria pensava que éramos seres delicados e cabeças-ocas demais para compreender qualquer coisa que não envolvesse maridos, filhos ou cuidados com a casa. Seres com intelecto inferior, que não tinham opinião a respeito de partidos, administração pública, leis... em suma, opinião sobre coisa alguma. Aos olhos da maior parte da população masculina, a mulher era praticamente uma mesa de centro: útil quando conveniente, mas apenas decorativa grande parte do tempo.

Essa era também a razão de um casamento nunca ter me entusiasmado. Eu jamais poderia conviver com alguém que me considerasse intelectualmente inferior. Por isso relutei tanto em aceitar o sr. Nogueira, me dei conta com muito atraso. Ele não estava interessado em ouvir nada além da própria voz. Ao contrário de Leon, que me deixava falar sobre todos os assuntos e ouvia com genuíno interesse tudo o que eu tinha a dizer... se não estivesse ocupado implicando comigo e tudo o mais.

Voltei a admirar o salão sem me deter em nada específico, tentando absorver o máximo que podia sem parecer indelicada.

— Não, Leon. Na minha imaginação eles não bebiam chá. Bebiam conhaque — admiti, e ele riu outra vez.

— É melhor nos sentarmos e pedir uma garrafa, então. Não quero que se decepcione.

Ainda atordoada, fiz que sim e o acompanhei. O que mais eu poderia fazer?

Está bem. Ao mesmo tempo em que aquele lugar me assustava, despertava minha curiosidade. Meu mundo era tão distante daquilo tudo... Era como se eu vivesse dentro de uma redoma de vidro, cercada de boas maneiras e civilidade forçada. Na pele de Dominique, eu estava experimentando o que acontecia do lado de fora dessa redoma. E era um universo completamente diferente, mais duro e... humm... nu, onde a vida não era mascarada com cortesias e sorrisos educados.

Leon escolheu uma mesa redonda perto das escadas, largando-se na cadeira enquanto eu me acomodava com cuidado na outra, apertando as mãos no colo, me sentindo muito desconfortável e deslocada. Sobretudo porque uma das moças surgiu do nada, bem ao meu lado, e se debruçou sobre a mesa, de modo que seu decote ficou a um suspiro do meu rosto.

Tão logo a jovem se foi (e eu respirei fundo de alívio), Leon mirou as íris cinzentas em mim, a testa franzida como se tentasse decifrar uma difícil equação de álgebra. Comecei a ficar tensa, tocando o pescoço bem ali, no ponto em que minha pulsação martelava. O movimento atraiu os olhos de Leon.

— Devia jogar fora estas luvas velhas. — Fez uma careta. — Está abafado o suficiente para que não precise delas.

Olhei para a lã puída que escondia o anel entalado em meu indicador, mas não a sua forma. Depressa, juntei as mãos sobre as coxas, ocultas em segurança pelo tampo da mesa.

— Ah, é que... eu... tenho um problema nas mãos — improvisei, piscando rápido.

Mais uma mentira...

Mas que outra opção eu tinha?

Sabe aquela frase que não cheguei a terminar ainda há pouco? O restante dela é: "Eu sou a sua noiva desaparecida". Oh, veja, uma prostituta acaba de subir em uma das mesas.

Obviamente que eu não poderia falar nada naquele momento. Teria que esperar até a viagem de volta. Ora bolas!

Meu comentário despertou o interesse de Leon, que cruzou os braços sobre a mesa, os ombros estufando o paletó à medida que se expandiam, os olhos cravados nos meus.

— Que tipo de problema, Dominique? Uma doença?

Era impressão minha ou sua preocupação parecia artificial?

— Humm... bem... sim. Ela... hã... deixa meus dedos com...

— Perebas? — arriscou, os cantos dos lábios levemente repuxados.

Estreitei os olhos para ele.

— Essa não é uma palavra muito elegante, sabia?

— Não fui eu que inventei a palavra. — Abriu um sorriso presunçoso, como se esperasse pela minha reação. — Nem as suas perebas.

Lutei para não grunhir.

— Eu não tenho perebas.

— Verrugas, então? — Arqueou uma sobrancelha atrevida. — Ou é sarna? É por isso que não pode se livrar destes trapos que chama de luvas?

Encarei as vigas escuras do teto.

— Está certo, capitão. São verrugas. — Era melhor concordar antes que ele seguisse adiante, e só Deus sabia onde aquilo iria parar. — E não quero que ninguém as veja, por isso nunca fico sem as luvas.

— Não se preocupe, Dominique. — Assentiu algumas vezes, muito sério, mas os cantinhos de sua boca tremiam. — Suas perebas estão a salvo comigo.

Bufei, virando o rosto para a janela para que ele não visse meus lábios se abrirem. Eu sentia muita falta daquilo. Do senso de humor ácido de Leon. De suas implicâncias comigo. Por um segundo, me permiti fingir que tínhamos voltado no tempo e tudo era como antes.

Mas então a moça que havia subido na mesa mais ao centro começou a dançar, vestindo apenas culotes e um espartilho que não cumpria muito bem a função de cobri-la, de modo que os seios saltavam livres, e... aquilo em seus mamilos eram brincos?

— Não vai me perguntar por que estamos aqui? — A voz de Leon me chegou aos ouvidos, provocando um suave arrepio em minha nuca, me obrigando a olhar para ele.

— Eu perguntaria, se soubesse que me diria o verdadeiro motivo.

— É realmente engraçado ouvir isso, Dominique. — Mas não havia humor nele. Nem um único músculo de sua face se moveu. Leon se limitou a continuar me encarando com intensidade, como se me desafiasse. E eu não estava certa se conhecia as regras daquele jogo.

Fui salva por uma das jovens do bordel, que retornou com uma bandeja nas mãos, obrigando-o a se recostar na cadeira.

— Pensamos que não viria nos fazer uma visita, capitão — miou a mulher de espessos cabelos negros, colocando a garrafa de conhaque sobre a toalha de linho vermelha. E depois o traseiro na coxa de Leon! Como se ali fosse o lugar mais confortável do mundo, ela cruzou as longas pernas cobertas apenas pelas meias finas e se pôs a servir a bebida. — Estávamos curiosas a seu respeito.

Oh. Então aquela era a primeira vez dele ali, pensei, enquanto fuzilava a moça e meu cérebro gritava: "Será que pode tirar o traseiro de cima do meu noivo?"

— Estive um pouco atarefado nos últimos tempos. — Ele deu de ombros. E apenas isso. Nenhuma menção de fazê-la levantar. Nenhum indício de que se levantaria. — Mas estou aqui agora.

Ela enroscou uma das mãos atrás do seu pescoço, deslizando a outra pelo seu peito. E Leon permitiu!

— Beba, Dominique. — Ele se inclinou sobre a mesa, a mão na cintura da prostituta, empurrando um dos copos para mim.

Ávida por... bom, eu não sabia ao certo. Olhar para outra coisa? Sumir? Fazer Leon e aquela garota desaparecerem? Seja como for, fechei os dedos em torno do copo e sorvi tudo em um único gole. A bebida forte desceu pela minha garganta com a mesma sutileza de uma brasa. Tossi algumas vezes.

— Cuidado. Isso é mais perigoso do que parece — alertou ele, que, no entanto, também esvaziou seu copo de uma vez só.

Apenas para irritá-lo, eu mesma me servi de mais conhaque e tornei a beber. A segunda dose desceu um pouco mais facilmente.

Uma coleção de vincos decorou a testa de Leon. Ótimo!

Então tentei ignorá-lo, observando o ambiente com mais atenção. Um homem, duas mesas ao lado, cochichava alguma coisa no ouvido de uma das moças, sentada sobre seus joelhos. Depois de examiná-lo com mais atenção, reparei que era o sr. Müller, o criador de cavalos. Na verdade, depois de uma análise mais meticulosa, percebi que conhecia de vista a maioria dos frequentadores.

— Não, doçura. Dominique precisa mais dos seus serviços do que eu — escutei Leon dizer. — É um caso grave. Coração partido.

Eu me virei para os dois, fulminando-o.

— Não estou com o coração partido. — Bem, mais ou menos. — Não preciso de nada.

A jovem fez um biquinho com os lábios pintados de carmim.

— Aaaaaah, não seja tímido — disse ela, finalmente tirando o traseiro da perna de Leon.

O problema é que ela contornou a mesa e tentou se sentar na minha coxa. Eu me remexi na cadeira, cruzando as pernas, para impedir que isso acontecesse. A moça não se deu por vencida e se acomodou no tampo da mesa, espremendo-se entre esta e a minha cadeira.

— Ninguém pode ficar de coração partido neste estabelecimento — choramingou. — É contra as regras.

— O capitão Navas está enganado. Estou muito bem. Não! — Horrorizada, afastei as mãos ansiosas da jovem, que partiram em direção aos meus seios. — Eu estou bem, senhorita. Agradeço a preocupação, mas não deve se incomodar comigo. Na verdade, deve fingir que eu não estou aqui.

— Ooooh! Um garotinho tímido! Os meus favoritos!

Antes que eu pudesse impedir, ela jogou uma das pernas para o lado e se abaixou sobre meus quadris.

Fiquei de pé em um movimento impressionantemente rápido, atirando a moça sobre a mesa. Minha cadeira tombou para trás. O estrondo despertou a curiosidade de algumas pessoas ali perto, ao mesmo tempo em que um grito entusiasmado reverberou pelo salão. O sr. Müller. *Argh!*

Fitei a jovem, que me encarava, parecendo ressentida.

— Perdoe-me, mas não estou atrás desse tipo de diversão. — Então fuzilei meu ex-noivo, atual patrão, futura vítima de acidente envolvendo seu nariz e aquela bela garrafa de conhaque. — E você também não deveria estar, capitão. Por acaso não está de luto? Ou o seu traje não passa de um figurino neste espetáculo medíocre? É melhor esquecer essas roupas e parar de envergonhar a si mesmo.

— É realmente irônico ouvir isso logo de você... — devolveu, sem nem ao menos piscar.

Precisei de um instante para compreender o que ele havia dito. De fato, seu traje tinha ficado ridículo em mim. Era pouco cavalheiresco da parte dele mencionar.

— Mas tem razão, Dominique — ironizou. — Pretendo tirar estas roupas em breve, como qualquer outro homem aqui.

Se não houvesse uma prostituta e uma mesa entre nós dois, creio que eu teria pulado em seu pescoço. Em vez disso, aprumei os ombros e o contemplei com frieza.

— Não devia me surpreender nem um pouco, mas eu estaria mentindo se dissesse isso agora. Muito estupidamente, pensei que você não fosse igual a qualquer outro homem.

Ele arqueou as sobrancelhas, parecendo bastante surpreso.

— Mas você é igualzinho a todos — continuei, minha voz se elevando algumas oitavas. — Um egoísta que só pensa no próprio prazer enquanto ignora que o mundo de outra pessoa está em ruínas!

Seu queixo e seus ombros se endureceram. Leon tentou dizer alguma coisa, mas minhas palavras pareciam tê-lo atingido na boca do estômago.

Ótimo. Ao menos eu não era a única ferida ali.

Sem dizer mais nada, marchei para as escadas, agradecendo por estar usando aquelas calças: apesar de ridículas facilitavam meus movimentos apressados.

Aquele canalha! Aquele grande canalha hipócrita!, pensei, enquanto deixava a casa de jogos, o bordel e Leon para trás. E eu que cheguei a pensar em contar a verdade a Leon. Que tola eu era. Ah, tola a ponto de imaginar que ele pudesse estar sofrendo com minha ausência, um pouquinho que fosse. Tola o suficiente para imaginar que ele talvez pudesse me a...

Mas não, balancei a cabeça ao chegar à calçada, tomando uma direção qualquer. Ele não se importava. Contanto que seu copo estivesse cheio e o traseiro de uma bela prostituta descansasse sobre sua coxa, ele ficaria bem.

Um bordel! Por Deus, Leon me levara a um bordel!

E que raios aquelas mulheres tinham na cabeça para permitir que os homens as apalpassem como se fossem frutas baratas? Por que não se importavam?

Não. Eu não estava sendo justa, refleti ao atravessar a rua e apertar o passo. Eu não conhecia a luta daquelas mulheres. Não podia condená-las pelas escolhas que fizeram. Ou pela falta de alternativas. Mas aqueles homens... cavalheiros que eu vira muitas vezes na companhia das esposas e dos filhos, se portando como perfeitos exemplares dos bons costumes e da moralidade... Qual era a desculpa deles?

Qual era a desculpa de *Leon*?

Uma mão grande e pesada segurou meu ombro, me obrigando a parar. Desvencilhei-me do toque, sem me virar. Não era preciso. Os arrepios estúpidos pela minha pele sabiam que aquela mão pertencia a Leon.

Ele me contornou, bloqueando a passagem.

— Capitão — falei, os olhos fixos no nó malfeito que eu dera em sua gravata mais cedo.

— Estou chamando você pelas últimas duas quadras. Não me ouviu?

— Não estava prestando atenção. — Eu o fuzilei antes de me desviar dele e recomeçar a andar.

Mas, é claro, ele veio atrás.

— Isso é novo — falou, apressado. — Normalmente tenho trabalho para tirar minha tripulação do prostíbulo, não para mantê-la ali.

— Não faço parte da sua tripulação. — Eu o trucidei com o olhar. — E imaginei que estivesse bastante ocupado tirando as roupas para perceber minha ausência.

— Não faça isso — disse em voz baixa, magoado. — Sabe que eu não estava falando sério.

Simplesmente continuei andando, impondo alguma distância entre mim e o calor que provinha dele — estava começando a ficar tonta.

Leon não se deu por vencido. Com suas pernas longas, se adiantou, colocando o corpo imenso na minha frente e impedindo que eu fosse adiante.

— Perdoe-me — murmurou, com uma seriedade desconcertante, correndo uma das mãos pelos fios negros. — Eu fui longe demais. Realmente sinto muito.

— Por que me levou àquele lugar? — eu quis saber. — Para zombar de mim?

— Não. Claro que não. Eu pensei que ir até o bordel fosse uma boa ideia porque... — Exalou um ruidoso suspiro. — Bom, porque desconfio de que eu seja um tremendo idiota.

Se ele esperava que eu fosse contradizê-lo, ficou bastante desapontado.

— Se me permite a audácia, capitão Navas, temo que nem o luto nem a crueldade lhe caiam muito bem.

Dando um passo para trás, Leon mirou as próprias botas, ignorando as duas senhoras que passavam, olhando para nós com interesse.

— Ao menos concordamos nisso — respondeu, enfiando as mãos nos bolsos das calças. Ao voltar a falar, sua voz soou mais carinhosa, e mais ferida também.

— No entanto, não há nada que eu possa fazer no momento. Eu agi sem pensar, Dominique. Ando fazendo muito isso ultimamente. Às vezes sinto como se estivesse vivendo a história de outra pessoa, como em um livro. E não gosto muito do meu papel nesta tragicomédia.

Com as mãos ainda escondidas nos bolsos, recomeçou a andar, mas seu ritmo era lento, como se esperasse que eu o acompanhasse.

E foi o que fiz, depois de hesitar por um breve instante, mesmo sem ter certeza de que era a coisa certa a fazer. Cruzamos com um dos homens da guarda. Ele tocou o chapéu, cumprimentando Leon, ao mesmo tempo em que eu baixava o rosto.

Após alguns metros em completo silêncio, Leon me espiou de esguelha.

— Não quero que pense que sou um crápula sem coração. Estou tentando jogar com as cartas que me foram dadas.

— Um criado não deve ter opinião sobre o patrão.

— Mas você tem. — Ele sorriu brevemente. — E não me é muito lisonjeira.

— Bem, tenho mesmo, se quer saber. Você alega agir irrefletidamente, mas atua como se cada movimento fosse orquestrado. Parece que culpa... — Mordi o lábio, olhando para trás.

Eu não podia lhe contar a verdade ali, no meio da rua, com um guarda a sete passos. Leon podia não reagir muito bem, e as palavras de Najla a respeito do enforcamento ainda estavam muito frescas em minha mente.

— O quê? — incitou, já que eu não continuei.

Se eu não podia contar tudo a ele naquele momento, ao menos podia dizer uma parte, não podia? Mesmo que uma ínfima parte. Tomei fôlego, antes que me arrependesse, e soltei tudo em um fôlego só.

— Parece que culpa sua noiva por ter desaparecido, por exemplo. Mas já lhe ocorreu que talvez ela não desejasse desaparecer?

— Que foi um acidente e não suicídio, como a guarda acredita? — Ele parou de andar, uma sombra atravessando seu semblante. — Sim, já pensei. Na verdade, foi a primeira coisa que pensei quando soube do desaparecimento. Cheguei até a imaginar que ela pudesse ter tentado fugir. Mas conferi os botes. Contei por três vezes os coletes salva-vidas. Nenhum estava faltando.

Relanceei o guarda em seu uniforme azul a poucos metros, caminhando sem pressa, com os braços cruzados atrás das costas. Então voltei a atenção para Leon.

— Vamos imaginar algo menos acidental e mais... humm... premeditado — sugeri. — É apenas uma hipótese! — me apressei ao notar uma veia saltando em sua têmpora. — O que eu quero dizer é que você às vezes age como se sua noiva o tivesse abandonado. E pode ser que ela não tenha culpa nenhuma. Não deveria ser tão precipitado em condená-la.

Ah, a ironia. Mas, em minha defesa, eu havia aprendido a lição.

Uma nuvem, como uma violenta tempestade de verão, encobriu suas íris, apenas raios implacáveis e violentas trovoadas. A ira misturada ao pavor e uma sede feroz que tive medo de analisar mais de perto o enrijeceram, deixando-o mais alto, mais largo, mais sombrio. Aquele era o Leon que todos temiam: agressivo, impetuoso, inclemente.

Alarmada, me afastei dele. O movimento o despertou, e não sei ao certo o que ele viu em meu rosto, mas, seja lá o que for, impeliu-o a esfregar a testa e cerrar as pálpebras com força. Ao voltar a falar, embora áspera, sua voz era gentil.

— Desculpe. Eu... só... — Soprou o ar com força. — Eu não tinha pensado nisso *desta* maneira. Se importa se caminharmos um pouco pela praia? O barulho das ondas ajuda a me acalmar. — Sem esperar pela resposta, Leon atravessou a rua, seguindo na direção que levava ao mar.

Não foi consciente. Não ordenei que meus pés o seguissem, mas a próxima coisa de que me lembro é de ter areia até a metade das botas. Era mais escuro ali, apenas a lua crescente iluminando a faixa pálida, refletindo em nuances prateadas nas águas agitadas.

Andamos em uma quietude tranquila por um longo tempo, a cidade ficando para trás. Quando a civilização já não era mais visível, Leon pareceu encontrar a calma que procurava e reduziu o ritmo, apanhando alguns galhos secos pelo caminho. Parou para amontoá-los em uma parte mais inclinada da praia. Em menos de três minutos tínhamos uma pequena fogueira. Ainda perdido em seus próprios pensamentos, ele se agachou, observando as estrelinhas que a combinação de fogo e madeira produzia, usando um graveto longo para atiçar as brasas.

Eu me sentei a um metro de distância do fogo, abraçando os joelhos. Quando as labaredas ganharam altura, Leon resolveu se sentar ao meu lado, puxando o conhaque pelo qual pagara no bordel de dentro do bolso do paletó. Acabei rindo.

— Sou um homem preparado — brincou, sorvendo um trago generoso antes de me oferecer.

Aceitando, experimentei um golinho. Se minha mãe me visse naquele instante, desacompanhada, bebendo conhaque direto da garrafa ao lado de um marinheiro em uma praia deserta, teria me deserdado, pensei, ao mesmo tempo em que a bebida parecia me rasgar por dentro. Mas era bom. Enquanto o líquido me queimasse, eu conseguiria afastar da mente a triste figura que eu era agora.

— Já lhe contei sobre o incidente na América Central? — Leon enterrou os calcanhares da bota na areia. Neguei com a cabeça. Ele continuou: — Foi uma desgraça total. Fomos atacados. Aquela região não é muito segura. Me levaram quase tudo.

— Verdade? — perguntei, preocupada. — Foi atacado por piratas?

Ele apoiou os braços nos joelhos, rabiscando a areia com o graveto chamuscado.

— Sim. Embora eles não sejam como a maioria das pessoas idealiza. São homens comuns, bem-vestidos na maior parte das vezes, com uma ganância desmedida e armas muito boas.

— Lutou contra eles?

— Não. Não tive chance. — Fez uma careta desgostosa, espetando o graveto no terreno arenoso. — Eu estava em terra. Atracamos perto de Santa Lúcia. Assim que retornei, encontrei meus homens completamente *borrachos*.

— Bêbados? — arrisquei, provando mais um gole da bebida, enquanto me recordava de tê-lo ouvido cuspir aquela palavra quando eu quase caíra do *La Galatea*, bêbada, na pele de Dominique.

— O que mais os pobres podiam fazer além de beber o único barril de vinho que os piratas deixaram para trás? — Deu de ombros. — Consegui recuperar parte da carga, mas não tudo.

— O que fazia em Santa Lúcia? Comércio com homens respeitáveis ou com prostitutas?

Suspendi a garrafa, encarando-a com a testa franzida. Qual era o problema daquelas bebidas, que entorpeciam meu corpo e removiam a trava da minha língua, permitindo que eu fizesse perguntas que beiravam a grosseria?

Em vez de se ofender, Leon riu baixinho.

— Depois desta noite, acho que mereci essa. — Esfregou a nuca. — Mas eu não fazia nenhuma das duas coisas. Eu visitava uma amiga.

— Ah. Um dos seus homens me contou que se atrasaram por causa da sua *amiga*.

Ele fechou a cara, bufando.

— Parece que conservar a vida do patrão em sigilo é pedir demais.

Ignorando a implicação daquela sentença, me ouvi perguntar:

— Ela era sua amante?

Leon fixou suas íris cinzentas em mim, dois lagos profundos e límpidos que fizeram meu pulso se alvoroçar, como sempre. Levei o gargalo aos lábios apenas para ter algo em que empregar minha atenção que não fosse meu interlocutor.

— Ela não era minha amante — ele disse, relutante. — Foi minha noiva.

Uma chuva de conhaque escapou da minha boca conforme eu engasgava e tossia. Alguns respingos caíram diretamente sobre a fogueira, se inflamando.

— Cuidado com isso! — Suas mãos fortes agarraram meus ombros, e, como se eu não pesasse mais que aquele graveto, me arrastaram para trás.

Meio curvado sobre mim, seu rosto ficou tão perto do meu que meus lábios pinicaram com a lembrança de outro momento em que estivemos assim. Sequei nas costas da mão os respingos de conhaque que escorriam pelo meu queixo. O movimento despertou seu interesse, os olhos se atendo a minha boca. Sua respiração instável acariciou meu rosto, dizimando minha concentração. Meu coração começou a retumbar, como se tentasse se libertar do seu cativeiro para alcançar Leon.

Oh, ele finalmente ia me beijar outra vez! Eu esperava por esse momento havia tanto, tanto tempo...

Mas, então, Leon deixou a cabeça pender para a frente, soltando um suspiro desolado. No instante seguinte, recuou, me deixando fria, decepcionada e muito confusa. Não ajudou muito que o conhaque tenha lançado uma névoa em meu cérebro, dificultando meu raciocínio.

Um clima muito esquisito se abateu sobre a praia. Esfreguei a testa, lutando contra o torpor provocado pelo álcool, tentando me recordar do que conversávamos, ao mesmo tempo em que ele voltava a cutucar a fogueira.

Ah, sim!

— Você visitou sua noiva?

— Ex-noiva — corrigiu, se virando para mim, uma das sobrancelhas arqueada. — E você deveria manifestar um pouco mais de surpresa ao saber que Emilia está viva, já que me acusou de tê-la matado.

— Ah, mas é assim que me sinto! Foi por isso que engasguei.

Ele me avaliou por um instante, não muito convencido, porém resolveu deixar o assunto para lá, empurrando os fios rebeldes para longe do rosto com um movimento impaciente.

— Eu não queria ir. — Encolheu os ombros. — Mas Emilia me escreveu pedindo que eu fosse. Ela foi parte da minha vida por tanto tempo que achei que não custava atendê-la. Crescemos juntos, quase como se pertencêssemos à mesma família...

Então ele me contou toda a história.

28

Leon e Emilia nasceram no mesmo ano, com diferença de apenas três meses. As famílias eram amigas havia gerações, e os dois se entendiam tão bem conforme cresciam que todos acreditavam que um casamento feliz os aguardasse na vida adulta. Leon acreditou nisso.

— Acho que Emilia também — explicou, remexendo a areia com a sola da bota. — Até Carlos aparecer. O sujeito era de Córdoba. Apareceu em Cádis devido à morte do avô, um produtor de vinho que vivia nos arredores de El Puerto de Santa María. Emilia descobriu com ele a paixão.

— Sinto muito — murmurei, comovida.

— Dois meses após a chegada de Carlos, a duas semanas do nosso casamento, ela me contou que estava grávida. Não podia ser meu. — Deu de ombros. — Nós nunca dividimos a mesma cama.

— Meu Deus. Você... você o desafiou?

Ele riu, estendendo o braço para apanhar a garrafa que eu segurava.

— Bem que eu quis. Ah, como quis! Estava com tanta raiva que teria matado aquele bastardo e depois dado uma festa. Mas Emilia implorou que eu não deixasse seu filho órfão. Pretendiam fugir, e ela me pediu ajuda.

— E você a ajudou?

Apoiando um dos cotovelos no joelho, afastou os fios longos que lhe caíam na testa e se virou para mim com a expressão serena.

— A Navas Mercantil tinha uma embarcação prestes a zarpar para as ilhas caribenhas. Consegui uma cabine para os dois, então peguei o *Galatea* e fui para a França. — Abriu um sorriso tímido. — Bastante estúpido, não?

Por isso ela lhe agradecia na carta. Por isso dizia que devia sua felicidade a ele!

— Eu acho que foi muito nobre, Leon — murmurei. — Poucos homens teriam a mesma grandeza. Foi admirável.

Por um breve instante, seu olhar reluziu mais que todas as estrelas acima de nossas cabeças.

— Não se engane. Não fiz por ela. Eu não queria encontrar Emilia outra vez, nem ter que ver sua barriga crescer com o filho de outro homem.

Ainda assim ele a ajudara, e isso, mais que tudo, dizia muito sobre seu caráter. Como eu tinha sido injusta.

— Então vieram os boatos — confidenciou, sua voz apenas um tom acima do crepitar da fogueira e do chiado das ondas. — Algumas pessoas que tinham conhecimento do caso me acusaram de ter matado Emilia e Carlos, já que ninguém nunca soube da fuga, exceto os tripulantes do navio.

— E você não os desmentiu — concluí, finalmente juntando os cacos da história.

Passando a mão pelo graveto, ele o girou entre os dedos grossos.

— Pareceria pouco digno. Confirmar que Emilia tinha um amante e destruir sua reputação contando sobre a gravidez? Ia me fazer parecer um paspalho às voltas com o sentimento de rejeição. — Revirou os olhos. — Além disso, se ela quisesse que todos soubessem da história, teria dito alguma coisa, mas Emilia preferiu manter segredo até da própria família.

— Mas você enfrentou uma investigação para protegê-la do escândalo. Poderia ter sido condenado. Por que permitiu que isso acontecesse? — Essa era a parte que eu não conseguia entender.

— É uma praga gostar das pessoas, não é? — riu baixinho, cravando o galho na areia como uma lança. — Eu não consegui me obrigar a destruir Emilia. Os Ortiz são quase da minha família também, entende? Eles nunca acreditaram nos boatos. Nunca me culparam por nada. Conheciam Emilia bem demais para compreender que um ato impulsivo a havia levado a fugir com alguém. Escapei do julgamento graças a Gaspar, que afirmou que eu havia deixado a Espanha dois dias antes de Emilia ser vista pela última vez.

Encolhendo as pernas, passei os braços ao redor do corpo para tentar impedir que a dor que comprimia meu peito se alojasse ali.

— Por isso foi visitá-la. Você ainda a ama.

— ¡*Madre de Dios, no*! — Ele exibiu uma expressão ofendida. — Não! Há muito tempo que não a amo. Mas tenho meu orgulho. Eu queria que Emilia me visse. Que constatasse que não havia me destruído. Que minha vida seguiu em frente sem ela. — Um suave rosado tingiu suas bochechas. Fixou o olhar na fogueira antes de continuar. — É meio estúpido, mas eu precisava dessa conclusão.

— Não acho nem um pouco estúpido.

Erguendo a garrafa, Leon encaixou o gargalo nos lábios e deixou a bebida escorrer pela garganta. Depois limpou a boca no dorso da mão, me fitando de esguelha, meio rindo, meio emburrado.

— Eu ainda não contei tudo para que possa julgar. — Pigarreou de leve. — Emilia me recebeu com bastante euforia em Santa Lúcia. Um pouco constrangida, mas pareceu feliz em me ver. E então afirmou que um dia vou lhe agradecer pelo par de *cuernos*. — Seu rosto se enrugou em um sorriso debochado. — Não exatamente com essas palavras. Depois conheci o *chico*. Se chama Leon.

— Por Deus, Leon! — exclamei, espalmando a mão sobre o peito.

— Eu sei. — Gargalhou com gosto, sacudindo a cabeça. — Nunca compreendi o senso de humor de Emilia.

— Como... — comecei, mas mordi a língua. Não era da minha conta.

— Como eu me senti? — perguntou, com gentileza. Fiz que sim devagar. Leon soprou o ar com força, me devolvendo a garrafa. — Honestamente, não sei ainda. Eu não odeio Emilia. Não a amo, mas não consigo odiá-la. Muitas vezes me perguntei se o que eu senti por ela foi mesmo amor ou se eu amava a ideia de amá-la...

Ponderei sobre tudo o que ouvi, engolindo um pouco de conhaque enquanto pensava que é verdade o que as pessoas dizem sobre a bebida melhorar com o tempo, pois a cada minuto o líquido ambarino parecia mais atrativo. Possivelmente, ele também era a causa de o cenário girar tanto.

Agora tudo fazia sentido. No que se referia a Leon, quero dizer.

— É por isso que é tão sarcástico com as mulheres — pensei alto.

— Não sou, não.

— É sim. Não confia nelas, nunca se abre. Julga-as pelo caráter da sua primeira noiva. — Como se fôssemos todas iguais!

— Não faço isso — retrucou, ofendido.

Ah, fazia sim. E era quase compreensível. Sua desconfiança provinha do único relacionamento que já tivera. Entregara seu coração a Emilia, e ela o jogara no chão, dançara flamenco sobre ele antes de pegar uma faca e fatiá-lo como um assado de Natal.

— Ou talvez faça — admitiu, a contragosto, coçando a cabeça. — Suspeito que tenha sido assim que tratei V... — Ele se interrompeu. Cravou os olhos na água e clareou a garganta antes de continuar. — Que tratei Valentina, de início.

Acho que não me portei como deveria. A questão é que eu não conseguia formular uma frase coerente perto dela.

— Por quê?

— Qualquer homem que olhe para Valentina sabe o motivo. Ela é a coisa mais linda em que já pus os olhos. — O canto de sua boca se elevou. — E eu já vi muito.

Era uma boa coisa ter aquela fogueira a pouco mais de um metro, assim Leon jamais adivinharia que o vermelho intenso que coloriu minhas bochechas não era provocado pelo fogo. Não o da fogueira, pelo menos.

— Então o que o encantou nela foi a beleza — concluí.

— No começo. — Esticando as pernas, cruzou os tornozelos, afundando as mãos na areia ao lado dos quadris. — Eu a vi e tudo dentro de mim se retorceu. É assim que funciona com todo mundo. Os sentimentos surgem depois desse primeiro impacto, quando se conhece a essência da pessoa.

Soltei um trêmulo suspiro.

— E não teve chance de conhecê-la.

— Ao contrário. — Seu olhar disparou para o meu. — Acredito que eu conheça Valentina melhor do que ninguém.

Podia ser apenas o reflexo das chamas ali perto, mas eu podia jurar que havia labaredas em suas íris também.

— O bastante para amá-la? — Então, antes que ele pudesse dizer alguma coisa, meu cérebro entorpecido milagrosamente percebeu uma coisa. — Por que sempre se refere a ela no presente?

— Você faz perguntas demais. — Pegou a garrafa pelo gargalo, se inclinando para trás até se apoiar nos cotovelos.

Ficamos em silêncio por um tempo, o resmungo do mar e o estalar da fogueira abafando o som de nossa respiração, o conhaque nos mantendo aquecidos da brisa fria que vinha do oceano. Aos poucos, comecei a relaxar. Ainda que a quietude fosse confortável, eu adoraria que ele falasse mais. Eu poderia ouvi-lo por horas e horas e jamais me cansaria. Havia tanto sobre ele que eu queria saber...

Não pergunte. Não é mais da sua conta. Você terminou o noivado.

Mas o conhaque tinha provocado um efeito estranho, e minha boca parecia ter declarado independência do restante de mim, de modo que articulou a questão que havia muito me tirava o sono.

— Vai ficar na cidade por muito tempo?

Em vez de irritado, Leon pareceu mais confortável com a súbita mudança de assunto e sorriu.

— Não sei. Preciso resolver algumas coisas antes de seguir viagem. Uma delas diz respeito a minha carga roubada. Recebi uma carta algumas semanas atrás. Parece que mais uma parte foi recuperada. Um navio argentino está trazendo o material para mim, o que é um alívio. Alguns clientes já estão ficando impacientes. Uma em particular anda me atormentando.

— Aqui do Brasil?

— Sim. A respeito de um sifão — contou. Como tudo o que fiz foi piscar, ele explicou: — Uma geringonça que alguns afirmam que vai substituir a casinha. Já está virando moda na Europa. Na primeira vez que tentei trazê-lo para o Brasil, a coisa não resistiu à viagem e se partiu em três. Agora foi levada por piratas. A dama me escreveu ameaçando arrancar minha cabeça se eu não fizer a entrega em breve. — Riu de leve, a mão brincando com a areia. — Não posso decepcioná-la. Fazemos negócios com bastante frequência. Além disso, gosto dela. É uma mulher admirável.

— Faz negócios com uma mulher? — perguntei, maravilhada.

Ele anuiu.

— Ela tem uma pequena fábrica de produtos capilares no interior, mais ao norte. Distribuo seus cosméticos na Europa. Ela me rende bons lucros. Às vezes me pede para trazer coisas de lá.

Aquilo tudo me soou familiar. Esforçando-me para driblar a bruma do álcool em meus pensamentos, tentei recordar onde tinha ouvido aquela história. Sobre reformas e uma coisa chamada privada vinda da Europa e cremes de cabelo...

— Espere! — Estiquei o braço e toquei seu ombro. — Por acaso o nome dessa mulher é Sofia Clarke?

Suas sobrancelhas se arquearam enquanto olhava para minha mão em seu corpo, então voltou a me encarar.

— Você a conhece?

— Desde que ela chegou à vila! — Sorri largamente, tomando a garrafa das mãos dele a fim de sorver mais um gole de conhaque. — Sofia é uma das mulheres mais intrigantes que eu conheço. E destemida. Já a vi em todo tipo de situação e nunca a vi fraquejar. Eu a admiro demais! E também me divirto com ela. Uma vez, em um jantar, ela se atrapalhou ao se levantar da cadeira e causou um grande alvoroço. Metade do purê de cenoura foi parar nos cabelos de lady Catarina Romanov, a mãe de Dimitri. Foi uma das cenas mais engraçadas que já presenciei.

Mas havia outro momento em que Sofia estivera presente, e não havia nada de alegre na memória. Fora ela quem me consolara enquanto mamãe lutava contra o veneno do sr. Matias. Sofia me abraçara com força, com medo, mas também com um tipo de esperança de que tudo poderia acabar bem. Nunca esqueci aquele abraço.

Experimentei mais alguns goles, na expectativa de que a bebida afastasse a recordação dolorida. Funcionou muito melhor do que eu teria previsto, embora tenha me deixado tonta e com um apito agudo ressoando nos ouvidos, tudo saindo de foco e então entrando novamente.

— Sua *amiga*? — indagou Leon, surpreso e algo mais que, se não fosse por todo aquele conhaque, eu estava quase certa de que teria reconhecido.

Minha nossa! Por que tinham nascido mais dois olhos em Leon?

Pisquei algumas vezes, me curvando para examinar seu rosto mais de perto... Oh, os olhos extras desapareceram. Ainda bem. Se com apenas um par ele já dizimava minha concentração e sensatez, do que seria capaz se tivesse mais dois daqueles cristais cinzentos?

— Somos amigas já faz algum tempo. É estranho como a vida se desenrola, não é? — Dobrei as pernas, levando as mãos às saias para arrumar o vestido e nada ficar à mostra, apenas para descobrir que usava calças. Que estranho. — No começo pensei que não fosse gostar dela. Mas é impossível não amar Sofia. E aqui estou, com o coração apertado e repleto de saudade. De Elisa, então... meu Deus! Sinto falta dela todo santo dia. Quando Najla e Suelen estão comigo, parece tão errado que Elisa não esteja. Sempre que elas visitavam a vila, estávamos juntas, as quatro. Antes éramos cinco, mas Teodora se casou...

Sentindo a cabeça mais leve que uma bolha de sabão, eu me flagrei discorrendo sobre a confusão que a sra. Cassandra Clarke havia causado ao raptar a sobrinha na intenção de que se casasse com seu filho. Depois contei sobre o flagrante de Thomas e Teodora para que ele entendesse. Não tenho certeza se fui muito clara. Minha língua um pouco entorpecida dificultava, e as palavras saíam emboladas. Isso não me impediu de dividir com Leon as lembranças do lugar onde cresci ou das pessoas de quem eu sentia tanta falta. Falei tanto que diversas vezes precisei interromper a narrativa e lavar a garganta seca com bebida. Engraçado como o gosto já não parecia ruim. E como o mundo parecia se mover em uma lenta e constante espiral.

Leon ouviu tudo com um discreto sorriso, as ruguinhas ao redor dos olhos acentuadas. Em certo momento, ergueu a mão e a colocou sobre a minha.

— Tenho apenas uma pergunta — ele falou, deitado de lado, apoiado em um dos cotovelos. — Quem está me contando tudo isso?

— Ora, Leon, quem mais poderia ser? — Mas observei a praia para me certificar de que estávamos apenas nós dois ali. E estávamos. — É claro que sou eu.

— E você é... — Seu rosto cintilou com expectativa.

— Você sabe quem eu sou!

Ele perscrutou cada linha do meu rosto, um brilho esplêndido relampejando nas íris de metal. Aquele olhar era intenso demais. Eu o senti na pele, como um toque delicado e muito, muito quente. Se eu fechasse os olhos apenas por um segundo...

Não. Não era boa ideia fechá-los agora. O cenário girava muito mais depressa.

— É, eu sei quem você é — murmurou, sorrindo daquele jeito travesso que fazia meu coração errar uma batida. — Só queria me certificar de que você também sabe.

— É claro que eu sei quem sou. — Qual era o problema dele? — Francamente, Leon, às vezes você não é muito esperto.

Ele riu.

— Não é a primeira vez que alguém me diz isso. — Então, para minha tristeza, soltou minha mão e apanhou o conhaque. — Acho que já chega. Se beber mais um pouco vou acabar por confundir você com Gaspar.

Não sei ao certo por que achei aquilo engraçado. Mas gargalhei tanto que tombei para trás, a areia se moldando ao meu corpo. As estrelas sobre nós começaram a ziguezaguear. Fixei a vista em outro ponto, uma rocha alta, mas o restante do mundo também rodopiava sem controle, cada vez mais rápido. A única coisa (mais ou menos) estável em minha visão era Leon. Eu me virei de lado, dobrando um dos braços, aninhando a cabeça ali.

— Me conte alguma coisa — pedi baixinho.

— Contar o quê? — Ele se esticou na areia, imitando minha postura, de modo que seu rosto ficou a um palmo do meu.

— Qualquer coisa que me distraia e faça o mundo parar de rodopiar.

As chamas da fogueira emprestavam uma nuance dourada a sua pele bronzeada, mesmo no queixo, onde a barba já começava a despontar. Meus dedos pinicaram na ânsia de tocá-lo bem ali. Ou a marca em seu lábio. Melhor ainda se eu pudesse correr a língua por ela...

— Poderia começar me contando como adquiriu essa cicatriz — me animei.

— Tem certeza? — Fez uma careta engraçada. — Não é tão interessante quanto eu suspeito que pense.

— Então não a conseguiu em um duelo com um temível pirata?

— Não.

— Nem em um terrível acidente com o *La Galatea* onde a âncora ou... ou alguma outra parte do navio o atingiu na boca?

— Você faz alguma ideia do tamanho de uma âncora? — Pressionou os lábios, tentando conter o riso, mas seus ombros chacoalharam de leve.

— De fato, não.

— Tem duas vezes a sua altura.

— Ah. — Pensei naquilo por um instante. — Então foi muita sorte não ter sido atingido por uma, não?

— É, eu diria que foi. — Dessa vez, o som rico e grave de sua gargalhada ressoou livre pela praia, me aquecendo por dentro.

— Me conte a história, Leon.

— Muito bem... — Ele tomou fôlego, os olhos ainda sorrindo. — Eu tinha oito anos quando consegui esta cicatriz. Estava em uma grande aventura na cristaleira da minha mãe.

— Isso parece bom. — Cheguei um pouco mais perto dele para que seu calor me mantivesse aquecida.

— Uma das prateleiras, a que eu usava como apoio para escalar, se partiu ao meio. Um belo conjunto de taças de cristal e eu nos espatifamos. Quebrei uma delas com a boca. E a aventura resultou nesta cicatriz. E também em minha primeira venda...

Depois de conter o sangramento usando uma camisa do pai, Leon avaliou o estrago: apenas uma das taças havia resistido. Foi para o porto na esperança de vendê-la; com o dinheiro que ganharia, pretendia repor o conjunto. Como ninguém estava interessado em um cálice solitário, resolveu mudar sua estratégia, afirmando que a peça era mágica: uma vez que o vinho fosse derramado em seu interior, jamais se esgotaria. Um irlandês grandalhão que esperava o próximo navio para Portugal foi o único a lhe dar alguma atenção, mas não pareceu convencido.

Leon decidiu comprovar. Mas ele era apenas um menino, e uma taça de vinho foi o bastante para embebedá-lo. Terminou a história com dois pontos no lábio superior, o traseiro quente (cortesia do pai por ele ter estragado sua camisa), as orelhas em brasa (graças à mãe em seu furor a respeito do acidente com os cristais) e duas moedas no bolso (o irlandês, admirado com a ousadia de Leon, acabou comprando o cálice).

Gargalhei tanto que tombei para a frente. Leon me segurou pela cintura, me ajudando a me firmar. Porém não teve misericórdia. Prosseguiu com suas aventuras, uma mais desastrada que a outra, fazendo minha barriga doer de tanto rir. A euforia — fosse pelo conhaque, pelas risadas frouxas ou pela mão em minha cintura — deixou meu corpo com a consistência de um suflê. Não sei ao certo, mas acho que ainda estava rindo quando adormeci ao som da voz macia e baixa daquele espanhol, que já não era tão irritante assim.

E acho que sonhei com ele, porque me recordo de estar envolvida em seus braços, tão apertado que seu coração batia de encontro ao meu rosto. Olhei para cima, para os olhos cinzentos, então úmidos.

— Estou sonhando? — perguntei, confusa.

— Está, sim. — Ele fungou. — Acho que eu também.

— Eu gosto disso, de sonharmos juntos. — Deitei a cabeça em seu peito outra vez, inalando seu delicioso perfume, e suspirei, fechando os olhos. — Senti sua falta, Leon.

Seu coração bateu mais forte em meu ouvido, ao mesmo tempo em que eu sentia seus lábios quentes em meus cabelos.

— *Yo también, sirena. Tú me haces tanta falta.*

Aconcheguei-me mais a ele, envolvendo os dedos na frente de sua camisa, pois sentia que começava a escapar daquele sonho tão bonito. Antes de me perder totalmente, porém, um pensamento atravessou minha mente letárgica.

Leon não tinha me chamado de *chico* uma única vez naquele dia.

* * *

Pensei ter ouvido meu nome, mas havia tanto ruído que era difícil precisar se eu ainda estava sonhando ou não. Tentei me mexer; minhas costelas e quadris reclamaram, e um sino badalou dolorosamente em minha cabeça. Oh, céus!

No entanto, nem tudo eram más notícias. Um delicioso calor me envolvia, e não apenas me mantinha aquecida como me trazia uma sensação de segurança. Soergui uma das pálpebras e usei uma das mãos para bloquear a claridade que apunhalou meu cérebro. Depois de um instante de desorientação, a primeira coisa que percebi foi que estava na praia. A segunda foi tomar consciência do corpo quente encaixado ao meu, a ponta do queixo onde a barba já começava a despontar descansando em minha têmpora, o braço longo e pesado possessivamente abraçado a minha cintura. Com cuidado, eu me virei e admirei seus belos traços, a expressão pacífica em seu sono. A agitação na barriga surgiu com força, a garganta apertada com uma emoção nova.

Estiquei a mão para tocá-lo, mas alguma coisa dura pressionou minha coxa. Uma garrafa, talvez. Tateando às cegas, envolvi os dedos nela. Ou no que pensei que fosse uma garrafa. Um gemido profundo reverberou na garganta de Leon, ao mesmo tempo em que meus olhos se arregalaram. Imediatamente soltei aquele... aquela... protuberância rija e... humm... pulsante. Meu rosto — e outras partes de mim — subitamente se incendiaram. No momento mais inoportuno possível, lampejos confusos da noite passada invadiram minha mente.

Todo aquele conhaque, a história de Leon e Emilia, mais conversas sobre... sobre o que mesmo?

Então, com muito atraso, me dei conta de que Leon e eu tínhamos dormido na praia.

— Por Deus, não! — Eu me sentei de súbito. E gemi, pressionando a têmpora latejante. Minha cabeça parecia cheia de água. Mas isso não era importante.

Eu tinha dormido com um homem. Céus!

Ah, meu Deus!

Minha nossa!

— Valentina?

Olhei para baixo, para o homem de quase dois metros que se esticava com a graça de um gatinho. Eu teria apreciado o espetáculo um pouco mais, sobretudo porque sua camisa subiu, revelando um pedacinho da barriga, mas havia um problema mais urgente diante de mim.

Leon sabia? Enfim descobrira minha identidade? Eu tinha dito alguma coisa na noite anterior que me delatara? Outra vez tentei recordar tudo o que havia falado na ocasião, mas só consegui que aquele badalar em meu cérebro se intensificasse.

Ele se sentou, espanando as mãos nas pernas da calça para se livrar dos grãos de areia antes de esfregar o rosto. Movimentou o pescoço, alheio à minha crise de nervos. Ao me encarar, viu algo em minha expressão e então a sua mudou.

— Eu estava sonhando com a minha noiva. — Expirou pesadamente.

— Aaaaaah! — Se eu não estivesse sentada, tenho certeza de que teria caído.

— ¡Diablo! — Remexeu os ombros, grunhindo. — Tudo em mim dói. Você está bem?

Se eu estava bem? Se eu estava *bem*?!

Meu corpo parecia ter servido de palco para uma trupe de elefantes, sobretudo a cabeça. Eu me sentia enjoada, como se tivesse passado a noite inteira sacolejando em um barco. E tinha dormido com um homem. Eu dormira com um homem em um local público. Então, não, eu não estava nem um pouco *bem*.

Meu Deus, por que eu tinha bebido tanto? Por que não me levantara e fora embora antes de pegar no sono? Por que tinha que ficar ali com Leon, fingindo que a vida era apenas aquele momento, que não existiria nada depois daquele instante? Por que eu tinha que ter dado aquele mau passo? Já não tinha problemas o suficiente?

Leon notou que havia algo errado.

— Imagino que não tenha o hábito de beber. — Massageou um dos ombros. — A ressaca deve passar em algumas horas. Mas sei de algo que ajuda a melhorar mais depressa.

Ele ficou de pé, o movimento produzindo uma chuva de areia que por pouco não me atingiu. Então, sem aviso, escorregou o paletó pelos ombros e puxou a camisa pela gola, atirando-os no chão.

Aquilo me arrancou de um ciclone de desespero para me atirar em outro.

— O que pensa que está fazendo? — perguntei.

Corando violentamente, tentei muito afastar o olhar daquela pele bronzeada, dos contornos firmes em seu abdome, que se dividiam em seis suaves gomos assimétricos e desafiavam todas as regras da matemática com sua beleza. Pelo menos tentei.

— Já disse. Pretendo cuidar da ressaca.

— E não pode fazer isso vestido? — Estiquei-me para apanhar sua camisa e a atirei para ele. Mais areia espiralou no ar, dessa vez entrando em meus olhos.

— A melhor maneira de curar uma bebedeira é tomar um banho de mar — explicou.

— Banho de mar? — repeti estupidamente, piscando algumas vezes para expulsar os grãos de minhas retinas. Tudo o que consegui foram lágrimas ardentes. — Por tudo o que é mais sagrado, capitão Navas, me diga que não pretende ficar nu nesta praia!

Ele confundiu as gotas salgadas que desciam pelas minhas bochechas com desespero — que também era verdadeiro — e respirou fundo.

— Ah, está bem. Não precisa chorar. Se isso te incomoda tanto, vou ficar com as calças — cedeu, a contragosto.

— Devia manter todas as peças!

— Pode continuar com as suas, se quiser. Eu não me importo. — Leon se curvou de leve para descalçar uma das botas, depois fez o mesmo com a outra. — Mas prefiro nadar sem tanto tecido.

— As *minhas* roupas? — Ofeguei, atônita, ficando de pé e cambaleando antes de conseguir me firmar no terreno instável. O rebuliço em meu estômago se intensificou. — Perdeu o juízo se acha que vou entrar na água!

— Por que não?

Porque eu não tinha roupa de banho. Porque não havia uma cabine de banho. Porque eu não podia tirar as roupas na frente de um homem. Porque eu não sabia nadar. A lista de razões era infinita.

— Vamos — insistiu, todo gentil. — Vai ajudar. Prometo que vai se sentir melhor.

— Não posso! — De maneira alguma!

Mesmo que pudesse não iria. Tinha 63,4 por cento de certeza disso. Era difícil formular um pensamento coerente com toda aquela pele exposta reluzindo como ouro sob os raios do sol. Meu cérebro entendia sua nudez como um convite para tocá-lo. E estava bastante ansioso para aceitar.

— O que tem de errado em nadar um pouco? — Leon abriu os braços, impaciente.

— Por onde devo começar?

— Não pode trabalhar para mim e não tomar banho de mar.

— Como tudo o que eu faço é organizar sua bagunça, creio que o nado não seja um pré-requisito importante.

Suas sobrancelhas se abaixaram.

— É uma questão de princípios. — Ele pegou minha mão e começou a me levar para a água.

— Mas, Leon, eu não sei nadar!

Isso o fez parar de imediato. Leon girou tão depressa que quase terminei com o rosto esmagado de encontro ao seu peito nu.

— O *quê*?! — Empalideceu.

— Não sei nadar. — Com todas as camadas de roupas que uma dama era obrigada a usar, ficava difícil executar os movimentos.

Minha inaptidão na água enfureceu meu ex-noivo, a ponto de seu rosto antes sem cor assumir uma nuance escura, quase púrpura, e ele engasgar com as palavras.

— Como você... como conseguiu... como pode ter... como é possível que...
— Esfregou a testa, cuspindo uma porção de palavrões em espanhol. Então lançou toda a força do seu olhar metálico sobre mim. — Vamos resolver isso agora mesmo!

Sem cerimônia, voltou a me puxar para as ondas com tanta decisão que eu tropecei em meus próprios pés.

— Capitão, espere. Eu não posso...

— Estar a bordo de um navio e não me avisar que não sabe nadar — atalhou.
— Sim, eu concordo. Não pode se arriscar tanto.
— Não estou me arriscando. Eu raramente fico perto demais da água.

O que eu disse o deteve novamente. Como eu não esperava de fato convencê-lo, acabei com o nariz mergulhando em seu peito, o pé falseando em um montinho de areia. Leon me pegou pelos ombros, impedindo a queda.

— Isso não significa que jamais estará nessa posição — falou com urgência, afundando os dedos em minha carne. — Seja por vontade própria ou não.

Tudo o que consegui fazer foi sacudir a cabeça e desviar os olhos para o chão, tendo um vislumbre de seus pés imensos empanados de areia. Com um suspiro exasperado, Leon me soltou, praguejando com ainda mais ânimo. Andou alguns passos sem direção, esfregando o rosto com ambas as mãos antes de se plantar na minha frente e olhar no fundo dos meus olhos.

— Está bem. — Mesmo visivelmente agitado, tentou impor alguma delicadeza na voz. — Não posso forçar ninguém a fazer alguma coisa que não queira. Mas, se mudar de ideia, eu estarei na água.

Sem mais uma palavra, foi em direção às ondas, o corpo se tornando uma silhueta escura ao encobrir o sol que se levantava no horizonte, como um eclipse de Leon.

Eu tinha escolha. Podia permanecer ali na areia, onde era seguro. A antiga Valentina não teria titubeado. Teria se sentado em alguma pedra e se mantido seca e longe da água, que parecia agitada naquela manhã.

Mas a antiga Valentina já não existia mais. Não como um dia eu fora.

Leon estava certo em um ponto: não saber nadar me deixara mais vulnerável naquela noite fatídica no *La Galatea*. Eu nem sequer tive uma chance, à mercê da misericórdia de terceiros. Se eu soubesse nadar, não teria me afogado depois de ser empurrada para fora do navio. Ao menos não tão depressa.

Eu jamais me permitiria estar em posição tão indefesa outra vez.

Antes que eu pudesse pensar melhor no que estava fazendo, descalcei as botas, tirei o paletó e conferi se a faixa que prendia meus seios estava no lugar. Então segui Leon, minhas pegadas na areia ficando para trás. Aquilo me pareceu um ato simbólico. Um encerramento.

E também um novo começo.

29

Eu estava com dificuldade para me concentrar naquela tarde. Trabalhava na organização dos livros no escritório de Leon, mas, sempre que pensava estar perto de concluir o serviço, acabava franzindo a testa ao perceber que ainda tinha um volume na mão.

Havia sido assim aquela manhã toda. Eu sentia arrepios, palpitações, um revolver na boca do estômago e um contentamento que não parecia ter uma razão específica, embora tivesse: Leon. Ele não me saía da cabeça.

As coisas estavam diferentes desde que acordamos na praia. Minha vida sofrera uma nova mudança, mais uma vez no momento em que eu me via cercada pela água. Mas agora não foi como o pesadelo que eu enfrentara naquela noite no *Galatea*. Foi como um sonho fantasioso do qual eu andava me recusando a acordar. Fora inquietante estar no mar outra vez. As recordações do afogamento ressurgiram em minha mente com a mesma intensidade das ondas que quebravam em meus tornozelos. Paralisada de medo, eu não conseguira ir além. Leon percebeu minha inquietação e veio ao meu encontro, me pegando pela mão, avançando comigo metro a metro sem jamais me soltar. Ele foi paciente, demonstrando os movimentos básicos repetidas vezes antes de permitir que eu o imitasse, sempre a menos de um braço de distância. Depois de uma hora, aprendi a nadar. Não com a graça e a agilidade de Leon — que parecia ser metade peixe —, mas me saí surpreendentemente bem, levando em consideração que não estava conseguindo me concentrar como deveria porque... bem... Leon era uma tremenda distração. Uma distração de um metro e oitenta com um sorriso atrevido e a pele molhada... De todo modo, a sensação que me invadiu quando consegui me locomover pela água sem me afogar foi maravilhosa.

Minha mãe me preparara para a vida que ela achava que eu teria: a de uma dama da sociedade. Eu sabia organizar a criadagem, elaborar bons cardápios, recepcionar convidados, todos os tipos de bordados, entreter uma plateia ao piano, desenhar, me portar em qualquer ocasião. O que mamãe não desconfiava era de que eu precisaria de conhecimentos mais básicos que garantissem minha existência, como nadar e preparar minha própria comida. Podia parecer algo pequeno e corriqueiro para outra pessoa, mas, para mim, flutuar no mar foi como conquistar o mundo. E Leon me dera isso.

Leon, suspirei, enfiando o livro no vão entre dois outros. Seu humor não estava exatamente radiante, mas ele já não parecia abatido ao sair de casa pouco depois de termos chegado. Recebera uma mensagem com notícias de sua carga roubada e fora até o cais averiguar. Eu esperava que ele tivesse mais sorte em resolver seu problema, já que eu parecia tão perto de desvendar o que havia acontecido comigo quanto de descobrir a fórmula da juventude eterna.

Com um suspiro, voltei a trabalhar na estante, percebendo que restava apenas um volume sobre a mesa. Estava pronta para acomodá-lo junto aos outros, mas me detive. A pequena encadernação de capa azul-marinho não era um livro, mas o diário que eu vira no quarto de Leon em meu primeiro dia naquela casa.

Curiosa, folheei algumas páginas. Tratava-se de uma espécie de diário de bordo, com coordenadas, relatos sobre clima, problemas na embarcação e em portos, estimativas de chegadas e partidas. Quando estava prestes a devolvê-lo ao lugar, entretanto, meu nome pareceu saltar do papel.

Depois de correr os olhos pela caligrafia rápida e estreita, compreendi que Leon narrava nosso primeiro encontro.

... Valentina es tan agradable como un diente inflamado. Es muy irónico. Su apariencia se asemeja a un ángel...
... Ella es como las lindas sirenas que todo marinero teme: más dispuesta a llevarme al infierno que al cielo...

Sirena. Pelo restante da frase, acho que compreendi a palavra: sereia. Os seres mitológicos que obrigaram Ulisses, em sua *Odisseia*, a enfiar cera nos ouvidos de seus marujos e se amarrar ao mastro do navio, para que não fosse enfeitiçado por sua beleza ou seu canto.

Era isso o que ele tentava me dizer a cada vez que me chamava por aquele termo carinhoso? Que estava enfeitiçado por mim?

O calor inundou minhas bochechas e meu peito. Virei a página, ansiosa pelo que poderia encontrar. Havia outra passagem além das anotações a respeito do *La Galatea*. Sobre o beijo no jardim.

... *pensé que un beso no podría ser nada más que el inicio de algo infinitamente mejor, me sorprendió arrebatado...*
... *quiero sumergirme en ella y ahogarme en su perfume, su piel, su gusto, en el fuego que se quema en sus ojos. No me importaría arder con Valentina por el resto de mi vida...*
Esto es patético.

Toquei a lateral do pescoço, bem ali onde minha pulsação se alvoroçava.
Mas franzi a testa ao ver a página seguinte, levemente deformada. Pela maneira como Leon apertara a pena contra o papel, empenando-o, estava com raiva quando escrevera:

¡Un maldito cangrejo! Yo estoy novio de aquella chica atrevida por culpa de un maldito cangrejo. La vida tiene un sentido del humor muy enfermo...

E na folha subsequente, com a letra mais estável e a empunhadura mais leve:

... *No hay nada más que hacer. Nos vamos a casar...*
... *debería estar irritado, enfurecido. Pero no estoy. Yo me siento tranquilo. Casi feliz...*
... *mi sirena es propensa a irritarse. Eso me divierte e deslumbra...*
... *ella se pone colorada, los ojos muy brillantes...*
... *quiero besarla otra vez...*
... *Si Valentina me quiere mitad de lo que yo la deseo, estoy seguro de que seremos felices.*

— Ah, Leon... — suspirei, correndo o dedo sobre as duas últimas palavras, como se pudesse sentir a emoção dele ao escrevê-las. Então percebi o que estava fazendo e fechei o caderno abruptamente. Leon externara seus pensamentos com a certeza de que jamais seriam conhecidos. Eu não deveria ler.

Minha única defesa era que eu não tinha percebido o que estava fazendo. Nenhum cavalheiro jamais me escrevera antes. Quer dizer, alguns chegaram a arriscar alguns versos, mas nunca um homem que eu amasse. Era a primeira vez que eu lia uma carta de amor — por assim dizer.

A porta se abriu inesperadamente. Arfando, corada e tantas outras coisas que naquele momento não fui capaz de compreender, enfiei o caderno no bolso do paletó enquanto Lúcia entrava no escritório carregando uma bandeja.

— Trouxe um lanchinho para você — anunciou, colocando a bandeja em um canto da mesa.

— Oh, srta. Lúcia, não devia ter se incomodado. Você é uma das pessoas mais adoráveis que já conheci, sabia?

As bochechas da moça se avermelharam, e não tive um bom pressentimento quando ela uniu as mãos na frente do corpo e mirou os olhos castanhos — muito resolutos — em mim.

— Ah, Dominique, eu me sinto do mesmo jeito em relação a você. — Ela se aproximou tanto que seu busto abundante quase se colou ao meu.

Recuei, mas ela me segurou pela cintura. Realmente, aquilo não parecia nada bom.

— Humm... Srta. Lúcia, poderia... — comecei.

— Não consigo tirá-lo dos meus pensamentos, Dominique. Nem mesmo por cinco minutos. Passo o tempo todo ansiosa, esperando pela oportunidade de vê-lo de novo. Nenhum homem jamais me tratou como você me trata. É tão... delicado e atencioso.

Nunca fui boa em reconhecer interesses, de fato. A menos que a pessoa fosse muito clara e direta, eu raramente notava. Mas Lúcia foi *bastante* direta e clara quando aproximou o rosto do meu.

Por Deus!

Ah, meu Deus!

Deus do céu!

— Srta. Lúcia! Isso é um terrível enga...

Não consegui terminar. Ela agarrou meu pescoço e apertou a boca contra a minha. Com os olhos arregalados, o coração batendo assustado, tentei me afastar. Deus, ela estava confundindo tudo. Eu gostava dela, mas não daquele jeito!

Que confusão!

Tentei empurrá-la, mas a jovem cozinheira era impressionantemente forte, e tive de segurá-la pelos ombros. No entanto, a porta se abriu antes que eu pudesse me libertar dela.

Nunca fiquei tão contente em ver Leon. Mas a jovem com a boca colada à minha teve uma reação contrária.

— Capitão Navas! — Graças aos céus, ela deu um pulo para trás. — Patrão, eu... eu... oh, meu bom Deus! — Enterrando o rosto entre as mãos, disparou porta afora. Suas saias bateram no canto da mesa, derrubando a bandeja no chão. Não tenho certeza se a srta. Lúcia chegou a ouvir o estardalhaço.

Eu mesma não consegui ver o resultado do incidente, pois minha atenção estava no homem ao lado da porta, que me observava fixamente. Abalada demais com o escrutínio, não compreendi o que via em sua expressão. Surpresa? Descrença? Diversão? As três coisas juntas?

— Pedro, poderia me dar um minuto? — pediu Leon. E só então notei a presença do rapaz alto de cabelos claros parado logo atrás do meu noivo.

Desejei que um raio caísse em minha cabeça. Não poderia me queimar mais do que minhas bochechas já ardiam naquele instante.

— Claro. Vou esperar na sala — disse meu amigo, já se afastando.

Então ficamos sozinhos.

Leon fechou a porta sem fazer barulho e caminhou pelo escritório sem pressa, o som de suas botas contra o piso de madeira me deixando mais tensa. Contornou a poça de chá, porcelana quebrada e bolo e parou diante da mesa, me observando.

Depois de um milhão de anos, resolveu pôr fim ao agonizante silêncio.

— Sei que é comum a criadagem se divertir quando o patrão não está por perto, Dominique. Mas fazer isso no meu escritório...

— Não é o que está pensando! — me adiantei, mortificada. — Eu não... Mas a srta. Lúcia... Quando percebi... — Soprei o ar com força.

— Não deve brincar com ela se não deseja compromisso. Não sob o meu teto. Não vou permitir. — Ele tinha uma expressão severa, mas eu podia jurar que o tremor em seu timbre significava outra coisa. Divertimento ou algo assim.

— Eu não estou b-brincando — balbuciei. — Eu jamais teria pensado em... fazer aquilo que... que o senhor acabou de testemunhar.

Ele me analisou com atenção, das mãos retorcidas na altura da barriga às bochechas escarlate.

— Ah. Foi a primeira vez que beijou uma dama. — Estalou a língua. — Lamento ter interrompido. Mas devia ter escolhido um local mais apropriado. Agora compreendo sua resistência no bordel. Era por causa da srta. Lúcia. — Deu uma piscadela e eu desejei morrer.

Ou matá-lo.

— O que achou? — insistiu. — Foi como esperava? Superou todos os outros beijos?

Definitivamente matá-lo, decidi.

— Eu prefiro não tecer comentários sobre o mal-entendido que o senhor presenciou — murmurei, desesperada para sair dali. — O senhor precisa de mim?

— Na verdade, sim. — Aprumando-se, deu a volta na mesa, revirando a algazarra sobre o tampo até encontrar um papel de carta. Acomodou-se na cadeira e escreveu umas poucas linhas, então dobrou a nota com o mesmo cuidado que dedicava às suas gravatas. — Preciso que chame um mensageiro. Peça para levar este bilhete até o *La Galatea*. É para Javier.

— Não precisa de um mensageiro. Eu posso fazer isso.

— Prefiro que não vá até o cais — rebateu de pronto, os olhos se estreitando de leve.

— Por quê? Tem alguma tarefa para mim?

— Sim. — Assentiu com firmeza. — Não ir para o cais.

Lutando para não revirar os olhos, apanhei a carta, deslizando-a para dentro do bolso. Meus dedos resvalaram na encadernação de capa dura, me lembrando que o diário de Leon ainda estava comigo, e corei outra vez.

— Devo sair em dez minutos — anunciou. — Aproveite e tire uma folga esta tarde. Poderia pedir ao Pedro que entre?

— É claro. — Comecei a me retirar. Já estava na porta quando ele me chamou de volta.

— Ah, Dominique?

— Sim? — Eu me detive, a mão na maçaneta, encarando-o por sobre o ombro.

— Talvez possa me dar alguns conselhos mais tarde. Não ando me saindo muito bem com as mulheres. — Um sorriso travesso esticou sua cara toda.

Desejando que o chão se abrisse e me engolisse, tratei de sumir dali.

Meu querido amigo ainda estava na sala, parado ao lado das cortinas verdes, os cabelos castanho-claros desalinhados se soltando da tira de couro que os prendia à nuca, o que era pouco característico dele. Seu traje também parecia um pouco amassado. Lutei para que minha expressão não revelasse meu contentamento em vê-lo.

— O capitão Navas o aguarda, sr. Torres.

— Ah, sim. Obrigado — murmurou, fazendo menção de se juntar ao amigo, mas titubeou.

Pedro raramente hesitava. Era mais provável que tomasse o caminho errado que vacilar e ponderar por um instante. Alguma coisa estava errada.

— Está tudo bem, senhor? — ousei perguntar.

— Hã... ah, sim. Claro. Muito bem. Muito bem mesmo.

Ele não parecia nem um pouco bem ao arrastar os pés para o escritório, os ombros curvados para a frente. Franzi a testa. Será que tinha acontecido alguma coisa com Najla?

∗ ∗ ∗

— O que, em nome de Deus, está fazendo aqui? — Najla perguntou, preocupada, trancando a porta de sua saleta particular.

Eu entrara na casa pelo portão dos fundos sem ser vista e tinha me escondido no jardim, espiando as vidraças, até que avistei minha amiga naquela sala e, sem pensar, pulei a janela, quase a matando de susto.

— É perigoso, Valentina! — exclamou, baixinho. — Se alguém a visse pulando a janela poderia chamar a guarda. E, se isso acontecesse, a invasão seria o menor dos seus problemas!

— Eu sei. Me passar por outra pessoa pode me levar à forca.

— Parece que você se esqueceu disso. — Lançou-me um olhar zangado. — Pedro podia tê-la flagrado. Ele saiu nem tem meia hora!

— Sei disso. Eu o vi ainda agora na casa de Leon. Desculpe tê-la assustado. Mas eu tinha que vir. Pedro não parecia muito bem. Fiquei preocupada que alguma coisa pudesse ter acontecido com você.

— *Argh!* — Ela bufou, afundando na poltrona de cetim azul. Suas saias, em um profundo tom de laranja, se inflaram ao seu redor graciosamente. — Não mencione o nome dele.

— Vocês discutiram? — Dei a volta no sofá e me sentei.

Seu rosto delicado murchou.

— Ah, quem dera fosse apenas uma discussão. Passei mal esta manhã, logo depois de ele me dar um beijo de bom-dia. Então o cretino começou a me acusar de não amá-lo mais e outros desaforos que prefiro nem repetir.

Que estranho. Pedro era sempre tão calmo.

— Você está bem agora? — eu quis saber, analisando-a rapidamente. Ela parecia bem. Radiante, na verdade.

— Estou ótima. — Fez um gesto com a mão. — A náusea passou logo que coloquei tudo para fora. Mas sei que amanhã vou voltar a enjoar. E se Pedro pensa que, na minha condição, vou aturar seus desaforos outra vez, está muito enganado!

Arqueei as sobrancelhas.

— Que condição?

Sua resposta foi espalmar as mãos sobre a barriga e sorrir timidamente. Tapei a boca para abafar um gritinho antes de saltar do assento, passando os braços ao redor dela.

— Oh, Najla, minha querida amiga, que notícia maravilhosa!

— Eu sei. Mal consigo acreditar que fui agraciada com esta bênção.

Soltando-a, me ajoelhei diante dela, pousando a mão sobre seu estômago liso, esperando experimentar algo mágico, mas tudo o que senti foi a musselina macia do seu vestido.

— Como é? — murmurei. — Consegue senti-lo?

— Ainda não. O único indício de que ele está aqui dentro são os enjoos. O dr. Almeida me disse que é tudo o que vai acontecer nos próximos três meses. Não fiquei muito animada com a novidade.

Minha boca chegou a se abrir, a pergunta na ponta da língua. Estava pronta para despejar sobre ela todas as dúvidas que eu tinha acerca do assunto de como *exatamente* eram feitos os bebês e os outros hiatos deixados pela minha mãe. Mas ela estava chateada, provavelmente não teria cabeça para abordar tal assunto. Além disso, de que me adiantaria obter essas informações agora?

— Como Pedro reagiu à novidade? — indaguei.

Ela fez uma careta, em parte triste, em parte revoltada.

— Ele ainda não sabe. Eu estava esperando a confirmação. Minhas regras estão atrasadas um mês e meio, mas o dr. Almeida só confirmou a gravidez na tarde de ontem. Eu pretendia contar ao Pedro esta manhã. Até comprei um charuto para ele. Porém meu marido começou a gritar e... — Deu de ombros, emburrada.

— Tenho certeza de que ele logo se dará conta de que está fazendo papel de bobo e pedirá desculpa.

— É o que eu espero que aconteça. Me acusar de não amá-lo? — Sua voz continha a mesma indignação que eu via em seu semblante. — De onde aquele cabeça-oca tirou um absurdo desses?

— Não sei. — Afaguei seu braço. — Talvez ele apenas esteja tendo um dia ruim.

— É bom que seja. Não vou aturar esse tipo de ofensa outra vez. — Suspirou. — E quanto a você, Tina? O q...

Uma voz delicada adentrou a sala, nos fazendo virar em direção à porta fechada. Eu reconheceria aquele timbre doce, quase infantil, em qualquer lugar.

— Suelen! — Meu coração deu uma pirueta.

Mas então uma risada suave se sobrepôs à de minha prima, abafando-a.

— Santo Deus! — Najla ficou de pé, empalidecendo. — Eu esqueci completamente que Suelen traria lady Catarina para um chá!

— Lady Catarina?

— Ela está louca de amores pela sua prima. Queria me conhecer, já que sabe que somos amigas. — Começou a me empurrar pela janela. — Rápido, Valentina! Você precisa ir embora antes que elas a vejam!

Abracei Najla com força e então tratei de sair pelo mesmo lugar por onde entrara. Fui me esgueirando pelo jardim e soltei um suspiro aliviado ao chegar à rua sem ser vista.

Escolhi um trajeto pouco movimentado, evitando a rua principal a caminho da casa de Leon. No entanto, quase trombei com Dimitri, que deixava um prédio cor de abóbora. "OURIVES", li em uma pequena placa sobre a moldura da porta.

— Ei, Romanov! — o grito veio de trás de mim.

Da esquina, o sr. Nogueira acenou para ele e começou a correr na minha direção — bem, na de Dimitri. Diminuí o ritmo até parar diante do barbeiro, fingindo procurar alguém lá dentro. Ambos estiveram no *La Galatea* naquela noite horrenda. Apesar de Dimitri ter estado na terra encantada do flerte, Nogueira poderia muito bem ser o homem que eu procurava. Um calafrio percorreu minha espinha assim que os dois pararam atrás de mim.

— Há algum tempo que desejo encontrá-lo — meu vizinho foi dizendo. — Queria felicitá-lo pelo noivado.

— Obrigado. A srta. Suelen é tudo o que sempre sonhei.

— Sim, uma noiva rica — rebateu Inácio. — Todos sabem que está afundado em dívidas até o colarinho. E que esse compromisso é apenas uma maneira de se acertar na vida.

— Está enganado. Os meus problemas financeiros foram liquidados. Não estou dando o golpe do baú.

— É mesmo? E como conseguiu? — perguntou Inácio, como se lesse meus pensamentos.

Oh, certo. Lady Catarina estava louca por Suelen. Devia ter amansado, e ela e o filho estavam em bons termos de novo. Ou então Dimitri e Pedro deviam ter se acertado. Dimitri devia ter investido no tabaco e logo começaria a obter uma boa renda.

— Que assunto enfadonho logo depois do almoço, Nogueira — resmungou Dimitri. — Se me der licença, prefiro empregar meu tempo na companhia da minha adorável noiva. O anel de noivado acaba de ficar pronto. Espero que ela goste. Passar bem, sr. Nogueira.

De início eu tinha imaginado que o súbito interesse de Dimitri por Suelen tivesse a ver com a quantidade de algarismos em seu dote. Era uma bela soma, mas, honestamente, não o bastante para que alguém se visse livre de problemas financeiros pelo resto da vida. O mais importante, porém, era que ele falara de Suelen com carinho. Ao que parecia, eu fora injusta com Dimitri também. Meus enganos nunca teriam fim?

Permaneci de costas, ouvindo Dimitri subir em seu cavalo e disparar pela rua enquanto o sr. Nogueira bufava na calçada. Tentei espiar suas abotoaduras, mas não consegui ver seus punhos. Ele os mantinha à frente do corpo. De toda forma, eu duvidava de que ele usasse um par descombinado. Inácio levava muito a sério o seu vestuário.

— Ei, Inácio, espere!

Detendo-se, ele procurou em volta. O rapaz de longos cabelos marrons saiu às pressas do barbeiro, o chapéu ainda na mão. Mostrou um sorriso estonteante ao chegar mais perto do amigo.

— Que bom encontrá-lo. Pensei que teria que lhe escrever. Senti sua falta na reunião de ontem à noite.

No reflexo da vidraça, vi os lábios do meu vizinho se repuxarem.

— Meu pai inventou um jantar de última hora, Dalton. Tive que ficar e fazer sala para os vizinhos.

O jovem Dalton soltou um suspiro.

— Não me diga que aquela argentina está rondando você outra vez...

Meus ombros se enrijeceram de imediato, e tive que lutar para não me virar e delatar que eu escutava a conversa. Ainda assim, eu mal respirava, com medo de que o som do ar entrando e saindo dos pulmões me impedisse de ouvi-los.

— Não seja ridículo — refutou Nogueira. — Ela é casada.

— Bem, alguém deveria lembrá-la disso. Mas e quanto a hoje à noite? Irá até a casa de jogos ou me deixará sozinho outra vez? Estou começando a me sentir abandonado...

Os dois começaram a debater sobre apostas, e achei melhor desaparecer antes que fosse flagrada. Comecei a me afastar, as mãos trêmulas e os joelhos bambos, as palavras de Inácio espiralando pela minha mente subitamente alerta.

Miranda andava rondando o sr. Nogueira. Ele espalhara coisas horríveis sobre mim pela cidade toda. Mas mudara de ideia sem nenhuma razão, se desculpando naquele jantar no *La Galatea*...

E se sua repentina consciência pesada não passasse de um ardil, uma encenação para não levantar nenhuma suspeita sobre seus próximos atos? Eu me lembrava de que ele tinha ficado bastante aborrecido quando Leon o impedira de me conduzir ao deque. E se sua irritação se devesse ao adiamento dos seus planos?

Claro! Até mesmo sua proposta desinteressada de casamento podia fazer parte da trama de Miranda para me manter afastada dos gastos da casa!

— Meu Deus... — murmurei, já na esquina, o coração martelando nos ouvidos. Podia ter sido Inácio! Podia ter sido ele que tentara me matar. — Aquele filho da...

Pousei a mão sobre as batidas urgentes em meu peito. Não podia me precipitar de novo. Havia cometido um grave equívoco com Leon e aprendera a lição. Eu tinha que me certificar de que Nogueira era o dono da abotoadura de flor-de-lis antes de fazer qualquer coisa. E então eu o colocaria na cadeia com sua cúmplice.

Eu me virei, pronta para seguir meu vizinho aparentemente assassino, mas colidi com uma parede. Ou ao menos foi o que me pareceu, pois eu ricocheteei, perdendo o equilíbrio, e desabei na calçada. Gemi, sentindo a pancada no traseiro reverberar por toda a minha coluna. Mesmo sob o paletó e a camisa, meus cotovelos arderam. O chapéu caiu para a frente, encobrindo minha visão.

Eu o empurrei para trás a fim de poder enxergar e... teria sido melhor ter me mantido às cegas.

— Aonde vai com tanta pressa? — perguntou o homem, endireitando o chapéu azul-marinho com a insígnia da lei que cobria seus fios grisalhos e parte do rosto barbado.

— Delegado Goulart — ofeguei.

Céus!

30

Ah, meu Deus! Ah, meu Deus! Ah, meu Deus! Aquele homem não podia me ver. Se o sr. Goulart percebesse que o garoto que trombara com ele era na verdade era a filha desaparecida de Walter Albuquerque, eu seria levada ao cadafalso muito antes de conseguir me explicar — se é que isso me libertaria da pena.

Fiquei de pé com um salto.

— Aonde ia com tanta pressa, garoto? — ele repetiu, a expressão séria.

— E-Estou cumprindo ordens do meu pa-patrão. Desculpe, senhor. V-Vou prestar mais atenção. Tenha um bom dia. — Com um aceno firme, mantendo o rosto praticamente alinhado ao chão, comecei a me afastar.

— Espere um minuto — chamou ele.

Estaquei, o coração batendo com força na base da garganta. Virei-me devagar, prendendo o fôlego a tempo de ver o chefe da guarda se curvar para apanhar um pequeno retângulo branco do chão. O bilhete de Leon, de cuja existência eu havia me esquecido completamente.

— Capitão Navas? — ele leu, antes de me devolver a nota.

— E-Ele é meu patrão. — Com dedos trêmulos, peguei o papel e o enfiei no bolso. A ponta da capa do diário de Leon espetou meu indicador.

— Ora, que coincidência. Estou a caminho da sede da guarda justamente para ter uma reunião com ele. — Suas sobrancelhas despenteadas quase se uniram enquanto me analisava de cima a baixo, uma dúvida reluzindo nos olhos ligeiros.

Leon ia até a guarda? Mas por que razão?

Fosse como fosse, eu não tinha tempo para fazer conjecturas. Precisava sair dali antes que o delegado me reconhecesse.

— Perdoe-me, senhor. Preciso ir agora, antes que eu perca a carta de novo, e também o emprego — me apressei. — Boa tarde.

Rígida feito um boneco de madeira, tomando cuidado para que meus quadris não ondulassem, consegui andar calmamente até a esquina e obriguei meus pés a conservarem o ritmo por mais algumas quadras. Quando estava longe o bastante, conferi se estava mesmo sozinha e então me permiti respirar outra vez.

Tão perto, parei, me recostando à fachada branca de uma pequena loja, pressionando a carta contra meu coração alvoroçado. Estive tão perto de ser descoberta. Deus, aquilo tinha que acabar logo. Eu não sabia quanto tempo mais iria aguentar.

Uma gota gelada escorreu pela minha bochecha. Outra se abriu em um círculo escuro na calçada. Olhei para o alto, para o manto cinzento, um instante antes de a chuva desabar com força sobre minha cabeça, como se espelhasse o que acontecia dentro de mim.

* * *

A chuva caía fina, como centenas de agulhas pinicando meu rosto, descendo pelo pescoço e escorrendo pela coluna até se empoçarem em minhas botas enquanto eu chapinhava pelo cais. O mau tempo me apanhara de surpresa, e tive que me abrigar em uma pequena botica para esperar que a tormenta começasse a ceder. E ali estava eu, encharcada até os ossos, pulando as poças de lama na via principal das docas, a faixa em meus seios ameaçando se soltar. Cruzei os braços para mantê-la no lugar, avistando o *La Galatea* mais adiante, a bandeira amarela e vermelha tremulando orgulhosa no alto do mastro.

Mas algo parecia fora do lugar, pensei, subindo a rampa que ligava o navio ao píer. Como se uma peça fundamental no navio faltasse. E faltava. Leon preenchia a embarcação com vida.

— Dominique! — exclamou Javier, logo na entrada, uma caixa de madeira equilibrada em um dos ombros nus.

Desviei os olhos para o chão. Ao que parecia, os homens gostavam muito de se despir sempre que tinham chance.

Peguei o envelope um tanto amassado e úmido e o estendi.

— O capitão mandou um recado para você.

Deixando a caixa no chão, Javier secou a testa molhada no bíceps moreno e apanhou o pequeno retângulo. Alguns pingos de chuva mancharam o papel conforme ele lia.

— O quê?! — Dois profundos vincos surgiram entre suas sobrancelhas.

— Está tudo bem?

— Sim. Acho que sim. Navas acaba de me tornar seu segundo de navegação! ¡Vaya! — Deu-me um sorriso hesitante e ao mesmo tempo estupefato. — Isso significa que estou no comando, depois de Leon, claro. Era o posto de Gaspar. Suspeito que, depois daquela confusão com os franceses, Navas tenha resolvido puni-lo.

— Ou premiar você por ter agido com tanta sensatez e agilidade — apontei.

— Acha mesmo? — Ele se iluminou. Como assenti com firmeza, ele apertou meu ombro, sacudindo-me com tanta força que meus dentes bateram. — Obrigado, Dominique. — Mas então a diversão se foi. Ele me soltou, dando alguns passos para trás. — Só não sei como contarei isso ao Gaspar.

— Diga da maneira mais simples possível. Foi uma decisão do capitão Navas, não sua, sr. Pontes.

— Mesmo assim, será melhor ter uma garrafa de rum por perto. E... uma pistola, por precaução.

Ainda atordoado, o rapaz atravessou o convés e passou pela entrada que levava às cabines do *La Galatea*. Bem, missão cumprida.

Certo. Leon me pedira para ficar longe do cais, mas, na pressa de impor a maior distância possível entre mim e o chefe da guarda, acabei pegando o rumo errado, de modo que decidi eu mesma entregar o bilhete.

Estava fazendo a volta para retornar para a casa quando uma voz desagradável soou atrás de mim.

— O que faz aqui?

— Sr. Gaspar — cumprimentei, me virando. — Vim trazer um recado do capitão.

— O que está esperando? Me dê logo! — Estendeu a mão, encolhendo os dedos sujos.

— Ele já chegou às mãos do destinatário.

Seus olhos se estreitaram em direção à passagem que levava às cabines, como se pudesse ver além das paredes de madeira. Então se abaixou, apanhando a caixa que Javier deixara no chão.

— Se vai ficar no meu navio, sugiro que faça alguma coisa útil. — Ele a empurrou contra meu peito.

Minha nossa! Como era pesada! Com medo de acabar com os pés esmagados, fiz o melhor que pude para equilibrá-la, quase caindo para trás ante tanto peso, as garrafas dentro dela tilintando com a movimentação. Gaspar não se deu o trabalho de me ajudar e saiu no encalço de Javier. Fuzilei as costas daquele brutamontes, pronta para lembrá-lo de que o navio não lhe pertencia e de que eu não era parte da tripulação. Mas alguém atrás de mim proferiu uma palavra bem pouco educada.

— Que diabos está fazendo?! — o grito pareceu sacudir todas as cordas do barco, assim como minhas pernas.

Girando, tentando não derrubar a caixa que ameaçava arrancar meus braços, vi Leon se precipitar em minha direção a passos largos, o semblante mais nebuloso que o céu daquela tarde.

— Que diabos estava fazendo? — repetiu ao me alcançar, pegando a pesada carga de meus braços como se ela não pesasse mais que uma fatia de pão e a colocando no chão. Então mirou as íris enfurecidas em minha face molhada. — O que fazia com essa caixa? Ela provavelmente pesa o mesmo que você, maldição! Quem lhe deu permissão para trabalhar no *La Galatea*?

— Eu não estava de fato...

— Você devia estar na minha casa — atalhou, tão transtornado que desconfiei de que não chegou a me ouvir. — Não no meu barco, nem na rua, onde... — Levou as mãos aos cabelos meio úmidos e praguejou por uns bons minutos, provando que era mesmo um marinheiro.

Minhas bochechas esquentaram sob as gotículas frias que as recobriam. Ele me encarou, pronto para mais uma sessão de repreensão, mas seus olhos se detiveram em meus lábios, e mais uma porção de palavras de marinheiro foi ouvida naquele cais. Irritado, tirou o paletó com um movimento ríspido e o jogou sobre meus ombros.

Eu me retesei.

— Ca-capitão, o que está fazendo?

— Eu também gostaria de saber — cuspiu entredentes. — Você está a um passo de congelar. Não vou permitir que morra em meu barco.

Sem cerimônia, começou a me empurrar para fora do *La Galatea*. Demorou um instante para perceber que seus homens tinham parado o que estavam fazendo para nos observar com as mais variadas expressões.

— *¿QUE DIABLO ES ESTO?* — disparou, com mais uma infinidade de impropérios.

A tripulação se colocou em movimento antes que Leon terminasse de blasfemar. Exceto por Gaspar, que o encarava da entrada das cabines, os olhos injetados, os punhos cerrados ao lado do corpo. A esta altura, Javier devia ter contado que ele não era mais o homem de confiança do comandante.

Se Leon percebeu a fúria que lhe era dirigida, não se deixou abalar e continuou me empurrando rampa abaixo. Fez o mesmo ao chegarmos à carruagem. Nem bem tinha se acomodado, socou o teto da cabine com um pouco mais de força que o necessário, sinalizando ao sr. Moreira que estávamos prontos para partir.

— Me deixe ver suas mãos — pediu, caindo no assento em frente ao que eu ocupava.

Atordoada com aquela fúria sem sentido, não prestei atenção ao que fazia e ofereci as mãos a ele. Leon arrancou minha luva direita em um movimento rápido, analisando a palma um pouco esfolada. Então me dei conta de que ele pretendia fazer o mesmo com a outra luva. Aquela que ocultava o seu anel.

Depressa, puxei a mão, escondendo-a atrás das costas. Sentei-me sobre ela, por garantia.

— São só alguns arranhões — respondi àquele abaixar de sobrancelhas. — Não precisa se preocupar comigo.

— É mesmo? E se eu não me preocupar, quem vai? Você? — Seu rosto parecia ter sido esculpido em mármore: frio, duro e sem vida. — Não quero que volte ao *La Galatea* sem companhia. Na verdade, não quero que fique na companhia dos marinheiros se eu não estiver por perto. Por que não chamou um mensageiro, como eu lhe pedi?

— Uma amiga precisou de mim — murmurei, atordoada. — Já estava na metade do caminho. Por que está tão zangado?

Ele respondeu à minha pergunta com outra.

— Por que é tão difícil para você ouvir o que eu digo? Por que não pode simplesmente... — Grunhiu, esfregando a testa como se até a pele o incomodasse, resmungando um bocado de coisas em sua língua naquele jeito ligeiro. Tudo o que captei foi "perder a cabeça".

— Perdão, como disse?

Leon afastou com as duas mãos suas ondas rebeldes agora úmidas, antes de mirar suas duas estrelas raivosas em mim.

— Sabe o que eu mais admiro em uma pessoa, Dominique? Lealdade. Alguém a quem eu possa, de fato, confiar minha vida. Como posso confiar em você, se é incapaz de atender a um pedido tão simples?

Se não fosse impossível, eu diria que o zumbido em meus ouvidos era o som do meu coração se partindo. Leon ainda não sabia, mas eu tinha quebrado sua confiança de tantas maneiras... E continuava a quebrá-la a cada instante em que respirava ao seu lado.

Mas, por Deus, eu não desejara nada daquilo. Só queria descobrir quem tentara me matar e recuperar minha vida. Só isso! Eu agira motivada pelo medo, tinha ficado assustada demais, e a maldita abotoadura me confundira. Doera e ainda doía muito enganá-lo. Eu não pretendia magoá-lo. Nem a ninguém! As coisas simplesmente saíram de controle.

Ainda assim, eu magoaria. Independentemente dos meus motivos, eu machucaria muitas pessoas logo que a verdade fosse revelada. Como encararia Felix? Como papai me olharia depois de saber que eu o deixei acreditar que tinha cometido suicídio? E Suelen, que em sua dor se lançara em uma loucura impensada? Até Pedro, que eu fingira não ser meu amigo querido. A pobre Lúcia, apaixonada por aquela medíocre fantasia que era Dominique. Mesmo lady Catarina, que chorara por mim, pelo amor de Deus!

Mas Leon... Ele era diferente. O pior dos meus equívocos. Eu o decepcionaria tão profunda e intensamente que teria sorte se ele não me denunciasse para a guarda. Era ridículo fantasiar que seria diferente.

Embora a cortina cobrisse a janela, virei-me para ela, apertando as mãos trêmulas contra o estômago revolto, e me mantive calada pelo restante do percurso, lutando a duras penas para não chorar.

Assim que a carruagem estacionou diante de sua casa, Leon abriu a cabine e saltou, ainda aborrecido. Uma bolota de pelos amarela nos recepcionou ao chegarmos à sala, pulando ao redor do meu noivo, depois apoiando as patas dianteiras em minha coxa.

— Oi, garoto — acariciei o focinho gelado do meu cachorro.

— Prepare uma maleta — disparou Leon, indo para as escadas a passos duros. Ainda parecia irritado, mas se esforçava para ter algum controle. — Roupas suficientes para um ou dois dias.

— Vai sair com o *La Galatea* outra vez?

— Eu me referia à sua maleta. — Começou a subir, mantendo a vista à frente. — Preciso me ausentar da cidade por uns dias. E você irá comigo.

Isso porque ele ainda não sabia toda a verdade. Assim que soubesse, iria me querer o mais longe possível.

Era isso, não? Aquela farsa havia chegado ao fim. Trêmula e fria de medo, apertando os braços em torno do peito, engoli em seco e forcei as palavras necessárias a saírem.

— Capitão, preciso falar algo antes. É importante.

— Isso também é. Seja lá o que tenha a me dizer, vai ter que esperar um pouco mais. — Sem se virar, desapareceu no segundo andar, não me dando chance de finalmente fazer a coisa certa.

Por que ele estava tão zangado? Não podia ser por causa daquela caixa. O que havia acontecido que o aborrecera... Não, era mais que isso. Leon não parecia apenas aborrecido, mas muito assustado.

Meu cachorro cutucou minha perna, como se perguntasse: "O que está acontecendo?"

— Bem que eu gostaria de saber, Manteiga.

Eu me sentia perdida, como se ainda estivesse no meio do oceano, lutando para encontrar a superfície. Tentava não me afogar naquela história. Mas tudo o que eu conseguia era ir cada vez mais fundo. E dessa vez não havia ninguém por perto para me salvar.

31

— Essa é a última — avisou o sr. Moreira, acomodando a grande caixa de mantimentos no teto da carruagem. Conferiu se estava bem amarrada antes de saltar para a calçada. — O capitão já está pronto?

— Creio que não — respondi, segurando a alça da sacola de pano que escorregou pelo meu ombro. — Ele ainda estava no quarto quando eu desci.

O cocheiro fez um sinal afirmativo.

— Bem, vou aproveitar e comer alguma coisa antes de partirmos, então. Você devia fazer o mesmo, garoto.

— Vou deixar minhas coisas no veículo e já me junto ao senhor.

O homem deu um tapinha em meu ombro e entrou na casa. Eu me estiquei para dentro da cabine, acomodando o velho bornal, que encontrei em uma das gavetas da cômoda, com as poucas peças de roupa que tinha. Observei a janela no segundo andar. A claridade indicava que Leon ainda estava lá. Será que estava mais calmo? Dividiria comigo o que tanto o atormentava?

O ruído de cascos apressados me arrancou da divagação, e eu olhei para a rua. Um cavalheiro dobrava a esquina a toda a velocidade.

— Gaspar? — murmurei ao reconhecer a figura de pescoço atarracado, me apressando em descer e fechar a porta da carruagem.

Assim que me viu, ele fez sua montaria diminuir a marcha, até se tornar um trote suave, parando a poucos metros de onde eu estava. Avaliando-me por um instante, as rédeas em punho, cuspiu no chão. Acabou errando e acertou uma de minhas botas. Eca!

— O que faz aqui? Há alguma coisa errada? — perguntei, ressabiada.

— Sim, há uma coisa errada — falou com a voz engorolada. — E eu vim dar um fim nela.

Pela maneira como seus olhos se inflamaram ao cravá-los em meu rosto enquanto passava uma perna sobre a sela e desmontava, eu soube que a "coisa" na verdade se chamava "Dominique". Ótimo. Era tudo de que eu precisava naquela noite.

— Você está destruindo Navas! — gritou o marinheiro mais alto e duas vezes mais largo que eu.

— Eu sei — retorqui, quase caindo no chão de desespero. Mas Leon não quisera me ouvir.

No entanto, eu tinha um problema mais urgente no momento. Um problema de quase dois metros e cerca de cem quilos, aparentemente furioso comigo.

— Você mexeu com o juízo dele! — cuspiu. — Daqui a pouco Navas vai estar empoando os cabelos e usando rendas.

Pisquei, sem entender.

— Eu os vi na praia! Dormindo agarradinhos! — Fez uma careta enojada, avançando meio trôpego, o olhar embotado. Recuei. — Por sua culpa, Navas fez daquele traste o segundo de navegação. Esse era o meu posto!

Dei mais um passo para trás, querendo impor alguma distância. Fora de si como estava, ele não pareceu perceber.

— Gaspar, você está bêbado. Devia voltar e esperar a bebedeira passar antes de falar com o capitão. — Tentei trazê-lo à razão.

— E deixar que você fique com o meu lugar? — esbravejou. — Eu não vou permitir. Não trabalhei tanto para nada. O *La Galatea* ainda vai ser meu!

Creio que a bebida lhe entorpecia o cérebro, pois parecia pouco interessado em ouvir que eu não fazia parte da tripulação e não tinha relação alguma com a decisão de Leon, apenas era a portadora da carta. Gaspar estava mais preocupado em movimentar os braços, se preparando para usá-los.

Ah, porcaria. Eu não sabia nem como dar um soco, que dirá derrubar um homem do tamanho de um cavalo, mesmo que ele estivesse bêbado. Eu só tinha uma chance: correr. Por puro reflexo, levei as mãos às laterais da saia, só então me dando conta de que não as usava. Tanto melhor.

Girei sobre os calcanhares e disparei rua abaixo. No entanto, Gaspar era um marinheiro de pernas fortes e passadas longas, e sua mão áspera me agarrou pela gola da camisa antes que eu chegasse ao final da quadra. Ele se aproveitou do meu desequilíbrio momentâneo e me atirou no chão. Caí de barriga nos paralelepípedos; pontinhos cintilantes dançaram atrás de minhas pálpebras enquanto eu lutava por ar. Ele não esperou que eu me recuperasse, e com um safanão me fez virar, as pedras frias colando-se às minhas costas, as estrelas no céu se misturando às que piscavam em minha visão.

A larga cabeça de Gaspar encobriu a lua.

— Vou dar um fim em você — cuspiu entredentes, os dedos se enroscando em meu colarinho. — E libertar Navas dessa doença que o infectou! — Afastou o braço, o imenso punho cerrado pronto para encontrar meu nariz.

Tudo o que tive tempo de fazer foi fechar os olhos. Mas o soco nunca veio, apenas sons de pés se debatendo e gemidos abafados. O peso sobre mim desapareceu.

Ainda sem fôlego, soergui as pálpebras e vi Leon, o antebraço em torno da garganta do marujo, arrastando-o para longe de mim. O sujeito se debatia, tentando encaixar o cotovelo na barriga do seu comandante. Com um empurrão, Leon o soltou. Foram necessários apenas três segundos para que Gaspar se virasse e tentasse atacá-lo. O punho de Leon esmagou seu nariz, o estalo alto ecoando pela noite. Trôpego, Gaspar sacudiu a cabeça com força e tornou a insistir. Dessa vez meu noivo o atingiu no queixo, fazendo-o cambalear.

Sabiamente, o marinheiro abaixou os braços, retrocedendo alguns metros.

Com a respiração curta como se tivesse corrido escada abaixo — o que era bem possível —, Leon se abaixou ao meu lado, lançando-se em um minucioso exame, à procura de algum ferimento.

— Você está bem? — perguntou, os dedos de uma mão afastando a franja para avaliar minha testa, depois meu crânio, enquanto a outra tateava minha barriga. Gemi quando ele tocou o ponto onde as pedras me atingiram na queda.

Os olhos cinzentos se avultaram, como se nuvens tempestuosas se juntassem para criar uma violenta tempestade. Mas sua voz era gentil ao perguntar:

— Acha que consegue se levantar?

— Sim. Estou b...

— Ele está destruindo você! — cuspiu o sujeito mais atrás.

Leon colocou meu braço sobre seu ombro e muito delicadamente me ajudou a ficar de pé. Examinou-me por um instante, como se temesse que eu oscilasse.

— Você está bem? — murmurou.

Fiz que sim. Depois de vacilar por um momento, ele me soltou. Então a máscara obscura retornou e se virou para encarar o marinheiro, a cinco metros de distância.

— Não preciso de ninguém para me destruir, Gaspar — retorquiu, cortante, projetando o corpo à frente do meu. — Sou capaz de fazer isso sozinho.

— Você perdeu o juízo! — Gaspar limpou no dorso da mão o sangue que escorria para o queixo. — Ele fez sua cabeça para me tirar do posto de segundo de navegação.

— Não, Gaspar. Foi você quem fez isso ao arrumar briga com aquele francês e colocar o meu navio e a minha tripulação em risco.

O comentário teve efeito, e o rosto machucado de Gaspar se transmutou em uma carranca assustadora.

— Essa criatura deprimente vai acabar colocando uma corda no seu maldito pescoço! — gritou, apontando para mim os olhos injetados. Eu me escondi atrás do ombro de Leon. — É isso que quer?

— O que eu quero não é da sua conta. Aliás, nada mais sobre mim lhe diz respeito. Volte para o *La Galatea*, junte suas coisas e desapareça. Não faz mais parte da tripulação.

Por um momento, pensei que Gaspar pudesse explodir como fogos de artifício, a julgar pelo tom roxo que coloriu seu semblante.

— E tudo o que eu fiz por você? — berrou. — Se não fosse por mim, estaria preso agora!

— Já o salvei da cadeia mais vezes do que consigo me lembrar ao longo de todos esses anos. — Leon começou a caminhar lentamente em direção a ele. Era como assistir a um leão se aproximando de sua presa. — Minha dívida foi saldada faz tempo, e nós dois sabemos disso. — Então parou a poucos centímetros do sujeito, encarando-o. — Agora suma da minha frente. E, se eu souber que voltou a rondar Dominique, é melhor começar a rezar, Gaspar. Sabe que não faço ameaças vazias.

Eu me vi prendendo o fôlego enquanto eles se enfrentavam. Pensei que tivesse tido um vislumbre do temido capitão Navas um pouco mais cedo, no porto. Mas estava enganada. *Aquele* era o homem que todos temiam.

Gaspar também o reconheceu e começou a recuar.

— Você vai se arrepender, Navas. — Riu, enroscando a mão nas rédeas de sua montaria. — Quando estiver pendurado pelo pescoço, lutando por ar, vai se lembrar do que estou dizendo e me dar razão. E eu estarei lá embaixo, assistindo ao seu fim. — O sujeito se encaixou sobre a sela antes de esporear o cavalo.

Leon o acompanhou desaparecer na esquina. Respirava com dificuldade, possivelmente tentando controlar seu gênio, os punhos ainda cerrados ao lado do corpo.

— Não sei ao certo o que ele quis dizer — falei baixinho. — Mas eu jamais faria qualquer coisa que pudesse levá-lo à forca.

Minha voz pareceu despertá-lo. Girando lentamente, Leon me analisou de cima a baixo outra vez. A raiva tinha abrandado um pouco, e em seu lugar vi surgir algo um tanto confuso. Alívio e desespero em partes idênticas.

— Eu sei. — Soltou um suspiro exasperado, começando a me empurrar para a carruagem. — Nós temos que ir agora. Acha que está bem para enfrentar a estrada?

— Estou bem. Só está um pouco dolorido. De verdade — acrescentei ao ver o ceticismo lhe retorcer um dos cantos da boca. — Para onde vamos?

— Para longe daqui.

Espalmando a mão na base da minha coluna, Leon começou a me guiar para a carruagem, alheio aos três empregados postados no degrau da entrada da casa, as expressões confusas. A cabine sacudiu quando entramos, e meu noivo bateu a porta com força.

Piscando, o sr. Moreira se apressou em assumir seu posto, e então partimos, sob o olhar estarrecido do sr. Abelardo e a expressão preocupada da srta. Lúcia.

Leon ainda estava transtornado, remexendo-se de um lado para o outro, como se o assento o espetasse. Eu já o conhecia bastante bem para saber que devia deixá-lo encontrar seu equilíbrio antes de dizer qualquer coisa, por isso fitei a janela, acompanhando a lua correr pelo céu na mesma velocidade da carruagem enquanto deixávamos a cidade e pegávamos a estrada.

* * *

Eu não podia ficar mais surpresa com nosso destino. Não que Leon tivesse me contado.

Na verdade, ele mal falara comigo desde que havíamos saído da cidade. Mas não demorou para que eu reconhecesse a região cercada de picos e vales. Quando a carruagem passou por entre dois altos portões de ferro, eu soube para onde estávamos indo. Najla e Pedro me levaram ali em um fim de semana logo após meu pai se recuperar da crise de asma.

A carruagem parou diante do pequeno chalé dos Torres, as hortênsias azuladas desabrochando e quebrando a monotonia do cinza das pedras da fachada. Eu pretendia desempenhar meu papel e ajudar a retirar a bagagem, mas Leon se antecipou, deixando a mim e ao sr. Moreira bastante confusos.

— Poderia levar a comida para dentro? — pediu ao cocheiro, indicando a larga caixa sobre o teto enquanto envolvia os dedos na alça de sua maleta.

— Claro que sim, patrão.

Sentindo-me meio inútil, pendurei minha sacola no ombro e segui Leon porta adentro, tropeçando na escuridão da casa. Ele conseguiu encontrar algumas velas e logo uma chama laranja explodiu, iluminando o cômodo. Não era muito amplo, mas os quadros com cenas cotidianas que pendiam das paredes amareladas deixavam o ambiente com um aspecto acolhedor. As duas poltronas de tecido brocado azul em frente à lareira harmonizavam com o sofá de veludo cor de creme e com o belo tapete persa sob a mesinha de centro. As pesadas cortinas que cobriam a janela estavam recuadas, permitindo admirar as imponentes montanhas no horizonte. Logo ao lado, uma mesa redonda e quatro cadeiras compunham uma pequena sala de jantar.

Tudo estava organizado, mas o ar rançoso sugeria que o imóvel estivera fechado por alguns dias. Leon tinha feito a coisa certa ao pedir que Lúcia providenciasse mantimentos para sua estadia. Como o chalé era usado apenas por curtas temporadas, os empregados viviam no vilarejo perto dali, aparecendo três ou quatro vezes ao mês para conservar a ordem.

— Vou deixar a bagagem no quarto — avisou Leon.

Apenas assenti, me perguntando o que fazer a seguir. Como ouvi o ruído do sr. Moreira nos fundos da casa, lidando com a caixa de mantimentos, resolvi me fazer útil e fui ajudá-lo a descarregar as provisões, parando apenas para deixar minha modesta sacola sobre a cama de solteiro no pequeno quarto destinado aos empregados, bem ao lado da cozinha.

A cozinha era simples, com uma mesa imensa ocupando quase todo o espaço e prateleiras com diversos utensílios — cuja utilidade e nome eu mal conhecia — rodeando o ambiente. O fogão apagado logo na entrada me deu a impressão de que o lugar perdera a alma, então decidi acendê-lo enquanto o sr. Moreira desatrelava os cavalos.

Leon me encontrou ali pouco depois, lutando contra alguns gravetos que se recusavam a acender. Espiou minha fogueira não muito bonita e bastante apagada.

— Nunca vai dar certo se tentar atear fogo em um galho verde — comentou.

Após uma rápida avaliação, concluí que seu humor havia melhorado um pouco.

— Não parece verde — comentei, cutucando um deles. — É bem marrom.

— Um galho recém-cortado — explicou, rindo de leve. — Ainda há muita seiva. É difícil pegar fogo. Caso consiga essa proeza, este chalé vai feder como o diabo. Também não deve colocar toras tão grossas antes que o fogo esteja forte. O ideal é começar com gravetos e um pouco de serragem. Nunca tentou fazer uma fogueira antes?

— Não em um fogão.

— Que pena. Era uma de minhas brincadeiras favoritas quando criança. — Puxou parte da madeira para fora da portinhola, descartando-a em um balde de ferro.

Reorganizando a pilha de modo que houvesse espaço entre os galhos, Leon polvilhou um pouco de serragem entre eles. Os restos de cinzas no fundo do fogão pintaram seus dedos de preto, mas ele não pareceu perceber, e, ao afastar uma onda que teimava em lhe cair no olho esquerdo, deixou uma marca negra perto da sobrancelha.

Cheguei para o lado, lhe dando mais espaço, e acabei batendo os quadris na imensa mesa castanha.

— Suspeito que seja melhor deixar as fogueiras por sua conta — falei. — Parece que sabe o que está fazendo. Na verdade, você sempre parece antecipar o que vai acontecer. — Então algo me ocorreu. — É por isso que anda com pedaços de gengibre nos bolsos, não é?

Ele achou graça.

— Não, não é por isso. Eu também enjoo no mar.

— Muito engraçado, capitão Navas.

— Não estou brincando. Desde pequeno é assim. Luto contra a maré todo santo dia. — Leon enfiou praticamente o braço todo dentro da portinhola para ajeitar um graveto torto, mas me encarou, uma das sobrancelhas arqueada (aquela com o desenho de carvão). — Se contar isso para alguém, eu vou negar até a morte.

Eu jamais teria acreditado nele, não fosse pelo rubor que se espalhou pelo seu pescoço.

— Minha nossa! — Mordi o lábio para não rir. — Bem, de certa maneira justifica algumas coisas. Seu mau humor constante, por exemplo.

— Possivelmente. — Endireitando a coluna, bateu as mãos para se livrar da fuligem, sorrindo com malícia.

— Tem um pouco de... — Indiquei a mancha em sua pele.

— Onde? Aqui? — Esfregou a manga do paletó contra a têmpora. Como ela também estava suja, mais riscos surgiram, piorando tudo.

— Não está funcionando muito bem. — Mordi a bochecha para não rir.

Leon abaixou o braço, examinando a frente do traje, agora coberto de cinzas, a camisa repleta de bolotas negras, e fez uma careta.

— Acho que preciso de outro banho.

Avistei um balde em uma das prateleiras e fui correndo pegá-lo. O problema era que ele estava na mais alta, e, mesmo na pontinha dos pés e me esticando inteira, não consegui alcançá-lo. Um par de mãos bronzeadas sujas de carvão surgiu sobre minha cabeça e o apanhou. Eu me virei, dando de cara com a camisa manchada de Leon. Arqueei o pescoço para encará-lo.

— Eu... agradeço a ajuda — murmurei, um pouco perturbada com sua proximidade.

— Não é necessário. — Leon me entregou o recipiente, o sorriso lindo apagando a cicatriz, e eu me perdi por um instante enquanto ele retornava para perto do fogão, espalmando os bolsos em busca de algo.

Umedeci os lábios, me abraçando ao balde enquanto tentava recobrar o raciocínio. Sobre o que estávamos falando mesmo?

Ah, sim!

— Mas não entendo, capitão. Se o mar lhe faz mal, então por que insiste em navegar?

— Eu nunca disse que me faz mal — retrucou, arqueando uma sobrancelha. — Apenas que me causa enjoo.

— É a mesma coisa, não?

Ele se recostou na parte alta do fogão, as mãos apoiadas ao lado dos quadris.

— Não. Meu estômago não gosta do mar, mas todo o restante de mim adora. Estar em um navio, assumir o comando, usar o vento a favor, conhecer o mundo. É disso que eu gosto.

— Creio que eu sempre o tenha visto dessa maneira. — Depositei o balde na mesa, brincando com a alça. — Você não pertence a um só lugar. Pertence a todos.

Uma pequena ruga franziu seu cenho manchado.

— Não sei se posso dizer isso. Gosto muito da liberdade. Mas também gosto da ideia de ter para onde voltar.

— E foi por isso que arranjou uma noiva? — A pergunta escapou antes que eu pudesse detê-la.

— Eu não arranjei. Um caranguejo me arrumou uma. — Revirou os olhos, e tive que cravar os dentes no lábio inferior para não rir. Ele prosseguiu. — Mas depois acabei gostando da ideia. Valentina tem um gênio indócil, apesar de todas as camadas de verniz que usa. Achei que fosse perfeita para mim.

Um riso deprimido me escapou.

— Desconfio de que não estejamos falando da mesma pessoa. Até onde sei, tudo o que a sua noiva fez na vida foi assentir em concordância.

Até mesmo no que dizia respeito ao meu destino. Nunca pude decidir nada por mim mesma.

Bem, exceto agora, como Dominique. E, se levasse em consideração a confusão em que estava metida...

Uma gargalhada profunda, rica, reverberou pelo seu peito, aquecendo o meu.

— Talvez seja a impressão que ela deseja passar. Mas não é a verdade. Ela tenta, mas não consegue esconder a frustração, da mesma maneira que é incapaz de se manter impassível diante de qualquer assunto. Para um observador menos atento, pode parecer mera anuência. Porém, se souber o que procurar, vai encontrar um comentário mordaz ou um olhar perspicaz disfarçado de polidez. Ela odeia confrontos. Faz o que pode para não se meter em um, mas, quando entra, é impossível que saia dele sem dar a última palavra. — Seu rosto se iluminou com um sorriso torto. — Ela pensa que é água calma e suave, mas está enganada. Valentina é uma ressaca: toda turbulência e movimento.

Eu pisquei, admirada que ele tivesse visto tudo aquilo em tão pouco tempo. Eu mesma não conhecia tanto sobre mim. Desconfiava de que ainda estivesse no processo de descoberta.

— Como pode saber tudo isso? — Minha voz tremeu de leve.

Ele encolheu os ombros.

— Porque comigo ela não precisa se esconder. Bem, até certo ponto. — Esfregou o pescoço, admirando a ponta das botas. — De toda forma, acho que ela reconheceu em mim o mesmo que eu reconheci nela.

Eu não queria perguntar. Tinha muito medo de ouvir a resposta. Mas tinha um pavor ainda maior de nunca vir a conhecê-la.

— O... o que reconheceu nela?

Ele mirou as íris cinzentas subitamente intensas em mim e simplesmente disse:

— Liberdade.

Meu coração começou a martelar, e a temperatura na cozinha pareceu aumentar, mesmo que o fogão continuasse apagado. Desde o instante em que pus os olhos em Leon, tudo em mim se libertou. Com ele não precisei fingir, pensar antes de falar. Com ele eu era livre de todas as regras, até das minhas próprias. Eu o fazia se sentir da mesma forma?

Leon sacudiu a cabeça, quebrando o contato visual, mas o frisson pesando no ar não se dissolveu. Ele voltou a trabalhar na lenha, e eu me ocupei em terminar de retirar os mantimentos da cesta. Depois de um instante, ouvi um discreto crepitar, e então os estalos se intensificaram, as chamas colorindo o ambiente em tons avermelhados.

— Você a amou? Mesmo que por um momento? — me ouvi perguntar.

Pela visão periférica, vi Leon se enrijecer de alto a baixo.

— Por que quer saber? — perguntou, cauteloso.

— Sou uma criatura curiosa.

Cruzando o pouco espaço que nos separava, ele parou ao meu lado, me obrigando a jogar a cabeça para trás a fim de poder encará-lo. Sua expressão se fechara em uma máscara insondável.

— Desculpe — sussurrei. — Não queria aborrecê-lo com perguntas, mas não consegui evitar.

Um dos cantos de sua boca teimou em subir um pouco.

— Não seria você se não me enchesse de perguntas. Estou surpreso que não tenha questionado o motivo desta viagem. Confesso que ainda estou esperando.

— Você me contaria?

— Por que não experimenta? — Seu olhar se iluminou, me assustando como nunca. Não, não era nada cruel ou malévolo. Ao contrário: era quente, doce, e um tanto desesperado.

Entreabri os lábios para que o ar entrasse, pois parecia que ele havia sido drenado daquela cozinha. O movimento capturou seu olhar, e, maravilhada, vi suas pupilas se expandirem gradativamente, engolindo as íris até restar apenas um fino anel prateado.

Um arrepio percorreu minha coluna, me fazendo estremecer por inteiro, ao mesmo tempo em que as recordações daquela noite no jardim preenchiam minha mente: ainda sentia seu gosto na ponta da língua, me lembrava da maneira perfeita como meu corpo se encaixara no seu. Do calor que me envolvera por dentro e por fora. Das sensações únicas que ele, e apenas ele, despertara em mim. E continuava a despertar.

Um estalo me fez acordar do feitiço. Observei o fogão, as chamas agora vigorosas lambendo a madeira, produzindo algumas estrelinhas avermelhadas.

— Eu vou... — Toquei a base do pescoço, onde minha pulsação se alvoroçava. — Vou pegar água e colocá-la para esquentar. Seu banho logo estará pronto.

— Não se incomode. — Sua voz saiu rouca, envolvendo a mão na alça do balde e puxando o utensílio para a frente dos quadris.

Tenho quase certeza de tê-lo ouvido resmungar "un baño frío" antes de desaparecer, um tanto curvado, pela porta que levava ao quintal.

* * *

Enquanto Leon tomava banho — graças aos céus, recusando minha ajuda —, tratei de arrumar a mesa na sala de jantar, dispondo a louça e o conteúdo da cesta: pães, uma torta de carne, queijos, algumas frutas e uma garrafa de vinho. Conferi se havia organizado os talheres da maneira correta e improvisei um arranjo, usando uma taça e um galho de hortênsia que colhi no jardim da entrada — de um azul tão profundo que era quase roxo.

Estiquei-me para ajustar o castiçal, de modo que iluminasse melhor os pratos, e esbarrei no tampo da mesa, o caderninho no bolso espetando a lateral do meu quadril. Apanhei-o e examinei a capa, suspirando ao perceber que a chuva não fizera muito estrago, apenas entortara um dos cantos.

A visão da encadernação trouxe de volta toda a agitação daquela tarde.

"Alguém a quem eu possa, de fato, confiar minha vida."

Se Leon soubesse como aquelas palavras me machucaram, não as teria proferido. Ou talvez sim, já que eu não passava de uma mentirosa que não merecia clemência. Eu acusara Miranda, sua hipocrisia e a trama de mentiras que ela criara com tanto orgulho. E por acaso o que eu estava fazendo era diferente disso?

Corri um dedo pela capa agora torta. Apesar de Leon não estar ali, eu ainda sentia sua presença. Era como se não importasse a distância entre nós: eu continuava a sentir o formigamento nos lábios, os frêmitos no coração, a pele sensível e quente, como se um laço invisível nos atasse.

E eu tinha que cortá-lo.

A sala saiu de foco, tornando-se um borrão embaçado. Fitei meus dedos e a horrorosa luva que os cobria. No começo, quando desconfiara de Leon, minhas mentiras tinham uma justificativa. Mas e agora? Qual era minha desculpa para continuar fingindo para ele?

Eu não tinha nenhuma além do medo de perdê-lo. Percebi que já poderia ter dito a verdade — a caminho do chalé, havia pouco naquela cozinha e em tantas outras ocasiões. Mas uma parte de mim se recusava. É difícil abrir mão da única coisa que lhe resta no mundo. Eu havia perdido tudo: minha mãe, meu pai de certa forma, meu irmãozinho. Perdi a vida que tinha e depois tornei a perder as ruínas que haviam restado, vivendo como um fantasma. Perdi meus amigos, meu cabelo, minha aparência, minha identidade. E Leon, o porto seguro em meio àquela bagunça... eu o perdi também. Como Valentina, nada havia me restado. Mas como Dominique eu ainda tinha Leon, mesmo que ele me visse apenas como um criado. Na pele de Dominique, eu não precisava abrir mão dele.

Não era justo. Não era nem um pouco justo que eu prosseguisse com aquela farsa para poupar meus sentimentos enquanto continuava a ferir os de Leon.

Mordi a parte interna da bochecha para impedir que a umidade que turvava minha visão transbordasse, me dando conta de que não podia mais ir adiante com aquele teatro. Não tinha mais forças. Eu chegara ao limite. Eu ia contar tudo a Leon, mesmo que o preço a pagar fosse alto demais. Eu ia...

— Ainda restava uma — alguém disse atrás de mim.

Eu gritei. O diário pulou de minhas mãos e por pouco não caiu dentro da torta de carne. Busquei apoio na mesa, espalmando meu coração assustado.

— Desculpe, garoto — falou o sr. Moreira, sem graça, deixando uma caixa menor sobre uma das cadeiras. — Não pretendia assustá-lo. Pensei que tivesse ouvido o rangido da porta.

— Perdoe-me, sr. Moreira. Eu não estava muito atenta. Atento — corrigi depressa.

— Eu notei. — Riu baixinho. — Sabe se o capitão vai precisar dos meus serviços, Dominique?

— Eu...

— Não, sr. Moreira. Não vou sair esta noite. — Leon surgiu no alto da escada atrás de nós. — Por quê?

— Minha irmã mora no vilarejo, capitão. — Ele tirou o chapéu, cruzando os braços atrás das costas, assistindo ao patrão descer os degraus. — Fica a um quilômetro daqui, ou até menos. Se não se importar, eu gostaria de ir visitá-la.

Não tenho certeza se Leon chegou a ouvir uma palavra, pois, assim que chegou mais perto, seus olhos foram imediatamente atraídos para o diário ao lado da torta. As íris cinzentas escureceram e então se fixaram em mim, a acusação reluzindo em um iridescente vermelho.

Céus!

— Não precisarei dos seus serviços até o fim da tarde de amanhã. — Sua voz estava baixa, controlada e fria. — Visite quem quiser, sr. Moreira.

— Obrigado, capitão Navas. — Fazendo um cumprimento rápido, o cocheiro começou a se afastar.

Olhei de um homem para outro. O sr. Moreira não podia me deixar sozinha com Leon. Ele parecia prestes a me enfiar dentro da torta de carne!

Estúpida! Muito estúpida! Por que eu tinha que trazer o diário? Por que não o deixei em qualquer lugar da casa de Leon, onde ele ou o sr. Abelardo poderiam encontrar? Por que eu tinha que ter lido, para começo de conversa? Por que eu não conseguia ser a moça refinada que fora treinada para ser quando o assunto era Leon? Mas que merda!

Digo, ora bolas!

Antes que eu pudesse pular na frente da porta e impedir que o sr. Moreira me deixasse a sós com meu ex-noivo furioso, o cocheiro já tinha ido embora.

Leon deu um passo à frente. Eu cheguei para o lado.

— Ah, então você o encontrou. Estava me perguntando se eu o tinha perdido. — Apanhou o diário e o folheou. As páginas chiaram um suave *vusssh*. — O que achou da leitura?

— E-Eu n-não pretend-dia...

— Bisbilhotar? — Ele cravou seu olhar tempestuoso em mim.

— S-Sim. M-Me d-desculpe.

— O que procurava? — exigiu, transtornado. Incrédulo. E triste. — O que pensou que fosse encontrar?

— N-Nada, capitão. Eu... eu só... Me p-perdoe. Eu agi muito mal. E-Eu...

Curvando-se em minha direção, Leon deixou o rosto no mesmo nível do meu. A fúria ainda lhe apertava o maxilar e as sobrancelhas, mas sua voz estava baixa e suave ao murmurar:

— "Bien puedes, Sancho, hablar libremente y sin rodeo alguno."

— O-O quê? — perguntei, confusa.

Ele se aprumou, resmungando alguma coisa sobre até Dom Quixote abandoná-lo.

— E-Eu realmente lamento — sussurrei. — Não faz ideia de como lamento, Leon.

Se é que era possível, as sombras em seu semblante pareceram ficar ainda mais intempestivas.

— Lamenta, é? — Ele relanceou por um breve segundo o conjunto de folhas meio tortas. Ao voltar a me encarar, o cinismo que eu não via desde o prostíbulo retornou em potência máxima. — Bem, se é assim, aceito suas desculpas. Poderia ter sido pior, afinal. Você poderia ter mentido para mim.

Engoli com dificuldade, desejando que o chão se abrisse e me tragasse para suas entranhas.

— Sabe de uma coisa, Dominique? — adicionou, com um sorriso que não lhe chegou aos olhos. — Estou me sentindo particularmente generoso esta noite.

Já que escolheu não mentir, estou disposto a saciar sua curiosidade. Vou ler o diário para você. É uma boa história de terror.

— N-N-Não é n-n-necessá...

— Eu insisto.

Contornando-me, Leon puxou a cadeira para que eu a ocupasse, fazendo uma mesura exagerada.

Alarmada, me acomodei com cautela. Preferia o Leon irritado àquele, com sorrisos falsos e fala mansa.

Antes de se sentar também, ele trabalhou na comida, fatiando pedaços de tudo o que pôde alcançar e empilhando as lascas no único prato sobre a mesa, e então o empurrou para mim. Mas conservou a taça para si, se servindo de vinho antes de se largar na cadeira.

Aquilo não estava certo. Nada daquilo estava certo.

Sorvendo um grande gole da bebida, Leon apoiou os cotovelos na mesa, abrindo o caderno.

— Sabe, eu gosto de manter um diário. É muito útil para os negócios. Às vezes faço anotações pessoais, como aconteceu neste aqui. — Estudou uma das páginas, as sobrancelhas quase unidas. — Já leu a parte em que eu digo que estou louco pela minha noiva?

Ele não ia parar, ia?

Mortificada, fixei a vista no prato e fiz que sim.

— E esta outra, em que explico que estou ansioso e, tolo que sou, espero agradar Valentina com o meu barco, já que pouca coisa em mim a agrada?

Eu queria dizer que aquilo não era verdade. Que tudo nele me agradava. Mas ele não esperou por uma resposta e foi em frente.

— E esta aqui, em que digo que matei Valentina?

Meus olhos voaram para ele, todo o sangue do meu corpo descendo para a ponta dos dedos dos pés.

— *O q-quê?!* — ofeguei.

— Ah. — Sustentou o olhar enquanto engolia todo o conteúdo de sua taça. — Vamos prosseguir daqui, então.

32

— Você m-m-m-m-ma-ma... — Mas não consegui concluir.
Meu coração começou a martelar, retumbando em meus ouvidos e na base da garganta. Eu não devia ter ouvido direito. Não podia ter sido Leon. Simplesmente não podia! Eu o conhecia! Agora sabia que ele jamais... ele nunca poderia... ele...

— Ah, sim, essa parte é muito boa. Muito dramática. — Alisou a página com um floreio, então cravou os olhos injetados em mim. — Posso começar?

Não consegui esboçar reação alguma. Era absurdo! Não podia ter sido Leon. Simplesmente não podia.

Céus, não podia ter sido ele. Eu não podia ter me enganado tanto...

Leon interpretou meu silêncio como concordância e começou a ler.

— Muito bem. — Clareou a garganta. — "Eu matei Valentina."

Fechei os olhos, lutando para deter as lágrimas e o medo que apertava meu peito. Eu havia sido tão tola. Tão estúpida...

E a situação só tendia a piorar, me dei conta. Estávamos apenas nós dois no chalé; o ser humano mais próximo se encontrava a um quilômetro de distância. Se eu sumisse, exceto por Najla, ninguém daria pela minha falta, já que eu supostamente estava morta!

Como pude me deixar enganar tanto? Como...

— "Sou o único culpado de sua morte" — continuou, cravando uma faca em meu coração. — "Eu a forcei a saltar para a morte ao manter o compromisso."

Em meu estado de agitação, precisei de um instante para absorver aquelas palavras. E mais outro para dar a elas algum sentido. Ele... ele o *quê*?!

Imediatamente eu o encarei.

— Perdão, como disse?

— Preste atenção. — Ele fez uma careta impaciente antes de retomar a leitura. — "Eu a forcei a saltar para a morte ao manter o compromisso. Ela preferiu morrer no mar a se casar comigo. Não sei como eu me sinto." — Leon abaixou o diário, recostando-se no espaldar da cadeira, os olhos cinzentos fulgurando com uma raiva contida que fez meu estômago se contrair. — Agora, isso não é verdade. Eu sei *exatamente* como me senti. Gostaria de perguntar como foi?

— N-Não — murmurei tão baixinho que mais pareceu um miado.

Não tinha sido ele. Claro que não! Era impossível que Leon fizesse mal a um ser humano. Não sabia como nem quando comecei a confiar nele, mas eu confiava. Mesmo quando desconfiava, se é que fazia algum sentido.

No entanto, o alívio durou apenas um átimo de segundo. Leon tinha entendido tudo errado. Assim como os outros, acreditou na história do suicídio e creditou a culpa a si mesmo.

Tentei lhe dizer que tinha se enganado, mas não consegui proferir uma única sílaba. Minha garganta parecia fechada com cimento, como se eu engasgasse com meus próprios erros. Leon, por outro lado, devia sentir o oposto e despejava sobre mim tudo o que se passava em seu coração machucado.

— Mas vou contar mesmo assim — proferiu, sombrio. — Eu me senti um verme. Alguém tão execrável e indigno que não merecia sequer continuar respirando. Valentina foi até a minha casa e me pediu que eu a libertasse do compromisso. Mas eu não pude. — Ele se curvou para a frente, um dos braços apoiado na mesa. — Apesar de tudo o que ela pensava a meu respeito, eu tenho escrúpulos. Jamais colocaria a honra de uma dama em risco. Muito menos a dela. Eu estava encantado por sua inteligência, sua paixão, sua vivacidade e, claro, por sua beleza.

— Encantado? — repeti baixinho.

— Bastante ridículo, não acha? — Ele riu aquele som vazio e tremendamente assustador. — Enquanto eu tentava pensar em um jeito de mudar a opinião dela, Valentina planejava tirar a própria vida.

Completando sua taça com mais vinho, Leon tentou aparentar calma com movimentos estudados e precisos, mas o esgar de canto de boca o traía. Ao soltar a garrafa sobre a mesa, fez tanto estardalhaço que pulei na cadeira.

— Então é por isso que eu afirmo neste diário que a matei. — Sorveu metade do conteúdo da taça em um único gole. — Sou responsável pelo que aconteceu. Ao sustentar o compromisso, obriguei Valentina a buscar uma alternativa. Fiquei dias me martirizando. A pobrezinha devia estar muito desesperada com a perspectiva de passar o resto da vida comigo, se a única solução que encontrou foi pular do *La Galatea*.

Não foi nada disso!, eu quis gritar. *Eu jamais pensei qualquer uma dessas coisas!*

— Então eu rezei. — Segurando o cristal pela haste, ele o girou devagar, observando os reflexos da chama da vela criarem padrões violeta no vinho. — Rezei noite e dia enquanto vasculhava a área onde ela poderia ter desaparecido. Foram horas de imensa agonia. A cada segundo, eu sabia que as chances de encontrá-la viva diminuíam. Eu a procurei por cinco longos dias. Deixei a tripulação e os convidados à beira da desnutrição, porque não podia voltar. Não sem *mi sirena*. Mas havia mulheres a bordo. — Ergueu os ombros. — Najla passou mal... Já fazia cento e dezoito horas desde o desaparecimento. Eu sabia o que isso significava. Ninguém sobrevive por tanto tempo no mar. Por isso voltei, para evitar outra tragédia. Mas deixei meu coração no mar, com Valentina.

— Pare — sussurrei. Uma lágrima me escapou, escorrendo pela bochecha. Mas ele não parou.

— Tem certeza? — Leon me encarou fixamente, abandonando a taça e unindo as mãos sobre o tampo da mesa. — Não quer que eu conte o que aconteceu quando cheguei em terra? Não quer saber que a primeira providência que tomei foi ir até a guarda e exigir que abrissem um inquérito, que enviassem mais barcos para procurá-la, porque, mesmo depois de cento e vinte e três horas e meia, eu ainda tinha esperança, embora tudo indicasse o contrário?

Cerrei as pálpebras com força, passando os braços ao redor do tórax, implorando por misericórdia. Mas o homem diante de mim era como um anjo caído inclemente e não teve nenhuma.

— Não quer saber que mais tarde, enquanto minha tripulação reabastecia o *La Galatea*, eu fui até a igreja... a igreja onde em duas semanas eu deveria recebê-la como minha esposa... e implorei que Deus cuidasse dela para mim, que a conservasse em segurança até que eu conseguisse encontrá-la?

— Leon, por favor... — solucei, desesperada. Cada palavra, cada sílaba, cravava uma faca em meu peito.

Eu tinha feito tudo errado. E agora o perderia para sempre.

A julgar pelo modo como as sombras pareciam tomar conta dele, eu já o perdera.

Leon se curvou em minha direção, mas desta vez não fui assaltada por aquela onda quente. Todo o calor dele parecia ter desaparecido, de seu corpo, de seus olhos, de sua alma.

— Tem certeza de que não quer que eu lhe conte — prosseguiu, implacável — que, nas poucas noites em que consegui dormir, fui atormentado por pesadelos em que a via ser tragada pelo mar de novo e de novo e de novo, sem jamais conseguir salvá-la, nem mesmo no diabo do sonho? E que a cada manhã eu implorava para que acontecesse um milagre e ela voltasse? — Recostou-se no espaldar da cadeira, me observando com aquela expressão vazia que me deixava sem ar. — E, agora, creio que tenha a resposta para a pergunta que me fez mais cedo. Sim, eu amei Valentina. Muito.

Meu coração deu um salto, como se soubesse disso o tempo todo, mesmo que minha cabeça discordasse. Mas a alegria de saber que ele tinha sentimentos por mim durou pouco. Apenas até eu analisar aquela frase com mais atenção. Leon sempre utilizava o verbo no tempo presente para se referir a mim.

Ele me *amou*. Pretérito perfeito do indicativo. Não amava mais.

Naquele instante, o que restava da minha alma murchou e morreu.

— E... — concluiu — ... como eu sabia que ia acontecer, ela me destruiu.

As palavras ecoaram pelo meu corpo, apunhalando meu cérebro, empalando meu coração. Tentei combater aquilo que parecia me comer por dentro, mas não pude, pois sabia que Leon estava sendo sincero em cada palavra. Eu o destruíra. Aniquilara minha única chance de ser feliz, arrasara com o amor e o coração do homem que eu amava.

Leon dissera que se sentia um verme. Mas estava errado. Eu era o verme ali.

Eu me levantei tão depressa que minha cadeira tombou para trás.

— M-Me p-p-p-p... — Esforcei-me para fazer tudo sair, mas acabei engasgando com a dor, com o conhecimento de tudo o que tinha causado a ele.

Sentindo uma terrível pressão no peito, comecei a me encaminhar para a porta. Leon se levantou quando passei atrás de sua cadeira, os braços fortes se enredando em minha cintura.

— Não — murmurou em meus cabelos. — Não vou permitir que me abandone sem pelo menos me explicar o motivo. Não desta vez.

Tentei me soltar do seu abraço, lutando para escapar dos meus erros, da minha consciência, de Leon, até que minhas forças me abandonaram e eu tombei contra ele, minhas costas se colando ao seu peito, os joelhos cedendo.

Leon me pegou antes que eu caísse, passando um dos braços sob meus joelhos e me carregando no colo até a sala principal, onde me colocou sobre o sofá. Permanecendo em pé, a respiração curta, me observou com atenção.

— Eu preciso ir — murmurei, desesperada.

Eu não tinha o direito. Não tinha direito algum de lhe provocar ainda mais sofrimento revelando que o enganara aquele tempo todo. Não importava o que aconteceria comigo, como eu me sentia. Não de verdade. Eu tinha que salvar o que restava do coração de Leon e impedir que o estrago fosse total. Eu tinha que sumir da sua vida. Era a única coisa honrada que eu ainda podia fazer por ele.

— Para onde? — Ele abriu os braços, impaciente.

— Não posso mais ficar aqui. Preciso ir embora. Eu tenho que... Eu me lembrei de que... eu recebi uma carta. — Tomei fôlego, me odiando por mentir para ele mais uma vez, mas que outra opção eu tinha? Eu não iria destruir Leon. Ninguém poderia me obrigar. Nem mesmo ele.

— Uma carta? — ele riu, um som ácido e vazio.

— De uma... tia. Eu preciso visitá-la. Ela... humm...

A risada de Leon preencheu a sala. Não havia humor naquele som, apenas desespero e uma tristeza profunda que parecia esmagá-lo. Esfregou a testa como se ela doesse, deixando o corpo cair na poltrona.

— Está bem. Eu desisto! — Deu risada de novo. — Simplesmente não consigo mais ir adiante com isso. Você venceu.

— Venci? — repeti, sem entender.

— Total e completamente. — Soprou o ar com força. — Eu cansei. Não vou mais fazer o seu jogo. Se quiser continuar, vá em frente. Mas eu não farei mais parte disso.

— Não... entendo... O q-que... — foi tudo o que consegui gaguejar, a pulsação martelando em meus ouvidos à medida que suas palavras atravessavam meu cérebro. Então, sabe-se lá como, em meio à agonia e ao atordoamento, o que ele tinha dito pouco antes finalmente fez sentido.

"Não vou permitir que me abandone sem pelo menos me explicar o motivo. Não desta vez."

Pisquei. Muitas vezes.

Ele... Ele tinha...

Antes que eu pudesse ordenar as ideias, Leon soltou uma agastada lufada de ar.

— O que pode não ter entendido ainda, Valentina?

Céus! Leon sabia!

33

— Céus! — Espalmei a mão no centro do peito, onde meu coração ameaçou parar, meu nome ecoando pela sala, pelo chalé, pelo mundo todo como uma sentença.

Leon sabia. Ele sabia! E não parecia muito entusiasmado.

O que eu esperava? Que ele corresse, me tomasse nos braços e sussurrasse apaixonadamente: "Você está viva. Você voltou para mim", antes de me beijar como se sua vida dependesse disso?

Bem, talvez uma pequena parte minha esperasse... Mas eu era racional e sabia que não existia a menor chance de que minha farsa pudesse agradar a Leon.

— Eu... eu...

Aparentando muito cansaço, ele ergueu a mão.

— Se pretende mentir mais uma vez, acho que prefiro o seu silêncio.

Minhas bochechas esquentaram, minha atenção fixa no tapete em tons terrosos.

— Eu sinto muito, Leon.

— Sente muito. — Ele repetiu e riu outra vez aquele som dilacerante. — Depois de todo esse teatro, o que tem a dizer é que sente muito?

Ergui o queixo, nossos olhares colidiram, e a cada segundo eu sentia como se Leon me enxergasse por dentro, visse todas as minhas falhas, todos os meus defeitos. Eu me senti pequena, insignificante ante a mágoa nas íris tempestuosas.

— Eu realmente sinto muito — sussurrei.

— Por quê, Valentina? — falou, sob a respiração exaurida. — Por ter tentado me enganar esse tempo todo, ou por não se importar com a maneira como eu me sentia? Como todos se sentem? Ou será que lamenta o fato de eu ter descoberto seu disfarce?

— Por... tudo. Eu pretendia lhe contar. Hoje mesmo, pouco antes de deixarmos a cidade. E ainda agora, antes de você encontrar o diário.

— Claro que sim — ironizou.

Seu ceticismo me machucou.

— Eu estou sendo sincera. Tentei dizer a verdade algumas vezes, mas acabei não conseguindo. Eu... estava assustada e confusa e... Me perdoe... Não. — Balancei a cabeça, desejando poder voltar no tempo e fazer tudo diferente. Mas o tempo não volta, apenas as memórias e as mágoas, como me alertara lady Catarina. — Não posso pedir isso. Eu sei que não existe perdão para o que fiz.

A cadeira resmungou um protesto quando ele se levantou, começando a andar pela sala sem parecer ver nada à frente.

— Você tem ideia do que fez? De quanto sofrimento causou? A seu pai, a Felix, a seus amigos, a mim? — ele gritou e eu me encolhi, mortificada. — Por que fez isso? Por que deixou que todos nós pensássemos que estava morta?

— Eu não pretendia enganar ninguém! Não devia ter durado tanto tempo. Pensei que resolveria tudo em poucos dias. Só que não consegui, Leon. E eu estava com muito medo!

— De que a pessoa que a empurrou do *La Galatea* ainda quisesse lhe fazer mal — completou, austero.

— Disso também. — Enterrei o rosto entre as mãos, soluçando.

Como explicar sem parecer uma maluca — ou, o que era pior, uma egoísta — que eu tinha medo de quem quer que tivesse tentado me matar, mas que me apavorava muito mais a possibilidade de perder Leon?

— Muito bem. — Ele bufou, voltando a se soltar na poltrona, que rangeu outra vez com a adição de seu peso. — Me conte o que aconteceu naquela maldita noite depois da nossa discussão. E sem mentiras desta vez.

Destapei o rosto, olhando por entre as lágrimas para aquele semblante implacável. Não havia mais por que mentir.

— Depois que nós nos desentendemos, eu fui para a parte traseira do navio. Estava muito perturbada para perceber que alguém tinha se aproximado...

Então falei da queda, de Abigail e seu irmão, da gripe que me manteve na cama por quase duas semanas. Contei que, quando finalmente voltei para a cidade, descobri que todos pensavam que eu tinha cometido suicídio.

— Eu não podia simplesmente aparecer e dizer que todos estavam enganados, já que meu juízo tinha sido questionado. Até você acreditou nisso. Quem acreditaria em mim? Eu pensei que, se encontrasse quem tentou me matar, provaria que não estava louca e recuperaria a minha vida. E eu *me importo*, Leon! — Esfreguei as costas da mão nas bochechas molhadas. — Me importo com o que a minha família sente, com o que você sente! Me importo tanto que essa farsa estava me matando! Mas, por mais que eu tenha tentado dizer a verdade, não fui capaz, porque eu... porque eu não...

— Porque você não...? — incitou quando eu não continuei.

— Eu não consegui dizer a verdade porque... porque eu não queria... — Minha voz diminuiu várias oitavas. — Eu não queria perder você.

Ainda assim ele me ouviu e elevou as sobrancelhas, confuso.

— Por quê? Por que não queria me perder?

Fiquei de pé.

— Você está se divertindo me torturando desse jeito?

— Não estou rindo, Valentina. — Mantendo os olhos nos meus, ele se levantou devagar e dizimou a curta distância que nos separava, parando a um palmo de mim. — Por que não queria me perder?

Em meio ao desespero, acabei rindo.

— Porque eu amo você, espanhol irritante incapaz de ler nas entrelinhas! Ainda não compreendeu isso?

Leon enrijeceu da cabeça aos pés. A única coisa que indicava que ele não havia se transformado em uma escultura eram os olhos, reluzindo em uma confusão de sentimentos, e o peito, que subia e descia conforme sua respiração encurtava.

Doeu. Doeu muito perceber sua descrença, mas, depois de tudo, eu podia culpá-lo?

Um soluço me escapou e eu não pude mais. Não conseguiria dizer mais nada, ouvir mais nada.

Deixei Leon ainda perplexo no centro da sala e disparei para o quartinho dos fundos do chalé.

Agora ele sabia, pensei, ao fechar a porta. Eu havia dito em alto e bom som. Mas ele já tinha descoberto tudo sozinho.

Desde quando ele sabia? Quando tinha me reconhecido?

Um riso histérico me escapou conforme eu percebia o papel ridículo que havia feito. Enquanto eu tentava enganá-lo, ele me enganava de fato.

Admirei o minúsculo quarto, a cama pequena, a cadeira onde eu havia deixado meus pertences, como se a mobília pudesse me ajudar a descobrir o que fazer. Exceto por Manteiga, tudo o que eu tinha no mundo agora cabia naquela sacola. Meu Deus, para onde eu...

A porta se abriu de repente, batendo com força contra a parede. Leon surgiu sob o batente, uma expressão indecifrável no rosto. Ele não tinha terminado ainda.
— Você me ama? — perguntou, cético.
— Sim.
— Perdoe-me, mas no momento é um pouco difícil acreditar em você.
— Eu sei. — Reprimi um soluço, abrindo os braços, esgotada. — Não me orgulho de nada disso, Leon. Nem um pouco. No começo, eu só queria descobrir quem tinha me atirado do seu navio, mas depois... — Balancei a cabeça.

Após hesitar por um instante, ele entrou no quarto iluminado apenas pela luz da lua e pela claridade que vinha da cozinha. Em duas largas passadas, o botão do seu paletó quase se enterrou em minha barriga.
— Apenas diga tudo de uma vez, como sempre fez, Valentina — exigiu, com urgência.

E foi exatamente o que eu fiz. Não havia mais motivos para hesitação.
— Depois não consegui mais me afastar de você. Demorei para compreender o motivo. Nunca fui boa em entender o sentimento alheio, mas não sabia que também fracassaria em decifrar os meus. Eu o amo, Leon. Acredite ou não, é o que sinto. Não suportei a ideia de perdê-lo e acabei fazendo tudo errado. Era isso que você queria ouvir? — concluí, sem ar.

Leon permaneceu ali, diante de mim, o olhar intenso fixo no meu, como se em vez de meu rosto, escrutinasse minha alma.

Era o nosso último instante, não era?

O músculo ferido em meu peito bateu mais forte, como se chorasse enquanto meus olhos percorriam cada linha daquele semblante tão belo, tão amado, guardando-o em minha memória, pois sabia que ele jamais sairia de onde eu o colocara: meu coração.

Mas então os cantinhos de sua boca se elevaram, uma explosão de fogos de artifício cintilando em suas íris.
— Era, sim — disse baixinho. — Era exatamente isso que eu queria ouvir, embora duvidasse de que pudesse acontecer fora dos meus sonhos.

Minha reação foi... bem... respirar. E piscar. Muito. Por que ele estava sorrindo daquele jeito, me admirando como se eu fosse a coisa mais bela do mundo inteiro? Por que suas mãos se encaixaram em meu pescoço, os polegares acariciando meu queixo com tanta ternura? Por que aquelas sombras haviam desaparecido de seu olhar? Ele não tinha ouvido a história toda?
— Quando a conheci — murmurou, urgente —, levei menos de dois minutos para descobrir que você não era apenas mais uma *chica*, mas alguém espe-

cial, que mudaria minha vida para sempre. Eu senti que não podia deixá-la escapar. Também não consegui me afastar de você. Você me tocou de uma maneira que eu jamais imaginei que seria possível. Foi profundo, terno e irritantemente constante. Não consigo não amar você, do mesmo jeito que não posso impedir que meus pulmões inflem ou que meu coração bata. Desde que conheci você, eu não tenho domínio sobre nada. Por isso me sinto livre.

Eu não entendia por que ele não estava gritando comigo. Quando ele me tocava daquela maneira, tudo ficava confuso e parecia perder a importância. Mas as suas palavras eu compreendia. Eu também me sentia livre ao lado dele. De normas e de preceitos sociais, de minhas próprias regras. Eu era livre, ali, presa a Leon.

— Então, sim, *mi sirena*. Ouvi-la dizer que me ama era exatamente o que eu desejava há muito, muito tempo.

Sirena, suspirei. Ele não me chamava assim fazia tanto tempo...

— Verdade? — consegui murmurar, e ainda assim minha voz tremeu.

Um sorriso lindo lhe enrugou os cantinhos dos olhos, iluminando sua alma. E a minha.

— E depois eu é que sou incapaz de ler nas entrelinhas — brincou, curvando-se, encostando a testa na minha. — Não percebeu ainda que eu sou completamente louco por você?

— Eu pensei que estivesse louco comigo. — Espalmei os dedos em seu peito, sentindo as batidas violentas sob eles.

Rindo suavemente, Leon subiu as mãos para amparar meu queixo, os polegares deslizando em minhas bochechas, secando minhas lágrimas de dor agora mescladas às de esperança.

— Isso também. — Ele me mostrou um sorriso travesso. — Passo metade do tempo louco com você e a outra louco por você. O que não muda é *você*. Sempre você, Valentina.

Seu toque delicado, quase reverente, aliado a suas palavras, fez o rebuliço em meu íntimo sair de controle de vez. Mergulhei naquele lago cinzento profundo, agora borbulhante. Havia muito a ser dito. Tanto a ser explicado. Mas palavras pareciam erradas naquele momento. Creio que ele também tenha entendido isso, pois inclinou a cabeça de leve e colou a boca na minha.

Seus braços se enrolaram em minha cintura, me puxando ainda mais para perto. Fiquei na ponta dos pés, cada parte do meu corpo se colando ao dele enquanto sua boca possessiva, impetuosa, me levava para uma tormenta de faíscas e estrondos, amplificados pela saudade e pelo amor que pulsava em meu peito. Seus dedos deslizaram de leve pelas minhas bochechas, desceram para meu pescoço, depois meus ombros, costelas, cintura, deixando um rastro ardente, como se brasas me tocassem. Os braços longos me tomaram por inteiro. Tudo o mais ficou de fora daquele abraço, do mundo que criávamos juntos.

O calor dele, seu gosto, seu cheiro, me embriagaram. Leon aprofundou o beijo, as mãos passeando pela minha silhueta, comprimindo a base da coluna, descendo pela lateral dos quadris.

Enrolei os braços em seu pescoço, enterrando os dedos em suas ondas grossas, tentando ficar ainda mais perto, como se pudesse fazer parte dele. Leon parecia sofrer do mesmo problema e me segurou pela cintura, me suspendendo. Pareceu natural que minhas pernas se enrolassem em seus quadris. Meu corpo se encaixou ao dele daquela maneira perfeita que me deixava fraca. Um rouco e longo gemido vibrou em sua garganta, a atmosfera do quarto ficando mais quente, mais viva e inquieta. Foi um beijo longo, profundo e tão certo que tudo em mim pareceu se encaixar, fazer sentido, ter um propósito.

Leon espalmou meu traseiro e afundou os dedos em minha carne, me arrancando um gemido involuntário. Senti o momento exato em que o beijo se tornou algo mais. Exatamente o que, eu não sabia, mas estava muito mais que disposta a descobrir.

Sem jamais se afastar, Leon tateou às cegas até tombarmos na cama estreita, seu corpo rijo se acomodando sobre o meu como se fôssemos metades de um todo. Estremeci ao mesmo tempo em que um chiado gutural reverberou em seu peito.

Eu me senti à beira da grade de segurança de um navio, observando as águas agitadas ondularem, como se chamassem meu nome, me convidando a desvendar seus mistérios. Eu podia recuar. Tudo o que precisava fazer era dar um passo para trás.

Mas escolhi mergulhar no desconhecido.

Minhas mãos percorreram os músculos de Leon, tensos e rijos, mas havia tanta roupa que eu não conseguia senti-lo. Não como desejava. Um suspiro me escapou. Compreendendo minha frustração, Leon se afastou de súbito. Antes que eu pudesse protestar, ele arrancou o paletó dos ombros com pouca civilidade. Eu jamais teria antecipado que tanta falta de boas maneiras poderia me agradar... Seus dedos habilidosos e afoitos desfizeram o nó da gravata em segundos, arremessando-a em algum canto do quarto, depois puxando a camisa pelo colarinho com impaciência antes de voltar a se deitar sobre mim e me beijar.

Eu devia ter ficado escandalizada, sobretudo porque o sentia em todos os lugares. Mas o sentimento que me guiava era outro, e me vi percorrendo com a ponta dos dedos os montes rijos de seus ombros e braços, a muralha firme em seu abdome, os relevos e vales em seu plexo solar, o pescoço largo. Leon interrompeu o beijo e alcançou minha mão, arrancando a luva com pouco cuidado. Fez o mesmo com a esquerda, e então, sem jamais desviar o olhar em brasa, resvalou os lábios com profunda reverência em meu dedo anular, depois no anel em meu indicador. Arqueando as costas, enredei as mãos naquela cabeleira encorpada e o trouxe para junto de mim outra vez. Eu me perdi nele, na sensação de seu queixo áspero em meu pescoço, de seu coração pulsando violento contra o meu, de suas mãos me procurando sob o traje, acariciando minha cintura, subindo pelas costelas, depois um pouco mais...

Ele se ergueu sobre os braços, olhando para baixo, a expressão estupefata.

— ¡*Madre de Dios, Valentina!* O que você fez a si mesma?

Espiei o que o deixara boquiaberto, contemplando a tira que atravessava meu peito, percebendo com muito atraso que eu estava nua da cintura para cima. Como ele conseguira abrir minha camisa sem que eu notasse?

— Eu... tinha que escondê-los — murmurei.

Leon balançou a cabeça, incrédulo, murmurando alguma coisa sobre sacrilégio enquanto encontrava o nó na lateral. Com dois firmes puxões, ele o desfez.

Eu o encarei, impressionada.

— Marinheiros e nós são melhores amigos — explicou, desenrolando a faixa, com um sorriso de canto de boca que fez meu coração dar uma pirueta.

Antes que eu pudesse impedir, a tira de tecido caiu entre nós; os olhos de Leon percorreram cada centímetro do que havia exposto. Meus mamilos corresponderam ao exame, enrijecendo e apontando para ele. Envergonhada, encolhi os braços.

Leon voltou a se abaixar sobre os cotovelos, o rosto pairando a centímetros do meu.

— Não deve se esconder — murmurou, mordiscando meu lábio inferior. — Porque você é linda aqui. — Beijou minhas bochechas, o queixo, o nariz, a testa. — E aqui... — A boca quente desceu pela minha garganta. — E bem aqui... — Beijou a suave depressão na base do meu pescoço, seguindo para o meu colo. Seu queixo áspero roçou em meu braço. Delicadamente, envolveu os dedos em meu pulso, afastando-o para revelar um seio. — E aqui... — Encaixando a mão em minha cintura, explorou meu seio com a boca, o nariz circulando um mamilo, me fazendo retorcer sob ele. — Tão linda que faz meu peito apertar.

Entreabrindo os lábios, Leon envolveu o mamilo em riste, sugando-o. Escondi o rosto em seu ombro, em parte por constrangimento, em parte por puro prazer. Afastei o outro braço para poder abraçá-lo. Como se fosse incapaz de se conter, Leon levou a mão em taça e a encaixou em meu seio. A palma áspera e muito quente roçou um bico sensível enquanto sua língua e dentes torturavam o outro. Seu quadril ondulou contra o meu, e resmunguei alguma coisa ininteligível, impotente, arqueando as costas para ele.

Apesar de jamais ter feito ou sentido nada parecido, meu corpo parecia saber como agir, o que queria. E ele queria *muito* que Leon continuasse a beijá-lo.

Depois disso, tudo se tornou um turbilhão confuso de toques e beijos e mordidas e unhas cravadas em suas costas, sua língua passeando pela minha pele, me desenhando. Ele foi particularmente delicado com minha barriga, sobretudo na pele que recobria as costelas, um pouco doloridas por conta da queda. Não sei ao certo que destino tiveram minhas calças e minha lingerie, mas, quando me dei conta, eu estava totalmente nua sob Leon, ele igualmente sem roupa, sua deformidade rija como aço, mas suave como veludo, pressionando meu baixo-ventre.

E foi nesse momento que congelei, consciente do que estava prestes a fazer, tendo uma vaga — e assustadora — ideia de como as coisas se encaixavam. Leon pressentiu a mudança e se apoiou sobre os cotovelos.

— Quer que eu pare? — perguntou, em uma voz grave e rouca. — Ou que eu vá embora?

Era o que eu deveria desejar. O que se esperava que eu desejasse, pelo menos. Mas tudo o que eu queria era que ele permanecesse bem onde estava. Além disso, faltava alguma coisa. Eu não sabia exatamente o que era, mas sua ausência me deixava dolorida, inquieta, aflita. Eu me sentia como se estivesse prendendo o fôlego e não conseguisse encontrar a liberação.

— Não quero que vá — falei baixinho. — Mas estou com medo, Leon. Não sei o que fazer.

Ele afastou com a ponta dos dedos os fios que caíam em meu nariz.

— Eu também — confessou, em um sussurro. — Estou assustado com o que estou sentindo. Aqui. — Envolvendo minha mão, ele a pressionou no centro do peito. — É como se pudesse morrer de tanto amá-la, *sirena*.

— Ah, Leon...

Então, apavorada como jamais estive, estiquei o pescoço e o beijei, seu coração batendo com veemência contra minha palma. Ele intensificou o beijo, mergulhando em um delicioso abandono. Então percebi que já não poderia recuar, sua boca e seus dedos me mostrando tudo o que meu corpo era capaz de sentir, o que o dele era capaz de me proporcionar, a intensidade de suas emoções, ao mesmo tempo em que elevava as minhas à beira do delírio.

— Oh, Deus! — Ah. Ali estava a súplica que mamãe um dia afirmara ser necessária num momento como aquele. Não era exatamente no contexto que eu havia imaginado. As coisas que Leon fazia comigo eram... oh, sim!... impensáveis e... aaaaaah!... como tocar... oh, Deus!... o céu!

Ele me conduziu a alturas inimagináveis, até uma linha tênue que separava a sanidade do prazer avassalador. Eu desmaiaria se ele não parasse. E tinha certeza de que morreria se parasse. Quando pensei que não suportaria mais permanecer naquele limbo, o corpo todo retesado, esperando... ansiando... Leon se ergueu sobre os cotovelos, os ombros se avolumando sobre mim. Tive um vislumbre daquela parte dele que o definia como homem se encaixando onde eu pulsava por ele, mas, minha nossa, havia algo errado, porque sua anomalia havia piorado e estava três vezes maior do que eu me lembrava!

No entanto, Leon voltou a me beijar com tanto desespero que qualquer outro pensamento se esvaiu de minha mente. Até que seus quadris investiram contra os meus com um único movimento, nos unindo completa e profundamente. A dor me apunhalou atrás dos olhos, no ponto onde nos conectávamos e por todo o meu baixo-ventre.

Gritei, metade de mim ponderando que eu tinha me enganado antes. *Aquela* era a parte em que eu deveria começar a rezar. Minha outra metade se perdeu na agonia. Em meio à tortura, senti seus lábios carinhosos contra meu pescoço, murmurando sem parar:

— ¡Perdóname! Perdóname, mi sirena. Perdóname.

Precisei de um tempo para assimilar a invasão, e Leon me ajudou, ficando tão imóvel que mal parecia respirar. Depois de alguns minutos, a dor começou a ceder. Quando consegui enxergar alguma coisa novamente, me deparei com sua expressão tensa, a respiração entrecortada, os ombros vibrando, tamanho o controle que impunha sobre si mesmo. As íris cinzentas sempre tempestuosas estavam enevoadas por um tipo de anseio que eu jamais vira, e uma pergunta pareceu se formar ali.

— Sim — murmurei, enroscando os dedos nas mechas que lhe caíam no rosto. Apesar de ainda existir algum desconforto, percebi que existia também uma vibração, um pulsar inquieto, que reverberou em meu abdome e em meu coração. — Estou bem.

— Tem certeza? Eu posso...

— Não. Não quero que pare. — Não queria me afastar dele. Eu precisava de Leon assim, junto de mim, dentro de mim, de onde ninguém jamais poderia arrancá-lo. — Não me deixe agora, Leon.

Ele trouxe o rosto para perto do meu.

— E como eu poderia fazer isso, *sirena*, se você faz parte de mim? — Então colou os lábios nos meus.

Foi um beijo diferente, um misto de ferocidade e delicadeza, até eu sentir que me dissolvia em seus braços. Só então ele começou a se mover. A cada suave ondulação de seus quadris, aquela necessidade, aquele algo que eu não sabia nomear ficava mais e mais agudo, exigente. Ele parecia se conter, mantendo uma cadência lenta, parte agonia, parte delírio, sussurrando meu nome em meio a palavras em sua língua que soaram ainda mais apaixonadas. A emoção cresceu dentro de mim, triplicando de tamanho, e meu coração ficou pequeno demais para contê-la. Aquilo extravasou em uma onda violenta e em um grito agudo, engrossado pelo rugido de Leon. Agarrei-me a ele com força, sentindo seus dedos afundarem em meu traseiro enquanto meu corpo estremecia, perdida em um mundo de luz brilhante. Como se as estrelas tivessem caído sobre mim, como se me cobrissem.

Perdida na nuvem incandescente, a única coisa real era Leon, o corpo suado e lânguido, arquejante, o rosto escondido na curva do meu pescoço. Não resisti a afagar seus fios macios. Não era capaz de colocar em palavras o que tinha acontecido comigo naquela noite, mas algo havia mudado irrevogavelmente. Agora eu entendia as loucuras que algumas pessoas cometiam, arriscando tudo o que tinham em nome do amor. Eu as compreendia, porque naquele instante, com o corpo imenso de Leon pesando sobre o meu, sentindo sua vulnerabilidade, sua entrega, eu faria qualquer coisa por aquele homem, para protegê-lo, para mantê-lo junto a mim, pouco importavam as consequências.

Parecia tão apropriado nomear o que tinha acabado de acontecer entre nós como "fazer amor", pensei quando ele resvalou os lábios na base da minha garganta. Tínhamos feito amor. E, ao mesmo tempo, eu sentia que era o oposto. O amor nos fizera.

34

Eu ainda nadava em êxtase, lânguida e ofegante, deitada sobre Leon. A luz que entrava pela janela lançava nuances prateadas sobre o quarto, iluminando o homem sob mim de um jeito quase hipnótico. Sua mão subia e descia pela lateral do meu corpo, desde as axilas até os contornos dos meus quadris. A outra mantinha meus dedos cativos em seu peito, seu polegar brincando com o anel em meu indicador. Não havia em todo o mundo outro lugar onde eu quisesse estar. Eu jamais fora tão feliz como naquele instante.

Já Leon soltou um suspiro pouco contente. Ergui a cabeça para encará-lo, tocando com a ponta do indicador o vinco profundo entre suas sobrancelhas.

— Você está bravo — constatei, com um suspiro.

— Sim, estou. Muito, Valentina.

Eu me encolhi, meu sonho reluzente se dissolvendo na crua luz da realidade. Tentei sair de cima dele, mas o braço de Leon rodeou minha cintura, me mantendo sobre seu corpo — a cama de solteiro mal o acomodava.

— Mas não com você — se apressou. — É comigo. Eu não vim a este quarto na intenção de seduzi-la. Você precisa saber disso. Não acredito que tomei sua virtude num quartinho de empregado! — Dobrou o braço, escondendo os olhos. — Isso faz de mim a pior espécie de canalha.

Remexendo-me sobre ele, forcei aquele braço para baixo e deixei meu rosto na altura do seu.

— Vamos esclarecer uma coisa: você não tomou nada, Leon. Eu escolhi me entregar a você. Eu podia ter pedido que saísse. Eu mesma poderia ter me levantado desta cama e ido embora. Mas eu *quis* ficar. Quis que você ficasse. — Acompanhei com o indicador a linha apertada que era sua boca. — Lamento arruinar suas fantasias, mas você não me seduziu. Fizemos isso juntos. E foi... foi tão...

Minha batalha para encontrar as palavras o divertiu, soprando para longe a nuvem de culpa e autocomiseração.

— Não apenas uma necessidade física, mas do coração — ajudou, beijando minha testa.

Fiz que sim.

— Mas eu não entendo, Leon. — Brinquei com os pelos escuros em seu peito. — Depois de tudo o que eu fiz, como pode não estar bravo comigo? Eu o enganei e...

— Tentou enganar — corrigiu, dobrando um dos braços atrás da cabeça.

Reprimi um suspiro, parte frustração, parte contentamento.

— Você é um homem muito...

— Apaixonado — disse, antes que eu pudesse. — Perdi o juízo e o coração para uma jovem intempestiva e não consigo fazer mais nada da vida a não ser pensar nela.

— Falo sério, Leon. — Acabei rindo e corando ao mesmo tempo. — Como pode não me odiar? — Como podia me perdoar por ter desconfiado dele?

Soprando o ar com força, ele afastou com a pontinha dos dedos alguns fios que caíram sobre meus cílios.

— Vê-la todos os dias, tão ao alcance das mãos, e não poder tocá-la... Sim, eu odiei isso. Não poder abraçá-la quando eu via o medo crescer em seu olhar... Realmente detestei isso. Não compreender o que estava acontecendo com você quase me deixou louco de tanta raiva. *Isso* eu odiei, Valentina. Mas não você. Nunca você. — Então sorriu, debochado. — Bom, não mais do que por uma noite, pelo menos.

— Ah, Leon... — Eu não merecia que ele me tratasse com tanto cuidado, que dissesse aquelas palavras. Eu havia desconfiado dele, condenando-o sem justificativa, e ali estava ele, um homem com uma capacidade de compreensão muito maior que a minha, muito mais justa. Eu não merecia Leon.

Não sei ao certo em que momento comecei a chorar. E só me dei conta de que soluçava quando seus braços fortes e quentes envolveram meus ombros, me apertando contra si. Eu me aninhei sobre seu peito, liberando o turbilhão de emoções que havia muito me sufocavam. Quanto mais eu chorava, com mais vigor ele me abraçava.

— Está tudo bem. Está tudo bem agora — sussurrou em meu ouvido. — Não chore. Não quero que chore. Vai arruinar meu paletó.

Eu o contemplei por entre a cortina de lágrimas.

— Você não liga para o estado dos seus trajes. Nunca ligou. E não está vestindo roupa alguma.

— Bem apontado. — Correu as costas do indicador pela minha bochecha, apagando minhas lágrimas. — Então não chore porque isso faz meu peito doer.

Tentei assumir as rédeas de minhas emoções. Precisei de algumas tentativas, mas acabei conseguindo. Algo semelhante a orgulho fulgurou em seu olhar, sua palma se encaixando em minha bochecha. Inclinei a cabeça em direção ao seu toque. Aquele fogo, cujo significado agora eu entendia, se inflamava nas íris cinzentas, ao mesmo tempo em que outras partes dele também começavam a ganhar vida.

Um pequeno animal ganiu no quarto. Ao menos foi o que pareceu. Precisei de um instante para compreender que o resmungo doloroso vinha do meu estômago.

Leon riu.

— Vou preparar alguma coisa para você comer. — Sapecou um beijo rápido em minha boca e se moveu com agilidade, me deixando sozinha na cama de solteiro, que subitamente pareceu ficar do mesmo tamanho do oceano Atlântico.

— Não estou com fome. Quero...

Aurrrrlllllllll.

— Lamento, mas sua barriga discorda. — Pescando as calças do chão, ele as passou pelas pernas fortes.

Sem o seu calor, puxei os lençóis e me enrolei neles.

— Leon, realmente, não precisa se dar o trabalho.

Mas ele tinha abotoado as calças. Aproximando-se da cama, se agachou para apertar minha mão.

— Quando foi a última vez que alguém cuidou de você?

— Eu... Aaaaaah... acho que foi a sra. Abigail.

— Você estava delirando de febre. — Fez uma careta. — Não conta.

— Humm... — Pisquei algumas vezes, pela primeira vez me vendo incapaz de resolver uma equação.

— Me deixe fazer isso, Valentina — suplicou, seus dedos apertando os meus.

Uma emoção violenta despertou em meu peito, inundando meus olhos. Prendendo a respiração, fiz que sim uma vez. Leon tomou meu rosto entre as mãos e me beijou com extrema doçura.

— Obrigado.

* * *

Eu observava Leon distribuir as fatias de pão em uma enorme caçarola e virá-las com a ajuda de uma colher de pau. A chama do fogão iluminava sua figura, criando sombras em seu peito nu. Ele vestia apenas as calças, os pés ainda descalços, e parecia tão à vontade quanto se usasse um traje completo. Eu não era tão desinibida assim e me esforçava para não corar sob a camisa dele — todo o tecido que cobria meu corpo.

Tinha me oferecido para ajudá-lo a preparar a comida, mas tudo o que ele me permitiu fazer foi pôr a mesa.

— Não desconfiei de que soubesse cozinhar. — Recostei-me no tampo ao terminar minha tarefa. — Mas devia ter adivinhado.

— Tive de aprender. Nunca se sabe quando o navio terá problemas. Gostaria de ter mais ingredientes à mão. Queria lhe preparar um banquete, *sirena*. — Ele me lançou um sorriso de fazer o coração parar de bater. Então começou a empilhar as fatias de pão no prato, para em seguida adicionar uma porção generosa de carne assada dentro da panela, com rodelas de cebola.

— Qual a sua especialidade? — eu quis saber.

— Tapas.

— Tapas? — Franzi a testa.

— São aperitivos. Algo para tapear a fome enquanto se bebe. — Indicou a garrafa de vinho ainda pela metade que eu tinha apanhado na sala de jantar.

— Ah. Acho que vou gostar de tapas. — Acabei rindo. — Isso soou esquisito, não é?

Sua risada grave ecoou pela cozinha.

— Tente assim. *Creo que me gustarán las tapas.*

— *Creo que me gustarán las tapas.*

— *Muy bien, señorita.* — Ainda sorrindo, voltou a atenção para o frigir na panela. — E você, o que sabe cozinhar?

— Eu... sei ferver água bastante bem. Isto é, se uma alma caridosa tiver a delicadeza de deixar o fogão aceso.

As ruguinhas ao redor dos seus olhos se aprofundaram.

— É mais do que eu esperava.

— Eu sei. — Soltei um suspiro frustrado. — Sou um pouco inútil.

— Valentina, não. — Ele me encarou, horrorizado, esquecendo a panela. — Não foi isso que...

— Sei que não foi o que quis dizer, Leon. Mas é como me sinto. Minha mãe não me deixava nem chegar perto da cozinha. Dizia que estava criando uma dama.

Então eu tenho quase vinte e três anos, e, se estivesse em um navio com problemas, provavelmente morreria de fome enquanto esperava ajuda. Por outro lado, eu poderia fazer belos bordados nas velas. — Tentei fazer graça.

Leon chegou a rir, mas estava muito sério ao dizer:

— Não tem obrigação de saber tudo. Ninguém tem.

— Tenho a obrigação de saber cuidar de mim mesma, de não depender da bondade de outros mais do que já dependo. E não ando me saindo muito bem nesse quesito.

Atravessando o curto espaço que nos separava, ele me abraçou pela cintura, beijando minha testa de leve.

— Ainda que eu tenha algumas ressalvas — comentou, afastando a franja que me caía nos olhos e a enroscando atrás da orelha —, acho que se saiu bem cuidando de si esse tempo todo.

— E veja só a confusão em que me meti. — Acabei suspirando. — Nem o meu cabelo sobreviveu a mim mesma.

Leon ficou em silêncio por um instante, ponderando. Então soltou minha cintura para me pegar pela mão, me puxando para perto do fogão.

— Venha cá, *sirena*.

Um pouco incerta quanto a me aproximar de uma panela quente, parei ao lado dele. Demonstrando extrema coragem, Leon me pegou pela cintura e me empurrou para mais perto.

— Cozinhar é como fazer amor — foi dizendo, muito perto do meu ouvido.

— Verdade? — Virei o rosto, meu nariz esbarrando de leve na pontinha do seu queixo áspero. — Não me lembro de ter visto nossa cozinheira sem roupas. Nem a sua.

— Ah, mas isso porque você partiu o coração da pobre Lúcia antes. Ela teria tirado as roupas para você, se tivesse lhe dado uma chance. — Um dos cantos de sua boca se ergueu.

Bufei, mas, se ficasse um pouco mais vermelha, Leon poderia me confundir com um tomate e eu terminaria aquela noite dentro da panela.

— Nunca me contou como foi beijar uma mulher — provocou.

— Porque suspeito de que você já tenha beijado um número suficiente delas.

A diversão abandonou seu semblante.

— Valentina, sobre o que viu no *La Galatea*... — Ele me fez girar para que pudesse olhar em meus olhos, as mãos espalmadas nas laterais dos meus quadris. — Eu nunca me envolvi com Miranda. Eu a conheci em uma das minhas primeiras viagens à América do Sul. Fiz alguns acordos com o primeiro marido dela. Nosso trato acabou quando ele não pôde mais pagar pelo que encomendava. Não vou mentir e dizer que ela nunca insinuou que gostaria que tivéssemos outro tipo de envolvimento além de negócios. Isso foi há muito tempo, e mesmo na época eu não estava interessado. O que você presenciou naquela noite foi outra coisa. Miranda tentava me persuadir a fazer algo por ela, da maneira que costuma lidar com... — Ele se ateve, esfregando o pescoço, abruptamente sem graça.

— Tudo bem. Como ela costuma fazer com o meu pai. Já sei disso.

— Bem... — Balançou a cabeça. — O ponto é que ela queria que eu conseguisse algo para ela em troca de *qualquer* favor. A carta da sua tia.

Então... então eu estava certa quanto a esconder a carta. Miranda tinha ido atrás dela. Eu estava certa também em suspeitar que ela estivesse envolvida em minha queda do *La Galatea*, não é? E o executor do plano era Inácio, aquele canalha. Se eu encontrasse uma maneira de provar isso...

— Ela não sabia que eu tinha lido e conhecia a história acerca da morte de sua mãe — ele prosseguiu. — Inventou que era apenas uma mensagem sem importância de uma amiga muito querida, e que você a escondera por ciúme. Toda a encenação pareceu estranha demais. Eu pretendia descobrir o motivo. Você apareceu antes. — Deu de ombros.

— Ah. — Eu gostaria de dizer que ouvir tudo aquilo não provocou efeito algum. Mas estaria mentindo.

— Ainda estou com elas. Suas cartas. Eu as encontrei enquanto vasculhava sua cabine em busca de alguma pista do seu paradeiro.

O rumo que a conversa tomava deixou o clima pesado. Eu não queria pensar em nada daquilo naquele instante. Os problemas podiam esperar mais algumas horas. No momento, eu queria me concentrar em ser feliz com Leon.

— Será que poderíamos fingir só por esta noite que a minha vida não é um pesadelo e retomar a aula de culinária?

Ele me lançou um olhar aflito, como se pudesse ler meus pensamentos, mas assentiu. Precisou de um instante para recuperar a espontaneidade de antes, porém, e então recomeçar.

Delicadamente, Leon me fez girar em seus braços até minhas costas se colarem ao seu peito.

— Como eu estava dizendo, cozinhar e fazer amor são coisas parecidas. Tudo se resume a aromas, sabores e texturas com o intuito de atiçar os sentidos. Você precisa sentir. Tocar o que vai preparar. Deixar que o aroma a envolva. E, por fim, saborear. — Estendendo a colher, pegou um pedaço de carne dentro da panela e aproximou da minha boca.

Entreabri os lábios para receber o que ele me oferecia.

— Ah, meu Deus... — Um longo e satisfeito gemido me escapou. Se eu havia degustado algo mais saboroso, já não me recordava.

Ele riu, beijando a lateral do meu pescoço.

— Como eu disse, é meio parecido com fazer amor, só que com mais roupas e menos diversão. — Seu nariz resvalou naquele ponto sensível em minha nuca, e inspirou fundo. — E, apenas para que saiba, eu gostava do seu cabelo comprido, mas também gosto dele assim, mais curto. Posso admirar melhor a beleza desse lindo pescoço.

Como que para provar seu argumento, deu início a uma trilha de beijos preguiçosa até chegar ao meu ouvido. Eu me desmanchei, fechando os olhos enquanto meu corpo todo se acendia para ele, agora ciente das promessas silenciosas que Leon me fazia.

— Você é tão linda, *sirena*. — Mordiscou o lóbulo da minha orelha. — Tão linda que meu coração se atrapalha toda vez que eu a vejo.

Presa no feitiço de sua voz macia, do toque quente de sua boca, de sua mão subindo pela minha coxa, girei em seus braços. As lindas íris mal passavam de um anel fino ao redor das pupilas, onde o fogo se intensificava.

Mas então ele deu um pulo para o lado.

— ¡*Mierda*!

Precisei de um instante para entender o que estava acontecendo. Leon avançou para o fogão, usando uma tampa para apagar as chamas que lambiam uma das pontas do pano de prato, que escorregara para perto do fogo. Aproveitou para afastar a panela do orifício flamejante, a fim de evitar outro acidente, desconfiei.

— Perdoe-me, *sirena*, mas a aula de culinária terá que ficar para mais tarde — contou. — Já está pronto. Sente-se. Vou servi-la.

Enquanto eu me acomodava na cadeira e dividia em duas taças o restante do vinho do jantar que não chegou a acontecer, Leon distribuiu a carne metodicamente sobre os pães. Depois os cortou com bastante cuidado e uma precisão impressionante. Do mesmo jeito que eu o vira comandar o *La Galatea*. Da mesma maneira que fizera amor comigo.

— Tapas! — Colocou o prato com os apetitosos sanduíches no centro da mesa e se sentou de frente para mim.

— O aroma é maravilhoso.

— Espero que o gosto também — comentou, parecendo acanhado.

Não percebi como estava faminta até Leon me servir. Envolvi os dedos na tapa e dei uma bela mordida. Minha reação ao provar o que ele preparara foi a mesma de antes, o que o fez soltar o ar com força. Acabei rindo. Ele também, já atacando a comida.

— Me conte um pouco sobre a Espanha — pedi, entre uma mordida e outra.
— Do que mais gosta lá?
— Não sei. O clima. A bebida. A comida. Acho que tudo. — Deu de ombros.
— Parece estranho, não é? Que eu passe tanto tempo longe. Talvez por isso venha pensando cada vez com mais insistência em jogar minha âncora. Era o que eu pretendia fazer depois do nosso casamento. Meu irmão mais velho toma conta da frota. Cheguei a cogitar ajudá-lo a administrar os negócios e passar o *La Galatea* para outro comandante.

Franzi o cenho.

— E isso o faria feliz? Abrir mão do seu navio e das aventuras?
— Na época eu pensei que teria outro desafio em casa — provocou, com um sorriso torto.

Então ele não tinha planejado me deixar sozinha em um canto do seu país de origem?

— Ah! — Exclamei, subitamente animada. — E a sua família. Como ela é?

Ele pensou um pouco.

— Teimosa. Barulhenta. Amável. — Lambeu o molho que grudou em seu polegar. — Depende muito do dia.

Fui beliscando a comida enquanto ele falava dos pais, da saudade que tinha dos irmãos, sobretudo de Penélope, a caçula, e do irmão mais velho, a quem era mais ligado.

— ... Hugo é péssimo comerciante — implicou, mas seu rosto não escondia o amor pelo irmão. — Nunca se deu o trabalho de aprender outra língua, então tem dificuldade em se fazer entender. Se diz uma coisa e não é compreendido, ele repete tudo de novo, palavra por palavra, só que aos gritos. — Revirou os olhos.

Leon continuou falando, sua voz melodiosa me lançando uma espécie de feitiço — ou talvez fosse ele todo. Quando me dei conta, tinha comido mais da metade dos sanduíches e meu estômago cheio doía. Meu peito, não. A pressão que me acompanhava havia anos tinha desaparecido como mágica.

Eu o ouvi com atenção, mas não consegui impedir que meu olhar vez ou outra escorregasse pelos seus bíceps, o peito largo e a penugem que o recobria. Outro tipo de fome despertou. Uma fome que, depois daquela noite, eu sabia reconhecer.

— ... encontrar mais uma garrafa de vinho em algum lugar? — dizia ele, abandonando sua taça vazia.

— Podemos fazer mais? — me ouvi perguntar.

— Tapas? — Começou a se levantar. — Mas é claro, *sirena*.

— Eu... humm... não estava pensando em comida.

Não sei qual foi sua reação. Eu estava muito ocupada fitando as migalhas em meu prato e corando violentamente. Mas ouvi Leon inspirar fundo, sua cadeira se arrastar pelo piso, os sons abafados de seus pés descalços ao se aproximar até parar ao meu lado.

Reunindo uma coragem que eu não sabia ao certo de onde vinha, arqueei o pescoço para trás, buscando seu rosto. Nele, reconheci a mesma fome que ameaçava me consumir.

Sem uma única palavra, ele me pegou pela mão, me ajudando a levantar. Empurrou a cadeira para o lado com o pé, ao mesmo tempo em que me atraía para seu peito, sua boca faminta encontrando a minha. O assalto urgente me deixou sem ar — não que eu fosse me queixar —, e não demorou para que eu estivesse ofegante, quente, completamente refém do desejo.

— Valentina... — Leon sussurrou, afastando a camisa para o lado a fim de beijar a curva do meu ombro. Alguns botões se abriram, um dos meus seios despontando por entre a fenda.

— Leon, não devíamos voltar para o quarto?

— Talvez. Mas não sei se sou capaz de esperar tanto. — Ele mordiscou minha orelha, a mão subindo para apanhar a carne que a camisa expusera, o polegar provocando o mamilo rijo. Estremeci, pressionando o corpo contra o dele. O gemido de Leon reverberou por toda a cozinha. — Não, não consigo. Eu preciso de você. Agora.

Em um movimento fluido, ele passou um dos braços atrás dos meus joelhos e me suspendeu. Pensei que tomaria a direção do quartinho. Em vez disso, ele me sentou sobre a mesa, se encaixando entre minhas coxas.

— Mas... Leon, nós estamos na cozinha!

— Ótimo. — Seu olhar era apenas fogo ao sorrir, a linda cicatriz se enchendo de cor, como acontecia comigo. — Estou faminto.

E foi ali, na pequena cozinha do chalé, que Leon me mostrou que conhecia todos os caminhos para se chegar ao céu, como o grande navegador que era.

35

Os primeiros raios de sol penetraram pela janela, banhando com uma suavidade amarelada a bela suíte do chalé. Leon não permitira que eu voltasse para o quartinho na ala dos empregados e me levara para o andar superior.

O quarto era adorável. As paredes e os lambris em tons claros destacavam a imponente cama com ricos detalhes esculpidos. A colcha florida combinava com as cortinas cor de creme e a poltrona amarela. Era simples e acolhedor, como um lar deveria ser.

Eu não tinha conseguido dormir. Coisas demais estavam acontecendo dentro de mim. Descansava o rosto no ombro de Leon, seu perfume me lançando em uma nuvem de felicidade quase insuportável. Desejei sair pelo mundo gritando aos quatro cantos como eu amava a vida. Como amava aquele homem. Que era amada por ele. Mas logo abandonei a ideia, muito ocupada em ser feliz em seus braços.

Leon também estava desperto, um dos braços dobrado atrás da cabeça, os dedos da outra mão brincando em minha nuca, me fazendo estremecer de leve.

— Sabe, cada vez vejo mais vantagens neste seu corte de cabelo. Mas gostaria que tivesse me contado antes, Valentina. Assim poderia ter sido poupada daquelas luvas feias como o diabo — zombou.

— Eu não desconfiava de que você já soubesse. — Cruzei as mãos e as apoiei em seu plexo solar, deitando o queixo sobre elas. — Quando descobriu a verdade, afinal? E como?

Seu peito se expandiu com uma respiração profunda.

— Eu andava distraído, perdido em minha própria agonia. Não estava atento a muita coisa. Era bem possível que eu não notasse um elefante com roupas de balé cruzando a rua. — Mirou o teto. — Foram dias que mais pareceram um pesadelo interminável.

— Me desculpe. — Beijando seu peito, tornei a deitar a cabeça ali, desejando voltar no tempo. Ou encontrar uma maneira de compensá-lo por tudo o que eu o fizera passar. Se é que existia uma.

— Eu não a vi realmente — ele continuou, a mão que alojava a minha se contraindo de leve. — Naquela rua, quando nos esbarramos. Nem depois que foi até a minha casa. Não saberia dizer a cor do seu cabelo se alguém me perguntasse.

— Você parecia distante e distraído. Desconfio de que isso tenha me deixado confortável na pele de Dominique, então fiquei descuidada.

Segurando-me pela cintura, ele rolou para o lado, mas me conservou junto a seu corpo.

— Só reparei em você realmente naquela noite em que Gaspar criou problemas com os franceses. Você fez um comentário atrevido a caminho do porto que me fez pensar em... — seus traços se entortaram em uma careta — ... bom, em você. Foi a primeira vez que olhei nos olhos de Dominique. E foi um tremendo choque. De início, pensei que tivesse perdido o juízo ou estivesse delirando. Mas a maneira como empinou o queixo de leve, do jeito que costuma fazer, exibindo o seu lindo perfil... — Seu indicador deslizou pelo meu nariz, meus lábios. — Foi como se o sol estivesse nascendo pela primeira vez.

— Então foram os meus olhos — concluí.

— Sim. — Leon afastou com o indicador os fios da minha testa, as íris metálicas quase me sugando para dentro delas. — Eu reconheceria essas duas safiras em qualquer lugar, qualquer que fosse a fantasia que escolhesse usar. Pensei que tivesse notado.

Desprendendo-me dele, eu me sentei, puxando os lençóis para cobrir os seios. Inconscientemente, acho que eu sabia disso. Chegara a temer que ele pudesse ter me reconhecido naquela noite, mas então acontecera toda a confusão com os franceses, Leon me dissera que estava irritado com Gaspar e eu escolhi acreditar nisso. Era menos assustador.

— E, é claro, teve aquela noite na praia. — Riu de leve. — Você se animou com o conhaque e acabou se esquecendo de Dominique. Falou comigo sobre o seu passado, suas amigas, e nem se deu conta do deslize. Imaginei que pela manhã me contaria a verdade, mas a bebedeira fez a sua memória naufragar, não foi?

— Aaaaaah... — Eu sabia que tinha deixado escapar alguma coisa naquela noite. Nunca é boa ideia misturar mentiras e álcool. Aliás, nunca é boa ideia combinar mentiras com coisa alguma... — Por que não me confrontou logo que soube e pôs fim a isso tudo?

Plantando as mãos no colchão, Leon se ergueu e se arrastou sobre os lençóis até colar as costas na cabeceira estofada com o mesmo tecido da poltrona.

— Eu quis fazer isso. Não sabe como tive que me controlar para não começar a gritar com você ali, no meio das docas. Mas uma parte de mim... Diabos, Valentina, eu pensava que você estivesse morta até cinco minutos antes. Eu queria abraçá-la. Segurá-la contra o peito e sentir o cheiro do seu cabelo e me convencer de que você era real, que estava mesmo viva. Que tinha voltado para mim. Foi o que fiz na noite seguinte, na praia, depois que você adormeceu. Mas, naquele primeiro momento, eu não consegui decidir qual sentimento me dominava, se o alívio ou a raiva. Sem saber qual dos lados venceria, achei mais sensato me afastar.

Ah, Leon...

Ele esfregou o pescoço, as sobrancelhas quase unidas.

— Mais tarde pensei no assunto e cheguei à conclusão de que, se tivesse ficado, eu a teria abraçado enquanto gritava com você.

— Era uma boa alternativa. — Eu meio ri, meio funguei.

— Mas na hora não pensei nela. Então, um pouco... não muito, apenas *um pouco* mais calmo — enfatizou, uma das sobrancelhas arqueada —, comecei a ponderar que precisava entender suas motivações antes de tomar qualquer atitude. Descobrir por que mentia, por que tinha cortado o cabelo, por que fingia ser um garoto. Passei a noite toda tentando decifrar suas motivações. E posso afirmar que uma garrafa de gim não é útil nesse caso.

Encarei o lençol, correndo o dedo pelo elegante monograma com as iniciais de Pedro e Najla.

— Você passou a noite no navio, então? — me ouvi perguntar.

— Não pude. Eu não conseguia ficar perto de ninguém, ou eu mesmo acabaria criando alguma confusão. Andei pela praia até que o álcool começou a controlar meus pés e acabei de cara na areia. Dormi ali mesmo.

Soltei um suspiro de alívio. Tinha chegado a pensar que ele havia passado a noite no andar superior do prédio onde funcionava a casa de jogos.

— Pela manhã, eu ainda não tinha a menor ideia do que estava acontecendo. Se você tinha pulado do navio, fosse por não ver mais motivos para continuar vivendo ou apenas para não se casar comigo, então por que voltou e me procurou? Por que quis se aproximar de mim de novo? Não fazia sentido. Tinha alguma coisa errada. Decidi que faria o seu jogo.

— Enquanto eu tentava enganá-lo, você me enganava de fato — constatei, frustrada.

— Não me olhe assim — pediu, baixinho, a expressão séria. — Não fui eu quem nos colocou nesta situação.

Eu sabia. Por isso era tão doloroso.

Esticando a mão para pegar a minha, seu indicador e o polegar brincaram com o anel em meu dedo.

— No começo — ele prosseguiu —, cogitei a hipótese de que queria se vingar pelo que acreditava ter visto entre mim e Miranda. Mas então eu vi o anel sob a luva. — Um sorriso de canto de boca lhe estampou o rosto tão belo. — Se você ainda o usava, era porque ainda me queria. E, se me queria, não poderia ter me procurado por vingança. Foi ali que toda a minha raiva se dissipou.

— Aaaaaah... — Mordi o lábio e fitei o lençol.

Ele não tinha entendido tudo? Não sabia nada a respeito de eu ter suspeitado dele? Fizera amor comigo sem saber de toda a história?!

Por favor, meu Senhor, não tenha misericórdia e me mate agora.

Esperei pelo castigo divino muito merecido. Quando ele não veio, só me restou continuar ouvindo Leon me transformar em uma pessoa melhor do que eu era na verdade.

— Me matou vê-la fazendo trabalho pesado. Fiquei louco por não poder confortá-la como gostaria. Tudo o que eu podia fazer era tentar pressioná-la e rezar para que chegasse o momento em que confiaria em mim e me diria a verdade. Foi necessário um tempo para eu conseguir juntar algumas poucas informações que você deixou escapar. A mais reveladora foi naquela noite, depois que deixamos a casa de jogos. Finalmente entendi tudo. — Uma sombra impetuosa distorceu sua voz. — Alguém a empurrou do *Galatea*. E não foi um acidente, já que ninguém se pronunciou. Foi um ato premeditado. E, como o *hijo de la gran puta* não conseguiu o que queria, você ainda corre perigo.

Envolvendo os dedos em meu pescoço, Leon me puxou delicadamente para seu peito e resvalou a boca em minha testa. E eu permiti.

Apenas mais um segundo, prometi a mim mesma. *Apenas mais um momento*.

— E, de todas as pessoas que poderia procurar em busca de proteção, você me escolheu, *sirena*. Acho que eu me senti mais poderoso que o próprio Netuno. — Riu.

Fechei os olhos, desejando, como jamais ansiara por algo na vida, que tivesse acontecido daquela maneira. Exatamente como ele descrevera.

Eu pensei que ele tivesse entendido tudo, que tivesse me perdoado. Mas ele só tinha desvendado uma parte da história. Meu soluço ecoou pelo quarto.

— O que foi, *sirena*? — Ele tocou meu queixo, soando preocupado.

— Não... não foi assim, Leon. — Balancei a cabeça freneticamente. — Não... tudo.

Ele hesitou.

— Não?

Neguei outra vez. Eu já tinha mentido demais. Já o magoara muito mais do que ele jamais merecera. Não podia enganá-lo de novo, mesmo que fosse tentador, mesmo que tudo o que eu desejasse naquele momento fosse me esquivar e mantê-lo junto de mim.

— Eu me enganei em qual parte? — ele insistiu, inclinando a cabeça para o lado.

Engoli com dificuldade.

— Sobre... sobre você.

O V entre suas sobrancelhas se aprofundou.

— Depois que... — comecei, mas minha voz falhou. Clareei a garganta. — Depois que discutimos no *La Galatea*, eu fiquei no deque. Estava assustada. De coração partido, na verdade. Pensei que você e Miranda estivessem tendo um caso.

Ele fechou a cara.

— Não...

— Eu sei! — atalhei, antes que perdesse a coragem. — Agora eu sei. Mas, Leon, na época eu não o conhecia tão bem quanto agora. E eu tinha acabado de romper nosso compromisso. Também tinha descoberto que minha mãe fora assassinada pelo amante de Miranda, e então... quando alguém me empurrou do navio... eu me recusei a acreditar... não conseguia sequer imaginar que... mas então a abotoadura ficou enroscada na minha luva...

— Abotoadura? — repetiu, sem entender.

— Sim. Enquanto eu lutava para não cair do *La Galatea*, acabei arrancando a abotoadura do meu agressor. De ouro, com uma flor-de-lis... — Engoli em seco. — Exatamente igual à sua.

Não consegui me obrigar a dizer as palavras. Mas eu soube o exato momento em que Leon compreendeu. A incredulidade escancarou sua boca em um O mudo, os olhos tão abertos que quase saltaram das órbitas. Lentamente, conforme a compreensão se assentava, a consternação se sobrepôs à descrença e, então, veio a tormenta.

— Você pensou que fosse eu — concluiu, a voz gélida.

— Sim. — Mirei minhas mãos.

Ele pulou da cama tão depressa que o colchão sacudiu, entrando nas calças que encontrou no chão antes de começar a andar pelo cômodo, esfregando o rosto. Parou perto da porta, espalmando a mão na parede com violência. Depois deu a volta e parou aos pés da cama, as mãos na cintura estreita, me observando por um momento interminável.

— Continue — pediu à meia-voz, encontrando dificuldade para manter o controle, para ocultar o que sentia.

Mas eu vi. Um vislumbre da raiva e da dor que deixou sua respiração curta, os músculos dos ombros tensos, o maxilar duro.

Passando os braços ao redor do corpo, me sentindo totalmente miserável e ainda mais fria que aquele olhar, segui em frente.

— Fiquei desacordada por alguns dias. Quando voltei a mim, não quis acreditar que tinha sido você. Mesmo que tudo parecesse apontar na sua direção. Mas a abotoadura... — Balancei a cabeça. — Não planejei nada disso, Leon. Meu vestido se rasgou na queda, e a senhora que me acolheu me emprestou as roupas do irmão para que eu pudesse me aproximar da cidade sem ser notada e procurar meu pai. Então você me confundiu com um garoto, me ofereceu emprego. Eu pensei... pensei que, se estivesse perto de você, acabaria encontrando alguma coisa que provasse que você e Miranda tinham tentado me assassinar.

Sua garganta convulsionou conforme engolia com dificuldade.

— E quanto ao anel? Por que continuou usando, se suspeitava que eu era um assassino? O *seu* assassino? — enfatizou.

— Ele... está entalado. Não consigo tirar. Já tentei de tudo, mas não consigo soltá-lo do dedo.

Afastando-se alguns passos, Leon levou as mãos à cabeça.

— *Qué tonto soy...* — sussurrou, meio rindo, meio gemendo.

Segurando os lençóis contra o peito, o ponto exato onde meu coração pulsava dolorido, joguei as pernas para fora da cama.

— Lamento muito, Leon. Muito mais do que posso dizer. Eu pensei que você tivesse entendido tudo quando descobriu minha farsa.

Abruptamente, ele girou e em quatro largas passadas estava a meio metro de distância.

— Não, Valentina. Eu é que lamento ter sido tão tolo a ponto de acreditar em você, mesmo quando sabia que mentia para mim. Eu havia jurado que não voltaria a confiar em uma mulher, e confiei na única que sabia estar deliberadamente me enganando. — Esfregou a testa com raiva, rindo. Mas era um som doloroso, desesperado. — Que triste figura devo lhe parecer! Enquanto eu tentava descobrir quem poderia ter feito tamanha crueldade com você, não me ocorreu que o principal suspeito fosse eu mesmo!

Eu me encolhi, desejando ficar tão pequena que pudesse desaparecer.

— Eu não estava pensando direito. Estava assustada e...

— E eu estava de coração partido! — rosnou, trazendo o rosto furioso para junto do meu. — Por duas semanas eu a busquei em cada canto desta costa. Duas semanas! Vasculhei cada ilhota onde pudesse ter se abrigado, cada praia deserta ou de difícil acesso, cada pedaço de mar. E você estava viva, dentro da minha casa, do meu navio, me vendo fazer papel de idiota enquanto tentava decidir se eu era ou não o covarde que a atirou do *Galatea*! — Abriu os braços, desamparado, os olhos nublados por uma fina névoa. — ¡*Diablo*! Como pôde pensar que eu faria algum mal a você? Como?!

— Mas eu não pude! Já disse, eu custei a acreditar que tivesse sido você. Mas aquela maldita abotoadura...

Ele começou a andar pelo quarto.

Uma *mierda* de abotoadura que ganhei de um fornecedor? A mesma que comercializei às dúzias em cada porto por onde passei? Essa abotoadura?

Pisquei.

— Eu não sabia disso.

— Mas é claro que não sabia. Como poderia, se nunca me perguntou? Se achou mais fácil me condenar antes? — Friccionou o rosto com as duas mãos, como se a própria pele o incomodasse. Subitamente, admirou o cômodo como se não entendesse. Então marchou até o tapete aos pés da cama, pegando as botas e a camisa que eu vestira e que ele atirara ali quando subimos para aquele quarto.

— Leon — supliquei, indo atrás dele. — O que eu poderia pensar? Você nunca me deixou vê-lo de verdade. Não realmente.

— Que tal pensar que eu estava preocupado demais em agradá-la? — Jogou a camisa sobre o ombro, me encarando com fúria. — Ou que estava desesperado demais para fazê-la mudar de opinião a meu respeito? Talvez que eu sou um completo idiota apaixonado que se atrapalha com as palavras perto de você, mas torcia para acertar em algum momento e quem sabe conquistar sua afeição?

Senti como se uma faca atravessasse meu peito.

— Você conquistou, Leon — murmurei. — Eu tenho sentimentos por você desde que nos conhecemos.

— Não se dê o trabalho de inventar mais uma mentira! — Apontou um dedo para mim. — Não vai funcionar desta vez.

— Não estou mentindo! Desde que eu o vi pela primeira vez, meu coração saltou no peito como se quisesse sair e se oferecer a você. — Apertando os braços ao lado do corpo para que o lençol não caísse, estendi a mão para tocá-lo.

Leon se esquivou. Minha mão caiu, entorpecida, ao mesmo tempo em que um soluço sacudia meus ombros. Praguejando, ele juntou as botas em uma das mãos e encaixou os dedos livres em meu queixo.

— Você é a mulher mais linda que eu já vi, Valentina. — O desespero retorceu seu rosto. — Eu estava certo desde o início quando pensei que fosse uma sereia. É impossível resistir a você. Nenhum homem pode me condenar por ter me apaixonado e feito este triste papel. Mas basta. Você nunca confiou em mim. Ainda estaria fingindo se eu não a tivesse desmascarado. Como pode esperar que eu acredite em uma palavra do que diz agora?

— Porque é a verdade! — chorei. — Você pode ver em meus olhos, Leon. Sei que pode!

Sua expressão se contorceu, machucada, sem vida.

— Não entende, *sirena*? — perguntou, atormentado, o polegar acompanhando a linha do meu maxilar. — Estes seus olhos foram justamente a minha ruína.

Depois de vacilar por um instante, ele se afastou. Então me deu as costas e saiu do quarto.

— Não! Leon, espere! — Corri atrás dele, um pouco atrapalhada por causa do lençol, parando no patamar. — Não pode ir embora. Por favor, fique. Fique e me deixe explicar tudo.

Ele já estava na metade da escada, mas se deteve, me encarando de um jeito tão desamparado que a temperatura da sala começou a baixar.

— Você teve muito tempo para me explicar. E optou por não dizer nada. — Sua voz embargou. — Não tente me convencer de que quer agora.

Meu peito doeu, como se estivesse cheio de água outra vez. Passei os braços ao redor dele para impedir que explodisse e me partisse em duas.

Por um momento cheguei a me permitir ter esperança e acreditei que seu amor seria maior que a mágoa. Que em seu coração grande haveria perdão, como dissera a sra. Abigail. Mas eu não tinha a dimensão correta do que havia causado a ele até aquele instante.

— Eu perdi você, não é? — Comecei a tremer.

Sua expressão pareceu desmontar, como se tivesse levado um soco na boca do estômago. Afundou os dedos nos cabelos, aparentando estar tão devastado quanto eu. Chegou a ensaiar algumas palavras, mas não conseguiu ir além de resmungos e engasgos doloridos.

— Por favor, fique. Não vá embora, Leon — consegui suplicar.

— Não é o que eu estou fazendo. Não posso ficar perto de você agora. Posso acabar dizendo algo de que me arrependa pelo resto da vida. Apenas preciso...

— Suas palavras ficaram suspensas no ar, pesadas e incertas, como a emoção que distorcia seu semblante.

Agitando a cabeça, Leon desceu as escadas de dois em dois degraus, deixando o chalé com uma batida brusca na porta, as botas ainda na mão, a camisa pendurada nos ombros.

Afundei nos degraus da escada, as lágrimas que já escorriam se avolumando até eu não poder enxergar mais nada além do olhar devastado de Leon a cada vez que eu piscava. Ele nunca me perdoaria. Eu havia quebrado todas as suas regras sagradas. Faltara com a verdade, descumprira uma promessa e partira um coração.

Dois, o sussurro dilacerado ressoou em meu peito enquanto o músculo ali dentro se calava.

Eu zanzava de um lado para o outro pelos cômodos do chalé, esperando que Leon retornasse. Ele prometera que voltaria. Além disso, o sr. Moreira tinha ido para o vilarejo com a carruagem. Leon, mesmo um pouco zangado — está bem, *muito* zangado —, não me deixaria ali no meio do nada, sozinha, sem dinheiro ou um meio de transporte para regressar à cidade, não é?

Ele ia voltar.

Eu tentava me convencer disso, caso contrário acabaria perdendo o juízo.

Depois que ele saíra batendo a porta, precisei de muito tempo para conseguir voltar a respirar e conter os soluços. Com algum custo, eu recobrara o controle, tomara um banho rápido e vestira roupas limpas. Então me dediquei a tirar os lençóis da cama no quartinho dos fundos e os deixar de molho em uma tina. Esperava que a mancha vermelha que denunciava o que havíamos feito desaparecesse antes que os empregados do chalé viessem cumprir seus afazeres. Também cuidei da sala de jantar e da cozinha, e agora estava ali, indo de ambiente em ambiente, procurando o que fazer para não enlouquecer.

Ao passar pela pequena sala de jantar pela terceira vez, avistei o caderno de Leon caído no assento de uma das cadeiras. Abaixei-me para pegá-lo, mas não me atrevi a abrir. Não consegui me forçar a testemunhar o sofrimento que eu causara.

Eu tinha pensado que, se Leon retornasse ao chalé, mais calmo, talvez estivesse disposto a me ouvir. Porém, mesmo se me escutasse, o que mudaria? Como ele poderia esquecer tudo o que eu tinha feito?

Porque eu não conseguia. Não era capaz de parar de pensar em todas as chances que tive de lhe dizer a verdade, mas por medo optei por seguir com a encenação.

Coloquei o diário sobre a mesa no instante em que ouvi a porta da frente se abrir.

— Leon! — ofeguei, correndo para a entrada.

E lá estava ele, como tinha prometido. Minha respiração saiu em um longo sopro trêmulo. Disparando um olhar rápido em minha direção, ele se largou sobre a poltrona, os cabelos mais bagunçados do que nunca, a camisa para fora das calças, os dois primeiros botões abertos, os punhos enrolados até os cotovelos, o semblante marcado pela exaustão. Precisei de uma fração de segundo para perceber que algo tinha mudado em Leon. Havia uma frieza absoluta e um vazio ao redor dele.

— Eu tenho que voltar — anunciou, exaurido.

— Imaginei que teria. — Fitei minhas mãos emboladas em um nó tenso. — Assim que chegarmos à cidade, eu vou embora. Não posso me livrar desta porcaria de disfarce ainda, mas não vou mais obrigá-lo a conviver com ele. — Encolhi os ombros, apoiando as mãos nas costas do sofá. — Em diversas ocasiões eu pensei que o melhor a fazer seria desaparecer de vez e recomeçar em outro lugar. Pode ser uma saída.

— E para onde pretende ir? Quem vai ser agora? Emanuelle? — Ele me estudou com aquela indiferença que doía em meu corpo inteiro.

Eu me contraí, magoada. Leon percebeu que me feriu e bufou, exasperado.

— Isso não vai nos levar a lugar algum. — Aprumando-se, apoiou os cotovelos nos joelhos entreabertos, os olhos cinzentos como gelo em mim. — Escute, Valentina. Não pode passar a vida toda fugindo de alguém cuja identidade nem conhece. Essa não é a solução. Também não pode voltar para a cidade. É melhor ficar aqui no chalé por uns tempos.

— O quê?!

— O chefe da guarda me contou sobre o encontro que tiveram e começou a fazer perguntas a seu respeito. Fiquei preocupado que ele pudesse ter notado algo mais. Falsidade ideológica é crime. Eu tinha que tirá-la da cidade. Ninguém a encontrará aqui. Eu vou voltar e ajudá-la a descobrir quem a empurrou do *Galatea*.

Então aquela era a razão da viagem apressada?

Ele não teria me surpreendido mais se dissesse que se transformava em um unicórnio cor-de-rosa nas noites de primavera.

— Vou ajudar a pegar o maldito que tentou afogá-la — prosseguiu, endireitando a coluna, esfregando as mãos nas pernas. — Você não vai conseguir fazer isso sozinha. Não tem mais acesso aos suspeitos fingindo ser um criado. Mas eu tenho.

Eu estava tão estupefata que tive que tatear o encosto do sofá para conseguir contorná-lo e me sentar.

— Você quer me ajudar? — perguntei. Meu coração, mesmo aos pedaços, se agitou com esperança. — Por quê?

— Se eu não tivesse tido a ideia estúpida daquele passeio, nada disso teria acontecido. — Encarou a ponta das botas. — Por isso está em perigo agora. Não posso abandoná-la.

Ah. Eu devia ter previsto. Devia ter imaginado que Leon sairia em meu socorro. Ele dizia não se preocupar com a reputação. Imagino que se referisse a sua própria reputação, pois se preocupara o suficiente com a da ex-noiva. E agora fazia o mesmo com a minha, a ponto de se voluntariar para algo cujo perigo nem eu mesma conhecia. Mas havia um pequeno detalhe: eu não era Emilia.

— Agradeço a oferta. — Empinei o queixo. — Mas posso cuidar disso sozinha. Vou voltar para a cidade com você.

Meu tom petulante despertou algo nele. Uma irritação ou coisa assim.

— Por que é incapaz de se manter segura por cinco minutos? — Ele se levantou da poltrona, perambulando pela sala.

— É a minha vida, Leon. — E eu não podia arriscar a dele.

— E não vai ter uma para se preocupar se voltar à cidade. — Esfregou a boca. — Compreende que o que você fez é bárbaro perante os olhos da Justiça? Sabe qual é a punição para esse crime?

— Sim. Enforcamento.

— E mesmo assim você quer voltar? — Seu olhar incrédulo se prendeu ao meu.

— Não posso permitir que você resolva tudo por mim. Não posso deixar que tente corrigir um erro meu. Eu farei isso. É a minha vida — repeti.

Ele tentou, mas não conseguiu ocultar a mágoa. Porcaria. Por que toda vez que eu me virava acabava magoando Leon? Era a última coisa que eu desejava fazer!

Antes que eu pudesse dizer alguma coisa, ele aprumou os ombros, a expressão dura.

— Muito bem. Faça como quiser. E não se preocupe, Valentina. Se tudo funcionar como eu planejei, em breve você será livre para fazer o que quiser com a sua vida e se libertará para sempre da minha interferência.

Fazendo a volta, foi para as escadas, enquanto eu piscava para impedir que as lágrimas escapassem e suas palavras se assentavam, pesadas e cortantes, em meu coração. Leon ficaria do meu lado pelo tempo que eu precisasse e depois sairia da minha vida para sempre. Eu já sabia que seria assim. Só... esperava que um milagre pudesse acontecer.

Naquele instante, a esperança secou e morreu em meu peito com uma batida dolorosa.

Estava acabado, pensei, acompanhando com os olhos enquanto ele subia os degraus e desaparecia no segundo andar. Nada entre mim e Leon jamais teria chance de existir.

Como se pudesse ouvir meus pensamentos, Leon fechou a porta do quarto com uma batida enfática. Entendi o recado. Ele me deixava de fora da sua vida.

Um grito de dor profunda me tirou o equilíbrio, me fazendo apertar os olhos com força. Atônita, percebi que o grito de agonia não pertencia a algum ser humano moribundo ali perto, nem a algum animal à beira da morte. O grito vinha do meu coração.

* * *

Eu zanzava pelo escritório de Leon, observando-o rabiscar em seu diário. Tinha me oferecido para fazer isso, mas desde que chegáramos à cidade, naquele início de tarde, ele não me permitia fazer quase nada. Ao que parecia, eu não tinha mais um emprego também.

— Muito bem — comentou, examinando as notas. — Além da tripulação, temos cinco possíveis suspeitos. Miranda, Romanov, Almeida, Torres e Pereira.

— Nogueira — corrigi.

— Tanto faz. — Ele relanceou a bandeja que a srta. Lúcia trouxera havia pouco mais de meia hora, e o meu prato quase intocado. Enrugou a testa. — Você não comeu muito. Vai acabar ficando doente.

— O fato de ter comido alguma coisa já é um milagre. Meu estômago está revirado. — E a pressão no peito havia retornado com força máxima, como se uma casa houvesse se assentado ali.

Ele abriu a boca, pronto para argumentar. Mas no último instante a fechou, fazendo uma careta, voltando a se concentrar no papel.

— Você é quem sabe. — Pigarreou. — Alguma dessas pessoas, além de Miranda, teria motivação para querer tirar você do caminho?

— Não que eu saiba. Já me fiz essa pergunta mil vezes, mas não consigo encontrar um motivo plausível para uma atitude tão extrema. Nem mesmo uma motivação menor. Miranda parece a única que lucraria alguma coisa com o meu desaparecimento. E, depois do que ouvi na rua, daquele amigo do sr. Nogueira, tudo me leva a crer que foi ele.

Eu tinha dedicado a última hora a lhe dar cada detalhe de que pude me lembrar a respeito daquela noite tenebrosa. Leon podia não me querer mais (a maneira distante como se portava afirmava isso), mas estava realmente preocupado. Era mais do que eu poderia esperar.

— Eu estava pensando em ir até a casa dele — confessei.

— O quê?! — Se Leon ficasse um pouco mais furioso, acabaria por rasgar ao meio o caderno no qual tomava notas. — Você perdeu o juízo, Valentina?

— É o único jeito. Tenho que encontrar a outra abotoadura. É a única coisa concreta que tenho.

— Não! — Sacudiu a cabeça categoricamente. — De maneira alguma. Não posso permitir que fique a dez metros de distância daquele sujeito, muito menos que se coloque dentro da casa dele.

— Mas, Leon, eu preciso! Sem uma prova, não posso acusá-lo de nada.

— E você a terá, mas de maneira *segura* — enfatizou, arqueando uma sobrancelha. — Está tentando chegar ao cerne do problema pelas beiradas, em vez de ir direto ao assunto. Temos que começar por Miranda. Não chegaremos a lugar nenhum sem antes descobrir se ela está ou não envolvida. Se ela estiver mesmo metida nisso, teremos que fazer com que nos leve até o seu comparsa.

Bom, o plano dele parecia melhor que o meu — que até o momento se resumia a invadir a casa dos Nogueira durante a madrugada e rezar para que ninguém corresse atrás de mim com uma pistola carregada.

— Apenas confie em mim — Leon disse, notando minha hesitação. Então puxou um papel de carta, mergulhou a pena no tinteiro e começou a rabiscar. Seu braço esbarrou em algo pequeno, que correu sobre o tampo da mesa e caiu aos meus pés. Abaixei-me para pegar. — Ah, certo. — Ele coçou uma sobrancelha. — Poderia pedir ao sr. Abelardo que a devolva ao sr. Torres?

Fitei a chave dourada com a argola em formato de coração depositada em minha palma. Um suspiro me escapou.

— O que foi? — Leon quis saber.

Dei de ombros.

— Eu só... estou um pouco triste por deixar o chalé para trás. Passei momentos de terrível aflição lá dentro, mas também... um dos mais felizes da minha vida. Foi a coisa mais próxima de um lar que tive nestes últimos anos. — Então ri, quando tudo o que queria fazer era cair em prantos. — Acho que isso diz muito sobre a minha vida, não?

Sua indiferença retrocedeu um pouco, dando espaço para outra emoção. Contive um gemido.

— Não se atreva a sentir pena de mim, Leon. — Eu me levantei, cruzando os braços enquanto olhava pela janela sem realmente ver nada. — Eu não vou suportar.

Ouvi a cadeira ranger quando ele ficou de pé, seus passos macios sobre o tapete, até parar atrás de mim.

— Eu lamento muito, Valentina. Sobre sua mãe — murmurou. — Nunca tivemos oportunidade de falar sobre isso. Não deve ter sido fácil.

Eu ri outra vez, sem humor.

— Não.

— Quer conversar sobre isso? — perguntou com gentileza.

Forcei-me a virar e enfrentar seu olhar. Leon mantinha a postura descontraída, as mãos nos bolsos, e não havia piedade em sua expressão. Bom, talvez um pouco... Mas a emoção predominante ali era inquietação.

Eu me recostei à estante, apoiando as palmas na base.

— Não, Leon. Não quero. Porque eu já havia superado o luto. Não foi fácil. Nem um pouco, porque tive que fazer isso sozinha. Papai logo se casou com Miranda e estava ocupado com a esposa grávida.

— Isso a magoou — ele constatou, em voz baixa.

— Diariamente. Foi como se ele tivesse substituído a minha mãe, como se ela fosse dispensável. E então eu descobri que ela nunca esteve doente. Que sua hora não tinha chegado. Alguém decidiu que seria assim. É como se ela tivesse me deixado outra vez. E sabe o que é pior?

Ele fez que não.

— Tenho certeza de que o meu pai vai ficar louco de raiva quando souber que ela foi assassinada. Mas suspeito que será pela infidelidade de Miranda, e não pelo que ela e seu amante fizeram com a minha mãe.

— Eu sinto muito. — Seus lábios quase desapareceram, comprimidos em uma pálida linha fina. — De verdade.

O pesar genuíno fez um nó se apertar em minha garganta, e eu mordi o interior da bochecha, tentando não chorar. Se começasse, desconfiava de que jamais pararia.

— Então, não. — Eu me desencostei da mobília, aprumando os ombros. — Não quero falar sobre isso. Não quero pensar que poderia ter sido diferente, que mamãe ainda poderia estar aqui se eu não tivesse insistido que fôssemos à confeitaria. Eu só queria que ela saísse um pouco. — Ri sem humor. — Pensei que talvez uma distração a tirasse daquela amargura constante motivada pelo caso do meu pai com Miranda. Eu nunca imaginei...

— Não foi sua culpa — se adiantou, dando um passo à frente, o rosto cinzelado com resolução, e juro que parecia querer me tocar. Sua mão chegou a se erguer um pouco, mas no último instante ele a deixou cair. — Aquele homem teria agido de outra maneira, em outro momento, e o desfecho teria sido o mesmo. Não foi sua culpa.

Eu me encolhi.

— Procuro não pensar muito nisso, ou vou acabar perdendo o juízo. Evito pensar também que minha vida seria diferente se ela não tivesse partido tão cedo, que eu não estaria tão sozinha e perdida, cometendo um erro após o outro. Que ela ouviria meus lamentos e minhas incertezas, me aconselharia e então diria: "Agora pare com a choradeira. Seus olhos vão ficar vermelhos. Não é uma visão atraente". — Acabei rindo outra vez. Mas o riso logo ameaçou seguir outro caminho. Pisquei depressa, engolindo com dificuldade. — Enfim. Não quero falar sobre nada disso.

— Eu entendo. — Sua voz era baixa e insuportavelmente carinhosa. — Mas, se em algum momento mudar de ideia, estarei aqui para ouvir.

— Estará? — questionei, incerta.

— Nós somos amigos. Fomos amigos... — Esfregou a testa. — Ou algo assim.

"Algo assim" era a melhor definição, de fato. Um sentimento quente e ao mesmo tempo dolorido se espalhou em meu peito. Leon ainda era meu amigo... ou "algo assim". Era mais do que eu podia sonhar.

Mas então ele disse:

— Pelo menos enquanto eu ainda estiver na cidade.

— Humm... — Clareei a garganta. — Obrigada pela oferta, capitão. Mas estou bem. É melhor eu ir procurar o sr. Abelardo e devolver a chave do chalé.

— Valentina... — Sem hesitação dessa vez, estendeu o braço em minha direção.

Eu me esquivei, escapando daquela sala o mais rápido que consegui. Não podia ficar ali por nem mais um instante, ou ele veria em meus olhos como sua sentença me devastara.

* * *

A noite avançava. A hora de ir para a cama já tinha passado havia muito, mas eu não conseguia me aquietar, andando pela sala principal em um vaivém aflito. Os outros empregados já tinham subido para seus quartos fazia algum tempo, e eu continuava ali, as mãos suadas, a boca seca.

Refestelado na poltrona verde, Leon me observava por detrás de um livro. Soltou um suspiro agastado.

— Valentina, não há motivo para toda essa agitação. Poderia se acalmar?

— Estou calma.

— Sim, sua *calma* vai acabar por deixá-la tonta se não parar de ir e vir. Eu já estou. — Tentou se concentrar no volume em suas mãos. — Não fique tão ansiosa. Miranda virá.

— E acha que isso é motivo para que eu me tranquilize? — Ele não entendia?

A resposta de Miranda ao convite para um chá chegara no começo da noite em um caro papel cor de creme embebido naquele perfume enjoativo. Claro que ela viria. Desde então, eu me encontrava em um estado de agitação tão profundo que não era capaz de me concentrar em uma única linha de raciocínio.

Leon, por outro lado, se comportava como se estivesse prestes a se encontrar com um dócil filhotinho.

— Como pode ler em um momento como este? — perguntei quando ele virou uma página.

— A leitura aquieta minha mente. Devia experimentar.

Se eu fosse capaz de conseguir enxergar as palavras, ele provavelmente teria razão. O mais próximo que consegui de aparentar algum sossego foi parar de zanzar de um lado para o outro e me sentar no sofá.

Ele me observou por um breve momento antes de retomar a leitura. Leon estava me tratando com certa cordialidade. Mantinha-se distante e frio, mas, como ainda não tinha tentado me esganar nenhuma vez, achei que era um bom sinal.

— O que está lendo, afinal? — perguntei.

— *El ingenioso hidalgo Don Quijote de la Mancha.*

Eu adorava ouvi-lo falar em seu idioma. Era tão bonito e melodioso que aquietava meus pensamentos. Mordisquei a unha do polegar, estudando-o. Talvez se ele lesse em voz alta...

Menos absorto do que tentava demonstrar, Leon fechou o livro com um baque surdo e foi até a mesinha no canto, se servindo de uma bebida. Ao retornar, tinha dois copos. Ofereceu-me um deles.

— Eu já disse mais de uma vez que tudo ficará bem.

— Você não pode saber — rebati, aceitando o gim. — Nem do que minha madrasta é capaz. Nem eu mesma sei. Se ela desconfiar de alguma coisa...

— Ela não tem motivos para desconfiar. Meu bilhete dizia apenas que eu a convidava para um chá. Tudo o que temos a fazer é esperar e manter você longe dos olhos dela.

— O quê?! — Ele pretendia enfrentá-la sozinho? Eu me levantei em um salto, derramando um pouco da bebida na manga da camisa e do paletó. — De jeito nenhum!

— Você vai estar segura — garantiu, entendendo minha inquietação de maneira equivocada.

— Mas você não!

Leon piscou uma vez, ofensivamente perplexo. E naquele instante eu compreendi a dimensão do que tinha feito a ele. Doeu. Muito.

Suspirando, tomei um gole da bebida — que naquela noite já não pareceu tão ruim assim — e tentei conservar algum controle.

— Você me ofereceu ajuda e eu aceitei. Mas não posso permitir que faça tudo sozinho. Faremos isso juntos ou não faremos de jeito nenhum. Porque, se para ter minha vida de volta você tiver que colocar a sua em perigo, então prefiro continuar fingindo que sou um rapaz. E, francamente, não existe nada que eu deteste mais que estas calças.

Algo reluziu nas íris metálicas, mas Leon tentou esconder sob rigoroso controle.

— Temos um impasse. — Ele me observou enquanto sorvia um gole. — Porque eu também não posso permitir que você se coloque em mais perigo do que já está.

— A diferença é que eu não tenho alternativa; você, sim. — Eu o encarei, irredutível.

Se existia alguém mais insistente que aquele homem, eu ainda não tinha conhecido. Leon sustentou meu olhar por tanto tempo que senti minha determinação esmorecer. Pensei que ele gritaria comigo ou ameaçaria me amarrar ao pé da mesa. Em vez disso, relaxou a postura e soltou um suspiro agastado.

— Alguém já tentou vencer uma discussão com você? — Ele se curvou para deixar o copo na mesinha de centro.

— Bom, tem um espanhol irritante que nunca deixa de tentar... — brinquei, mas imediatamente me arrependi. Nosso relacionamento não era mais assim. A implicância de que eu passara a gostar tanto já não se encaixava.

Por isso fiquei tão estarrecida ao ver Leon abrir um sorriso curto e dizer:

— Mas que grande idiota.

Era a primeira vez que ele sorria desde que eu lhe contara toda a verdade. Ele podia não ter notado, mas eu sim. E me vi incapaz de não corresponder. Embasbacada, observei seu sorriso se alargar ainda mais, até as ruguinhas surgirem no canto dos olhos, a cicatriz quase desaparecendo.

Sem aviso, a atmosfera da noite anterior preencheu a sala, e achei muito difícil respirar. Eu estava quase certa de que Leon sentira a mudança também, pois sua expressão se aqueceu, ganhou cor e um brilho faminto que fez pouco pelo meu juízo havia muito ausente.

Não me lembro de ter me movido ou de vê-lo se mexer, mas devemos ter feito isso, pois sua respiração sapecou minha pele, nosso rosto separado por alguns poucos centímetros. Todo o meu corpo respondeu àquela proximidade de maneira violenta: minha respiração perdeu o compasso, meu pulso correu desenfreado, retumbando na garganta e nos ouvidos, nos lábios que ainda guardavam seu gosto.

Leon percebeu como estávamos próximos com um segundo de atraso. De súbito, deu alguns passos para trás. Tentou demonstrar indiferença na maneira como se movia pela sala, os ombros retos, mas seu peito subia e descia rápido demais para que eu acreditasse nele.

— Você teve um dia e tanto. Vá para a cama e descanse, Valentina. — Sua voz saiu rouca. Pigarreou. — Amanhã resolveremos os detalhes.

Parecia a única coisa sensata a fazer, por isso assenti, deixei o copo de gim ao lado do dele e, meio aos tropeções, fui para o meu quarto.

Manteiga já estava à minha espera, espalhado na cama. Depois de me despir, mantendo apenas a camisa que me chegava ao meio das coxas, eu me esforcei para me manter calma, me enrolando ao meu amigo peludo quentinho, tentando acompanhar o ritmo de sua respiração enquanto acariciava seus pelos macios. Como não surtiu efeito, comecei a fazer cálculos utilizando apenas números primos, uma brincadeira que desde criança me ajudava a me concentrar. Mas nem a matemática me socorreu dessa vez.

Ansiosa demais para permanecer deitada, me levantei da cama, tomando cuidado para não acordar meu cachorro, e perambulei pelo cômodo minúsculo por um tempo. O cachorro ergueu uma das orelhas, ainda adormecido. Com medo de acordá-lo, joguei o paletó sobre os ombros e saí do quarto na pontinha dos pés. Ia seguir o conselho de Leon. Escolher um dos livros em seu escritório e deixar minha mente se aquietar usando as palavras como bálsamo.

Senti o ar frio arrepiar minhas pernas ao chegar às escadas, e só então me dei conta de que não tinha vestido as calças. Mas não pretendia me demorar. Todos já estavam dormindo, por isso apenas segui em frente. Eu tinha a intenção de ir para o escritório dele.

Mas não foi para lá que meus pés me levaram. Foi com profundo estarrecimento que me vi diante da porta do quarto de Leon, uma mão muito semelhante à minha na maçaneta.

Que raios eu estava fazendo? Leon deixara claro. Estava me ajudando e sendo... humm... compreensivo enquanto eu corria risco. Depois disso, me apagaria da sua mente e da sua vida. Procurá-lo depois de tudo o que acontecera na noite passada — e naquela manhã — era um tremendo erro.

Com algum esforço, obriguei meus dedos a soltarem o metal, mas não tive muito sucesso em fazer minhas pernas se moverem. Estava ameaçando cortá-las fora caso não me obedecessem e me levassem para longe daquele aposento quando a porta se abriu. Leon, vestindo apenas as calças, surgiu sob o batente. A luz fornecida por uma vela dentro do cômodo banhou a pele dourada, conferindo-lhe contornos cintilantes. Mas foi a emoção que vi aquecer aquelas íris que fez meu estômago dar uma cambalhota.

— Pensei ter ouvido alguma coisa — falou em voz baixa.

Então minhas pernas finalmente pareceram entender a gravidade da situação e se moveram. Só que o senso de direção delas não era dos melhores e eu acabei dentro do quarto, em vez de longe dele.

Afastando-se para me dar passagem, Leon esperou que eu entrasse para fechar a porta. Reparei que a cama ainda estava feita, a vela tremulando sobre a escrivaninha, o diário aberto, a ponteira da pena mergulhada no tinteiro.

— O que faz aqui? — ele perguntou atrás de mim.

Virando-me, encontrei seu olhar espantado — mas nem tanto — e fui incapaz de mentir.

— Eu... eu não sei.

Leon correu uma das mãos pelos cabelos escuros, o músculo em seu bíceps se contraindo.

— Valentina...

— Por favor, não me mande embora. — Apertei as mãos sobre a barriga e o medo gélido que ali se instalou.

Ele riu, mas não conseguiu esconder o desespero.

— E o que a faz pensar que eu sou forte o bastante para isso? — Abriu os braços. — Você faz alguma ideia do poder que tem sobre mim?

— Eu... — Balancei a cabeça devagar. Não fazia ideia de ter algum poder sobre Leon, mas estava muito ciente de tudo o que aquele homem despertava em mim. Eu me tornava mais consciente do meu próprio sexo, da minha feminilidade, da minha força, dos meus desejos. E gostava daquilo. — Eu só... Eu não... Leon, eu...

Minha luta com as palavras despertou uma emoção nele, e em duas passadas largas Leon parou a centímetros de mim, as mãos em meus ombros.

— Sabe como estou me esforçando para mantê-la longe? — Sua voz aflita tremeu um pouco. — Sabe quanto tem me custado, Valentina? Mesmo que eu esteja com raiva de você, uma parte minha ainda a deseja mais do que deseja respirar. E está cada vez mais difícil, pois as lembranças da noite passada estão muito nítidas em minha mente, em meu corpo. Tento me convencer de que foi um erro. — Ele me puxou delicadamente para seu peito, os olhos nos meus. — Mas não consigo.

Prendi o fôlego, incapaz de murmurar palavra alguma.

— Este é um bom momento para dizer que eu estou enganado — sussurrou, um sorriso torturado lhe curvando os lábios.

— Mas eu também não consigo, Leon.

Sua risada, um som repleto de desespero, vibrou no ínfimo espaço entre nós.

— Como posso fazer a coisa certa se me olha desse jeito? — Atormentado, fechou os olhos, a cabeça pendendo de encontro à minha. O vinco entre as sobrancelhas e as mãos em punho enroscadas no tecido sob meu paletó indicavam a luta que ocorria dentro dele. Por um momento interminável e assustador, temi que ele fosse me arrastar porta afora.

Apoiei as mãos em seu peito, sentindo as batidas erráticas assumirem uma cadência cada vez mais veloz, revirando o cérebro em busca de algo que pudesse acabar com aquele tormento. Mas meu toque pareceu colocar um ponto-final em sua batalha. Leon soergueu as pálpebras. Seus olhos, aquelas lindas estrelas prateadas, não tinham mais o véu de angústia. Eram apenas fogo. Assim como foi o beijo que veio depois. E também a temperatura de seu corpo ao me tomar nos braços e me levar para a cama. E foi um verdadeiro incêndio tudo o que aconteceu entre aqueles lençóis negros: ardente, urgente e devastador.

No entanto, quando as últimas chamas nos abandonaram, ainda perdidos em êxtase, o que senti enquanto ele me abraçava e me mantinha colada em seu peito, beijando-me sem pressa e por tanto tempo que eu me dissolvi, como se a partir daquele instante eu fizesse parte dele, assim como ele fazia de mim, foi ternura.

Adormeci aninhada em seu abraço, mesmo sabendo que aquela noite não mudaria nada entre nós, não aplacaria sua dor, não diminuiria sua mágoa, não alteraria o passado. Ainda assim, pelo menos naquela madrugada ele era meu, só meu, e fingi que viveríamos naquele instante por toda a eternidade, que o dia seguinte jamais chegaria.

Mas o amanhã chegou. E não incluía Leon.

37

Eu acompanhava, inquieta, a movimentação da rua pela janela do terceiro andar. Vi quando a carruagem de papai estacionou em frente à casa. Logo em seguida, o vulto roxo desceu. Mordisquei a ponta da unha do polegar. Leon tinha razão. O mais sensato era ficar ali no meu quarto, longe das vistas de Miranda. Ela era esperta e se estivesse atenta poderia me reconhecer. Eu não podia correr o risco. Não agora, quando parecia estar finalmente a um passo de descobrir a verdade.

Mas, Deus do céu, como era enervante não fazer nada!

Sentado ao meu lado no colchão, Manteiga sentiu a presença da argentina e se pôs a rosnar baixo.

Um baque surdo no corredor me fez pular da cama. Meu cachorro correu para a entrada do cômodo, latindo. Abri uma fresta da porta para espiar. Quase no mesmo instante, o mordomo passou pelo meu quarto, uma maleta balançando em uma das mãos.

— Sr. Abelardo? — Afastei o painel. — Aonde está indo? Aconteceu alguma coisa?

O homem se deteve, os olhos faiscando em minha direção. E não foi de contentamento.

— Você! — cuspiu. — Fique longe de mim!

— Mas o que foi que...

— Estou indo embora — anunciou ele, antes que eu conseguisse concluir a sentença. — Não vou manchar meu nome nem minha carreira servindo desajustados. Avise o capitão Navas que virei amanhã buscar o que ele me deve.

Sem que eu pudesse entender o que o irritara tanto, o homem desapareceu pelas escadas dos fundos, tão depressa que era de pensar que a casa estivesse pegando fogo. Ou o próprio Abelardo.

Ele estava furioso comigo? Ou com Leon, já que se referira a ele como desajustado?

Eu ponderava se deveria ir atrás de Abelardo ou deixar que Leon resolvesse o assunto com seu empregado quando ouvi um latido colérico. E vinha do térreo.

— ¡Dios mío, Leon! Ainda não mandou essa criatura para o açougue?

Curvando-me sobre o corrimão, olhei para baixo e... Ah, meu Deus! Manteiga tinha os pelos eriçados, os dentes expostos, pronto para atacar minha madrasta!

— Ah, mas que... — Mordi a língua para conservar a palavra nada educada dentro da boca e desci as escadas, saltando os degraus de dois em dois. Eu me desequilibrei nos últimos e por pouco não cheguei ao térreo às cambalhotas.

Leon, que tentava afastar o cachorro de Miranda — sem sucesso algum —, notou minha entrada pouco discreta e empalideceu.

Bem, não era a reação que eu esperava depois de termos passado a noite juntos. Não foi assim que imaginei o nosso reencontro. Mas em minha fantasia Miranda não estava presente, então...

— Desculpe, capitão, ele escapou — fui dizendo, meio esbaforida.

— Estou vendo. — Mas sua expressão dizia: "Que diabos está fazendo aqui?"

— Esta praga já devia ter desaparecido há muito tempo — se intrometeu Miranda, um tanto sem cor. — Tire este demônio da minha frente.

Ah, sim, havia um demônio naquela sala. Mas não era Manteiga.

Ao ouvir a ofensa, meu cachorro latiu tão alto que os vidros das janelas sacudiram na base. Sem perder tempo, enfiei os dedos entre os pelos macios em seu pescoço e a coleira, arrastando-o para trás. Ele resistiu.

— Está tudo bem. Vamos dar uma volta. Está tudo bem... — Afaguei seu flanco, na esperança de que me ouvisse.

Pareceu surtir efeito. Aos poucos, Manteiga foi relaxando, até estar sobre as quatro patas outra vez. Leon se colocou entre mim e minha madrasta, me dando alguma cobertura.

— Vá logo — fez com os lábios, apreensivo.

Assenti discretamente, meio inclinada, forçando Manteiga a dar meia-volta antes de começar a empurrá-lo para fora da sala.

— Espere! — grasnou Miranda. Enrijeci, tropeçando em meus próprios pés, mas permaneci de costas. — Como é seu nome, rapaz?

— Ora, Miranda... — Leon interveio, em tom jocoso, mas eu o conhecia bastante bem para saber que aquele riso era nada mais que tensão. — Desde quando se interessa pela criadagem?

— É que tenho a impressão de que conheço o garoto, mas não consigo me lembrar de onde...

Leon riu outra vez.

— Acredito que não vá querer repetir isso na presença de outras pessoas. Encontrei meu novo camareiro no cais. Ninguém queria dar emprego a ele por causa da sarna. Mas, se quer que eu o apresente formalmente...

— *Argh!* É desnecessário, Leon. Apenas garanta que o *chico* não toque em nada que eu vá ter nas mãos.

Ainda prendendo o fôlego, sem me virar, me apressei para a cozinha.

Encontrei Lúcia atabalhoada com os preparativos daquela reunião, correndo de um lado para o outro a fim de organizar as bandejas. Ela parou assim que me viu.

— Dominique! — arfou, levando a mão ao pescoço.

— Srta. Lúcia. — Fiz um cumprimento rápido, não me detendo até estar no quintal, onde libertei o cachorro impaciente. — Eu sinto muito, Manteiga. Você vai ter que esperar aqui até a bruxa ir embora. Por favor, não apronte nada, está bem?

Ele latiu em resposta e então correu para a tigela de água.

Leon afirmara que sabia lidar com minha madrasta. Mas eu não tinha tanta certeza disso. Por tudo o que eu conhecia, Miranda podia apunhalar o pescoço de Leon com a faca de pão.

Tensa, entrei na casa, tentando decidir o que fazer, quando a jovem cozinheira bloqueou meu caminho. Era a primeira vez que ficávamos sozinhas desde o incidente no escritório de Leon, e o constrangimento era bastante visível em suas bochechas vermelhas. E nas minhas também.

— Dominique, eu... eu não consigo encontrar palavras para expressar como estou mortificada. Não sei o que deu em mim. Eu... — Ela corou ainda mais, se encolhendo. — O capitão ficou aborrecido com você?

— Não, srta. Lúcia. Por isso, não se preocupe mais com esse assunto. Ficou tudo no passado.

— Graças aos céus! — suspirou, levando a mão ao peito. — Eu não suportaria saber que o coloquei em problemas.

Foi a minha vez de inspirar fundo.

— Srta. Lúcia... — O quê? O que eu poderia dizer a ela que não a magoasse ainda mais? — Eu... temo que possa ter lhe dado a impressão errada. Não foi proposital, garanto. Mas, mesmo assim, quero que saiba que eu lamento muito.

— Eu sei. — Ela fitou as próprias mãos. — Seu coração pertence a outra pessoa.

Abri a boca para negar, mas o rosto de Leon, sorrindo daquele jeito que me iluminava por dentro, surgiu atrás de minhas pálpebras.

— Sim, existe alguém. E eu amo essa pessoa de todo o coração. — Peguei sua mão, obrigando-a a olhar para mim. — Querida Lúcia, você se encantou por uma ilusão. Não sou quem você pensa. Um dia, eu sei que encontrará alguém que a amará como merece. E então me contará que está radiante e que é a mulher mais feliz do mundo, e meu coração se alegrará com o seu, porque é assim que funciona a amizade, não é?

Ela me estudou por um momento e anuiu uma vez, embaraçada.

— Creio que sim. Posso ter confundido sua amizade e atenção com... com outra coisa. Gostaria que esquecesse meu ato impensado.

— Eu já esqueci.

Ela sorriu, um pouco sem jeito. Então seus olhos se arregalaram.

— Minha nossa, o serviço de chá! Oh, Dominique, poderia levar aquelas bebidas para o escritório do patrão? Talvez ele queira terminar esta reunião lá, e eu ainda tenho que confeitar o bolo! Não sei o que deu no sr. Abelardo, mas ainda não o vi hoje.

Em dez segundos a moça deixou a cozinha, equilibrando a bandeja abarrotada de louça, antes que eu pudesse lhe contar que aquela casa não tinha mais um mordomo. Lúcia estava sozinha para executar todas as tarefas. Eu não podia deixar a pobrezinha sobrecarregada, podia?

Ah, está bem. Quem eu queria enganar? A verdade era que eu temia por Leon. Não tinha ideia do que ele pretendia, e Miranda era imprevisível, de modo que apanhei as duas garrafas de cristal decoradas sobre a mesa e tomei o rumo do escritório. O problema foi que, para chegar ao meu destino, tive que passar pela sala de jantar.

"Pelo amor de Deus, Valentina, o que pensa que está fazendo?", Leon pareceu perguntar com aquele unir de sobrancelhas, quase ficando de pé.

"Não vou deixá-lo sozinho com esta criminosa", devolvi, encolhendo os ombros.

Creio que ele entendeu que me mandar para longe não era uma opção, pois soltou um suspiro agastado e voltou a atenção para sua convidada, que agitou o leque em frente ao rosto enquanto Lúcia organizava a mesa. Tratei de sumir de vista, indo até seu escritório e deixando a porta aberta. Apurei os ouvidos, os dedos envoltos no gargalo das pesadas garrafas. Se Miranda tentasse alguma coisa contra Leon...

— Ainda não o perdoei por ter entrado na minha casa daquele jeito intempestivo por causa do demônio fedorento — disse minha madrasta, tão logo ouvi Lúcia deixar a sala. — Eu o teria colocado na rua, o lugar ao qual pertence.

— Seu marido não se opôs? — questionou Leon. — Afinal, era o cachorro tão querido da filha.

— Walter não se oporia a um desejo meu. Ele me idolatra.

— E isso a deixa em uma posição bastante confortável, não?

Miranda não percebeu seu tom irônico e deu risada.

— Que mulher não quer ser objeto de idolatria, querido Leon?

— É por isso que mantém seus amantes amarrados ao seu tornozelo?

O repique da porcelana me chegou aos ouvidos, como se uma xícara tivesse tombado sobre o pires.

— Como disse? — indagou ela.

— Não precisa se dar o trabalho de parecer ofendida ou insultada, Miranda. Não se esqueça de que eu a conheci quando ainda era casada com Juarez Mendoza.

Leon tinha me contado que o sr. Mendoza era um fanfarrão apreciador da boa vida que encontrara uma parceira com gostos semelhantes. A dupla funcionou por alguns anos, até que a fortuna herdada por Juarez começou a minguar. Ele acabou morrendo em decorrência de uma briga em uma taberna. Miranda manteve seu padrão, no entanto, se envolvendo com tolos que a cobriam de joias, vestidos e boa comida. Tolos como meu pai.

— É um pouco indelicado de sua parte mencionar isso — ela censurou, forçando uma ponta de humor na voz.

— Mas parece que em breve não serei o único a comentar o assunto. Eu sei, Miranda. — Seu tom se tornou duro. — Encontrei as cartas que me pediu para pegar na cabine de Valentina naquela noite infeliz. Sei tudo sobre você e o sr. Matias. E o que ele fez contra a primeira sra. Albuquerque.

Um minuto inteiro de silêncio se seguiu, e me flagrei me espremendo de encontro à porta de vidro, prendendo o fôlego.

— Sabe — prosseguiu Leon —, foi bastante apropriado para você que Valentina tenha pulado do *La Galatea*, não?

— Não compreendo aonde quer chegar, querido Leon. — Riu de leve, mas, pelo vibrar em seu riso, parecia tensa. — Não tive nenhum envolvimento com o que aquela garota desmiolada fez.

— Convenientemente, você lucrou muito com o desaparecimento de Valentina. A fortuna de Walter irá toda para Felix agora, não é? Também lucrou com a morte da sra. Adelaide, já que herdou o marido dela.

— Você está sendo rude, meu querido. Nunca ouvi tamanho absurdo. Onde estão as cartas?

— Em um lugar seguro, posso garantir. E logo estarão nas mãos do sr. Goulart.

Céus! Leon tinha perdido o juízo?

Ele estava fazendo o mesmo que eu havia feito naquela noite horrenda. E só não acabei como decoração no fundo do oceano graças a Abigail e seu irmão. Ele tinha enlouquecido para pressioná-la daquela maneira?

O urro que escapou da garganta de Miranda me fez encolher e quase derrubar uma das garrafas.

— Eu sabia que havia algo errado com esse súbito convite, já que tem me evitado nas últimas semanas. O que quer de mim, maldito espanhol? — exigiu. — Dinheiro? Joias? Diga o seu preço.

— Não quero nada, Miranda. Apenas achei que seria educado alertá-la sobre o que vai acontecer.

Ouvi uma cadeira se arrastando pelo piso.

— Por que está fazendo isso? — ela gritou. — Minha vida não lhe diz respeito!

— Valentina era minha noiva. Creio que o assunto seja do meu interesse, sim. Ela leu as cartas pouco antes de desaparecer. Quero saber exatamente o que aconteceu com ela. Não posso ocultar nenhuma informação da Justiça.

Não ouvi nada além de minha respiração por um bom tempo. Então a gargalhada de Miranda explodiu pela casa.

— *¡Dios mío, usted se enamoró de aquella tonta!*

Não sei qual foi a reação de Leon, mas parecia bastante irritado ao responder:

— Pode ser mais proveitoso esquecer os meus sentimentos e se concentrar nos de seu marido. Amanhã levarei as cartas até a sede da guarda. Não sei se isso terá alguma relevância, mas talvez o sr. Goulart lhe faça uma visita. Se pretende contar ao sr. Albuquerque que a primeira mulher dele foi assassinada pelo seu amante ou deixar que ele seja informado pelo sr. Goulart, é uma decisão que cabe apenas a você.

— Vai se arrepender do que está fazendo. Eu juro! — O chiado do vestido contra o piso cortou o ar, seguido do repicar dos saltos, que foram ficando cada vez mais abafados.

Impaciente, coloquei as garrafas em uma prateleira qualquer e fui atrás de Leon. Ele me encontrou na metade do corredor, emanando irritação por todos os poros.

— Diabos, Valentina! — resmungou, entredentes. — Ela quase a reconheceu! Por que não ficou no quarto, como combinamos? Por que não pode confiar em mim?

— Mas eu confio em você. Não confio nela! Eu não pretendia descer, mas Manteiga fugiu e eu... — Sacudi a cabeça. — Não importa. Esqueceu o que ela fez comigo quando eu a abordei dessa mesma maneira? Você perdeu a cabeça, Leon?

— Não. — Mas abriu um sorriso, o que me fez questionar sua sanidade. — Foi por isso que decidi seguir os passos dela. Se Miranda tiver algum envolvimento com o que lhe aconteceu, suspeito que vá agora mesmo procurar o amante. Javier está lá fora em algum lugar e vai segui-la. Ele é o único em quem confio neste momento.

Um tremor involuntário sacudiu meus ombros. Envolvi os braços ao redor do peito para impedir que meu corpo convulsionasse, assustado.

Leon percebeu minha inquietação e estalou a língua.

— Não se preocupe. Ela não vai chegar perto de você. Não vou deixar. — Sua mão se moveu em direção ao meu rosto, e eu prendi o fôlego. No último instante, porém, ele a deixou cair, recuando um passo, fitando as próprias botas. Respirou fundo, tentando recobrar a compostura. — Eu... preciso sair agora, Valentina. Mas não devo demorar. Vou pedir ao sr. Abelardo que mande preparar a carruagem.

E isso me lembrou.

— Ele se demitiu. Não explicou o motivo, mas estava transtornado com algo que você fez. Ou eu, não tenho certeza. — Minhas bochechas esquentaram.

Foi impressão minha ou as dele também?

Como era possível? Como era concebível que aquele abismo existisse entre nós? Havia menos de seis horas estávamos tão unidos que eu não saberia dizer onde ele começava e eu terminava. Tão juntos que nossa respiração tinha a mesma cadência. Tão próximos que por um momento pensei que o meu espírito e o dele se fundiam. E agora ali estávamos, o rosto afogueado de embaraço, os olhares furtivos, sem ter ideia de onde colocar as mãos.

O amor é, de fato, uma coisinha muito peculiar.

— Seja o que for, não tenho tempo para pensar em Abelardo agora — acabou dizendo. — Por favor, não saia de casa até eu voltar, está bem?

Assenti uma vez. Não sei ao certo o que ele viu em meu rosto, mas, seja lá o que tenha sido, o deixou inquieto.

— Valentina... — começou, parecendo que iria sufocar se não dissesse as palavras. Mas no último instante agitou a cabeça, soprando o ar com força. — Vou mantê-la em segurança. Prometo — proferiu, veemente, antes de me deixar sozinha.

Sim, pensei, acompanhando-o com os olhos até ele desaparecer no coração da casa. Eu estaria segura com Leon. Mas quem manteria aquele espanhol teimoso afastado do perigo?

* * *

Sem ter muito o que fazer, subi para o quarto dele e me ocupei organizando suas roupas, ainda amontoadas de qualquer jeito sobre a poltrona. Tinha acabado de colocar o último paletó dentro do armário quando ouvi o som de uma carruagem. Pensando que Leon tivesse voltado, desci as escadas, desabalada.

Mas não era ele.

— Céus, Valentina! Que bom que a encontrei! — Najla se lançou sobre mim, ainda no hall de entrada.

— Najla, o que houve? — perguntei, preocupada, abraçando-a de volta.

Ela balançou os cachos, soluçando em meu ombro.

Guiei minha amiga até o sofá e tentei acalmá-la como pude. Manteiga também quis ajudar, colocando as patas sobre os joelhos dela e encaixando o focinho ali.

— O que está acontecendo? — perguntei, afagando suas costas. — Por que todo esse desespero, minha amiga?

— Pedro pretende me deixar! — Ela fungou. — Ele acredita que eu tenho um amante!

— O quê? Ele acha que você está tendo um caso? — Meu amigo tinha perdido o juízo? Najla era completamente apaixonada pelo marido. — Mas, por Deus, com quem?

— Com você, Valentina!

38

— O quê?! Pedro acredita que você está tendo um caso comigo? — Uma risada me escapou. Tentei engoli-la, porém outra veio a seguir. Tapei a boca com as mãos, mas meus ombros se sacudiram. — Me perdoe, Najla. Não queria rir.

— Eu sei. — Ela também achou graça, embora ainda chorasse. — Eu tive essa mesma reação enquanto Pedro me acusava, o que, confesso, piorou um pouco as coisas. Oh, Tina, ele me disse coisas horríveis... Que o filho que eu estou esperando pode nem ser dele! — Seu olhar reluziu com faíscas vermelhas. — Jamais vou perdoá-lo!

— Najla, espere. — Tomei sua mão fria, apertando-a. — Eu não compreendo. Por que Pedro chegou a essa conclusão?

— Parece que alguém nos viu aquele dia no parque e contou a ele. Como Pedro pôde pensar que eu o trairia?

Fechei os olhos, inspirando fundo para não gritar. Estava tão assustada com tudo o que tinha acontecido que não pensei no que poderia acontecer com ela se fosse vista andando por aí com um criado.

— A culpa é minha — murmurei, mortificada. — Não devia tê-la levado para um local público. A culpa é toda minha. Me perdoe, minha amiga. Vou falar com...

— Eu sabia! Eu sabia! — Alguém irrompeu na sala.

Aparentando ter sido atropelado por uma dúzia de carroças, os cabelos claros escapando da fita que os prendia, Pedro contemplou a esposa, depois a mim e, por fim, nossas mãos entrelaçadas. Seus olhos brilharam. Parte fúria, parte uma dor dilacerante. Manteiga se pôs em alerta.

Najla e eu nos soltamos ao mesmo tempo.

— Pedro, não é o que parece. — Minha amiga se levantou devagar.

— Não é? — Ele me estudou, uma careta enojada. — Um menino! Você me trocou por um menino que nem barba tem ainda!

— Pedro... — comecei.

— Sr. *Torres!* — corrigiu, aos berros. — E não se atreva a me dirigir a palavra, maldito! — Enfiando a mão no bolso do paletó, tirou de lá uma...

— Ah, meu Deus, Pedro, onde arranjou essa arma? — Najla quis saber enquanto seu marido apontava a pistola para mim, o cano sacudindo na mão instável.

Intuindo que eu estivesse em perigo, meu cachorro eriçou os pelos, os dentes arreganhados.

— Calma — falei aos dois, erguendo as mãos espalmadas.

Nem Pedro nem meu amigo de quatro patas pareceram me ouvir.

— O que mais eu posso fazer, Najla? — Ele riu, um tanto desvairado. — O que eu ainda posso fazer? Ele me tirou você e meu filho. Se eu deixar, vai tirar minha honra também.

— Estou muito magoada, Pedro. Nunca me senti tão ofendida.

— E como acha que me sinto, Naj? — ele gritou. — Como acha que me sinto, vendo-a aos beijos com esse fedelho?

— Não estávamos aos beijos! — Ela bateu o pé. — E não a chame de fedelho!

— Se você vai defendê-lo...

Bufando, ela jogou as mãos para o alto.

— Najla — chamei —, será que poderia discutir com seu marido mais tarde? Quando ele não estiver apontando uma arma para minha cabeça? — Para meu ombro... meu joelho esquerdo... Manteiga... o vaso sobre o aparador... oh, meu crânio outra vez...

— Pare com todo esse rebuliço e abaixe essa arma, antes que acabe ferindo Valentina. — Najla se sentou no sofá, as saias se estufando feito um balão, e cruzou os braços. — Ou a si mesmo, o que é mais provável.

O braço dele pendeu para baixo, ainda que só um pouco, enquanto trincava os dentes.

— Você me acha tão tolo assim?

— Pedro, olhe para mim — pedi. — Sou eu. Valentina.

A dor que antes vincava sua testa se transformou em fúria. Graças aos céus, a arma foi deixada sobre o sofá. Mas Pedro avançou para cima de mim.

— Dela eu posso tolerar, mas não vou suportar ouvir essa patacoada de um fedelho. Vou fazê-lo engolir a própria língua!

Manteiga se colocou entre mim e o homem irritado, pronto para atacar. Consegui segurá-lo pela coleira e impedir que algo pior acontecesse. Meu cachorro adorava Pedro. Mas gostava mais de mim.

Recuei alguns passos, arrastando comigo um resistente cão amarelo de trinta quilos.

— Nós nos conhecemos na rua — tentei, observando Pedro vacilar ante a ameaça de Manteiga. — Você passeava com Najla. Paramos para tomar um chá. Você me ensinou sobre o cultivo do fumo naquele dia — me lembrei de repente.

Ele hesitou, apertando as sobrancelhas.

— E no aniversário da Najla — prossegui —, você me pediu ajuda com o presente, porque pensa que não tem bom gosto para joias. Fomos até a joalheria e escolhemos uma gargantilha de ouro amarelo e pérolas.

— O quê?! — guinchou Najla.

— Você me pediu que não contasse nada. Me desculpe, Pedro — acrescentei depressa, em um sussurro. — Eu teria levado o segredo para o túmulo se você não estivesse tentando me colocar em um agora.

Ainda desconfiado, ele apertou os olhos, inclinando a cabeça para a frente, me examinando. Manteiga pressentiu a mudança e parou de rosnar, embora ainda estivesse alerta.

— Vamos lá — tentei brincar. — A falta de cabelo e de algumas roupas bonitas não pode fazer tanta diferença assim... — Sorri.

Talvez isso, o meu sorriso, o tenha feito enxergar a verdade.

— Meu Deus do céu! Valentina! É você de verdade! — No instante seguinte, ele tentou me abraçar. Meu cãozinho não deixou.

— Está tudo bem. Está tudo bem agora — garanti ao meu amigo de quatro patas. Querendo provar isso, corri para Pedro.

— Como estou feliz em vê-la. — Ele apertou os braços ao meu redor com tanta força que algumas costelas estalaram. — Como estou contente em saber que está viva! Como estou grato por você não ser amante da minha mulher! — adicionou, e eu ri. Então se afastou bruscamente e me examinou com a testa enrugada. — Você não é, certo?

Acabei rindo outra vez.

— Não, Pedro. Não somos amantes nem nunca fomos. Najla só tem olhos para você.

Ele soltou o ar com força. Najla fez um ruído parecido, embora o dela tenha soado mais aborrecido que aliviado. Isso serviu de alerta para Pedro, que, parecendo muito envergonhado, correu para se ajoelhar diante da esposa.

— Najla. Meu Deus, Najla, perdoe-me! Entendi tudo errado. Pensei que você tivesse se apaixonado por outro homem. Pensei que... — Tentou pegar a mão dela, mas não obteve sucesso.

— Você deixou bastante claro o que pensou — retrucou, ríspida.

— Tente se colocar em meu lugar. — Ele secou a testa suada com as costas da mão. — Eu sabia que estava escondendo alguma coisa de mim. Eu sentia! Como poderia imaginar que o que você ocultava era a gravidez? E Valentina? — Apontou para mim.

O ruído de metal e porcelana colidindo contra o piso me fez virar no sofá. Lúcia estava parada sob o umbral da porta, os olhos arregalados fixos em mim, a bandeja de chá e tudo o que havia sobre ela esparramados a seus pés. Manteiga se apressou em correr para lamber a bagunça. Tive que usar as duas mãos para detê-lo.

— Se-senhorita Valentina? — murmurou a moça, pálida.

— Oh, Lúcia... — Eu me levantei, sem saber como concluir.

Antes que conseguisse encontrar as palavras certas, a jovem juntou as saias nas mãos e saiu correndo. Eu gemi. Ela teria que saber em algum momento. Ainda assim, desejei que existisse um jeito de poupá-la da decepção.

— Valentina, não devia ter se revelado! — disse Najla, preocupada. — Você sabe que os empregados têm sua própria rede de intrigas. Antes de anoitecer, toda a cidade estará ciente de que ainda está viva, morando na casa do seu noivo como um criado!

— O quê?! — A voz grave de Leon preencheu a sala instantes antes de sua presença fazer o mesmo.

Eu me flagrei sorrindo sem querer, contente apenas por vê-lo. Ele, porém, teve uma reação diferente. Observou meus amigos antes de disparar um olhar exacerbado em minha direção.

— Me diga que não contou a eles... — E se plantou bem ao meu lado.

— Najla descobriu há algum tempo. — Encolhi os ombros, na defensiva. — Pedro acabou de fazer o mesmo. E eu já disse que ele nunca foi um dos suspeitos.

— Suspeito de quê? — Meu amigo ficou de pé e encarou Leon.

— De ter tentado matar Valentina. — Pressionou a têmpora como se subitamente lhe doesse, soprando o ar com força.

Pedro empalideceu.

— O quê? Alguém tentou matar Valentina? Meu Deus, por que razão?

— Acho melhor se sentar. É uma longa história. — Meu ex-noivo sinalizou o sofá, os lábios apertados em uma linha fina, escondendo a cicatriz.

— Bem... enquanto você explica tudo a ele, eu vou falar com a srta. Lúcia — comecei. Leon arqueou a sobrancelha. Eu gemi. — Ela... humm... ouviu uma parte da conversa e... hã... agora sabe quem eu sou.

Uma veia pulsou na testa do meu ex-noivo enquanto sua expressão passava de descrente para indignada.

— Eu fiquei fora por uma hora. — Abriu os braços, desamparado. — Apenas uma hora! E neste curto espaço de tempo você decidiu contar o seu grande segredo para todo mundo?

— Mas eu não contei! As coisas saíram de controle! Pedro até tinha uma arma!

De imediato, Leon se voltou para o amigo, o semblante inexpressivo, os ombros tensos.

— Eu pensei que ela e Najla estivessem tendo um caso! — Pedro trocou de cor, erguendo as mãos vazias.

Leon abanou a cabeça, incrédulo, as ondas escuras balançando de leve. Então cravou em meu rosto as íris cinzentas irritadas.

— Você e eu vamos conversar sobre a sua incapacidade de se manter em segurança por mais de uma hora.

— Mas eu não tive culpa! As coisas desandaram sem que eu pudesse fazer nada — objetei. Sua única resposta foi cruzar os braços e arquear uma das grossas sobrancelhas. — Oh, está bem! — resmunguei, vencida. — Mas antes tenho que falar com a srta. Lúcia. Devo uma explicação a ela.

— A cozinheira? — Najla quis saber. — Por quê?

— Valentina a beijou — revelou o espanhol irritante, indo até a poltrona e se largando sobre ela, prostrado.

— O quê?! — Najla e Pedro exclamaram ao mesmo tempo enquanto eu fulminava meu ex-noivo.

— Ah, sim! Agora me lembro. — Pedro corou. E depois riu. — Minha nossa! Parece que sua noiva andou um bocado ocupada, Navas.

Leon balançou a cabeça, concordando.

— Isso porque eu ainda não contei sobre o bordel...

— O *quê*?! — Os olhos de Najla quase saltaram das órbitas.

— É uma longa história — falei, sem graça, me apressando em deixar a sala. — Vou explicar tudo com calma depois.

Lúcia. Eu tinha que me concentrar na jovem que eu magoara sem querer. Poderia matar Leon mais tarde.

No entanto, antes que eu passasse pelo batente, ouvi quando ele falou:

— Bem, agora que sabem de tudo, talvez possam me ajudar com uma coisa.
— Basta dizer — Najla lhe assegurou.
— Certamente — ajudou Pedro.
— Ótimo! Eu preciso que vocês... — a voz de Leon diminuiu várias oitavas, de modo que não consegui escutar mais nada. Contudo, minha intuição dizia que eu não ia gostar do seu plano. Nem um pouco.

* * *

— Está confortável? Precisa de ajuda? — Najla ofereceu, da porta do quarto de hóspedes de sua casa.

O ambiente era decorado em tons pastel, com cortinas diáfanas e um delicado papel de parede com motivo floral. Supostamente deveria transmitir paz e serenidade. O oposto do que eu sentia, sentada no meio daquela imensa cama fofa, vestindo uma camisola de renda perfumada.

— Está tudo perfeito, Najla. — Tentei sorrir. — Obrigada por me receber.
— Sabe que é um prazer.

Sim, eu sabia. Assim como também estava ciente de que ela não tinha tido escolha. Leon não deixara nenhuma naquela tarde.

Conversar com a srta. Lúcia fora difícil. Ela estava assustada, envergonhada e muito confusa. Eu temia partir seu coração. Não queria magoá-la. Já havia magoado mais pessoas que o aceitável. Mas, no fim das contas, a providência divina finalmente me sorriu e a moça entendeu meus motivos. E confessou que não estava realmente apaixonada por Dominique, apenas pela ideia de que um "homem" a tivesse tratado com tanta amabilidade e afeto. Eu me perguntei qual era o problema dos homens daquela cidade que não notavam como aquela garota era formidável. Nós nos despedimos um pouco constrangidas, mas suspeitei de que poderíamos ser amigas.

Depois disso, fui informada por Leon de que deveria partir com Najla e Pedro. Ele não explicou nada, apenas me garantiu que tudo seria esclarecido no devido tempo. Meus amigos concordaram de pronto.

Eu não.

Até tentei argumentar, mas teria tido mais sorte se tivesse tentado transformar as pedras da calçada em balas de coco. Com a promessa de que mandaria notícias caso tivesse alguma, Leon me despachou para a casa dos Torres. Ao menos consegui convencê-lo — depois de quase meia hora de discussão — a ficar com Manteiga. Meu cachorro jamais seria considerado um grande caçador, nunca receberia medalhas ou condecorações, mas, se havia alguma coisa em que aquele animalzinho era bom, era em ser leal.

E ali estava eu, com uma camisola emprestada por Najla, no quarto requintado e quente, com o coração a muitas quadras de distância.

— Você e Pedro se acertaram? Estão bem? — perguntei a minha amiga, escorregando do devaneio.

Entrando no quarto, ela juntou as saias nas mãos e se sentou na beirada do colchão.

— Vamos ficar. Pedro está com a consciência pesada por ter sido injusto comigo e está se esforçando para me mimar. Quase me sinto mal. — Sorriu com malícia. — Quer que eu peça um chá para você?

— Não. Meu estômago está revirado.

— Não fique tão tensa. Leon deve saber o que está fazendo. — Sua mão delicada cobriu a minha, um sorriso esperançoso brincando no rosto. — Você vai me condenar se eu disser que estou feliz, Valentina? Se essa confusão toda serviu para alguma coisa, foi para que você e Leon se aproximassem. E ele a ama.

Amou, corrigi mentalmente. Leon me amou muito. Isso eu não podia negar. Não depois de ouvir as coisas que ele escrevera no diário, ou suas palavras enquanto fazíamos amor antes de tudo desandar, ou sua explosão de raiva seguida pelo desespero ao saber que um dia suspeitei dele.

Apesar de tudo o que ele estava fazendo por mim, eu sabia que nada mudara. Ele se sentia responsável pelo ocorrido, como acontecera com Emilia, e isso era tudo. O amor que partilháramos na noite anterior também não tinha nenhum significado além de ele estar certo ao afirmar que a atração entre nós era intensa demais, impossível de resistir. Eu não duvidava de que Leon tivesse me amado de verdade. Mas muitas vezes o amor não é suficiente.

— Ele se sente culpado, Najla — acabei dizendo. — É diferente.

Minha amiga revirou os olhos.

— Sabe, começo a concordar com Suelen. Você é incapaz de administrar sua vida amorosa. — Ela se levantou da cama. — Avise se precisar de alguma coisa. Agora descanse. Amanhã vou querer saber tudo sobre o bordel e o beijo na cozinheira.

Gemi enquanto caía de costas nos travesseiros, fazendo-a rir.

Assim que ela saiu, me acomodei naquela cama imensa, assustada e solitária. Nem tentei dormir. A ansiedade esmagava meu peito feito um torniquete. Leon estava tramando alguma coisa. Algo que se recusara a me contar. Não era difícil imaginar o motivo, era? Muito provavelmente planejava algo que o colocaria em apuros por minha causa e sabia que eu não aprovaria. Ele estava se arriscando por mim, e tudo o que eu tinha a fazer era continuar deitada naquela cama macia e quentinha.

Observei as roupas de Dominique, perfeitamente dobradas sobre a poltrona de estampa floral do outro lado do quarto.

Joguei as pernas para fora do colchão e comecei a me vestir.

39

Eu andava apressada pela rua escura, os braços cruzados sobre o peito para manter o paletó fechado. Talvez fosse a brisa gelada que vinha do oceano, mas parecia que uma aura sombria recaía sobre a cidade, me arrepiando inteira.

Assim que dobrei a esquina e cheguei à rua principal, a casa de Leon entrou em meu campo de visão. Parecia adormecida como as demais. Segui pela calçada oposta, parando apenas para verificar a rua antes de atravessar. Ainda examinava os arredores quando uma mão imensa encobriu minha boca, me puxando para trás.

Eu me debati contra o corpo grande que me mantinha cativa enquanto era arrastada para o jardim da casa em frente à de Leon. Fui empurrada para trás de um arbusto. Tentei gritar, mas ouvi o latido um segundo antes de o rosto de Leon pairar diante do meu.

Soltei um suspiro de puro alívio, todos os meus membros desmontando ao mesmo tempo. Não resisti a espalmar as mãos em seus braços. Eu sentia falta dele. Tanta que parecia que eu tinha parado de respirar no instante em que fora para a residência dos Torres.

Ele, porém, parecia sentir o oposto ao me ver.

— O que, em nome de Deus, está fazendo aqui? — Leon praguejou baixinho, me ajudando a sentar no gramado. — Manteiga, quieto.

Meu cachorro se calou, mas se pôs a lamber meu maxilar. Afaguei o espaço entre suas orelhas, para assegurar que eu também estava contente em vê-lo. Leon era o único emburrado ali.

— Eu tinha que vir — contei a ele. — Desconfiei de que me queria longe porque estava aprontando alguma. E eu estava certa, não?

— Por que você nunca faz o que eu digo? Por que não pode, pelo menos uma vez, se manter segura? — perguntou, impaciente. — Eu não a quero aqui.

Pisquei algumas vezes, então fitei meus joelhos.

— Diabos, Valentina! Não foi isso que eu quis dizer! — Sua mão se encaixou sob meu queixo, incitando-me a erguer o rosto. Quando o fiz, encontrei seu olhar aflito. — Você tem ideia de como isso pode ser perigoso? Esta tarde eu estive na casa de jogos, no alfaiate, na barbearia e no *Galatea*. Falei em alto e bom som que tinha provas de que você não pulou do navio, mas foi empurrada. A fofoca já deve ter começado a se espalhar.

Era uma sorte já estar sentada, pois senti minhas forças sendo drenadas.

— Você fez o *quê*?!

Ele deu de ombros, afastando a mão de meu rosto.

— Javier vigiou Miranda o dia todo. Depois da nossa conversa, ela foi direto para casa. Nenhum mensageiro saiu de lá. Ninguém trouxe recado algum. Por isso resolvi seguir por outro caminho. Eu tinha que fazer a história chegar aos ouvidos da pessoa que tentou matá-la. Suspeito que ela deva vir atrás de mim, por isso mandei você para a residência dos Torres e dei folga à srta. Lúcia e ao sr. Moreira.

Eu não sabia se ria ou se começava a chorar.

— Leon, você perdeu o juízo? Isso é muito arriscado!

— Sei me cuidar. Vou pegar o maldito que fez isso com você, eu juro. — A fúria lhe enrijeceu a mandíbula. — Mas para isso preciso que você esteja em segurança.

Empinei o nariz, desafiando-o.

— Pois saiba que eu não irei a parte alguma. Por que pode se arriscar por mim, mas eu não posso fazer o mesmo por você?

Gemendo, ele dobrou as pernas, apoiando os cotovelos nos joelhos, parecendo vencido.

— O que eu vou fazer com você? — resmungou, exasperado, balançando a cabeça.

Pensei que fosse uma pergunta retórica, por isso não me dei o trabalho de responder, e me ajeitei melhor, dobrando as pernas para o lado. Minha bota se enroscou na raiz do arbusto atrás do qual nos escondíamos.

— Por que invadiu o jardim do seu vizinho? — eu quis saber, desprendendo o calçado com um puxão.

— Tenho uma visão melhor da casa deste lado do que se estivesse dentro dela — explicou, observando a construção a nossa frente por entre a folhagem.

Eu o imitei, tentando ignorar as sensações que aquela proximidade despertava em mim. Manteiga, sempre fiel, se esticou junto ao meu quadril, bem menos alerta do que deveria.

Ficamos calados por um bom tempo, mas nós dois prendemos o fôlego assim que o som de patas e rodas nos chegou aos ouvidos. Leon endireitou o pescoço, atento, mas a carruagem passou direto pela casa, sumindo de vista, e tudo voltou à quietude.

Arqueei o pescoço, admirando as estrelas salpicadas no vasto fundo negro, agora com poucas nuvens esparsas.

— É igual? — me ouvi perguntar.
— O quê?
— O céu. É igual em todo lugar?

Jogando a cabeça para trás, me brindando com a bela visão do seu pescoço, ele contemplou os pontinhos brilhantes acima de nós.

— Algumas constelações só são vistas no hemisfério Norte. Outras, como aquela ali — apontou para um conjunto brilhante —, só aqui no Sul. Os navegadores as usam com frequência.

— Já ouvi dizer. Mas o que acontece se chover? E você estiver no *Galatea*?

— A orientação é o menor dos problemas, nesse caso. — Ele puxou um fiapo de grama e começou a girá-lo entre os dedos. — O ideal é aportar ao menor sinal de mau tempo e esperar passar. Nem sempre é possível, claro, por isso se devem redobrar os cuidados, isolar as escotilhas, vigias, portas estanques, agulheiros e deixar abertas apenas as passagens indispensáveis. Se for uma tempestade, a estabilidade do barco pode ser comprometida. A má distribuição de peso pode ser fatal...

Esquecendo o mau humor, ele continuou a me contar sobre seu trabalho, usando termos náuticos que, mesmo que os tivesse dito em português, tenho certeza de que eu não compreenderia. Mas uma coisa eu fui capaz de concluir: Leon era apaixonado pelo que fazia. Ele falou por um bom tempo, dividindo a atenção entre a sua casa e o meu rosto.

— O *La Galatea* é o melhor barco que já comandei. Rápido, estável e robusto. Era o que eu pretendia lhe mostrar naquela viagem maldita. — Com os braços apoiados nas pernas, começou a picotar a pequena fita de grama.

Manteiga ergueu as orelhas, mas, ao perceber que não se tratava de comida, tornou a relaxar.

— Então, no fim das contas, você só queria se vangloriar um pouco? — impliquei. — Só não previu que eu iria enjoar a ponto de não ver a beleza da embarcação.

— Em se tratando de você, eu devia ter previsto. — Revirou os olhos. — Quando foi que agiu como eu esperava?

Acabei rindo, e, mesmo a contragosto, sua risada engrossou a minha. Mas aos poucos a diversão foi se dissipando, e Leon se remexeu, parecendo desconfortável.

— Valentina, nós temos que conversar.

— Sobre o quê? — perguntei, cautelosa, arrancando uma linha solta da manga da minha camisa.

— A noite passada. E a noite antes dela. — Respirou fundo. — O que aconteceu...

— Não temos que falar disso — atalhei. Se ele dissesse que tinha sido um erro, meu coração se recusaria a continuar batendo. — Eu não quero e nem espero que me faça promessas.

— Não é tão simples assim. — Seu semblante se retorceu com amargura. — Eu a desonrei. Sei que rompeu o noivado, mas, diante das circunstâncias, a única solução é...

— Não! — quase gritei em minha urgência para que ele parasse de falar. Se eu permitisse que Leon dissesse as palavras, meu coração apaixonado poderia me convencer a concordar com aquela loucura. — Nós nos sentimos atraídos um pelo outro e nos entregamos ao desejo. Não transforme o que aconteceu em algo sórdido, uma desonra. Não foi assim. Você não me desonrou. Você me amou. Nada que já não tenha acontecido centenas de vezes pelo mundo, desconfio. — Ergui os ombros. — Já pediu minha mão antes por senso de dever, Leon. Não quero que faça isso de novo.

— Já lhe ocorreu que pode estar grávida? — Ele trincou o queixo. — Tem consciência disso?

Soltei um suspiro.

— Eu desconfiei de que o que fizemos pudesse resultar em um bebê. Uma vez vi os porcos no chiqueiro fazendo algo parecido, e pouco depois a porquinha esperava uma ninhada. — Quem teria antecipado que os seres humanos, sempre armados de regras e normas sociais, também seriam tão primitivos?

— Porcos? — Leon tentou se conter, mas acabou gargalhando a ponto de seus ombros se sacudirem e sua risada ecoar pela rua toda. Tapei sua boca, murmurando um *shhhh*. — ¡Vaya! Nunca pensei que uma mulher compararia minhas habilidades na cama com as de um porco. — Segurou meu pulso para liberar os lábios, que se esticavam em um sorriso genuíno, mas não me soltou. — Honestamente, Valentina, você podia ter me equiparado a um animal um pouco mais lisonjeiro, pelo menos. Um cavalo. Um touro ou...

— Eu não disse que eram iguais — interrompi, corando violentamente. — Apenas que era *um pouco* parecido.

Incrédulo, ele sacudiu a cabeça, ainda rindo. Um instante de silêncio se passou: Leon me encarando, ainda segurando meu punho; eu me concentrando em respirar e me convencer de que beijar aquele sorriso travesso não era aceitável.

Depois de algum tempo, quando o divertimento cedeu, ele indagou:

— E então? O que faremos, já que você pode estar esperando um filho meu?

— Ah. — Fiquei mais vermelha que um dos bicos-de-papagaio daquele arbusto. — Eu... humm... não sei. — Ao me contar que esperava um bebê, Najla explicara que precisou da confirmação, e ela viera depois de um mês e meio de atraso de suas regras. Eu teria que esperar também. — Seja como for, não vou obrigá-lo a assumir um compromisso que não deseja. Como da primeira vez. Eu já fiz um estrago grande demais na sua vida.

O semblante de Leon endureceu, mesmo que ainda segurasse meu pulso, como se fosse incapaz de me soltar.

— Não vou permitir que nosso filho assuma a conta dos nossos erros e cresça sendo apontado como um bastardo. Nem que você seja ridicularizada carregando o título de minha amante. Se você estiver grávida, sabe que a única alternativa é nos casarmos.

E ali estava. "Nossos erros." Doeu tão mais do que eu tinha antecipado... Quase pude ouvir meu coração se estilhaçar.

— Se eu estiver grávida, discutiremos a questão — falei, com a maior dignidade que consegui reunir.

— Sabe que não há o que discut... — começou, mas se deteve quando algo chamou sua atenção na rua.

Acompanhei seu olhar. Um homem atravessava, meio agachado, o portão da casa de Leon, o rosto escondido pelo chapéu de aba baixa. Um tremor me sacudiu por inteiro.

A mão quente e levemente áspera escorregou do meu pulso, procurando meus dedos, enquanto eu via o sujeito pular os degraus da escada e se ocultar nas sombras do pórtico. Depois de um baque estrondoso, a porta se arreganhou e ele desapareceu nas entranhas da casa.

Leon precisou de uns trinta segundos para verbalizar sua cólera. Por fim soltou minha mão, ficando de pé, meio curvado, antes de caminhar para o portão.

— Não! Espere! — Eu também me levantei, puxando-o pela parte de trás do paletó. — Não pode ir até lá sozinho, Leon. Não sabemos quem é nem do que é capaz.

Metade de seu semblante estava perdido nas sombras, como se as absorvesse, a julgar pela expressão brutal que estampava a metade visível.

— Valentina, eu reconheceria aquele *hijo de puta* de qualquer distância. É Gaspar.

Um arrepio eriçou os cabelos em minha nuca, ao mesmo tempo em que a confusão me assolava.

Gaspar? O marinheiro que desde sempre se antagonizara comigo, fosse como Valentina ou Dominique? Gaspar tinha me empurrado daquele barco? Mas... mas... por quê?

Antes que eu pudesse despejar minhas dúvidas sobre Leon, ele murmurou:

— Fique aqui.

— Mas...

Leon me observou por sobre o ombro e, como o desajuizado que era, sorriu.

— Conheço todos os truques dele. — Então fitou meu cachorro. — Cuide dela para mim, amigo.

Os segundos se arrastaram conforme eu via Leon se aproveitar das sombras, cruzar a rua e entrar na residência sem fazer barulho. O tempo parou completamente depois que ele desapareceu de vista. Eu tentava marcar os minutos pelos meus batimentos cardíacos, mas, aturdida como estava, uma batida parecia emendar na outra em um pulso ininterrupto, até que perdi a conta.

Por que Gaspar tentara me matar? Teria agido por conta própria — seja pelo motivo que fosse — ou estava envolvido com Miranda? Que razão ele teria para me empurrar do *Galatea*?

Não demorou muito para que sons de luta me alcançassem. Gritos, socos e coisas se partindo pareciam vir do coração da casa. Da sala de jantar, talvez. Manteiga se colocou sobre as quatro patas, alerta. Meus joelhos também se flexionaram, como que prontos para disparar.

— Eu sei. Também estou preocupada. Acha que devíamos ir até lá?

Um rugido seguido de uma pancada ecoou pela noite. Eu estava correndo antes que me desse conta. Meu cachorro foi o primeiro a passar pela porta. Parei logo na entrada para agarrar um castiçal antes de me aventurar nas sombras — dessa vez Gaspar não me encontraria tão indefesa —, apertando as vistas para que se ajustassem à parca claridade. Um vulto alto surgiu do nada. Ergui minha arma acima da cabeça e...

— ¡No, Valentina! — alertou Leon.

Soltei a peça pesada, que caiu no chão e rolou pelo piso até colidir em alguma coisa.

— Eu disse para me esperar lá fora. — Apesar de não poder vê-lo muito bem, o timbre de Leon indicava que ele trincava os dentes.

— Eu fiquei com medo de que ele tivesse feito alguma coisa com você. Você está bem? Onde está Gaspar?

Abaixando-se, Leon tateou o chão até encontrar o castiçal. Encaixou a vela que se desprendera e fez surgir uma faísca alaranjada em meio à escuridão, iluminando parcialmente a sala.

O alívio de ver Leon inteiro foi tão intenso que o choro me pegou de guarda baixa. Eu me atraquei a ele, abraçando-o pela cintura, enterrando o rosto em seu peito. Ele pareceu um pouco surpreso, mas não me repeliu. Em vez disso, acariciou minha nuca, pressionando os lábios em meus cabelos. Ao pé da escada, avistei meu cachorro, totalmente em guarda, rosnando para o homem inconsciente.

Gaspar. Gaspar tinha tentado me matar.

— Por quê? — Eu não entendia. O que eu tinha feito que irritara tanto aquele sujeito a ponto de ele me empurrar de um navio? — Por que ele...

Delicadamente, Leon tocou meu queixo, incitando que eu o encarasse.

— Preciso que faça uma coisa por mim — pediu, correndo o polegar pela minha bochecha úmida.

Confusa e assustada, fiz que sim com a cabeça. Leon começou a me conduzir para fora da casa, assobiando para Manteiga, que, entendendo tanto quanto eu — mas parecendo se divertir muito mais que eu —, correu para nos acompanhar, trotando porta afora.

— Leon... — comecei ao chegarmos à porta de entrada, a lanterna da rua fornecendo alguma claridade. Meu cachorro já estava na calçada, como se montasse guarda.

— Logo vai amanhecer. — Ele abandonou o candelabro sobre o aparador. — Preciso chamar as autoridades. Não sei como as coisas vão se desenrolar, Valentina. Por enquanto, acho que deve continuar escondida. Quero que volte para a casa de Najla o mais rápido que puder. E não saia de lá por motivo algum — adicionou, urgente. — Vou encontrá-la mais tarde.

— Por quê? — eu quis saber. Ele estava dizendo a verdade, mas não toda ela, percebi naquele discreto apertar de sobrancelhas. — O que pretende?

— Pode confiar em mim apenas desta vez? — Havia mágoa, mas também uma súplica em seu tom.

A última coisa que eu queria era deixá-lo sozinho com aquele sujeito, mesmo que estivesse desacordado. No entanto, a preocupação que vislumbrei em seu olhar cinzento me desarmou. Leon realmente temia por mim.

Mexida, parei de resistir, permitindo que ele me conduzisse até meu cachorro. Nós nos encaramos diante do portão, e um tremor involuntário sacudiu meus ombros ante a ideia de deixá-lo para trás. Como sempre, Leon pareceu compreender o rebuliço que acontecia dentro de mim e, sem vacilar, me puxou para a segurança de seu abraço.

— Vai ficar tudo bem. Eu juro — falou em meus cabelos. — Apenas me prometa que ficará na casa de Najla até eu ir buscá-la.

— Vou esperar. Prometo.

Depois de hesitar e me apertar com um pouco mais de força, ele afrouxou os braços e deu um passo para trás. Seu olhar era uma combinação de emoções tão confusas que duvidei de que o próprio Leon fosse capaz de compreender o que sentia.

— Agora vá, Valentina. — E então, olhando para o cachorro amarelo: — Não saia de perto dela até eu encontrá-los.

O latido firme pareceu uma anuência. No instante seguinte, Manteiga começou a andar em ritmo lento, como se esperasse que eu o seguisse. Murmurei uma despedida e comecei a acompanhar o cãozinho. Mas parei ao chegar à esquina e olhei para trás. Leon ainda me observava da calçada.

— Por favor, tome cuidado — sussurrei, mesmo que ele não pudesse me ouvir.

Leon acenou de volta, e, depois de hesitar por mais um instante, me apressei em cumprir a promessa. Tomei a direção da residência dos Torres, os pensamentos agitados me lançando em uma espiral confusa.

— Acabou — sussurrei, andando pela rua o mais rápido que podia, com Manteiga praticamente colado a minha panturrilha. — Este pesadelo finalmente acabou.

Mas então por que minha intuição insistia em sussurrar que tinha alguma coisa errada naquela história?

40

O *tic-tic-tic-tic* das patas de Manteiga marcava o ritmo dos meus passos, a saia chiando de encontro ao granito à medida que eu atravessava, ansiosa, a casa dos Torres. Já passava das oito e eu ainda não tinha recebido notícia de Leon. Passei diante de um espelho francês, capturando um vislumbre da minha figura. Eu me detive, puxando a franja para o lado, prendendo-a com mais firmeza com uma forquilha dourada que minha amiga tinha me emprestado, e examinei meu reflexo. Minha expressão demonstrava todo o cansaço e a apreensão que esmagavam meu peito. O vestido cor de pêssego de Najla ficara largo em todos os lugares, as mangas escorregando pelos ombros, mas não estava tão mal. Era bom usar roupas que condiziam com meu gênero, me sentir eu mesma de novo.

Em outra ocasião eu teria apreciado o momento com toda a alegria que ele merecia, mas não pude. Estava preocupada demais com Leon. Fazia algumas horas que eu o deixara em sua casa com um Gaspar desacordado e até agora não tinha recebido nenhuma notícia dele. Por que tanta demora? Além disso, eu precisava que ele voltasse e me explicasse tudo. Eu precisava saber. Precisava conhecer os motivos de Gaspar, para pôr um ponto-final naquela história de uma vez por todas. Mas onde estava Leon? Por que ele não aparecia?

Meu cachorro latiu, como se dissesse: "Vamos logo. Podemos estar perdendo alguma coisa importante".

Voltei a andar, as botas surradas abafando meus passos — os sapatos de Najla eram um pouco maiores que meus pés. Fiz uma parada rápida na cozinha a fim de preparar uma tigela com um pouco de leite e algumas torradas para o cãozinho, ansioso pelo café da manhã, sob o olhar curioso da cozinheira de meia-idade. Assim que Manteiga atacou a comida, fui procurar Najla. Encontrei minha amiga sozinha à mesa, na ampla sala de jantar de paredes claras. Eu cruzara com Pedro ao retornar à casa naquela madrugada, e, percebendo como eu estava assustada, ele quis saber o que tinha acontecido, de modo que relatei o ataque malsucedido de Gaspar. Meu amigo, também aflito, partiu para ajudar Leon como pudesse, me prometendo que mandaria notícias assim que possível.

— Bom dia, Najla. Pedro enviou algum recado? — perguntei, me sentando em uma das cadeiras forradas com tecido vermelho.

— Não. Mas não fique tão ansiosa. As notícias ruins são as primeiras a chegar. Esse silêncio é bom, de certa forma.

Tentei me convencer daquilo. Inspirei fundo algumas vezes na esperança de controlar minha respiração e meus nervos, me concentrando em coisas triviais e automáticas, como me servir de uma fatia de bolo. Comê-la seria uma história completamente diferente.

A mão de minha amiga pousou sobre a minha, e o pedaço de bolo que eu equilibrava na espátula caiu sobre a toalha de linho branca.

— Sei que está preocupada com Leon, mas ele certamente está bem, Valentina. Isso tudo logo ficará para trás. E então vocês vão se casar. — Seu rosto se iluminou.

Soltei um longo suspiro. Najla me flagrara chegando em casa; minha amiga outra vez estava enjoada. Depois que a ajudei, ela quis saber de onde eu estava vindo e acabei contando a história. Toda a história, inclusive o que acontecera no chalé.

— Temo que seja muito improvável, Najla. — Apanhei da toalha o pedaço de bolo, depositando-o no prato. — Eu realmente o magoei, além de ter terminado o noivado.

— Não existe mágoa que dure para sempre quando duas pessoas se amam.

— Mesmo que a mágoa seja maior que o amor?

Ela franziu o cenho. Abriu a boca, mas o que quer que pretendesse me dizer jamais deixou seus lábios. Um vulto negro e laranja invadiu a sala.

— Najla, me perdoe por vir assim tão cedo, mas eu não sabia a quem mais recorrer! Pensei que Pedro talvez pudesse... — Suelen percebeu que Najla não estava sozinha e empacou. Os olhos fixos em mim aos poucos foram se tornando maiores, até que a parte branca ao redor das íris estivesse toda visível. — V-Valentina?

Um nó bloqueou minha garganta, me impedindo de proferir qualquer som. Mas minhas pernas funcionaram muito bem, tanto que corri para ela com tamanho ímpeto que quase a derrubei ao abraçá-la.

— É você! — disse ela, me apertando com força. — É mesmo você!

— Eu senti tanto a sua falta, Suelen!

Levou muito, muito tempo para que conseguíssemos nos separar. E, quando aconteceu, ela me examinou de cima a baixo.

— Você continua linda. Um pouco diferente. Tão magrinha...

— Ainda sou eu.

— Sim, ainda é! — Um largo sorriso apareceu em seu rosto molhado, os dedos curiosos tocando as pontas dos meus fios curtos. — O que aconteceu com você, minha prima? Onde esteve este tempo todo?

— Há tanto a ser dito, Suelen. Tanta coisa para explicar.

— É verdade. — Najla se levantou e se juntou a nós duas. — Eu mesma não estou certa de ter entendido tudo.

— Eu tenho tempo... — minha prima disse. Então sua pele naturalmente pálida perdeu toda a cor. — Santo Deus, não. Não tenho! Sua casa está um verdadeiro pandemônio, Tina!

Minha alegria foi substituída pela apreensão.

— O que aconteceu?

— Não sei ao certo. — Ela sacudiu os cachos ruivos. — Mas acordei com seu pai aos berros. Algo sobre esganar Miranda com as próprias mãos. O dr. Almeida estava tentando acalmar a situação quando eu saí.

Céus! Miranda devia ter acreditado no blefe de Leon e contado a verdade ao meu pai. Não deve ter sido uma conversa fácil.

— E Felix? — perguntei, preocupada.

— Não sei, Tina. Não o vi. Corri para cá na esperança de que Pedro pudesse ajudar a acalmar o tio Walter. Mandei o mensageiro atrás de Dimitri, mas ele não o encontrou. Lady Catarina desconhece o paradeiro do meu noivo. Seu pai estava procurando a pistola!

Minha nossa! Se papai a encontrasse naquele estado de descontrole, acabaria cometendo uma loucura... com Felix por perto. Eu não podia permitir que isso acontecesse.

— Ah, não! Nada disso — interveio Najla, me pegando pela mão e começando a me arrastar de volta para a mesa ao adivinhar o rumo que meus pensamentos tomavam. — O capitão Navas pediu que o esperasse aqui, e é o que você vai fazer. Nem que eu tenha que amarrá-la à cadeira!

— Mas, Najla, desconfio de que Miranda tenha contado ao meu pai sobre o sr. Matias. Ele pode...

— O sr. Matias? — Suelen encrespou o cenho. — O que o sr. Matias tem a ver com isso?

— Eu explico mais tarde — respondi a ela, já me voltando para Najla. — Preciso ir para casa e impedir que meu pai cometa uma loucura da qual vai se arrepender depois.

O queixo de Najla quase se desprendeu da cabeça.

— Pretende ir até sua casa para interceder por Miranda? — perguntou.

Soltei um suspiro.

— Também não posso acreditar nisso, mas é exatamente o que vou fazer. Pode avisar Leon que vou esperá-lo lá?

Com sorte, eu chegaria a tempo de impedir uma tragédia.

* * *

Estar outra vez naquela casa praticamente banhada a ouro foi quase como um sonho: surreal, enevoado e distante. Manteiga e eu fomos entrando sem bater — ele estava levando sua tarefa de guarda-costas muito a sério. Segurei a barra do vestido enquanto analisava com estranheza a sala, suas cores e aromas. Mesmo com todo aquele dourado, ela sempre fora assim tão fria?

A voz do meu pai me chegou aos ouvidos e eu a segui, acabando diante da porta entreaberta da biblioteca. *Que apropriado encontrar meu pai no local onde tivemos uma terrível desavença*, pensei, desanimada.

Pela fenda entre o painel de madeira e o batente, avistei o dr. Almeida em pé ao lado de uma das estantes. Então uma terceira pessoa se juntou à conversa. Uma mulher. Mas não era Miranda.

O que lady Catarina fazia na minha casa assim tão cedo?

— ... bilhete da sua sobrinha, pensei que fosse alguma notícia de Valentina — contou a mulher. — Não entendo o motivo de todo esse estardalhaço. É apenas uma traição. Estamos recebendo de volta aquilo que provocamos. Não compreendeu ainda que estamos sendo punidos, Walter?

— Lady Catarina, não pode pensar que Deus seria assim tão perverso — rebateu o dr. Almeida.

— O que mais posso pensar? — A voz da senhora embargou. — Deus está me castigando. A mim e a Walter. Eu sempre soube que este dia chegaria.

— Catarina tem razão — ouvi meu pai suspirar. — Ninguém deixa esta Terra sem pagar pelos pecados que cometeu. E eu estou pagando a cota que me cabe.

Catarina? Desde quando papai se dirigia a lady Catarina com tanta intimidade? Que raios estava acontecendo?

— Não, Walter. Nossa menina pagou pelos nossos erros. — Ela soluçou. — Não é justo! Não é nem um pouco justo!

Aquilo parecia particular. Além disso, eu não podia simplesmente ir entrando com tanta gente por perto. Meu pai soava calmo, logo não iria atrás de Miranda como um espartano brandindo a espada, não é? Eu voltaria outra hora. Comecei a dar meia-volta.

Mas parei dois passos depois.

Nossa menina? Lady Catarina havia dito isso mesmo?

Um estalo fez as engrenagens do meu cérebro girarem tão depressa que fiquei tonta e apoiei a mão na maçaneta. A porta se entreabriu um pouco mais. Lá dentro, a mulher elegante e de semblante severo chorava copiosamente, enquanto meu pai segurava sua mão e afagava suas costas. Inclinei a cabeça, estudando a cena. Aquela não era uma conversa entre conhecidos. Não era uma conversa nem entre amigos, me dei conta ao vê-lo afastar alguns fios do rosto úmido da mulher com uma intimidade e uma delicadeza que eu experimentara apenas com Leon.

Meu Deus! Lady Catarina e meu pai eram amantes! E lamentavam a perda de uma criança. A criança *deles*.

Uma menina. A criança por quem lady Catarina chorara na praia.

Minha... irmã?

Não me recordo de ter entrado na biblioteca. Não tenho memória alguma de ter empurrado a porta e passado pelo batente. Mas devo ter feito tudo isso, porque, no instante seguinte, eu estava no centro da sala, com três pares de olhos atônitos me encarando.

— Meu. Bom. Deus! — exclamou o dr. Almeida.

Eu queria ter lhe dado um sorriso ou algo do tipo, mas minha atenção estava no homem de bigode grisalho, agora pálido de assombro.

— Eu tive uma irmã? — murmurei. — Você teve uma filha com essa mulher?

Tudo o que papai fez foi me admirar, uma miríade de emoções perpassando apressadas por sua expressão, a boca se abrindo e fechando como um peixe.

— Me responda, papai! — exigi.

— Va-Valentina? Minha filha, é mesmo você?

Ele me examinou de cima a baixo, se detendo em meu rosto. Procurou alguma coisa. E a encontrou em meus olhos. Os dele então brilharam, até que a umidade ali transbordou, escorrendo pelas bochechas. Um pouco da minha exaltação recuou. Era a primeira vez que eu via meu pai chorar. Não parecia certo.

Lentamente, ele plantou as mãos nos braços da poltrona e se ergueu, parecendo um tanto receoso de se aproximar, como se temesse que eu fosse uma aparição ou algo semelhante. Mas, quando sua mão rechonchuda e quente se encaixou em meu queixo, seus olhos se arregalaram ainda mais. Sem vacilar, papai me puxou para o seu peito roliço.

Mesmo que tudo estivesse fora de lugar, mesmo que existisse um milhão de perguntas espiralando em minha mente, cerrei as pálpebras e afundei em seu abraço, inspirando seu aroma de charuto e cavalo, me dando conta de como eu sentia falta dele. Não apenas agora, mas durante os últimos anos.

— Graças a Deus! — Ele apertou o bigode contra o topo da minha cabeça. — Eu rezei tanto... Graças ao bom Deus você está viva! Você está bem?

— Eu estou bem. De verdade. E o senhor?

Seus braços se estreitaram ainda mais ao meu redor.

— Agora estou. — Soltou uma grande lufada de ar.

Admirada, ouvi papai começar a murmurar algumas palavras em meus cabelos. Uma prece.

Pisquei algumas vezes, pigarreando de leve para me livrar do nó na garganta. Meu pai jamais demonstrava afeto. Aquela ocasião, que o fazia orar com tanto fervor, era a primeira. Gostaria que eu não precisasse ter desaparecido da vida dele para que isso acontecesse. Mas é como dizem: antes tarde do que nunca.

Algum tempo depois, um tanto relutante, papai me soltou. Mas permaneceu ali, me analisando com as bochechas molhadas, um pequeno sorriso nos cantos da boca trêmula.

E então a mulher no fundo da sala soluçou, me lembrando do motivo que me levara para dentro daquela biblioteca. Ela também me observava, o lábio inferior frouxo, assim como os ombros. A elegante dama da sociedade nem tentava esconder o choro, o que me surpreendeu. Nunca fomos muito próximas para que meu retorno mexesse tanto com ela. Antes que eu pudesse entender o que a emocionara tanto, a mulher se atirou contra mim sem aviso, empurrando meu pai para o lado.

Um tanto sufocada com seu abraço e muito sem jeito, eu a abracei de volta.

— Minha menina. Minha linda menina! — ela resmungou em meu ombro. — Eu sonhei com este momento por tantos anos. Ah, minha querida menina!

De início, não entendi. Não realmente. Não até o abraço dela se modificar, se tornar tão gentil que eu mal o sentia, mas ao mesmo tempo tão decidido que eu simplesmente sabia que ela me defenderia do mundo com as próprias unhas. Não até me recordar de que já fora abraçada daquela maneira milhares de vezes.

Pela minha mãe.

As peças do quebra-cabeça foram se encaixando em minha mente com tamanha velocidade que a sala começou a rodar.

Papai e lady Catarina tinham tido uma filha.

"Mas não tive chance de criá-la", me contara lady Catarina na praia, e eu havia deduzido que a criança morrera. Mas não. Nunca existiu meia-irmã nenhuma, conjeturei quando a mulher espalmou a mão na parte de trás da minha cabeça, incitando que eu a deitasse em seu ombro. A filha perdida da mulher que me abraçava com ternura era... era... eu.

41

Eu tinha que acordar daquele pesadelo. Porque só podia ser invenção da minha mente ansiosa tudo o que papai havia acabado de me dizer. Sobretudo no que se referia a eu ser filha de lady Catarina Romanov.

No entanto, a dor em meu peito e o pinicar em meus olhos, assim como as batidas urgentes do meu coração, sugeriam que eu estava bem desperta, que aquilo era real. Eu não conseguia respirar. Por que eu tinha escolhido justo aquele dia para voltar a usar espartilho?

Mudei de posição na poltrona, na esperança de ajudar o ar a passar.

— Diga alguma coisa — pediu meu pai, se ajoelhando à minha frente.

O que ele queria que eu dissesse? O que ele esperava que eu dissesse, pelo amor de Deus?

"Minha vida toda é uma mentira. Que bom que me contou"?

Porque era isso. Cada segundo da minha existência, desde o primeiro suspiro, não passava de uma gigantesca farsa.

Meu pai e lady Romanov tinham sido amantes muito tempo atrás. Cinco anos depois que ele e mamãe se casaram. Então eu aconteci. Catarina, já viúva e com Dimitri ainda pequeno, precisou se refugiar em uma das propriedades rurais da família. Não podia permitir que o mundo soubesse da gravidez — do seu mau passo — e pretendia abandonar a criança na roda dos enjeitados do convento tão logo nascesse.

Eu tinha escutado tudo. Mas não entendia. Era como se falassem de outra pessoa, não de mim.

— Dimitri tinha pouco mais de três anos e não se lembra de nada — explicou lady Catarina, sentada no sofá de couro negro, parecendo estar prestes a desmaiar.

O dr. Almeida, em pé ao seu lado, deu dois tapinhas reconfortantes no seu ombro.

— Mas Walter não aceitou que seu filho, seu primeiro e talvez único filho, fosse abandonado — complementou o médico, abatido. — Adelaide, por mais que tivesse tentado, não conseguia conceber. Então seu pai teve a *brilhante* ideia.

— Eu não fui a única a ouvir a censura na voz do homem sempre tão amável.

— Contou a ela sobre a traição e a gravidez de Catarina.

Pobre mamãe. Devia ter sofrido duplamente, com a traição e com a criança que não fora capaz de gerar.

— Eu não tive escolha — meu pai se defendeu, se levantando apenas para ocupar o lugar no sofá ao lado da ex-amante.

Eu podia acreditar que ele pensasse assim. Creio que não lhe ocorreu não trair minha mãe.

— O que estava feito estava feito — ele prosseguiu. — Eu não podia permitir que você fosse abandonada na roda dos enjeitados. E Adelaide concordou comigo. Ela queria um filho mais que tudo no mundo. Sua única exigência foi que, a partir do seu nascimento, Catarina jamais voltasse a fazer parte da sua vida.

— Adelaide pediu minha ajuda. — O dr. Almeida abriu os braços, incapaz de esconder a aflição que sua escolha ainda provocava. — A vida de uma criança estava em risco, além da felicidade de uma amiga muito querida. Eu então a ajudei a forjar a gravidez, e, quando a hora de lady Catarina chegou, nós a levamos até você. Sua mãe a amou desde o primeiro instante em que a viu, Valentina. Sei disso porque fui eu que a entreguei a ela.

Mordi o lábio inferior para não chorar. Ao contrário do meu pai, minha mãe sempre fora extremamente amorosa. E ela não era minha mãe de verdade...

— Por que ela nunca me contou tudo isso? — perguntei, baixinho, tentando conter o choro. E falhando.

O dr. Almeida caminhou pela sala, até parar bem ao meu lado e apertar minha mão.

— Porque ela era sua mãe, querida. — E sorriu de leve. — No instante em que a segurou pela primeira vez, Adelaide esqueceu tudo o que tinha acontecido antes. Ela admirou o pacotinho que era você como se estivesse vendo o sol pela primeira vez. Uma vez ela me disse que o... — ele pigarreou, espiando meu pai brevemente — ... o fraco por mulheres de Walter era intervenção divina. Para que ela pudesse ter sua filha, já que seu corpo não foi capaz. Ela tinha a convicção de que havia nascido para ser sua mãe.

— É verdade. — Papai mirou seus joelhos, um sorriso saudoso nos lábios. — Enquanto você crescia e as pessoas comparavam sua beleza clara com a dela, Adelaide se iluminava. Ela jamais admitiria que não era sua mãe para qualquer pessoa. Nem para si mesma.

Balancei a cabeça, saltando da cadeira, os braços ao redor do corpo para não me desfazer com o meu mundo, que começara a se esfarelar centímetro por centímetro.

Papai às vezes me acusava de ter um temperamento semelhante ao da minha mãe. A qual das duas ele se referia? À mulher que pretendia me abandonar na porta de um convento qualquer, ou à que me contara mentiras sobre sua gestação, sobre a maneira como se sentira conectada comigo antes mesmo de eu nascer?

Uma farsa.

Minha vida era uma mentira. Toda ela.

— Valentina, diga alguma coisa — suplicou meu pai.

Devagar, me virei para ele.

— O que quer que eu diga, papai? Que cada lembrança minha, cada momento que vivi não passou de uma invenção? Que as pessoas em quem eu mais confiava mentiram para mim a vida inteira? Que estou feliz por saber que sou fruto de uma das suas escapadas? Ou que agora entendo por que você sempre esteve ausente e nunca me dirigiu um gesto de afeto? É porque eu o lembro a todo instante do "mau passo" que deu! — Minha voz se elevou algumas oitavas. — Eu sou o seu segredinho sórdido!

Em um salto ele estava de pé.

— Valentina, não vou tolerar que...

— Não se dê o trabalho — cortei. — Não tente fazer um discurso moralista agora. Eu estava lá. Estava lá todos esses anos. Eu o vi chegar em casa bêbado. Escutei as discussões com a mamãe. Ouvi quando a mandou ir dormir e cuidar da própria vida. Vi o senhor gastar o nosso dinheiro com suas amantes. Eu estava lá! — Cerrei as mãos ao lado das saias.

Suas bochechas e pescoço assumiram um tom escarlate.

— Modere a língua, minha jovem. Eu ainda sou seu pai!

— Lamentavelmente. Porque, se eu pudesse decidir quem não seria, de fato, meu progenitor, a mamãe não seria a minha escolha.

Ele bufou feito uma chaleira fervente. A explosão estava a caminho. A dele e a minha, percebi, conforme todo o meu corpo começou a estremecer. Resolvi sair dali antes que acontecesse.

— Valentina, não! — chamou o dr. Almeida, mas não lhe dei ouvidos, deixando a biblioteca para trás e atravessando a casa cega pelas lágrimas.

Manteiga me viu passar pela sala e latiu. Não consegui encará-lo. Estava envergonhada demais. Eu era uma filha bastarda. Eu era filha de lady Catarina. Minha mãe tinha mentido sobre... tudo. Meu Deus! Era sórdido, feio e doía demais.

Havia apenas uma pessoa que eu queria ver naquele instante: Leon. Eu precisava dele. Desesperadamente. Precisava que ele me abraçasse e fizesse desaparecer aquele zumbido em minha mente. Queria seus braços ao meu redor e sua boca na minha, apagando toda aquela história. Ele era o único que conseguia silenciar meus pensamentos, me fazer esquecer os problemas, fugir da realidade, de mim mesma.

Ao passar pela porta, trombei em alguém no pórtico. Ergui a cabeça e encontrei sardas e cabelos acobreados. Seus olhos assombrados ficaram do tamanho de um pires.

— Meu Deus! Valentina? Valentina, é você mesmo? Meu bom Deus! — Dimitri me envolveu em um abraço.

Estava tão atordoada que permiti. Em algum canto da minha mente, ouvi um sussurro. Ele era meu irmão. Aquele homem era meu meio-irmão.

E ele flertara comigo.

— Por Deus, como é que papai e lady Catarina puderam fazer isso conosco?

Afastando-se, Dimitri me estudou por um instante com a testa encrespada. Ele não sabia. Claro que não. E eu não consegui me obrigar a repetir tudo o que ouvira. Simplesmente não tinha forças.

— Minha cara — disse, me analisando com atenção —, não sei a que se refere nem o motivo, mas você não me parece bem. Venha, vou pegar um pouco de vinho para...

— Não. Não posso entrar nesta casa. — O ar ali dentro estava poluído pela sordidez. — Tenho que encontrar Le... o capitão Navas.

Dimitri piscou algumas vezes, confuso.

— Eu o vi ainda agora. Posso levá-la até ele, se é o que quer. Mas eu acho...

— Eu agradeço muito, sr. Romanov.

Demonstrando preocupação, Dimitri me guiou até a rua, me ajudou a subir na garupa do seu cavalo e então o montou, cutucando as costelas do animal. Tentei deixar para trás tudo o que ouvira conforme avançávamos pela rua em um trote veloz. Mas os problemas me seguiam como uma fumaça fétida e letal, se embrenhando em meu cérebro, adoecendo-o.

Em outro momento, talvez eu tivesse notado que algo estava fora de lugar. Que Manteiga nos acompanhou por várias quadras, latindo furioso antes de ficar para trás. Se eu tivesse ouvido e prestado atenção ao que acontecia ao meu redor, teria percebido que não seguíamos para o centro, onde ficavam a casa de Leon e também a sede da guarda. Mas não reparei em nada disso. Apenas ao me ver dentro de um quarto um tanto decadente e não muito limpo foi que pressenti que alguma coisa estava errada.

— Onde estamos? — Observei o cômodo pouco maior que meu quartinho na ala dos empregados. Havia cinzeiros e garrafas cujas substâncias exalavam odores acres por toda parte. Não havia sinal de Leon.

— Eu uso este apartamento de vez em quando — expôs Dimitri, trancando a porta. — Simpático, não?

Bem, não exatamente. Era diferente do quarto de Leon, que, impaciente, atirava o que quer que tivesse à mão sobre a primeira superfície visível. Aquele apartamento mais parecia um balde de lixo: restos de comida e louça suja amontoados por todo o ambiente, inclusive no chão e na pequena mesa redonda ao lado da cama, disputando espaço com papéis de carta, tinteiro, um longo cachimbo prateado e... uma pedrinha rosa do tamanho de um botão, atada a uma tira de couro agora partida, cintilando sob a luz que entrava pelas cortinas diáfanas.

Imediatamente toquei o pescoço, revivendo a sensação do instante em que meu colar arrebentara e eu começara a cair do *La Galatea*.

Meus olhos dispararam para Dimitri, o coração martelando em meus ouvidos.

"Apenas me prometa que ficará na casa de Najla até eu ir buscá-la", pedira Leon.

Eu não tinha prestado atenção. Não me dera conta do que estava fazendo. Simplesmente sentira uma necessidade violenta de sair da casa do meu pai e encontrar Leon. Eu o queria, precisava dele, e para tê-lo aceitara a ajuda de Dimitri sem pensar duas vezes.

Dimitri, o filho único de lady Catarina. Um rapaz que fora ameaçado de ser deserdado. Mas até eu entendia das leis: sabia que, por mais que sua mãe quisesse assustá-lo, não poderia fazer isso. Não sem ter outro herdeiro a quem deixar sua fortuna.

Ou herdeira, me dei conta, o estômago se revolvendo com fúria. E pavor.

Levei a mão ao bolso, apanhando a abotoadura. A peça tiritou em minha palma instável.

— Ah! Onde a encontrou? — exclamou Dimitri, apanhando a pequena joia.
— Se eu soubesse, não teria usado a outra para a confecção do anel de noivado.

Tentei engolir e não consegui.

Alto e forte. Dimitri combinava perfeitamente com a silhueta escura dos meus pesadelos.

Não tinha sido Gaspar. O homem que me empurrara do *La Galatea* não era Gaspar.

Imagino que meu rosto tenha me delatado e Dimitri compreendido seu deslize, pois suspirou, fechando os olhos. Quando voltou a abri-los, seu olhar tinha uma crueldade que eu jamais vira em nenhum ser humano.

— Bem, você acabaria descobrindo mais cedo ou mais tarde. Receio que tenhamos um assunto a resolver. — Abriu um sorriso cínico. — Não é mesmo, irmãzinha?

42

Fora Dimitri. Dimitri Romanov tinha tentado me matar. Dimitri, que eu conhecia a vida toda. O mesmo homem que eu tinha acabado de descobrir que era meu meio-irmão.

— Você sabia! — ofeguei, recuando, até bater as costas na mesa. Os pratos com restos de comida chacoalharam.

Dimitri sorriu de um jeito desprezível, que o deixou parecido com um demônio.

— Mas é claro que eu sabia. Por que acha que vim atrás de você?

Eu pensei que não podia ficar mais atônita do que já estava, mas me enganei. Nosso encontro não tinha sido casual. Dimitri viera para a cidade à minha procura, com o intuito de se livrar de mim. Apenas esperou pelo momento certo, e eu lhe dei um, não?

Meu Deus! Eu tinha sido injusta com Miranda; me deixara levar pela mágoa e a acusara levianamente. Ela não tinha relação alguma com o que me acontecera no *La Galatea*. Miranda tinha dito a verdade!

Uma parte de mim se alegrou com isso. Eu não queria que Felix crescesse sob a sombra de uma mãe assassina, que meu pai partilhasse a cama com uma criminosa. Ao que parecia, meus instintos estavam todos errados. Será que Miranda também havia sido franca quanto ao que acontecera com minha mãe? Ela era vítima de Matias, não sua cúmplice?

— Eu encontrei o testamento de mamãe faz alguns meses. — Ele caminhou lentamente por entre a baderna do quarto, me encarando. — Ela deixa uma boa soma para você, sabia? Por quê?, eu me perguntei. Por que lady Catarina Romanov deixaria uma pequena fortuna para alguém que ela mal conhece? Então me lembrei da gravidez. Eu era pequeno, mas me recordo de algumas coisas. Também lembro de me dizerem que o bebê não tinha sobrevivido. E depois ninguém nunca mais tocou no assunto. Não foi difícil juntar uma coisa com a outra. Depois da última discussão que tive com ela, suspeitei que você fosse herdar tudo. E não posso aceitar isso. — Deu de ombros, mantendo o passo sutil de predador.

A julgar pela sombra que o cercava, ele ainda se mantinha fiel àquela ideia. Eu tinha que sumir dali, mas, raios, Dimitri estava entre mim e saída. Desesperada, olhei em volta, buscando inspiração. A porta de vidro sob a cortina encardida do outro lado do quarto! Talvez eu tivesse uma chance de escapar para o que parecia ser uma sacada, se conseguisse mantê-lo distraído.

— Eu não quero nada, sr. Romanov. Lady Catarina não é minha mãe — falei, contornando a mesa, recuando em direção à porta. — Não quero seu dinheiro nem seu nome. Desejo tanto quanto você que esta história se perca no passado.

— Mas essa não é a questão. Neste caso, não existe querer. Você vai herdar a sua parte, goste disso ou não. — Abriu os braços, como que se desculpando.

Bati as costas na estrutura de madeira, e o vidro sacudiu em um resmungo. Sustentando a atenção no rapaz do outro lado do cômodo, levei a mão para trás, tateando por entre o tecido, em busca do trinco.

— E de que adiantará ser o único herdeiro se estiver na cadeia, sr. Romanov? Leon sabe que eu estou viva! Meu pai e sua mãe também. E o dr. Almeida. Pedro e Najla, Suelen... Se fizer qualquer coisa comigo, eles vão saber. Alguém deve ter nos visto a caminho daqui. Alguém na rua deve ter reparado em mim na garupa do seu cavalo. Não vai demorar para que liguem o meu novo desaparecimento a você.

Meu discurso funcionou melhor do que eu esperava, e Dimitri vacilou, cuspindo uma porção de impropérios.

— Por que você simplesmente não se afogou? — gemeu, desolado. — Isso teria facilitado tudo. Inferno!

— Se me deixar ir embora, eu desaparecerei da sua vida para sempre. Prometo.

Dimitri suspirou, pesaroso.

— Eu gostaria que isso pudesse ser verdade. Este é um bom traje. — Tocou a lapela do paletó verde-escuro. — Não queria estragá-lo. Mas ninguém desaparece no ar.

— Posso fazer isso, Dimitri. Eu já fiz uma vez! Vou entrar no primeiro navio e recomeçar a vida em outro lugar. — Consegui encontrar o trinco e suavemente o fiz deslizar da trava. — Uma vida nova, que não tenha sido embasada em uma mentira. Não vou denunciá-lo. Você agiu por... — *falta de caráter*, eu quis gritar — ... desespero. Vamos simplesmente esquecer toda esta história.

Seus olhos rápidos me observaram com atenção. Não ousei piscar.

— Está tentando me enganar? — Arqueou uma sobrancelha vermelha. — Porque se estiver...

— Não estou! — me adiantei. — Tudo o que eu quero é deixar para trás toda essa sujeira que os nossos pais criaram. Eu vou sumir, e nem você nem ninguém voltará a ouvir o meu nome. Você não é um assassino, Dimitri.

— Não, não sou. Sou um homem de negócios. — Ele relaxou os ombros, sorrindo de forma amigável. — Muito bem. Você me convenceu.

Antes que eu pudesse encontrar a maçaneta, abri-la e fugir, em três largas passadas Dimitri estava diante de mim, me segurando pelo braço.

— Se você desaparecer por vontade própria, eu não terei que sujar o meu traje. Me custou muito dinheiro — comentou, me arrastando para longe da sacada. — E sei que é uma jovem inteligente e não tentará me enganar, já que tem consciência de que eu farei parte da sua família muito em breve. Não quero ter que fazer nada contra a minha doce Suelen. — Espalmou a mão sobre o peito, no rosto a mais sofrida das expressões. — Me partiria o coração. Creio que nós dois concordamos que é mais vantajoso você se manter longe pelo resto da vida.

Ofeguei. Dimitri não era um assassino. Era um monstro! O filho da mãe nem ao menos se envergonhava das ameaças que fazia. A temperatura do meu sangue se elevou enquanto eu o encarava com toda a raiva que sentia. Eu ainda não sabia como, mas faria Dimitri pagar por tudo o que havia feito, incluindo aquela ameaça a Suelen, nem que fosse a última coisa que eu fizesse na vida.

— De acordo, Valentina? — perguntou.

— *Va te faire foutre, putain de merde!* — murmurei entredentes.

O cretino coçou o pescoço, confuso.

— Como disse?

— Eu disse que sim. — Inspirei fundo, rezando por controle. — Estamos de acordo.

— Ah, que bom. Muito bom. — Dimitri me empurrou para a cadeira, que rangeu e bambeou de leve com meu pouco peso.

Trabalhando depressa, ele afastou com o braço os pratos sujos e uma caneca que exalava um odor horrível de coisa estragada, abrindo espaço para que eu pudesse escrever. Meu colar escorregou pela beirada da mesa. Eu o peguei no ar, discretamente o enfiando no bolso do vestido. Ele não percebeu, ocupado demais em desamassar uma folha de papel. Revirou a louça suja até encontrar o pote de tinta e uma pena.

— Agora... — colocou o papel diante de mim — ... escreva exatamente o que vou dizer.

Meus dedos tremiam tanto — de raiva e medo — que precisei de duas tentativas para molhar a ponteira na tinta e posicioná-la sobre o papel de carta.

— Comece com "Queridíssimo pai..." — instruiu.

Dimitri me fez escrever uma longa carta, na qual eu acusava papai de destruir minha vida. Terminava com uma despedida dramática, explicando que, graças à ajuda (tanto física quanto financeira) do meu *querido* irmão mais velho, eu tinha embarcado para a Europa, de onde jamais pretendia voltar.

Quando terminei, ele puxou o papel e o agitou no ar para que a tinta secasse mais depressa.

— Perfeito! — anuiu, depois de uma breve análise. — Isso elimina qualquer suspeita que possa vir a recair sobre mim.

Conservei Dimitri em meu campo de visão enquanto deitava a pena. Discretamente envolvi os dedos na alça da caneca, onde possivelmente um pequeno animal tinha morrido, a julgar pelo fedor.

— E então? — minha voz saiu áspera. — Posso partir?

— Claro, irmãzinha. — Ele sorriu, dobrando o papel e o guardando no bolso do paletó. — Vou levá-la ao porto agora e colocá-la no primeiro navio disponível, como você disse na carta. Não posso permitir que reste alguma dúvida, não é?

Não, ele não faria isso. Algo em Dimitri me dizia que eu jamais chegaria ao porto. Que nem sequer sairia daquele edifício.

— Sabe? — Eu me levantei devagar, fitando sua gravata. — Esse seu traje é mesmo muito bonito. Bastante refinado.

Os cantos de sua boca quase lhe chegaram às orelhas.

— Obrigado. Foi feito por um dos melhores alfaiates de...

Mas ele não terminou de me contar de onde vinha sua bela vestimenta, porque, aproveitando a distração, acertei a caneca com toda a força em seu queixo. O líquido pútrido dentro dela lavou a frente de suas roupas de cima a baixo. Dimitri tonteou, buscando algo em que se apoiar. Eu o acertei uma segunda vez. Ele ainda não tinha atingido o chão quando disparei para a porta de vidro. As dobradiças estavam um pouco emperradas, mas depois de alguns solavancos consegui abri-la e escapulir para a sacada, que rodeava todo o segundo andar. Escolhi o lado esquerdo e saí correndo. Devia ter uma escada. Eu me lembrava de ter visto uma na fachada. Uma vez no chão, Dimitri não conseguiria me alcançar. Eu tinha me tornado uma especialista em corridas.

No entanto, ao passar diante do último quarto daquele andar, percebi que tinha tomado a direção errada. A sacada terminava na balaustrada de madeira rente à lateral do prédio. Não havia escada nenhuma.

Porcaria. Que grandessíssima porcaria! Por que eu não prestara atenção ao caminho? Por que tinha deixado Dimitri me levar para dentro daquele prédio sem ver por onde andava? Por quê?

O sacudir dos vidros me despertou. Dimitri cambaleou para fora do quarto, bloqueando a sacada com seu corpanzil. Como raios eu passaria por ele sem que me pegasse? E como poderia ficar ali, encurralada e indefesa, esperando que me alcançasse para fazer Deus sabia o que comigo? Tomada pelo desespero, forcei a maçaneta da porta do quarto mais próximo. Estava trancada.

— Socorro! — Bati no vidro. — Por favor, abra!

Como não houve resposta, cheguei a cogitar a ideia de quebrar o vidro e tentar destrancá-la sem acabar com o braço dilacerado. As chances não eram animadoras.

Um latido familiar me chegou aos ouvidos, me fazendo olhar para atrás. Fui até a balaustrada, me debruçando sobre ela e...

— Manteiga! — exclamei ao ver meu cachorro logo abaixo, ladrando com urgência, como se pressentisse o perigo.

Um instante depois, o homem que o seguia entrou em meu campo de visão, as botas derrapando no gramado tão logo seus olhos cinzentos colidiram com os meus. Meu coração deu um salto.

— Leon!

Alívio e desespero dominaram sua expressão em proporções idênticas.

— Onde diabos fica a entrada desse prédio? — questionou, urgente.

— Eu não sei! Estou tentando encontrar a escada de emergência também.

Uma dezena de palavras de baixo calão escapou de seus lábios à velocidade de uma batida de coração. Ele começou a se mover, voltando a procurar a entrada, mas parou ao ouvir a voz ressoando atrás de mim.

— Eu não pretendia matá-la — resmungou Dimitri, me fazendo girar sobre os calcanhares. Ainda cambaleava, mas isso não o impedia de vir em minha direção. Sua expressão era um misto de atordoamento e crueldade alucinada. — Realmente não queria ter de sujar este traje, mas, agora que você o arruinou...

Tornei a olhar para baixo na esperança de que uma escada simplesmente tivesse se materializado. Leon ouviu a ameaça de Dimitri, a fúria endurecendo seus ombros, sua fisionomia, o corpo tensionado. Mas vacilou ao perceber, assim como eu, que os passos ressoavam cada vez mais próximos.

— Não há mais tempo — gritou Leon, empalidecendo. — Pule!
— O quê?! — Ele tinha perdido o juízo?
— Pule! Eu vou segurá-la.

Olhando para trás, calculei que Dimitri me alcançaria dentro de trinta segundos. Ele puxou alguma coisa do bolso — um pedaço de corda — enquanto avançava.

Sim, Leon tinha razão. Não havia mais tempo.

Porcaria. Era melhor ele saber o que estava fazendo, refleti, enroscando um pé na base da balaustrada. Que péssimo dia para usar um vestido, praguejei ao passar uma das pernas por cima da proteção de madeira, sem conseguir enxergar direito onde apoiava a bota puída, por conta da saia volumosa.

Pendurada do lado de fora, calculei a distância. Meu Deus, eu estava a uns quatro metros do chão! Considerando meu peso e altura e a velocidade da queda, as chances de sobreviver eram de... Ah, eu realmente não queria descobrir a resposta daquela equação.

— Pule, Valentina! — Leon tornou a gritar.
— Não posso! Eu não vou conseguir! — Comecei a fazer a volta.

O problema é que Dimitri estava a poucos passos de distância e se lançou para mim. Fitei o chão, ainda assustada. Leon entrou em meu campo de visão.

— Eu vou pegá-la, *sirena* — disse com intensidade.

Ainda admirando o homem que eu amava, presa naquelas íris metálicas, agora petrificadas, meus dedos agarrados à madeira relaxaram por vontade própria. Uma mão quente e macia se enroscou à minha.

Ou tentou, pois a força da gravidade me empurrou para baixo, de modo que continuei em queda livre, escorregando por entre os dedos de Dimitri. Mergulhei no vazio, as saias subindo ao redor do corpo como um guarda-chuva virado do avesso. Ao olhar para o alto, por entre a cortina de tecido, vislumbrei a figura debruçada sobre o parapeito. A altura, os ombros, os cabelos, a maneira de se mover... Era a mesma visão de quando eu caíra no oceano, mas sem as sombras para ocultar o rosto demoníaco de Dimitri Romanov.

Então veio a colisão. E depois mais outra, conforme Leon e eu tombávamos no chão. Nós dois gememos ao mesmo tempo, sem fôlego. Ele se recuperou antes, se sentando sob mim, as mãos trabalhando nas dobras das saias até encontrarem meu rosto.

— Você está bem? — Encaixou as palmas levemente ásperas em minhas bochechas, me examinando, ansioso. — Você se machucou?

Como não consegui proferir som algum, Leon deu início a uma investigação meticulosa, apalpando meu pescoço, meus ombros, todo o comprimento do meu braço, depois minha barriga, coxas, e terminou em meus tornozelos. Pareceu aliviado ao não encontrar nenhum osso exposto. Eu também estava contente por isso.

— V-você v-veio — sussurrei.

Ele me presenteou com um sorriso torto.

— Desculpe o atraso. Manteiga perdeu seu rastro uma vez. Se distraiu com uma borboleta — contou, e um risinho histérico me escapou. Seus dedos afastaram a franja dos meus olhos com delicadeza, me encarando com urgência. — Você está bem?

Apesar da ardência nos joelhos, da falta de ar e de um pouco de desconforto nas costelas, eu estava bem, ao menos fisicamente. O problema estava na bagunça que era o meu emocional naquele instante. Por isso apenas fiz que sim com a cabeça, cravando os dentes no lábio inferior para impedir que tremesse.

Inesperadamente, Leon riu baixinho, beijando minha testa.

— Não acredito que você pulou de um prédio! — exclamou, abismado.

— A ideia foi sua! — me defendi.

— Foi, mas achei que não fosse me ouvir. Você nunca me escuta.

— Hoje eu decidi mudar isso.

Ele se curvou para mim até seu nariz resvalar de leve em minha bochecha, meu corpo escorregando pelo dele, se encaixando daquela maneira tão certa. Meus lábios ansiosos começaram a formigar e eu os soabri, esperando pelo alívio que só Leon poderia trazer. Nesse momento Manteiga latiu, nos sobressaltando antes de sair em disparada.

Leon olhou para cima, estudando o segundo andar e constatando o que eu já sabia.

— Dimitri fugiu — afirmei. — Como o grande covarde que é.

— Não, ainda não. — Passando um braço sob meus joelhos, ele me colocou no chão com delicadeza. Então sorriu de leve. — Não quero arriscar minha sorte, mas qual é a chance de você ficar aqui enquanto eu vou atrás daquele maldito?

Eu não queria me separar dele. Tampouco desejava que o crápula Romanov saísse impune daquela história. Ainda que estivesse assustada como jamais estivera, prometi esperá-lo bem ali. Minhas pernas ainda estavam bambas mesmo.

Depois de beijar minha testa — e se demorar um instantinho a mais do que deveria, não que eu estivesse me queixando —, Leon murmurou "Volto logo" e instantes depois desapareceu atrás do prédio, tomando a direção que meu cachorro tinha indicado.

Em pouco tempo ouvi Manteiga latir com fúria, depois escutei berros perturbadores, gritos, sons de luta e, por fim, um baque surdo como se um dos coqueiros tivesse tombado. Após alguns minutos, Leon estava de volta, uma das mãos sujas de sangue. Fiquei inquieta, mas ele me assegurou que estava bem e provou isso me pegando no colo, caminhando para a saída. Ao passar pelo pátio, vislumbrei Dimitri recostado de um jeito meio engraçado em uma pilastra, onde as mãos haviam sido amarradas com a corda que eu o vira tirar do bolso, os traços desfigurados, os cadarços dos sapatos garantindo que seus pés não iriam a lugar algum. Meu cachorro estava ao lado dele, sentado sobre as patas traseiras, montando guarda.

Recordo-me de Leon me colocar sobre o cavalo de Dimitri e assobiar para Manteiga, mas depois tudo me parece um borrão. Não sei ao certo como chegamos à casa de Leon, nem como fui parar em seu quarto. Uma vez dentro do cômodo limpo e ensolarado, percebi o cheiro pútrido que minhas roupas exalavam, de quando acertei a caneca em Dimitri e respingos do líquido nojento atingiram meu vestido, o espartilho e minha pele.

— Eu poderia tomar um banho? — perguntei, sem jeito.

Leon pareceu hesitante. Não sei ao certo se com medo de me deixar sozinha ou outra coisa. Por fim, acabou concordando. Em cinco minutos a banheira estava pronta, espalhando vapores com um delicado aroma de alfazema. Assim que ele saiu, me permiti afundar naquela serenidade pelo tempo que pude, deixando do lado de fora todo o horror que eu sabia que me aguardava.

Limpa e dentro de uma das imensas camisas de dormir de Leon — o tecido fino revelava muito mais do que eu gostaria —, me sentei na cama e senti o colchão resmungar suavemente. Leon passou pela porta trinta segundos depois, como se estivesse do lado de fora aguardando um sinal para entrar. Analisou-me por um breve instante, preocupado, antes de se dobrar diante de mim, o polegar correndo tão levemente pelo meu joelho desnudo que mal o senti.

— É melhor aplicar uma salmoura nisso. — Tentou se levantar, mas segurei sua mão.

— Por favor, fique, Leon.

Não faço ideia do que minha expressão exibia. O que quer que tenha sido, sei que o entristeceu. Mas ele acabou concordando, se acomodando na beirada do colchão. Eu me arrastei pelos lençóis, descansando o rosto em seu peito, ignorando do melhor jeito que pude sua inércia diante de nossa proximidade.

Entretanto, sua hesitação durou pouco, e Leon enroscou os dedos nos fios curtos em minha nuca, acariciando-os com delicadeza enquanto se recostava na cabeceira. Foi como voltar para casa. Ali, em seu peito, me senti querida e protegida. Não percebi a tempo que a ruptura estava a caminho, até que fosse tarde demais. Tudo aquilo que eu andava reprimindo a duras penas se libertou com tanta violência que meu corpo ficou paralisado, enquanto internamente eu me desfazia por completo. Minhas emoções, todos os meus conceitos, toda a minha história se desmanchando, minhas lágrimas apagando o passado, quem eu era. Eu me sentia como uma página em branco.

Em uma cena muito parecida com a que protagonizamos no *La Galatea*, que parecia ter acontecido em outra vida, Leon apenas me deixou chorar, me segurando com força de encontro ao seu corpo, permitindo que meu espírito gritasse em profunda agonia, externasse seu luto. Minha vida, o que eu fui, quem eu fui, já não existiam mais.

43

Leon me mantinha enroscada ao seu corpo, sua respiração calma e tranquila apaziguando a inquietação em minha alma, o *tum-tum-tum* de seu coração de encontro ao meu rosto marcando a cadência da minha pulsação, os dedos trilhando o desenho da minha coluna em um sobe e desce suave, porém constante.

Levou muito tempo para que eu conseguisse recobrar o controle. Aquele peso sobre o peito ainda estava lá, mas de novo fui assaltada pela sensação de proteção que sempre experimentava nos braços de Leon, como se ele fosse uma muralha intransponível para meus problemas, como se eles não mais me pertencessem, mas a outra pessoa. Meu ex-noivo não me pressionou por uma explicação, não me fez perguntas, apenas ficou ali, me consolando com sua presença e suas carícias. Depois de tudo, ainda estava ao meu lado, como eu sabia que estaria. Ele era meu porto, enquanto eu não passava de...

— Sou uma impostora — me ouvi murmurar contra sua camisa.

A mão subindo pelas minhas costas vacilou.

— Pensei que já tivéssemos discutido esse assunto.

— Não. — Desalojei a cabeça de seu peito para encará-lo. — Eu, Valentina, sou uma impostora. Tudo em mim é uma farsa.

— Não seja tão severa consigo mesma. — Afastou com o indicador a franja que me caía sobre o nariz e o olho esquerdo. Na confusão da sacada, eu perdera a forquilha tão bonita de Najla.

Tornei a me aconchegar nele. Dizer as palavras que estavam prestes a sair sob aquele escrutínio era mais do que eu podia suportar.

— Lady Catarina Romanov é minha mãe.

Sua respiração ficou suspensa, e Leon permaneceu tão imóvel que mais parecia parte da mobília.

Soltei um suspiro.

— Mamãe nunca conseguiu conceber. Lady Catarina e meu pai foram amantes. Eu sou fruto de um mau passo. — Acabei rindo um som triste até para os meus ouvidos. — Isso faz de mim uma filha bastarda, o que é bastante irônico. Minha mãe sempre foi tão orgulhosa da nossa linhagem. Mas não era verdade. Ela mentiu o tempo todo.

O único indício de que ele me ouvira foi um contrair de dedos nas minhas costas. Depois de um tempo, seu peito se expandiu com uma respiração profunda, minha cabeça acompanhando o movimento.

— Como se sente a respeito? — Sua voz saiu baixa e calma.

— Eu estou furiosa, Leon. Estou com tanta raiva de todos eles. De lady Catarina, do meu pai, do dr. Almeida, que ajudou a forjar a gravidez, e até da minha mãe. Juntos, eles criaram uma vida de mentira para mim.

Minhas palavras ecoaram pelo aposento, doloridas e verdadeiras. Leon continuou a me segurar com afinco, como se pudesse me arrancar daquele pesadelo só com a força dos braços.

— Talvez a mentira machucasse menos que a verdade — ponderou depois de um tempo.

— No caso da minha mãe, imagino que sim. Mas meu pai e lady Catarina... — Engoli com dificuldade, circulando com o indicador o botão do seu paletó. — Aquela mulher pretendia me colocar numa roda de enjeitados. Tudo o que importava para ela era sustentar o bom nome. Não um bebê indefeso, não se preocupar com o que aconteceria a ele, se ao menos iria sobreviver.

Sua mão se fechou sobre a minha, e por um momento pensei que fosse para impedir que eu arrancasse aquele botão por acidente. Mas não. Ele só pretendia entrelaçar nossos dedos em um nó bem apertado.

— Eu sinto muito — murmurou.

— Não sei se lamento que ela tenha se desfeito de mim como se eu fosse uma roupa que não lhe cabia mais. Tudo isso dói, é claro. Mas eu não queria que minha vida tivesse sido diferente nesse aspecto. O que me deixa furiosa é o fato de eu ser exatamente igual a eles! — Escondi o rosto nas dobras de sua camisa, lutando para reter as lágrimas.

Erguendo nossas mãos, ele esticou o indicador, tocando meu queixo, incitando que eu o levantasse e enfrentasse aqueles olhos agora límpidos, profundos.

— Não — sussurrou com convicção. — Você não é.

— Sou sim, Leon. Olhe bem para mim! Para tudo o que eu fiz nos últimos tempos, todas as farsas que criei, as pessoas que enganei... Eu sou *exatamente* como eles!

— Você estava assustada — ele rebateu de imediato.

— Assim como lady Catarina.

Remexendo-se na cama, ele endireitou a coluna para poder me ver melhor, de modo que tive que me sentar também. Nossos dedos, porém, continuaram conectados.

— A diferença é que ela tentava proteger o bom nome, enquanto você estava lutando pela própria vida. — Leon fixou as íris de metal, agora líquidas, em mim. — O que as diferencia é que eles não pretendiam dar um fim à mentira, e você sim, tão logo estivesse segura de novo. A diferença é que você não teve culpa do que lhe aconteceu, ao contrário deles, que sabiam dos riscos ao se envolverem. Você não é como eles, Valentina. Nem nunca foi.

Suguei uma grande quantidade de ar. Ainda que não estivesse tão certa, ouvi-lo dizer aquelas palavras apaziguou um pouco o meu coração ferido.

— Eu me sinto tão perdida — admiti num sussurro. — Não sei mais quem eu sou.

— Não se preocupe com isso. Eu conheço você — respondeu, simplesmente.

Abaixei a vista para sua gravata cinza inclinada para a esquerda.

— Você conhece uma mentira, Leon.

— Olhe para mim. — Sua mão livre se encaixou em minha bochecha. Quando atendi seu pedido, encontrei seus olhos reluzindo com... bem... com algo que fez minhas entranhas darem início a um balé repleto de rodopios. — Você não adora cachorros?

Não estou certa de que ele percebeu que sua mão escorregou pela minha pele, se encaixando na curva do meu pescoço, e que a outra continuava firmemente enlaçada nos meus dedos. Mas, ah, meu coração e eu notamos.

— Sabe que eu os amo — acabei respondendo. — Mas o que isso...

— E é mentira que tem um gênio pior que o de um cavalo xucro, surdo e cego? — Os cantos de sua boca tremeram de leve.

— Eu não sei se você está brincando comigo ou apenas gosta de me ver irritada — reclamei, emburrada.

O que antes era apenas um esboço se transformou em um sorriso largo e brilhante.

— Um pouco das duas coisas — admitiu. — E não é verdade que você gosta de chá sem leite e sempre sopra a bebida duas vezes antes de prová-la?

— Eu...

— E também não é verdade que você luta diariamente contra a timidez? E que a falta de educação a aborrece?

— Bem... — comecei, mas a ponta de seus dedos escorregou pela minha clavícula, contornando meu ombro, o comprimento do meu braço, indo se aninhar em minha cintura, e achei muito, muito difícil mesmo me concentrar no que ele dizia. Espalmei a mão sobre a sensação trêmula em meu estômago.

— E não é verdade que sempre inspira fundo e leva a mão à barriga quando fica nervosa ou com medo, como está fazendo agora? E que andar pela praia a ajuda a pensar? E que prefere ter uma unha encravada a me dar razão sobre qualquer assunto, inclusive neste momento? Estou certo?

— Ao que parece — cedi, de cara feia. — Exceto na parte da unha.

— Mas é claro que sim. — Riu baixinho. — Portanto eu acho que posso afirmar que a conheço, Valentina. E você também se conhece. Sua vida pode ter começado com uma mentira, mas tudo o que viveu foi real. O amor, a dor, cada momento feliz ou de agonia... Eu compreendo que pareça meio enevoado em sua mente agora, mas, assim que a sombra se dispersar, vai ver o que eu vejo e conseguir se encontrar outra vez.

— E o que você vê?

Arqueando-se sobre mim, os ombros se distendendo até estufar as costuras do paletó, ele deixou o rosto a apenas alguns centímetros do meu. Suas íris se inflamaram, incandescentes como aço derretido.

— Uma mulher mais forte do que pensa, corajosa como poucos, cujo coração transborda nos olhos. E ele é lindo — adicionou em um sussurro.

O lindo coração mencionado por Leon tropeçou, errando uma batida.

— Mas — continuou — também é incapaz de atender a um simples pedido. — Voltou a se recostar na cabeceira, sem conseguir esconder a impaciência e o desapontamento.

Ah. Claro que ele não deixaria isso passar...

— Leon, me perdoe — comecei, sem graça. — Eu não tinha a intenção de sair da residência dos Torres. Mas Suelen chegou com notícias da minha casa... Miranda tinha contado a verdade ao meu pai e eu temi que ele perdesse a cabeça. Quando cheguei lá e ouvi tudo o que ele e lady Catarina... — Friccionei a testa para me livrar da pontada. — No fim das contas, eu é que perdi o juízo...

As palavras começaram a sair em um fluxo veloz. Não ocultei nada; falei do encontro com Dimitri, de sua confissão e até da carta que me forçara a escrever. Vez ou outra, Leon apertava meus dedos, ainda embolados aos seus. Era o único sinal de que estava prestando atenção, pois uma nuvem escura deixara seu olhar opaco.

Quando terminei a narrativa, Leon esfregou a têmpora, soltando o ar com raiva, como se ele — o ar — o tivesse ofendido.

— Eu sabia que Gaspar não era o homem que procurávamos — confessou, frustrado. — Aquele traste jamais abotoou uma camisa direito, que dirá usar abotoaduras de ouro.

— Sabia?

Ele aquiesceu.

— Gaspar veio até aqui na noite passada na intenção de se vingar pela demissão. — Bufou. — Eu sabia que não era ele. E queria você o mais distante possível desta casa. Imaginei que as fofocas que plantei pela cidade ainda poderiam dar algum resultado e o verdadeiro culpado pudesse aparecer. Nogueira e Romanov eram os meus suspeitos. Mas, durante a confusão com Gaspar, os vizinhos acordaram, a guarda apareceu, e, se Dimitri teve a intenção de tentar alguma coisa, desistiu.

Foi a minha vez de ficar irritada.

— Você me mandou embora para enfrentar um assassino sozinho?

— O que esperava que eu fizesse? — devolveu, cortante. — Que deixasse o maldito que a empurrou do *La Galatea* continuar solto para vir atrás de você?

— Seria no mínimo mais seguro. — Bem... mais ou menos.

Uma larga sobrancelha negra se arqueou.

— Nunca ouviu dizer que a melhor estratégia de defesa é o ataque?

— E nunca ouviu que cautela e caldo de galinha não fazem mal a ninguém? — contrapus. — Você se arriscou muito!

— Não realmente, já que Dimitri estava com você. Enquanto eu estava na sede da guarda relatando a invasão e ouvindo Gaspar reclamar que só queria me dar um susto, você subia na garupa da única pessoa de quem deveria manter distância. — Um som parte agonia, parte descrença lhe escapou da garganta. — A culpa foi minha. Eu devia tê-la alertado de que também suspeitava de Dimitri.

Eu me contraí, envergonhada.

— Não, Leon. A culpa foi toda minha. Eu devia estar mais atenta. Mas, com tudo o que descobri... eu só precisava... bom... eu só queria ver você, e, quando ele ofereceu ajuda... — Dei de ombros.

Leon levou nossas mãos entrelaçadas aos lábios e beijou o dorso da minha. Demorou-se um pouco mais do que a cortesia permitia, inspirando fundo, enviando ondas quentes por todo o meu corpo. O frio que cercava meu coração começou a recuar um pouco.

Ele deixou a nuca pender contra a cabeceira, me trazendo a recordação daquela noite, ali naquele mesmo quarto, quando Leon arqueara o corpo todo para trás, as veias do pescoço tensionadas, os músculos dos ombros retesados enquanto se perdia em mim.

— Por sorte, Manteiga é mais ajuizado que você — ele disse, me arrancando daquele sonho tão bonito. — Ele me encontrou a caminho da casa de Najla. Latia como se tivesse visto o próprio diabo. Pensei que ele só quisesse brincar. Depois notei que estava com medo e resolvi segui-lo.

Meu peito se encheu de orgulho e amor pelo meu maravilhoso Manteiga.

— Ele é um bom cachorro — falei, emocionada. — O melhor de todos!

— É, sim. Foi um verdadeiro herói. — A expressão dele então mudou, endurecendo, a boca apertada, se tornando apenas um risco sem cor. — Logo que chegamos, enviei Moreira à sede da guarda. Escrevi uma nota para o sr. Goulart, contando brevemente o que tinha acontecido. Já encontraram Dimitri, Valentina. É provável que eu tenha que dar explicações nas próximas horas.

— Vou com você.

Ele escrutinou minha face por um instante e sorriu, tristonho.

— Para isso, você terá que falar sobre as motivações de Dimitri. E suspeito que não esteja preparada. Ainda não. Deixe tudo comigo.

Pensar em contar aquela história sórdida outra vez me fez estremecer. Mas Leon estava fazendo de novo. Assumindo a responsabilidade por uma coisa pela qual não era responsável. Soltando seus dedos, me ajoelhei sobre o colchão, apoiando as mãos em seu maxilar levemente áspero, olhando no fundo daqueles olhos magníficos.

— Eu não sou Emilia, Leon.

— Nunca pensei que fosse. — Ele comprimiu as sobrancelhas, um V se formando entre elas.

— Então pare de agir como se eu fosse. Não vou permitir que pague por um pecado que eu cometi. Posso estar assustada, mas não vou me acovardar, muito menos me aproveitar da sua natureza protetora.

Ele estreitou os olhos, mas passou um dos braços pela minha cintura, como se não pudesse evitar. Gostei daquilo. Muito mais do que seria prudente.

— E acredita que Emilia fez as duas coisas — concluiu, cético.

— Tenho certeza disso. Ela fez o mundo ruir e deixou você para recolher os pedaços. Mesmo estando longe, Emilia deve ter ouvido alguma coisa sobre as acusações que recaíram sobre você.

Seu suspiro soprou meus cabelos para trás.

— Não tente me transformar em um herói, Valentina. Sabe que estou longe de ser um.

— Pode repetir isso para si mesmo até se convencer. Mas eu sei quem você é. Sei como age. Eu também conheço você, Leon Navas.

Um dos cantinhos de sua boca se ergueu.

— Ah, sim. O urso com dor de barriga — gracejou.

— De vez em quando — admiti, rindo. — Mas também tem um grande coração, íntegro e nobre. Sei que o que Emilia fez não foi nada comparado a tudo o que eu aprontei, mas, diferentemente dela, eu não o conhecia. Se o conhecesse como agora, não teria pensado que você e Miranda estavam tendo um caso. Nós jamais teríamos discutido daquele jeito e estaríamos...

— Casados agora e nosso futuro seria diferente. Sim, eu também já pensei nisso. — Apoiou a testa em meu queixo, me abraçando com mais força.

Secretamente, esperei que ele apresentasse outra solução para nós dois, ou que ao menos desse algum indicativo de que poderia me perdoar. Qualquer coisa que servisse de ponte para transpor o abismo que existia entre mim e ele.

O silêncio de Leon, porém, afirmou que tudo não passou de um anseio descabido de um coração apaixonado. Naquele instante, pressenti que nós nos aproximávamos do fim daquela jornada, do ponto-final de nossa história. A conclusão. Creio que ele também tenha sentido, pois se endireitou, a tristeza parecendo sufocá-lo.

Com alguma resistência de ambas as partes, consegui me desvencilhar dele, me sentando sobre as pernas.

— É muito triste, não é? — Tentei engolir, mas fui incapaz. — Que a vida não aceite erros. Pessoas como eu, perdidas em seus próprios medos, raramente sabem o que estão fazendo. É uma pena que exista apenas uma chance de acertar e todo o tempo do mundo para se lamentar depois.

Franzindo a testa, ele me encarou como se eu o tivesse surpreendido. Começou a dizer alguma coisa, mas um rebuliço veio do andar de baixo, atraindo sua atenção.

— Mas que diabos é isso?

Leon saltou da cama e andou apenas dois metros antes de o painel se escancarar. Imediatamente puxei os lençóis até a altura do queixo.

— Delegado Goulart? — meu ex-noivo se retesou.

Os olhos astutos do homem de uniforme azul-marinho voaram em minha direção. Soltou um profundo suspiro, sacudindo a cabeleira grisalha.

— Então é verdade. — Estalou a língua antes de se dirigir a Leon. — Capitão Navas, o senhor está preso.

— O *quê*?! — exclamei.

— E posso saber sob qual alegação? — Leon perguntou ao mesmo tempo.

— Sodomia. — O sr. Goulart indicou a cama. Mais precisamente, a mim.

Correndo uma das mãos pelos cabelos, Leon acabou rindo, parte frustração, parte descrença.

— Pensei que pudesse ser esse o motivo.

— Sodomia? — Pulei da cama, meio desajeitada, me embrulhando no lençol. — Está acusando o capitão Navas de... de perversão?!

— É exatamente o que eu estou fazendo. — O chefe da guarda dirigiu um olhar cheio de repulsa a Leon. — Não se envergonha, capitão? Corromper um menino inocente que ainda nem barba tem? Em outros tempos, o senhor iria queimar até não sobrar nada além de cinzas!

Leon esfregou o rosto com ambas as mãos e fitou o teto.

— Isso não pode estar acontecendo...

E foi então que compreendi a que perversão se referia o homem cuja barba chegava quase ao meio do peito. Ele olhava para mim e via Dominique. Um rapaz.

Duas pessoas do mesmo sexo jamais poderiam se amar, segundo a lei. Quem quer que tivesse criado aquela norma não devia ter um coração. Se tinha, não o usava, porque agora eu sabia. O amor nasce sem fazer alarde, sem levantar suspeita, domina o peito e tudo o que se abriga ali, fincando raízes profundas, impossíveis de cortar. O coração não tem escolha, exceto fazer o que sabe melhor: amar.

Essa é a diferença. Os seres humanos criam regras. O amor não obedece a nenhuma. Não vê impossibilidades, posição social, gênero, religião, nada. Que deprimente pensar que alguém pode ser condenado simplesmente por amar. Que terceiros queiram decidir por quem seu coração vai pulsar.

Como se o amor por si só já não fosse complicado o bastante.

Ainda assim, eu tinha que acabar com aquele equívoco antes que saísse de controle, mesmo correndo o risco de acabar em uma... De acabar do jeito que Najla temia. O que eu não podia permitir era que Leon pagasse pelo meu erro.

— Isso tudo é um mal-entendido, sr. Goulart — comecei. — Eu sou...

— Não. — Leon cortou, me lançando um olhar preocupado.

— Eu esperava que fosse um mal-entendido — disse o sr. Goulart. — Há alguns dias recebi a denúncia por parte de duas damas que garantiram ter visto vocês dois na rua em termos bastante íntimos, mas, como elas costumam me apoquentar por qualquer bobagem, achei que não deveria levar a sério. Então o seu mordomo me procurou, contando que viu o camareiro deixar o seu quarto pouco antes de o sol nascer — se dirigiu a Leon. — Não pude mais ignorar. E aqui estão vocês dois, no *quarto*. Em plena luz do dia!

Sr. Abelardo! Se algum dia eu voltasse a vê-lo, iria fazê-lo engolir metade daquela língua comprida.

Mas eu tinha um problema mais imediato que acertar as contas com um mordomo fofoqueiro com péssimo senso de interpretação. O delegado Goulart parecia decidido a sair daquela casa com Leon sob custódia. Eu precisava impedir.

— Lamento informar que sua visita não tem propósito, sr. Goulart. — Inspirei fundo, empinando o queixo. — Meu nome é...

— Pare. — Os olhos de Leon encontraram os meus, aflitos. "Não agora", pareceram me dizer.

"Você precisa aprender a confiar em mim", devolvi, e suspeito de que ele tenha compreendido, pois as sobrancelhas se arquearam de um jeito bastante irônico.

Preferi ignorá-lo e me aproximei do sr. Goulart, sustentando o lençol apertado ao redor do corpo.

— Entendo que o senhor não faz as regras, apenas as cumpre, sr. Goulart. Mas a denúncia é falsa. Eu não sou um rapaz. Meu nome é Valentina Dominique Emanuelle Martin de Albuquerque. — Ah, como foi bom dizer isso em voz alta outra vez.

Leon soltou um suspiro frustrado. Já o sr. Goulart deu pouca importância a minha grande revelação, o que achei um tanto ofensivo.

— E eu sou o novo duque de lugar nenhum. — O homem da lei indicou a porta. — Vamos indo, capitão, antes que eu decida prender seu camareiro também.

— Não, espere. — Tropecei no lençol. — Estou dizendo a verdade. Sou Valentina. O capitão Navas não é meu patrão, é meu noivo. Foi meu noivo — corrigi, me lembrando da conversa de minutos antes.

Leon olhou para as próprias botas, mas não foi rápido o bastante, e tive um vislumbre de algo que me deixou inquieta. Aquilo que deixou seus olhos da mesma cor de uma nuvem de chuva era tristeza?

— Minha paciência não é muito longa, garoto — proferiu o barbudo, cerrando os dentes.

— Mas não estou inventando nada! — objetei. — O senhor prendeu o jovem Romanov ainda há pouco, não prendeu? Ao sul da cidade. Acho que pretendia me matar, já que não conseguiu da primeira vez, quando me empurrou do *La Galatea*. O senhor deve ter encontrado uma carta no bolso dele, escrita por mim e endereçada ao meu pai.

Isso trouxe uma centelha de interesse ao seu semblante.

— Posso lhe dizer o que estava escrito no bilhete, palavra por palavra — adicionei.

Uma coleção de vincos decorou seu cenho enquanto me avaliava de cima a baixo, como se não entendesse o que via.

— Ora, pelo amor de Deus, sr. Goulart! Isso é ridículo. — Joguei os braços para o alto, frustrada. O lençol caiu e se enrolou aos meus pés. — Estou dizendo que sou Valentina Albuquerque. Se não acredita em mim ou no capitão, basta procurar meu pai e ele lhe dirá o mesmo.

Os olhos do sr. Goulart se arregalaram e se fixaram em mim. Finalmente! Só que...

— O garoto tem seios! — balbuciou, o olhar fixo em meu busto. — Redondos... não muito grandes... mas são seios...

Examinando meu corpo, percebi que o fino tecido branco da camisa de dormir não escondia muito e era possível entrever meus mamilos e a curva dos seios. Um gritinho me escapou, e imediatamente me abaixei para apanhar o lençol.

— Se continuar a olhá-la dessa maneira, vou esquecer o que a insígnia em seu chapéu representa e garantir que o senhor não volte a olhar para coisa alguma enquanto viver. — Leon se colocou entre mim e o sujeito ao mesmo tempo em que eu me endireitava. — Acredito que já está claro que não se trata de um garoto. E estou certo de que a srta. Valentina prefere não ter os seios mencionados nesta conversa. Ou em qualquer outra.

Eu não podia ver seu rosto, mas, a julgar pela aspereza que ouvi em sua voz e pelo tom avermelhado que coloriu sua nuca, Leon debatia internamente se deveria torcer o pescoço do chefe da guarda ou o meu.

Engoli em seco quando ele girou sobre os calcanhares e me encarou. Embora parecesse composto, seu olhar tempestuoso relampejava com uma furiosa tormenta.

— Volte para a cama — silvou entredentes, retirando o paletó e colocando-o sobre meus ombros.

Eu estava quase certa de que Leon não me esganaria na presença do chefe da guarda. Quase certa!

E até teria atendido seu pedido, se minhas pernas não parecessem feitas de fumaça. Minha total inércia fez uma veia na lateral de sua testa pulsar com violência, e temi que ele pudesse sofrer um ataque apoplético.

Ou eu. Nada em mim parecia funcionar como deveria.

Pressionando a ponte do nariz entre o indicador e o polegar, Leon inspirou fundo uma dezena de vezes, na tentativa de controlar a fúria, antes de se dirigir ao sr. Goulart novamente. Não que ele tivesse se saído bem em sua bravata.

— Desconfio de que o senhor queira fazer algumas perguntas agora — disse ao chefe da guarda, os dentes cerrados.

— Não faz ideia de quantas, capitão...

— É melhor descermos para que a srta. Valentina possa se recompor. E então terá suas respostas. — Sem esperar por uma reação, Leon empurrou o homem aparvalhado porta afora. No entanto, se deteve sob o batente, a mão na maçaneta, me olhando com a testa franzida. — Faz alguma ideia do que vai enfrentar agora?

— Francamente, acho que não.

Seus lábios se comprimiram, fazendo a antiga cicatriz empalidecer.

— Vou buscar um advogado — anunciou.

Eu me encolhi. Não queria ficar sozinha com o sr. Goulart, que, ao que parecia, nunca tinha visto seios na vida.

Leon deve ter notado minha hesitação, pois acrescentou:

— Ou posso ficar com você e ir procurar um advogado mais tarde.

— Eu gostaria muito disso. Obrigada.

Assentindo uma vez, ele começou a encostar a porta. Mas, por alguma razão, parou no meio do movimento e voltou para o quarto. Sem dizer uma palavra, se ajoelhou diante do baú e de lá tirou uma imensa caixa.

— Eu mandei fazer para você. Para depois que... — Ele a depositou sobre a cama, um pouco sem graça. — Enfim. Acredito que algum deles sirva. — Afastou a tampa, revelando uma profusão de cores e tecidos que se destacavam contra a brancura do papelão.

Equilibrando o paletó sobre os ombros, a visão embaçada, toquei a manga de um belo vestido azul-claro.

"Para depois que nos casássemos." Era assim que sua sentença terminaria. E agora Leon não precisaria mais guardá-los, já que não haveria casamento.

Uma gota salgada caiu sobre a seda azul, escurecendo-a. Esfreguei as costas da mão nas bochechas para impedir que outras manchassem o tecido.

Ouvi o farfalhar das roupas de Leon conforme ele chegava mais perto e parava bem atrás de mim.

— Valentina?

— Sim? — respondi, mas continuei de costas para ele.

— Eu... eu não... Eu queria que... Acho que... — Bufou, irritado. Se com ele mesmo ou com outra coisa, não pude ter certeza. Sua voz estava mais controlada ao dizer: — Não tenha medo. Vou ajudá-la. Vai ficar tudo bem.

Assenti, apenas porque era a única coisa que podia fazer naquele momento.

Leon saiu instantes depois, fechando a porta sem fazer barulho. Um soluço doloroso reverberou em meu peito oco e pelo quarto. Tapei a boca para impedir que os outros viessem, lutando contra meu cérebro, que teimava em me mostrar imagens de uma vida com Leon que nunca se realizariam.

Em meio ao vendaval que era minha vida, a única coisa sólida nos últimos tempos era Leon. E ele logo desapareceria para sempre. Eu suspeitava de que sobreviveria. Continuei a viver depois da partida de minha mãe e sabia que a dor de perdê-lo não me mataria. Não fisicamente. O que havia dentro de mim, porém, se transformaria em um deserto, uma terra infértil e seca, vazia de vida, de esperança.

É tão raro encontrar alguém que traz luz a sua existência quando tudo o mais são sombras e escuridão. Quando se pega sorrindo, mesmo sabendo que deveria estar aos soluços. O coração se aquece pela simples presença do outro, dando cor ao mundo, significado à vida. Alguém que lhe faça se sentir amado e querido, que desperte em você o desejo de ser uma pessoa melhor. Eu queria que Leon ficasse. Queria poder fazê-lo sentir todas aquelas coisas que despertava em mim. A alegria tola, o sorriso involuntário, o calor nas bochechas e no peito, a dor agridoce apertando o coração. Sim, eu queria muito pedir que ele ficasse comigo. Mas, porque eu já havia feito tanto mal a ele, me calaria.

Então, não. Nada ficaria bem.

A carruagem de Leon estacionou em frente à casa do meu pai no início da noite. Observei as cortinas nas janelas e suspirei. Daria qualquer coisa para adiar aquele momento, mas já estava farta de fugir. Existia um problema, e ele teria que ser confrontado.

Dois problemas, corrigi ao sentir Leon se mover ao meu lado para abrir a porta do veículo. Manteiga pulou para a calçada e foi entrando no jardim à procura de algo interessante.

— Essa cor combina com você. — Leon sorriu, o que provocou aquele aperto no peito e o zumbido em meus ouvidos. — Tem o mesmo tom dos seus olhos.

Minhas faces e pescoço esquentaram tanto que me pus a admirar a saia de seda azul-clara, na esperança de que ele fizesse o mesmo.

— Senti falta deles — confessei. — Usar calças tem algumas vantagens, mas me sinto eu mesma dentro de um vestido. Eu... queria lhe agradecer, Leon. Pelo traje e por me ajudar hoje. E ontem à noite. Este tempo todo, na verdade. — Ri, sem jeito.

A conversa com o chefe da guarda fora tão desagradável quanto eu antecipara. Se eu estava em liberdade agora, era graças a Leon, que garantira ao sr. Goulart que não prestaria queixa contra mim por ter me passado por seu criado, alegando que a ideia do disfarce partira dele, de modo que nunca houve um crime. O sujeito não duvidou, mas deu início a uma série de perguntas, me fazendo repetir a história de novo e de novo e de novo, até que Leon perdeu a paciência e pouco cortesmente o expulsou de seu escritório, alegando que eu já tinha dito o suficiente para que o sr. Romanov continuasse preso, e que o restante poderia ser discutido em outro momento. Eu quis beijá-lo de tanto alívio. Se bem que eu queria beijá-lo por tantos outros motivos... Até sem motivo algum, para ser franca.

— Eu não acredito que vou dizer isso — começou Leon, também fitando a casa. — Mas obrigado pelo que fez. Com o chefe da guarda.

— Não era mais do que meu dever.

Ele se virou de imediato, me encarando com a testa franzida.

— Não é verdade, Valentina, e nós dois sabemos disso.

— É sim, e *você* sabe disso — frisei.

Sua risada gostosa preencheu a cabine e os cantos vazios em meu peito.

— É impossível vencer uma discussão com você.

— Só se a sua opinião divergir da minha — brinquei e ele riu outra vez.

Mas o clima alegre foi se esvaindo aos poucos, a atmosfera ficando tão pesada que, mesmo sem espartilho, eu mal conseguia respirar.

Como se soubesse exatamente o que acontecia dentro de mim, Leon perguntou à meia-voz:

— Está com medo?

— Apavorada. Mas preciso fazer isso. — Apertei a mão sobre o estômago revirado, sem saber ao certo se era por causa da conversa que me aguardava do lado de dentro da casa.

Eu queria perguntar tanta coisa a Leon. Se havia decidido a data de sua partida, agora que tudo se resolvera, se eu o veria de novo enquanto estivesse na cidade, mas não consegui. Tinha medo das respostas.

— Bem... Boa noite, Leon.

Estendendo o braço para me apoiar na cabine, comecei a me levantar. Ele pegou minha mão ainda no ar, me impedindo de ir adiante.

— Posso fazer uma pergunta? E me responderá com sinceridade? — questionou, ansioso. Anuí uma vez. Ele tomou fôlego. — Em que momento soube que não era eu o sujeito que a empurrou do *Galatea*?

— Ah. Humm... acho que... — Voltei a me sentar. Contudo, ele não soltou meus dedos. — Não sei, Leon. Eu torcia para que fosse inocente, mas, sempre que tentava desvendar o seu caráter, você se retraía. E tinha aquela porcaria de abotoadura... — Soltei um pesado suspiro. — Passei a desconfiar de que você não era quem eu procurava no primeiro dia de trabalho. No *La Galatea*, quando passei mal, lembra?

Ele fez que sim, devagar.

— Creio que tenha sido naquele momento — ponderei. — Você me ajudou, como já tinha feito antes, quando eu era sua noiva. Mas, ali, você pensava que eu era só um garoto pobre. Não tinha obrigação nenhuma comigo. E mesmo assim me deu aquela bebida horrível e o gengibre. Foi naquele instante que comecei a suspeitar que estava sendo tola. Porque é fácil ser bom se algum interesse está envolvido. Ser bom simplesmente porque não se pode evitar é outra coisa. E você é assim, Leon. Bom na essência.

Ele encrespou o cenho, parecendo perdido.

— Mas isso aconteceu pouco mais de duas horas depois que começou a trabalhar para mim.

Sorri com tristeza.

— E, se eu estivesse menos assustada e fosse menos teimosa, teria colocado um fim à farsa de Dominique ali mesmo.

Comecei a puxar a mão para descer. Leon a segurou com mais firmeza, como se ainda não estivesse preparado para me soltar. E então eu senti: o anel simplesmente se desprendeu, meu dedo escorregando pelo aro.

Abrindo a mão, ele admirou a joia como se não compreendesse. Eu também a contemplei, o brasão reluzindo sob a luz da lanterna no interior do veículo como o futuro que um dia tive.

— Isso nos poupa uma viagem ao ourives. — Tentei fazer graça, mas minha voz falhou.

Imediatamente, Leon ergueu os olhos. Havia tanta coisa nas íris metálicas, agora perturbadas, e eu daria o pouco que tinha para desvendar o que se passava em sua mente. Mas não fui capaz de decifrar nem mesmo o que acontecia dentro de mim.

— Obrigada, Leon — murmurei. — Por ter confiado seu anel a mim, mesmo que tenha sido forçado a isso.

— Valentina... — Sua garganta convulsionou, e ele engoliu com dificuldade.

Prendi o fôlego, esperando. Não sei ao certo o quê. Um milagre, talvez. Mas milagres eram tão raros quanto finais felizes, e ele bufou, esfregando o rosto com desespero, sem jamais completar a sentença.

A melancolia se assentou em cada centímetro de minha pele. Se eu ficasse ali mais um segundo, acabaria caindo no choro, por isso tratei de dizer:

— Adeus, Leon. — Juntei as saias nas mãos e saltei da carruagem.

— Valentina, espere!

Mas eu continuei em frente. O que mais havia a ser dito? Leon era minha força, mas também minha maior fraqueza. Eu havia atingido o limite. Ele poderia me quebrar em tantos pedaços que eu talvez jamais conseguisse reuni-los.

Entrei em casa sem bater ou parar para tomar fôlego. Apenas engoli as lágrimas e fui indo em frente, mas derrapei no chão de mármore do hall ao vislumbrar meu pai zanzando de um lado para o outro na sala principal. O dr. Almeida dizia alguma coisa, mas se interrompeu tão logo me viu. O médico ficou de pé em um salto, colocando a mão no ombro do meu pai para detê-lo.

— O quê? — perguntou papai. Então seus olhos cansados captaram minha presença e dispararam para mim. — Valentina! — sussurrou, quase como uma prece.

— Papai.

— Eu... creio que vocês devem ter muito o que conversar — disse o doutor, me dando uma piscadela antes de sair da sala, apressado.

Meu pai e eu permanecemos com os olhos cravados um no outro pelo que me pareceu uma vida inteira. Havia tanto entre nós, tanto em seu olhar... Medo, culpa, arrependimento... e amor. Surpreendendo-me, ele cruzou o cômodo e no instante seguinte eu estava em seus braços.

Não resisti e deitei a cabeça em seu ombro, inspirando seu perfume tão familiar, fechando os olhos quando ele resvalou os lábios em minha testa. Um soluço me escapou. Então outro. Agarrei-me ao meu pai quase com desespero, tanta coisa se revolvendo dentro de mim: minha própria história, Dimitri, Leon, papai. Eu não conseguia assimilar tudo, lidar com mais nada. Acho que ele pressentiu isso, pois seus braços se contraíram ainda mais ao redor dos meus ombros. Não sei o que mudou entre nós, mas naquele instante senti que algo se religava, se reconstruía, nos conectava outra vez. Meu pranto se intensificou, mas achei apropriado. Eu havia chorado da primeira vez que respirara neste mundo. Era adequado que também chorasse agora, aninhada nos braços do meu pai, onde minha história recomeçava e eu renascia.

• • •

Entreabri a porta do quarto, tentando não fazer barulho, e espiei lá dentro. Mas não devia ter me dado o trabalho.

— Tina! — gritou Felix, se sentando na cama. — Tinaaaa! — Pulou sobre as perninhas roliças e correu para mim.

Eu me abaixei, pegando-o no colo e me surpreendendo com o fato de parecer mais pesado. Afundei o nariz em seus cabelos finos, inalando o perfume de lavanda, suor e menino.

— Felix! Senti tanto, mas tanto a sua falta, meu amor — falei, nos acomodando na cama.

Soltando-me, ele se sentou sobre os joelhos e sorriu. Afastei alguns fios que lhe caíam na boca, observando cada linha do rostinho gorducho e tão amado. Ele precisaria cortar o cabelo em breve. Talvez no dia seguinte eu pudesse amansar aquelas mechas aneladas.

— Você cresceu ainda mais enquanto eu estive fora, sabia?

Ele estufou o peito.

— Oba! Eu *peciso quescer* bastante. O Leon disse que só vai me *deixá* ser *pilata* depois que eu *ficá gande* que nem ele. Falta um tantão assim ainda! — Ele abriu os braços, me mostrando, desanimado, uns quinze centímetros.

Mordi a parte interna da bochecha para engolir o riso.

— Não sei não. Acho que, do jeito que cresceu, falta um pouco menos. Assim. — Aproximei suas palmas um pouco mais, diminuindo o espaço entre elas para ínfimos três centímetros.

Ele se alegrou.

— *Veidade*, Tina?

Ergui uma das mãos, a esquerda sobre meu coração.

— Palavra de irmã mais velha! — Era o que eu sempre seria para ele. E não havia biologia que me convenceria do contrário. — Você não deveria estar dormindo?

— A *Damiles* me contou uma *histólia* muuuuuito boba de patinhos. Um deles bem feio. Eu até gostava dele. Mas aí ele *vilou* um *nisne*! — Fez uma careta enojada.

— Ah, não. Logo um cisne! Aquelas criaturas belas e elegantes...

— Não podia ser um *uiubu* ou um gavião bem *gandão*? Ou ficar pato feio mesmo? — Cruzou os bracinhos, fazendo um bico.

— Imagino que a ideia seja não nos apressarmos em julgar os outros, sobretudo pela aparência.

— Ah. — Ele me encarou com a testa enrugada. E, como o menino esperto que era, perguntou: — *Poi* que *coitou* o cabelo?

— Foi necessário. — Toquei as mechas curtas em minha nuca. — Você gostou?

Ele fez que sim energicamente.

— Tá bonito. A gente tá quase igual *agola*.

— Tão iguais, mas tão iguais, que temos que tomar cuidado, ou o papai acabará nos confundindo! — Fiz cócegas em sua barriga. Ele gargalhou, se jogando sobre o travesseiro. — Oh, quase me esqueço. Veja o que eu encontrei! — Peguei no bolso do vestido a bonita concha que Manteiga havia encontrado na praia.

Os olhinhos escuros do meu irmão reluziram.

— Uaaaau! É a concha mais bonita que eu já vi! Onde você *encontou*?

— Pule para baixo das cobertas. Tenho uma história muito boa para contar.
— Tem pato nela? — perguntou, desconfiado, me fazendo rir.
— Não. Mas tem um homem muito mau. E um pirata bom.

Sem pestanejar, meu irmãozinho fez o que eu pedi, se encolhendo no canto do colchão para que eu me deitasse com ele, como costumava fazer. Assim que me ajeitei, comecei:

— Era uma vez uma jovem muito solitária que não sabia o que fazer da própria vida...

Felix se entusiasmou assim que introduzi o "pirata" na história e gostou ainda mais quando cheguei à parte em que a mocinha passava mal no barco. Meu irmão gosta muito de histórias com coisas gosmentas. Contudo, o cansaço o pegou desprevenido, e, depois de dez minutos, ele adormeceu abraçado à concha.

Fiquei ali um pouco mais, velando seu sono e sorrindo enquanto pensava como a vida era esquisita. Maravilhosamente esquisita. Eu tinha um irmão de sangue. E o odiava com todas as forças. Felix não tinha a mesma ascendência que eu, e eu daria a vida por aquele menino, faria qualquer coisa para protegê-lo.

E eu fiz, não?

— Me perdoe, mamãe — murmurei. — Mas você teria agido do mesmo modo.

Mesmo que minha mente estivesse enevoada, a vida de uma criança estivera em jogo, e eu sabia, no fundo da alma, que tinha feito o que mamãe me ensinara exaustivamente: a coisa certa.

Sem fazer barulho, apaguei a vela sobre a mesa de cabeceira e deixei o quarto, quase trombando em Miranda ao sair. O nariz vermelho indicava que ela andara chorando.

— Por que fez isso? — indagou. — Eu pensei que me odiasse. Por que não disse a verdade à guarda ou ao seu pai?

— Porque eu amo Felix, Miranda.

Enquanto o delegado me fazia repetir a história vezes sem conta, foi inevitável citar Miranda. De que outra maneira ele poderia entender minhas atitudes? Mas, quando chegara o momento de falar sobre o sr. Matias e o assassinato de mamãe, eu não fora capaz de condená-la. Por muito tempo dedicara rancor a Miranda, mas agora... eu já não sabia. Compreendia melhor a paixão e não podia censurá-la por ter se perdido naquele sentimento. Além disso, a argentina era viúva na época em que se envolvera com meu pai. Ela não tinha obrigação alguma comigo ou com minha mãe. Meu pai tinha.

A conversa com ele havia sido desgastante. Não falamos sobre minha história. Nem uma única palavra sobre Catarina foi proferida. E eu nem sabia se queria revolver esse assunto. Ainda estava digerindo aquela informação. Mas papai quisera saber tudo o que tinha acontecido comigo, onde eu estivera o tempo todo, e não pareceu muito satisfeito que Leon tivesse me abrigado. Apesar disso, sua preocupação com minha reputação logo ficou à margem, conforme eu contava sobre Dimitri. Isso, aliado à verdade acerca da morte de mamãe, lhe enrubesceu as feições de tal maneira que temi que pudesse sofrer um ataque do coração. Achei que seria cruel lhe dizer que Felix não era seu filho. Só não sabia que Miranda já havia contado tudo.

— Obrigada, Valentina. — Pude ver a surpresa e o alívio dominarem a argentina. — Obrigada por não destruir minha família publicamente.

Eu poderia ter dito "Não fiz por você", mas quer saber? Eu era melhor que isso.

— Como papai está? — questionei.

— Não sei. Ele foi até a sede da guarda para se inteirar sobre a situação de Dimitri. Se o sr. Goulart não tomar cuidado, Walter é capaz de matar aquele rapaz com as próprias mãos.

Assenti e comecei a me afastar, mas ela me chamou.

— Valentina, quero que saiba que eu nunca tive nenhuma relação com a morte da sua *mamá* — disse, e tive a impressão de que ela começaria a chorar. — Diógenes agiu sozinho, eu juro. Eu só soube o que ele tinha feito meses depois, quando me procurou e começou a me chantagear. Posso ser muitas coisas, mas não uma assassina.

— Eu sei, Miranda. Não fui justa. Me desculpe pelas acusações que fiz.

Os olhos dela se arregalaram, abismados.

— ¡*Por Dios, qué chica más tonta!* Como pode dizer isso? Eu fiz da sua vida um inferno sempre que pude.

— E me fez um grande favor. Assim não corri o risco de gostar de você. — Ah, bem, não tão melhor, afinal.

Ela sorriu por entre as lágrimas, a Miranda que eu conhecia dando as caras.

— Sim, foi mesmo muito magnânimo de minha parte. Boa noite, Valentina. É bom tê-la de volta do mundo dos mortos, embora eu pense que é desnecessário se esforçar tanto para parecer um cadáver.

Certas coisas nunca mudam...

Revirando os olhos, fui para o meu quarto, mas fiz uma parada no de Suelen, espiando por uma fresta da porta. A pobrezinha devia ter se cansado de me esperar e dormia profundamente.

Manteiga me esperava do lado de fora do meu quarto e foi o primeiro a subir na cama, adormecendo antes que eu tivesse terminado de desabotoar o vestido. Meu pequeno herói tinha tido um dia cheio. Já eu, apesar de toda dolorida, não consegui encontrar uma posição confortável. Os travesseiros pareciam moles demais, o colchão muito duro, os lençóis perfumados em demasia. Meu cachorro reclamou conforme eu me remexia de um lado para o outro até que perdeu a paciência e saltou da cama, se aninhando sobre o tapete.

— Desculpe — murmurei, me revirando de novo para encarar o teto.

Os problemas finalmente começavam a se resolver, mas eu ainda me sentia inquieta, e no início imaginei que eram eles que me mantinham tão alerta. Porém, à medida que a madrugada ia avançando e um rosto surgia atrás de minhas pálpebras a cada vez que eu piscava, entendi que não havia nada de errado com a cama ou o quarto, que não era a bagunça em minha vida que me causava aquela sensação de vazio. O que me fazia tanta falta, a ponto de eu não conseguir respirar, era a presença de Leon sob aquele teto.

45

Dando uma última picotada antes de abaixar a tesoura, a sra. Edite a pousou sobre o aparador, espanando os fios dourados em meus ombros.

— Fiz o que estava ao meu alcance, minha querida — comentou a camareira de Miranda, suspirando em desalento ao fitar minhas curtas madeixas.

Sentada diante do espelho, virei a cabeça de um lado para o outro, analisando o novo corte de cabelo. Ela havia aparado a parte da frente e acertado o estrago que eu causara na parte de trás, deixando-o mais harmonioso. Meus cachos ainda não se animavam em retornar, mas gostei do resultado. O novo penteado deixou a cor mais bonita, com tons baunilha, ouro e mel. A franja cheia pouco acima dos olhos ressaltou as maçãs do rosto, disfarçando um pouco minha palidez e as olheiras profundas.

— Eu gostei muito, sra. Edite. Obrigada — agradeci com sinceridade. Ela fez um aceno de cabeça enquanto eu apanhava a pilha de cartas no cantinho do aparador e estendia a ela. — Poderia pedir ao sr. Romeu que as envie, por gentileza?

— Mas é claro, senhorita.

Eu tinha que dar notícias a Najla. E a tia Doroteia. E a Elisa, Teodora, Sofia e tantos amigos que passara boa parte da madrugada insone com a pena em punho.

— Para ser sincera — disse Suelen, se levantando da cama e parando atrás de mim para terminar sua toalete assim que a camareira nos deixou sozinhas —, também acho que você ficou linda. Com um ar sofisticado e misterioso, uma francesa! Talvez eu também devesse cortar o cabelo. — Deu leves batidinhas no pescoço com a almofada de talco.

Acabei rindo. Suelen era surpreendente. Desde a conversa que tivemos naquela manhã, quando eu lhe contara sobre minha verdadeira origem, o caráter de Dimitri e sua prisão, ela não havia derramado uma única lágrima. Eu esperava tormenta e sofrimento e, em vez disso, encontrei preocupação e exultação com meu retorno.

— Sabe, Valentina, andei pensando. Eu deveria ter desconfiado antes de que Dimitri não valia a água-benta que o padre usou em seu batizado — confessou ela, conferindo no espelho se o decote estava no lugar. — Tudo o que ele fazia era falar sobre o meu dote e perguntar quando eu o receberia.

— Pensei que estivesse apaixonada por ele.

— Como poderia, se na tarde em que o beijei só senti gosto de cebola? — Fez uma careta. — Eu levei o noivado adiante porque estava de coração partido, Tina. Pensei que, se me casasse, se tivesse alguma coisa para ocupar a mente, a dor de perder você sumiria em algum momento.

Eu me virei na banqueta para encará-la, mortificada.

— Lamento muito, Suelen. Tão mais do que posso dizer. Eu tentei encontrá-la! Mas você estava com Dimitri...

— Eu sei — interrompeu, apertando meu ombro. — E estou aliviada que não tenha conseguido falar comigo. Só Deus sabe o que aquele monstro poderia ter feito se descobrisse que você ainda estava viva. E isso me serviu de lição. De agora em diante, só aceitarei um pretendente se o beijo dele me fizer flutuar, como os beijos do seu capitão fazem com você.

Gemi, sacudindo a cabeça. Não queria pensar nos beijos de Leon, em tudo o que eu havia perdido.

— Suelen, me diga que não está pensando em beijar todos os seus pretendentes...

— Só os mais interessantes. — E me deu uma piscadela, antes de ir apanhar o chapéu sobre a cama.

Eu a analisei com atenção, do vestido amarelo florido ao penteado meio solto que a deixava tão encantadora.

— Você vai sair?

— Vou até a igreja. Fiz uma promessa de que rezaria uma novena se um dia você voltasse. Quer ir comigo? Depois vou fazer uma visita a Najla. — Ajustou o chapéu em seu penteado, fazendo o laço no queixo. — Aposto que ela está desesperada por notícias.

Balancei a cabeça.

— Eu adoraria. Mas acho melhor não.

— Eu imaginei. Você passou por muita coisa. É melhor que fique e descanse. Podemos ir juntas amanhã. — Soprando um beijo, ela deixou o quarto em uma nuvem perfumada de flor de laranjeira.

Mas eu também não poderia acompanhá-la no dia seguinte. O fim do noivado de Suelen não mancharia sua reputação, já que ela não tinha culpa da falta de caráter de Dimitri, porém tampouco seria visto com bons olhos. Se ela aparecesse comigo, a jovem que fora flagrada pelo delegado em roupas de dormir no quarto do ex-noivo, que andara fingindo ser um criado e quase fora assassinada pelo meio-irmão, ah, isso aniquilaria seu bom nome antes que Suelen pudesse piscar as pestanas. As fofocas já deviam ter começado. Eu não podia mais acompanhar minha prima a nenhum lugar respeitável. Ou visitar Najla. Por isso lhe escrevera mais cedo.

Soltei um suspiro e me voltei para a figura no espelho, sem me apressar em concluir a toalete. Não sabia o que esperar daquele dia, porém sentia uma necessidade inquietante de sair correndo em direção à rua principal e bater na porta da casa número 7. Mas não podia. Leon deixara claro que me ajudaria e então sairia da minha vida. Como eu poderia continuar a lhe impor minha presença? Além disso, eu tinha que aprender a viver sem ele. Podia começar a treinar a partir daquele dia, não?

Com a visão embaçada, escolhi um dos meus antigos vestidos — um branco com florezinhas em diversos tons de cor-de-rosa —, e foi tão bom senti-lo na pele, mesmo que tenha ficado um pouco mais largo que de costume. De todas as mudanças, ao menos alguma coisa da minha antiga vida resistia.

Eu pretendia ir até o escritório do meu pai averiguar como ele estava, mas, ao passar pela sala de jantar, através da porta envidraçada, eu o avistei sentado no banco do jardim, admirando um beija-flor pairar sobre as rosas ainda em botão. Ele abriu um sorriso que aprofundou os vincos ao redor dos olhos cansados ao notar que eu o observava. Resolvi me juntar a ele.

— Você parece ter dois anos de novo, com esse corte de cabelo — comentou assim que meus pés tocaram o gramado.

— Suelen acha que pareço uma francesa.

— Sua mãe teria gostado de ouvir isso. — Seus ombros se sacudiram com uma gargalhada.

Eu não me recordava de quando aquilo tinha acontecido pela última vez. Sentando-me a seu lado, analisei mais atentamente a pele sob o queixo mais frouxa, os cabelos mais grisalhos, os olhos mais cansados. Ele parecia ter envelhecido dez anos em poucos meses.

— Sua mãe amava rosas — falou depois de um tempo, voltando a observar o pássaro azul e verde.

— Eu me lembro.

— Foi uma das primeiras coisas que ela me disse logo que nos conhecemos. Que as rosas a alegravam. Mandei plantar roseiras em toda a propriedade antes de nos casarmos.

Aquilo me surpreendeu.

— Você a amou? — Minha pergunta adquiriu um tom de afirmação.

Ele suspirou, contemplando o céu.

— Com todo o meu coração, Valentina. Ainda amo. Sinto muita falta de Adelaide. Por mais que me esforce para esquecer, não há um único dia em que eu não pense nela. Ela foi o grande amor da minha vida.

— O que acon... — Mas me calei. Não sabia se queria mergulhar ainda mais fundo naquele assunto.

No entanto, meu pai parecia ansioso para me contar, por isso apenas ouvi tudo em um espanto mudo.

— A vida aconteceu, Valentina. Adelaide era uma mulher extraordinária. Obstinada, assim como você. Nós nos apaixonamos quase imediatamente quando nos conhecemos. Casei com ela sabendo que formaríamos uma família. Mas não foi assim que ocorreu. Ela não conseguiu conceber. E, em sua frustração, começou a me culpar por isso. Eu me sentia... envergonhado. — Desviou os olhos para as mãos roliças, as bochechas em brasa. As minhas não deviam estar diferentes. — É função de todo homem garantir um herdeiro, e eu não parecia capaz de ter um. Então veio a bebida e... bem, acabei buscando consolo fora de casa. — Pigarreou. — Isso só piorou a situação com sua mãe, é claro. Eu via o amor dela morrer um pouco a cada dia, sem conseguir fazer nada para mudar isso. Quando me envolvi com Catarina, estava de coração partido. Sua mãe e eu tínhamos brigado de novo. Catarina tinha perdido o marido fazia pouco tempo. Ela era uma mulher muito compreensiva e amável. — Sorriu de leve, o bigode prateado se alargando. — Você não a reconheceria. Era muito bonita também. Você tem muito dela.

Não gostei dessa última parte.

— Se apaixonou por ela? — eu quis saber.

— Sim. — Ele se virou no assento, ficando de frente para mim. — Não pense que foi fruto de um mau passo. Você é o resultado da paixão entre duas pessoas infelizes que encontraram conforto uma na outra.

Bem, aquilo não melhorava muita coisa, mas ao menos era melhor que pensar que eu era o resultado de uma escapada conjugal qualquer.

— Então, você veio — ele prosseguiu. — Quando Catarina me contou o que pretendia, eu perdi a cabeça. Arrisquei meu casamento para não perder você.

Esfreguei as mãos suadas na saia do vestido, mas não consegui encontrar minha voz.

— Eu nunca a vi como um erro, filha. — Ele tocou meu ombro. — Você foi, e ainda é, a melhor coisa que já me aconteceu. Não me arrependi um único dia da atitude que tomei, vinte e quatro anos atrás, mesmo tendo perdido o amor de Adelaide para sempre. E sei que ela também não se arrependeu. Você foi tudo para aquela mulher, Valentina. Foi o mundo dela. Nós dois a amamos demais desde seu primeiro suspiro, cada um à sua maneira.

Eu não tinha me dado conta de quanto esperava ouvi-lo dizer que me amava. Como aquilo era importante para mim. Pela primeira vez desde que havia descoberto minha verdadeira origem, eu entendia uma coisa. Meu pai lutara por mim. Arriscara tudo para ficar comigo: sua reputação, seu casamento, seu amor e até seu nome para ficar perto de mim. Ele me quis. E ainda me queria.

E mamãe... Apesar de uma momentânea crise de raiva, meu amor por ela continuava intacto. Como poderia ser diferente? Sua mentira ainda me doía, mas a ideia de que eu poderia ter crescido longe dela era impensável.

E foi ali, admirando o rosto sofrido do meu pai, que compreendi a grandeza do que os dois haviam feito, abrindo mão de tudo por minha causa, e os amei ainda mais.

Uma parte do peso que eu parecia carregar sobre o peito se foi. Mas o nó na garganta me impediu de falar, por isso estendi o braço e apertei a mão que meu pai repousava em meu ombro. Ele retribuiu o gesto.

Ficamos assim, de mãos dadas, perdidos em pensamentos e lembranças por um longo tempo. Até que papai resolveu falar outra vez.

— Conversei com o sr. Goulart. Ele me garantiu que aquele filho da... que aquele canalha vai permanecer atrás das grades por muito tempo.

— É o que eu espero, papai. Romanov não pode simplesmente sair impune.

Ele concordou, ainda contemplando as flores.

— E creio que não deva ser nenhuma surpresa que eu esteja de partida para a vila. Miranda irá comigo. Vai testemunhar contra aquele maldito confeiteiro. Vou garantir que aquele sujeito pague pelo que fez a Adelaide. — Uma sombra dominou sua expressão. — Ele vai se arrepender a cada segundo do resto de sua vida miserável. Isso eu garanto, Valentina.

— O senhor perdoou Miranda?

Ele riu de leve, sem humor.

— Não posso perdoá-la. Tampouco posso abandoná-la. Catarina estava certa quando disse que ninguém parte desta Terra sem pagar pelos pecados que cometeu. Eu feri muito a sua mãe. E Miranda é meu algoz.

Não sei direito o que esperava, mas fiquei contente por seus pensamentos terem tomado aquele rumo. Já bastava de tragédias e escândalos naquela família.

— Papai, papai, papai! — Felix passou correndo pela porta. — A *Damiles contô* que a *poiquinha* teve *filotes*! Seis ou vinte! Você *pecisa vê*! — Saltitando, pegou a mão de papai e começou a puxá-lo do banco. — Veeeem!

Com um suave solavanco, meu pai trouxe o garotinho de cabelos negros e pele dourada para o meio das pernas, colocando a mão pálida sob seu queixo. Fitou-o com intensidade, como se o visse pela primeira vez.

— Quê? Tem meleca saindo do *naliz*? — perguntou Felix, botando a língua para fora.

— Não — papai murmurou. E então sorriu, as sombras desaparecendo de seu olhar gradativamente. — Eu só estava pensando que a cada dia que passa você fica mais parecido comigo, Felix.

Meu irmãozinho expôs todos os dentinhos de leite.

— Eu sei! Mas você vem ou não?

— E por que não? — Soltando uma lufada de ar, ele se levantou, dando a mão para meu irmão, que me observou por sobre o ombro.

— Vem, Tina! Eles ainda não *abilam* os *olos*.

Estava quase concordando, mas o sr. Romeu saiu por uma das portas e parecia decidido a falar comigo.

— Mais tarde, Felix. Prometo.

— Tá bem. Vamos, papai. — O menino começou a puxá-lo de novo. — Posso *escolhê* um deles? E ele *doimir* no meu *quaito* que nem o Manteiga faz com a Tina?

— Temo que sua mãe vá desmaiar toda vez que entrar lá. Humm... Pensando bem, pode ser uma boa ideia, Felix...

Enquanto o mordomo se aproximava, observei os dois descerem o terreno rumo ao chiqueiro. E desconfiei de que tinha compreendido o que papai dissera a respeito de Miranda ser seu algoz. Ele se via agora na mesma posição em que um dia colocara minha mãe: conviver com a traição e criar o filho de outra pessoa. Se ele amasse Felix metade do que minha mãe me amou, tudo acabaria bem.

— Senhorita, lady Catarina está aqui e deseja vê-la — anunciou o sr. Romeu.

— O que eu respondo?

Eu não ansiava por aquele encontro, porém sabia que era inevitável. Imaginei que aconteceria em outro momento, mas, ao que parecia, lady Catarina não era muito paciente.

— Eu mesma respondo, sr. Romeu. Obrigada — agradeci, já atravessando o gramado.

Encontrei a dama alta e elegante em pé, diante do sofá da sala de visitas, parecendo tão nervosa quanto eu acabava de ficar ao vê-la.

— Lady Catarina. — Fiz um cumprimento.

— Pensei que não fosse me receber.

— E por que eu faria isso? — Indiquei o sofá maior, ao mesmo tempo em que me acomodava no menor.

— Porque você deveria me odiar. — Ela piscou rápido, tentando deter as lágrimas que fizeram seus olhos azuis reluzirem como as safiras em seu pescoço. — Preferi meu nome e minha reputação à minha filha.

— Sim, mas, se não tivesse feito essa escolha, eu não teria ganhado a minha mãe. E eu sempre vou lhe agradecer por ter me dado a Adelaide. Ela foi a melhor mãe do mundo, mesmo que tenha cometido alguns erros.

Assentindo, ela examinou as mãos enluvadas, o lábio inferior ligeiramente trêmulo, como acontecia com o meu quando eu tentava segurar o choro.

— Não falei isso para magoá-la, lady Catarina — murmurei suavemente. — Mas não posso ser injusta com a minha mãe.

— Sei que não, querida. E fico contente que tenha tido uma vida feliz com ela.

A quietude recaiu sobre a sala. Era como se houvesse um abismo entre nós. E de fato havia. Eu não sabia nada sobre aquela mulher. Então a examinei com atenção, procurando em seus traços algo que remetesse aos meus, mas não. Não havia nada.

— Como está, lady Catarina? — resolvi perguntar. — Com relação a Dimitri?

Ela suspirou, extenuada.

— Não sei onde errei com aquele menino. Ele teve tudo! Talvez tenha sido essa a razão... — Abanou a mão no ar. — Eu lhe dei tudo, exceto limites. Lamento muito pelo que ele fez, Valentina. Neste momento, desprezo meu filho como jamais pensei que fosse capaz de desprezar um ser humano.

— Mas isso não vai impedi-la de tentar ajudá-lo — completei o que ela não disse.

— Ele é meu filho — suplicou, fitando as luvas rendadas.

— Eu entendo. E não a julgarei. Mas deve saber que eu farei o oposto. Quero que Dimitri pague pelo que me fez.

Lady Catarina abanou a cabeça.

— Ele pagará, minha querida. Não tenha dúvidas quanto a isso. Se ele for solto, nós dois voltaremos para a Rússia. Tenho uma família numerosa em Moscou, incluindo um grão-duque. Já escrevi a um primo com quem ainda mantenho relações. Faz algum tempo que Ivan está ansioso para que Dimitri se junte a ele no exército. Eu não conseguia pensar nisso sem empalidecer. Os soldados que cometem insubordinação são punidos com chicotadas. E Dimitri, do jeito que é... — Estremeceu. — Bem... agora começo a pensar que pode ser benéfico para ele. Mas eu não vim para falar disso.

— Não?

Ela negou com a cabeça, espalmando a mão sobre a barriga, como se se revirasse.

— Eu queria lhe perguntar se... se me permitiria lhe escrever de vez em quando. Sei que sua mãe é Adelaide. Não estou aqui para ocupar o lugar dela! Eu apenas gostaria... que me desse uma chance de me aproximar. Mesmo que seja apenas por correspondência. Não precisa me escrever de volta se não se sentir à vontade. Apenas... me deixe escrever para você.

Em uma coisa ela estava certa. Minha mãe foi e continuaria sendo Adelaide François Martin de Albuquerque. Nada mudaria isso. Por mais que eu tentasse, não conseguia encontrar dentro de mim nenhum sentimento novo por lady Catarina, exceto uma tristeza profunda. Não é fácil assimilar uma rejeição, mesmo que ela tenha acontecido muitos anos antes. Entretanto, o que ela me pedia não era muito.

— Sim, eu gostaria de receber notícias suas, lady Catarina.

— Apenas Catarina. E obrigada. — Os olhos dela brilharam, úmidos, um sorriso lhe estampando o rosto. E naquele sorriso... porque eu sabia o que procurar... eu me reconheci. Foi estranho.

— Gostaria de... um pouco de chá? — ofereci, meio atordoada.

— Seria perfeito. Obrigada.

Ela ficou por mais um quarto de hora e me fez algumas perguntas bobas, como meu chá favorito e meu livro preferido. Depois a acompanhei até a porta e a observei entrar na carruagem, tendo a impressão de que aquela não seria a última vez que veria aquela dama.

46

Manteiga e eu caminhávamos pela praia sem pressa, mas a cesta em meu braço começava a ficar mais pesada. Eu estava andando já fazia algum tempo, tentando abafar a demanda do meu coração, que ansiava por ir até Leon. Eu pensara em um milhão de desculpas para ir à casa dele. Queria lhe contar sobre a conversa com papai e lady Catarina, saber como ele estava, se havia dormido tão mal quanto eu. Cheguei a cogitar fazer uma visita a Lúcia, mas acabei desistindo. Meu ex-noivo não gostaria de me ver enfiada em sua casa outra vez. A questão era que ele não era apenas o homem que eu amava: era também meu amigo. Eu estava com tanta saudade. E me perguntava se em seu coração ferido haveria espaço para sentir minha falta também...

A casinha logo surgiu no horizonte, mas apenas quando cheguei perto o bastante notei que alguma coisa estava diferente. As flores, as cortinas que cobriam as janelas, qualquer sinal de que fosse habitada tinha sumido.

Abigail fechava a porta da casa, uma maleta e um pacote pardo a seus pés. Manteiga se adiantou em direção a ela, pulando em suas saias.

— Muito bem, Manteiga. Muito bem, meu anjo — ouvi a senhora dizer, esfregando o pescoço do cachorro. Então ergueu o rosto. — Oh, minha querida, como estou feliz em vê-la!

— É bom revê-la também. — Relanceei a valise. — Está de partida?

— Meu irmão me escreveu. Vai ficar fora por um bom tempo e pediu que eu me juntasse a ele em um vilarejo longe daqui. Foi providencial, pois já terminei minha missão aqui.

Estranho. Eu pensei que ela vivesse ali.

— As encomendas, meu bem — explicou, como se lesse meus pensamentos. — Ouvi dizer que conseguiu apanhar o crápula que tentou lhe fazer mal. Sempre soube que o pegaria. Tudo será melhor agora.

Mas como algo bom poderia acontecer se logo Leon partiria e eu nunca mais tornaria a vê-lo? Abri a boca para lhe dizer isso, mas um ruído estranho me fez dar um pulo.

— O que é isso? — Era como se mil vespas resmungassem ao mesmo tempo. Um *buzz... buzz... buzzz...* que parecia vir de algum lugar do corpo de Abigail. — A senhora está sendo atacada! — gritei, embora não pudesse ver os insetos.

Tratei de correr para a porta a fim de pegar alguma coisa para acudi-la, mas Abigail firmou os dedos em meu pulso.

— Não se assuste. Não são vespas. — Do bolso do vestido, retirou um pequeno retângulo prateado e batucou o indicador na parte preta, na frente. Como mágica, o ruído cessou.

— O que é isso? — perguntei, sobressaltada.

Imediatamente ela o fez desaparecer dentro do bolso do vestido cinza.

— Oh, é apenas... uma caixinha que faz barulho. É do meu irmão. — Deu de ombros. — Ele me emprestou por um tempo, mas agora preciso devolver.

Eu não entendia por que alguém iria querer uma caixinha que era capaz de reproduzir sons de vespas, mas pouco sabia sobre o irmão de Abigail. Talvez fosse algum apetrecho ligado à pescaria.

— Eu trouxe uma coisa para a senhora. — Estendi para ela a cesta com tudo de mais delicioso que conseguira encontrar na despensa de casa.

— Que delicadeza, Valentina! — Pegando-a, examinou seu conteúdo. E fez uma careta. — A comida eu aceitarei de bom grado, mas não isso. — Colocou a tiara de vovó Martin no bolso do meu vestido.

— Mas eu gostaria que aceitasse, sra. Abigail. Vai ajudá-los no vilarejo.

— Minha querida, você tem um coração muito generoso, mas nós teremos tudo de que vamos precisar. Eu também tenho algo para você, meu bem. — Enroscando o braço na alça da cesta, Abigail se abaixou para apanhar o pacote escuro ao lado da pequena maleta. — Finalmente consegui consertar seu vestido. Está como novo!

— Oh. Obrigada. — Aceitei o embrulho, me abraçando a ele. — Já nem me lembrava dele.

Sua expressão ficou subitamente séria, o braço longilíneo envolvendo meus ombros enquanto descia as escadas comigo.

— Não recebeu este nome à toa, Valentina. Jamais se esqueça disso, nem de quem realmente é. — Então me apertou com mais força. — Adeus, querida menina.

— Obrigada por tudo o que fez, sra. Abigail.

— Mas eu não fiz nada. Foi sempre você. — E me deu uma piscadela.

— Espero que seja feliz em seu novo lar. Me escreva se puder.

— Vou tentar. — Ela me soltou, ainda sorrindo. Aquele barulho de vespas retornou. *Buzz. Buzz. Buzz.* — Oh, agora vá, meu bem. Ou vou acabar me atrasando e perdendo minha viagem. Vá!

Colocando o pacote debaixo do braço, eu e Manteiga começamos a caminhar pela areia fofa. Eu sentiria saudade dela. Abigail se tornara uma amiga querida. Esperava de todo o coração que ela fosse feliz e tivesse uma vida mais generosa em sua nova casa.

Um clarão repentino pareceu explodir atrás de mim. Atordoada, encobri o rosto com o antebraço, a outra mão na coleira de Manteiga. Fitei o céu e suas nuvens cinzentas. Aquilo tinha sido um raio?

Eu me virei para verificar se Abigail estava bem, mas, ao me voltar para a casa, já não havia sinal da mulher ou de sua bagagem. Devia ter contornado o edifício e partido.

Manteiga pulou na minha perna, um graveto entre os dentes, a cauda se agitando tão depressa que mal passava de um borrão amarelo contra a areia pálida.

Envolvi os dedos na madeira.

— Vou facilitar dessa vez. Não vou atirar muito longe. Vai! — Arremessei o galhinho e ele disparou na mesma direção.

Uma onda correu pela areia, trazendo uma concha arroxeada. Manteiga derrapou, dando uma cambalhota, e voltou para investigar o crustáceo.

Comecei a rir, ajeitando o pacote contra a cintura. Manteiga nunca iria mudar. Ainda bem.

* * *

Era o meio da tarde quando retornei para casa. Mal tinha desamarrado o chapéu e o deixado sobre o sofá com o pacote do vestido quando notei que tinha visita.

— Leon!

Meu coração quase saiu pela boca e se atirou nele. Era o que eu queria fazer: enterrar o nariz em seu peito, inspirar seu delicioso perfume e me encaixar nele daquela maneira perfeita, ouvindo meu coração repetir que ali era o meu lugar. Em vez disso, fiz uma rápida mesura.

Leon devolveu o cumprimento, mas seu olhar permaneceu o tempo todo em mim, como se fosse incapaz de enxergar qualquer outra coisa.

— Valentina — murmurou, atordoado. — Você está... — clareou a garganta — ... muito bem.

— O-Obrigada. Você também parece... humm... apresentável.

Um sorriso lindo brincou em sua boca, apagando a cicatriz, e meu estômago deu um salto. Ele havia se barbeado e tentado domar os cabelos. Por sorte não conseguira, e as ondas se espalhavam ao redor de seus malares como uma vistosa juba. O traje negro permanecia o mesmo, mas a gravata branca trazia leveza a sua figura, iluminando seu rosto bronzeado e as íris cinzentas, ainda mais claras naquela tarde.

Manteiga, o sortudo, fez exatamente o que eu desejava: correu para ele.

— Como vai, garoto? — Esfregou com os nós dos dedos a cabeça do cãozinho.

Quando o cachorro se aquietou, Leon chegou mais perto, parando a um palmo de distância, perscrutando meus traços outra vez. A emoção lhe torceu as feições, mas ele a escondeu com um sorriso educado.

— Espero que não me ache muito atrevido por visitá-la assim, sem avisar — falou, embaraçado.

— Estou contente que tenha vindo. — *Por que demorou tanto?*

Curvando-se, ainda escrutinando meu rosto, ele apanhou alguma coisa sobre o sofá e me estendeu.

— Eu trouxe isso para você.

Como eu também não conseguia escapar dos olhos dele, o peso inesperado do presente me fez cambalear. Eu me reequilibrei, observando o pacote morno em meus braços. Aquilo era...

— Um pernil? Oh... Eu... humm...

Imediatamente, Leon abaixou as vistas para o que eu tinha nos braços.

— Ah! Não, não! — E riu, embora suas bochechas estivessem mais rosadas. Pegou de volta o assado embrulhado em papel, depois se curvou para o assento outra vez. — *Isso* é para você. O pernil é para Manteiga. — E me ofereceu um adorável buquê de frésias amarelas, brancas, cor-de-rosa e de um profundo lilás.

— São lindas, capitão. Obrigada. — Abraçando o buquê, aproximei o nariz das flores, inalando o delicado perfume enquanto um sorriso teimava em curvar minha boca. Ele lembrara. Ele lembrara que eu amava frésias!

Como Leon ainda segurava o pacote de carne assada, meu cachorro enlouqueceu, pulando em sua perna, depois na minha, correndo pela sala em um círculo perigoso para os vasos até voltar aos pés de Leon outra vez.

— Eu... humm... — comecei, incerta. — Gostaria de... beber alguma coisa? Talvez um chá? Ou um...

Ele começou a balançar a cabeleira selvagem antes que eu concluísse.

— Não se incomode. Vim convidá-la para um passeio no parque. — Avaliou-me brevemente, notando um pouco de areia na barra da minha saia. — Se não estiver muito cansada.

— Eu adoraria. Vou apenas colocar as flores na água e dar um pouco do assado para Manteiga.

— Leve o tempo que precisar.

Mas eu só precisei de cinco minutos.

Foi estranho andar ao lado de Leon. Ou talvez eu é que me sentisse diferente. Antes, como Dominique, eu precisava prestar atenção a cada gesto, cada palavra, e agora, quando não havia mais segredos entre nós, me sentia tímida, desajeitada e inquieta. Sobretudo porque, passada a surpresa de revê-lo, comecei a ponderar sobre o motivo daquela visita e só consegui encontrar uma razão: ele estava indo embora e tinha vindo se despedir. A maneira como parecia dominado pela apreensão confirmou isso.

Todo o meu contentamento despencou para os pés, o coração afundando no peito. Como eu conseguiria lhe dizer adeus? Como encontraria forças para deixá-lo partir? Eu não sabia se poderia suportar naquele momento.

Ou em qualquer outro.

Caminhamos até o parque em um silêncio quebrado apenas por comentários a respeito do clima — um assunto que não conseguimos desenvolver. Além disso, não fui a única a notar o jeito como as pessoas nos observavam. Por onde passávamos, um rastro de cochichos e um virar de rostos nos seguiam.

— Soube que lady Catarina a visitou esta manhã — comentou Leon assim que passamos pelos portões do parque e seus altos ciprestes.

— Ah, sim. Ela foi me dizer que pretende ajudar o filho a sair da cadeia.

A novidade não o agradou, uma sombra turvando os olhos cinzentos. Comecei a tagarelar sobre o restante da conversa que tivera com a mulher, pois era o que eu desejava desde que ela saíra pela porta.

Quando terminei a narrativa, Leon balançou a cabeça, sorrindo.

— Eu estava certo desde o começo.

— Sobre o quê? — perguntei. Estávamos perto do lago agora.

— Sobre você ser uma princesa, já que um dos parentes de lady Catarina é um grão-duque. Isso explica esse seu narizinho arrebitado. — Cruzou os braços atrás das costas, diminuindo o ritmo.

Pensei naquilo por um instante.

— Tecnicamente, a filha de um grão-duque seria uma duquesa.

— Ainda é da realeza — provocou, bem-humorado.

— Você estaria certo se eu fosse filha de lady Catarina. Mas sou filha de Adelaide de Albuquerque, uma senhora de boa família, mas sem nenhum título além do de minha mãe.

— Conseguiu se encontrar, então? — Arqueou as sobrancelhas.

Dei de ombros.

— Não. Mas iniciei o processo. Você tinha razão. Muito de quem eu sou ainda está aqui. Só preciso reorganizar as partes novas.

— Isso é bom, Valentina — falou, baixinho. — Fico contente de ouvir que o furacão está perdendo força.

Tomamos o caminho de pedras que contornava o lago. Inesperadamente, Leon espalmou a mão em minhas costas, me guiando para longe de um buraco no pavimento. E imagino que ele tenha pensado que era um bom lugar para sua mão estar, pois a deixou ali, num quase abraço, tentador demais para que eu não chegasse mais perto, me deixando envolver por sua fragrância única.

Os ruídos do parque e o farfalhar do cascalho sob nossos pés preencheram o hiato que se seguiu, até que não aguentei mais.

— Leon, você veio se despedir, não é?

— Não — objetou, surpreso. — Ainda tenho alguns assuntos a resolver antes de partir.

— Ah! — Soltei um suspiro, fitando um pato mergulhar no lago e emergir, eriçando as penas. Ainda levaria mais um tempo.

Perambulamos por mais alguns metros. Mais daquele silêncio. Dessa vez foi ele quem o quebrou.

— Como foi a conversa com seu pai?

— Esclarecedora. Creio que vamos encontrar uma maneira de nos reaproximar. Uma coisa boa conseguiu brotar em meio a esse lamaçal que virou minha vida. — Parei de andar, ficando de frente para ele, que ainda mantinha a mão em minhas costas. Naquela posição, realmente parecia um abraço. — Por falar nisso, você não deveria ter me trazido para um local público. As fofocas estão só começando. Qualquer pessoa que for vista comigo estará arriscando o bom nome.

Uma expressão de horror fingido o dominou.

— Ah! Logo eu, que sempre me preocupei tanto com isso! Como sou descuidado... — Deu um tapa na testa.

— Estou falando sério, Leon. Será ruim para os seus negócios.

A diversão abandonou sua fisionomia.

— Então procurarei uma cidade menos tola para negociar. O que me preocupa é você. O que pretende fazer?

— Acho que nada. — Encolhi os ombros. — Não me importo de não ter vida social. Poderia ir morar com tia Doroteia. Ou talvez pudesse retornar à vila. Mas não sei se quero qualquer uma dessas coisas. Não quero mais ser uma visita indesejada. Além disso, só terei que suportar as fofocas até que um novo escândalo aconteça e as pessoas me esqueçam.

Um sorriso largo — e muito lindo — esticou seus lábios.

— Eu não acredito que estou ouvindo isso. Estou orgulhoso, Valentina. Muito! — disse, com intensidade, olhando no fundo dos meus olhos.

Acabei rindo.

— Claro que está, espanhol irritante.

Estávamos tão próximos que seu calor perpassou meu vestido, me envolvendo com as recordações da noite em que estive em seu quarto, onde tudo o que me cobria era sua pele, seus músculos, sua boca...

Não sei que direção seus pensamentos tomavam, mas seus olhos cintilaram como dois diamantes.

— Sabe, essas não são suas únicas opções — falou em voz baixa. — Viver com a sua tia ou retornar à vila onde cresceu. Eu andei pensando e tive uma ideia.

Lutei para não revirar os olhos.

— É mesmo? Da última vez que teve uma ideia, eu acabei saltando de uma sacada.

— Também sei que você ainda não está pronta para ouvir o que tenho em mente. Mas sei ser paciente — soltou. Arqueei uma sobrancelha. Ele deu risada.

— Ou paciente o bastante. Vou esperar até perceber que você está pronta para receber minha ideia formidável com o entusiasmo que ela merece, em vez de uma repreensão.

— Ah, então estou certa de que sua ideia formidável na verdade é uma tremenda enrascada...

— Depende do ponto de vista. — Ele piscou para mim. — Até lá, acho que tenho a solução para preencher sua mente com outro assunto.

— Que é...? — perguntei, cautelosa.
— Espanhol.
Ah, sim. Como se aquele espanhol já não dominasse cada um dos meus pensamentos.
— Nunca começamos as aulas — acrescentou.
— Aaaaaah! — Ele se referia ao idioma!
O rubor me subiu pelo pescoço. E, pior ainda, Leon notou, mas alimentei a esperança de que pensasse que todo aquele vermelho era provocado pelo sol da tarde.

Se ele pensou de outro modo, foi cavalheiro e não dividiu suas suspeitas comigo.

— E então, o que acha? — Inclinou a cabeça para o lado. — Quer aprender uma nova língua?

O espanhol não me teria mais utilidade alguma. Mas ele estava certo: isso poderia me manter focada em outros assuntos que não o meu destino ou a sua partida.

— Eu adoraria, Leon.
— *Me encantaría*.
— *Me encantaría* — repeti, e ele aprovou com um sorriso de fazer o coração parar de bater.

Retomamos o passo — a mão dele ainda em minha coluna, minha pulsação ainda se portando muito mal —, e Leon deu início à aula com palavras simples, coisas que nos cercavam, mas achei tudo muito difícil. Talvez porque, a cada vez que ele dizia, naquela voz melodiosa e macia, expressões como "un pato amarillo", meu coração ouvia "Você é linda" e "Senti sua falta", ou ainda "Mi sirena".

O sol já começava a se pôr quando deixamos o parque. O clima estranho havia desaparecido, e a volta para casa foi como antigamente, repleta de conversa e implicância, e me fez sorrir o tempo todo. Não sei se Leon tinha se dado conta de que ainda me tocava. Ele passara a tarde toda daquela maneira, a mão em minhas costas, por vezes na cintura, e me perguntei se era um gesto inconsciente ou se ele só... sabe, não conseguia ficar longe de mim tanto quanto eu era incapaz de me afastar dele.

— Fiquei bastante admirada ao vê-lo hoje — falei, ao pararmos diante do portão da minha casa, ainda envolvidos naquele meio abraço. — Pensei que você fosse manter distância, agora que tudo acabou.

— Eu não queria incomodá-la, Valentina, mas... não fui capaz. — Esfregou o pescoço, sem graça. — Estava preocupado. É provável que isso se repita amanhã.

— Você ficar preocupado ou me visitar?

— Desconfio de que as duas coisas. Já não posso ficar de olho em você o tempo todo, e só Deus sabe em que tipo de confusão você vai se meter até a hora do almoço. — Soltou um suspiro desanimado fingido que me fez rir, ao mesmo tempo em que meu coração martelava contra as costelas. Ele viria no dia seguinte!

— Vou tentar não me meter em confusão — comentei. — Ao menos até você chegar.

Ele se iluminou, como se o sol que começava a se esconder no horizonte tivesse encontrado refúgio dentro dele.

— Bem... Até amanhã. — Parecendo muito relutante, ele afastou a mão de minhas costas, por fim encerrando o longo semiabraço. Eu me senti fria e solitária.

No entanto, seus dedos envolveram os meus. Lentamente, Leon aproximou minha mão dos lábios, se inclinando para depositar um beijo quente e demorado, que perpassou o tecido da luva, correu por todo o meu braço e foi se alojar em meu coração.

— *Buenas noches*, Valentina.

— *Buenas noches*... — consegui responder, ainda que um tanto instável.

Com um último olhar, Leon partiu a passos largos, mas eu fiquei ali na calçada, imóvel, observando-o se afastar, lutando para controlar a respiração, a pele ainda formigando onde ele me tocara.

Ele é seu amigo. Só está sendo gentil. Porque é um bom homem e se preocupa com você. Só isso.

Mas, oh, meu coração parecia ter desaprendido o português e falava uma linguagem própria. Ignorando completamente meus apelos, ele continuou suspirando o nome de Leon.

Isso deveria ter me alertado. Eu deveria ter me afastado dele, desistido das aulas e de sua amizade para preservar o que restava do meu coração. Entretanto, não consegui encontrar forças para recusar sua companhia no dia seguinte.

E nem no dia depois desse.

E nem em todos os outros quarenta e seis.

À medida que meu vocabulário em espanhol crescia, também aumentava meu amor por Leon. Em alguns momentos ele parecia tão envolvido quanto eu, e comecei a fantasiar que talvez... só talvez... ele adiasse sua partida e ficasse na cidade para sempre. Jamais poderíamos ficar juntos, eu sabia disso. Mas sua amizade me seria o suficiente — ao menos eu tentava me convencer.

Só que, como eu bem sabia, a fantasia sempre acaba.

E, no dia seguinte, a minha chegaria ao fim.

47

Já fazia sete semanas que eu esperava Leon todas as tardes, ansiosa pelo momento que teríamos juntos. Era a hora mais feliz do meu dia. Naquela sexta-feira não foi diferente. Entretanto, ele não parecia o mesmo: estava distraído, balançando a cabeça de vez em quando, sem parecer de fato me ouvir enquanto caminhávamos pela praia. Estava tão absorto em seus próprios pensamentos que não percebeu o buraco que Manteiga havia cavado na areia até que metade de sua bota estivesse dentro dele. Praguejou, espanando a sujeita com movimentos bruscos.

— Leon, está tudo bem? — perguntei. O vento agitou as fitas do meu chapéu. Eu as afastei da boca com os dedos escondidos sob o belo par de luvas novas de crochê que ganhara de papai, enquanto fitava Leon. — Você parece distante.

— Sim. Sim, está tudo bem. Eu só estava pensando no que me contou a respeito do julgamento de Matias. A justiça foi feita.

— Não posso dizer que estou feliz. — Inspirei fundo o ar úmido que a maré carregava. — Mas ao menos meu coração está em paz agora, sabendo que o mal não venceu dessa vez.

Papai e Miranda tinham viajado algumas semanas antes. Acompanharam o dr. Almeida à vila, chegando a tempo de assistir à audiência. Eu tinha me recusado a ir com eles. Por mais que sentisse saudade do lugar onde passara quase toda a minha vida, ficar cara a cara com o assassino da minha mãe não ajudaria em nada, exceto, talvez, em fazer a dor aumentar. Meu pai retornara havia dois dias, com um belo pacote de cartas para mim e notícias de Diógenes. Ele fora condenado a trinta e cinco anos de prisão. Em parte, graças ao depoimento voluntário de Miranda.

— Não deve demorar para que Dimitri também seja convidado a pagar pelo que fez — Leon trincou a mandíbula, mas delicadamente me empurrou um pouco mais para cima do terreno, em uma parte da praia onde a língua de água que avançava não alcançasse nossos pés.

— Sim, o sr. Goulart me avisou. Isso deixou lady Catarina desesperada.

Ela me visitara algumas vezes, e na última se despedira. Partiria atrás de um renomado advogado na intenção de libertar Dimitri. Não a levei a mal. Ela estava apenas desempenhando seu papel de mãe.

Caminhamos mais um pouco, o canto das aves marinhas e o *vussh, vusssh, vusssh* das ondas preenchendo o silêncio. Decidi contar a ele as notícias que papai me trouxera em forma de cartas. Um profundo V se formou entre suas sobrancelhas enquanto eu terminava o relato sobre a viagem de Elisa e seu marido à Europa.

— O que foi? — perguntei.

— É que não compreendo. — Enfiou as mãos nos bolsos da calça, fitando a areia como se tentasse resolver uma equação impossível. — Como os cavalheiros da vila a deixaram escapar? Nenhum nunca lhe despertou interesse?

— Apenas um. Mas foi uma paixão adolescente boba. — Pisei em um montinho de areia, escorregando um pouco.

Pegando minha mão, Leon a colocou na dobra do seu cotovelo.

— Ah. E quem foi o sujeito de pouco intelecto e péssima visão? Seria um daqueles heróis de romances? Misterioso e de boa família, que a fazia sonhar com bailes e uma penca de filhos? — implicou, bem-humorado.

— De boa família, sim, mas não misterioso. Eu conhecia o sr. Clarke desde sempre. Éramos vizinhos, como você e Emilia.

Ele me lançou um olhar enviesado e bastante espantado.

— O sr. Clarke? É mesmo?

— Nem sei se o que senti por ele foi mesmo real. Eu era apenas uma menina. Ele parecia perfeito... — Dei de ombros. — Como eu disse, não passou de uma fantasia adolescente.

— *Hunf!* — resmungou. — Ele não me pareceu tão perfeito assim quando o conheci. É... alto demais!

Acabei rindo, e essa parece ter sido a intenção de Leon, pois abriu um sorriso satisfeito. Mas voltou a franzir a testa, tornando a acompanhar com o olhar a pequena tempestade de areia que suas botas provocavam a cada movimento, imerso em pensamentos.

Abruptamente, ele se colocou à minha frente, pousando a mão em meu ombro para me fazer parar.

— Valentina, eu não suporto mais o seu silêncio — começou, com urgência. — Estou esperando que me diga alguma coisa, mas você nunca toca no assunto. Não sei se por constrangimento ou por outra coisa.

— Que assunto? — perguntei, um pouco confusa.

Ele tomou fôlego.

— Hoje faz cinquenta dias desde aquela noite no chalé. É tempo suficiente para termos alguma notícia, por isso não vou ter escrúpulos em perguntar algo tão íntimo. — Mas as bochechas o traíram, enrubescendo. — Suas regras...

— Ah! Vieram duas semanas atrás — me apressei, o rosto em brasa. — Não estou grávida, Leon.

Uma parte minha, a racional e ajuizada, esperara em agonia pela chegada das minhas regras. Mas a outra metade, a apaixonada por Leon e que me levara para a cama dele, torcia para que elas não viessem, que Leon tivesse deixado um pedaço de si dentro de mim. Quando o sangue manchara minhas roupas de baixo semanas atrás, eu me sentara e chorara por uma hora inteira. Gostaria de poder mentir que foi o alívio que me fez perder o controle, mas a verdade é que foi o total desalento.

— Certo. — Ele piscou algumas vezes antes de contemplar o mar às minhas costas. — Certo. — Assentiu para si mesmo, a expressão insondável.

E então finalmente compreendi o real significado de toda aquela atenção que ele me dedicava havia tantas semanas. Leon me visitava todos os dias, aguardando a conclusão daquele assunto. Ele me alertara de que teríamos que nos casar caso eu estivesse esperando um bebê e se manteve por perto. Por um ridículo momento cheguei a pensar que toda a atenção, as flores, os sorrisos e passeios fossem, na verdade, sua maneira de me fazer a corte. Mas é claro que eu não passava de uma tola e tinha entendido tudo errado.

E isso se confirmou instantes depois, quando Leon alegou ter se esquecido de um compromisso importante e me levou apressado de volta para casa.

Na tarde seguinte, em vez de Leon, foi um advogado quem me visitou.

Confusa, precisei de um tempo para entender o que estava acontecendo. O homem disse alguma coisa sobre uma casa, meu nome e o de Leon. Najla e Suelen, que voltavam da igreja, me flagraram ali, balbuciando alguma coisa da qual não me lembro. E foi minha prima que, percebendo meu estado de espírito, assumiu as rédeas daquela reunião. De repente, me vi sentada no escritório de papai, uma pilha de papéis a minha frente. Pareciam escrituras de dois imóveis recém-comprados: a casa onde Leon vivia e o chalé de Pedro. Mas, em vez do nome do capitão, era o meu que aparecia ao lado da palavra "proprietário". Havia outro documento, uma conta bancária em meu nome, cujo saldo era três vezes maior que meu dote nos bons tempos.

— Trata-se de uma compensação pelo rompimento do noivado — explicou o advogado, cujo nome não consegui memorizar. — O capitão Navas não quer ir embora do Brasil sabendo que a deixou em má situação.

— Ir embora do Brasil? — repeti estupidamente, fitando o sujeito de bigode fino e cabelos ralos.

— Creio que sim. Ele deve partir em breve, suspeito eu.

Comecei a tremer na cadeira, piscando para que minha visão desembaçasse.

— Humm... Perdoe-me, sr. Fernandes — começou Suelen, enquanto Najla se sentava no braço da poltrona e pegava minha mão paralisada. — A saúde de minha prima anda um tanto frágil. Será que poderíamos...

— Mas é claro.

Suelen acompanhou o advogado até a porta. Ou acho que acompanhou, já que minha prima e o homem sumiram de vista.

Najla se ajoelhou diante de mim, tocando meu joelho.

— Ei? Ainda está aqui? — perguntou suavemente.

— Ele... ele está indo embora, Najla.

— Eu sei, querida. — Mordeu o lábio. — Sinto muito.

— Ele nem me contou — murmurei. — E teve chance. Ele me visita todos os dias. Poderia ter me contado. Poderia ter me contado ontem! Mas não contou.

— Ele deve ter um bom motivo para não ter dito nada — disse Suelen, retornando ao escritório e fechando a porta com cuidado.

— Por quê? Por que ele faria isso, Suelen? Por que me comprar aquela casa, se sabe que as lembranças vão me matar aos poucos? Por que me dar aquele maldito chalé, onde cada canto vai me lembrar... — Engoli um soluço, buscando o rosto de Najla. — Por que você não me contou que vendeu o chalé para Leon?

— Ele pediu que não disséssemos nada. Não vi mal algum. Na verdade, até apoiei o que ele fez. Não entendeu ainda, Valentina? Com essa fortuna, Leon acaba de torná-la uma jovem desejável de novo.

Suelen concordou, se empoleirando no braço da poltrona, a mão subindo vagarosamente por minhas costas.

— Certamente a adição das casas e do novo dote será suficiente para que muitos se esqueçam das fofocas. Aposto que vai ter uma porção de pretendentes batendo na porta assim que a notícia se espalhar. — Minha prima tentou me animar. — Parece que Leon quer garantir que, mesmo com sua reputação arruinada, você tenha uma chance de se casar.

"Essas não são suas únicas opções. Eu tive uma ideia", sua voz preencheu minha mente. "Vou esperar até perceber que você está pronta para receber minha ideia formidável com o entusiasmo que ela merece."

E foi então que eu entendi. A terceira opção. O plano que ele nunca chegou a me contar.

— Não. Não é isso que ele está fazendo — arfei, levando a mão à boca do estômago e voltando a fitar a papelada, que ganhara outro significado.

— O que é, então? — Najla quis saber. — Acredita que seja mesmo apenas uma compensação?

Encarei minhas amigas.

— Não. Leon acaba de me dar a liberdade. Eu sou livre para escolher o meu futuro. Sem depender de um marido.

Eu sonhara com aquilo tantas vezes... Encontrar um jeito de me livrar da obrigação de um casamento arranjado e viver com meus próprios recursos. Viver com papai e Miranda não era definitivo. Ainda que estivéssemos em melhores termos, eu sabia que em algum momento teria que bater asas e voar sozinha. Além disso, cada canto daquela cidade me fazia pensar em Leon, e tudo o que eu desejava era fazer a dor em meu peito desaparecer. Se saber de sua partida doía tanto, como seria quando ele fosse de fato?

Eu teria que partir também. Me casar estava fora de cogitação, e, por mais que eu amasse tia Doroteia, a ideia de morar com aquela mulher autoritária me era tão atraente quanto voltar a andar por aí vestida como Dominique. Eu não conseguira pensar em uma terceira opção. Mas Leon sim.

Ele me deixava uma fortuna muito maior do que eu jamais conseguiria gastar. Agora que a solução pairava em minhas mãos, eu não a desejava mais. Ansiava por apenas uma coisa: o coração de Leon. E eu o tive. Estava tão certa disso quanto sabia o meu nome. Mas fui tola o bastante para perdê-lo.

48

Não consegui dormir naquela noite. Fiquei revirando na cama, até que desisti e me levantei. Ainda era cedo quando saí para o jardim. Manteiga me seguiu, saltitando contente, alheio ao meu estado de espírito. Era como se o sol tivesse se apagado dentro de mim em definitivo, todas as partes congelando gradativamente, até não restar um único fiapo de vida.

Sentei-me no banco de madeira, me espremendo em uma nesga de luz morna, tentando me aquecer enquanto observava meu cachorro perseguir uma borboleta antes de se distrair com um montinho de folhas caídas no chão.

Como eu sobreviveria à partida de Leon? A saber que eu não o veria naquele dia nem em todos os outros? Que não ouviria sua risada grave e gostosa nem veria seus sorrisos ou receberia um comentário ácido que me faria rir contra a vontade? Como eu o esqueceria, se ele parecia ter se embrenhado em cada centímetro do meu corpo?

Escutei passos atrás de mim e puxei o xale para cima dos ombros. Pensei que fosse o jardineiro, pronto para recolher as folhas antes que Manteiga as espalhasse por todo o terreno, mas então...

— Noite ruim?

Fechei os olhos conforme a voz de Leon penetrava meus ouvidos, arrepiando meu corpo.

— Pensei que não viesse se despedir, capitão — eu disse, sem me virar.

Contornando o banco, ele parou na minha frente, bloqueando o sol. Meu Deus, como estava lindo em um novo traje negro muito bem cortado, os cabelos ainda indomados, mas dessa vez a gravata estava aprumada. Ele ia a alguma festa. Ou voltava de uma.

— Honestamente, Valentina, acha mesmo que eu não iria lhe dizer adeus? — replicou, magoado. — Pensei que me conhecesse melhor.

Dei de ombros. Eu já não sabia de porcaria nenhuma.

— Seu advogado me surpreendeu muito ontem.

— Ele me contou. — Enfiou as mãos nos bolsos, examinando a ponta dos sapatos lustrosos. — Também me disse que sua saúde parecia comprometida. Você está bem?

Inclinei a cabeça, mudando o ângulo de visão para que pudesse ver melhor seu rosto sem toda aquela luz.

— Estou. Mas não sei se lhe agradeço por ter me comprado o chalé ou se o mando para o inferno com esse seu sarcasmo.

Ele arqueou uma sobrancelha.

— Não fui sarcástico. Você disse que foi o mais próximo de um lar que teve nos últimos tempos. Eu queria que tivesse isso de novo.

Porque você estava lá comigo, cabeça-oca!, quase gritei.

— Quando ia me contar que sua partida já estava definida? — exigi.

— Posso? — Indicou o banco com a cabeça.

Fiz que sim. Devagar, como se cada movimento fosse estudado, ele se acomodou ao meu lado. A madeira rangeu com a adição de seu peso. Seu perfume me envolveu de imediato, preenchendo minha mente com lembranças que naquele momento eu queria perder.

— Não defini nada ainda — explicou, olhando no fundo dos meus olhos. — Eu não irei embora antes do julgamento de Romanov.

O que aconteceria em dez dias.

Segurei as pontas do xale e cruzei os braços, desejando que o tremor parasse. Então era isso. Ele iria embora tão logo o julgamento acabasse. Pensei que pudesse aguentar, que seria forte o bastante, mas o estremecimento contínuo e as dores que eu sentia por todo o corpo deixavam claro que não seria assim. Eu não suportaria. E prolongar aquela angústia só iria me ferir ainda mais, cada dia um pouco mais fundo, naquela agonizante espera do adeus.

Qual era a vantagem de adiar o inevitável?

— Fico contente que tenha vindo me visitar. — Fiquei de pé. — Ainda não sei como me sinto a respeito da caridade que fez ontem. Assim que descobrir, escreverei contando. Foi um prazer conhecê-lo, capitão Navas. Espero que faça uma boa viagem. — Eu lhe dei as costas e tomei o rumo de casa.

Mas, é claro, ele veio atrás.

— Aonde você vai? Valentina, espere!

Continuei a atravessar o jardim, lutando para que a umidade que embaçava minha visão não saísse de controle até que eu pudesse chegar ao meu quarto, de onde não pretendia sair pelo restante do dia. Contudo, Leon e suas pernas compridas conseguiram me ultrapassar, colocando o corpo na frente do meu, bloqueando o caminho.

— Ei! O que foi isso? — perguntou, confuso.

— Uma despedida. — Tentei contorná-lo.

— Não vim aqui me despedir. — Deu um passo para o lado, de modo que quase acabei com o nariz afundado em seu peito. — Vim convidá-la para uma festa.

Ergui os olhos e o fuzilei. Meu coração estava se estilhaçando naquele exato instante e ele queria comemorar?

— Lamento, mas já tenho compromisso.

— Eu nem lhe disse a data ainda. — Um largo sorriso estampou seu rosto, e senti um desejo quase incontrolável de chutar alguma coisa.

— Estou certa de que estarei ocupada. — Comecei a dar a volta, mas ele impediu que eu escapasse, me pegando pela mão. — Leon...

— A festa acontecerá em duas horas.

— Que pena. Realmente estarei ocupada... — *Chorando copiosamente em minha cama.*

— Não precisamos ficar muito — insistiu, subitamente ansioso. — É importante para mim, *sirena*. Como nada jamais foi.

Oh, por que ele tinha que usar aquele apelido carinhoso que eu não ouvia fazia tanto tempo? Por que tinha que provocar todas aquelas coisas em mim? Por que simplesmente não entendia que eu o amava e me deixava em paz de uma vez? Por que eu não conseguia resistir a Leon quando me olhava daquele jeito, como se alcançasse minha alma e gostasse do que visse?

Com um suspiro, parte irritação, parte desespero, perguntei:

— Que festa é essa?

— Um casamento.

Ah, que esplêndido. Uma festa para celebrar o amor era tudo de que eu precisava naquele dia.

— Isso explica seu traje — pensei alto.

— Você gosta? — Ele ajeitou a lapela, aprumando a coluna. — Mandei fazer tem algum tempo. Mas é a primeira vez que eu uso. Obrigado por não ter cumprido minha ordem e dado um fim no traje de casamento.

Honestamente, eu não sabia se ele estava sendo insensível de propósito ou se não fazia nenhuma ideia dos meus sentimentos.

— Estou certa de que sua aparência o ajudará a encontrar uma dama disposta a acompanhá-lo. — Ou talvez uma dúzia. O traje realmente lhe caíra muito bem, a ponto de minha respiração se atrapalhar um pouco. — Sabe que não sou bem-vinda em nenhum salão desta cidade agora, muito menos em um casamento.

Leon refutou a ideia com um sacudir de cabeça, as mechas negras balançando de leve.

— Não. Nenhuma outra servirá. É você, Valentina. Ou ninguém mais — proferiu, veemente.

Eu quis chorar. Leon nunca me pedia nada. Ele me ajudara de tantas maneiras diferentes e nunca precisava de mim. Aquela era a primeira vez. Porcaria.

— Que tipo de casamento será? — eu quis saber, abrindo os braços, derrotada. — O que devo vestir?

Algo reluziu em seu rosto. Esperança, se eu estivesse lendo corretamente.

— Bem, já que perguntou... — Sua mão escorregou para dentro do bolso do paletó e de lá tirou um pequeno objeto. — Acha que tem alguma coisa que combine com isto? — Estendeu a mão, os dedos se abrindo lentamente e...

Ofeguei. O anel que eu usara por tantas semanas — e que Leon jamais voltara a colocar em seu dedo — capturou a luz do sol, cintilando em sua palma.

Ergui os olhos e encontrei os dele. Tudo o que havia naquelas íris cinzentas era... era... Céus, era amor!

Meu coração errou uma batida, para em seguida ganhar velocidade, pulsando tão violentamente que temi que pudesse me quebrar uma ou duas costelas.

— Eu... Você está... — Minha voz falhou. — Você... você quer se casar comigo?

— Eu sempre soube que em algum momento você acabaria me fazendo o convite. — O sorriso travesso que eu tanto amava lhe curvou um dos cantos da boca. — E, já que está me pedindo, sim, Valentina, eu quero me casar com você.

— Leon! — Mas minha repreensão perdeu efeito conforme uma risada me escapava.

Dando um passo à frente, ele ficou tão perto que meu coração começou a martelar uma palavra.

Você. Você. Você.

— Me desculpe pela demora, *sirena*. Mas não havia outra maneira — ele disse, tomado pela urgência. — Você estava certa. Por causa da traição de Emilia, eu me fechei em uma carapaça e não a deixei chegar muito perto. E sabia que você estava assustada, mas mesmo assim permiti que pensasse que eu era um homem com um passado duvidoso. Nossa história poderia ter sido muito diferente se eu tivesse me aberto mais para você. Me perdoe.

Mordi o lábio, apertando a mão sobre o estômago, e tentei muito não chorar.

— Mas, quando eu percebi isso tudo — continuou —, também percebi outra coisa. Você nunca teve escolha. Uma parte de mim rezava para que você estivesse grávida. Assim teria que se casar comigo de um jeito ou de outro. Mas a outra parte torcia para que não acontecesse assim. Eu não queria colocá-la nessa posição de novo: não ver saída além de aceitar um futuro que nunca desejou. Quero que me aceite por mim, Valentina. — Sua voz diminuiu várias oitavas à medida que seu olhar fulgurava no meu. — Porque não consegue imaginar um futuro sem que eu esteja nele, como acontece comigo. Você está em todos os cenários que eu crio, em todas as minhas fantasias felizes. E até nas que não são tão alegres. — Abriu os braços. — Você está em todas elas.

Engoli o bolo na garganta com dificuldade. Provavelmente era meu coração, ameaçando sair pela boca.

— Você me p-perdoou?

— Como poderia não perdoar? — Ele amparou meu rosto, buscando meu olhar. — Como poderia escolher a mágoa em vez de você? Acho que a perdoei cinco minutos depois que me contou a verdade. Mas meu orgulho idiota me impediu de ser franco com você. E comigo mesmo. — Fez uma careta desgostosa. — Quando entendi isso, já era tarde demais. Você me devolveu o anel, e eu pensei que a tivesse perdido para sempre. Resolvi mudar de estratégia. Iria cortejá-la e rezar para ainda ser capaz de reconquistá-la.

Então eu estava certa! Pela primeira vez havia compreendido as intenções de um homem. Todas as visitas e flores eram parte de um jogo de sedução. Ah, se ele soubesse que bastava sorrir para que eu me visse completamente rendida...

Mas estava tudo errado.

— Leon...

— Não, espere! — Escorregou as mãos para meus ombros, tenso, o anel enfiado até o meio do indicador. — Me deixe terminar antes de me dar qualquer resposta. Não quero que pense que fiz caridade ao mandar o advogado à sua casa. Foi para o meu próprio benefício. Porque há dois dias, quando me disse que não estava grávida, apenas uma coisa me impediu de me ajoelhar diante de você e lhe oferecer o meu coração. Agora você tem escolha, Valentina. Não há nada que a obrigue. Nem futuro incerto, pai armado, caranguejos atrevidos ou a possibilidade de um bebê a caminho. — Seus dedos se contraíram de leve. — Somos apenas você e eu.

Ele não podia fazer isso. Eu quis dizer que ele não devia fazer isso, mas como, se eu mal conseguia respirar?

Diante do meu silêncio, Leon pegou minha mão esquerda entre as suas. O xale escorregou dos meus ombros, se amontoando no chão.

Meu Deus, aquilo não podia estar acontecendo.

— Aqui vai a parte que eu ensaiei lhe dizer tantas vezes. — Soltou o ar em um sopro intenso, como que pronto para o combate. — Não sei se acredito em amor à primeira vista. Mas não posso fingir que, no instante em que a vi pela primeira vez, não senti algo diferente. Foi como se tudo no mundo finalmente se encaixasse. Eu senti que me encaixava perfeitamente em você. Não de maneira física. Eu ainda não sabia como esse aspecto seria extraordinário entre nós dois... Mas senti que o meu verdadeiro eu se encaixou no seu verdadeiro eu. — Coçou a lateral da testa, rindo sem jeito. — Não sei se estou sendo claro. E olhe que eu pratiquei um bocado!

— Está, sim — murmurei, e mesmo assim minha voz tremeu.

O que ele descrevia era exatamente como eu tinha me sentido dentro daquele armazém. *Você*, sussurrara meu coração pela primeira vez e nunca mais se calara.

— Daquele momento em diante — prosseguiu —, não houve uma única hora em que eu não pensasse em você, em que não a desejasse. Então, creio que eu preciso rever tudo em que acredito, pois desconfio de que a amo desde aquele primeiro instante. *Te quiero tanto, sirena*, que existem momentos em que penso que vou morrer de tanto amá-la.

— L-Leon...

Devagar, sustentando o olhar, ele se abaixou sobre um joelho.

— Por isso, Valentina Dominique Emanuelle Martin de Albuquerque, eu serei o homem mais sortudo do mundo se aceitar se casar comigo e me der a honra de chamá-la de sra. Urso.

As lágrimas desceram pelas minhas bochechas, uma após a outra. Tudo o que eu queria era pular sobre ele e beijá-lo. Em vez disso, escondi o rosto entre as mãos, soluçando.

— Eu não posso, Leon.

— Aaaaaah. — E, naquela única sílaba, ouvi sua desolação e seu desespero. Ele pigarreou. — Certo.

Abaixei as mãos, vendo a angústia transtorná-lo por completo.

— Eu não posso fazer isso com você — me apressei. — Sabe que me tornei uma pária! Eu sou uma bastarda cuja mãe foi assassinada pelo amante da amante do pai, e que fingiu ser o criado do próprio noivo. Se eu aceitar seu pedido, você jamais será recebido em qualquer parte, não conseguirá fechar mais nenhum contrato, perderá todos os seus clientes, tudo que tanto lutou para conseguir!

Com um impulso, Leon ficou de pé.

— Eu não me importo com isso, Valentina.

— Mas eu me importo. Eu não quero destruí-lo, Leon. Não posso! Não consigo! — Agitada, comecei a andar pelo jardim. — Eu já agi muito mal com você. Não posso fazer isso de novo. Eu o amo demais para isso.

Em três passadas largas, ele estava a minha frente. Encaixou as mãos em meu maxilar, o sorriso ficando mais e mais largo a cada instante.

— Você me ama. Isso é tudo de que preciso. Você!

— Você diz isso agora. — Envolvi os dedos em seu pulso. — Mas em um ou dois anos vai me odiar por arruinar seus negócios.

Ele estreitou os olhos.

— Se a situação fosse inversa, se eu fosse um filho bastardo com a reputação destruída, você me aceitaria?

— Esse não é o ponto.

— Me aceitaria? — insistiu, a determinação tremeluzindo dentro de seu olhar, de sua alma.

Suspirei, deixando a mão cair.

— Sabe que sim. Mas não é desse jeito que funciona, Leon. Eu não tenho mais nada a perder, e você tem tudo.

Espalmando as laterais da minha cabeça, grudou a testa na minha, as íris metálicas em brasa.

— Diabos, Valentina! Não entendeu ainda que, se eu perco você, perco tudo?

Sacudi a cabeça, me agarrando à frente do seu paletó.

— Não é assim, Leon. Não posso arruiná-lo. Não pode me obrigar.

De súbito, ele deu um passo para trás, os braços pendendo ao longo do corpo, uma expressão estranha, mas muito resoluta, lhe endurecendo as feições.

— Muito bem. Voltarei logo. — Girou sobre os calcanhares e começou a se afastar.

— Aonde você vai?

— Arruinar minha reputação. — Os raios de sol refletiram em suas mechas, que adquiriram um brilho quase azulado. — E então vou voltar e pedir a sua mão outra vez.

— Leon, fale sério!

Mantendo o ritmo, continuou seguindo para o portão.

— Nunca falei tão sério. Agora, se me der licença, preciso ser rápido e criativo, pois o padre nos aguarda às dez. Se me aceitar, estaremos casados antes do almoço. — Acenou uma despedida, parecendo muito determinado e sincero quanto a suas intenções.

Corri atrás dele, puxando-o pelo braço antes que chegasse à saída.

— Valentina — suspirou, exasperado, se virando para me encarar. — Não pode me impedir, a menos que diga que não me ama, que sou um tolo por estar aqui colocando o meu coração a seus pés, e que acredita que eu não a farei feliz. Eu aceitarei isso, se for o que realmente sente. Prometo que jamais tornarei a importuná-la com esse assunto. Mas pode me dizer alguma dessas coisas?

Se eu já era uma péssima mentirosa normalmente, com ele me olhando daquele jeito que me fazia derreter por dentro... Como raios eu seria capaz de enganá-lo?

— Não, Leon, eu não posso — gemi, desamparada.

Seu peito se expandiu com uma inspiração profunda. Um sorriso esplêndido brincou nos cantos da boca daquele espanhol irritante.

— Então também não pode me pedir para desistir de você, *sirena*. Porque, exceto por uma dessas coisas, nada me faria desistir.

Mas era o *meu* espanhol irritante.

Eu não estava nem um pouco preparada para conter o rebuliço que me assaltou. Era demais. Uma euforia desmedida, mesclada com alívio e uma alegria que ameaçava me fazer flutuar rumo ao infinito, o coração a ponto de explodir no peito.

Abri a boca para lhe dar uma resposta adequada, mas não consegui pronunciar uma única sílaba. Dominada pela urgência, decidi expor meus sentimentos de outra maneira.

— *Urf!* — Leon resmungou assim que pulei sobre ele.

Como não esperava o ataque, ele se desequilibrou e caiu de costas no gramado, me observando, espantado. Antes que pudesse verbalizar a pergunta que lhe encrespou a testa, eu o beijei.

E aquele beijo... ah, *aquele* beijo! Leon não hesitou um único instante, correspondendo com tanta paixão que temi me dissolver naquela carícia, naquele homem, no que estava sentindo. A saudade nos deixou afoitos, famintos, e levou muito, muito tempo para que pudéssemos saciá-la. Quando ambos estávamos sem ar, ele deitou a cabeça na grama, me presenteando com um sorriso tão lindo que minhas entranhas se retorceram.

— Isso foi... — falou, sem fôlego — ... o que eu suspeito que foi, ou é apenas o seu jeito de me impedir de me arruinar?

— Foi um sim à sua pergunta. — Eu ri. — Sim. Sim! Sim, Leon Navas, eu quero muito me casar com você!

— Tem certeza? — Suas sobrancelhas entortaram de um jeito brincalhão. — Porque eu não estou tão certo. Talvez devesse esclarecer seus argumentos mais uma vez. Apenas para que não reste nenhuma dúvida.

E dessa vez foi ele quem me beijou. E aquele assalto foi ainda mais intenso que o primeiro, pois a urgência dera lugar a sentimentos mais profundos, sagrados, como se, em vez de nossas bocas, nossas almas se tocassem. No balé de lábios e línguas, de abraços e carícias, senti todo o amor, toda a adoração que Leon tinha por mim.

Eu estava tão entregue, perdida no homem que fazia meu coração dançar como uma bailarina em sua grande noite, que demorei para notar que ele se retesou sob mim. Confusa, interrompi o beijo, sem compreender o que o franzir de sobrancelhas significava.

Ele olhou para além de mim e então forçou um sorriso.

— Bom dia, sr. Albuquerque. Que bela manhã para um passeio pelo jardim, não?

Ah, meu Deus!

Eu me sentei sobre Leon no mesmo instante. Papai nos observava com os olhos tomados pela fúria. Parecia tão zangado que temi que pudesse sofrer um ataque do coração. Eu mesma estava a meio caminho disso.

— Eu devia tê-lo matado da primeira vez! — meu pai cuspiu entredentes, ajustando o cinto do roupão de cetim vermelho, depois arregaçou as mangas. — Mas vou corrigir esse erro agora mesmo, seu canalha! E você, mocinha, vai para um convento!

— Papai! — Saí de cima de Leon, caindo de traseiro no chão. — Não é...

— Não, Valentina. Seu pai tem razão. — Leon interferiu, se aprumando também. Tentou recuperar um pouco da dignidade espanando a grama do paletó, depois correndo os dedos pelos fios escuros, arrancando uma folha seca que se prendera ali. Tinha uma expressão resignada ao se dirigir ao meu pai. — Eu o compreendo, senhor. E não posso tentar convencê-lo a não me matar. Mas seria possível fazer isso após as dez horas? Tenho uma igreja e um padre à nossa espera. E prometi a sua filha que me casaria com ela antes da hora do almoço. Não posso quebrar essa promessa.

Papai o estudou por um momento e depois mirou os olhos desconfiados em mim.

— Ele está mentindo? — perguntou.

— Não.

— Você o aceitou? — Pareceu perplexo. — Mas tinha dito que não aconteceu nada entre vocês no período em que esteve na casa deste...

— Pensei que Leon não me perdoaria por tê-lo enganado — me apressei. — Mas ele me perdoou.

— Por quê? — A pergunta foi dirigida a Leon. — Por que quer se casar com a minha filha?

Leon se levantou e estendeu a mão para me ajudar, mantendo os dedos nos meus ao ficarmos em pé, lado a lado.

— Porque não consigo imaginar viver um único dia da minha vida sem Valentina, senhor. — Sua voz estava séria como eu jamais ouvira. — Sem ela, tudo parece um monte de nada sem sentido. E garanto que farei o impossível para que ela saiba disso a cada segundo de cada dia pelo resto da nossa vida.

Papai nos observou calado por um longo tempo. Mas eu sabia que sua raiva havia se amenizado — seu rosto já não exibia aquela inquietante coloração avermelhada —, e no lugar dela vi apenas preocupação.

— É isso o que quer? — perguntou, me surpreendendo. — Não tem que se casar com ninguém que não queira.

Ora, essa era uma boa mudança...

Encarei o homem ao meu lado.

— Leon é o que eu quero, papai. Estou segura disso.

Alisando o bigode, meu pai apertou um dos olhos ao mirar o céu. E suspirou.

— Bem, receio que seja melhor eu trocar de roupa. Não ficará bem levar minha filha ao altar de pantufas e roupão. — Então olhou para mim e me mostrou um sorriso divertido que eu não via fazia anos. — Adelaide se levantaria do túmulo e arrancaria minhas orelhas!

— Não seria de duvidar — falei, emocionada. As coisas realmente estavam mudando.

— Mas você e eu vamos conversar após a cerimônia. — Apontou um dedo roliço para meu noivo.

— Teremos bastante tempo durante o almoço. — Leon dobrou o braço atrás das costas, fazendo uma mesura educada.

— Tanto melhor. Detesto discutir qualquer assunto de barriga vazia — papai anuiu, já se afastando.

Assim que ele desapareceu de vista, me virei para Leon, em choque.

— Você mandou preparar um almoço?

— Com todos os seus pratos favoritos — contou, orgulhoso. — Também enviei um convite para Pedro e Najla. Espero que eles não se ofendam por ter sido tão em cima da hora.

— E se eu não aceitasse o pedido?

Ele correu dois dedos pela minha franja para afastá-la da testa carinhosamente, um sorriso despontando.

— Valia a pena correr o risco de fazer papel de tolo. Por você, eu não me importo que riam de mim, desde que você ria comigo, *sirena*.

Acabei rindo, simplesmente porque era tudo o que eu podia fazer naquele estado de euforia.

Seus braços procuraram minha cintura, me arrastando delicadamente para mais perto.

— Espero que não se incomode com a minha pressa, mas estou cansado de só vê-la por curtos períodos. E estou farto de ficar me revirando na cama pensando em você, tentando adivinhar se você também está sentindo a minha falta, se também sente um desejo incontrolável de discutir um assunto qualquer comigo. Se o seu corpo está tão ansioso e dolorido de saudade quanto o meu. Não vou suportar outra noite assim, Valentina. Juro que vou morrer se tiver que passar por isso outra vez. — Balançou a cabeça, o semblante em profunda agonia.

— Sei *exatamente* o que quer dizer.

As mãos em minha cintura subiram por minhas costas, me atraindo para mais perto enquanto ele resvalava os lábios em minha testa. Depois em meus olhos, a pontinha do nariz...

— Mas confesso que também tive outro motivo para apressar nossas bodas — confidenciou contra minha bochecha.

— É mesmo? — Fechei os olhos, enredando os dedos nos fios rebeldes em sua nuca. — E qual é?

Ele aproximou a boca do meu ouvido.

— Não dou muita sorte com noivas — sussurrou ali. — Não quis arriscar. Achei melhor torná-la logo minha esposa.

Minha risada ecoou pelo jardim.

— O que eu faço com você, capitão Navas?

— Que tal me amar? — Pressionou os lábios na curva do meu pescoço, depois em minha garganta. — Na saúde e na doença. Na alegria e na tristeza. No mar ou em terra firme... — mordiscou meu queixo — ... por todos os dias da nossa vida. É o que pretendo fazer com você.

Abri os olhos e encontrei seu rosto tão amado pairando diante do meu, o futuro reluzindo no olhar metálico, agora líquido e incandescente.

— *Yo prometo* — proferiu, solene.

— Eu juro — sussurrei, com a voz embargada.

Leon tomou minha boca e selou nossos votos com toda a paixão que vislumbrei em seu olhar. E eu sabia, no fundo da alma, que seria assim.

Por todos os dias da nossa vida.

49

Coloquei a cabeça para fora da janela conforme a carruagem fazia a curva na estrada, ansiosa para vê-los. Ali estavam! Os leões de bronze que guardavam os portões da propriedade. Mais um minuto e a roda estalou de encontro à ponte sobre o riacho. Prendi o fôlego. A casa foi surgindo timidamente no alto do terreno, primeiro o telhado, depois as paredes e sua base. Precisei de um minuto para assimilar o que via. A construção de dois andares já não era amarela, mas branca como as nuvens acima dela. A cumeeira alta permanecia como eu me lembrava, mas as janelas estavam diferentes, mais modernas e quadradas. A entrada majestosa e as duas altas pilastras que se erguiam para sustentar o telhado em V no segundo andar tinham sido restauradas, e o cedro centenário bem ao lado parecia ter passado por uma poda drástica, sobretudo os galhos próximos ao andar superior, provavelmente afetados pelo incêndio que quase tirara a vida da minha amiga no ano anterior.

Não era mais a casa das minhas lembranças, ainda que a estrutura se parecesse com ela. Algo semelhante ao que ocorrera comigo, pensei.

Leon apertou minha cintura e se curvou para a janela, espiando meu antigo lar.

— É um belo lugar para alguém crescer — comentou.

— E foi. Fui muito feliz aqui.

— Tem certeza de que não devíamos ter avisado sobre a visita? — Uma ruga de preocupação lhe vincou a testa ao olhar para mim. — Seus amigos podem não estar em casa.

Eu me endireitei no banco, ajustando as luvas, embora desejasse descalçá-las. Aquele fim de janeiro estava excessivamente quente e eu transpirava mesmo sob a fina musselina do vestido azul-claro. Aquele que Leon tinha comprado e que se tornara o meu favorito.

— Pensei em avisá-los, mas chegaríamos antes da carta. E eu confirmei no porto. Elisa e o dr. Guimarães chegaram da Europa na semana passada. Parece que se mudaram de volta para cá, já que a reforma foi concluída. A esta altura Elisa já deve ter lido as cartas que lhe escrevi enquanto esteve fora e está ansiosa para conhecê-lo, meu marido.

Envolvendo o braço em minha cintura, ele me arrastou suavemente no assento de veludo até meu quadril se colar ao dele, roçando o nariz na lateral da minha garganta.

— Eu adoro quando você me chama assim. "Meu marido." É quase tão bom quanto "espanhol irritante".

Meu espanhol irritante beijou um ponto particularmente sensível em meu pescoço.

Eu ainda não conseguia acreditar que Leon era meu marido havia dois meses. Tudo ainda parecia um sonho...

Depois de pedir minha mão naquela manhã de novembro, Leon foi para a igreja e eu corri para o quarto, refletindo sobre qual dos meus vestidos velhos não pareceria tão velho assim. Com o coração quase abrindo caminho pelas costelas de tanta alegria, revirei o baú e acabei esbarrando no pacote que Abigail me dera e que, com tudo o que tinha acontecido, me esquecera de abrir. Como o vestido que ela restaurara era um dos meus melhores, decidi que o usaria. Abigail era talentosa com as agulhas. Devia ter feito um excelente trabalho.

Porém, ao soltar a fita que o prendia e afastar o papel pardo, fiquei espantada com o conteúdo, e ao mesmo tempo não foi surpresa alguma: era o vestido de noiva que eu provara para que ela pudesse coser a barra.

— Ah, sra. Abigail. — Abracei a peça, como se pudesse abraçar a mulher. — Obrigada!

Foi assim, usando um lindo vestido branco com bordados de pérolas e renda, e a tiara da vovó Augustine a adornar meus cabelos curtos, que fui conduzida por papai até a igreja, depois até a nave e, por fim, ele me entregou ao meu capitão.

Minha pequena família e alguns poucos amigos foram testemunhas do dia mais feliz da minha vida. A julgar pela maneira como Leon me admirara, a garganta convulsionando ao proferir os votos sagrados, como se os sentimentos fossem intensos demais, ele se sentia do mesmo jeito. Juro que durante o tempo todo senti a presença de minha mãe, como se ela segurasse minha mão e a apertasse, dizendo: "É isso, querida. Não tenha medo agora. Estou bem aqui".

O almoço que Leon providenciara também foi espetacular. Lúcia comprovara seu talento na cozinha e estava tão bonita em um vestido da cor de *crème brûlée* que Javier não conseguiu desgrudar os olhos dela.

Foi tudo perfeito, sim. Sobretudo o que veio depois: depois do almoço, depois que os convidados se foram, depois de Leon me levar para o nosso quarto. O depois! Ainda que eu vivesse cem anos, um milênio inteiro, jamais me esqueceria daquela tarde, que logo se transformou em noite, e então madrugada. Leon dedicou todo o tempo do mundo a me amar. Ele estava faminto, mas ao mesmo tempo delicado, como jamais imaginei que um marinheiro seria.

No dia seguinte ao casamento, partimos para o chalé, onde ficamos só nós dois por algumas semanas. Leon comandara a cozinha e eu tentava conservar alguma ordem na casa — o que não foi muito fácil, já que Leon sempre interrompia meu trabalho e me beijava e... bem... não havia sentido em continuar recolhendo roupas do chão se Leon estava tão empenhado em continuar a tirá-las do meu corpo, não?

Depois de algumas súplicas de minha parte, ele finalmente me ensinou a cozinhar — entre outras coisas. Leon se mostrava incansável na tarefa de me ver feliz, como se tentasse compensar o passado — o meu e o dele —, dedicando-se a me fazer sorrir, rir até a barriga doer ou suspirar pela casa toda. Eu não conseguia pensar em nada mais precioso ou perfeito do que o que eu encontrava em seus braços. Foram os meses mais mágicos da minha vida.

Não, isso não é de todo verdade, pois eu ainda *estava* sonhando. Mesmo que as pessoas na cidade ainda me vissem com desconfiança, que quase ninguém me convidasse para coisa alguma, eu jamais fui tão feliz. A única nuvem cinzenta a macular meu céu estrelado fora dizer adeus a minha família. Me despedir de papai foi muito mais difícil do que eu tinha antecipado. Com Felix, a mesma coisa. E com Suelen. O que me confortava era saber que eu os veria em breve. Leon prometera e, como eu bem sabia, ele jamais descumpria uma promessa.

Também foi doloroso me despedir de Najla, mesmo que ela estivesse radiante com o fato de minha vida finalmente ter entrado nos eixos. Suas crises de mal-estar tinham se intensificado, apavorando Pedro, que desde então era o mais dedicado e preocupado dos maridos. Foi nessa época que o irmão de Pedro chegou para visitá-los, contente com a novidade de que teria um sobrinho. Na ocasião, Suelen estava com eles. Bastaram três minutos para que Miguel perdesse o coração para minha prima — um jovem estudante de direito muito bonito, que jamais falava em cabras ou dotes. Para sorte dele, seus sentimentos foram retribuídos e

Suelen aceitou seu pedido de casamento uma semana antes de partirmos — depois de beijá-lo e constatar que seus pés haviam saído do chão, ela me assegurara.

Por acaso acabamos encontrando o sr. Nogueira no porto, pouco antes de zarparmos. Ele estava devastado com a partida do jovem Dalton, o rapaz que eu vira havia tempos na rua, em sua companhia. E só naquele instante, ao encarar seus olhos sem vida e reconhecer o desespero naquelas íris sempre tão firmes, foi que entendi Inácio, por que se mostrara tão pouco interessado em pedir minha mão. Ele precisava de uma esposa, não queria uma. O objeto de sua afeição havia acabado de partir. Eu me condoí por ele. Sabia na pele que viver uma farsa era um pesadelo. Rezei, de todo o coração, que ele pudesse encontrar uma maneira de se libertar e ser feliz com quem amava sem julgamentos e leis a assombrá-los, do mesmo jeito que eu havia encontrado.

— Bem, vamos ver se eles estão em casa — falou Leon, me arrancando do devaneio assim que a carruagem estacionou diante da casa.

Ele se adiantou, me ajudando a sair da caleche de aluguel. Fui assaltada por uma emoção agridoce ao subir os degraus da entrada de braços dados com Leon. Tanto havia mudado desde que eu estivera ali pela última vez — no imóvel e em mim.

Não chegamos a bater. O sr. Baltazar, sempre eficiente, deve ter ouvido o veículo na estrada e abriu a porta antes que chegássemos ao patamar.

Os olhos do mordomo, alinhado desde o alto de sua farta cabeleira escura até os sapatos lustrosos, se arregalaram em descrença e alegria.

— Virgem Santíssima! Srta. Valentina! Q-Quer dizer, sra. Navas!

— Sr. Baltazar, como é bom vê-lo outra vez! — Pousei os dedos em seu braço, apertando-o.

— Minha querida, eu que lhe digo isso. — Deu um tapinha no dorso de minha mão antes de se afastar, um tanto corado, e dirigir um cumprimento a Leon.
— É um prazer conhecê-lo, capitão Navas.

— Igualmente, sr. Baltazar.

Sem perder um instante, o mordomo foi na frente, praticamente correndo. Eu o segui, mas com menos pressa, admirando a nova casa e sua mobília, os aromas que dançavam no ar. Foi estranho. Eu esperava ser arrebatada por lembranças — e fui — e sentir saudade do tempo que passara ali — e senti. Mas não esperava não me sentir em casa.

Leon deve ter pressentido alguma coisa e enlaçou minha cintura.

— Eu imagino que isso seja difícil para você.

— Sabe, é bem menos do que eu havia antecipado. — Deixei-me recostar em seu peito. *Ali é que era o meu lar*, pensei, contente. — Estou bem. Muito mais do que bem, Leon.

— Está me dizendo que Valentina está aqui, sr. Baltazar? — ouvi a voz de Elisa espiralar pelo hall e fui seguindo o som.

Avistei primeiro o dr. Guimarães. O belo rapaz de cabelos claros sentado em um bonito sofá listrado de azul e branco pareceu bestificado ao me ver, para usar um chavão. E então Elisa entrou em meu campo de visão, esplêndida em um vestido mostarda que acentuava ainda mais seus fios negros e iluminava seus brilhantes olhos azuis.

— Valentina! — arfou, ficando de pé. — Ah, minha amiga!

Nós duas nos movemos ao mesmo tempo e nos encontramos no centro da sala em um abraço que me fazia tanta, tanta falta. Ficamos assim por um instante, mas logo começamos a rir, simplesmente porque a alegria daquele reencontro era grande demais e precisava ser extravasada de alguma maneira. Percebi com certo atraso o pequeno calombo entre nós duas. Eu me afastei dela, contemplando a protuberância discreta em seu abdome.

— Elisa! Você está grávida! — exclamei.

— E você está linda! — Ela me examinou de cima a baixo, duas adoráveis covinhas aparecendo em suas bochechas. — Minha nossa, muito linda mesmo!

Lucas se aproximou, pegando minha mão e se curvando de leve.

— Não sabe o alívio que sinto em vê-la tão bem, srta. Valentina. Ou melhor, sra. Navas. — Um belo sorriso cresceu em meio aos pelos castanho-claros de seu cavanhaque.

— Parece que uma eternidade se passou desde que eu os vi pela última vez. Estou tão feliz em revê-los! — Dei um passo para o lado, envolvendo os dedos nos de Leon. — Elisa, dr. Lucas, permitam-me apresentar o capitão Leon Navas.

Leon fez uma mesura galante.

— É um prazer finalmente conhecê-los. Valentina fala tanto sobre vocês que sinto como se já fôssemos amigos.

— É o que também sentimos, capitão. — Elisa devolveu o cumprimento, avaliando-o. E pareceu gostar do que viu, me lançando um sorriso largo.

— De fato. Desconfio de que já sabemos tudo sobre o senhor. — Lucas deu um tapinha em seu ombro. — Valentina não poupou a pena.

Está bem. Pode ser que eu tenha falado dele nas cartas. Uma ou cinquenta vezes...

— Por que não se sentam? Vou pedir um... — Elisa parou no meio da frase, pois o som de uma carruagem se aproximando em alta velocidade e depois parando de súbito penetrou na sala.

Leon se virou para a porta, o cenho encrespado.

— Será alguma emergência médica? — perguntou a Lucas.

O marido de minha amiga riu.

— Não. É só...

— Pronto, Lucas. Essa deve ser a última mala. O Ian já tá descarregando. Madalena achou mais uns trecos de laboratório no... — Um borrão bordô adentrou a sala, as ondas douradas soltas ao redor dos ombros saltitando à medida que ela caminhava apressada. Mas diminuiu o passo até parar tão logo me viu. Seus lábios se estenderam para formar um lindo sorriso. — Valentina... — Então seu olhar castanho pousou no homem ao meu lado. — E capitão Navas! Puta merda!

Leon riu, aprovando a eloquência dela. Creio que eu também teria rido, se não estivesse ocupada sendo sufocada pelo abraço de Sofia.

— Como é bom te ver outra vez, Valentina. — Ela me apertou um pouco mais. — Eu estava louca de preocupação com você. Todos nós estávamos.

— Perdoe-me, sra. Clarke — murmurei em seu ombro. Sofia era uns bons centímetros mais alta que eu. — Não quis causar nenhuma aflição. Pensei que minhas cartas tivessem ajudado a esclarecer o mal-entendido.

Seus braços se afrouxaram — os meus se demoraram um pouco mais. Fazia algum tempo que eu sentira crescer um laço entre nós duas. Sofia se tornara muito querida para mim, como se fosse parte da família.

— Até ajudaram — ela contou, com um dar de ombros. — Mas acho que ninguém aqui ia ficar numa boa enquanto não te visse.

— Sim — Elisa concordou depressa. — Quando li tudo o que escreveu, eu só queria poder vê-la e abraçá-la, e assegurar ao meu coração que nenhum pedaço seu estava faltando.

— Tem razão, Elisa — disse uma nova voz.

Nós nos viramos a tempo de ver o sr. Clarke passar pela porta com toda a sua altura, uma grande caixa nas mãos, que depositou sobre o sofá antes de endireitar a coluna e sorrir largamente.

— É realmente muito bom revê-la. — E sua expressão sorridente me disse a mesma coisa. — Ainda mais com uma aparência tão boa. O dr. Almeida parecia preocupado com a sua saúde.

— É. — Sofia me admirou por um momento. — Mas parece que você recuperou o peso perdido. Tá linda como sempre. Na verdade, você tá um arraso, Valentina! Esse pixie ficou demais em você!

Pisquei algumas vezes.

— Perdoe-me, esse o quê?

— Seu novo corte de cabelo. Tá parecendo uma princesa moderna. — Ela soltou um suspiro frustrado, cujo significado me escapou, e se virou para o marido. — Isso é meio injusto...

— Você sempre será a minha favorita — devolveu ele, encarando-a. Um fogo silencioso se inflamou gradativamente entre eles.

Leon se aproximou de mim, passando o braço em minha cintura. Não era nada que ele não costumasse fazer. Mas juro que o vi endireitando a coluna, tentando ficar mais alto que Ian.

— Sra. Clarke, sr. Clarke — saudou, cortês.

Se Ian percebeu alguma coisa, não deixou transparecer e trocou um cumprimento entusiasmado com Leon.

— É bom reencontrá-lo, Navas. Não sabe como eu e Sofia ficamos aliviados em saber que o seu caminho e o de Valentina se juntaram em um só. Ela é muito querida por todos, quase parte desta família. É uma alegria saber que terá um bom sujeito como você para cuidar dela de agora em diante.

E, simples assim, Leon relaxou a postura, os intensos olhos cinzentos se prendendo aos meus, derretendo minha concentração.

— É exatamente o que pretendo, sr. Clarke — proferiu. — Garantir que Valentina seja tão feliz quanto ela me faz.

Tive um pequeno problema em me manter sobre as pernas, que adquiriram a consistência de merengue, e me perguntei se o efeito que ele exercia sobre mim algum dia passaria. Podia apostar minha vida que não.

Elisa pediu ao sr. Baltazar que trouxesse alguns petiscos e bebidas enquanto seu marido levava para o laboratório a caixa trazida por Ian. Nós nos acomodamos no sofá, Sofia e Elisa ao meu lado, enquanto Ian e Leon se lançavam em uma conversa animada.

— Ainda não acredito que você se disfarçou de empregado. — Elisa riu baixinho. — Como conseguiu enganar todo mundo?

— Nem todo mundo. Leon soube quase desde o começo. No fim das contas, foi ele que me enganou.

— Como assim? — Sofia quis saber.

— Bem, acontece que eu... — comecei a explicar tudo com mais detalhes, o que atraiu o interesse do sr. Clarke e também o de Lucas, que retornava à sala.

Precisei de mais ou menos uma hora para contar toda a história, finalmente mencionando um assunto que deixara de fora nas cartas: lady Catarina. As reações acerca de minha ascendência foram as mais diversas: uma ruga de espanto vincou a testa de Lucas; já Elisa estava tão atônita que mal conseguia piscar. Ian mantinha uma expressão assustadoramente séria, ao passo que sua esposa, bem... Sofia verbalizou seu assombro com um palavreado que fez até Leon corar.

— Você é filha de lady Catarina? — Elisa perguntou, descrente. — De *lady Catarina*?

— Ela é minha progenitora. Minha mãe foi e continua sendo Adelaide Albuquerque.

Elisa apertou minha mão, me mostrando as covinhas, ao mesmo tempo em que Sofia estalava a língua.

— Ainda não acredito em tudo isso. Sobretudo o que contou do Dimitri. Nunca pensei que ele pudesse ser um assassino. Achei que fosse só um babaca sem noção. — Bufou, soprando alguns fios dourados para longe do rosto. — Eu devia ter deixado o Ian quebrar a cara dele quando teve chance, uns anos atrás.

Seu marido se apressou em assentir, os braços cruzados, uma expressão dura muito semelhante à de Leon.

O dr. Lucas também parecia mexido.

— Não se atormente, Sofia. A maioria dos assassinos não se parece com um — o médico comentou, em tom sombrio. Eu sabia em quem ele estava pensando. Fora Lucas quem descobrira sobre o envenenamento de minha mãe.

— De fato — Leon concordou, os punhos cerrados sobre os joelhos. — Romanov não parece um maníaco. Só um *gilipollas malparido*.

— Leon! — censurei, e ele apenas deu de ombros.

No entanto, Sofia riu.

— Fazia anos que eu não ouvia essa expressão — contou. — Meu avô costumava usá-la com frequência para ofender políticos.

— Creio que eu e seu avô nos daríamos muito bem — brincou meu marido, relaxando a postura. — De todo modo, Romanov está em liberdade.

— Mas ele ainda vai responder na Justiça, não é? — Ian perguntou, preocupado.

— Temo que não, sr. Clarke — murmurei. — O advogado de lady Catarina conseguiu tirá-lo da cadeia pouco depois do Natal. Parece que pessoas da posição social dele são imunes à lei.

— Parece que isso não muda nunca, não importa a época — resmungou Sofia.

— O que pretende fazer agora, Valentina? — o dr. Guimarães quis saber. — Aquele crápula não pode ficar à solta. Pode vir atrás de você outra vez.

— Acho pouco provável, doutor. — Dei de ombros.

— Lady Catarina e ele partiram em um navio para Moscou uma semana depois do Ano-Novo — explicou Leon, se recostando no assento, o semblante enevoado. — Eu estava no porto no momento do embarque para garantir que ele não fugisse. De qualquer forma, escrevi para todos os comandantes que conheço. Se Dimitri deixar a Rússia, eu saberei.

— Você está se preocupando à toa, Leon. — Alisei uma dobra da saia. — Isso não vai acontecer. Lady Catarina está resoluta. Ele não terá mais um centavo dela. Terá que trabalhar se quiser manter seus vícios. Acho que nunca mais vamos ouvir falar em Dimitri Romanov.

Não era exatamente o desfecho que eu esperava, mas ao menos eu sabia que ele pagaria pelo que tinha feito, de alguma maneira.

— Como se sente, minha amiga? — Elisa perguntou, com delicadeza.

— Oh, Elisa, não se preocupe, eu estou bem. Claro que me sinto frustrada. Queria que Dimitri fosse a julgamento. Mas creio que ele vá pagar de outra maneira. Lady Catarina e ele não estão nos melhores termos.

Sofia estendeu o braço e tocou meu ombro.

— Acho que a Elisa se referia ao que lady Catarina fez — explicou, comovida.

— Bem, para ser franca, eu já esperava. Ela é mãe, afinal. Está tentando proteger o filho. É o que minha mãe teria feito, tenho certeza. — Dei de ombros. — Tudo o que eu quero agora é deixar essa história para trás e recomeçar. Na verdade, já recomecei. — Admirei Leon na poltrona em frente à minha. Ele me deu uma piscadela e um daqueles sorrisos tortos que faziam minhas entranhas tentarem dançar valsa.

— E pretende fixar residência aqui na vila? — Elisa quis saber, a mão sobre o coração.

— Não, minha amiga. Estamos apenas de passagem. Vamos viver na Espanha. Paramos no porto aqui perto porque Leon tinha uma entrega a fazer antes de seguirmos para a Europa.

Imediatamente, Sofia se voltou para meu marido, as longas ondas douradas balançando com graça ao redor dos ombros.

— Meu banheiro? — questionou, ansiosa. — Diz que dessa vez nada deu errado, Navas. Eu não tô aguentando mais essa espera!

O novo assunto varreu aquela fúria contida que sempre dominava Leon quando Dimitri era mencionado, e ele relaxou no sofá, apoiando o tornozelo no joelho oposto, os dedos batucando o cano da bota.

— Somos dois, sra. Clarke. Nunca uma encomenda deu tanto trabalho para chegar às mãos do comprador. Lamento muito pelo inconveniente. Mas fico contente em informar que o seu equipamento está a caminho da sua casa neste exato momento.

— Até que enfim! — Ela revirou os olhos e Ian riu.

Então o sr. Clarke perguntou a Leon alguma coisa sobre a viagem, Lucas sobre as condições do barco e os portos onde atracaríamos, Sofia sobre a possibilidade de encontrarmos algum iceberg no percurso, e os quatro se lançaram em uma conversa animada.

Enquanto isso, respondi a todas as perguntas de Elisa, e também fiz algumas. Ela e Lucas finalmente haviam se entendido, e o amor que nascera na juventude amadurecera e se tornara um sentimento ainda mais sólido. As meninas Clarke estavam bem, aprontando como sempre. Estavam em casa, sob os cuidados da sra. Madalena e do sr. Gomes. O garotinho que Elisa conhecera e por quem se apaixonara no ano anterior estava com elas. Ao que parecia, Samuel e Marina eram inseparáveis.

Minha amiga estava no terceiro mês de gravidez, e Samuel mal podia esperar que a criança nascesse, ansioso para saber se teria um irmãozinho ou uma irmãzinha. Já Teodora havia viajado para o litoral nas festas de fim de ano e estava hospedada na casa da sogra para tratar uma crise de gota que andava provocando muitas dores no sr. Moura, seu pai. Elisa não sabia dizer quando retornariam, pois Teodora andava enjoando um bocado por causa da gravidez.

Eu me flagrei sorrindo sem motivo. No fim das contas, entre um problema e outro, todas nós tínhamos conseguido nossos finais felizes, embora "começos felizes" parecesse mais apropriado.

— Ele parece muito apaixonado — cochichou Elisa, me arrastando para perto da janela, analisando Leon de esguelha. — E você se ilumina perto dele, Valentina.

Por sobre o ombro, contemplei o homem do outro lado da sala, discutindo com o sr. Clarke e Sofia algo sobre a exportação dos produtos da fábrica de cosméticos. Lucas também ouvia meu marido falar com segurança. Vez ou outra, o olhar de Leon vagava em minha direção, e uma faísca o aquecia. O mesmo ocorria com a minha pele.

— Eu realmente o amo, Elisa. — Não consegui reprimir o suspiro. — Como jamais pensei que poderia amar alguém. Às vezes fico com medo, porque ser feliz assim parece quase errado.

Suas imensas íris azuis cintilaram como duas gemas preciosas.

— Sei o que quer dizer.

Eu a examinei por um momento, dos cabelos negros presos em um penteado elegante ao vestido que a tornava tão adulta e as covinhas, que pareciam nunca mais deixar seu rosto.

— Você também mudou, Elisa. — Apoiei as mãos no parapeito. — Parece resplandecer.

— Acredito que essa seja a palavra. O amor faz isso conosco, não é? Nos ilumina de dentro para fora. — Espiou o marido, incapaz de ocultar seus sentimentos. Eram ainda mais fortes do que em nossa adolescência. Então ela riu, sacudindo a cabeça. — Lembra-se da última vez que nos vimos? Quando dissemos que a vida não era nem um pouco como havíamos sonhado?

— É claro que me lembro. E estou contente por ser assim. Apenas excluiria um fato ou outro, envolvendo incêndios e afogamentos — brinquei.

Ela riu com gosto.

— Era exatamente o que eu ia dizer.

Instantes depois, Lucas a chamou — gostaria de mostrar a Leon o artigo científico que apresentara em Paris no ano anterior, mas não conseguia encontrar uma cópia. Desculpando-se, ela foi acudi-lo. Fiquei sozinha por apenas quinze segundos.

— Homens e sua incapacidade de encontrar o que está bem diante do nariz. — Sofia se debruçou na janela, fitando a paisagem no fim de tarde que eu conhecia de cor. — Ian vive perdendo os pincéis.

— Leon perde o diário de bordo uma vez ao dia. — Revirei os olhos. — Guarda o caderninho em qualquer bolso e depois se esquece dele.

Ela riu baixinho. Mas, após um instante, endireitou as costas, as mãos inquietas batucando no peitoril.

— Eu torci tanto para que isso acontecesse, Valentina. Que você fosse feliz de verdade. Sempre me senti meio culpada. — Desviou o olhar para seus inseparáveis sapatos vermelhos incomuns, que apareciam sob a barra do vestido bordô.

— Como se tivesse tomado o seu lugar.

— Isso é um absurdo. Meu lugar nunca foi ao lado do sr. Clarke. Esse lugar é seu, Sofia.

— Eu sei. — Deu de ombros. — Mesmo assim eu me sentia mal, como se tivesse atrapalhado a sua vida. Nunca quis isso.

— E nunca me atrapalhou. Não consigo imaginar outra vida que não seja ao lado de Leon. Ele... É como se ele completasse os vazios que tenho dentro de mim.

— Ah, sei bem como é isso. — Em meio a um suspiro aliviado, ela sorriu de um jeito estonteante. Era fácil entender por que Ian se apaixonara por ela instantaneamente. — Fico feliz que tenha encontrado o seu caminho, Valentina. Quer dizer, sra. Navas.

— Na verdade, sra. Alonzo.

— O... quê?! — Ela meio riu, meio ofegou.

A família Navas era conhecida por toda a Espanha desde o século XVI. Havia gerações que eles comandavam frotas de navios e faziam comércio com os países vizinhos, sobretudo Portugal. O avô de Leon, Juan Carlos Navas, um sujeito bastante inteligente e que só tivera filhas, vira em seu primeiro genro, Diogo Alonzo, um caminho para que a Navas Mercantil permanecesse na família. O pai de Leon nunca teve desejo de fama e, como o nome Navas abria muitas portas, julgou que fosse melhor manter o nome da companhia marítima. Tantas vezes era chamado pelo sobrenome da esposa que ficou conhecido como Diogo Navas. O mesmo acontecera com Leon Navas Alonzo, mais tarde.

Expliquei isso tudo a Sofia, que me ouviu um tanto embasbacada.

— Leon disse que não é possível que vocês sejam parentes — contei. — Ele ficou surpreso ao saber o seu nome de solteira. Pensava ser o primeiro Alonzo a vir para a América do Sul. Mas, como você também tem esse sobrenome, fiquei pensando se não existe a possibilidade de terem algum parentesco.

— Bom... não sei. Quer dizer, não conheço muito a respeito dessa parte da minha família. Tudo o que sei é que o meu tataravô veio da Espanha e conheceu a minha tataravó aqui no Brasil, se apaixonaram loucamente e depois foram viver na... — Seus olhos dispararam para Leon, que ria de alguma coisa dita por Ian. — Na... — As imensas íris castanhas se fixaram em meu rosto, um brilho quase hipnótico tomando conta delas. Sua respiração estava acelerada ao questionar: — Valentina, pra onde você disse que tão indo mesmo?

— Vamos para El Puerto de Santa María, na Espanha. Por quê?

— Ah. — Balançou a cabeça, rindo, a mão espalmada sobre o coração, como se quisesse acalmá-lo. — Se você tivesse dito Argentina... — Riu outra vez. — Por um momento bastante louco, eu pensei que uma coisa tipo... muito, mas muito surreal estava acontecendo e que eu estava diante dos meus... — Gesticulou com a mão de mim para Leon. — Ia ser muito maluco. Quer dizer, eu negocio com o Navas faz uns dois anos. E conheço você desde que cheguei à vila. Você é mais nova do que eu! Consegue imaginar que bagunça seria?

Pisquei algumas vezes.

— Receio não ter compreendido...

— Deixa pra lá. Foi só um pensamento absurdo. — Sacudiu suas ondas, rindo baixinho novamente. — Ei, quer beber alguma coisa pra brindar ao seu retorno? E também à sua ida pra Europa?

— É uma ótima ideia. Será que tem gim? — O que eu podia fazer? Acabei me acostumando.

As sobrancelhas de Sofia se ergueram de um jeito muito parecido com as de Leon: admirada, mas bastante satisfeita.

— Arrasou na escolha, garota. — Cutucou minha cintura antes de ir procurar a bebida.

O olhar do homem do outro lado da sala encontrou o meu. Eu o vi se desculpar com Ian antes de atravessar a sala e parar bem ao meu lado, admirando o cenário verde ir mudando à medida que a tarde chegava ao fim.

Então me observou com um pequeno sorriso.

— Feliz? — perguntou, as mãos nos bolsos da calça.

— Muito, Leon. O que achou deles?

— É difícil não gostar de qualquer um deles. São tão formidáveis quanto você antecipou. Bem, exceto o perfeito sr. Clarke. — Estalou a língua. — Ainda penso que ele é alto demais.

Dei risada, deitando a cabeça em seu ombro.

— Não brinque assim. Sei que gosta dele, e você sabe que não precisa ter ciúme. Dele ou de qualquer outro homem. Nenhum tem o que é necessário para me fazer feliz.

— Que é...? — ele se interrompeu, esperando que eu completasse, cingindo minha cintura com o braço.

Ergui o rosto e olhei no fundo dos seus olhos.

— Ser você.

Seu olhar fulgurou de um jeito que eu já conhecia bem. Aquele jeito que fazia tudo dentro de mim se revirar, minha boca formigar e o pulso martelar nos meus ouvidos. Ele sorriu, a cicatriz desaparecendo lentamente à medida que me atraía mais para perto.

— Leon, não estamos sozinhos — alertei, relanceando meus amigos... que saíam de fininho rumo à sala de jantar?

— Não, não estamos — concordou Leon, alheio ao que nos cercava. — Nós nos encontramos. Jamais voltaremos a estar sozinhos. Vamos compartilhar nossos sonhos, nossos medos, nossas vidas. Não posso garantir que será sempre perfeito, *sirena*. E acho que nem quero que seja. Perfeito soa pouco verdadeiro. Eu quero uma vida real com você. Quero as alegrias e também os problemas. Quero tudo com você — proferiu, solene, antes de se curvar para me beijar, bem ali, no centro da sala onde eu tantas vezes sonhara com ele. Com o meu príncipe.

Mas Leon não era tão encantado assim, o que tornava tudo melhor. Ele tinha razão. Eu não queria um conto de fadas — queria o imperfeito, o real, como o homem que me abraçava, nossos sentimentos e o futuro que nos aguardava do lado de fora daquela casa.

50

Eu terminava minha toalete, aplicando um pouco de colônia atrás das orelhas e nos pulsos. Deixei o frasco de perfume sobre o toucador, mas franzi a testa ao examiná-lo mais atentamente. Eu não tinha aquele perfume fazia mais de seis anos. Como ele tinha ido parar ali?

Relanceei o quarto... cor-de-rosa?, pisquei, sem entender, ao reconhecer a decoração do meu antigo quarto. Eu estava de volta a nossa casa na vila? Mas como...

A porta se abriu de repente.

— Está pronta, querida?

Meu coração errou uma batida antes de desatar a martelar com toda a força, retumbando em meus ouvidos e na base da garganta.

— Mamãe! — Eu me levantei de um salto, correndo para ela.

— Oh, Valentina, cuidado. Vai estragar seu lindo penteado! — Ela riu quando abracei sua cintura fina e afundei o rosto em seu peito. Então passou os braços carinhosamente pelas minhas costas. — Do que se trata tudo isso?

Tentei dizer alguma coisa, mas tudo o que consegui foi soluçar abraçada a ela, inalando seu delicioso perfume de jasmim. Eu sentia tanta, mas tanta falta daquele abraço, do seu cheiro, do tom suave de sua voz, de tudo nela.

Dela inteira.

— Pronto, pronto. — Encaixou a mão em meu queixo, incitando que eu a encarasse. — Não chore. Vai deixar seus olhos inchados. Não é uma visão atraente.

Acabei rindo e fungando ao mesmo tempo. Ela estava tão linda, exatamente como eu me lembrava. As bochechas rosadas, os cabelos claros presos no alto da cabeça, as íris reluzindo em um azul pálido.

— Você está bem, mamãe? — consegui perguntar.

— Ora, mas é claro que sim. Faz semanas que estou esperando para assistir a essa peça. Seu pai deve chegar a qualquer momento. Temos que nos apressar! — Tocou um dos meus cachos, ajeitando-o sobre o ombro.

Fiquei confusa por um instante. Já havia vivido algo semelhante, muito tempo atrás. Aquilo era... um fragmento de uma lembrança?

— Veja o que eu trouxe! — Ela abriu a mão, revelando seu par de brincos de brilhantes. — Vão ficar adoráveis em você.

— Mamãe...

— Sim, eu sei. São os meus preferidos. Mas combinam mais com você. — Começou a pendurá-los em minhas orelhas.

Tudo o que fiz foi continuar admirando o seu rosto tão amado, a saudade apertando minha garganta. Quando terminou, mamãe me analisou, um brilho indisfarçável de orgulho chispando em seu semblante fino.

— Aí está. Uma verdadeira princesa.

— Sinto sua falta — murmurei. — Todo dia.

— Porque é tola. — Ela tocou meu queixo. — Não sabe que eu jamais ficaria longe de você?

O ruído de rodas esmagando o cascalho entrou pela janela aberta, a cortina tremulando de leve com a brisa noturna.

— Oh, está na hora. Você está pronta, Valentina? — Mamãe me pegou pelos ombros, me avaliando por um longo tempo. Então um sorriso esplêndido a iluminou por dentro e por fora. — Sim, você está pronta, querida.

Eu queria dizer tanta coisa a ela. Que a perdoava pela mentira. Que estava grata, tão grata, e me sentia abençoada por ela ter me escolhido para ser sua filha, por ter me ensinado tudo o que eu sabia, por ter me amado tanto. Ela podia não ter me gerado, mas não precisávamos de um cordão umbilical para nos unir. Estávamos ligadas onde realmente importava: no coração. Eu queria dizer tudo isso Mas acabei proferindo a versão resumida.

— Amo você, mamãe.

— Eu também a amo, querida. Mais que tudo. — Seus lábios resvalaram em minha testa e eu fechei os olhos, guardando seu toque em meu coração. — Agora vamos. Não podemos perder mais tempo! Se apresse! — Ela me empurrou para a saída.

— Me apressar para quê?

Detendo-se, a mão na maçaneta, seus lábios se separaram em um sorriso que lhe chegou aos olhos, à alma.

— Para ser feliz, Valentina. — Suavemente, começou a encostar a porta.

Ergui as pálpebras, me deparando com um pedaço de gengibre sobre o criado-mudo. Sentei-me na cama, segurando o lençol na altura dos seios, observando a ampla cabine, agora vazia. A luz do sol penetrava as cortinas da porta que levava ao balcão, indicando que o dia nascera fazia algum tempo.

Toquei a gema fria em minha orelha e fechei os olhos.

— Eu vou ser, mamãe. Prometo.

Uma sacudidela fez eu me aprumar, o rebuliço em meu estômago me alertando em alto e bom som que já tínhamos zarpado. Mordiscando a raiz, afastei os lençóis, minha pele nua se arrepiando com a brisa mais fresca. Apanhei o roupão negro de Leon — no chão, é claro — e passei os braços pelas mangas. Minha camisola devia estar em algum lugar ali perto, ponderei, amarrando a fita de cetim. Leon não era muito cuidadoso ao arremessar minha nova lingerie — não que eu fosse me queixar. Dei uma rápida espiada na antessala da cabine do capitão, mas ele já devia ter subido para o convés havia muito tempo, por isso tratei de fazer uma rápida toalete. Não levei muito tempo; os cabelos curtos eram muito mais fáceis de cuidar.

Antes de me vestir, porém, precisei abrir a porta lateral, permitindo que o ar entrasse. Inspirei fundo ao sair para a sacada, tentando controlar o enjoo, e me surpreendi ao constatar que o continente era apenas um pontinho no horizonte.

— *Argh!* Quem deixou o diabo do cachorro subir no tombadilho? — ouvi Javier gritar um instante antes de Manteiga surgir no alto do convés, enfiar a cabeça entre as colunas da amurada de proteção e se pôr a latir para a espuma produzida pelo movimento da embarcação.

Acabei rindo e voltei a admirar a faixa de terra esvanecendo pouco a pouco.

— Adeus — murmurei, a voz um pouco embargada. Sentia que minha história ali terminara. Mas o futuro se abria diante de mim, livre, alegre e ensolarado.

E se materializou atrás de mim na forma de Leon, lindo em seu traje azul-marinho, os cabelos revoltos pelo vento.

— O que está fazendo aqui? — perguntou, se juntando a mim na sacada, antes de se curvar para pressionar demoradamente os lábios nos meus. — Bom dia, *sirena*.

— Bom dia, Leon. Eu estava dando adeus à minha antiga vida.

Afastando-se um pouco para poder olhar nos meus olhos, mas ainda abraçado a minha cintura, ele franziu o cenho.

— Algum arrependimento?

— Nenhum — garanti. — Nem o menor deles.

Ele deixou escapar um suspiro aliviado e me puxou para si, uma mão espalmada na minha coluna, a outra acariciando a minha nuca, o queixo descansando no topo da minha cabeça. A maneira como meu corpo se encaixou no dele me fez suspirar também, mas por outra razão. Abraçada à sua cintura estreita, voltei a contemplar o pontinho verde-escuro no horizonte.

— Como anda seu estômago? — ele quis saber.

— Tão revirado quanto eu poderia imaginar. — Soltei um suspiro desanimado.

— E você me enganou com aquela conversa de que sentia enjoo no mar. Só disse isso para eu me sentir melhor. Você parece ótimo.

— Só pareço. Aprendi a fingir muito bem em todos estes anos. — A risada fez sua garganta vibrar. — Eu não sabia como se sentiria, então trouxe seu café da manhã.

Fiz uma careta, arqueando o pescoço para encará-lo.

— Me desculpe, mas desconfio de que seja muito cedo para isso.

— Imaginei que me diria isso. — Inspirou uma grande lufada de ar, ao mesmo tempo em que senti seu corpo se retesar. — Valentina, eu poderia falar com você por um minuto?

Estranhei sua seriedade, mas fiz que sim. Pegando-me pela mão, ele me levou para dentro da cabine e fechou a porta, cerrando as cortinas. Depois apanhou a bandeja coberta por uma cúpula prateada sobre o colchão e a equilibrou no criado-mudo.

Comecei a ficar tensa com toda aquela cerimônia. Leon era sempre direto.

— Algum problema? — perguntei.

— Espero que não. — Mas ele parecia ansioso ao indicar o colchão com o braço. Esperou que eu me sentasse para se acomodar a meu lado e finalmente começar a falar. — Eu recebi uma carta pouco antes de zarparmos esta manhã. Um dos homens com quem faço negócios em Rosário decidiu se aposentar. Está pensando em vender a frota. Não é muito grande. Mas são três bons navios. Com o que juntei durante todos estes anos no *Galatea*, podemos comprá-la e ainda viver com muito conforto.

Franzi a testa.

— Mas como comandaria uma frota e o *La Galatea*?

— Não comandaria. O *La Galatea* pertence à Navas Mercantil. Mas Javier pode assumir o comando por mim. Talvez pudéssemos fazer uma parceria com meu pai, ou... Não sei. — Encolheu os ombros. — Ainda não pensei em tudo. Queria discutir o assunto com você primeiro.

— Compreendo. E onde fica Rosário?

Ele riu, esfregando o pescoço.

— Perdoe-me, esqueci que não conhece os portos pelo nome ainda. Rosário é uma vila localizada na província de Santa Fé, na Argentina.

— Argentina?

— Eu ficaria em terra por um tempo até colocar tudo em ordem — anuiu.

— A Argentina é um belo país. Acho que vai gostar do lugar. E, se não gostar, eu posso trazer a frota aqui para o Brasil, ou... ou pensar em outra coisa.

Argentina. Mordisquei a unha do polegar. E Leon ficaria em terra por um bom tempo, em um lugar novo e belo, sem um passado a nos atormentar. Isso também significava que eu estaria em terra, em vez do plano inicial de acompanhá-lo nas viagens sempre que quisesse. Meu estômago logo se animou.

— Então, o que você acha? — perguntou, irrequieto.

— Eu acho... que posso ajudá-lo com a parte administrativa da frota. Sou muito boa em... Aaaaaah! — exclamei quando ele se lançou sobre mim, me derrubando no colchão. Comecei a rir, com a intenção de repreendê-lo, mas minha boca estava muito ocupada sendo beijada por Leon.

Quando ambos estávamos sem fôlego, ele liberou meus lábios, o corpo ao lado do meu, e sorriu daquele jeito travesso.

— Vamos mesmo fazer isso? — perguntou. — Tem certeza de que poderá ser feliz em Rosário?

— Contanto que você esteja comigo, serei feliz em qualquer lugar. Até mesmo passando mal neste navio — confirmei, afastando as mechas negras que lhe caíam no rosto.

— Obrigado — murmurou, colando a testa na minha.

Argentina. Então era ali que nossa história seguiria...

Oh, era melhor escrever para Sofia contando. Eu não havia entendido muita coisa daquela conversa, mas tive a impressão de que irmos para aquele país parecia importante para ela.

Subitamente, os olhos de Leon reluziram como dois sóis cinzentos, as pupilas se expandindo aos poucos, a expressão inflamada com um fogo que àquela altura eu sabia que não me queimaria de verdade, mas deixaria marcas em meu coração e em meu corpo.

— Acha que está pronta para o café da manhã agora? — ele quis saber.

— Não. Ainda não.

— Tem certeza? Preparei algo especial para você. — Segurando minha cintura, ele se esticou até alcançar o criado-mudo e erguer a cúpula para revelar duas taças de...

— Morango com creme! — ofeguei.

— A minha sobremesa favorita. — Resvalou o nariz em meu pescoço e me beijou ali enquanto sua mão se movia para minha barriga, desfazendo o nó do roupão com destreza.

Uma fenda se abriu no cetim que cobria meu corpo. Minha pulsação perdeu a cadência, a respiração se tornando entrecortada, minha pele subitamente mais quente conforme a boca de Leon percorria meu colo exposto, saboreando, mordiscando minha clavícula, a mão quente e áspera serpenteando pela abertura até se encaixar em meu seio. Acabei gemendo, trabalhando apressada em sua gravata e em fazer aquele paletó desaparecer de seus ombros.

Assim que consegui abrir sua camisa, ele a atirou longe e então se encaixou entre minhas coxas, exibindo aquele sorriso que apagava sua cicatriz, liquidificava o metal em suas íris e o meu juízo. E ficou ali, os cotovelos ao lado da minha cabeça, os ombros dourados se avolumando sobre mim, me admirando como se fosse incapaz de resistir.

— Parece que nunca viu a própria esposa — brinquei. — O que tanto olha?

— Meu futuro. E é tão lindo que meu peito dói. — Correu as costas do indicador pela lateral do meu pescoço. — Sabe, quando eu a vi naquele armazém pela primeira vez, uma expressão me atravessou a cabeça.

— Humm... *Madre de Dios, que chica más atrevida...?* — arrisquei. Meu espanhol melhorava um pouco a cada dia.

Sua risada fez os vidros da porta resmungarem um protesto.

— Não. Essa foi a segunda coisa que eu pensei, *sirena* — provocou, beijando meu nariz. — A primeira foi "En fin, tú". Não sei se consegue entender. Tão logo eu olhei em seus olhos, senti algo diferente. Um reconhecimento, uma conexão que nunca tinha sentido antes, e... acho que alívio. Como se estivesse esperando por você esse tempo todo. Era por isso que eu me sentia perdido neste mundo, sem jamais encontrar um lugar onde desejasse jogar âncora. Porque ainda não tinha encontrado você.

Minha garganta se apertou. Leon descrevia os próprios sentimentos, mas era como se falasse dos meus, de como eu me sentia.

— Amo você, Leon — murmurei, deslizando as mãos por seus braços fortes.

Ele sorriu daquele jeito que fazia minha pulsação se atrapalhar.

— *Te amo, Valentina. Te quiero tanto que si yo no te beso ahora me temo que voy a morir de amor.* — E se abaixou para me beijar.

Espalmei as mãos em seu peito, os dedos afundando naquele manto sedoso de caracóis negros.

— Espere. Não sei se compreendi todas as palavras. Poderia repetir mais devagar?

— Mas é claro, *sirena*.

No entanto, ele preferiu empregar a boca de outra maneira e traduziu, sem palavra alguma, o que aquela frase queria dizer. Em poucos minutos o beijo se tornou algo mais, e retomamos de onde havíamos parado instantes antes.

Você, a palavra sussurrou em meu peito.

O coração de Leon, pulsando colado ao meu, pareceu ouvir e martelou uma resposta.

Enfim, você.

Agradecimentos

Eu estava ansiosíssima para escrever a história da Valentina e do seu capitão desbocado. Foi uma deliciosa aventura para mim, e espero que você, leitor(a), tenha percebido isso em cada parágrafo e se divertido com esses dois tanto quanto eu. Obrigada por me acompanhar até aqui. Sem você nada disso faria sentido!

Não posso deixar de agradecer à minha editora, Raïssa Castro. Acho que nunca serei capaz de dizer "obrigada!" o suficiente. Você me deu mais que uma oportunidade: me deu um sonho para viver!

Meu eterno agradecimento à equipe editorial da Verus, também conhecida como A Melhor Equipe Editorial do Planeta: André Tavares, Ana Paula Gomes, Anna Carolina Garcia, Ligia Alves, Thiago Mlaker. Obrigada, pessoal!

Minhas leitoras beta fabulosas, Cinthia Egg e Raquel Areia, vocês têm ideia de como eu admiro as duas? Obrigada! Obrigada! Obrigada!

Um super *thank youuuu!* à minha banda favorita, OneRepublic, e ao meu ruivinho preferido, Ed Sheeran, por terem criado músicas tão perfeitas, que sempre transformam meus devaneios em livros.

Mamãe e papai, obrigada por terem me ensinado tudo o que eu sei, que não existe alternativa além de fazer a coisa certa, *sempre*, mesmo que doa. Sou tão grata por ter nascido nesta família! E, Carla, você é a mulher mais forte e corajosa que eu conheço, e seria minha irmã preferida ainda que não fosse a única que tenho. É sério!

E, por último, o meu muito obrigada às duas pessoas mais importantes de todo o meu universo, aquelas que fizeram — e fazem — o meu coração gritar: *Você! Você! Você!* Lalá e Adri, agradeço por segurarem a minha mão nesta caminhada (e em todas as outras) e por não permitirem que eu me perca no caminho Adivinhem só: todos os meus melhores dias incluem vocês. Os que passaram e os que ainda estão por vir — mal posso esperar! Acho que não é nenhuma surpresa, mas eu escrevi este livro para vocês.

Impresso no Brasil pelo Sistema Cameron da Divisão Gráfica da
DISTRIBUIDORA RECORD DE SERVIÇOS DE IMPRENSA S.A.